WOLFGANG UND HEIKE
HOHLBEIN

Die Prophezeiung

UEBERREUTER

Die Deutsche Bibliothek – CIP-Einheitsaufnahme

Hohlbein, Wolfgang:
Die Prophezeiung : eine fantastische Geschichte / Wolfgang und Heike Hohlbein. – Wien : Ueberreuter, 2001
ISBN 3-8000-2805-0

J 2524/1

Umschlagillustration von Jörg Huber
Umschlaggestaltung von Zembsch' Werkstatt, München

Druck: Ueberreuter Print
1 3 5 7 6 4 2

Ueberreuter im Internet: www.ueberreuter.de
Wolfgang Hohlbein bei Ueberreuter im Internet: www.hohlbein.com

Inhalt

Prolog

Fast alle seine Krieger waren tot. Und die wenigen, die noch am Leben waren, würden in wenigen Augenblicken sterben und keine Macht des Himmels konnte sie noch retten. Die Feinde waren zu übermächtig – auf einen seiner Krieger kamen zehn von ihnen, ein Verhältnis, gegen das aller Mut und alle Tapferkeit nichts nutzen. Er wusste es. Hier oben, zwischen den sonnendurchglühten, geborstenen Felsen der Schlucht, in die er sich geflüchtet hatte, war die Luft erfüllt gewesen von Staub, dem scharfen Schweiß von Mensch und Tier, dem Klirren von Waffen und den dumpfen Lauten zusammenprallender Körper, in das sich gellende Schmerz- und Todesschreie mischten.

Aber nun war der Höhepunkt überschritten und aus dem verbissenen Ringen derer, die geschworen hatten, sein Leben mit den ihren zu verteidigen, war längst ein verzweifeltes Rückzugsgefecht geworden; ein Kampf, der keinem anderen Zweck mehr diente als dem, den Feind aufzuhalten, einige wenige Augenblicke mehr Leben für ihn selbst, nach denen ihn nichts anderes erwartete als ein schmachvoller Tod.

Echnaton wusste es. Vielleicht zum ersten Mal in seinem Leben als Mensch und Gott, als Herrscher über Ägypten und als Stellvertreter des einen und einzigen Gottes war ihm seine eigene Sterblichkeit wirklich bewusst geworden; nicht die Vorstellung des Todes als abstrakter Begriff, als etwas, was irgendwann und irgendwo einmal geschehen würde, sondern hier und jetzt. Er spürte keine Angst. Vielleicht weil er sofort begriffen hatte, dass es kein Entkommen geben würde, als er das gewaltige Heer sah, das der Verräter aufgeboten hatte, um ihn zu vernichten.

Aber er fühlte keine Angst.

Nur Verbitterung und Schmerz.

Und eine tiefe, mit Zorn gemischte Enttäuschung, dass dies nun alles gewesen war, ein grausamer Tod in dieser sonnendurchglühten Wüste.

Er wusste nicht, warum er sterben musste.

Er wusste nicht, wer seine Mörder waren, und vielleicht war das das Schlimmste: sterben zu sollen ohne zu wissen, warum, ohne sich einer Schuld bewusst zu sein. All diese Männer, die den Eid, den sie ihm geschworen hatten, nun auf so grausame Weise einlösten, mussten sterben, ohne dass er einen Grund dafür hätte nennen können, ohne dass er seine Mörder auch nur kannte.
Echnaton schleppte sich weiter durch den schmalen Felsspalt nach oben. Das grelle Sonnenlicht machte ihn fast blind. Jeder Schritt war eine größere Anstrengung als der davor, jeder Atemzug eine Qual, der kleine feurige Schmerzpfeile durch seinen Körper schießen ließ. Er wusste, dass er die Anstrengung nicht mehr lange ertragen würde. Er war kein starker Mann. Anders als die anderen Pharaonen vor ihm war er selten auf die Jagd gegangen und hatte niemals an einem Kriegszug teilgenommen, ja, seinen Palast in Achet-Aton während der letzten fünf Nilschwemmen nicht einmal mehr verlassen. Vielleicht rächte sich dieses Versäumnis jetzt. Hinter ihm lag nichts als die sonnenverbrannte Wüste, aber ein wirklich kräftiger Mann hätte es vielleicht geschafft, sich nach Theben durchzuschlagen, der Hauptstadt des Reiches, die das Ziel seiner Reise gewesen war.
Echnaton überlegte, ob sie vielleicht nicht nur das Ziel seiner Reise, sondern auch der Grund für diesen heimtückischen Überfall war. Er hatte mit vielen alten Regeln gebrochen beim Aufbau seines neuen Königreiches, nicht nur die alten Götter, sondern auch ihre Priester erzürnt und er war nicht ganz so einfältig, wie viele glaubten: Natürlich wusste er, dass viele seines Volkes insgeheim noch der alten Religion und dem alten Irrglauben anhingen, und es waren einflussreiche Männer darunter, Priester und Generäle. Aber es gab keinen unter ihnen, denen Echnaton einen Aufstand zutraute oder gar den Mord an einem Pharao! Hätte er noch die Kraft dazu gehabt, dann hätte er vielleicht gelacht, als er begriff, dass er über sich selbst bereits wie über einen Toten dachte. So wurde nur ein Verzerren der Lippen daraus, das eher eine Grimasse der Pein war als ein Lächeln.
Er erreichte das Ende der schmalen, steilen Klamm und blieb einen Moment stehen um zurückzublicken. Über dem Tal hing

eine gewaltige Staubwolke, sodass der Großteil des grauenhaften Anblickes verhüllt wurde. Es waren die tapfersten der Tapferen, die dort unten gekämpft hatten, doch selbst die Kräfte eines Löwen mussten erlahmen, wenn er von hundert Schakalen gleichzeitig angegriffen wurde. Bald würden die letzten seiner Männer fallen und dann würden sie kommen und ihn töten. Ein Gefühl tiefer, schmerzlicher Verbitterung machte sich in Echnaton breit. Warum? Was hatte er getan, dass sie die Hand gegen ihn erhoben, gegen den Herrscher des Landes, gegen einen Gott? Und was hatte er getan, dass jener andere, mächtigere Gott, dessen Größe und Lob er sein ganzes Leben und das seines Volkes gewidmet hatte, ihn im Stich ließ?

Zitternd wandte er sich wieder um und hob den Blick zur Sonne, deren Licht grell und schmerzhaft in seine Augen stach. Aton, dachte er, warum hast du mich verlassen? Warum wendest du dich ab von deinem Sohn, dem du doch die Herrschaft über die Menschen in meinem Lande gegeben hast und der deinen Ruhm gemehrt und alle anderen Götter vertrieben hat?

Aber die lodernde Sonnenscheibe am Himmel antwortete nicht. Nur ihr Licht brannte weiter in Echnatons Augen und ihre Hitze sengte auch noch das letzte bisschen Feuchtigkeit aus seinem Körper. Er hatte Durst. Entsetzlichen Durst. Er, der niemals gewusst hatte, was es hieß, zu dursten oder zu hungern, dem zeit seines Lebens jeder Wunsch von den Augen abgelesen worden war und der nicht einmal wusste, was das Wort Entbehrung bedeutete, hätte die letzten Augenblicke, die ihm noch zu leben verblieben, gegen einen Schluck Wasser eingetauscht.

Taumelnd ging er weiter. Er hatte nicht mehr die Kraft, zu rennen – und er wollte es auch gar nicht. Etwas in ihm hatte längst begriffen, dass es vorbei war. Es gab nichts mehr, wohin er flüchten konnte, und jeder Schritt, den er sich weiter vom Schlachtfeld entfernte, verlängerte seine Qual nur noch.

Trotzdem blieb er nicht stehen, als er zwischen den geborstenen Felsen hindurchtrat und auf die gewaltige, steinerne Ebene hinausblickte. Irgendwo, unendlich weit entfernt, glaubte er die Schatten der Berge zu sehen, aber vielleicht war es auch nur die Schwäche, die dunkle Nebel vor seinen Augen wallen ließ. Mühsam setzte er einen Fuß vor den anderen, halb tot vor Durst und Erschöpfung. Seine Glieder hingen wie Blei an seinem Körper und die Luft, die er atmete, war wie flüssiges Feuer. Seine Füße waren längst zerschunden und hinterließen blutige Abdrücke auf dem glühenden Stein, über den er wankte, und auf dem Weg nach oben war er ein paar Mal gestürzt und hatte sich die Hände am rauen Stein aufgerissen. Er wusste nicht mehr, warum er nicht einfach aufgab und darauf wartete, dass sie kamen und ihn töteten. Der Tod erschien ihm wie eine Erlösung. Und doch trieb ihn etwas in ihm dazu, sich weiterzuquälen, immer wieder ein Bein vor das andere zu setzen, ganz egal, welche Pein es bedeutete.

Schließlich verfing sich sein Fuß in einer Felsspalte. Er stolperte, versuchte den Sturz ungeschickt aufzufangen und spürte, wie sein linkes Handgelenk brach, als er zu Boden fiel und es mit dem ganzen Gewicht seines Körpers belastete. Der Schmerz war grauenhaft und trotzdem sonderbar irreal – als wäre es schon gar nicht mehr er selbst, der ihn verspürte, sondern bereits ein anderer, der tote Mann, der er vor Ablauf einer Stunde sein würde, ein toter König, ein toter Gott und doch ebenso tot wie der geringste seiner Untertanen.

Eine Weile blieb er benommen liegen und wartete darauf, dass sich die große Dunkelheit nach ihm ausstreckte, aber seine Zeit war noch nicht gekommen. Ganz im Gegenteil spürte er, wie das Leben noch einmal in seinen geschundenen Körper zurückfloss, und es war ein sehr eigenartiges Gefühl: Er war zu Tode verwundet und er fühlte all die kleinen Verletzungen, aus denen das Blut aus seinem Körper herausfloss, und doch war es plötzlich, als hielte ihn etwas zurück, als strecke eine andere, ungleich mächtigere Kraft als der Tod seine Hand nach ihm aus und stieße ihn zurück in die Welt der Lebenden, weil es für ihn noch nicht an der Zeit war, den dunklen Fluss des Todes zu befahren, weil es da noch etwas gab, was er zu tun hatte.

Hatte sich Gott Aton am Ende doch seines Kindes erinnert? Echnaton stöhnte vor Schmerz, als er die Lider hob und ihm sein eigenes Blut, vermischt mit salzigen Tränen, in die Augen floss. Mit dem letzten bisschen Kraft, das er in seinen zerbrochenen Gliedern fand, wälzte er sich auf den Rücken und zwang sich die weiß glühende Sonnenscheibe über sich anzustarren. Seine Augen würden verbrennen, wenn er dies länger als einige Momente lang tat, aber welche Rolle spielte das jetzt noch?

Aton? dachte er. Bist du gekommen? Ist es deine Allmacht, die ich spüre?

Und tatsächlich – etwas bewegte sich vor der lodernden Sonnenscheibe am Himmel. Ein Schatten, groß, mächtig und schwarz, mit dem schimmernden Bronzeblitz einer Lanze in der Hand, und für einen Moment machte sich eine wilde, verzweifelte Hoffnung in Echnaton breit und gab ihm noch einmal die Kraft, sich auf die Ellbogen hochzustemmen.

Dann klärten sich die Schleier vor seinen Augen und er sah, wer es wirklich war.

Die Erkenntnis ließ ihn aufstöhnen. Für einen Moment vergaß er alles: seine Schmerzen, das furchtbare Pochen in seiner linken Hand und das Feuer in seinen Lungen. Aus ungläubig aufgerissenen Augen blickte er die schlanke, hoch gewachsene Gestalt an, die sich direkt aus der Sonne heraus auf ihn zubewegte, einen zerschrammten Schild am Arm, eine blutende Wunde an der Stirn und eine blutige Lanze in der Hand haltend.

»Du?«, flüsterte er ungläubig. Und dann noch einmal und mit einem solchen Entsetzen, dass das Wort wie ein Schrei klang: »DU?«

Sein Mörder trat so dicht an ihn heran, dass sich sein Schatten wie ein schwarzes Leichentuch aus Spinnweben über Echnatons Gesicht legte, ehe er stehen blieb. Die Lanze in seiner Hand zitterte und er hatte die Faust so fest darum geschlossen, dass seine Knochen weiß durch die Haut stachen.

»Ja«, sagte er. »Ich, du Narr!«

»Aber ... warum?«, flüsterte Echnaton. Er verstand es nicht. Nicht er. Nicht dieser Mann, der seine religiöse Reform so unterstützt hatte, der sein Freund gewesen war!

»Warum?«, flüsterte er noch einmal.

»Warum?«, wiederholte der Verräter und lachte. »Weißt du das nicht selbst, du Narr?« Er hob die Lanze, als wollte er unverzüglich damit zustoßen, und sein Gesicht verzerrte sich zu einer Grimasse, aber dann ließ er den Arm wieder sinken.

»Weil du der Untergang für unser Land bist!«, sagte er hasserfüllt. »Weil du die alten Götter verraten und Ägypten an den Rand des Ruins gebracht hast! Du bist kein Pharao! Du bist es nie gewesen. Du bist nichts als ein Narr, ein Kind, das niemals auf den Thron dieses Landes gehört hätte! Dich zu erschlagen ist noch eine Ehre für dich. Ich sollte dich einfach hier liegen und den Schakalen zum Fraß lassen!«

»Den ... Untergang?« Echnaton blickte in das schmale, jugendhafte Gesicht des Verräters über sich und versuchte vergeblich Hass oder auch nur Zorn zu empfinden. »Aber ich habe euch ... den Frieden gegeben!«

»Den Frieden!« Der Verräter lachte schrill. »Nicht einmal jetzt begreifst du es! Frieden, sagst du? Unsere Feinde sind zahlreicher und stärker als je zuvor! Sie schleichen um unsere Grenzen wie die Hyänen und suchen nach einer Stelle, an der sie zubeißen können! Die Menschen im Lande wollen deinen Gott nicht und die Priesterschaft ist in Aufruhr! Das ist dein Frieden!« Plötzlich schrie er: »Dieses Land wird untergehen an deinem Frieden, du verfluchter Narr! Es ist nicht Friede, den dieses Land braucht! Es sind keine Kunstwerke und schönen Worte, die es nötig hat, sondern einen starken Herrscher, der seine Macht und Größe stärkt und seine Feinde in Furcht auf die Knie sinken lässt!«

Echnaton blickte den Verräter schweigend an, ehe er leise sagte: »Also das ist es, was du willst. Du willst Pharao werden.« Er lächelte matt. Etwas von seinem eigenen Blut floss ihm in die Kehle und verwandelte seine nächsten Worte in einen qualvollen Hustenanfall. Schließlich fand er die Gewalt über seine Stimme wieder.

»Es wird dir nicht gelingen, mein Freund«, sagte er sanft. »Ich mag ein schlechter Pharao gewesen sein und vielleicht wirklich der schwache Herrscher, als den mich viele sehen. Aber eines war ich nie: ein Verräter wie du. Niemals wird ein Mann den

Thron Ägyptens besteigen, an dessen Händen das Blut seines rechtmäßigen Besitzers klebt.«

Der Verräter schüttelte den Kopf »Sei beruhigt, Echnaton. Niemand wird je erfahren, was hier geschehen ist, dass man dich ermordet hat. Du hast Achet-Aton nie verlassen.«

Einen Moment lang war Echnaton verwirrt. Ein ungläubiger Ausdruck huschte über sein Gesicht. »Das wird niemand glauben«, sagte er.

»O doch«, antwortete der Verräter. » Und selbst wenn – hast du vergessen, dass ich selbst es war, der dir von dieser Reise abgeraten hat?«

Echnaton lachte bitter und leise. »Nachdem du mich vorher auf den Gedanken gebracht hast, ja.«

»Das stimmt. Der Plan ist aufgegangen. Und auch meine anderen Pläne werden aufgehen. Dieses Land wird mir gehören. Vielleicht nicht morgen, vielleicht nicht nach der nächsten Nilschwemme, aber irgendwann.«

»Nach mir kommen andere«, sagte Echnaton. »Willst du sie alle umbringen?«

»Andere?« Der Verräter lächelte. »Oh, du meinst Tutanchaton? Er ist ein Kind. Ein Kind, das Berater und Freunde braucht, um dieses Land zu regieren. Ägyptens Thron ist zu groß, als dass ein Knabe wie er ihn allein ausfüllen könnte. Auch du brauchtest Freunde – hast du das schon vergessen?«

Echnatons Gesicht verdüsterte sich. »Du hast es vom ersten Tag an geplant, nicht wahr?«, fragte er.

»Nicht vom ersten Tage«, erwiderte der Verräter. »Aber schon lange, ja. Ich hasse dich, Echnaton. Du hast unser Land an den Rand des Unterganges geführt. Du hast die alten Götter verschmäht und die alte Ordnung zerstört. Dafür werde ich dich töten. Und ich werde mit dir tun, was du mit den Namen der Götter getan hast: Ich werde jede Erinnerung an dich austilgen. Es wird dich nicht gegeben haben, Amenophis der Vierte, der du dich selbst Echnaton genannt hast! Künftige Generationen werden nicht einmal mehr wissen, dass es dich gegeben hat.« Er lachte leise und hässlich. »Und so wird mich auch niemand

einen Mörder nennen können, nicht wahr? Ich kann keinen Mann ermorden, der nie gelebt hat!«

»Du ... bist ja wahnsinnig«, flüsterte Echnaton.

»Vielleicht«, antwortete der Verräter. »Aber vielleicht braucht es einen Wahnsinnigen, um einen Wahnsinnigen zu stürzen!«

Und damit hob er seine Lanze und rammte sie Echnaton so tief in die Brust, dass die Spitze knirschend gegen den Stein in Echnatons Rücken stieß und abbrach.

Schwer atmend richtete sich der Verräter wieder auf und blickte noch einen Moment auf die verkrümmte, plötzlich so erbärmlich wirkende Gestalt. Als er sich umwandte, um zu seinen Kriegern zurückzugehen, öffnete Echnaton stöhnend die Augen. Der Verräter erstarrte. Ein Ausdruck abgrundtiefen Entsetzens breitete sich auf seinen Zügen aus. Der Pharao ... lebte!

»Verräter!«, flüsterte Echnaton mit ersterbender Stimme. »Du ... hast mich belogen. Du hast ... den Eid gebrochen, den du mir geleistet hast, und du hast ... den Schwur gebrochen, den du Gott Aton geleistet hast! Du hast ... mich getötet. Ich verfluche dich.«

»Schweig!«, schrie der Verräter. Seine Stimme war schrill und seine Augen flackerten. Aber er wagte es nicht, sich der Gestalt am Boden zu nähern.

»Du hast ... mich getötet«, flüsterte Echnaton noch einmal. »Und dafür verfluche ich dich! Aber nicht mit dem Tod, denn das wäre zu einfach. Du sollst ... leben. Du sollst niemals Ruhe finden. Du sollst leben ... bis ... zu dem Tag, an dem ... ein Toter all diese Krieger wieder aus ihrer Ruhe erweckt! Erst dann kannst du sterben! Das ist der Fluch, den Amenophis der Vierte von Ägypten über dich ausspricht, Verräter!« Und damit starb er. Sein Körper sank mit einem letzten Aufbäumen zurück und der Verräter konnte sehen, wie das Leben aus seinen Augen wich. Er blieb lange neben dem Leichnam Echnatons stehen und blickte auf ihn hinab und er versuchte vergeblich den unheimlichen Klang dieser letzten Worte aus seinen Gedanken zu verbannen: »Du sollst leben. Du sollst niemals Ruhe finden, bis zu dem Tag, an dem ein Toter all diese Krieger wieder aus ihrer Ruhe erweckt ...«

3300 Jahre später

Das Museum

»Aton? Sagtest du tatsächlich Aton?«
Aton schluckte die bissige Bemerkung hinunter, die ihm auf der Zunge lag, und beließ es bei einem verlegen wirkenden Lächeln und einem Achselzucken. Beides Antworten, für die allein Werner ihm noch nicht die Zähne einschlagen würde. Es war so, dass Werner nicht unbedingt einen Grund brauchte, um jemandem mit seinen Fäusten ins Gesicht zu schlagen, manchmal reichte es, dass er gerade Lust dazu hatte. Es machte ihm Spaß, anderen wehzutun.
Aton war alles andere als ein Feigling und schon gar nicht schwächlich oder klein. Aber neben Werner mit seinen knapp ein Meter achtzig und seiner Sylvester-Stallone-Schulterbreite wirkte er trotzdem wie ein Zwerg und er hatte sehr wenig Lust, die letzten vier Tage vor den Ferien in der Krankenstation des Internats zu verbringen, die im Moment nur einen einzigen Patienten beherbergte: Ricky, einen seiner Klassenkameraden. Ricky hatte vor zwei Wochen den Fehler begangen, Werner zu sagen, wofür er ihn wirklich hielt.
»Deine Eltern müssen 'ne ganz schöne Macke gehabt haben, wie?«, fuhr Werner mit einem anzüglichen Grinsen fort und rammte die Fäuste in die Taschen seiner Bomberjacke. »Oder war dein Alter einfach zu geizig für das zweite ›n‹ in Anton?«
Er lachte laut und meckernd über seinen eigenen Witz und Aton hatte Mühe, die Ruhe zu bewahren. Insgeheim stimmte er Werner zu: Der Name, den seine Eltern ihm gegeben hatten, war schon des öfteren Anlass zu schrägen Blicken oder Sticheleien gewesen. Aber niemand hatte es bisher so gehässig getan.
»Es hat nichts mit Anton zu tun«, sagte er, so freundlich er konnte. »Aton ist der Name des alten ägyptischen Sonnengottes. Meine Eltern haben eine besondere Vorliebe für Ägypten«, fügte er mit einem kaum hörbaren Seufzer hinzu.
Werner runzelte die Stirn. »Sonnengott, so.«

»Nicht direkt«, erklärte Aton weiter, ohne auf die innere Stimme zu hören, die ihm zuflüsterte, dass er jetzt besser die Klappe hielt.

»Eigentlich hieß der Sonnengott Re und Aton war die Bezeichnung für die Sonnenscheibe. Aber später hat dann Pharao Echna–«

Er verstummte mitten im Wort, als er das Funkeln in Werners Augen gewahrte. Werner war ein Idiot mit dem Intelligenzquotienten einer Küchenschabe – dummerweise einer von hundertsiebzig Pfund Kampfgewicht.

Aber das Gefährliche an ihm war, dass er das wusste. Und entsprechend ungehalten reagierte, wenn man es ihn zu deutlich spüren ließ.

Aber es sah so aus, als käme Aton für heute noch einmal davon. »Aton«, wiederholte Werner noch einmal, dann zuckte er mit den Achseln, drehte sich um und marschierte über den weitläufigen Innenhof des Sänger-Internats davon, gefolgt von den drei Mitgliedern seiner Bande. Einer Bande, die die unumstrittene Herrschaft über das Internat ausübte und die im nächsten Schuljahr in Atons Klasse Einzug halten würde. Bis zu den großen Ferien dauerte es zwar noch mehr als ein halbes Jahr, aber Direktor Zombeck hatte Werner bereits mitgeteilt, dass er noch eine Ehrenrunde drehen durfte: Er würde sitzen bleiben, nicht zum ersten Mal, und die drei Idioten, die er um sich versammelt hatte und abwechselnd als Laufburschen, Prügelknaben und Schlägertrupp einsetzte, gleich mit ihm.

Aton unterdrückte ein neuerliches Seufzen. Er fragte sich, womit um alles in der Welt er dieses Schicksal verdient hatte. Das Sänger-Internat an sich war gar nicht so übel – die teure, in der Welt draußen so gut wie unbekannte Privatschule lag auf einem kleinen Hügel über Crailsfelden, einem winzigen Ort in der Nähe der Hauptstadt, der auf den meisten Straßenkarten nicht einmal verzeichnet war. Es war ein Internat für ausschließlich hoch begabte Jugendliche, leider aber auch für solche, deren Eltern Geld und Einfluss genug hatten, dass es niemand wagte, ihnen zu sagen, wie es wirklich um ihre Lieblinge stand. Wie sich Werner und seine drei Anhänger hierher verirrt hatten, das war nicht nur Aton ein Rätsel.

»Hallo, Aton!«, sagte eine Stimme hinter ihm, und als Aton sich herumdrehte, erkannte er Ronald Bender, den Hausmeister, der den drei Jungen einen forschenden Blick nachwarf. »Gab es Ärger?«, fragte er.

Aton schüttelte den Kopf. »Nein«, sagte er. »Wir haben uns nur bekannt gemacht. Werner und seine Freunde sind ab nächstem Jahr meine Klassenkameraden.«

Bender grinste, enthielt sich aber sonst jeden Kommentars. »Der Bus ist schon da«, sagte er. »Du weißt doch, dass Direktor Zombeck nicht gerne wartet.«

Und ob Aton das wusste! Von allen Eigenschaften trafen geduldig und großzügig auf Direktor Zombeck wohl am allerwenigsten zu. Wenn er sagte, dass der Bus um elf Uhr abfuhr, dann meinte er damit elf Uhr, nicht etwa eine Sekunde später! Also bedankte sich Aton mit einem Kopfnicken bei Bender und steuerte das Tor auf der anderen Seite des Innenhofes an.

Auf dem Parkplatz des festungsähnlichen Klosters, in dessen Mauern sich das Sänger-Internat befand, wartete ein zweistöckiger Bus auf die Zöglinge, die heute die Ehre hatten, an einem Ausflug mit Direktor Zombeck teilzunehmen.

Aton war offensichtlich der Letzte, denn die Tür schloss sich hinter ihm, kaum dass er im Wagen war, und der Fahrer startete den Motor. Der Bus war nahezu voll – immerhin hatte Zombeck gleich vier Klassen dazu verurteilt, ihn bei einem seiner heiß geliebten Museumsbesuche in die Hauptstadt zu begleiten – und zu seinem Entsetzen entdeckte Aton auch Werner und seine Freunde auf einer der hinteren Bänke. Zombeck deutete auf einen freien Platz weiter vorne, unmittelbar in seiner Nähe. Aton setzte sich hastig.

Die Fahrt dauerte eine gute Dreiviertelstunde, und da er fast neben dem Direktor saß, verlief sie für Aton ziemlich langweilig. Er nahm es gelassen – vermutlich war es ohnehin nur der Auftakt zu einem jener Tage, die man getrost aus dem Kalender streichen konnte.

Von den mehr als hundert Schülerinnen und Schülern im Bus war Aton vielleicht der Einzige, der sich nicht auf den Besuch der Sonderausstellung freute. Und das hatte einen ganz bestimmten Grund. Als er Werner vorhin erzählt hatte, dass sein Vater eine Vorliebe für das alte Ägypten und alles, was damit zusammenhing, hatte, da war das wohl die Untertreibung des Jahres gewesen. Seine Eltern waren beide geradezu vernarrt in das Land der Pharaonen. Sein Vater verbrachte das halbe Jahr – mindestens – beruflich in Ägypten, und solange sich Aton erinnern konnte, hatten die Eltern auch jeden Urlaub dort verlebt. Das Haus, in dem Aton aufgewachsen war, glich einem ägyptischen Museum. Er war mit Geschichten von Amun und Re, von Isis und Osiris, von Anubis und Bastet groß geworden. Sobald er lesen konnte, hatten ihm seine Eltern Bücher mit Farbfotos von Pyramiden, Wandmalereien und Statuen in die Hand gedrückt. Um es deutlich auszudrücken – dieser ganze Ägypten-Kram kam Aton zu den Ohren heraus und das seit Jahren! Es war wahrhaftig kein Wunder, dass er sich nicht besonders darauf freute, eine Ausstellung über das alte Ägypten zu besuchen.

Atons linke Schulter begann zu jucken. Er hob die Hand und fuhr gedankenverloren mit den Fingern darüber. Er konnte die Ursache dieses Juckens sogar durch den Stoff der Jacke hindurch fühlen. Es war eine winzige, harte Erhebung unter seiner Haut, die er hatte, solange er denken konnte, und die sich immer dann meldete, wenn er nervös oder aufgeregt war. Seine Eltern hatten ihm erzählt, dass es sich um einen Steinsplitter handelte, der in seinen Körper gedrungen war, als er bei einem Explosionsunglück verletzt wurde. Er war damals fünf Jahre alt gewesen, und da der Fremdkörper keine Gefahr darstellte, hatte man nie daran gedacht, ihn zu entfernen.

Atons Mutmaßungen, was den weiteren Verlauf des Tages anging, schienen sich zu bewahrheiten. Die Ausstellung an sich war gar nicht einmal schlecht. Die Veranstalter hatten sich Mühe gegeben. Der große, normalerweise kalt und unpersönlich wirkende Marmorsaal war durch geschickt aufgestellte Lampen und große Wandschirme in eine Anzahl kleinerer, heller Inseln unterteilt, in deren Mitte jeweils ein ganz besonderes Ausstellungsstück stand. Es gab große, meistenteils sogar farbige Bilder an den Wänden und etwas kleinere Abbildungen an den aufgestellten Raumteilern und in den Glasvitrinen waren alle möglichen Fundstücke zu sehen, daneben hatte man kleine Schildchen angebracht, auf denen das jeweilige Ausstellungsstück beschrieben wurde. Atons kundiges Auge entdeckte natürlich sofort den einen oder anderen kleinen Irrtum, der den Veranstaltern unterlaufen war und der den Besuchern kaum auffallen würde.

So schlenderte Aton mit lässig in den Jackentaschen vergrabenen Händen zwischen den Vitrinen und gläsernen Schränken umher, warf einen Blick auf dieses und jenes, studierte die Schildchen – und blieb plötzlich vor zwei nebeneinander stehenden, verschieden großen Vitrinen stehen. Die eine Vitrine, eigentlich ein Würfel aus sorgsam poliertem Plexiglas, stand auf einem hohen Sockel aus schwarzem, Granit vortäuschenden Kunststoff, in der etwas ausgestellt war, was auf den ersten Blick wie ein Haufen schmuddeliger, halb verrotteter Lumpen aussah. Das kleine Schildchen daneben verriet, dass es sich um eine Katzenmumie aus der achtzehnten Dynastie handelte, gefunden auf dem berühmten Katzenfriedhof von Bubastis.

Aton runzelte die Stirn und wandte sich der zweiten, viel größeren Vitrine zu.

KRIEGERMUMIE,

behauptete das Schildchen daneben,

GEFUNDEN BEI GRABUNGEN IN SAKKARA

»Was für ein Unsinn«, murmelte Aton, und im selben Moment sagte eine Stimme hinter ihm:

»Der Typ sieht aus wie Ricky nach meiner letzten Unterhaltung mit ihm.«

Aton musste sich nicht herumdrehen um zu wissen, wer hinter ihm stand.

Er tat es trotzdem – und begegnete dem Blick aus Werners Augen, deren tückisches Glitzern in krassem Gegensatz zu seinem aufgesetzten Grinsen stand.

Aton versuchte vorsichtig den Rückzug anzutreten. Er kam genau einen Schritt weit, dann machte Werner eine Handbewegung und sofort vertrat ihm einer seiner beiden Begleiter den Weg.

»Wieso ist das Unsinn, was auf dem Schild steht?«, wollte Werner wissen. Seine Augen wurden schmal und sein Lächeln erlosch. Aton wich etwas zur Seite und hielt hilfesuchend nach Zombeck oder einem der anderen beiden Lehrer, die mitgekommen waren, Ausschau. Keine Chance. Der Rest der Gruppe befand sich fast am anderen Ende des Saales. Er hätte schon lauthals um Hilfe schreien müssen, um überhaupt gehört zu werden.

»Weil Krieger nicht mumifiziert wurden«, antwortete er zögernd.

»Mumiwas?«, fragte Werner auf eine Art und mit einem Gesichtsausdruck, als denke er angestrengt darüber nach, ob sich hinter diesem Wort vielleicht eine Beleidigung versteckte oder irgendein anderer Anlass, endlich den Streit vom Zaun zu brechen, auf den er schon lange aus war.

»Sie haben keine Mumien aus ihnen gemacht«, erklärte Aton hastig.

»Ich dachte, sie hätten alle ihre Toten so beerdigt«, murmelte Werners rechtes Anhängsel. Werner schenkte ihm einen strafenden Blick und Aton schluckte die spöttische Antwort, die ihm auf den Lippen lag, im letzten Moment hinunter.

»Das wäre viel zu aufwendig gewesen«, erklärte er.

»Was? Die Toten in ein paar Lappen zu wickeln?«

Aton bemühte sich, möglichst geduldig zu klingen, ohne dass Werner es als überheblich auslegen konnte. »So einfach war das nicht«, sagte er. »Einen Toten zu mumifizieren ist eine ungeheuer komplizierte Sache und die alten Ägypter waren wahre Meister darin. Den Toten wurden die inneren Organe entfernt –«

»Gib es auch äußere?«, fragte Werner.

Aton überging den Einwurf. »– bis hin zum Gehirn.«

»Echt?« Werner musterte die angebliche Kriegermumie mit neuem Interesse. »Sie haben den Schädel aufgeschnitten und das Hirn rausgeholt? Geil!«

Irgendwann in seiner frühesten Jugend musste jemand dasselbe mit Werner gemacht haben, dachte Aton. »Nein«, sagte er laut. »Dazu haben sie einen Draht benutzt und das Gehirn durch die Nasenlöcher herausgezogen.«

»Brrrr«, machte Werners linkes Anhängsel und schüttelte sich. Werner selbst schien die Vorstellung eher zu gefallen – und Aton beging den Fehler, sein Grinsen als die Andeutung von Interesse zu deuten, und fuhr mit seiner Erklärung fort: »Die herausgenommenen Organe haben sie dann zusammen mit den Körpern beerdigt, in eigens dafür vorgesehenen Krügen, den Kanopen, weißt du?«

»Und was ist mit dem Typen da?«, wollte Werner wissen.

»Besonders Furcht einflößend sieht er ja nicht aus. Die Burschen waren nicht sehr groß, wie?«

Damit hatte er Recht – der Krieger überragte Aton nur um eine Handbreit, aber das lag nur daran, dass er innerhalb seiner Vitrine auf einem Sockel stand, ohne den er vermutlich kleiner als Aton gewesen wäre.

»Die Menschen waren damals alle nicht viel größer«, erklärte Aton. »Außerdem hat die Größe nicht viel zu besagen. Die ägyptischen Heere galten lange Zeit als unbesiegbar.«

»Ja – deswegen sitzen ihre Nachfahren ja heute auch in der Wüste und züchten Kamele«, sagte Werner abfällig.

Die Worte machten Aton zornig. Obwohl er wusste, dass es viel klüger wäre, den Mund zu halten, drehte er sich zu Werner herum und maß ihn mit einem leicht verächtlichen Blick. »Immerhin hat das Pharaonenreich einige tausend Jahre überdauert«, sagte er. »Ich bin gespannt, ob man das später auch einmal von unserer Kultur behaupten kann.«

»Wen interessiert das schon?«, fragte Werner. Er zog eine Grimasse und Aton gab ihm in Gedanken Recht – aber vielleicht war es ganz gut, wenn zumindest gewisse Vertreter besagter Kultur von diesem Planeten verschwanden, ohne allzu deutliche Spuren ihrer Existenz zu hinterlassen.

Einer von Werners Begleitern deutete jetzt auf die kleinere Vitrine und fragte erstaunt: »Was ist denn das?«

»Eine Katze«, beeilte sich Aton zu antworten. »Sie haben sie mumifiziert – so wie ich es euch vorhin erklärt habe. Und dann beerdigt.«

»Eine Katze?«, fragte Werner zweifelnd. »Wieso sollten sie sich mit dem Viehzeug solche Mühe machen?«

»Katzen waren heilige Tiere im alten Ägypten«, erklärte Aton. »Sie wurden von den Menschen verehrt.«

»So wie heute die Inder ihre blöden Kühe?«

»Viel mehr«, antwortete Aton. »Sie hatten eine Katzengöttin. Manche von den Tieren lebten in eigenen Tempeln und eine Katze umzubringen zog schwere Strafen nach sich. Viele Katzen wurden mumifiziert, nachdem sie gestorben waren. Es gab sogar einen eigenen Friedhof, auf dem nur Katzen beigesetzt wurden, und das unter großen Ehren. Es gibt ihn noch heute. Er liegt in Bubastis, wo auch der große Tempel der Bastet stand, der Katzengöttin.«

Werner schnaubte. Er warf einen misstrauischen Blick auf den in graue Leinenstreifen eingewickelten kleinen Körper, dann richtete er sich kopfschüttelnd auf und wandte sich wieder dem Krieger zu.

»Dieses Vieh haben sie eingesalbt und beerdigt, und den armen Kerl da haben sie bloß eingewickelt und dann liegen gelassen.«

Auch Aton drehte sich wieder dem Krieger zu. Vermutlich hatte Werner Recht. Das Schildchen neben der Vitrine behauptete zwar, dass der Körper neben der Mastaba von Sakkara gefunden worden war – einem steinernen Grab, das zwar nicht ganz so beeindruckend war wie eine Pyramide, aber noch immer gewaltig –, doch Aton nahm an, dass es sich

dabei wohl eher um einen Zufall handelte. Die Pyramiden waren ausnahmslos Königen, Hohepriestern oder allenfalls noch hohen Beamten vorbehalten gewesen. Die normalen Menschen – Krieger, Beamte, Bauern und Handwerker – waren im Wüstensand begraben oder in Gemeinschaftsgräbern beigesetzt worden.
Die angebliche Kriegermumie war keine richtige Mumie – nicht in dem Sinn, in dem er das Wort gerade Werner und seinen Begleitern erklärt hatte. Was unter den halb vermoderten Stoffstreifen, die nachlässig um ihn gewickelt worden waren, von seiner Haut sichtbar war, das war zu etwas vertrocknet, das fast wie schwarzes, zähes Leder aussah. Es waren nicht Menschen gewesen, die ihn sorgsam präpariert und für die Ewigkeit geschützt hatten, sondern die glühende Wüstensonne und die Trockenheit hatten seinem Körper alle Flüssigkeit entzogen, sodass er nicht in Fäulnis übergehen und weiter verfallen konnte – was in der Vitrine stand, das war ein Toter, der jahrtausendelang im Wüstensand begraben gelegen haben mochte, ehe er gefunden und hierher gebracht worden war.
Links von der seltsamen Mumie lehnte ein oben bogenförmig zulaufender Schild, rechts eine verrostete Lanze und zu seinen Füßen lag ein Dolch, der ganz so aussah, als ob man ihn nach all der langen Zeit noch gut verwenden könnte.
Irgendwie fühlte sich Aton unbehaglich. Er sagte sich selbst, dass es albern war, und trotzdem empfand er es als ungerecht: Dieser Mann hatte Jahrtausende in seinem Grab im Sand der Wüste gelegen und es war einfach nicht richtig, ihn aus seiner ewigen Ruhe zu reißen und hier auszustellen, wo er begafft wurde wie ein Tier im Zoo. Und als hätte er seine Gedanken gelesen und wollte ihm beipflichten, öffnete der Krieger in diesem Moment die Augen und sah ihn an.
Und damit nahm das Verhängnis seinen Lauf.
Werner heulte auf, als Aton zurückprallte und ihm so kräftig auf die Zehen trat, dass der Schmerz ihm die Tränen in die Augen trieb, trotzdem packte er Aton und schleuderte ihn

gegen einen seiner Freunde. Dieser geriet aus dem Gleichgewicht, krallte sich an Aton fest und stürzte mit ihm zu Boden – und das so unglücklich, dass Aton ihm dabei unabsichtlich den Ellbogen in den Magen rammte. Der andere keuchte vor Schmerz und versetzte Aton einen Hieb auf die Nase, der bunte Sterne vor seinen Augen tanzen ließ – und Aton hob die Hand, um dem Burschen eine Ohrfeige zu verpassen. Doch bevor er die Bewegung ausführen konnte, fühlte er sich von kräftigen Händen am Gürtel gepackt und hochgezerrt.

»So!«, brüllte Werner. »Du willst also Streit, wie? Den kannst du haben.«

Aton riss instinktiv die Hände hoch, um sich vor den Ohrfeigen zu schützen, die ihm Werner gleich verpassen würde, und drehte den Kopf etwas zur Seite. Dabei fiel sein Blick auf die große Vitrine und sein Herz schien einen regelrechten Sprung in seiner Brust zu machen.

Der Krieger hatte sich bewegt!

Die Lanze lehnte nicht mehr neben ihm, sondern befand sich plötzlich in seiner Hand, und auch der Schild war nicht mehr an seinem Platz, sondern hing am Arm der Mumie. Die ganze Gestalt wirkte angespannt, als wollte sie sich im nächsten Moment auf Werner stürzen, der kaum einen Meter vor der Glasvitrine stand.

»Pass auf!«, schrie Aton entsetzt. »Hinter dir!«

Werner lachte und versetzte Aton die erwartete Ohrfeige, die ihn bunte Lichtblitze sehen ließ. Trotzdem konnte Aton die Augen nicht von dem Mumienkrieger wenden. Er hatte sich wieder bewegt. Die Lanze war jetzt fast ganz erhoben, der linke Arm mit dem Schild angewinkelt und die Drähte, an denen der Krieger hing, waren bis zum Zerreißen gespannt. Werner wollte erneut zuschlagen – da taumelte der Krieger in einem Regen aus zersplitterndem Glas aus der Vitrine hervor und stieß gegen ihn. Die Lanzenspitze verfehlte Werners Brust um Haaresbreite, zerriss aber seine Jacke und das Hemd darunter und hinterließ eine lange, blutige Schramme auf seiner Haut und der Schild prallte so heftig in Werners Kniekehlen, dass dieser mit einem keuchenden Laut das Gleichgewicht verlor. Mit wild rudernden Armen suchte er irgendwo Halt, erreichte aber damit nur, dass er zur Seite fiel und dabei an den kleineren Vitrinenschrank mit der Katzenmumie stieß.

Die beiden Burschen, die Aton gepackt hielten, ließen ihr Opfer unverzüglich los und eilten Werner zu Hilfe – und damit war das Chaos endgültig perfekt.

Einer der beiden stolperte und geriet in die Bahn der Mumie, die just in diesem Moment wie in Zeitlupe nach vorne kippte und den Jungen unter sich begrub; der andere versuchte Werner festzuhalten, wurde aber von diesem mit zu Boden gerissen – und der Glaswürfel kippte endgültig von seinem Sockel, stürzte auf die beiden hinunter und zerbrach in tausend Stücke. Die Katzenmumie rollte heraus und landete direkt auf Werners Gesicht. Aus seinen Schreien wurde ein hysterisches Kreischen, das einen Moment später in einem erstickten Laut unterging.

»Was zum Teufel ist denn hier los?«, schrie eine Stimme hinter Aton. Erschrocken wandte er sich um und erblickte Zombeck, der im Laufschritt herbeigeeilt kam, dicht gefolgt von den beiden anderen Lehrern und dem Rest der Schüler. »Was tut ihr denn hier? Seid ihr – o Gott! Aufhören! Sofort aufhören!«

In jeder anderen Situation hätte Aton sicher seine helle Freude an dem entsetzten Ausdruck auf Zombecks Gesicht gehabt, aber jetzt schenkte er ihm nur einen flüchtigen Blick, ehe er sich wieder zu Werner und dessen beiden Freunden herumdrehte.

Sie boten einen grotesken Anblick. Einer der Jungen lag, alle viere von sich gestreckt, unter der Mumie, die durch eine Laune des Zufalls tatsächlich so über ihn gefallen war wie ein Krieger, der seinen Gegner unter sich begrub: Der Schild drückte Schultern und Kopf des Jungen gegen den Boden, während sich die Lanzenspitze nur Millimeter unter seiner

Achsel hinweg tief in den Fußboden gegraben hatte, sodass der arme Kerl zwar unverletzt geblieben war, aber trotzdem regelrecht an den Boden genagelt wurde. Der zweite Junge hockte benommen inmitten eines gewaltigen Scherbenhaufens und betrachtete seine Hände, die mit winzigen Schnitten übersät waren, und Werner selbst bot einen grotesken Anblick: Er lag auf dem Rücken, strampelte mit den Beinen und gab gurgelnde Laute von sich, während er mit beiden Händen versuchte, eine dreitausend Jahre alte Katze von seinem Gesicht hinunterzustoßen, die sich tief in seine Haut gekrallt zu haben schien.

Zombeck allerdings fand den Anblick nicht im Geringsten komisch. Ganz im Gegenteil: Er sah aus, als träfe ihn jeden Augenblick der Schlag. Mit einem einzigen Satz war er an Aton vorbei, stürzte sich auf Werner – und erstarrte mitten in der Bewegung. Offensichtlich begriff er erst jetzt wirklich, was hier geschehen war.

Seine Augen quollen förmlich aus den Höhlen, während sein Gesicht die Farbe wechselte. »Was – ist – hier – los?«, stammelte er schließlich fassungslos.

Werner hatte sich mittlerweile endlich von der toten Katze befreit. Keuchend setzte er sich auf, fuhr sich angeekelt mit beiden Händen über das Gesicht und versetzte der Mumie einen Tritt, der sie gegen den Sockel schleuderte, von dem sie heruntergestürzt war. Sie zerbrach in zwei Teile.

Zombeck gab einen Laut von sich, als würden ihm sämtliche Zähne auf einmal gezogen (und zwar ohne Narkose). Dann verdunkelte jäher Zorn sein Gesicht.

»Werner!«, sagte er. »Natürlich. Wer auch sonst!« Er machte einen Schritt auf ihn zu und blieb wieder stehen, als Werner aufstand. Er bot einen geradezu erschreckenden Anblick: keuchend vor Furcht und Ekel und mit einem Gesicht, das aussah, als hätte er eine Auseinandersetzung mit einer Brotschneidemaschine gehabt.

In diesem Moment kamen die anderen herbei. Frau Steller schlug entsetzt die Hand vor den Mund, als sie sah, was geschehen war, während Herr Dufeu sich hastig neben dem Jungen niederkniete, der unter der Mumie begraben worden war, und versuchte, den toten Krieger von ihm herunterzubringen. Allerdings gab er sein Vorhaben sofort wieder auf, denn unter seinen zupackenden Fingern zerfielen die morschen Stoffstreifen, die den toten Körper umhüllten, zu Staub.

»Um Gottes willen!«, keuchte Zombeck. »Seien Sie vorsichtig!«

Dufeu wirkte plötzlich sehr nervös – vermutlich war ihm zu Bewusstsein gekommen, welch ungeheuren Wert das darstellte, was da wie ein Haufen vermoderter Lumpen auf dem Jungen lag. Unsicher streckte er ein zweites Mal die Hände aus, führte die Bewegung aber nicht zu Ende, sondern griff nach den Füßen des Jungen, um ihn behutsam unter dem Mumienkrieger hervorzuziehen. Es gelang ihm erst, als ihm Frau Steller und zwei weitere Schüler dabei halfen, und selbst dann blieben ein paar zerrissene Stoffstreifen und kleine, grauschwarze Brocken auf dem Boden zurück.

Zombeck sah wortlos zu, bis die Befreiungsaktion zu Ende war. Dann richtete er sich auf und ließ seinen Blick eisig über die Gesichter der drei Übeltäter streifen. Zuletzt wandte er sich an Aton.

»Was ist hier passiert?«, fragte er. »Von Werner und diesen beiden habe ich nichts anderes erwartet, aber du? Was habt ihr nur getan? Habt ihr auch nur eine Vorstellung davon, was diese Dinge wert sind?«

»Ich ... es ... es ist nicht meine Schuld«, stammelte Aton. Er war noch immer zutiefst verwirrt. Er starrte die Mumie an, die wieder zur Reglosigkeit erstarrt war, und für eine Sekunde war er fest davon überzeugt, dass sie im nächsten Augenblick aufspringen und einfach davonmarschieren würde.

Natürlich geschah das nicht. Der Krieger hatte sich nie bewegt. Nicht wirklich. Alles war nur Einbildung gewesen – ein Streich, den ihm seine Angst gespielt hatte. Werners Ohrfeige hatte ihn ja halb bewusstlos gemacht. Und trotzdem ... es war so realistisch gewesen.

»Ich warte«, sagte Zombeck. Seine Stimme zitterte. Er hatte alle Mühe, sich noch zu beherrschen.

»Ich ... es tut mir Leid«, stieß Aton mühsam hervor. »Ich wollte das nicht. Aber Werner ...«

»Werner.« Dieses Wort allein schien Zombeck als Antwort auszureichen. »Natürlich – wer auch sonst? Wo immer es Ärger gibt, bist du dabei, nicht? Und wenn es keinen gibt, dann machst du eben welchen.« Er wandte sich zu Werner um und starrte ihn finster an. Werner erwiderte seinen Blick trotzig – aber Aton bemerkte auch, dass er viel von seiner gewohnten Selbstsicherheit eingebüßt hatte. Unter all dem Blut und Schmutz auf seinem Gesicht war er kreideweiß geworden. Seine Hände zitterten.

»Hast du überhaupt eine Ahnung, was ihr getan habt?«, fuhr Zombeck fort und beantwortete seine Frage gleich selbst, indem er den Kopf schüttelte. »Natürlich nicht. Diese Dinge hier sind unvorstellbar wertvoll. Mit Geld gar nicht aufzuwiegen! Und ihr ... ihr –« Er brach ab. Ihm fehlten einfach die Worte.

»Ich glaube, wir sollten einen Arzt rufen«, sagte Frau Steller. Sie deutete auf Werners blutiges Gesicht und den hässlichen Kratzer an seiner Seite. »Wenn er sich an der Mumie verletzt hat, dann kann er sich alle möglichen Infektionen zuziehen.« Sie maß die beiden anderen Jungen mit einem prüfenden Blick, stellte fest, dass sie unverletzt waren, und wandte sich schließlich Aton zu.

»Was ist mit dir? Deine Nase blutet.«

»Das war Werner«, antwortete Aton. Ihm fiel zu spät ein, dass sich diese Worte wie ein Vorwurf anhörten, nicht wie die Beruhigung, die sie sein sollten. Erschrocken sah er zu Werner auf, aber der schien seine Antwort gar nicht mitbekommen zu haben: Er starrte aus weit aufgerissenen Augen auf die tote, zweigeteilte Katze hinab, die am Fuße des Sockels lag. Zum ersten Mal, solange Aton Werner kannte, sah er echte Angst in

dessen Augen. Und plötzlich war er gar nicht mehr so sicher, dass er sich wirklich alles nur eingebildet hatte.
»Sie haben Recht«, sagte Zombeck. »Nehmen Sie sich ein Taxi und fahren Sie mit den Jungen ins nächste Krankenhaus. Sie sollen sie gründlich untersuchen. Und wir ...« Er seufzte tief und drehte sich zu Dufeu herum, der noch immer dastand und mit unglücklichem Gesichtsausdruck auf die Mumie hinuntersah, »... werden den Direktor des Museums suchen. Ich fürchte, wir haben ihm eine Menge zu erklären.«

Herr Petach

Klar, dass Aton den Rest des Tages abhaken konnte – er verlief ganz genau so, wie er nach der Katastrophe im Museum erwartet hatte, allerhöchstens noch ein bisschen schlimmer: Nach ihrer Rückkehr ins Internat wurden sie alle zum Direktor zitiert, wo ihnen eine Standpauke blühte, nach der Aton noch am Abend die Ohren klingelten, und selbstverständlich war das, was passiert war, den ganzen Tag über *das* Gesprächsthema überhaupt. Aton ging an diesem Abend ungewöhnlich früh zu Bett, und das vor allem deshalb, weil er es leid war, immer wieder dieselben Fragen zu hören und immer wieder dieselbe Geschichte zu erzählen.
Aber nicht nur aus diesem Grund.
Nachdem sich seine Aufregung ein wenig gelegt hatte, hatte er die ganze Geschichte noch einmal vor seinem inneren Auge Revue passieren lassen und dabei war etwas sehr Seltsames geschehen: Je mehr er darüber nachdachte, desto sicherer war er, sich das unheimliche Erwachen der Mumie nicht eingebildet zu haben. Die offizielle Version – die sowohl Werner als auch Aton zu bezweifeln sich gehütet hatten! – war,

dass Werner gegen die Vitrine gestolpert war und sie dabei zerschlagen hatte. Aber Aton wusste, dass das nicht stimmte; und Werner und seine beiden Freunde im Grunde wohl auch.

So war es eigentlich kein Wunder, dass Aton in dieser Nacht nicht besonders viel Ruhe fand. Er schlief erst lange nach Mitternacht ein und schrak ein paar Mal schweißgebadet und mit heftig klopfendem Herzen aus einem Albtraum auf, an den er sich zwar nicht erinnerte, der aber schrecklich gewesen sein musste, denn er erwachte jedes Mal mit einem Gefühl von Beklemmung und Furcht, wie er es selten zuvor verspürt hatte. Schließlich, es musste schon fast Morgen sein, sank er dann doch in einen tiefen, endlich traumlosen Schlummer – und verschlief prompt den Wecker.

Es war der Lärm, der vom Schulhof heraufdrang, der ihn schließlich weckte. Aton setzte sich auf, blinzelte einen Moment benommen – und fuhr wie von der Tarantel gestochen in die Höhe, als sein Blick auf die grünen Leuchtziffern des Radioweckers fiel. Es war zwanzig nach acht. Der Unterricht hatte vor fünf Minuten begonnen und sein allererster wirklich klarer Gedanke war der, dass sie in der ersten Stunde Kunst mit Frau Steller hatten, die nun wahrlich keinen Spaß verstand, was Unpünktlichkeit anging. Und nach dem, was gestern geschehen war, vermutlich noch weniger als sonst.

Aton war zwar von allen Beteiligten am besten davongekommen, aber wie es mit solchen dummen Geschichten nun einmal ist – ganz egal, ob schuldig oder nicht, es reichte aus, irgendwie darin verwickelt zu sein, damit etwas hängen blieb.

Aton war mit einem Satz aus dem Bett. Er brachte das Kunststück fertig, sich in weniger als einer Minute komplett anzuziehen, und riss im Hinausgehen seine Schulmappe an sich. So schnell er konnte, rannte er die Treppe hinunter, durch die große Halle und die Stufen auf der gegenüberliegenden Seite wieder hinauf, wobei er immer zwei, drei auf einmal nahm.

Seine Klasse lag im ersten Stockwerk des weitläufigen Gebäudes, aber ganz am Ende. Aton legte die Strecke in einer persönlichen Rekordzeit zurück – was aber nichts daran änderte, dass der Unterricht schon seit mehr als zehn Minuten lief, als er endlich in den entsprechenden Korridor einbog und zum Endspurt ansetzte. In Gedanken legte er sich schon eine passende Entschuldigung zurecht, damit Frau Stellers Zorn sich nicht gar zu heftig über ihm entlud.

Um ein Haar hätte er sie über den Haufen gerannt.

Die Klassentür wurde in der Sekunde aufgestoßen, in der er die Hand nach der Klinke ausstreckte, und Aton konnte im allerletzten Moment zur Seite springen, als Frau Steller heraustrat. Auf ihrem Gesicht erschien ein überraschter Ausdruck, als sie Aton vor sich sah. Sie schloss die Tür hinter sich und wies mit der anderen Hand in die Richtung, aus der er gekommen war. »Ich wollte dich gerade suchen.«

»Ich weiß«, stotterte Aton. »Es tut mir Leid. Mein Wecker muss ... ich meine, ich habe nicht –«

»Schon gut«, unterbrach ihn Frau Steller. »Das erspart mir wenigstens einen Weg.«

In Anbetracht des Rufes, den Frau Steller im Sänger-Internat genoss, war diese Großmut nun wirklich ungewöhnlich und für Aton eher ein Grund zur Sorge als zur Erleichterung. Mit Unbehagen blickte er seine Lehrerin an, die weitersprach: »Der Direktor möchte dich sehen. Du sollst in sein Büro kommen.«

»Jetzt?«, fragte Aton. »Ich meine, der Unterricht –«

»Jetzt gleich. Und ehe du fragst und noch mehr von meiner und der Zeit deiner Klassenkameraden verschwendest: Ich weiß nicht, was er von dir will. Aber vielleicht kannst du es dir denken.« Sie streckte die Hand aus. »Du kannst deine Schulsachen hier lassen. Und beeil dich bitte. Auch wenn es die letzten Tage vor den Weihnachtsferien sind, ist jede versäumte Unterrichtsstunde eine versäumte Chance.«

Aton verdrehte innerlich die Augen. Sprüche wie diese gehörten nun einmal zu Frau Steller. Niemand nahm sie wirklich noch ernst – was sie natürlich wusste und sich entsprechend darüber ärgerte. Aber er hatte im Moment anderes im Kopf, als sich über seine Klassenlehrerin lustig zu machen. Rasch händigte er ihr die Tasche aus, drehte sich wieder um und ging den Weg zurück, den er gekommen war.

Am Ende des Korridors wandte er sich jedoch nicht nach links, sondern nach rechts, der weiter nach oben führenden Treppe zu. Das Sänger-Internat war in den Mauern eines ehemaligen Kapuzinerklosters untergebracht. Die Klassenräume und auch die Zimmer der Schüler waren modernisiert und mit allen Annehmlichkeiten ausgestattet worden, was man bei einem Internat dieser Kategorie auch erwarten konnte, aber das zweite Stockwerk, in der die Lehrerzimmer und die Verwaltung lagen, befand sich beinahe im Urzustand. Die große Halle war düster und kahl, obwohl man sich bemüht hatte, diesen Eindruck durch Bilder und Vorhänge aufzuhellen: bunte Farbkleckse, die wie Fremdkörper wirkten. Und selbst das aufgeregte Lärmen und Rufen und Lachen der Schüler, das täglich durch das Institut hallte, vermochte die unsichtbaren Schatten nicht zu vertreiben, die in den Ecken und den Winkeln zu nisten schienen.

Aton ging schneller und machte ein paar Schritte nach rechts, um einem Mitschüler auszuweichen, der ihm entgegenkam – genauer gesagt, seinem Schatten, den er aus dem Augenwinkel bemerkte, während er mit gesenktem Kopf die letzten Stufen der Treppe hinaufging, noch immer ohne den Blick zu heben.

Als er an der Gestalt vorbeiging, streifte ihn ein eisiger Hauch.

Aton sah unwillkürlich auf – und erstarrte mitten in der Bewegung.

Er war allein. Nicht nur die Treppe – die gesamte Halle war völlig menschenleer!

Aber er hatte den Schatten doch ganz deutlich –

Mit einem so heftigen Ruck, dass er um ein Haar auf der Stufe ausgeglitten wäre, fuhr er herum. Der Schatten ... *war da, aber er war es auch zugleich nicht mehr.* Für den Bruchteil einer Sekunde glaubte er ihn noch zu sehen, wie ein verblassendes Bild auf einem Fernsehschirm, der in diesem Augenblick ausgeschaltet worden war. Und dann war er verschwunden, so spurlos, wie nur Schatten verschwinden können.

Aber das ist doch unmöglich!, dachte Aton. Er ... hatte sich den Schatten doch nicht eingebildet! Und diese Kälte. Die feinen Härchen auf Atons Handrücken hatten sich gesträubt und er spürte jetzt noch den eisigen Schauer, der über seinen Rücken gejagt war.

Er musste an gestern denken – und plötzlich hatte er Angst. Sein Puls begann zu rasen. Er musste nicht, wovor, nicht weshalb, aber die Angst war so intensiv, dass sie ihm fast den Atem nahm. Es war, als spüre etwas in ihm eine Drohung, eine schreckliche Gefahr, die sich unsichtbar über seinem Kopf zusammenbraute ...

Schluss!, dachte er. Das ist doch alles kompletter Unsinn! Der scharfe Ton, in dem er sich selbst zur Ordnung rief, wirkte. Sein Herz hörte auf, wie toll gegen seine Rippen zu schlagen, und er begriff, wie albern er sich benahm – natürlich war es nichts weiter als sein eigener Schatten gewesen, den er gesehen hatte. Und auch an der Kälte war absolut nichts Unheimliches. Schließlich herrschte draußen Winter, in einer guten Woche war bereits Weihnachten und irgendwo im Haus hatte jemand ein Fenster geöffnet und gleich wieder geschlossen, sodass für ein paar Sekunden Durchzug entstanden war.

So einfach war das.

Trotzdem zitterten seine Hände noch leicht, als er das Büro des Direktors erreichte und ohne anzuklopfen das Vorzimmer betrat. Das Klappern einer mechanischen Schreibmaschine brach abrupt ab, als die Sekretärin unwillig hinter ihrem Schreibtisch aufsah.

»Du bist es, Anton«, sagte sie dann und ihr Gesicht hellte sich auf.

Es war kein Versprecher. Meistens stellte sich Aton als Anton vor oder nuschelte seinen Namen so, dass der Unterschied nicht mehr so auffiel, und die meisten, die ihn nicht sehr gut kannten, sprachen ihn eben mit diesem Namen an. Aton war es nur recht.

Die Sekretärin machte eine Bewegung, als wollte sie aufstehen, lehnte sich dann aber zurück. »Geh nur rein«, sagte sie. »Direktor Zombeck wartet schon auf dich.«

Aton bedankte sich mit einem Kopfnicken und öffnete die Tür zu Zombecks Zimmer. Er ersparte sich die Frage, was der Direktor von ihm wollte. Er konnte es sich ganz gut denken ...

Der Raum roch muffig und war düster und von Schatten und Kälte erfüllt wie immer. Die wenigen Male, die Aton hier gewesen war, war er ihm stets gleich vorgekommen: Wie eine Gruft. Selbst die kostbaren alten Büromöbel, mit denen Zombeck sein Zimmer ausgestattet hatte, vermochten an diesem Eindruck nicht viel zu ändern.

Zombeck saß hinter seinem Schreibtisch und unterbrach das Gespräch, das er mit dem Mann ihm gegenüber geführt hatte, als er das Geräusch der Tür hörte.

Der Mann im Stuhl vor dem Schreibtisch wandte den Kopf und sah Aton an und in diesem Moment erkannte ihn der Junge. Er hatte diesen Mann schon mehrmals gesehen, und zwar zu Hause bei seinen Eltern. Den Namen hatte er vergessen, aber er wusste, dass er ein Kollege und wohl auch so etwas wie ein Freund seines Vaters war.

»Komm näher, Aton«, sagte Zombeck. Er deutete auf den Mann. »Du kennst Herrn Petach?«

Aton nickte. »Wir haben uns ... schon ein paar Mal gesehen«, sagte er zögernd. Verwirrt fragte er sich, was um alles in der Welt Petach hier tat. Ob es etwas mit dem zu tun hatte, was gestern geschehen war?

Petach war sehr groß und hager. Das wenige Haar, das er noch besaß, war grau mit weißen Strähnen und zu einem Kranz um den Kopf geworden. Eine randlose Brille mit kleinen runden Gläsern schien beständig von seiner Nase herunterzurutschen und unter dem linken Auge saß ein kleiner

Leberfleck. Petachs Gesicht war scharf geschnitten und die dunkel getönte Haut und die Form der Augen verrieten den Orientalen.

Aton trat zögernd einen Schritt näher – und hatte plötzlich einen Kloß im Hals, als er die Polaroidfotos sah, die zwischen Zombeck und Petach auf dem Schreibtisch lagen.

Die Bilder zeigten die kaputte Glasvitrine aus dem Museum. Obwohl die Qualität der Fotos zu wünschen übrig ließ, war die Verheerung, die sein Zusammenprall mit Werner und dessen Freunden hinterlassen hatte, doch deutlich zu erkennen. Die Glieder der Kriegermumie waren verdreht, von der mumifizierten Katze war nun wirklich nicht viel mehr als ein Haufen Lumpen zu sehen und die Vitrine ...

Aton spürte, wie sich ihm jedes einzelne Haar auf seinem Kopf sträubte.

Die Vitrine war zerborsten und die Fotos machten deutlich, dass sämtliche Glasscherben nach außen gefallen waren. Der Boden vor dem zersplitterten Schrank war mit Tausenden winzigen Glasscherben übersät und man hätte schon blind sein müssen um nicht zu sehen, dass diese Glasscheibe nicht eingeschlagen worden war, wie Zombeck und alle anderen glaubten. So wie die Scherben dalagen, gab es nur eine einzige mögliche Erklärung: Irgendetwas war von innen *aus dem Schrank* herausgebrochen.

Aton fühlte, wie das Blut aus seinem Gesicht wich, und sein Entsetzen war Zombeck nicht entgangen. Er sah Aton stirnrunzelnd an, dann schüttelte er den Kopf, schob die Bilder mit der Hand zusammen und drehte den Stapel demonstrativ herum.

»Du brauchst dir deswegen keine Sorgen zu machen«, sagte er. »Ich habe mit dem Direktor der Ausstellung gesprochen. Er war ziemlich aufgebracht, aber ich denke, unsere Versicherung wird den Schaden begleichen; zumindest den materiellen Verlust. Was den Rest angeht ...« Er seufzte. »Werner behauptet zwar nach wie vor, du hättest ihn in den Schrank gestoßen, aber ich glaube ihm nicht. Dir wird nichts geschehen, keine Sorge. Ich werde nicht einmal deine Eltern von diesem Vorfall in Kenntnis setzen.«

Das war für Zombecks Verhältnisse nun wirklich eine unglaubliche Großzügigkeit, aber Aton war momentan nicht in der Stimmung, sie entsprechend zu würdigen. Er starrte noch immer die Bilder an, und auch wenn er nun nur noch die glänzenden schwarzen Rückseiten der Polaroids sehen konnte, löste allein dieser Anblick ein neuerliches, eisiges Frösteln in ihm aus.

»Danke«, murmelte er.

Zombeck schien mehr Dankbarkeit erwartet zu haben, denn erneut erschienen Falten auf seiner Stirn. Dann aber zuckte er die Achseln und sagte: »Herr Petach ist hier, um dich abzuholen.«

Aton blickte überrascht auf. »Abholen?«

»Dein Vater schickt ihn«, bestätigte Zombeck mit einem Nicken. »Leider hat er keine schriftliche Bestätigung bei sich, wie es in solchen Fällen üblich ist«, fuhr er mit einem Seitenblick auf Petach fort. Er deutete auf das Telefon auf seinem Schreibtisch. »Und deine Eltern sind im Moment telefonisch nicht zu erreichen. Deshalb habe ich dich rufen lassen.«

»Aber wieso abholen?«, wunderte sich Aton. »Die Schule ist doch noch nicht –«

Zombeck unterbrach ihn mit einer unwilligen Handbewegung. »Der Unterricht ist in wenigen Tagen beendet«, sagte er. »Ich habe mit deiner Klassenlehrerin gesprochen. Der Lehrstoff ist ohnehin bereits durchgearbeitet. Und was deine Leistungen angeht ... Nun, du weißt ja selbst. Ich gäbe meine rechte Hand dafür, wenn auch nur die Hälfte unserer Schüler so wären wie du.«

»Aber wieso denn?«, fragte Aton.

Petach sah ihn verwundert an. Wahrscheinlich überraschte ihn Atons Reaktion – jeder andere Junge seines Alters wäre vor Freude, um eine Woche Schule und erst recht um eine Woche Internat herumzukommen, auf einem Bein gehüpft. Aber er hatte den allergrößten Teil seines Lebens in verschiedenen

Internaten zugebracht, was am Beruf seines Vaters lag, der ihn zu häufigen Reisen und manchmal zu monate-, wenn nicht jahrelangen Auslandsaufenthalten zwang. Er wusste, welche Umstände es seinen Eltern manchmal bereitete, ihn zumindest in den Ferien bei sich zu haben. Oft hatten sie ihn kurzerhand auf ihre Reisen mitgenommen. Und er wusste auch, dass sein Vater gerade in diesem Jahr kaum Zeit für ihn hatte. Er arbeitete an einem wichtigen Projekt in Ägypten und seine Anwesenheit war jetzt unumgänglich notwendig. Es hatte bis zum letzten Moment nicht einmal festgestanden, ob er die Weihnachtstage zu Hause oder wieder mal im Schatten einer Dattelpalme verbringen würde.

»Es ist einfach bequemer«, sagte Petach nach einer Weile. Er sprach ein fast akzentfreies Deutsch. »Dein Vater hätte sich extra zwei Tage freinehmen müssen, um dich abzuholen, und da habe ich vorgeschlagen, dich gleich mitzubringen. Ich bin sowieso auf dem Weg zu ihm. Wir müssen zusammen einige Vorbereitungen für seine nächste Reise treffen. Und für mich war es nur ein Umweg von wenigen Stunden.«

Plötzlich verspürte Aton einen leisen Schrecken. War zu Hause etwas geschehen, von dem sein Vater aus irgendeinem Grund nicht wollte, dass man es hier im Internat erfuhr? Oder war mit seinem Vater oder seiner Mutter etwas passiert, was Petach ihm auf dem Heimweg schonend beibringen wollte?

»Also?«, fragte Zombeck. Aton spürte seine Unruhe. Der Direktor schien zu ahnen, dass hier etwas nicht stimmte. Und bevor sein Misstrauen völlig erwachen konnte und sich Aton damit vielleicht doch noch eine Woche Unterricht – und damit auch eine Woche Werners Gesellschaft – einhandelte, nickte er.

»Dann geh hinunter und pack deine Sachen«, sagte Zombeck.

Aton warf Petach einen letzten, forschenden Blick zu, dann drehte er sich auf dem Absatz herum und verließ das Büro und nicht einmal eine Stunde später saß er auf dem Beifahrersitz von Petachs Wagen und sie rollten durch das finstere Torgewölbe des ehemaligen Klosters und den Hügel hinab. Dann geschah etwas Sonderbares: Aton drehte sich im Sitz des schweren Mercedes herum, soweit es der Sicherheitsgurt zuließ, und sah zum Internat zurück. Das Gebäude ruhte groß und wuchtig und irgendwie drohend auf dem Hügel und plötzlich hatte Aton das sichere Gefühl, dass er nie wieder hierher zurückkehren würde. Er wusste nicht, woher es kam, aber es war mehr als eine Ahnung. Abermals fragte er sich, warum Petach wirklich gekommen war.

Als hätte er seine Gedanken gelesen, fragte Petach in diesem Moment: »Bist du froh, nach Hause zu kommen?«

Aton drehte sich wieder im Sitz herum. Er antwortete nicht gleich, sondern sah eine ganze Weile nachdenklich auf die Straße hinaus, dann fragte er direkt: »Mein Vater hat Sie nicht geschickt, nicht wahr?«

Petach antwortete nicht darauf, aber sein Schweigen war beredt genug.

»Er weiß nicht einmal, dass Sie hier sind«, vermutete Aton. Wieder vergingen Sekunden, in denen Petach weder antwortete noch ihn ansah, sondern so tat, als konzentrierte er sich darauf, den schweren Wagen zu lenken. »Ich bringe dich sicher nach Hause, keine Angst«, sagte er schließlich.

»Das ist keine Antwort auf meine Frage«, konterte Aton. »Warum tun Sie das? Mein Vater wird ziemlich ärgerlich sein, fürchte ich.«

»Das ist möglich«, antwortete Petach knapp. »Aber nicht sehr lange, glaub mir.«

»Ich habe vor einer Woche mit meinen Eltern telefoniert«, fuhr Aton fort. »Vater ist wieder einmal voll im Stress und weiß nicht, wo ihm der Kopf steht. Wahrscheinlich störe ich zu Hause nur.«

Petach runzelte die Stirn. »Ich glaube«, sagte er, »du tust deinen Eltern Unrecht, Aton. Sie werden sich trotzdem freuen, dich zu sehen, auch wenn sie nicht viel Zeit für dich aufbringen können.«

Petach wandte den Blick von der Straße und sah ihn an.
»Ich weiß, wie du dich fühlst«, sagte er leise.
»So?«, antwortete Aton einsilbig.
Petach nickte, und obwohl sich in seinem Gesicht nicht die mindeste Regung zeigte, hatte Aton plötzlich das Gefühl, ein Lächeln zu erblicken; ein warmes, väterliches Lächeln. »Ja«, sagte Petach. »Auch ich war einsam, als ich in deinem Alter war. Ich hatte keine Eltern. Und das ist nicht gut. Kinder gehören zu ihren Eltern.«
»Bringen Sie mich deshalb zurück?«, fragte Aton.
»Auch«, sagte Petach.
»Und warum noch?«, fragte Aton.
Wieder zögerte Petach mit einer direkten Antwort und konzentrierte sich ganz darauf, den Wagen die schmalen Kehren und Windungen der Straße entlangzusteuern, die sich durch den Wald dem Berg entgegenwand. »Weil es besser ist«, sagte er schließlich. »Du ... kannst nicht länger hier bleiben. Du bist hier nicht mehr sicher.«
»Nicht mehr sicher?« Aton richtete sich verstört in seinem Sitz auf und blickte wieder nach hinten. Aus der Entfernung wirkte das Internat noch düsterer und bedrohlicher. Und – war es nur seine Einbildung oder sah er es wirklich? Für einen Moment glaubte er etwas Körperloses, Finsteres zu erkennen, wie Schatten, die aus dem Nichts erschienen und sich zusammenballten, um einen drohenden Ring um das Klostergebäude zu bilden, ein Ring, der sich langsam, aber unerbittlich enger zusammenzog. Eine Armee der Nacht, die zum Sturm auf eine Festung ansetzte.
Die Straße beschrieb eine enge Kehre und dann verbarg der Wald das Internat und eine Sekunde später ganz Crailsfelden vor ihren Blicken. Aton atmete unwillkürlich auf und drehte sich wieder nach vorn.
»Was soll das heißen?«, fragte er.
Petach blickte starr geradeaus und fuhr sich mit der Zungenspitze nervös über die Lippen wie jemand, der eigentlich schon zu viel gesagt hatte und seine Worte bedauerte, sie aber

nicht mehr zurücknehmen konnte. »Manchmal entwickeln sich die Dinge anders, als man möchte«, sagte er schließlich. »Und es gibt Dinge, die lassen sich schwer erklären.«
Das war nicht die Antwort, die Aton hatte hören wollen – ganz und gar nicht. Statt ihn zu beruhigen, bewirkten Petachs Worte das genaue Gegenteil. Aber er machte keine Anstalten, irgendeine weitere Erklärung abzugeben, sondern lächelte nur und begann plötzlich von seiner Heimat zu erzählen.
Und dabei blieb es, fast für den Rest des Tages.

Der Schattenwald

Es gab noch etwas, was Aton im Zusammenhang mit Petach gewusst und wieder vergessen hatte: Der Ägypter hasste es, schnell zu fahren. Der Mercedes hätte auf der Autobahn gut und gerne seine zweihundertfünfzig geschafft, aber Petach fuhr nicht auf die Autobahn, sondern blieb den ganzen Tag über auf Nebenstraßen und die Tachometernadel kletterte nie über die Siebzig. Die Nacht würde hereinbrechen, lange ehe sie zu Hause waren. Aton beherrschte sich tapfer, keine entsprechende Bemerkung zu machen, aber schließlich war seine Geduld erschöpft.
»Warum fahren Sie so langsam?«, fragte er.
Petach löste für einen Moment den Blick von der Straße, sah ihn an und lächelte flüchtig. »Das tun wir nicht.«
»Wir fahren nicht einmal siebzig!«, protestierte Aton.
»Das ist schnell genug«, erwiderte Petach gelassen. »Wenn man es genau nimmt, schon viel zu schnell. Hast du eigentlich eine Ahnung, was für eine ungeheure Geschwindigkeit das ist?«
Aton verzichtete auf die schnippische Antwort, die ihm auf

der Zunge lag. Etwas an Petachs Art, zu sprechen, machte ihm klar, dass es vollkommen sinnlos war, darüber mit ihm zu diskutieren. Trotzdem sagte er nach einer Weile:

»Wären wir auf der Autobahn gefahren, wären wir längst da.«

Petach schüttelte abermals den Kopf. »Warum habt ihr es immer so furchtbar eilig? Es spielt überhaupt keine Rolle, ob man eine Stunde früher oder später ankommt.«

Aton gab auf. Wenn er es übertrieb, dachte er, brachte es Petach glatt fertig und hielt an, um ihm einen Vortrag über die Gefahren des Straßenverkehrs zu halten. Er drehte sich halb im Sitz herum und blickte in die Dämmerung hinaus.

Vielleicht hätte er das besser nicht getan. Der Anblick der am Wagen vorüberhuschenden Schemen löste eine ganze Reihe unguter Erinnerungen in Aton aus – Erinnerungen an gestern, an seinen Traum und den Schatten, den er im Internat zu sehen geglaubt hatte. Und ...

»Sie haben mit Zombeck über den Vorfall im Museum gesprochen, nicht wahr?«, fragte er plötzlich.

Jetzt schien ihm alles ganz klar. Die Bilder hatten nicht zufällig auf Zombecks Schreibtisch gelegen, als er das Büro betrat. »Ich habe es Ihnen zu verdanken, dass er meinem Vater nichts davon erzählt.«

Petach lächelte. »Sagen wir: Ich habe ihn davon überzeugt, dass dich keine Schuld an dem trifft, was geschehen ist«, erwiderte er ausweichend. »Es war nicht besonders schwer.«

»Zombeck überzeugt?«, fragte Aton ungläubig. Niemand überzeugte Direktor Zombeck von irgendetwas, wovon er sich nicht überzeugen lassen wollte, das war ein ehernes Gesetz. »Wie um alles in der Welt haben Sie das geschafft? Haben Sie ihm mit dem Fluch der Pharaonen gedroht?«

Petach lachte, aber er kam nicht mehr dazu, zu antworten. Ein harter Ruck ging durch den Wagen. Aton klammerte sich an seinem Sitz fest, während Petach fluchend mit dem Lenkrad kämpfte, das plötzlich in seiner Hand bockte und sich wild hin- und herzudrehen versuchte. Der Mercedes schlingerte, kam mit zwei Reifen von der asphaltierten Straße ab und drohte ganz auszubrechen. Im letzten Moment bekam Petach die Kontrolle über den schweren Wagen zurück, trat behutsam auf die Bremse und lenkte ihn an den Straßenrand. Das spürbare Ruckeln des rechten Vorderrades und das hörbare Flap-flap erklärten Aton, dass sie einen Plattfuss hatten. Petach zog mit einem unnötig harten Ruck die Handbremse an, als der Wagen am rechten Straßenrand zum Stehen gekommen war, und Aton entging auch nicht der nervöse Blick, den er in den Rückspiegel warf. Er wirkte sehr besorgt.

»Da siehst du, was ich meine«, sagte er. »Wären wir schneller gefahren, dann hätte ich den Wagen vielleicht nicht mehr abfangen können!«

Aton sagte nichts dazu. Das war nicht der wirkliche Grund für Petachs Sorge, das spürte er ganz deutlich.

Hastig löste er seinen Sicherheitsgurt und wollte die Hand nach dem Türgriff ausstrecken, aber Petach winkte ab.

»Bleib sitzen!«, befahl er.

Seine Stimme war so scharf, dass Aton mitten in der Bewegung erstarrte und den Ägypter erstaunt anblickte. »Wir haben eine Reifenpanne«, sagte er. »Ich kann Ihnen helfen das Rad zu wechseln.«

Petach schüttelte heftig den Kopf. »Das mache ich schon«, sagte er. »Du bleibst im Wagen!«

Der Ton, in dem er die Worte aussprach, machte sie eindeutig zu einem Befehl, der keinen Widerspruch duldete. Aton ließ sich in seinem Sitz zurücksinken und sah dem Ägypter verwirrt zu, wie dieser die Fahrertür aufriss und aus dem Wagen stieg. Mit schnellen Schritten umkreiste Petach den Wagen und blickte missmutig auf das rechte Vorderrad hinunter – aber erst, nachdem er einen raschen Blick in die Runde geworfen hatte. Irgendetwas stimmt nicht, dachte Aton. Petach benahm sich nicht wie ein Mann, der sich über einen platten Reifen ärgerte. Er benahm sich auch nicht wie jemand, dem plötzlich durch den Kopf geschossen war, was ihnen alles hätte passieren können, hätte er die Kontrolle über den Wagen verloren. Nein – er benahm sich ganz eindeutig wie jemand, der auf der Flucht war.

Aber vor wem?

Ohne auf Petachs strafenden Blick zu achten, öffnete Aton nun doch die Beifahrertür und stieg aus. Petach sagte nichts, sondern ging um den Wagen herum und öffnete den Kofferraum. Aton folgte ihm. Der Ägypter schwieg immer noch, aber die Blicke, mit denen er ihn maß, als Aton sich wortlos vorbeugte und den Wagenheber aus der Halterung im Inneren des Kofferraums löste, waren sehr beredt. Aton hatte plötzlich das sichere Gefühl, dass der einzige Grund, aus dem er nicht darauf beharrte, dass er wieder in den Wagen stieg und die Türen verriegelte, der war, dass er ihm dann womöglich hätte erklären müssen, warum er darauf bestand.

Während Petach scheinbar mühelos den schweren Ersatzreifen um den Wagen herumtrug, ließ sich Aton neben dem Mercedes in die Hocke sinken und suchte nach einer passenden Stelle, um den Wagenheber anzusetzen. Er fand keine. Der Boden war vom letzten Regen so aufgeweicht, dass der Wagenheber fast zur Hälfte darin versank. Petach blickte Aton hilfesuchend an. Da der Ägypter alles andere als ein praktisch veranlagter Mensch war, hatte Aton schon bei ihrem ersten Zusammentreffen herausgefunden. Umso mehr hatte es ihn gewundert, dass er das Rad ganz allein wechseln wollte.

»Sie müssen ihn wieder auf die Straße hinausfahren«, sagte er. »Hier ist es zu gefährlich.«

Petach nickte und wollte wieder um den Wagen herumgehen, aber Aton rief ihn noch einmal zurück. »Stellen Sie Ihr Warndreieck auf«, sagte er mit einer Geste auf die Kurve, die keine zwanzig Meter hinter ihnen lag. »Die Straße ist ziemlich schmal. Wenn da einer um die Ecke gefegt kommt, knallt er uns sonst ins Heck.«

Petachs Gesichtsausdruck wurde noch verdrießlicher, aber er sah ein, dass Aton völlig Recht hatte, und kramte wortlos das Warndreieck und eine gelbe Blinkleuchte aus dem Kofferraum hervor. »Du bleibst beim Wagen«, schärfte er Aton ein, als er sich wieder aufrichtete. »Ganz egal, was passiert.«

Aton nickte und Petach machte sich auf den Weg. Aton sah ihm nach, bis er hinter der Kurve verschwunden war, dann drehte er sich herum und blickte aufmerksam zum Waldrand hinüber. Er fragte sich, warum Petach vorhin so besorgt dorthin gesehen hatte, und er fragte sich erst recht, was die sonderbaren Worte des Ägypters zu bedeuten hatten. Was um alles in der Welt ging hier vor? Hätte er nicht gewusst, dass der Gedanke völliger Unsinn war, dann hätte er geschworen, dass er sich in Gefahr befand. Zumindest benahm sich Petach so und seinem sonderbaren Benehmen und seinen noch sonderbareren Andeutungen nach musste es eine erhebliche Gefahr sein.

Aber das war natürlich vollkommen ausgeschlossen. Die größte Gefahr, der sich Aton in den letzten zwei Jahren gegenübergesehen hatte, war die Tracht Prügel von Werner und dessen Spießgesellen gewesen. An ihm war weder etwas Besonderes noch waren seine Eltern so vermögend, dass sich etwa eine Entführung gelohnt hätte. Außerdem kam so etwas ohnehin nur in Fernsehkrimis und schlechten Spielfilmen vor.

Eine Bewegung am Waldrand unterbrach Atons Gedanken. Es war nur ein Huschen, das er kaum aus den Augenwinkeln wahrnahm; das Zittern eines Astes, das Fallen eines letzten Blattes, ein Schatten, der das schwindende Tageslicht für den Bruchteil eines Augenblicks völlig verdeckte. Aber er war sicher, es sich nicht eingebildet zu haben. Irgendetwas bewegte sich dort drüben und plötzlich hatte er das intensive Gefühl, beobachtet zu werden.

Er sah nervös die Straße hinunter und dann wieder zum Waldrand. Das Gefühl, belauert zu werden, wurde stärker. Und nun empfand er auch Angst. Eine gestaltlose, fast irreale Furcht, die auf dürren Spinnenbeinen in seine Seele kroch und ihn frösteln ließ. Das Tageslicht schwand so schnell, dass er zusehen konnte, wie es dunkler wurde. In das blasse Grau des

Himmels mischte sich Schwarz und das Grün des Waldrandes zerlief zu einem violetten, unheimlichen Farbton. Die Lücken zwischen den dicht stehenden Bäumen wirkten plötzlich wie schwarze Wunden in der Wirklichkeit, nicht einfach nur Dunkelheit, sondern klaffende Risse in der Welt, aus denen etwas Unsichtbares, Körperloses und ungemein Bedrohliches hervorzukriechen begann ...

Aton versuchte den Gedanken als absurd abzutun. Aber es wollte ihm nicht so recht gelingen. Im Gegenteil. Seine Furcht wurde immer stärker und er spürte, wie sein Herz zu klopfen begann und seine Handflächen feucht wurden. Wieder sah er die Straße hinunter. Von Petach war noch immer keine Spur zu sehen, dabei hätte er längst zurück sein müssen, selbst wenn er sich beim Aufstellen des Warndreiecks so ungeschickt anstellte, wie Aton vermutete.

Einen Moment lang überlegte er, ihm einfach nachzugehen, ganz egal, welche Vorhaltungen er sich dann anzuhören hatte. Aber der bloße Gedanke, sich vom Wagen zu entfernen, der inmitten dieser plötzlich so unheimlich gewordenen Dämmerung wie ein letztes Bollwerk der Wirklichkeit wirkte, erfüllte ihn mit schierem Grauen. Langsam die Hände dicht gegen den kühlen Lack des Wagens gepresst, tastete er sich an der Seite des Mercedes entlang und suchte nach dem Türgriff. Als er ihn gefunden hatte und niederdrückte, hörte er das Geräusch.

Aton erstarrte. Es war ein Laut, wie er ihn nie zuvor im Leben vernommen hatte – ein unheimliches Hecheln, wie das Atmen eines riesigen Hundes, aber langsamer, machtvoller und gleichzeitig irgendwie metallisch, als käme es aus einer Kehle aus Stahl. Atons Herz begann wie rasend zu schlagen und er musste all seinen Mut aufwenden, um sich herumzudrehen und in die Richtung zu blicken, aus der das Geräusch gekommen war.

Auf der anderen Seite der Straße stand eine Gestalt. Sie war zu weit entfernt und stand zu dicht am Waldrand, schon fast mit den Schatten der hereinbrechenden Nacht verschmolzen, als wäre sie selbst nicht mehr als ein Stück Dunkelheit, das für einen kurzen Moment zum Leben erwacht war, sodass Aton sie nicht deutlicher denn ebenfalls als Schatten erkennen konnte. Doch das wenige, was er sah, reichte, ihm einen Schrecken einzujagen.

Die Gestalt war riesig und ihre scheinbare Unförmigkeit rührte von dem wallenden Umhang in der Farbe der Nacht her, unter dem sie sich fast zur Gänze verbarg. Und ihr Kopf ...

IHR KOPF!

Aton schrie gellend auf und prallte zurück und in diesem Moment erwachte der Schatten aus seiner Reglosigkeit und hob den Arm. Eine gespreizte Hand deutete auf Aton, dann schlossen sich die Finger ganz langsam, als wollten sie etwas Unsichtbares packen und zerquetschen, und im selben Augenblick spürte Aton, wie ihm eine unsichtbare Macht den Atem abschnürte. Sein Schrei wurde zu einem Röcheln, dann zu einem Wimmern, ehe er ganz verstummte. Keuchend hob er die Hand an den Hals, wie um an den unsichtbaren Fesseln zu zerren, aber unter seinen Fingern war nichts, nur seine eigene Haut, die er sich mit den Fingernägeln blutig kratzte, ohne es zu bemerken. Er taumelte weiter zurück, rang verzweifelt nach Atem und verlor schließlich auf dem morastigen Boden das Gleichgewicht. Mit hilflos rudernden Armen stürzte er nach hinten und schlug schwer in dem feuchten Schlamm auf. Ein scharfer Schmerz schoss durch seinen Rücken, als sich etwas Hartes durch seine Jacke bohrte, aber der Sturz hatte auch die unsichtbare Fessel gesprengt, die ihm die Kehle zudrückte. Plötzlich bekam er wieder Luft. Er atmete keuchend ein und aus, versuchte sich in die Höhe zu stemmen, verlor aber sofort wieder den Halt. Aber noch während er stürzte, sah er, wie sich der Schatten weiter auf ihn zu bewegte. Er befand sich jetzt hinter dem Wagen, sodass Aton seine noch immer erhobene Hand nicht mehr sehen konnte, aber er wusste plötzlich, dass es allein dieser Umstand war, der ihn gerettet hatte. Und dass die erstickende, unsichtbare

Macht sofort wiederkehren würde, sobald der Unheimliche das Hindernis hinter sich gebracht hatte und wieder in direkter Linie vor ihm stand.

Der Gedanke erfüllte ihn mit purer Todesangst und diese gab ihm die Kraft, hochzukommen und auf den Waldrand zuzulaufen. Es waren nur wenige Meter, aber für Aton wurden sie zu Ewigkeiten. Der Schlamm schien sich an seinen Füßen festzusaugen und er strauchelte immer wieder.

Auch als er den Waldrand erreichte und wie wild durch das dürre Geäst und Unterholz brach, wurde es nicht besser. Unter seinen Füßen war jetzt halbwegs fester Boden, aber die Zweige und Äste, die dürren Wurzeln und das trockene Unterholz schienen sich wie gierige Finger nach ihm auszustrecken und ihn festhalten zu wollen. Dornige Ranken zerkratzten sein Gesicht und rissen an seiner Jacke und seinem Haar und es war so dunkel hier, dass er kaum die Hand vor den Augen sah. Zweimal prallte er im vollen Lauf gegen einen Baum und schließlich stolperte er und fiel der Länge nach hin.

Seine Stirn schrammte unsanft an etwas Hartes und für Augenblicke drohte er das Bewusstsein zu verlieren. Alles wurde unwirklich und finster um ihn herum, das bisschen Licht, das er noch sah, verblasste und er fühlte, wie eine trügerisch warme, wohltuende Dunkelheit nach seinen Gedanken griff und sie einzuhüllen begann. Nur das Wissen, nie wieder aus diesem Schlaf zu erwachen, wenn er dies zuließe, brachte ihn dazu, die Augen zu öffnen und sich aufzurichten.

Er hörte Schritte. Nicht die Schritte eines Menschen, sondern ein unregelmäßiges Stampfen, unter dem die Erde zu zittern schien, und er hörte das Splittern und Bersten des Unterholzes, durch das der Unheimliche hindurchbrach.

Und wieder dieses Atmen.

Dieses schreckliche, eiserne Hecheln, das ihn mehr erschreckte als alles andere.

Mit einem noch halb unterdrückten Schreckensschrei fuhr

Aton herum und rannte ziellos tiefer in den Wald hinein. Doch er kam nur wenige Schritte weit. Plötzlich war etwas vor ihm, auch diesmal nur ein Schatten, aber irgendwie massiver, körperlicher als der des Unheimlichen, der ihn zu ersticken versucht hatte.

Er blieb stehen und blickte verzweifelt um sich. Nun bewegte sich auch etwas vor ihm. Ein schwerer, gedrungener Körper, den er nur als Schatten erkennen konnte. Gelb glühende Augen starrten ihn aus der Dunkelheit heraus an und Aton hörte ein tiefes, drohendes Knurren, das ihm das Blut in den Adern gerinnen ließ. Verzweifelt sah er sich um, suchte nach einem Versteck, einer Deckung, einem Schutz. Aber da war nichts. Der Wald war kein Wald mehr, sondern ein Meer aus Schwärze, das von bizarren, falschen Umrissen in noch tieferem Schwarz erfüllt war. Ein Wirklichkeit gewordener Albtraum, aus dem es kein Entrinnen, in dem es kein Licht, kein Versteck und keine Sicherheit gab. Der Schatten kam nicht näher, aber die gelb glühenden, unheimlichen Augen starrten ihn weiter an und er vernahm noch immer dieses tiefe, drohende Knurren.

Obwohl er wusste, dass der Verfolger hinter ihm war, machte er einen Schritt zurück – und schrie abermals gellend auf! Ein dürrer Zweig hatte sich um sein Handgelenk gewickelt. Aton versuchte den Arm zurückzuziehen, aber der Zweig gab nicht nach, sondern zog sich im Gegenteil wie eine Schlinge enger zusammen, sodass sich die winzigen Dornen daran wie kleine Nadeln in seine Haut bohrten und feine Blutströpfchen an seinem Arm herabliefen. Und noch während Aton aus weit aufgerissenen Augen auf das schreckliche Bild starrte, schnellten ein zweiter und dritter und vierter Zweig herbei, jeder wand sich gleich einem dünnen, lebenden Lasso um seine Hand und begann sich zusammenzuziehen, sodass seine Finger mit erbarmungsloser Kraft gegeneinander gepresst wurden.

Etwas zupfte an seinem rechten Hosenbein und endlich erwachte Aton aus seiner Erstarrung. Aber es war zu spät. Ein halbes Dutzend dürrer, biegsamer dornenbesetzter Ranken schoss aus der Dunkelheit herbei und wickelte sich um seinen rechten Knöchel und einen Moment später spürte er einen heftigen Schmerz und warmes Blut, als auch sie sich mit grausamem Druck zusammenzuziehen begannen!

Die Angst fegte auch den letzten Rest klaren Denkens hinweg. Aton stieß einen Schrei aus und begann heftig an den lebendigen Fesseln zu zerren, ohne auf den Schmerz zu achten, den er sich damit selbst zufügte. Vor ihm waren noch immer die rot glühenden Augen, die aber nicht mehr ihn anstarrten, sondern in die Richtung sahen, aus der das rasselnde Atmen des Unheimlichen und seine merkwürdig schwerfälligen Schritte zu hören waren. Aton schrie, wand sich wie von Sinnen und torkelte herum.

Die Gestalt stand hinter ihm.

Und obwohl sie jetzt kaum noch eine Armeslänge von ihm entfernt war, konnte Aton sie immer noch nicht deutlicher erkennen. Sie blieb ein Schatten, blieb das, als das er sie im allerersten Moment gesehen hatte: ein Stück zum Leben erwachter Dunkelheit. Der Schatten einer mächtigen Gestalt, auf deren Schultern der Kopf eines Hundes thronte!

Langsam hob der Unheimliche wieder die Hand und diesmal berührten seine Finger beinahe Atons Hals. Ein Hauch tödlicher Kälte streifte seine Haut, die gleiche, unheimliche Kälte, die er auch auf der Treppe im Internat gespürt hatte, ein eisiger Hauch, der nach Moder und Alter roch, wie der Luftzug aus einem Grab, das nach tausend Jahren geöffnet wurde, und wieder griff die unsichtbare Hand nach seiner Kehle und drückte sie zu, langsam, aber unbarmherzig und presste das Leben aus ihm heraus.

Aton taumelte. Er wollte schreien, aber er konnte es nicht mehr. Zwischen seinen Schläfen erwachte ein pochender, im Takt seines rasenden Herzens immer schneller und heftiger werdender Schmerz. Seine Lungen schrien nach Luft. Aber seine Bewegungen wurden schwächer und schwächer und er konnte fühlen, wie die Kraft und das Leben aus ihm heraus-

flossen. Der Nachtwald begann vor seinen Augen zu verschwimmen und die Gestalt des Unheimlichen zerfaserte, als wäre sie ein Trugbild aus Nebel, das von einem Windstoß einfach auseinander getrieben wurde.
Und dann war es vorbei.
Plötzlich, von einer Sekunde auf die andere, verschwand die würgende Hand von seiner Kehle. Die dornigen Ranken lösten sich von seinen Gliedmaßen und schnellten in die Nacht zurück, aus der sie gekommen waren, und Aton fiel mit einem erstickten Keuchen nach vorn und aufs Gesicht ins feuchte Moos.
Er hustete, stemmte sich in einer letzten verzweifelten Anstrengung in die Höhe und wälzte sich auf den Rücken, um tief ein- und auszuatmen, seine Lungen mit frischem Sauerstoff zu füllen, der die Schwärze des Todes, deren Nahen er schon gefühlt hatte, noch einmal vertrieb.
Er spürte, wie ihm die Sinne schwanden. Aber einen Moment bevor er endgültig das Bewusstsein verlor, sah er, wie sich die Gestalt des Unheimlichen mit dem Hundekopf mit einem Ruck herumdrehte und einer zweiten, viel kleineren Gestalt entgegenblickte, die mit weit ausgreifenden Schritten und hoch erhobenen Armen durch den Wald herangestürmt kam – Petach!
Aton wusste nicht, was weiter geschah, denn die grauen Schleier vor seinem Blick verdichteten sich zu einem schwarzen Vorhang, der sich endgültig über seine Sinne senkte. Aber er konnte nicht sehr lange ohne Bewusstsein gewesen sein, denn das Nächste, was er spürte, waren Petachs Hände, die besorgt über sein Gesicht und seinen zerschundenen Hals tasteten, und das Nächste, was er sah, war das schreckensbleiche Gesicht des Ägypters, das sich über ihn beugte.
»Aton!«, rief er aufgeregt. »Was ist mit dir? Bist du verletzt?«
Aton versuchte den Kopf zu schütteln, aber es blieb bei dem Versuch. Er fühlte sich schwach, unendlich schwach. Sein Hals schmerzte, und als er zu reden versuchte, brachte er im ersten Moment nur ein unverständliches Krächzen heraus.

»Bist du verletzt?«, fragte Petach noch einmal.
Diesmal gelang es Aton, den Kopf zu schütteln. »Nein«, flüsterte er.
Petach sah ihn kurz an, dann wandte er den Kopf und blickte auf seine Hand hinunter, von der noch immer warmes Blut lief, und der nächste Blick, den er in Atons Gesicht warf, machte deutlich, was er von dieser Antwort hielt. »Ich habe dir gesagt, du sollst beim Wagen bleiben«, sagte er vorwurfsvoll. »Was suchst du hier im Wald?«
Der Wald! Von neuem Schrecken erfüllt, sah Aton nach rechts und links und stemmte sich in die Höhe.
Aber der Wald war wieder ein ganz normaler Wald. Dunkel, feucht und so unheimlich, wie ein Wald in einer mondlosen Nacht eben war – aber auch nicht mehr.
»Wo ist ... der Mann?«, flüsterte er verwirrt.
Petach sah ihn fragend an. »Welcher Mann?«
»Der ... der Mann mit dem ...« Aton brach ab. Es war ihm plötzlich nicht möglich, weiterzusprechen. Er brachte es nicht über sich, Petach von dem Schatten und den glühenden Augen zu erzählen!
»Welcher Mann?«, fragte Petach noch einmal. »Hier ist niemand.«
»Aber Sie müssen ihn doch gesehen haben«, protestierte Aton.
»Ich habe niemanden gesehen«, sagte Petach. »Und hier war auch niemand.«
Aton starrte ihn fassungslos an. »Aber Sie –«
»Ich habe dich schreien gehört«, unterbrach ihn Petach mit einer energischen Handbewegung. »Gott sei Dank, möchte ich sagen. So dunkel, wie es hier ist, hätte ich stundenlang nach dir suchen können, ohne dich zu finden.« Er schüttelte den Kopf »Ich habe dir gesagt, du sollst beim Wagen bleiben«, sagte er. »Warum hast du nicht auf mich gehört? Dir hätte wer weiß was passieren können, ist dir das klar?«
Aton fühlte sich immer verwirrter und zugleich kam die Angst zurück. Er wusste, dass er sich das alles – den Unheimlichen,

den zweiten Schatten mit den glühenden Augen, die Geräusche und diesen furchtbaren Albtraum – nicht eingebildet hatte. Zögernd hob er die Hand und blickte auf sein zerschundenes Handgelenk hinunter. Seine Haut war mit Dutzenden winziger, nur nadelstichgroßer Wunden übersät, sein Knöchel brannte wie Feuer und sein Wadenstrumpf war feucht und schwer von seinem eigenen Blut.

Und trotzdem wusste er, dass Petach ihm nicht glauben würde. Wie konnte er auch?

»Kannst du gehen?«

Aton nickte wortlos und betastete seinen schmerzenden Hals, griff dann aber nach Petachs hilfreich ausgestreckter Hand und ließ sich von ihm in die Höhe ziehen.

Aber er sagte kein Wort mehr, sondern humpelte mit zusammengebissenen Zähnen und schwer auf Petachs Arm gestützt zum Wagen zurück. Und er protestierte auch mit keinem Wort mehr, als Petach ihm auf den Beifahrersitz half und sich ganz allein daranmachte, den geplatzten Vorderreifen zu wechseln.

Anubis

Es war spät in der Nacht, als sie das Haus erreichten, in dem Atons Eltern lebten. Petach hatte den Wagen bis zur Autobahn gelenkt und war dort auf den ersten Parkplatz gefahren, um mit zwei Mullbinden und einigen Streifen Heftpflaster die blutigen Schrammen an Atons Hand- und Fußgelenken mehr schlecht als recht zu verbinden, danach waren sie, ohne noch einmal anzuhalten, durchgefahren. Trotzdem hatte der Zeiger der Uhr am Instrumentenbrett des Mercedes die Zwei schon lange hinter sich gelassen, als sie an ihrem Ziel angekommen waren.

Das Haus lag in völliger Dunkelheit da. Petach parkte den Wagen direkt vor der Tür und hupte dreimal hintereinander – das Gebäude lag inmitten eines großen Gartens, sodass es keine Nachbarn gab, die er damit hätte stören können – und öffnete den Wagenschlag, machte aber eine rasche Bewegung, als Aton ebenfalls aussteigen wollte. »Warte hier«, sagte er. »Ich sehe nach, ob deine Eltern zu Hause sind.«

Warum um alles in der Welt holte Petach ihn eine Woche vor den Weihnachtsferien ab, wenn er nicht einmal wusste, ob seine Eltern überhaupt da waren? Verwirrt beobachtet Aton, wie Petach die wenigen Stufen zur Haustür hinaufeilte und den Klingelknopf drückte.

Es verging eine geraume Weile, bis drinnen im Haus Licht anging und die Tür geöffnet wurde; nur einen Spaltbreit, so weit es die stets vorgelegte Sicherheitskette zuließ. Das Haus war nicht nur das Wohnhaus seiner Eltern, sondern beherbergte auch das kleine Privatmuseum, in dem sich Stücke von unschätzbarem Wert befanden.

Diese Kette war nur eine von zahlreichen Sicherheitsmaßnahmen, die sein Vater auf Anraten der Polizei nach einem Einbruch vor einigen Jahren angebracht hatte. Das nach außen hin zwar große, aber eher unauffällige Landhaus war in Wirklichkeit eine Festung, die zu betreten gegen den Willen seiner Bewohner beinahe unmöglich war. Es zu verlassen übrigens auch.

Aton sah, wie Petach mit jemandem sprach, dann wurde die Tür geschlossen und in der nächsten Sekunde gänzlich aufrissen und er sah den Umriss seines Vaters gegen das helle Neonlicht des Flures. Aton öffnete die Wagentür und ging zum Haus hinauf.

»Mein Junge!«, begrüßte ihn sein Vater, auf dessen Gesicht noch ein überraschter Ausdruck lag. Er kam ihm einen Schritt entgegen, blieb aber dann wieder stehen und wandte sich an Petach.

»Sosehr ich mich freue, meinen Sohn zu sehen«, sagte er in

ärgerlichem Tonfall, »ich verstehe nicht ganz, was das bedeuten soll, geschätzter Kollege.«

Petach machte eine Handbewegung. »Nun, ich war ohnehin in der Nähe, und da ich weiß, dass Ihr Sohn in einigen Tagen sowieso nach Hause gekommen wäre, hielt ich es für eine gute Idee, ihn gleich mitzubringen. Immerhin sind es sechs oder sieben Stunden Fahrt für Sie – und das gleich zweimal. Ich dachte, es wäre Ihnen recht.«

Atons Vater sah aus, als würde er jeden Moment explodieren. Aber er beherrschte sich noch. »Sie hätten mich zumindest informieren können«, sagte er. »Es ist reiner Zufall, dass wir überhaupt zu Hause sind. Und Aton verliert eine Woche Schulzeit.«

Petach machte eine wegwerfende Handbewegung. »Bei seinem Notendurchschnitt spielt das wohl kaum eine Rolle.«

»Und Direktor Zombeck war damit einverstanden«, ergänzte Aton.

Sein Vater blinzelte. Er kannte Direktor Zombeck – dass er einem Schüler freiwillig auch nur eine Stunde erließ, war schier unmöglich. Aber auf der anderen Seite kannte er auch seinen Sohn und wusste, dass Aton nicht log. Schließlich hob er mit einem resignierenden Seufzen die Schultern und deutete zum Haus.

»Gehen wir erst mal rein«, sagte er. »Es ist kalt. Lasst uns drinnen weiterreden.«

Sie betraten das Haus und Aton steuerte ganz gewohnheitsmäßig das Kaminzimmer an, das Wohnraum und Bibliothek zugleich war und fast das gesamte Untergeschoss des Hauses beherrschte.

»Aton, warte«, rief ihm sein Vater nach – aber die Warnung kam zu spät. Etwas Schwarzes, ungemein Großes schoss plötzlich um die Ecke, baute sich vor Aton auf und musterte ihn aus dunklen Augen. *Das Ungeheuer aus dem Wald! Es war gekommen, um ihn zu holen!*

»Er tut dir nichts«, sagte sein Vater. »Er will nur mit dir spielen, das ist alles.« An den Hund gewandt und in strengem

Tonfall fügte er hinzu: »Er ist ein Freund. Hörst du? Ein Freund.«

Aton sah seinen Vater zweifelnd an und dann fiel sein Blick auf Petach. Das Gesicht des Ägypters zeigte einen angespannten Ausdruck. »Wie haben Sie den Hund genannt?«, fragte er langsam. »Anubis?«

»Ich fand, der Name passt zu seinem Aussehen«, bestätigte Atons Vater. »Gefällt er Ihnen nicht?«

»Wer?«, fragte Petach ausweichend. »Der Name oder der Hund?«

»Beides«, antwortete Atons Vater. Er klang schon wieder leicht verärgert.

»Es ist ein prachtvolles Tier«, sagte Petach ausweichend. »Nur ...«

»Seit wann haben wir einen Hund?«, fragte ihn Aton. Seine Furcht vor dem Dobermann verschwand.

»Seit das letzte Mal eingebrochen wurde«, antwortete sein Vater.

»Eingebrochen?« Aton erschrak. »Wieso –?«

»Es ist nichts passiert«, sagte sein Vater und machte eine beruhigende Geste. »Die Alarmanlage hat sie verscheucht. Deine Mutter und ich waren nicht zu Hause. Aber trotzdem ... Solche Leute sind unberechenbar. Möglicherweise kommen sie wieder oder es kommen andere, die sich nicht so leicht einschüchtern lassen. Jedenfalls habe ich mich mit der Polizei beraten und wir sind zu dem Ergebnis gekommen, dass ein guter altmodischer Wachhund vielleicht immer noch das sicherste Mittel ist, Langfinger abzuschrecken.«

»Das mag wohl sein«, sagte Petach. Er musterte den Hund von Kopf bis Fuß. »Woher haben Sie ihn?«

»Aus dem Tierheim«, antwortete Atons Vater. Nun klang seine Stimme eindeutig stolz.

»Aus dem Tierheim?«, wiederholte Petach überrascht. »Ein solch prachtvolles Tier?« Seine Stimme klang zweifelnd und Aton konnte das sehr gut verstehen. Er kannte sich bei Hunderassen nicht besonders gut aus, aber er hätte schon blind sein müssen um nicht zu erkennen, welches Prachtexemplar seiner Gattung der Dobermann mit dem Namen des ägyptischen Totengottes war.

Das Tier war von nachtschwarzer Farbe – dem tiefsten Schwarz, das Aton jemals gesehen hatte. Seine Augen schimmerten goldfarben und Aton war ziemlich sicher, dass sie im Dunkeln leuchten mussten wie die einer Katze. Er war groß, ein wahrer Riese, selbst für einen Dobermann, und unter dem glatten Fell zeichneten sich geschmeidige Muskelstränge ab.

Der Dobermann blickte Aton ebenfalls durchdringend und sehr aufmerksam an und Aton war sicher, dass er ihn auf seine Art ebenso misstrauisch begutachtete wie umgekehrt Aton ihn. Aton hätte eine Menge darum gegeben, zu erfahren, wie diese Musterung ausfiel.

Anubis' Gebiss sah aus, als würde er ab und zu nur so zum Spaß einmal einen Autoreifen zerfetzen oder einen kleinen Baum durchnagen. Diesen Hund hätte er wirklich ungefähr hundertmal lieber zum Freund gehabt als zum Feind ...

Oben im Haus fiel eine Tür, dann näherten sich rasche, leichte Schritte der Treppe. Einen Augenblick später hörte Aton die Stimme seiner Mutter: »Klaus? Was ist los da unten? Wer kommt denn so spätnachts –«

Sie brach mitten im Wort ab und riss erstaunt die Augen auf, als sie Aton erkannte. »Aton?«, rief sie. »Was um alles in der Welt ...?« Sie sprach nicht zu Ende, sondern kam die Treppe heruntergelaufen, um Aton so heftig in die Arme zu schließen, dass ihm die Luft wegblieb. Dann ließ sie ihn ebenso abrupt wieder los, schob ihn auf Armeslänge von sich und sah ihn an, als hätte sie ihn jahrelang nicht gesehen statt weniger Monate.

»Dass du hier bist!«, sagte sie kopfschüttelnd. »Das ist vielleicht eine Überraschung. Wie bist du denn hergekommen? Und noch dazu um diese Zeit?« Plötzlich erschrak sie. »Ist etwas passiert?«

»Nein«, sagte Atons Vater, noch bevor Aton selbst Gelegenheit

zur Antwort fand. Er wies auf Petach. »Herr Petach war gerade in der Gegend und da hielt er es für eine gute Idee, Aton kurzerhand mitzubringen.«
Er gab sich keine Mühe, seinen Ärger darüber zu verbergen, und Petach presste die Lippen aufeinander. Aber er sagte nichts, kein Wort der Entschuldigung, keinen Versuch der Erklärung; und auch nichts von alledem, was Aton nach seinen geheimnisvollen Andeutungen auf der Fahrt hierher erwartet hatte. »Und darüber werden wir uns jetzt unterhalten«, fuhr Atons Vater fort. »Kommen Sie, gehen wir in die Bibliothek.« Er ging auf die offen stehende Tür des Kaminzimmers zu und Petach folgte ihm. Aton wollte sich anschließen, aber seine Mutter hielt ihn mit einer raschen Handbewegung zurück. »Komm, lass die beiden in Ruhe miteinander reden«, sagte sie. »Ich koche dir inzwischen einen Tee. Du siehst aus, als könntest du ihn gebrauchen.«
Aton stand der Sinn nicht nach Tee – und seiner Mutter um zwei Uhr nachts garantiert nicht danach, ihn zu kochen. Aber er verstand auch, warum sie wollte, dass er mit ihr kam, und akzeptierte diesen Wunsch.
Sie gingen in die Küche. Seine Mutter trat an den Herd und begann den Wasserkessel zu füllen und die Teekanne vorzubereiten und Aton setzte sich an den kleinen Tisch unter dem Fenster, an dem er immer saß, wenn er zu Hause war. Ein Geräusch ließ ihn aufblicken. Anubis war ihnen gefolgt, trat aber nicht ganz in den Raum hinein, sondern blieb unter der Tür stehen und musterte Aton aus seinen gelben Augen. »Gefällt er dir?«
Aton fuhr so heftig zusammen, dass sein Stuhl etwas nach hinten rutschte, und sah verwirrt zu seiner Mutter hoch. Sie hatte ihre Arbeit beendet und kam langsam auf ihn zu. »Wie?«, fragte er.
»Der Hund«, antwortete sie mit einer Geste auf diesen. »Anubis. Er ist wunderschön, nicht?«
»Ja. Ganz ... wundervoll«, sagte Aton. Er war verwirrt. Wieso irritierte ihn dieser Hund nur so? Er liebte Tiere – Hunde,

Katzen, Vögel ... eigentlich alles, was deutlich weniger als sechs Beine hatte – aber dieser gewaltige Dobermann machte ihm Angst.
Natürlich, der schlanke, schakalartige Kopf mit den spitzen Ohren und dem gewaltigen Gebiss ähnelte zu sehr dem Phantom, das er im Wald zu sehen geglaubt hatte. Er hatte den Schrecken dieser Begegnung und den über die Art, in der Anubis ihn begrüßt hatte, noch nicht überwunden. Dass ihn der Anblick des Tieres nervös machte, war nur natürlich. Und doch ... das war nicht alles. Etwas im Blick dieses Hundes war unheimlich. Er sah ihn nicht an, wie ein Tier einen Menschen ansehen sollte.
Die Stimme seiner Mutter riss ihn wieder aus seinen Gedanken. »Also, jetzt erzähl mal«, sagte sie. »Wieso seid ihr gekommen?« Sie bemerkte erst jetzt die Heftpflaster auf seinen Händen und an seinem Hals. »Was ist passiert?«
»Wir hatten eine Reifenpanne«, antwortete Aton. »Ich habe Herrn Petach geholfen den Reifen zu wechseln und mich ziemlich ungeschickt dabei angestellt, das ist alles.« Für einen Moment war er in Versuchung, ihr von seinem Erlebnis im Wald zu erzählen. Aber er tat es nicht. Nicht weil er Angst hatte, sie würde ihm nicht glauben, sondern aus dem Gegenteil heraus. Im Grunde war er Petach nämlich sehr dankbar dafür, dass er ihm seine Erzählung nicht geglaubt hatte. Er wollte ja selbst nicht glauben, dass er das wirklich erlebt hatte. So schüttelte er nur den Kopf und sagte bekräftigend: »Nur ein paar Kratzer.«
Der Blick seiner Mutter machte klar, was sie von dieser Antwort hielt. Aber sie ließ es für den Moment dabei bewenden, zog sich einen Stuhl heran und setzte sich. »Also«, sagte sie. »Raus mit der Sprache. Das ist doch nicht alles. Was war wirklich los?«
Aton zögerte noch eine Sekunde, aber dann beichtete er seiner Mutter den Zwischenfall im Museum, wobei er allerdings das eine oder andere Detail wohlweislich wegließ. Die Geschichte, die er ihr erzählte, war identisch mit der, die er auch Zombeck

und den anderen erzählt hatte. Wahrscheinlich ist es ohnehin die Wahrheit, dachte er. Mumien, die sich plötzlich bewegen? Jetzt, mit dem Abstand von mehr als einem Tag und in der Sicherheit seines Zuhauses, kam ihm diese Geschichte beinahe lächerlich vor.

»Du warst also dabei?«, fragte seine Mutter, als er geendet hatte. Aton fuhr wieder zusammen. »Ihr ... ihr wisst schon davon?« Aber Zombeck hatte ihm doch versprochen, seinen Eltern nichts zu sagen!

»Es kam im Fernsehen, in den Abendnachrichten«, sagte seine Mutter. »Allerdings hatte ich keine Ahnung, dass du an der Geschichte beteiligt warst. Dein Vater natürlich auch nicht. Gottlob«, fügte sie leise hinzu.

»Im Fernsehen?«, stotterte Aton. »Aber wieso denn? Es ist doch niemand verletzt worden. Ich meine –«

»Anscheinend weißt du es noch nicht«, unterbrach ihn seine Mutter. »Die Geschichte geht noch weiter. Die beiden Mumien sind verschwunden.«

»Verschwunden?«, murmelte Aton. Eine eisige Hand schien plötzlich zwischen seinen Schulterblättern zu liegen. »Wie ... wie meinst du das, verschwunden?«

»Eben verschwunden«, sagte sie. »Sie haben sie zurück an die Universität gebracht, wo sie versuchen wollten sie wieder halbwegs instandzusetzten. Anscheinend haben dieser Werner und seine Freunde ziemlich viel Schaden angerichtet. Aber heute Morgen waren sie fort. Wie es aussieht, ist jemand heute Nacht in den Keller der Universität eingestiegen und hat die beiden Mumien gestohlen. Der Fernsehkommentator hatte sich zwar darüber belustigt geäußert, aber dein Vater war ganz aus dem Häuschen. Du weißt, wie er an solchen Dingen hängt.« Sie schüttelte den Kopf »Man hätte meinen können, er wäre bestohlen worden, nicht das Museum.«

»Ist er deshalb so schlecht gelaunt?«, fragte Aton.

Er schien einen wunden Punkt bei seiner Mutter getroffen zu haben, denn ihr Gesicht verdüsterte sich. »Weißt du«, begann sie langsam. »Es gibt Probleme auf der Baustelle.«

Aton begriff. Seine Mutter sprach von dem Staudamm, an dessen Konstruktion und Bau sein Vater seit gut fünf Jahren maßgeblich mitwirkte. Probleme hatte es dabei vom ersten Tag an gegeben und Aton hatte genug von der Arbeit seines Vaters aufgeschnappt, um zu wissen, dass es sie auch bis zum letzten Tag geben würde. Bei einem Projekt dieser Größe konnte einfach nicht alles klappen, das war beinahe ein Naturgesetz. Aus diesem Grund war ihm auch sofort klar, dass es sich jetzt um etwas ganz Spezielles handeln musste.

»Große Probleme?«, fragte er.

Seine Mutter nickte. Sie sah ihn nicht an. »Wir werden nach Ägypten fliegen müssen«, sagte sie. »Und so, wie es im Moment aussieht, wird es eine ganze Weile dauern, bis wir zurückkommen. Wochen, wenn nicht Monate.«

»Das heißt, dass wir Weihnachten wieder einmal in der Wüste feiern«, seufzte Aton. Der Gedanke erfüllte ihn nicht unbedingt mit Begeisterung. Er hatte sich darauf gefreut, ein besinnliches Weihnachtsfest mit seinen Eltern zu verbringen, so richtig altmodisch, mit Tannenbaum, Schnee und allem, was dazugehörte. Andererseits – drei Wochen Ägypten waren auch nicht zu verabscheuen. Wenigstens hatte er etwas zu erzählen, wenn er ins Internat zurückkehrte.

Dann begegnete er dem Blick seiner Mutter – und begriff schlagartig, dass sie ihm die wirklich schlechte Neuigkeit noch gar nicht verraten hatte. Plötzlich spürte er einen bitteren Kloß im Hals.

»Ich ... kann nicht mit«, sagte er leise. »Nicht wahr?«

»Ja«, antwortete seine Mutter. »Du musst das verstehen. Es gibt wirklich große Schwierigkeiten, Aton. Ich weiß auch noch nichts Genaues. Es scheint auch um Politik zu gehen. Du kannst auf gar keinen Fall mitkommen. Dein Vater wollte nicht einmal, dass ich ihn begleite.«

»Aber es ist Weihnachten!«, protestierte Aton. Der Kloß in seiner Kehle wurde größer und schien jetzt Stacheln zu haben. Seine Augen brannten. Er hielt die Tränen mit aller Macht zurück, aber natürlich sah seine Mutter sie trotzdem.

»Bitte, Aton, versuch das zu verstehen« sagte sie. Sie griff nach seiner Hand und für einen Moment musste Aton gegen den Impuls ankämpfen, sie zurückzuziehen. Er tat es letztlich nicht, aber auch das entging ihr nicht, und sie nahm ihre Hand traurig von selbst zurück.

»Es wird nicht nur anstrengend, es kann durchaus gefährlich werden. Wir können dich unmöglich mitnehmen. Wenn dir etwas zustoßen würde ...«

»Warum geht ihr dann?«, fragte Aton. »Wenn es gefährlich wird –«

»Ich sagte, es kann gefährlich werden«, unterbrach ihn seine Mutter sanft. »Und dein Vater muss gehen, das weißt du doch. Er hat nun einmal eine verantwortliche Stellung. Er verdient sehr viel Geld an diesem Projekt und für seine Firma stehen unzählige Millionen auf dem Spiel. Außerdem – du weißt, wie er ist. Dieser Staudamm ist sein Leben.«

Sie sprach nicht weiter, obwohl es sicherlich noch tausend Dinge gegeben hätte, die sie hätte sagen können. Doch wozu? Es war Weihnachten und er war zu Hause und würde morgen oder spätestens übermorgen wieder abreisen und die Feiertage im Internat oder bei irgendeinem Verwandten verbringen, so einfach war das.

»Hat Zombeck das gewusst?«, fragte er.

»Nein«, antwortete seine Mutter. »Ich wollte ihn anrufen, aber dein Vater war dagegen. Wäre Petach nicht gekommen, dann wären wir morgen nach Stuttgart geflogen, um es dir selbst zu sagen. Es tut mir unendlich Leid, aber ... du kannst nicht mitkommen. Wir haben schon mit Großmutter gesprochen. Du kannst die Ferien bei ihr verbringen, wenn du willst. Oder bei Tante Sophie.«

»Oder im Internat«, sagte Aton bitter.

»Bitte, Aton«, seufzte sein Mutter. »Ich verstehe dich ja, aber ...« Sie sah ihn traurig an und stand dann wortlos auf, um wieder zum Herd zu gehen.

Während sie die Tassen aus dem Schrank nahm, drehte sich Aton zum Fenster und starrte in den dunklen Garten hinaus.

Er spürte, dass er die Tränen nun wirklich nicht mehr zurückhalten konnte.
Für einen Moment hasste er diesen verdammten Staudamm und dieses ganze verdammte Ägypten, das ihm seine Eltern gestohlen hatte und ihm jetzt auch noch diese Ferien nahm. Aber er wusste auch, wie dumm dieser Gedanke war und wie falsch. Der Staudamm konnte nichts dafür, dass irgendeine Regierung beschlossen hatte, ihn zu bauen, und das Land konnte nichts dafür, dass sein Vater für den Bau dieses Jahrhundertwerkes verantwortlich war – so wenig wie sein Vater im Grunde etwas dafür konnte, dass ihn dieses Land und seine Geschichte zeit seines Lebens über die Maßen fasziniert hatte. Niemand konnte aus seiner Haut.
Trotzdem tat es weh. Er hatte sich ein halbes Jahr lang darauf gefreut, nach Hause zu kommen. Und jetzt das! Es war ... einfach nicht gerecht!
Etwas Weiches, Kühles berührte seine Hand. Aton blickte hinunter – und zuckte zusammen, als er sah, dass es der Hund war. Anubis war trotz seiner Größe vollkommen lautlos näher gekommen und hatte ihn mit der Nase angestupst. Hätte Aton es nicht besser gewusst, dann hätte er geschworen, einen verständnisvollen Ausdruck in den Augen des Hundes zu erblicken. Es war, als spürte das Tier, was in ihm vorging, und wäre zu ihm gekommen um ihn zu trösten.
»Ein lieber Kerl, nicht?«, sagte seine Mutter. Sie hatte den Tee fertig und stellte eine Tasse vor ihn auf den Tisch.
»Hm«, machte Aton
»Ich weiß, er sieht Furcht einflößend aus«, fuhr sie fort und kraulte den Hund hinter den Ohren, »aber er ist der bravste Hund, der mir je begegnet ist. Außer wenn man ihm befiehlt, jemanden anzugreifen – dann möchte ich nicht in dessen Haut stecken.«
»Das tut derjenige dann wahrscheinlich auch nicht mehr lange«, sagte Aton.
Seine Mutter lächelte flüchtig, obwohl sie Scherze dieser Art normalerweise gar nicht mochte, und drehte sich dann wieder

zum Herd. »Ich bringe deinem Vater und Herrn Petach auch eine Tasse«, sagte sie. »Sie werden sie brauchen. Außerdem will ich mich davon überzeugen, dass Vater nicht zu weit geht. Schließlich hat es Herr Petach nur gut gemeint.«

Sie stellte zwei Tassen und die Kanne auf ein Tablett, streichelte noch einmal über Anubis' Kopf und ging schnell aus der Küche. Aton sah ihr aus brennenden Augen nach. Plötzlich hatte er Lust, laut loszuheulen, und vielleicht hätte er es tun sollen, denn danach hätte er sich bestimmt besser gefühlt. Aber er tat es nicht – er war fünfzehn und somit in einem Alter, in dem er noch glaubte, es wäre ein Zeichen unbedingter Männlichkeit, jeden Schmerz klaglos zu ertragen.

Er sah auf Anubis und wieder verspürte er einen raschen, eisigen Schauder. Der Hund stand einfach nur da, reglos, mit wachsam aufgestellten Ohren und auf die Seite gelegtem Kopf und sah ihn an, und er war schlicht und einfach ein Hund, ganz bestimmt nicht mehr. Und doch ... tief, tief in seinen goldgelben Augen glomm ein Feuer, das dort nicht hingehörte.

Und da war noch etwas.

Seine Mutter hatte den Hund gestreichelt, ehe sie hinausging, mit einer ganz beiläufigen, selbstverständlichen Bewegung, mit der man eben einen Hund streichelte, den man mochte, ohne sich viel dabei zu denken.

Nur: Seine Mutter konnte Hunde nicht ausstehen.

Die Katastrophe

Der Tag war anstrengend gewesen. Und so war es kein Wunder, dass Aton auch am nächsten Morgen verschlief; und diesmal gründlich. Vermutlich hätte er nicht nur das Frühstück, sondern auch noch das Mittagessen verschlafen, wäre er nicht

von einer rauen Zunge geweckt worden, die ihm kreuz und quer über das Gesicht schlabberte.
Aton setzte sich mit einem Ruck auf, schob mit der linken Hand den Hund von sich weg und fuhr sich mit der anderen über Stirn und Wangen. Anubis' Zunge war ungefähr so groß wie ein Waschlappen und mindestens genauso nass.
Aton gähnte. Trotz der vielen Stunden, die er geschlafen hatte, fühlte er sich nicht im Geringsten ausgeruht. Er hätte sich auf der Stelle wieder herumdrehen und weiterschlafen können, aber ein einziger Blick auf Anubis machte ihm klar, dass der Hund das nicht zulassen würde. So schwang Aton widerwillig die Beine aus dem Bett, schauderte, als seine nackten Fußsohlen den kalten Boden berührten, und zog die Beine rasch wieder an.
Das ganze Bett wackelte, als Anubis mit einem Satz hinaufsprang. Aton drehte sich mürrisch zu dem Hund herum, um ihn wegzuscheuchen – aber er war nicht schnell genug. Anubis prallte wie ein lebendes Geschoss gegen ihn und Aton verließ die verlockende Wärme seines Bettes endgültig und auf völlig andere Weise, als er beabsichtigt hatte: mit einem halben Salto nach vorne nämlich.
Als er sich wieder aufrappelte, hockte Anubis genau dort, wo er gerade gesessen hatte, und grinste unverschämt auf ihn hinunter. Natürlich grinste er nicht wirklich; schließlich können Hunde nicht grinsen. Aber trotzdem hätte Aton in diesem Moment Stein und Bein geschworen, dass die Lefzen des Dobermanns zu einem hämischen Grinsen hochgezogen waren.
So oder so – an Schlafen war jedenfalls nicht mehr zu denken. Und übrigens war es dafür auch viel zu spät, wie Aton mit einem raschen Blick auf den Wecker feststellte. Beinahe elf. Er wunderte sich, dass seine Mutter ihn nicht längst aus dem Bett gescheucht hatte.
Widerwillig trottete Aton ins Bad, wusch sich flüchtig (schließlich hatte den Großteil bereits Anubis erledigt) und kehrte in sein Zimmer zurück um sich anzuziehen. Der Hund

folgte ihm wie ein lautloser, schwarzer Schatten, ohne ihn jedoch erneut mit seinen feuchten Freundlichkeitsbezeugungen zu belästigen. Aber als Aton sich auf die Bettkante setzte, um in die Socken zu schlüpfen, stieß er ein leises Knurren aus.

»Ja, ja, ist ja gut«, sagte Aton hastig. »Reg dich nicht auf. Ich ziehe mir nur Strümpfe an. Hier, siehst du?« Er wedelte mit seiner rechten Socke vor Anubis' Schnauze herum. Der Hund schnüffelte daran und wich mit einem leisen Winseln zwei Schritte zurück.

Im ersten Moment konnte sich Aton eines Grinsens nicht erwehren – aber zugleich verspürte er schon wieder ein sanftes Gruseln. Auch wenn ihm der Hund jetzt, im hellen Licht des Tages, nicht mehr so unheimlich vorkam wie gestern – irgendetwas war mit ihm nicht so, wie es sein sollte.

Aton schüttelte den Gedanken ab, zog sich rasch zu Ende an und verließ sein Zimmer. Anubis folgte ihm. Und er grinste. Aton war sicher, dass er grinste.

Als er die Treppe hinunterging, hörte er den Fernseher im Wohnzimmer. Erstaunt blieb er stehen. Dass das Gerät um diese Uhrzeit bereits lief, war sonderbar. Sein Vater war ein eingeschworener Fernsehgegner. Er hatte das Gerät erst vor vier oder fünf Jahren angeschafft und auch nur auf den hartnäckigen Druck der restlichen Familie, die nicht ganz so begeistert wie er davon war, Abend für Abend ägyptische Musik zu hören und in Bildbänden über das Land der Pharaonen zu blättern – oder Dias von selbigem zu betrachten. Wenn er den Apparat schon jetzt einschaltete, dann musste es einen triftigen Grund dafür geben!

Er ging weiter und fand seine Eltern tatsächlich im Wohnzimmer – und zusammen mit Petach vor dem Fernseher sitzen. Auf der Mattscheibe flimmerten in rascher Folge Bilder von brennenden Häusern und Autos vorbei, dazwischen immer wieder Aufnahmen von Krankenwagen und Hubschraubern und ganzen Hundertschaften von Polizisten, die versuchten des herrschenden Chaos Herr zu werden.

»Hallo!«, sagte er.

Sein Vater und auch Petach sahen nur flüchtig hoch und konzentrierten sich dann wieder ganz auf das Geschehen auf dem Fernsehschirm, aber seine Mutter stand auf und kam ihm lächelnd entgegen.

»Hallo, Aton«, sagte sie. »Na, ausgeschlafen?«

Die ehrliche Antwort hätte *nicht einmal annähernd* gelautet, aber Aton nickte trotzdem und warf einen bezeichnenden Blick auf den Hund, der ihm gefolgt war und nun neben ihm stand. Seltsam – es sah aus, als verfolgte auch er aufmerksam das, was sich im TV abspielte. Dabei wusste Aton, dass Hunde das Fernsehen gar nicht wahrnehmen können. Ihre Augen sind nicht dafür gemacht.

Seine Mutter lächelte, als sie seinen Blick registrierte. »Ich sehe, er hat dich geweckt«, sagte sie.

»Wie?«, murmelte Aton.

»Anubis«, erklärte seine Mutter. »Ich habe ihn hochgeschickt, damit er dich aufweckt.«

»Ähm ... ja«, gestand Aton verwirrt. »Wenn auch etwas ... feucht.«

»Manchmal ist er richtig albern, ich weiß«, sagte seine Mutter. »Man traut es ihm gar nicht zu, aber er kann herumtollen und spielen wie ein Welpe.«

»Hm«, machte Aton. Er war noch nicht wach genug, um diese Erklärung gebührend würdigen zu können. Außerdem hatte er das Gefühl, dass seine Mutter nur auf ein Stichwort wartete, um mit weiteren Lobeshymnen auf den Dobermann aufzuwarten.

»Komm«, sagte sie. »Dein Frühstück ist fertig. Lassen wir die beiden Männer einen Moment allein.«

Aton warf im Hinausgehen noch einen Blick auf den Fernseher. Die Bilder der Katastrophe hatten sich nicht geändert, aber nun war ein Kommentator im Vordergrund erschienen, der in eine dicke Steppjacke eingemummt war und vor Kälte zitterte, wobei sein Atem kleine, graue Dampfwölkchen auf das Mikrofon blies.

»Was ist passiert?«, fragte er, während er seiner Mutter in die Küche folgte. »Ein Flugzeugabsturz?«
»Später«, antwortete seine Mutter ausweichend. »Jetzt wird erst einmal gefrühstückt.«
Wogegen Aton nichts einzuwenden hatte. Neben manchem anderen unterschied sich Aton auch in diesem Punkt von den meisten seiner Altersgenossen – Kriege, Kämpfe und Katastrophen hatten ihn nie sonderlich interessiert. Er hatte nie verstanden, was Menschen so daran faszinierte, andere Menschen leiden zu sehen.
»Also hast du gut geschlafen«, stellte seine Mutter fest, während Aton sich mit wahrem Heißhunger über das Frühstück hermachte, das auf dem Tisch unter dem Fenster bereitstand. »Fataschisch«, murmelte Aton mit vollem Mund. Dann registrierte er das missbilligende Stirnrunzeln seiner Mutter, schluckte den Bissen rasch hinunter und sagte noch einmal: »Fantastisch. Es ist doch besser, im eigenen Bett zu schlafen. Selbst wenn man von einem lebenden Scheuerlappen geweckt wird«, fügte er mit einem Seitenblick auf Anubis hinzu.
Seine Mutter lachte, streichelte dem Hund den Kopf und schnitt ein großes Stück Wurst ab, das sie ihm hinhielt. Atons Augen wurden groß, als er sah, wie Anubis das Stück mit seinen riesigen Fangzähnen behutsam aus ihren Fingern nahm, es dann allerdings – ganz auf Hundemanier – mit einem einzigen gierigen Haps hinunterwürgte.
»Was ist denn mit dir los?«, fragte er staunend.
»Mit mir? Was?«
»Du konntest Hunde doch nie ausstehen.«
»Das stimmt«, antwortete sie. »Aber Anubis ist etwas Besonderes.«
»Ja, das glaube ich allmählich auch«, sagte Aton leise. Er sah den Hund an und Anubis erwiderte seinen Blick gelassen. Jetzt war Aton sicher, dass in seinen Augen ein spöttisches Funkeln geschrieben stand. »Er hat mein Herz sozusagen im Sturm erobert«, fuhr seine Mutter fort.

»Das deines Vaters auch. Er ist sehr schlau, weißt du? Und überaus freundlich.«
Die Worte waren eher dazu angetan, Atons Misstrauen dem Hund gegenüber noch mehr zu schüren, aber er enthielt sich wohlweislich jeden Kommentars. Während seine Mutter sich am Herd zu schaffen machte, blickte Aton, während er aß, aus dem Fenster. Der Anblick hatte sich verändert, seit er das letzte Mal hier gewesen war – seine Mutter, die eine passionierte Hobbygärtnerin war, hatte einige neue Büsche angepflanzt und am hinteren Ende des Gartens begann das Skelett eines kleinen Gewächshauses zu entstehen. Seine Mutter sprach seit Jahren davon, es zu bauen, und offensichtlich hatte sie die Erfüllung dieses Traumes nun endlich in Angriff genommen.
Plötzlich glaubte Aton eine Bewegung zu sehen. Zwischen den verschneiten Büschen am anderen Ende des Gartens huschte ein Schatten entlang – vielleicht nur ein Vogel oder irgendein anderes kleines Tier, das aus dem nahen Wald herbeigekommen war oder im dichten Buschwerk Schutz vor dem kalten Wind suchte. Aton hätte wohl auch kaum mehr als einen flüchtigen Blick darauf verwandt, hätte Anubis nicht plötzlich die Ohren aufgestellt und leise zu knurren begonnen. Einen Moment darauf war er am Fenster und spähte aufmerksam in den Garten hinaus.
»Was ist denn los?«, fragte seine Mutter.
Aton zuckte mit den Schultern und beugte sich vor, konnte aber jetzt nichts mehr entdecken. Der Schatten war verschwunden. Aber er hatte ihn sich nicht eingebildet, das bewies die Reaktion des Hundes ganz deutlich. »Vielleicht irgendein Tier«, sagte er.
Auch seine Mutter trat ans Fenster und sah einen Moment lang aufmerksam hinaus, wandte sich dann aber mit einem Achselzucken wieder ab. »Wahrscheinlich«, sagte sie. »Manchmal kommen Kaninchen hierher oder Wiesel. Sie finden im Wald nicht mehr genug Nahrung, seit der Winter hereingebrochen ist.«

Das klang einleuchtend und es erklärte auch die Reaktion des Hundes, der noch immer sehr aufmerksam aus dem Fenster blickte. Seltsamerweise wedelte er dabei aber heftig mit dem Schwanz, was eigentlich mehr auf Freude als auf Jagdfieber schließen ließ. Aber Aton verfolgte den Gedanken nicht weiter. Erstens verstand er nicht genug von Hunden, um das wirklich beurteilen zu können, und zweitens war Anubis ohnehin ein sehr sonderbarer Hund. Aton wusste immer noch nicht, ob er ihn nun mochte oder nicht.

Herr Petach und sein Vater kamen in die Küche, bevor Aton sein Frühstück beendet hatte, und seine Mutter trug drei weitere Gedecke auf. Sie aßen in den ersten Minuten schweigend und mit einem Appetit, der Aton verriet, dass dies keineswegs ein zweites Frühstück war. Offenbar war er nicht der Einzige, der nach der halb durchwachten Nacht an diesem Morgen später als gewöhnlich aus den Federn gekrochen war. Aton fragte sich nun wieder, was denn im Fernsehen so Wichtiges gelaufen war, dass sein Vater und Herr Petach das Frühstück verschoben hatten, um dem Bericht zu folgen – zumal die beiden während der nächsten fünf Minuten kein Wort sprachen, aber sehr ernste Gesichter machten. Die verstohlenen Blicke, die sie ihm hin und wieder zuwarfen, machten ihm auch klar, dass es irgendetwas mit ihm zu tun haben musste. Voller Unbehagen erinnerte er sich an sein nächtliches Gespräch mit seiner Mutter. Hatte sie seinem Vater vielleicht verraten, dass er an der Geschichte mit der Mumie nicht unbeteiligt gewesen war?

Es vergingen noch einmal lange Minuten, ohne dass Atons Neugier befriedigt wurde, aber gerade als er schon glaubte vor Ungewissheit gleich platzen zu müssen, stellte sein Vater die Tasse hin und sah ihn an.

»Deine Mutter hat dir gestern Abend ja schon gesagt, dass wir nach Ägypten reisen müssen«, begann er. Aton nickte, sagte aber nichts.

»Ich war ... gestern vielleicht etwas scharf«, fuhr sein Vater nach einer neuerlichen, unbehaglichen Pause fort. »Es tut mir Leid. Ich war einfach überrascht und auch verärgert, wie ich zugeben muss.« Er starrte in seine Tasse und fuhr leiser und ohne Aton oder auch Petach anzusehen fort: »Ich muss mich entschuldigen. Bei dir und vor allem bei Herrn Petach. Wie es aussieht, hat er uns mehr als nur einen Gefallen erwiesen.«

»Wieso?«, fragte Aton.

Sein Vater atmete tief ein. »Er hat uns nicht nur einen Weg abgenommen«, sagte sein Vater ernst, »sondern dir wahrscheinlich das Leben gerettet.«

»Wie?!«, murmelte Aton verwirrt. Er sah erst seinen Vater, dann den Ägypter an. Petach schwieg. Auf seinem Gesicht zeigte sich nicht der mindeste Ausdruck, aber in Aton machte sich plötzlich ein sonderbares Gefühl der Vorahnung breit.

»Du hast vorhin die Bilder im Fernseher gesehen?«, fragte sein Vater.

»Sicher«, antwortete Aton. »Aber was hat das mit mir –«

»Das war Crailsfelden, Aton. Das Sänger-Internat.«

Aton erstarrte. Für eine Sekunde sah er wieder die schrecklichen Bilder vor sich, die über die Mattscheibe geflimmert waren: Bilder von zerstörten Gebäuden, von brennenden Autos, von Verletzten und Toten.

»Es kam in den Nachrichten«, sagte sein Vater leise. »Man weiß noch nichts Genaues. Eine Explosion möglicherweise oder ein Feuer, das außer Kontrolle geraten ist. Eine furchtbare Katastrophe. Es hat viele Verletzte gegeben und auch Tote. Und ich fürchte, es sind auch einige Schüler des Internats unter den Opfern. Nicht auszudenken, wenn du noch da gewesen wärst.«

Aton hörte die Worte seines Vaters kaum – aber dafür glaubte er plötzlich um so deutlicher das zu hören, was Petach gestern Abend im Wagen zu ihm gesagt hatte: *Er wird ärgerlich sein. Aber nicht sehr lange, glaub mir.*

Aber er hatte doch unmöglich wissen können, was passieren würde!

»Weiß man ... weiß man schon, wer ums Leben gekommen ist?«, fragte er stockend. Seine Stimme versagte fast – aber das Entsetzen, das er spüren sollte, war nicht da. Alles, was er in diesem Moment fühlte, war eine tiefe, betäubende Leere. Vielleicht war der Schrecken einfach zu groß, um ihn sofort zu spüren.

»Nein«, antwortete sein Vater. »Ich hoffe, dass es keiner von deinen Freunden ist. Natürlich habe ich gleich versucht im Internat anzurufen, aber die Leitung ist tot.«

Aton starrte Petach an. Der Ägypter erwiderte seinen Blick noch immer vollkommen ausdruckslos, aber dann nickte er so unmerklich, dass weder Atons Vater noch seine Mutter die Bewegung bemerken konnten. Dafür registrierte Aton sie um so deutlicher und er wusste plötzlich mit unerschütterlicher Sicherheit, was sie bedeutete: Werner war unter den Opfern.

Mit einem Male begannen seine Hände so heftig zu zittern, dass er sie vom Tisch nahm und im Schoß verbarg, und das entging seinen Eltern natürlich keineswegs. Sein Vater lächelte traurig und seine Mutter legte ihm sanft den Arm um die Schultern und drückte ihn an sich.

»Ich weiß, es ist hart«, sagte sie. »Aber Unfälle geschehen nun einmal, auch wenn das grausam klingen mag. Das Leben ist manchmal sehr, sehr ungerecht.«

Die Worte waren nur gut gemeint und doch kamen sie Aton in diesem Moment wie böser Spott vor. Aber er sagte nichts dazu – was hätte er auch sagen sollen? Dass er es besser wusste? Dass die Katastrophe, die das Sänger-Internat und Crailsfelden getroffen hatte, alles andere als ein *Unglück* gewesen war?

Plötzlich hielt er es in Petachs Nähe nicht mehr aus. Er sprang mit einem solchen Ruck auf, dass sein Stuhl umfiel und Anubis sich mit einem erschrockenen Jaulen in Sicherheit brachte, um nicht erschlagen zu werden, und rannte aus der Küche.

Später hätte er nicht mehr zu sagen vermocht, wie er die

nächsten Minuten verbracht hatte, ob es fünf oder fünfzehn gewesen waren und was er in dieser Zeit getan oder gedacht hatte. Es war ein Gefühl, wie er es nie zuvor im Leben kennen gelernt hatte, und er hätte auch gerne für den Rest seines Lebens darauf verzichtet, denn es war schlimm: eine Mischung aus Entsetzen, Hilflosigkeit und Furcht, wobei er sich über den Ursprung keines dieser Gefühle wirklich im Klaren war. Minutenlang rannte er einfach im Wohnzimmer auf und ab, ohne seine Umgebung wirklich wahrzunehmen, bis sich der Aufruhr in seinem Inneren so weit gelegt hatte, dass er wenigstens wieder stillstehen und versuchen konnte einen halbwegs klaren Gedanken zu fassen.

Im Grunde gab es nur eines, dessen er sich vollkommen sicher war: Er hatte sich nichts eingebildet. Weder das plötzliche Erwachen der Mumie noch den Schatten auf der Treppe oder gar sein furchtbares Erlebnis im Wald. Das alles war wirklich passiert, war *ihm* passiert, und er spürte auch mit derselben, durch nichts begründeten, aber nichtsdestoweniger unerschütterlichen Gewissheit, dass es noch lange nicht vorbei war. Ganz im Gegenteil. Es fing gerade erst richtig an. Und er wusste nicht einmal, was.

Nach einer Weile spürte er, dass er nicht mehr allein war. Er drehte sich herum, darauf gefasst, seinen Vater oder seine Mutter zu sehen, aber unter der offen stehenden Tür war Herr Petach erschienen. Er sagte nichts. Er stand einfach da und blickte ihn an, ebenso ausdruckslos wie vorhin in der Küche. Und nun erschien ein schwarzer, vierbeiniger Schatten neben ihm, der gar nicht richtig sichtbar zu sein schien, fast, als wäre Anubis gar kein wirklicher Hund, sondern nur das Trugbild eines Hundes. Doch der Moment verging so schnell, wie er kam, und als Aton das nächste Mal blinzelte, war Anubis wieder ganz er selbst. Aber die Furcht, mit der ihn dieser Anblick erfüllt hatte, blieb. Er wich einen Schritt vor dem Ägypter und dem Dobermann zurück.

»Wer ... wer sind Sie?«, flüsterte er.

»Ich werde dir alles erklären«, sagte Petach. »Aber nicht jetzt.

Später, wenn die Zeit dafür reif ist. Die Dinge sind nicht immer so, wie sie sich darstellen, weißt du? Mancher, der uns gefährlich erscheint, ist in Wirklichkeit ein Freund. Und mancher, der in der Maske des Freundes daherkommt, mag sich als unser schlimmster Feind herausstellen. Bitte vertrau mir.«
Er streckte die Hand aus und kam auf ihn zu, aber Aton trat noch ein paar Schritte zurück, bis er an den steinernen Kaminsims stieß und dort stehen blieb.
Petach folgte ihm nicht. Sein Lächeln war erloschen und hatte tiefer Trauer Platz gemacht. Müde ließ er die Hand sinken und schüttelte den Kopf. »Ich kann dich verstehen«, sagte er. »Aber du wirst auch mich verstehen, sobald du begriffen hast, worum es wirklich geht.«
»Dann erklären Sie es mir!«, verlangte Aton. »Erklären Sie mir, warum das alles passieren musste! Wie viele Menschen sind tot? Fünf? Zehn? Hundert?«
»Ich hab nichts damit zu tun, Aton«, sagte Petach ernst. »Das musst du mir glauben.«
Und das tat Aton sogar. Etwas in ihm wusste, dass Petach die Wahrheit sagte. Aber das machte es nicht besser.
»Aber Sie haben es gewusst!«, sagte er mit zitternder Stimme. »Sie ... Sie haben gewusst, was passieren würde, nicht wahr? Deshalb haben Sie mich abgeholt.«
»Ja«, gestand Petach. »Ich wusste nicht genau, was – aber ich wusste, dass etwas geschehen würde. Etwas Schreckliches. Du wärst jetzt nicht mehr am Leben, wärst du dort geblieben.«
»Sie ... Sie hätten sie warnen können«, stammelte Aton. Er wusste, dass er Unsinn redete, und Petach wusste das auch; er machte sich nicht einmal die Mühe, darauf zu antworten. Was hätte er sagen sollen? Dass er eine Vision gehabt hatte, in der er Crailsfelden brennend und in Trümmern daliegen sah? Aton konnte sich Zombecks Antwort auf eine solche Eröffnung lebhaft vorstellen. Im besten Falle hätte er Petach aus seinem Büro geworfen, wahrscheinlich aber die Polizei oder gleich einen Irrenarzt gerufen, eines aber ganz bestimmt nicht getan: Petach erlaubt, Aton mit sich zu nehmen.

Diese Erkenntnis machte es nur schlimmer. Natürlich wusste er, dass es nicht so war. Der Gedanke war nicht nur lächerlich, er war sogar unlogisch – und trotzdem hatte Aton plötzlich das entsetzliche Gefühl, dass es seine Schuld war. Dass all dieses Schreckliche nur *seinetwegen* geschehen war, aus keinem anderen Grund.

Aton verbrachte die nächsten Stunden in seinem Zimmer, und auch wenn sie den wahren Grund hierfür nicht einmal ahnen mochten, respektierten seine Eltern sein Entsetzen und seinen Schmerz und ließen ihn allein und ungestört. Atons Gedanken drehten sich in all dieser Zeit wild im Kreis und sie kehrten immer wieder zu dieser einen Frage zurück: Was geschah hier? Was geschah *mit ihm*?

Natürlich fand er keine Antwort darauf, aber am Ende kam er zu einem Entschluss. Er würde seiner Mutter erzählen, was passiert war, alles und ganz ehrlich, eingeschlossen seiner Zweifel, ob er es auch wirklich erlebt hatte. Natürlich war Aton klar, dass sie ihm nicht glauben würde, aber er musste einfach mit jemandem über die unheimlichen Ereignisse der letzten Tage reden. So verließ er schließlich wieder sein Zimmer und ging ins Erdgeschoss hinunter.

Er betrat das Wohnzimmer und fand seinen Vater zusammen mit Petach vor dem Fernseher sitzen, auf dem zu seiner Erleichterung jedoch keine Bilder des zerstörten Internats zu sehen waren, sondern ein Studio, in dem mehrere Männer aufgeregt miteinander diskutierten.

Sein Vater bemerkte sein Eintreten und drehte sich zu ihm herum. »Hallo, Aton«, sagte er. »Setz dich zu uns.«

»Nein, danke.« Aton schüttelte den Kopf und blickte flüchtig zu Petach hinüber. Der Ägypter lächelte wieder sein stets gleich bleibendes Lächeln, das Aton plötzlich gar nicht mehr so freundlich vorkam, und er sah rasch wieder weg. »Wo ist Mutter?«

»Oben im Schlafzimmer«, antwortete sein Vater. »Sie packt unsere Koffer. Warum?«

»Ich möchte mit ihr reden«, antwortete Aton ausweichend.

Sein Vater sah ihn einen Moment fragend an, gab sich aber dann mit dieser Antwort zufrieden und wandte sich wieder dem Fernseher zu. Petach sah immer noch Aton an. Anubis saß neben ihm und Petach hatte in einer wie zufällig wirkenden Geste die Hand auf seine Schulter gelegt. Auch der Hund starrte Aton an.

Ohne ein weiteres Wort drehte sich Aton wieder herum und ging aus dem Zimmer und zurück zur Treppe. Aber er hatte noch nicht die halbe Strecke hinter sich gebracht, da kam Anubis aus dem Wohnzimmer geschossen, rannte an ihm vorbei und blieb vor der untersten Stufe der Treppe stehen. Als Aton an ihm vorbeigehen wollte, vertrat er ihm den Weg. »He, was soll das?«, fragte Aton ärgerlich. Er streckte die Hand aus, um den Hund beiseite zu schieben – und zog sie mit einem erschrockenen Keuchen wieder zurück.

Anubis hatte zu knurren begonnen. Seine Lefzen zogen sich zurück und gewährten Aton einen Blick auf die Ehrfurcht gebietenden Fänge und seine ganze Haltung war plötzlich eindeutig drohend.

Aton machte einen Schritt zurück und starrte den Hund eine Sekunde lang wortlos an. Unendlich vorsichtig, um den Dobermann nicht durch eine rasche Bewegung zum Angriff zu provozieren, machte er dann einen Schritt zur Seite und versuchte in einem weiten Bogen an ihm vorbei zur Treppe zu gelangen.

Anubis ließ es nicht zu.

Aton versuchte es noch einmal und schließlich ein drittes Mal und diesmal weitaus energischer, aber das Ergebnis war stets das gleiche. Anubis rührte sich nicht, solange er der Treppe fernblieb, aber er machte ihm sehr eindeutig klar, dass er ganz bestimmt nicht zulassen würde, dass Aton – ja, was eigentlich?

Die Treppe hinaufging, um *mit seiner Mutter zu reden*?

Aber das war doch verrückt, vollkommen verrückt!

Der Hund konnte doch unmöglich ahnen, was *Aton gedacht hatte!*

Und doch war es so. Anubis' Verhalten ließ gar keine andere Erklärung zu. Der Hund wusste, was Aton vorhatte, und tat alles, um es zu verhindern.

Das bestärkte ihn in seiner Gewissheit, dass dieser Hund alles andere war als ein normaler Hund, so wie auch Herr Petach alles andere war als ein ganz normaler Mann, und dass er mit jemandem darüber reden musste. Es wäre ihm viel lieber gewesen, sich zuerst seiner Mutter anzuvertrauen, doch wenn ihm keine Wahl blieb – gut, würde er eben mit seinem Vater reden, gleich jetzt.

Mit einer entschlossenen Bewegung drehte er sich herum und ging zum Wohnzimmer zurück. Er hörte, wie Anubis sich hinter ihm von seinem Platz am Fuße der Treppe löste, aber er widerstand der Versuchung, sich herumzudrehen oder gar loszurennen, womit er den Hund vielleicht endgültig zum Angriff gereizt hätte.

Als er noch einen Schritt von der Tür entfernt war, raste Anubis an ihm vorüber und Aton war fest davon überzeugt, dass er sich nun vor dem Wohnzimmer aufbauen und ihm dessen Betreten verwehren würde. Doch stattdessen rannte Anubis an der Tür vorbei, schlug plötzlich einen Haken nach links und raste kläffend den Korridor zur Hintertür hinunter.

»Was ist denn da draußen los?«, drang die Stimme seines Vaters aus dem Wohnzimmer. Nur einen Augenblick später erschien er unter der Tür, dicht gefolgt von Petach.

Aton setzte dazu an, seinem Vater zu erzählen, was gerade passiert war, aber Petach kam ihm zuvor. »Was hat denn der Hund?«, fragte er. »Weshalb bellt er?«

Atons Vater zuckte mit den Schultern. »Keine Ahnung«, antwortete er. »Er scheint etwas zu wittern. Irgendetwas muss im Garten sein.«

Aton musste plötzlich an den Zwischenfall am Morgen denken, als Anubis ans Küchenfenster gesprungen war und eine ganze Weile konzentriert in den Garten hinausgestarrt hatte. Voller Beunruhigung folgte er seinem Vater und Petach, die in die Richtung eilten, aus der Anubis' Gebell drang.

Der Hund war tatsächlich zur Gartentür gerannt und kläffte jetzt wie von Sinnen. Seine gewaltigen Tatzen scharrten über die Tür, wobei sie tiefe Kratzer in dem Holz hinterließen, und sein Bellen klang beinahe hysterisch. Seltsamerweise wedelte er dabei aber heftig mit dem Schwanz.
»Anubis, hör sofort auf!«, sagte Atons Vater scharf. »Bist du verrückt? Du demolierst uns ja die ganze Tür! *Aus!*«
Auf dieses letzte, in scharfem Befehlston gesprochene Wort reagierte Anubis. Er hörte zwar nicht auf zu bellen, hielt jedoch zumindest darin inne, die Tür zu Sägespänen zu verarbeiten, und wich sogar widerwillig einen Schritt zurück, als Atons Vater an die Tür herantrat und einen Blick durch das kleine Fenster in ihrem oberen Drittel warf.
»Da ist doch gar nichts«, sagte er. »Was ist denn in dich gefahren, Anubis? Hast du einen Hasen gewittert?«
Anubis bellte eine hysterische Antwort – und sprang mit einem Satz abermals zur Tür. Atons Vater wich erschrocken zur Seite, um nicht umgeworfen zu werden, und im nächsten Moment drückten Anubis' Vorderpfoten die Klinke hinunter und die Tür schwang einen Spaltbreit auf.
»He!«, rief Atons Vater überrascht. »Was –?«
Anubis bellte, warf sich mit seinem ganzen Körpergewicht auf die Tür und drückte sie damit vollends auf. Kläffend sprang er in den Garten hinaus und in derselben Sekunde flitzte etwas Kleines, Graues unter seinem Bauch und zwischen seinen Beinen hindurch und in das Haus hinein.
Sowohl Herr Petach als auch Atons Vater bückten sich gleichzeitig nach dem grauen Etwas, das hereingewirbelt kam. Petach verfehlte es, aber Atons Vater hatte weniger Glück. Seine vorschnellende Rechte bekam den Schatten zu fassen – und er fuhr mit einem Schmerzensschrei wieder hoch. Auf seinem Handrücken waren vier blutige Kratzer erschienen. Erschrocken richtete er sich auf, während sich der Schemen in einem unglaublich schnellen und geschickten Slalom zwischen ihre beiden Beine hindurchschlängelte und weiterjagte, und prallte wuchtig mit dem Hinterkopf unter Petachs Kinn,

der daraufhin prompt die Balance verlor und reichlich unsanft auf dem Hosenboden landete. Der Schatten jagte weiter, raste um Haaresbreite an Aton vorüber und den Korridor entlang, und noch bevor sich Aton ganz herumgedreht hatte um ihm nachzurennen, hatte Anubis offensichtlich seinen Fehler bemerkt und kehrtgemacht, um den frechen Eindringling ebenfalls zu verfolgen. Kläffend stürmte er ins Haus zurück, stieß Atons Vater nieder und fegte im Vorüberlaufen auch noch Aton von den Füßen. Das ganze Chaos dauerte ungefähr eine Sekunde.

Als Aton sich benommen wieder aufrichtete, erklang Anubis' Bellen weiter drinnen im Haus, eine Sekunde später begleitet von einem schrillen Fauchen und Kreischen, in das sich kurz darauf das Klirren von Glas und eine Reihe polternder Laute mischten.

»Um Gottes willen!«, keuchte Atons Vater. »Anubis! Aus!«

Diesmal gehorchte der Hund nicht. Im Gegenteil – der Höllenlärm nahm noch zu, während sich Aton, sein Vater und Petach wieder hochrappelten und dann so hastig losstürzten, dass sie sich um ein Haar gegenseitig von den Füßen gerissen hätten. Der Lärm drang aus dem Wohnzimmer – und so, wie es sich anhörte, schienen dort die himmlischen Heerscharen zu ihrer Entscheidungsschlacht gegen sämtliche Dämonen der Hölle angetreten zu sein.

Atons Mutter kam die Treppe heruntergelaufen, als sich die drei der Tür näherten. Sie erreichte sie als Erste, blieb mit einem Schrei stehen und schlug die Hand vor den Mund.

Das Wohnzimmer hörte sich nicht nur so an, als fände dort die Generalprobe für die Schlacht von Harmagedon statt. Es sah auch so aus.

Anubis sprang hysterisch kläffend durch den Raum, wobei er anscheinend vergessen hatte, dass er kein Dackel oder Zwergpinscher war, sondern ein Hund von gut fünfzig Kilogramm Körpergewicht – mit dem Ergebnis, dass er alles niederwalzte, was ihm in den Weg geriet. Zwei Stühle waren bereits umgefallen und gerade in diesem Moment krachte Anubis so wuchtig gegen den kleinen Schachtisch vor dem Kamin, dass dieser ebenfalls umkippte. Das Klirren, das sie gehört hatten, war die Glastür einer Vitrine gewesen, in dem Vater einen Teil seiner Sammlung aufbewahrte, und eine Menge dieser kostbaren Stücke war auf dem Fußboden verteilt. Etliche Bücherregale hatten ihren Inhalt ebenfalls auf den Teppich geleert und überall lagen Glassplitter.

Und jetzt sah Aton auch den Grund für seine Erregung: Es war eine kleine, graue Katze, die verzweifelt vor dem kläffenden Ungeheuer floh, das sie verfolgte. Sie war eindeutig schneller als Anubis, aber in der Enge des Zimmers blieben ihr nicht sehr viele Fluchtwege und die meisten Hindernisse, denen sie mühsam ausweichen musste, rannte Anubis einfach nieder, sodass es nur noch eine Frage von Sekunden zu sein schien, bis sich die schnappenden Fänge des Dobermanns um ihre Kehle schließen mussten.

Gottlob erwachte Atons Vater in diesem Moment aus der Starre, in die er wie alle anderen bei dem chaotischen Anblick gefallen war. »Fangt die Katze!«, schrie er. Gleichzeitig stürmte er los, rannte hinter Anubis her und versuchte dessen Halsband zu fassen. Natürlich gelang es ihm nicht und seine Hände griffen immer wieder ins Leere. Dafür jedoch prallte er nun gegen Bücherregale und Vitrinen und vergrößerte dadurch noch die Zerstörung. Unterstützt wurde er dabei von Petach, der nun ebenfalls losrannte und versuchte die Katze zu fangen.

Das arme Tier, das vor Angst ganz von Sinnen sein musste, sah sich plötzlich in die Ecke gedrängt und schlug nun einen Fluchtweg ein, auf dem ihm Hund und Mensch nicht ganz so schnell folgen konnten, nämlich schnurstracks an den kostbaren Samtvorhängen am Fenster hinauf, die der Belastung auch ein paar Sekunden lang standhielten, ehe die Gardinenringe abrissen. Die Katze kreischte vor Entsetzen, warf sich in der Luft herum und benutzte den drei Meter entfernt stehenden Fernseher als Landeplatz, der prompt zu wackeln begann und dann von seinem Fuß kippte, während die Katze sich schon wieder abstieß und wie ein Pfeil schnurgerade durch die Luft und genau auf Aton zugeflogen kam.

Aton war viel zu überrascht, um irgendetwas anderes zu tun als instinktiv zuzugreifen und die Katze aufzufangen. Er wankte unter dem Anprall des kleinen Körpers, stieß gegen den Türrahmen und fand im letzten Moment sein Gleichgewicht wieder. Aus den Augenwinkeln sah er, wie Anubis herumwirbelte, im letzten Moment der Gardine auswich, die sich behäbig wie ein zusammensinkender Fallschirm über Petach und Atons Vater senkte und beide unter sich begrub, und mit einem gewaltigen Satz auf ihn zugestürmt kam. Die Katze kreischte. Ihre Krallen gruben sich so tief in Atons Haut, dass er vor Schmerz aufstöhnte und sie am liebsten von sich geschleudert hätte. Anubis überwand das letzte Stück mit einem Sprung, richtete sich knurrend auf die Hinterläufe auf und nagelte Aton mit seinen Vordertatzen an der Wand fest. Seine Kiefer klafften auseinander. Die Zähne blitzten wie tödliche Dolche und für eine halbe Sekunde spürte Aton den heißen Atem des Hundes direkt im Gesicht, während sich sein Maul unbarmherzig der Katze auf Atons Armen näherte. Das Kreischen der Katze wurde schriller und brach ab. Aton schloss entsetzt die Augen.

Worauf immer er wartete – auf den Todesschrei der Katze, das Geräusch der zuschnappenden Fänge, ein letztes, vergebliches Aufbäumen – es kam nicht. Eine endlose, halbe Sekunde verging, ehe Aton es wagte, vorsichtig die Lider zu heben.

Und riss ungläubig die Augen auf.

Anubis hatte seine Fänge nicht in den Körper der Katze gegraben. Das einzige Blut, das Aton sah, war sein eigenes, das den Stoff seines Hemdes dunkel färbte. Die Zunge des Dobermanns leckte beinahe zärtlich über den Kopf der Katze – die aufgehört hatte zu fauchen und zu spucken und stattdessen voller Wohlbehagen schnurrte.

Und plötzlich fiel Aton wieder ein, dass Anubis voller Freude mit dem Schwanz gewedelt hatte, während er an der Tür kratzte. Das tat er auch jetzt noch. Und wenn Aton es recht bedachte, hatte er es eigentlich die ganze Zeit über getan.

»Aton, ist dir etwas passiert?«, fragte seine Mutter erschrocken. Alles war so schnell gegangen, dass sie ihrem Sohn nicht zu Hilfe eilen konnte. Jetzt trat sie mit einem raschen Schritt auf Aton zu – und blieb verblüfft wieder stehen, als sie das unglaubliche Bild sah, das sich ihr darbot.

Atons Vater und Petach hatten sich mittlerweile unter dem heruntergefallenen Vorhang hervorgearbeitet und kamen näher. Petach brachte das Kunststück fertig, trotz allem noch irgendwie würdevoll auszusehen, aber Atons Vater schäumte vor Wut.

»Dieser blöde Köter!«, schimpfte er. »Was hat er nur getan Was ... was ...« Seine Stimme versagte, während er Anubis, die Katze und das Chaos musterte, in das sich das Wohnzimmer verwandelt hatte. Er konnte kaum noch weitersprechen. »O mein Gott!«, krächzte er. »Was ... was ist bloß geschehen?«

»Es ist halb so schlimm«, sagte Petach. Er hatte sich nach den kleinen Figuren gebückt, die aus der zerbrochenen Vitrine gefallen waren, und hob eine davon behutsam hoch. »Ich glaube, es ist nichts kaputtgegangen.«

»So, glauben Sie?«, fauchte Atons Vater. Zornig riss er Petach die Statuette aus der Hand und brach dabei prompt ein Stück ab. Sein Gesicht verlor auch noch das letzte bisschen Farbe. Er sah aus, als träfe ihn gleich der Schlag. Am ganzen Leib zitternd vor Erregung trat er auf Aton zu und starrte die Katze an – die sich übrigens noch immer mit sämtlichen Krallen an ihm festhielt, sodass es ihm die Tränen in die Augen trieb.

»Bringt dieses Ungetüm hier raus!«, befahl er, nur noch mit allerletzter Kraft um seine Selbstbeherrschung kämpfend.

»Aber die Katze kann doch gar nichts –«, begann Aton, war aber klug genug, nicht weiterzusprechen, als er einen warnenden Blick seiner Mutter auffing. Jetzt war vielleicht nicht der richtige Moment, mit seinem Vater über die Frage zu diskutieren, wen nun eigentlich die Schuld an dem Chaos traf.

Aton tat das in diesem Moment wohl einzig Vernünftige und trat den strategischen Rückzug an. Die Katze noch immer auf den Armen, zog er sich rasch und tatsächlich rückwärts gehend aus dem Zimmer zurück und blieb erst wieder stehen, als er sich in sicherer Entfernung wähnte. Seine Mutter und Anubis folgten ihm, während Petach im Wohnzimmer zurückblieb, wohl um seinen Vater zu beruhigen.

Hier nahm sich Aton zum ersten Mal Zeit, den Grund dieser ganzen Aufregung etwas eingehender zu betrachten. Es war eine ganz normale Katze – auf den ersten Blick: nicht besonders groß, nicht besonders auffällig, nicht besonders hübsch. Aber eben nur auf den ersten Blick. Auf den zweiten fiel Aton ihre Farbe auf – eine Schattierung, für die er im ersten Moment gar keinen richtigen Namen fand. Es war eine Farbe irgendwo zwischen Grau und Blau, die ihren Farbton ununterbrochen zu verändern schien, je nachdem, wie das Licht darauf fiel. Das Fell der Katze war kurz, aber flauschig und ihr Kopf schien ihm ein wenig schmaler, als es bei normalen Katzen der Fall war.

Das Beunruhigendste aber waren die Augen. Anders als die von Anubis waren sie grün, nicht goldgelb, aber davon abgesehen ähnelten sie verblüffend denen des Hundes. Der Ausdruck war derselbe und es war eine Ähnlichkeit von einer Art, die es Aton schwer machte, an einen Zufall zu glauben. »Ein schönes Tier«, sagte seine Mutter, der Atons aufmerksame Blicke nicht entgangen waren. »Trotzdem – du solltest sie besser rausbringen, wie dein Vater gesagt hat.«

Aton wusste, dass ihre Sorge nicht unbegründet war. Sein Vater war alles andere als ein Choleriker, aber er hing mit jeder Faser seiner Seele an seiner Sammlung und der Schaden, den das Tier angerichtet hatte, war enorm. Und an das, was noch alles hätte passieren können, wagte Aton erst gar nicht zu denken. Der Gedanke, das arme Tier bei der vorweihnachtlichen Kälte wieder aus dem Haus zu werfen, behagte ihm nicht, aber seine Mutter hatte Recht – draußen war im Moment wahrscheinlich der bessere Ort für diese Katze.

So wandte er sich um und wollte sie zur Hintertür zurücktragen, doch er hatte kaum zwei oder drei Schritte gemacht, da zog die Katze endlich die Krallen aus seinen Schultern und sprang mit einem Satz zu Boden. Sofort fegte Anubis auf sie zu und sowohl Aton als auch seine Mutter hielten entsetzt die Luft an, auf eine Fortsetzung der wilden Verfolgungsjagd gefasst.

Aber die Katze schien des Spieles überdrüssig zu sein. Sie setzte sich, wandte den Kopf und sah Anubis fast gelangweilt entgegen und Anubis verhielt mitten im Schritt, musterte die Katze einen Moment und begann dann wieder sie von Kopf bis Fuß mit seiner großen Zunge abzulecken. Die Katze ließ diese unwürdige Behandlung einen Moment duldsam über sich ergehen, dann machte sie Anubis mit einem Fauchen und einem symbolisch gemeinten Tatzenhieb nach seiner Nase klar, dass es genug sei, und bewegte sich gemächlich in Richtung Küche.

Aton und seine Mutter folgten dem ungleichen Paar, um einen Anblick zu erleben, der fast noch unglaublicher war als das, was sie vorhin gesehen hatten. Die Katze war schnurstracks zu Anubis' Futternapf gegangen und fraß ihn in aller Seelenruhe leer, ohne dass der Dobermann etwas dagegen zu haben schien. Im Gegenteil: Er wedelte wieder heftig mit dem Schwanz und zeigte auch sonst alle Anzeichen von Freude.

»Die beiden benehmen sich ja, als wären sie alte Freunde!«, sagte Atons Mutter verblüfft.

Aton antwortete nicht darauf, aber die Worte seiner Mutter ließen ihm erneut einen eisigen Schauer über den Rücken laufen. Er war sicher, dass sie Recht hatte. Und dass diese Freundschaft vielleicht sehr viel älter war, als sie ahnte.

Vielleicht einige tausend Jahre.

Petachs Geschichte (1)

Selbst das Wetter schlug Kapriolen. Am Nachmittag begann es zu schneien, obwohl sich am Himmel nicht eine einzige Wolke gezeigt und Minuten zuvor noch strahlender Sonnenschein geherrscht hatte. Und nicht genug damit – aus dem ersten, lautlosen Fallen der weißen Flocken wurde binnen weniger Minuten ein wahrer Schneesturm, der um das Haus heulte und wie mit unsichtbaren Fäusten an den Fensterläden riss, und es wurde in kürzester Zeit so dunkel, dass sich die automatische Gartenbeleuchtung einschaltete.

Das Heulen des Sturms weckte Aton. Es war nicht seine Art, tagsüber zu schlafen. Aber nach den Aufregungen der letzten beiden Tage war er heute gar nicht richtig wach geworden; außerdem erschien es ihm angeraten, seinem Vater für eine Weile aus dem Weg zu gehen, bis sich dessen schlechte Laune halbwegs gelegt hatte, und noch einmal in Ruhe über seinen Entschluss nachzudenken, seine Eltern ins Vertrauen zu ziehen. So hatte er sich am frühen Nachmittag in sein Zimmer verkrochen, auf dem Bett ausgestreckt und die Ereignisse der letzten Tage noch einmal vor seinem geistigen Auge Revue passieren lassen.

Er erinnerte sich nicht, eingeschlafen zu sein. Wohl aber, einen Albtraum gehabt zu haben, einen von der besonders unangenehmen Sorte, in dem man rennt und rennt, ohne wirklich von der Stelle zu kommen, und genau weiß, dass man von irgendetwas Schrecklichem, unvorstellbar Gefährlichem verfolgt wird, etwas, was einen unweigerlich einholte, sobald man den Fehler beging, sich zu ihm herumzudrehen und es anzublicken.

Er erwachte schweißgebadet und mit klopfendem Herzen und er war nicht sicher, ob er nicht im Schlaf geschrien hatte. Aber wenn, so hatte es niemand gehört. Im Haus war es still, bis auf das Toben des Sturms draußen und das gelegentliche Klappern eines Fensterladens oder eines lockeren Dachziegels; Geräusche, die *beunruhigend*, trotzdem aber *normal* waren. Das unheimliche Heulen und Wehklagen, das er in seinem Traum zu hören geglaubt hatte, war nichts als die Stimme des Sturms gewesen. Ein Traum, versuchte er sich selbst zu beruhigen. Ein schlimmer Traum, aber trotzdem nicht mehr. In letzter Zeit schien das zu einer unangenehmen Angewohnheit zu werden.

Aton setzte sich auf und blinzelte einen Moment lang verwirrt zu dem winzigen grünen Licht empor, das über der Tür angegangen war. Erst dann fiel ihm ein, dass es zu einer der zahlreichen technischen Spielereien gehörte, die seine Eltern in den letzten Jahren im Haus hatten installieren lassen. Die Alarmanlage hatte sich automatisch in den Stand-by-Modus geschaltet, als es draußen dunkel geworden war. Wenn man jetzt das Haus verließ oder betrat, hatte man genau dreißig Sekunden Zeit, die Tür wieder zu schließen oder einen verborgenen Schalter zu drücken, ehe die Sirene losplärrte; und dann noch einmal sechzig Sekunden um zu verhindern, dass auf der nächsten Polizeiwache automatisch Alarm ausgelöst wurde. Und das war nur eine von mehreren Sicherheitsvorkehrungen, die sein Vater getroffen hatte, um unerwünschten Besuchern den Zugang zum Haus zu erschweren. Aton hatte sich über das seiner Meinung nach übertriebene Sicherheitsbedürfnis seines Vaters insgeheim immer amüsiert, aber seit er von dem kürzlich erfolgten Einbruchsversuch erfahren hatte, sah er die Sache ein wenig anders.

Trotzdem betrachtete er das grüne Leuchtauge mit gemischten Gefühlen, während er die Beine vom Bett schwang und sich ausgiebig räkelte. All diese komplizierten Alarmanlagen machten auch den legitimen Bewohnern dieses Hauses das Leben reichlich schwer. Es konnte einem ganz schön auf die Nerven gehen, in einem Haus zu leben, in dem man kein Fenster offen lassen konnte, ohne dass eine halbe Minute später die Posaunen von Jericho loszubrüllen begannen.

Noch immer ein wenig benommen stand Aton auf und wollte gerade das Zimmer verlassen, als ihm ein Zettel auffiel, der

auf seinem Nachttischchen lag. Vorhin, dessen war er sich ganz sicher, war er noch nicht da gewesen. Neugierig nahm er ihn auf und las die wenigen Zeilen, die in der sauberen Handschrift seiner Mutter darauf geschrieben waren.
Aton! Vater und ich mussten überraschend in die Stadt, um die Pässe abzuholen. Aber Herr Petach ist ja bei dir. Ich hoffe, wir sind zum Abendessen zurück. Wenn nicht, wärm dir bitte etwas in der Mikrowelle auf.
Das Wort »Pässe« erinnerte Aton auf unangenehme Weise wieder daran, dass sein Besuch hier nur noch wenige Tage dauern würde – er hatte bisher nicht einmal gefragt, wie lange noch. Es dauerte ein paar Augenblicke, bis die wahre Bedeutung der kurzen Nachricht, die ihm seine Mutter hinterlassen hatte, in sein Bewusstsein drang. Aber dann fuhr er wie elektrisiert zusammen.
Herr Petach ist ja bei dir ... Und zwar *nur* Herr Petach!
Atons Herz machte einen erschrockenen Sprung in seiner Brust und begann wieder zu hämmern. Bedeutete das etwa, dass er den ganzen Abend allein mit diesem unheimlichen Mann sein sollte?
Unmöglich!, dachte er entschlossen. Keine Minute würde er freiwillig allein mit Petach hier bleiben. Nicht einmal eine Sekunde. Lieber würde er in den Schneesturm hinauslaufen und in der Garage oder im Werkzeugschuppen hinten im Garten warten, bis seine Eltern zurück waren!
Er ließ den Zettel fallen, fuhr herum und stürmte zur Tür, wandte sich aber dann noch einmal um und lief zum Schrank, um seine wärmste Jacke und ein Paar Handschuhe hervorzukramen. Er zog beides über, trat ans Fenster und sah in das tobende weiße Chaos hinaus.
Schon bei dem Anblick wurde ihm kalt. Das Schneetreiben war so dicht, dass er das jenseitige Ende des Gartens schon nicht mehr erkennen konnte, trotz der starken Halogenscheinwerfer, mit denen der Zaun bestückt war. Für einen Moment meldete sich seine Vernunft zurück. Das war kein leichter Schneefall, sondern ein ausgewachsener Schneesturm

und wahrscheinlich war es so kalt, dass er durchaus Gefahr lief, sich Erfrierungen zuzuziehen oder zumindest die schlimmste Erkältung seines Lebens. Aber Vernunft und Furcht sind nur selten Verbündete und seine Angst vor Petach war einfach stärker. Dabei war er sogar sicher, dass der Ägypter ihm nichts tun wollte – wäre das seine Absicht gewesen, so hätte er auf dem Weg hierher ausreichend Gelegenheit dazu gehabt. Trotzdem – er würde nicht hier bleiben, solange er allein mit Petach im Haus war.
Aton wollte sich vom Fenster abwenden – und blieb wieder stehen.
Im Garten bewegte sich etwas.
Genau genommen bewegte sich dort eine ganze Menge: Millionen von Schneeflocken und aufgewirbelten Blättern, die der Sturm vor sich her blies, aber dazwischen war noch etwas anderes; ein großer, kantiger Schatten, kaum mehr als ein Schemen, immer wieder, vom Sturm verschluckt und scheinbar an anderer Stelle wieder ausgespien, sodass er niemals wirklich erkennen konnte, was es war.
Eine Gestalt?
Das Haus lag weitab von der Stadt und sogar ein gutes Stück abseits der Hauptstraße. Niemand würde sich bei einem solchen Wetter hierher verirren.
Andererseits bestand natürlich die Möglichkeit, dass irgendjemand mit dem Wagen stehen geblieben war oder einfach im Sturm die Orientierung verloren und das Licht gesehen hatte. Und da waren auch noch die Einbrecher, von denen sein Vater erzählt hatte. Und schließlich gab es noch eine dritte Möglichkeit, aber an die weigerte sich Aton im Moment zu denken.
Seine Schulter begann wieder zu jucken und er fuhr kurz mit den Fingerspitzen darüber, während er aus eng zusammengekniffenen Augen weiter in den Sturm hinausstarrte und versuchte, mehr als durcheinander wirbelndes Grau und Weiß zu erkennen. Für einen kleinen Augenblick glaubte er den Schemen noch zu sehen, dann war er verschwunden.

Aton blieb noch ein paar Minuten am Fenster stehen, aber der Schatten zeigte sich nicht mehr. Wahrscheinlich war er gar nicht wirklich da gewesen. Nach den Ereignissen der letzten Tage war es ja auch kein Wunder, wenn seine Nerven anfingen ihm Streiche zu spielen.

Trotzdem maß er das kleine Licht über der Tür mit plötzlich völlig anderen Augen, als er sich endgültig vom Fenster abwandte. Es war doch ein beruhigendes Gefühl, dass niemand in dieses Haus hereinkam ohne bemerkt zu werden.

Der Flur war dunkel, bis auf die unvermeidlichen grünen Leuchtpunkte über den Türen, die im grauen Zwielicht des Sturms wie kleine schimmernde Insektenaugen auf ihn herabzustarren schienen. Aber aus dem Erdgeschoss drang ein sonderbares, flackerndes blaues Licht zu ihm herauf und dazu hörte er Laute, wie er sie noch nie zuvor im Leben vernommen hatte. Im allerersten Moment hielt er sie für eine Art fremdartiger, atonaler Musik, aber das waren sie nicht. Es war ...

Nein, er wusste es nicht. Ein unheimliches Summen und Klingen, eine Art von Musik, aber ohne Melodie oder erkennbare Tonfolge und zugleich ... Er konnte das, was er hörte, nicht wirklich beschreiben, einfach weil es nichts ähnelte, was er je zuvor vernommen hatte. Sowenig wie das flackernde blaue Leuchten mit irgendetwas vergleichbar gewesen wäre, was er je gesehen hatte.

Vorsichtig bewegte sich Aton weiter, stieg leise die Treppe hinunter und blieb dicht vor der letzten Stufe stehen. Licht und Geräusche waren deutlicher geworden und jetzt sah er auch, woher sie kamen: aus dem Wohnzimmer.

Aton schlich auf Zehenspitzen weiter, blieb abermals stehen und lugte mit angehaltenem Atem durch die Tür.

Auch im Zimmer dahinter waren die Lampen nicht eingeschaltet – aber das bedeutete trotzdem nicht, dass es dunkel gewesen wäre. Und was er sah, war so unheimlich, dass er im ersten Moment fest davon überzeugt war, noch immer zu schlafen und eine Fortsetzung seines Traums zu erleben. Er

empfand nicht einmal Furcht; dazu war der Anblick einfach zu sonderbar.
Petach stand mit dem Rücken zur Tür in der Mitte des Zimmers. Er hatte die Arme vor der Brust verschränkt und den Kopf gesenkt wie ein Mensch, der in tiefes Nachdenken versunken war. Er war nicht allein. Zwei Schritte vor ihm hockte Anubis auf den Hinterläufen, hoch aufgerichtet und die Ohren aufmerksam gespitzt, aber mit geschlossenen Augen, und neben ihm saß die kleine graue Katze, die zuvor für solche Verwüstung hier drinnen gesorgt hatte und die sein Vater nicht mehr im Haus haben wollte.
Was die Verwüstung anging, so war sie zum größten Teil wieder beseitigt worden, aber das Zimmer bot trotzdem einen gänzlich anderen Anblick, als Aton es gewohnt war. Petach hatte Tisch und Stühle beiseite geräumt, sodass vor dem Kamin ein großer, freier Platz entstanden war, und eine ganze Anzahl Dinge, die eigentlich in die Sammlung seines Vaters gehörten, aus den verschiedenen Vitrinen und Schränken genommen und rings um sich und die beiden Tiere aufgebaut. Aton sah die Kanopenkrüge, die den ganzen Stolz seines Vaters bildeten, ein halbes Dutzend kleiner Statuen und Figuren, die verschiedene ägyptische Gottheiten darstellten, und zwei oder drei Zeremoniengegenstände, dazu eine Menge Skarabäen aus den verschiedensten Materialien, die scheinbar wahllos überall auf dem Fußboden verteilt waren.
Aber dieser erste Eindruck war nicht ganz richtig. Als Aton genauer hinsah, fiel ihm doch eine Art Muster auf, in dem die Pillendreherkäfer dalagen: Sie bildeten zwei ineinander übergehende konzentrische Kreise, in deren ungefährem Mittelpunkt sich Petach und die beiden Tiere befanden.
Und jetzt sah er auch, woher das seltsame Leuchten stammte: Petach hatte zwei Opferschalen aus Stein aus den Vitrinen genommen und rechts und links von sich aufgestellt. Irgendetwas brannte darin, rauchlos, aber mit einem sehr intensiven, bläulich weißen Feuer, das keine fühlbare Hitze verbreitete. Doch der Großteil von Atons Aufmerksamkeit konzentrierte

sich auf Petach und die beiden Tiere, die – und Aton war sicher, auch das war ganz bestimmt kein Zufall – ein genau gleichseitiges Dreieck bildeten. Es war ein unheimlicher und zugleich faszinierender Anblick – und er machte Aton Angst. Vielleicht war das der Grund, weshalb er ein kaum hörbares Geräusch verursachte. Doch so leise dieser Laut auch war, Petach nahm ihn wahr – Aton sah, wie er zusammenschrak und dann aus seiner scheinbaren Starre hochfuhr. Aton versuchte zurückzuweichen, aber er wusste, dass es zu spät war. Petach hatte ihn bereits gesehen, und was immer jetzt geschehen mochte, würde geschehen. Und nun wurde ihm auch klar, dass er nicht nur allein mit Petach im Haus, sondern ihm auch vollkommen ausgeliefert war. Und er fragte sich, ob der Ägypter vielleicht nicht nur unheimlich und geheimnisvoll, sondern möglicherweise auch *gefährlich* war.

»Aton«, sagte Petach überrascht. Man musste kein großer Menschenkenner sein um zu sehen, wie unangenehm es ihm war, dass Aton ihn beobachtet hatte. »Ich dachte, du schläfst noch.«

Jetzt hätte Aton gerne eine schlagfertige Antwort gegeben, aber die haben fünfzehnjährige Jungen wohl nur in Filmen oder Romanen parat, selten in der Wirklichkeit. So stammelte er nur: »Ich ... ich habe etwas gehört und –«

»Der Sturm«, antwortete Petach. »Ja, das ... das muss der Sturm gewesen sein.« Er fand seine Fassung jetzt wieder, lächelte und drehte sich vollends zu Aton herum. Und zusammen mit ihm regten sich Anubis und die Katze – in einer vollkommen synchronen Bewegung, als wären sie alle drei in Wirklichkeit ein einziges Wesen, das nur durch Zufall auf drei Körper verteilt war. Von allem, was Aton bisher gesehen hatte, war dies vielleicht der unheimlichste Anblick. Ein eisiger Schauer lief ihm über den Rücken.

Petach runzelte die Stirn und folgte seinem Blick. Dann hellte sich sein Gesicht auf.

»Du wunderst dich sicher über Bastet«, sagte er.

»Bastet?«

Petach lächelte. »Die Katze. Nachdem dein Vater den Hund schon Anubis getauft hat, erschien mir dieser Name passend – findest du nicht?«

»Mein Vater wird nicht besonders erfreut darüber sein, wenn sie wieder im Haus ist«, sagte Aton. Das war sehr diplomatisch ausgedrückt – die Wahrheit war wohl eher, dass sein Vater einen mittleren Tobsuchtsanfall bekommen würde, wenn er die Katze hier fand nach allem, was sie angerichtet hatte. »Ich konnte sie bei diesem Sturm schlecht draußen lassen«, antwortete Petach. »Dein Vater wird das verstehen, da bin ich sicher.«

»Ja, und wenn nicht, dann ... dann werden Sie schon dafür sorgen, dass er es versteht, nicht wahr?«, fragte Aton. Die Worte kamen zwar nicht annähernd in der spöttischen Betonung heraus, wie er vorgehabt hatte, sondern stockend und mit einer Stimme, die vor Angst zu einem Flüstern geworden war. Aber er sagte es und Petach verstand, was er mit dieser Frage sagen wollte.

Eine Sekunde lang sah er Aton ausdruckslos an, dann schüttelte er den Kopf und drehte sich zu den beiden Tieren herum. Und das Unheimliche, das Aton gerade beobachtet hatte, wiederholte sich. Anubis und Bastet blickten Petach an und diesmal war Aton sicher, dass der Mann und die beiden Tiere mehr austauschten als Blicke. Viel mehr.

Petach nickte, als wäre er in Gedanken zu einem Entschluss gekommen. »Ich glaube, ich bin dir eine Erklärung schuldig«, sagte er, während er sich wieder umwandte und langsam auf Aton zutrat. »Wahrscheinlich hätte ich es längst tun sollen, aber –«

»Rühren Sie mich nicht an!«, rief Aton. Er prallte erschrocken zurück und hob abwehrend die Arme. Petach blieb tatsächlich mitten in der Bewegung stehen – aber dann beging er den Fehler, doch einen weiteren Schritt zu machen, und nun war es mit Atons Selbstbeherrschung endgültig vorbei. Mit einem Schrei wirbelte er herum, raste davon und sprang, immer zwei Stufen auf einmal nehmend, die Treppe hinauf.

»Aton, so warte doch!«, rief Petach ihm nach.
Doch Aton rannte weiter, stolperte und fiel, aber er ließ sich davon nicht aufhalten, sondern kroch die letzten Stufen auf Händen und Knien hinauf und richtete sich erst am Ende der Treppe wieder hoch. Petach hatte mittlerweile den unteren Treppenabsatz erreicht. Und – schlimmer noch – auch Anubis und die graue Katze jagten hinter ihm her. Noch Sekunden und sie würden ihn eingeholt haben.
Der Anblick gab Aton neue Kraft. So schnell er konnte, rannte er weiter, erreichte sein Zimmer und warf die Tür hinter sich ins Schloss. Und wie sich zeigte, buchstäblich im letzten Augenblick, denn er hatte den Schlüssel noch nicht ganz herumgedreht, da prallte etwas mit solcher Wucht von außen gegen die Tür, dass Aton erschrocken einen Schritt zurückwich. Die ganze Tür zitterte. Aber sie hielt dem Anprall des Hundes stand.
Aton drehte den Schlüssel ein zweites Mal herum und entschuldigte sich in Gedanken für jedes Mal, da er sich über das übersteigerte Sicherheitsbedürfnis seines Vaters lustig gemacht hatte. Er war plötzlich sehr froh, dass jede Tür in diesem Haus über ein Sicherheitsschloss verfügte.
Anubis sprang kein zweites Mal an die Tür, aber dafür hörte Aton einen Moment später Petachs Stimme, die gedämpft durch das Holz drang. »Aton, bitte mach auf«, sagte der Ägypter. »Ich möchte mit dir reden.«
»Verschwinden Sie!«, rief Aton. »Gehen Sie weg oder –«
Ja, oder? Wie die Dinge lagen, konnte er nicht viel tun. Wie alles in diesem Haus war auch die Tür weitaus massiver, als es den Anschein hatte. Petach hätte schon ein kleines Geschütz auffahren müssen, um sie gewaltsam zu öffnen, sodass er hier drinnen in Sicherheit war. Doch so wenig, wie Petach zu ihm hereinkonnte, konnte er hinaus. Im Grund blieb ihm nur eines – hier zu sitzen und zu warten, bis seine Eltern zurückkamen. Und das konnte Stunden dauern.
»Bitte, Aton«, sagte Petach. »Ich weiß, der Moment ist nicht besonders günstig, aber uns bleibt nicht mehr viel Zeit.«

»Verschwinden Sie«, sagte Aton stur. »Oder ich rufe die Polizei!« Natürlich, warum war er nicht gleich darauf gekommen? Aton blickte eine Sekunde lang das grüne Lämpchen über der Tür an. Die Alarmanlage war in Betrieb. Es reichte vollkommen aus, wenn er die Fensterscheibe einschlug! Es würde zwar ziemlich kalt hier drinnen werden, aber Aton wusste auch, dass spätestens in zehn Minuten der erste Streifenwagen hier wäre.

Entschlossen trat er von der Tür zurück, packte einen Stuhl und hob ihn hoch. Zehn Minuten Kälte würde er ertragen; zehn Minuten allein mit Petach und dessen unheimlichen Begleitern zu sein vielleicht nicht. Aton holte mit aller Kraft aus.

»Das würde ich mir an deiner Stelle noch einmal überlegen«, sagte eine Stimme hinter ihm.

Aton fuhr erschrocken herum – und zuckte zusammen, als er sah, dass Petach in der offenen Tür stand. Seine Rechte lag auf der Türklinke und das ruhig brennende Grün der Lampe über ihm behauptete nach wie vor, dass die Tür sicher abgeschlossen und unversehrt sei.

»Aber ... aber wie ...?«, stotterte Aton.

»Du solltest dir das wirklich überlegen«, sagte Petach noch einmal. Er deutete auf den Stuhl, den Aton noch immer hoch über dem Kopf hielt. »Was willst du der Polizei erzählen? Oder deinen Eltern?«

Langsam ließ Aton den Stuhl sinken. Petachs Frage entbehrte nicht einer gewissen Logik. Sein Vater würde sich einigermaßen schwer tun ihm zu glauben, dass er den Ägypter dabei beobachtet hatte, wie er sich mit einem Hund und einer Katze unterhielt ...

»Siehst du«, sagte Petach. »Ich wusste doch, dass du ein vernünftiger Junge bist.« Er seufzte. »Ich kann dich verstehen, Aton«, sagte er. »Aber du musst auch mich –«

»So, können Sie das?«, unterbrach ihn Aton. Er stellte den Stuhl auf den Boden und wich einen Schritt zurück. »Das glaube ich kaum.«

»O doch«, widersprach Petach. Ein sonderbar trauriges, sonderbar wissendes Lächeln erschien auf seinem Gesicht. »Für dich muss das alles erschreckend und fremd sein und überaus verwirrend und –«

»Verwirrend?«, keuchte Aton. »Sie ... Sie machen Scherze, wie?« Er war erstaunt, wie fest seine eigene Stimme klang und jetzt fast völlig frei von Furcht. Er empfand auch gar keine Angst mehr. Er war nur zutiefst erschrocken und zornig.

»Vielleicht bin ich ja überrascht, dass ich noch lebe«, sagte er bitter. Er zeigte auf Anubis, der hinter Petach aufgetaucht war, das Zimmer jedoch nicht betrat. »Dieses Ding im Wald. Das ... das war doch er, nicht?«

Petach antwortete nicht, aber das musste er auch gar nicht. Als wäre es erst nötig gewesen, die Worte laut auszusprechen, fiel es Aton plötzlich wie Schuppen von den Augen. Die furchtbare Gestalt im Wald hatte Anubis' Kopf gehabt, nicht einen ähnlichen, sondern ganz genau seinen Kopf, den schlanken, spitz zulaufenden Schädel eines Dobermanns, und vor allem seine Augen, unheimliche, goldgelbe Augen, in denen eine Intelligenz schlummerte, die weit über die eines Tieres hinausging; vielleicht über die eines Menschen.

»Wer sind Sie, Petach?«, brach Aton schließlich das Schweigen. »Was sind Sie? Und was wollen Sie von mir?«

»Glaubst du an Geister, Aton?«, fragte Petach, anstatt zu antworten.

»An weiße Gestalten, die nachts in alten Schlössern mit Ketten rasseln, nicht«, antwortete Aton. Er sah wieder zur Tür und konnte ein neuerliches Schaudern nicht ganz unterdrücken, als er bemerkte, dass sich nun die Katze zu Anubis gesellt hatte. Die beiden Tiere saßen nebeneinander und blickten ihn aufmerksam aus ihren unheimlichen, erschreckend wachen Augen an. Und er war jetzt ganz sicher, dass sie nicht nur zuhörten, sondern auch jedes Wort verstanden.

»Nun, in gewissem Sinne bin ich ein Geist«, sagte Petach ernst.

»Wenn ich auch keine weißen Bettlaken trage und durchaus aus ... Fleisch und Blut bestehe.«
Aton entging das fast unmerkliche Stocken in seinen Worten keineswegs, so wenig wie der Schatten, der in diesem Moment über sein Gesicht zu huschen schien. Aber als er weitersprach, klang seine Stimme wieder so fest und ruhig wie zuvor. »Nun, Aton, wie ich schon sagte: Die Welt ist nicht so, wie die meisten Menschen glauben. Es gibt nicht nur die Dinge, die wir hören und sehen können oder auch wissenschaftlich beweisen. Unsere menschlichen Sinne zeigen uns nur einen winzigen Teil der Wirklichkeit. Das, was wir Wissenschaft nennen, lässt uns ein wenig mehr erkennen, aber nicht viel. Und manches zeigt es uns noch dazu falsch.«
»Interessant«, sagte Aton. »Haben Sie meinem Vater diese Theorie schon erzählt?«
Petach lächelte kurz. »Manche Menschen – sehr wenige – sehen ein wenig mehr von der wahren Welt als die anderen, aber meistens glaubt man ihnen nicht. Im besten Falle werden sie ausgelacht und fast immer begegnet man ihnen mit Misstrauen und Feindseligkeit. Dabei sind sie wie Einäugige in einer Welt von Blinden, weißt du?«
»Und Sie sind einer von diesen Einäugigen?«, fragte Aton.
Petach ging nicht darauf ein. »Ich bin sehr alt, Aton«, sagte er. »Viel älter, als du glaubst oder auch dein Vater und deine Mutter. Und doch beginne selbst ich gerade erst zu begreifen, wie die Welt wirklich funktionieren mag.«
Unter anderen Umständen hätte Aton diese Worte vermutlich lächerlich gefunden oder allenfalls interessant. Aber jetzt erweckten sie eine Furcht in seiner Seele, die er nicht mehr vollends zurückzudrängen vermochte. Es war, als enthielten sie eine Art von Wahrheit, die sein Verstand vielleicht noch anzweifelte, und sei es nur, weil sie einfach nicht in das Bild der Welt passte, an das er sein Leben lang geglaubt hatte, von der etwas tief in ihm aber wusste, dass es sie gab. Und natürlich kamen die äußeren Umstände hinzu, die Petach nicht passender zu dieser Eröffnung hätte konstruieren können:

Das Heulen des Sturms, das gedämpfte Licht und die stumme Anwesenheit der beiden unheimlichen Tiere schufen eine Atmosphäre, die für Geschichten über Geister und Dämonen geradezu geschaffen war.

»Warum … erzählen Sie mir das alles?«, fragte er stockend.

»Damit du verstehst, Aton«, antwortete Petach. »Denn nur wenn du wirklich verstehst, worum es geht, wirst du mir helfen.«

»Helfen?« Aton riss ungläubig die Augen auf »Ich soll Ihnen helfen?«

»Wäre das so viel verlangt?«, fragte Petach. »Ich weiß, du kennst mich kaum, und du glaubst, du hättest Grund, mich zu fürchten. Aber das stimmt nicht. Ich brauche deine Hilfe, Aton. Ich und … viele andere.« Er schob den Stuhl in die Mitte des Zimmers und setzte sich.

»Wieso?«, murmelte Aton. »Wobei?«

»Ich will dir eine Geschichte erzählen, Aton«, begann Petach. »Komm, setz dich zu mir.« Er wartete einen Moment. Als Aton keine Anstalten machte, seiner Aufforderung zu folgen, zuckte er mit den Schultern und begann mit leiser Stimme zu erzählen:

»Jedes Volk hat seine eigenen Geister, Aton, seine eigenen Götter und seine eigenen Dämonen. Manche glauben an die Kräfte der Natur, manche an die der Seele, manche an Götter, die zwischen den Sternen wohnen oder tief in der Erde, je nach ihrer Herkunft und Geschichte. Jede menschliche Kultur zu jeder Zeit hat ihre Götter und Geisteswesen gehabt. Bei den Griechen waren es die Götter des Olymp, bei den Germanen die Asen, die im Schatten der Weltenesche Yggdrasil leben. Auch ihr habt eure Götter, auch wenn es in letzter Zeit modern geworden ist, sie zu verleugnen. Ihr glaubt an Wissenschaft und Fortschritt und ihr lacht über die primitiven Völker, die an die Geister des Windes und des Feuers glauben, ohne zu begreifen, dass es nur andere Götzen sind, die ihr verehrt. Eines aber ist ihnen allen gleich, Aton: Sie alle existieren wirklich.«

»Wie bitte?«, fragte Aton. Er lachte, aber es klang nicht sehr fröhlich. »Das ... das ist doch lächerlich.«

»Nein, Aton, das ist es nicht«, widersprach Petach sanft. Vielleicht war es die Unaufdringlichkeit seiner Art zu reden, die seine Worte so glaubhaft machte. Erneut überlief Aton ein leichtes Frösteln. »Denn was sind Götter und Dämonen anderes als die Essenz dessen, woran wir glauben? Denkst du wirklich, dass Gedanken und Wünsche bloße Illusion sind?« Er schüttelt den Kopf. »Es ist ein ehernes Gesetz des Universums, dass nichts jemals verloren geht und dass nichts, was geschieht, ohne Wirkung bleibt. Was immer du tust, Aton, bewirkt irgendetwas und sei es noch so unwichtig, und dies wieder etwas anderes und so weiter. Wenn Millionen und Abermillionen Menschen an dieselben Götter glauben, dann nehmen sie eines Tages Gestalt an, zuerst in ihren Gedanken und Wünschen und später vielleicht wirklich.«

»Moment mal«, unterbrach ihn Aton. »Sie ... Sie wollen mir im Ernst erzählen, dass es Mars und Zeus und Wotan und all diese anderen Götter *wirklich* gibt? Ich meine, als richtige, lebende Wesen?«

»Nicht lebend in dem Sinne wie du und ich«, antwortete Petach. »Aber in einer anderen als der uns bekannten Form, ja. So wie alle anderen Götter, an die Menschen jemals geglaubt haben. Sie haben existiert und sie existieren zum Teil noch heute, denn solange auch nur ein Mensch auf dieser Welt wirklich an sie glaubt, leben sie weiter. Erst wenn sie vollkommen in Vergessenheit geraten sind, vergehen sie. Auch Erinnerung ist eine Form der Energie, musst du wissen.«

Aton starrte zuerst ihn, dann den Hund und die kleine, graue Katze in der Tür an und plötzlich begannen ihm Hände und Knie zu zittern. Damit Petach es nicht bemerken sollte, begann er im Zimmer auf und ab zu gehen. Aber Petach schien keine Notiz davon zu nehmen und sprach weiter.

»Bei den Ägyptern, Aton, waren es Anubis und Re, Aton, Bastet, Isis, Horus und all die anderen, ungezählten Götter und Geistwesen. Und glaube mir – sie alle existierten wirklich und sie waren sehr mächtig, denn das Reich der Pharaonen war gewaltig und es existierte über Jahrtausende, in denen der Glaube der Menschen ihnen Kraft und Nahrung war.«

»Und sie leben bis heute«, flüsterte Aton. Er hatte in seinem ruhelosen Hin und Her innegehalten und war am Fenster stehen geblieben. Er konnte die Kälte der Winternacht durch das Glas in seinem Rücken hindurch fühlen, aber sie war nicht der wirkliche Grund, aus dem er plötzlich fror. Er hatte fast panische Angst vor der Antwort und trotzdem hob er nach einigen Sekunden die Hand, deutete auf die beiden Tiere unter der Tür und fragte: »Dann sind das dort ... Anubis und ... und Bastet?«

»Ich weiß es nicht«, gestand Petach. »Vielleicht ... in einer ihrer Inkarnationen. Ich dachte, der Angreifer im Wald wäre Anubis, aber nun ... bin ich nicht mehr sicher.«

Es dauerte eine Sekunde, bis Aton die Worte überhaupt richtig begriff. Aber dann fuhr er mit einem Ruck zu Petach herum. »Dann haben Sie ihn doch gesehen«, sagte er. »Und Sie haben behauptet –«

»Ich musste sichergehen«, unterbrach ihn Petach. »Und ich wollte auf den richtigen Moment warten. Ich hätte es dir von Anfang an erklären sollen, aber es ist so... so schwer, selbst für mich. Auch ich weiß noch nicht alles. Ich hoffe, du kannst mir verzeihen?«

»Und was wollen Sie mir nun erklären?«, fragte ihn Aton statt einer Antwort.

Der Ägypter hob die Hand. »Meine Geschichte ist noch nicht zu Ende. Dein Name, Aton – weißt du, woher er stammt?«

»Natürlich«, antwortete Aton. »So wurde die Sonnenscheibe genannt –«

Wieder unterbrach ihn Petach. »Die Ägypter hatten stets eine Vielzahl von Göttern. Dreihundert sind euch heute noch bekannt, doch damals waren es viel, viel mehr. Über Jahrtausende hinweg, Aton, verehrten sie in ihren Tempeln Hunderte und Aberhunderte verschiedene Götter. Dann aber, eines Tages, erschien ein neuer Pharao auf dem Thron – Amenophis der Vierte. Euch ist er besser unter dem Namen Echnaton bekannt. Echnaton war ein sehr kluger Mann und trotz seiner Jugend bereits sehr weise.«

Ein seltsamer Ausdruck erschien auf Petachs Gesicht, als er den Namen Echnaton erwähnte; eine Mischung aus Trauer, Wehmut und Schmerz, die Aton berührte.

»Er hatte eine Vision«, fuhr Petach nach einer Weile fort. Sein Blick war auf Atons Gesicht gerichtet, aber er schien ihn gar nicht zu sehen. Seine Stimme war plötzlich ganz leise und mit einem Male war etwas Neues in ihr. Petach erzählt nicht einfach eine Geschichte, dachte Aton schaudernd. Er spricht wie ein Mann, der das, was er erzählt, wirklich erlebt hat. »Die Menschen sollten nicht mehr aus Furcht viele Götter verehren und ihnen opfern, sie sollten nur einen Gott anbeten und das aus Verpflichtung und Dankbarkeit. Zudem hatte die Priesterschaft einen Einfluss erreicht, mit dem sie auch politische Entscheidungen durchzusetzen verstand und plante, einen totalitären Götterstaat einzuführen. So enthob Echnaton die Priester ihres Amtes und verbot die Vielgötterei. Das Reich, das er geerbt hatte, lebte im Wohlstand und nun sollten alle Menschen auch Anteil haben an dem Licht, von dem alles Leben kam, von der Sonne – Aton. Den finsteren Zeiten der vielen Furcht einflößenden Götter sollte die helle, freudige Zeit eines einzigen Gottes folgen.«

Aton fröstelte erneut. Er hatte all dies gewusst, aber aus Petachs Mund hörte sich die Geschichte plötzlich vollkommen anders und neu an. Auf einmal waren es Menschen, über die sie redeten, keine Zahlen in einem Buch, Schicksale, keine bloßen Fakten. Aber ihn überkam auch eine tiefe Trauer, als er an Echnaton dachte und an den gewaltigen Irrtum, dem er erlegen war, und er musste zugleich an all die Kriege und Gräueltaten denken, die im Namen anderer, nur einem einzigen Gott dienenden Religionen geführt und verübt worden waren.

»Die Götter haben es nicht zugelassen«, vermutete er. »Nicht die Götter«, erwiderte Petach. »Die Menschen haben stets an ihren Göttern gezweifelt und sie haben niemals selbst eingegriffen, um ihr Überleben zu sichern. Das haben sie nie gewollt – und nie gekonnt. So sind die Gesetze, nach denen das Leben verläuft, Aton.«

»Gesetze?«

»Ein Wort«, sagte Petach wegwerfend. »Nenne es Regeln, wenn es dir lieber ist. Es ist gleich. Doch auch den Göttern sind Grenzen gesetzt und sie sind manchmal enger als die, denen wir Menschen uns beugen müssen. Nein, es waren nicht die Götter, die Echnaton vernichteten. Es waren die Menschen. Seine eigenen Untertanen. Die Priester, die sich um ihre Macht und ihren Reichtum gebracht fühlten. Sie sammelten die Unzufriedenen um sich und warteten auf einen für sie günstigen Moment. Da Echnaton, der als Pharao das höchste politische und religiöse Amt innehatte, kein politisches Konzept besaß und nicht wahrnahm, dass fremde Völker die Grenzen seines Reiches bedrohten, war dieser Moment bald gekommen.«

»Sie haben ihn umgebracht«, sagte Aton. Petach nickte. Ein Schatten huschte über sein Gesicht. »Sie stellten ihm eine Falle«, sagte er. »Es war einer seiner engsten Vertrauten, der die Verräter anführte; vielleicht der einzige Freund, den er überhaupt hatte. Auf jeden Fall der einzige Mensch, dem er wirklich vertraute. Echnaton befand sich mit hundertdreißig Mann seiner Leibwache auf dem Weg nach Theben, wo ihn seine Gemahlin Nofretete erwartete. Sein Vertrauter war bei ihm und in einer Schlucht in einer einsamen Gegend schnappte die Falle zu. Echnatons Männer wehrten sich tapfer. Sie waren die besten der Besten und sie kämpften wie die Löwen, um das Leben ihres Herrn zu verteidigen. Aber die Übermacht war zu groß, die Falle zu gut vorbereitet. Sie fielen einer nach dem anderen und schließlich war nur noch Echnaton selbst am Leben. Er floh, aber der Verräter stellte und tötete ihn. Echnaton hat sich nicht einmal gewehrt.«

Seine Stimme versagte. Jeder Ausdruck war daraus verschwunden und die letzten Sätze waren nur mehr ein Flüstern gewesen, das Aton kaum verstand. Und plötzlich war er ganz sicher, dass das, was Petach erzählte, mehr für ihn war als eine Geschichte, unendlich viel mehr.

»Also haben die Götter überlebt«, sagte er. Hinter ihm heulte der Sturm lauter auf, wie um Atons Worte zu bestätigen, und auch Petach nickte.

»Ja«, antwortete er. »Und Echnaton selbst sorgte dafür.«

»Echnaton?!«

»Er verfluchte seinen Mörder, Aton«, sagte Petach. »Mit seinem letzten Atemzug sprach er einen Fluch über ihn aus, wie er schrecklicher nicht sein konnte. Der Mann, den er für seinen Freund hielt, nahm ihm das Leben, doch er verfluchte ihn dazu, niemals sterben zu dürfen. Es war Echnatons Fluch, dass der Mann, der ihm und all seinen Kriegern den Tod gebracht hatte, so lange ruhelos über das Antlitz der Welt wandern sollte, bis die Toten, deren Blut an seinen Händen klebte, sich wieder aus ihren Gräbern erheben.«

»Aber das ... das ist doch unmöglich«, murmelte Aton. »Echnaton starb vor mehr als dreitausend Jahren. Niemand kann so lange leben!«

»Niemand *sollte* so lange leben«, korrigierte ihn Petach. »Die Menschen fürchten sich vor dem Tod. Dabei begreifen sie gar nicht, dass er eine Gnade ist. Nicht das Sterben ist eine Strafe, sondern nicht sterben zu dürfen.«

»Grauenhaft«, flüsterte Aton.

»Die Zeit, dass sich die Prophezeiung erfüllt, ist nahe«, fuhr Petach fort. »Ein Leben für ein Leben, so will es das Gesetz, das über dem der Menschen und der Götter steht. Keine Strafe währt ewig. Hundertdreißig Männer fanden den Tod in der Wüste und hundertdreißig Generationen sind seither vergangen. Bald werden die Sterne die gleiche Stellung am Himmel haben wie an jenem Tag, und wenn dies geschieht, dann kann der Fluch gebrochen werden. Die Toten werden sich aus ihren Gräbern in der Wüste erheben und der Mann,

der Echnaton verriet, wird endlich seinen Frieden finden. Dreitausend Jahre sind genug, Aton. Kein Verbrechen ist so schlimm, dass es niemals gesühnt werden kann.«
»Und was ... habe ich damit zu tun?«, fragte Aton.
Petach wollte antworten, doch er kam nicht mehr dazu, denn in diesem Moment stieß Anubis ein schrilles, erschrockenes Jaulen aus und fast in derselben Sekunde heulte der Sturm draußen vor dem Haus wie mit den Stimmen tausend gepeinigter Geister auf und die Faust eines unsichtbaren Riesen traf das Fenster hinter Atons Rücken und ließ es regelrecht explodieren.

Der Überfall

Aton versuchte seinen Sturz abzufangen, aber seine Kraft reichte nicht aus. Er wurde auf das Bett geschleudert und vermutlich bewahrte ihn nur das weiche Bettzeug vor einer schweren Verletzung, denn der Sturm traf ihn mit der Wucht eines Hammerschlages. Rings um ihn herum gingen scharfkantige Glasscherben und Splitter des Fensterrahmens nieder und das Zimmer war von einer Sekunde auf die andere von höllischem Lärm und durcheinander wirbelndem Weiß erfüllt; Schnee und Eis, in die sich auch noch die Federn des aufgeschlitzten Bettzeugs mischten.
Aton richtete sich auf und hob schützend den Arm über das Gesicht. Der Hagel aus Glassplittern hatte aufgehört, aber er konnte trotzdem kaum etwas sehen, geschweige denn hören. Der Sturm erfüllte das Zimmer mit einem unbeschreiblichen Lärm, in den sich auch noch Anubis' hysterisches Kläffen und ein an- und abschwellendes Heulen mischte, das Aton erst nach einigen Sekunden als das Schrillen der Alarmanlage erkannte, die durch das Zerbrechen des Fensters ausgelöst

worden war. Es war eiskalt im Zimmer und das Schneetreiben hier drinnen war so dicht, dass es sich kaum mehr von dem draußen unterschied. Aton konnte die gegenüberliegende Wand fast nicht mehr erkennen.

Auch Petach war von der plötzlichen Böe vom Stuhl gefegt worden, hatte sich aber rascher wieder erhoben als Aton. Jetzt versuchte er das Fenster zu erreichen aber der Sturm schlug ihm mit solcher Macht entgegen, dass er weit nach vorne gebeugt gehen musste und trotzdem kaum von der Stelle kam. Seine Augenbrauen und sein Haar waren bereits weiß und auch in seinen Kleidern glitzerten Eiskristalle.

»Aton!«, schrie er. »Das Fenster! Wir müssen die Läden schließen! Hilf mir!«

Aton stemmte sich mit aller Kraft gegen den Sturm, aber er kam erst wirklich von der Stelle, als er ein Stück zur Seite wich und sich dem Fenster nicht mehr unmittelbar näherte. Hinter ihm kämpfte auch Anubis gegen den Sturm, allerdings auf typische Hundeart: ziemlich laut und nicht besonders clever. Er hatte alle viere in den Boden gestemmt und biss laut kläffend nach den Sturmböen, die wie mit eisigen Krallen nach seinem Gesicht schlugen. Bastet hatte sich längst verkrochen; Katzen waren eben doch klüger als Hunde.

Als Aton das Fenster erreichte, hatte sich Petach bereits hinausgelehnt und angelte mit der Hand nach einem der Läden. Mit der anderen musste er sich am Fensterbrett festklammern und zusätzlich die Füße gegen den Boden stemmen, um nicht ins Zimmer zurückgeschleudert zu werden.

»Wir müssen das Fenster zumachen, ehe das ganze Haus wegfliegt!«, schrie er über das Toben des Sturms hinweg. Das war natürlich übertrieben, aber im Grunde hatte Petach Recht. Sie konnten nicht tatenlos zusehen, wie der Sturm hier drinnen alles verwüstete. Trotzdem verstand Aton Petachs Erregung nicht ganz. Der Ton in seiner Stimme grenzte an Panik.

Mit vereinten Kräften gelang es ihnen, einen der beiden Läden zu lösen und einzuhaken, aber der andere wurde vom Sturm so gegen die Wand gepresst, als wäre er festgenagelt. Ihre Finger waren klamm vor Kälte und das Atmen bereitete ihnen große Mühe.

»Du musst dich weiter hinausbeugen!«, schrie Petach. »Ich halte dich, keine Angst.«

Aton wartete, bis Petachs Hände seine Hüften sicher umschlossen hatten, dann beugte er sich weit ins Freie. Der Sturm heulte lauter auf. Eiskristalle stachen in seine Augen, sodass sie sich mit Tränen füllten und er kaum noch etwas sah. Halb blind und mit Fingern, die nach Sekunden so steif gefroren waren, dass jede Berührung wehtat, tastete er nach dem kleinen Riegel, der den Fensterladen an der Wand hielt. Irgendwie bekam er ihn auf, aber den Laden zu schließen überstieg fast seine Kräfte.

Erst als Petach mit zugriff, schien es ihnen zu gelingen, aber im letzten Moment brüllte der Sturm plötzlich auf, riss ihnen den Laden aus den Händen und schmetterte ihn mit solcher Wucht gegen die Wand, dass er in Stücke brach.

Und nicht nur das Heulen des Sturms wurde lauter. Irgendetwas geschah mit dem Licht. Es wurde schwefelgelb und schien plötzlich aus allen Richtungen zugleich zu kommen, denn es gab keine Schatten mehr und die wirbelnden Schneeflocken sahen plötzlich aus wie Millionen glühender Funken, die in einem Feuersturm daherkamen.

»Mein Gott!«, sagte Aton erschrocken. »Was ... was ist denn das für ein seltsamer Sturm?«

»Das ist kein Sturm«, antwortete Petach. »Das ist ... « Er stockte, beugte sich vor und blickte in den Garten hinunter und Aton konnte sehen, wie sein Gesicht blass wurde.

Als er Petachs Blick folgte, erschrak er ebenfalls. Unten im Garten, inmitten der tobenden Schneemassen, stand eine Gestalt, kaum mehr als ein Schatten, und sah zu ihnen herauf. Doch Petach schien zu wissen, um wen es sich handelte, denn er prallte mit einem Schreckensruf zurück und fuhr herum.

»Raus hier!«, schrie er. »Schnell!«
Doch bevor sich Aton vom Fenster abwenden konnte, sah er etwas, das ihm schier das Blut in den Adern gerinnen ließ. Die Gestalt – die er noch immer nur als tiefenlosen schwarzen Schatten erkennen konnte – hatte den Kopf gehoben und riss die Arme in die Höhe und *irgendetwas* löste sich von ihr und raste mit irrsinnigem Tempo auf das Fenster zu. Aton konnte nicht erkennen, was es war, denn Petach riss ihn vom Fenster fort, aber es war riesig, finster und brodelnd, fast als hätte der Sturm selbst versucht Gestalt anzunehmen.
Dann hatten sie das Zimmer auch schon durchquert und waren draußen auf dem Korridor. Petach ließ Atons Arm los, wirbelte herum und griff hastig nach der Türklinke. Irgendetwas Gewaltiges, Schwarzes füllte plötzlich den Raum hinter ihm aus und Aton vermochte hinterher nicht mehr zu sagen, ob es Petach gewesen war, der die Tür im letzten Augenblick zuzog oder ob eine unsichtbare Gewalt sie von drinnen ins Schloss schmetterte.
Der Schlag schien das ganze Haus bis in seine Grundfesten zu erschüttern. Petach wurde zu Boden geschleudert und in der Tür zeigte sich ein fingerbreiter Riss, der sie wie ein gezackter Blitz von oben bis unten spaltete. Hätte sich unter dem dünnen Furnier nicht massives Metall verborgen, wäre sie vermutlich in tausend Stücke zersprungen.
Aber auch so würde sie keinem zweiten derartigen Angriff standhalten. Aton sah, dass zwischen Rahmen und Wand ein fast handbreiter Spalt entstanden war, aus dem Kalk und zerborstene Ziegelsteine zu Boden fielen. Dahinter flackerte ein unheimliches gelbliches Licht, in dem sich irgendetwas zu bewegen schien.
»Lauf, Aton!«, schrie Petach. »Geh mit Anubis! Ich versuche es aufzuhalten!« Er zerrte Aton in die Höhe und versetzte ihm einen Stoß, der ihn auf die Treppe zu taumeln ließ. Er fand am Treppengeländer Halt, stolperte noch ein paar Stufen nach unten und blieb wieder stehen, um sich zu Petach herumzudrehen.

Gerade rechtzeitig, um zu sehen, wie die Tür von einem zweiten, noch gewaltigeren Schlag getroffen und einfach aus den Angeln gerissen wurde. Das schwere Türblatt flog wie ein Geschoss an Petach vorbei, dem es im allerletzten Moment gelang, sich zur Seite zu drehen, prallte gegen die gegenüberliegende Wand und zerbrach endgültig in zwei Teile. Hinter ihm ergoss sich eine Flut aus schwefelgelbem Licht auf den Flur, das Aton die Tränen in die Augen trieb. Trotzdem sah er, wie Petach einen Schritt zurücktaumelte, wieder stehen blieb und die Arme ausbreitete, als wollte er das Licht mit bloßen Händen aufhalten.

Und er wollte es nicht nur – er tat es auch. Das gelbe Leuchten hüllte seine Gestalt ein, verschlang sie förmlich, bis sein Körper sich vor Atons Augen aufzulösen schien wie eine Statue, die in geschmolzenen Stahl gestürzt war – und wich wieder zurück! Petach wankte, aber seine Arme blieben weiter erhoben und Aton konnte regelrecht spüren, wie er, was immer sich in diesem Leuchten verbarg, mit der puren Kraft seines Willens zurückdrängte. »Lauf!«, schrie Petach noch einmal. »Tritt in den Kreis! Dort bist du sicher!«

Aton verstand nicht, was er meinte, aber wenn er auch noch zögerte, Anubis tat es nicht. Die Kiefer des Hundes schlossen sich – ohne ihn zu verletzen, aber mit großer Kraft – um seinen Arm und zogen ihn die Treppe hinunter.

Auf halber Höhe drehte Aton noch einmal den Kopf und sah zu Petach hoch. Der Ägypter stand noch immer mit weit ausgebreiteten Armen da und hielt das Licht zurück. Er schrie irgendetwas, aber Aton konnte es nicht verstehen. Der Sturm und das noch immer anhaltende Heulen der Alarmanlage hatten sich zu einem wahren Crescendo gesteigert, das jeden anderen Laut einfach verschluckte. Aber er ahnte trotzdem, dass Petachs Worte nicht ihm galten.

Anubis zerrte ihn unbarmherzig die Treppe hinab, sodass er nicht verfolgen konnte, was weiter geschah. Auf der untersten Stufe stolperte er und fiel auf Hände und Knie, und als er benommen den Kopf hob, sah er auch die Katze wieder. Bastet stand keinen Meter von ihm entfernt, doch sie war kaum wiederzuerkennen. Jedes einzelne Haar auf ihrem Körper war gesträubt. Ihre Ohren waren dicht an den Schädel gelegt und der Schwanz peitschte nervös hin und her. Bastets Zähne waren drohend gefletscht und in ihren Augen flackerte Todesangst vor etwas *hinter ihm.*

Noch immer auf Händen und Knien hockend, fuhr er herum – und konnte einen entsetzten Schrei nicht unterdrücken.

Auch hinter dem kleinen Fenster im oberen Teil der Hintertür war jenes unheimliche gelbe Licht erschienen und in diesem Leuchten konnte Aton sehr wohl etwas erkennen. Etwas Schattenhaftes näherte sich der Tür und plötzlich flog sie nach innen und mit solcher Wucht gegen die Wand, dass die Scheibe zerbrach. Eingehüllt in eine Woge aus Licht, Kälte und wirbelndem Schnee betrat der Schatten das Haus und wurde endlich zu einer Gestalt.

Anubis heulte auf, wirbelte herum und raste davon und auch Aton schrie wieder entsetzt auf, als er die Gestalt erkannte. Es war kein Gespenst, sondern ein Mensch – beziehungsweise das, was einmal ein Mensch gewesen war. Was von seinem Körper nicht unter grauen Binden verborgen war, das war ledern und tiefbraun. Am linken Arm trug er einen Schild und in der rechten Hand eine Lanze mit dreieckiger Spitze.

Es war die Mumie! Die Mumie aus dem Museum! Sie war gekommen um nachzuholen, was ihr beim ersten Mal misslungen war!

Der Gedanke lähmte Aton regelrecht. Schnee und Kälte schlugen über ihm zusammen und die Mumie näherte sich ihm unaufhaltsam und mit sonderbar schwerfälligen, eckigen Bewegungen, sodass es ihm ein Leichtes gewesen wäre aufzuspringen und davonzulaufen. Aber er war unfähig, auch nur einen Finger zu rühren. Über sich hörte er Petach schreien, aber er konnte sich einfach nicht bewegen. Er konnte kaum noch atmen.

Und vermutlich hätte der Unheimliche ihn auch erreicht und

getötet, wäre Bastet nicht gewesen. Die Katze stieß plötzlich ein schrilles, kreischendes Fauchen aus, einen Laut, wie Aton ihn nie zuvor aus dem Mund eines Tieres gehört hatte, und schoss wie ein grauer Blitz beinahe waagerecht durch die Luft auf die Mumie zu.

Die Mumie versuchte ihre Waffen zu heben, aber ihre Bewegungen waren viel zu schwerfällig. Bastet prallte gegen ihre Brust, klammerte sich mit den Hinterläufen daran fest und begann mit den Vordertatzen und Zähnen ihr bandagiertes Gesicht zu bearbeiten. Staub und Stofffetzen flogen unter den angreifenden Krallen davon.

Der unheimliche Angreifer wankte. Bastet schlug und hackte wie toll auf ihn ein, sodass er zuerst seinen Schild, dann die Lanze fallen ließ und mit beiden Händen nach ihr griff. Bastet klammerte sich mit aller Kraft an ihm fest, aber die Mumie riss sie einfach von sich herunter ohne darauf zu achten, dass an Bastets Krallen ein guter Teil der vermoderten Bandagen hängen blieb. Darunter kam ledrige, gerissene Haut zum Vorschein und Aton blickte in Augenhöhlen, die leer, aber nicht ohne Leben waren.

Aus Bastets Fauchen wurde ein gequältes Kreischen, als die Mumie sie packte und zu Boden schleuderte. Die Katze schlitterte meterweit davon, prallte gegen die Wand und blieb wimmernd liegen. Der Mumienkrieger starrte einen Moment lang aus seinen leeren Augenhöhlen auf sie hinab, dann hob er Lanze und Schild auf und drehte sich langsam wieder zu Aton herum.

Und endlich erwachte Aton aus seiner Erstarrung – um ein Haar zu spät. Die Mumie hatte ihn fast erreicht, als er hochsprang und rückwärts vor ihr davonzustolpern begann.

Das grausige Geschöpf stieß einen zischenden, zornerfüllten Laut aus und zielte mit der Lanze nach Aton. Er konnte geschickt der rostigen Spitze ausweichen, aber er prallte dabei so unglücklich gegen den Türrahmen, dass er erneut das Gleichgewicht verlor und stürzte.

Als er sich wieder aufrichten wollte, war die Mumie über

ihm. Aton begann sich mit verzweifelter Kraft zu wehren, aber der unheimliche Angreifer packte ihn einfach und zerrte ihn so heftig in die Höhe, dass seine Füße den Kontakt mit dem Boden verloren und für einen Moment in der Luft pendelten. Die schrecklichen, halb vermoderten Finger berührten sein Gesicht, tasteten über seine Augen, die Nase, den Mund und das Kinn und glitten weiter nach unten, auf der Suche nach seiner Kehle. Aton hämmerte verzweifelt mit den Fäusten auf das Gesicht der Mumie ein, aber es war, als schlüge er in einen trockenen Schwamm: Unter seinen Fingern wirbelten trockener Staub und kleine Stofffetzchen davon, aber irgendeine andere Wirkung blieb aus. Dafür hatten die Finger der Mumie seine Kehle erreicht und würden zweifellos gleich zudrücken.

Und dann war plötzlich eine andere Hand da, schmaler, sehniger und vor allem lebendiger als die der Mumie, die den Arm des Unheimlichen ergriff und mit einem einzigen kraftvollen Ruck zurückbog.

Aton taumelte nach hinten und begann hustend nach Luft zu ringen, während Petach die Mumie packte und gegen die Wand warf. Nicht einmal er war den Kräften des lebenden Toten gewachsen, aber er bewegte sich sehr viel schneller als dieser, sodass der Kampf zumindest für den Moment ausgeglichen schien.

Aton fragte sich allerdings, wie lange das wohl so bleiben würde. Petach mochte einige Tricks auf Lager haben, aber er kämpfte gegen einen Feind, der weder Schmerz noch Erschöpfung kannte und den man wahrscheinlich auch nicht töten konnte – tot war er schon seit ein paar tausend Jahren.

»Lauf endlich weg, Aton!«, schrie Petach wieder. »In den Kreis!«

Der Anblick des hageren Mannes, der inmitten eines tobenden Schneesturms mit einer dreitausend Jahre alten Mumie kämpfte, reichte endgültig aus, Aton davon zu überzeugen, dass es besser war, auf Petach zu hören. Während Petach mit immer verzweifelter werdenden Sprüngen der Lanze des

Angreifers auswich, fuhr Aton auf der Stelle herum und stürzte durch die Wohnzimmertür.

Der Anblick, der sich ihm bot, war beinahe noch gruseliger als alles, was er zuvor gesehen hatte. Schnee und Sturm hatten auch dieses Zimmer erobert und mit ihnen das unheimliche schwefelgelbe Licht. Zwischen den Bücherregalen und Vitrinen tobte ein Miniorkan, der alles durcheinander wirbelte, was nicht niet- und nagelfest war.

Nur genau in der Mitte des Raumes, dort, wo Petach die beiden Feuerschalen aufgestellt hatte, war ein Bereich vollkommener Ruhe geblieben. Auch das gelbe Licht herrschte dort nicht, sondern der klare, milde blaue Schein der beiden brennenden Feuer.

Aber das war noch nicht alles. Das Erstaunlichste überhaupt waren die Skarabäen, die Petach auf dem Boden ausgestreut hatte.

Sie waren zum Leben erwacht.

Was vor einer halben Stunde noch aus Stein, Ton, Bronze und Holz gewesen war, das war nun zu einer wild durcheinander krabbelnden Masse winziger sechsbeiniger Käfer geworden. Ihre gepanzerten Körper rieben sich mit einem unheimlichen Rascheln und Schaben aneinander, das trotz des noch immer herrschenden Lärmes deutlich zu hören war und Aton eine Gänsehaut über den Rücken jagte; ebenso wie das schreckliche Gefühl, aus unendlich vielen starren Käferaugen zugleich gemustert zu werden.

Trotzdem rannte er weiter auf die winzige Insel aus Stille und sanftem Licht inmitten des tobenden Chaos zu – und blieb kaum einen Schritt davon entfernt stehen.

Er konnte sich nicht mehr bewegen.

Es war, als wäre die Verbindung zwischen seinem Willen und seinem Körper unterbrochen. Alles, was ihm überhaupt noch möglich war, war den Kopf zu drehen und zur Tür zurückzublicken.

Die Mumie hatte Petach offensichtlich überwältigt. Sie machte keinen Versuch, Aton zu verfolgen, sondern stand einfach nur da und starrte ihn an. Und zugleich stieg dieses mit Worten kaum zu beschreibende Gefühl in ihm auf, das er bei seiner Begegnung im Wald gehabt hatte – als griffe eine unsichtbare, eiskalte Hand nach ihm und begänne langsam das Leben aus ihm herauszupressen. Er bekam keine Luft mehr. Aton spürte, wie sein Herz immer schwerer schlug und sich sein Magen und alle anderen Organe zusammenzogen. Es tat überhaupt nicht weh, aber es war ein furchtbares Gefühl und er spürte, dass etwas noch viel Furchtbareres geschehen würde, wenn es ihm nicht gelang, den Bann zu brechen.

Er versuchte es. Er versuchte es mit aller Kraft, aber sein Körper gehorchte ihm nicht mehr. Und plötzlich spürte er, wie er sich – völlig ohne sein eigenes Zutun – herumzudrehen begann und einen ersten Schritt auf die Mumie zu machte.

Noch bevor er den zweiten tun konnte, erschien Petach unter der Tür. Sein Gesicht war blutüberströmt und seine Kleider waren zerrissen, aber seine Bewegungen waren so schnell und kraftvoll wie zuvor. Blitzartig umschlang er die Mumie von hinten mit den Armen, wirbelte sie herum und stieß sie so heftig gegen ein Regal, dass die meisten Bücher von den Brettern fielen und die Schreckgestalt unter sich begruben.

»Der Kreis!«, schrie Petach.

Aton konnte sich wieder bewegen, denn als Petach die Mumie gepackt hatte, war der unsichtbare Bann von ihm abgefallen. Mit einem Satz war er in der Mitte der lebendigen Skarabäen und im selben Moment, in dem er aus dem Sturm heraus war, sank auch dessen Heulen auf ein erträgliches Maß herab, ebenso wie das Wimmern der Alarmanlage. Dafür wurde das Rascheln und Knistern der krabbelnden Käfer lauter. Die Tiere bewegten sich immer schneller. Aton sah, dass sie jetzt zwei unterschiedlich große Kreise bildeten, die sich an zwei Stellen überschnitten, sodass der Bereich, in dem Aton stand, im Grunde kein Kreis war, sondern eine Art doppelter Halbmond.

An den beiden Schnittstellen hätte eigentlich ein heilloses Chaos entstehen müssen, aber die winzigen sechsbeinigen Geschöpfe wichen sich wie durch Zauberei immer wieder im letzten Moment aus. Die Bewegung der beiden Kreise kam nicht einmal ins Stocken. Nur das Schaben der aneinander reibenden Chitinpanzer war zu hören.

Ein Gefühl dumpfer Hilflosigkeit überkam Aton. Er war dem Tod um Haaresbreite entronnen und was tat er? Er stand inmitten eines Kreises aus Käfern und verließ sich darauf, von einem jahrtausendealten Hokuspokus beschützt zu werden. Erst dann fiel ihm der Fehler in diesem Gedanken auf. Schließlich war es ja auch derselbe jahrtausendealte Hokuspokus, der ihn überhaupt erst in Gefahr gebracht hatte. Er sah zu Petach hinüber.

Die Mumie hatte sich wieder erhoben und wankte auf den Ägypter zu. Sie konnte nicht mehr richtig gehen; einige der morschen Knochen mussten bei dem Sturz zerbrochen sein. Aber sie war deswegen nicht weniger gefährlich. Das linke Bein hinter sich herschleifend, taumelte sie vorwärts – und stieß so plötzlich mit der Lanze zu, dass Petach dem Angriff nicht mehr ausweichen konnte. Die rostige Spitze durchbohrte seine Brust. Petach taumelte zurück, brach in die Knie und sank zur Seite. Die Mumie drehte sich herum und humpelte auf Aton zu. In ihren leeren Augenhöhlen flackerte die pure Mordlust. Bastets Krallen hatten die Bandagen vor ihrem Gesicht zerfetzt, sodass Aton direkt in ihr erstarrtes Totenkopf-Grinsen sah.

Jetzt hatte die Mumie den Kreis erreicht, hob ihren verletzten Fuß um darüber hinwegzutreten – und wich wieder zurück. Ihr pergamenttrockenes Gesicht war nicht in der Lage, irgendwelche Gefühle auszudrücken, und trotzdem glaubte Aton das Misstrauen zu fühlen, das das furchtbare Geschöpf plötzlich erfüllte.

Wie sich in der nächsten Sekunde zeigte, war diese Vorsicht durchaus berechtigt. Die Mumie überwand ihre Bedenken und führte die Bewegung zu Ende. Die Skarabäen ergossen sich wie eine summende, zangenbewehrte lebende Flut über das Bein des Unheimlichen und plötzlich flogen Staub und winzige Stofffetzen in die Höhe. Ein besonders unternehmungslustiger Pillendreher krabbelte am Bein der Mumie in die Höhe und begann sich in ihre Hüfte hineinzufressen, während die Armee der anderen den Fuß binnen Sekunden bis auf die Knochen abnagte. Die Mumie wich einen Schritt zurück, starrte auf ihren skelettierten Fuß hinab und dann wieder auf die Skarabäen, die ungerührt weiter ihre Kreise zogen.

Aton war kaum weniger verblüfft als die Mumie. Zugleich aber begann er neue Hoffnung zu schöpfen. Verrückt oder nicht, Petachs Zauber schien zu wirken. Er sah die durcheinander wuselnden Käfer an und plötzlich erschien ein schadenfrohes Grinsen auf seinem Gesicht.

»Was ist los, Kumpel?«, fragte er. »Traust du dich nicht? Komm doch her. Ich glaube, sie warten schon auf dich.«

Atons Schadenfreude hielt noch ungefähr eine Sekunde vor – und dann fiel ihm schlagartig jene alte Volksweisheit ein, nach der Hochmut meistens vor dem Fall kommt. Und sie schien einer gewissen Wahrheit nicht zu entbehren. Die Mumie bewegte sich nämlich erneut, aber diesmal riskierte sie keinen weiteren Fuß, sondern stieß mit ihrer Lanzenspitze nach den Skarabäen. In der ersten Sekunde kam Aton dieses Vorgehen geradezu lächerlich vor – der Unheimliche konnte unmöglich vorhaben, all diese unzähligen Käfer einzeln aufzuspießen.

Das hatte er auch nicht. Die Käfer fluteten über die Lanzenspitze hinweg wie zuvor über den Fuß der Mumie. Sie versuchten erst gar nicht dem rostigen Eisen Schaden zuzufügen, sondern rannten unbeeindruckt weiter – aber nicht sehr lange. Atons Augen wurden groß vor Schreck, als er sah, wie die Bewegungen der Tiere, die mit der Lanzenspitze in Berührung gekommen waren, langsamer wurden und schließlich ganz erlahmten – *weil sie sich wieder in Holz, Ton und Bronze zurückverwandelten!*

Die Lanzenspitze bewegte sich hin und her und bei jedem

einzelnen Skarabäus, dessen Weg sie kreuzte, erlosch der Zauber, der ihn zum Leben erweckt hatte. Die Zahl der Käfer war beträchtlich, aber die Lanzenspitze pflügte mit tödlicher Präzision durch das Insektenheer, und auch wenn es noch dauern mochte – der Moment war abzusehen, in dem Atons Leibwache nur noch aus leblosem Ton und Stein bestehen würde.

Mit wachsender Verzweiflung sah sich Aton nach einem Fluchtweg um. Zwischen ihm und der einzigen Tür befand sich die Mumie. Bis zum Fenster waren es nur wenige Schritte, aber es war verschlossen und Aton wusste, dass das Glas so stark war, dass er ihm allenfalls mit einem schweren Hammer beikommen würde. Er saß in der Falle. Der größte Teil der Skarabäen war bereits erstarrt und es konnte nur noch Augenblicke dauern, bis sein magischer Schutz endgültig dahin war.

Wenn er wenigstens eine Waffe gehabt hätte! Aber der zusammengedrückte Kreis, in dem er gefangen war, war leer bis auf die beiden Kanopenkrüge und die Opferschalen, in denen die Feuer brannten. Er konnte allerhöchstens mit Tonkäfern nach der Mumie werfen.

Das brachte ihn auf eine Idee. Inmitten der Käferschar lagen kleine Fetzchen der Bandagen, die die Käfer vom Fuß der Mumie abgerissen hatten. Voller Ekel und mit spitzen Fingern nahm Aton eines davon auf und warf es ins Feuer. Der Stoff flammte auf und zerfiel binnen einer Sekunde zu Asche.

Aton zögerte nicht länger. Die Zahl seiner Beschützer war mittlerweile allenfalls noch dreistellig. Wenn er noch weiter wartete, brauchte er sich gar keine Gedanken mehr zu machen. Entschlossen hob er die Opferschale auf, drehte sich herum und goss die brennende Flüssigkeit über der Mumie aus.

Das Ergebnis übertraf seine kühnsten Hoffnungen. Nur wenige Tropfen der brennenden Flüssigkeit fielen zu Boden; der allergrößte Teil sickerte sofort in die uralten, staubtro-

ckenen Binden ein – und die Mumie stand in hellen Flammen!
Es ging so schnell, dass Aton kaum wirklich sah, was passierte. Dreitausend Jahre alter Stoff, vertrocknete Haut und mürbe Knochen glühten auf und zerfielen binnen Sekunden zu Asche. Der ganze Vorgang dauerte nicht einmal eine halbe Minute.
Doch so kurz die Flammen auch brannten, sie brannten heiß genug, einen der zahlreichen elektronischen Wachhunde des Hauses auszulösen. Der magischen Katastrophe folgte eine computergesteuerte. Aton fand nicht einmal Zeit, Erleichterung zu empfinden, da löste die automatische Brandschutzanlage den Sprinkler aus und ein eiskalter künstlicher Wolkenbruch ging auf Aton herab. Die Überreste der Mumie und die zahllosen kleinen Brandherde auf dem Boden erloschen zischend, eine Sekunde später auch das Feuer in der zweiten Opferschale.
Trotzdem wurde es nicht dunkel. Aton nahm erst jetzt das flackernde blaue Licht, das durch das Fenster hereinfiel, wahr und das schrille Kreischen und Heulen, das sich in den noch immer anhaltenden Lärm hier drinnen mischte. Der magische Sturm hielt weiter an, schien sogar noch schlimmer zu werden. Wie war er eigentlich auf die Idee gekommen, dass es nur diese einzige Mumie gab? Wahrscheinlich stritten sich dort draußen gerade Dutzende von diesen Biestern darum, wer ihm den Garaus machen durfte!
Eine Reihe dumpfer, lang nachhallender Schläge traf die Haustür und einen Augenblick später hörte er das Klirren von Glas. Sie kamen um ihn zu holen!
Aton fuhr herum und stürmte aus dem Zimmer. Die Haustür flog mit einem ungeheuren Krachen aus dem Rahmen und ein grelles, blauweißes Licht stach wie ein Messer in Atons Augen. Halb blind fuhr er herum, riss schützend die Hand über das Gesicht und stolperte in die entgegengesetzte Richtung davon – und direkt in die Arme einer anderen Gestalt, die das Haus offensichtlich durch die Hintertür betreten

hatte. Starke Hände schlossen sich um Atons Oberarme und hielten ihn mit unbarmherziger Kraft fest. Aton bäumte sich auf und warf sich mit aller Gewalt zurück, aber es war zwecklos. Das grelle Licht stach unbarmherzig in seine Augen, obwohl er die Lider fest zusammengepresst hielt, und jemand begann ihn heftig zu schütteln und schrie etwas, was er nicht verstand.

Vermutlich war es das, was ihn wieder zur Besinnung brachte. Die Mumie hatte ihn nicht angeschrien. Sie hatte ihm auch nicht mit einer Taschenlampe ins Gesicht geleuchtet und sie hatte erst recht keine grüne Uniform mit einer dazu passenden Schirmmütze getragen, unter der ein blonder Pferdeschwanz hervorquoll, wie die junge Polizistin, die ihn gepackt hatte und ihn sanft, aber beharrlich schüttelte.

»So beruhige dich doch!«, sagte sie. »Was ist los? Bist du verletzt? Was ist hier passiert?«

»Petach«, stammelte Aton. »Er ist tot und ... die Mumie ... oben ...«

Obwohl die Polizeibeamtin kaum verstanden haben konnte, was er mit diesen gestammelten Worten meinte, schien sie für den Moment genug gehört zu haben. Vorsichtig, aber mit großem Nachdruck drehte sie Aton herum und schob ihn auf die offen stehende Hintertür zu. »Ich bringe den Jungen raus«, wandte sie sich an ihre Kollegen, die durch die Vordertür hereingekommen waren. »Seht oben nach. Da ist ein Fenster eingeschlagen!«

Aton sah aus den Augenwinkeln, wie die beiden Beamten ihre Pistolen zogen und hintereinander die Treppe hinaufstürmten – als ob menschliche Waffen gegen das, was über dieses Haus hereingebrochen war, irgendetwas nutzten! Aber er sagte nichts. Die Männer hätten ihm sowieso nicht geglaubt. Wenn er es recht bedachte, dann glaubte er das, was ihm gerade zugestoßen war, ja selber nicht.

Insgesamt hatte die Alarmanlage drei Polizeiwagen herbeigerufen, deren Besatzungen das Haus vom Keller bis zum Dachboden durchsuchten, während die junge Beamtin mit dem Pferdeschwanz Aton zu einem der wartenden Wagen führte. Als sie das Haus verließen, erlebte Aton eine weitere Überraschung: Von Sturm und Schnee war keine Spur mehr zu sehen. Rings um das Haus entdeckte Aton Schneeverwehungen und Raureif, aber tatsächlich nur in unmittelbarer Nähe – schon zwanzig Meter entfernt waren die Straße und das dahinter liegende Feld trocken und vollkommen eisfrei. Den Sturm schien es nie gegeben zu haben, die Luft stand vollkommen unbewegt.

Trotzdem fror Aton erbärmlich – schließlich hatte ihn die Sprinkleranlage bis auf die Haut durchnässt. Die Polizistin nahm eine Decke aus dem Kofferraum und legte sie ihm um die Schultern, doch Atons Zähne klapperten ebenso heftig weiter, wie seine Hände zitterten.

Die junge Frau sah ihn kopfschüttelnd an, dann sagte sie besorgt: »Soll ich einen Krankenwagen rufen?«

»Nein«, antwortete Aton erschrocken. »Mir fehlt nichts.«

»Ja, das sehe ich«, antwortete die Beamtin spöttisch. »Du zitterst nur wie Espenlaub.«

»Mir ist kalt«, antwortete Aton. Das war die Wahrheit – aber nicht der Grund für sein Zittern. Er brauchte einfach Zeit, um sich eine passende Geschichte einfallen zu lassen. Die Wahrheit würde ihm garantiert niemand glauben. Jetzt, wo der einzige Zeuge tot war, schon gar nicht.

»Ich habe eine Thermoskanne mit heißem Tee im Wagen«, sagte die Polizistin. »Möchtest du eine Tasse?«

Aton nickte heftig. Schon der Gedanke an etwas Warmes zum Trinken kam ihm schlichtweg paradiesisch vor. Dass der Schneesturm nun vorbei war, bedeutete nicht etwa, dass es warm gewesen wäre: im Gegenteil. Es war so bitterkalt, dass ihr Atem kleine Dampfwölkchen in die Luft zauberte und die Scheiben des Streifenwagens beschlagen waren.

Die Polizistin ging zu einem der anderen Wagen und kam nach einigen Augenblicken zurück; eine Thermosflasche in der Rechten und einen weißen Plastikbecher in der Linken. Aton schloss dankbar die Hände um den Becher und genoss für einen Moment die Wärme, die seine Finger durchströmte. Erst dann trank er – und hätte sich um ein Haar verbrüht, als die Polizistin so heftig zusammenfuhr, dass er eine unbedachte Bewegung machte.

»Was haben Sie?«, fragte er. Zugleich sah er an sich hinab, wohin der Blick der jungen Beamtin gerichtet war. Und dann entdeckte er auch den Grund für ihr Erschrecken. Unter der Decke, in die er sich gehüllt hatte, war ein daumennagelgroßer sechsbeiniger Käfer hervorgekrabbelt: ein Skarabäus, der sich irgendwie in seine Kleider verirrt hatte und so dem Zauber der Mumie entgangen war. Ganz instinktiv wollte Aton die Hand heben um ihn wegzufegen, doch dann erinnerte er sich daran, dass er diesem Geschöpf und seinen Brüdern und Schwestern vermutlich das Leben zu verdanken hatte, und führte sein Vorhaben nicht aus. Es war auch nicht nötig: Das Tierchen machte ein paar unsichere Bewegungen vorwärts, kippte dann plötzlich zur Seite und fiel in den Schnee hinunter.

Die Polizeibeamtin hatte sich wieder in der Gewalt und zwang sich zu einem Lächeln. »Du wolltest mir sagen, was da drinnen passiert ist.«

Genau das hatte Aton nicht gewollt. Er hatte es auch weder gesagt noch in irgendeiner Form angedeutet; aber das gehörte wohl zur Taktik der Beamtin, Antworten auf Fragen zu erhalten, die sie noch gar nicht gestellt hatte. Außerdem war es vielleicht besser, wenn er eine Geschichte parat hatte, bevor ihre Kollegen zurückkamen und Petachs Leichnam mit herausbrachten.

Atons Gedanken überschlugen sich für einen Moment. Er wusste, dass es wenig Sinn hatte, irgendeine Lügengeschichte zu erzählen, bei der er sich doch nur in Widersprüche verwickeln würde – aber er konnte auch unmöglich die Wahrheit sagen. Wenn er das tat, dann standen seine Chancen nicht schlecht, sich in null Komma nichts in einem gemütlichen Zimmer ohne Fenster wiederzufinden, dessen Wände und Boden mit Gummi gepolstert waren.

Die Polizeibeamtin deutete sein Schweigen falsch. Sie griff nach seiner Hand und zwang ein aufmunterndes Lächeln auf ihr Gesicht, das die Sorge in ihrem Blick allerdings nicht ganz verbergen konnte. »Lass dir ruhig Zeit«, sagte sie. »Denk in Ruhe nach. Die Alarmanlage in eurem Haus ist losgegangen; wahrscheinlich, als jemand das Fenster oben im ersten Stock eingeschlagen hat. Warst du allein im Haus? Wo sind deine Eltern?«

»Nein«, antwortete Aton. »Meine Eltern sind nicht da, aber Herr Petach war bei mir. Ein ... Freund meines Vaters.«

»War?«, hakte die Beamtin nach. Aton verfluchte sich innerlich. Warum musste diese sympathische junge Frau auch so eine verdammt aufmerksame Zuhörerin sein?

»Er ist da«, korrigierte er sich hastig. »Aber er ist ... ich meine –«

Bevor er sich noch weiter verhaspeln konnte, erschienen die beiden Polizeibeamten, die ins Obergeschoss hinaufgerannt waren, wieder unter der Eingangstür – und Atons Augen quollen vor Unglauben fast aus den Höhlen, als er sah, wen sie bei sich hatten.

Es war niemand anderer als Petach. Und sie trugen nicht etwa seine Leiche oder stützten ihn auch nur. Petach bewegte sich aus eigener Kraft. Er sah ein wenig mitgenommen aus – wie Aton klitschnass und alles andere als sauber, aber ganz offensichtlich unverletzt.

Aber er hatte doch gesehen, dass die Lanze seine Brust durchbohrt hatte! Die Spitze war zwischen seinen Schulterblättern wieder hervorgedrungen! Kein Mensch konnte eine solche Verletzung erleiden und dann in aller Seelenruhe wieder aufstehen und herumgehen.

Petach konnte es. Er humpelte nicht einmal, sondern bewegte sich nur deshalb ein wenig ungeschickt, weil einer der beiden Polizisten seine Hand gepackt und auf den Rücken gedreht hatte, während der andere mit seiner Pistole auf ihn zielte.

»Ist er das?«, fragte die Polizistin. »Dieser Petach?«

Aton nickte und die Beamtin erhob sich und gab ihren beiden Kollegen einen Wink. »Es ist alles in Ordnung. Der Mann gehört zum Haus.«

Petach wurde losgelassen, stolperte jedoch ein, zwei Schritte in der gleichen, unbeholfenen Weise weiter, ehe er stehen blieb und sich benommen umsah. Der Ausdruck auf seinem Gesicht war der eines Menschen, der gar nicht richtig begreift, was mit ihm geschieht.

Während Petach und die beiden anderen Beamten näher kamen, wandte sich die Polizistin wieder an Aton und stellte eine weitere Frage, aber er hörte sie gar nicht. Vollkommen fassungslos starrte er Petach an. Dessen Hemd war zerrissen und auf dem Stoff war dunkles, schon halb eingetrocknetes Blut, aber die Haut darunter war vollkommen unversehrt. Aber er hatte es doch gesehen!

»Ich glaube, ich rufe doch lieber einen Krankenwagen«, sagte die Polizistin, als Aton auch beim dritten Mal nicht auf ihre Worte reagierte. Sie beugte sich in den Wagen und nahm den Hörer des Funkgerätes ab und Petach sagte ganz ruhig: »Ich glaube, das wird nicht notwendig sein.«

Die Polizistin zögerte. Aus dem Lautsprecher des Funkgerätes drang eine Stimme, die sich nach dem Grund des Anrufes erkundigte, aber die Beamtin starrte den Hörer verständnislos an, zuckte dann mit den Schultern und hängte wieder ein. »Es ist alles in Ordnung, meine Herren«, fuhr Petach fort, nun an die beiden anderen Beamten gewandt, die ihn noch immer flankierten. »Es war ein Einbrecher im Haus, aber er ist wieder fort. Uns beiden ist nichts passiert.«

Und das gespenstische Geschehen, das Aton eben bei der Polizistin beobachtet hatte, wiederholte sich: Die beiden Beamten sahen sich eine Sekunde lang verwirrt an, dann zuckten sie gleichzeitig mit den Schultern – und gingen zu ihren Wagen. Aton sah, wie einer von ihnen in ein tragbares Funkgerät sprach. Wenige Augenblicke später erschienen weitere Polizisten unter der Haustür, die dabei gewesen waren, das Haus zu durchsuchen.

Petach warf Aton einen fast beschwörenden Blick zu, drehte sich halb herum und wandte sich direkt an die Polizistin. »Es ist in Ordnung. Ich kümmere mich jetzt um Aton. Vielen Dank für Ihre Hilfe.«

»Aber ich –« Die Polizistin blinzelte. Sekundenlang rang sie sichtbar nach Worten, aber schließlich zuckte sie nur abermals mit den Schultern und griff erneut nach dem Funkgerät und Aton hörte fassungslos, wie sie in der Zentrale Bescheid gab, dass hier offensichtlich alles wieder in Ordnung sei und sie sich jetzt auf den Rückweg machen würden. Sie griff nach dem Zündschlüssel, zögerte aber dann doch noch einmal und wandte sich mit sichtbarer Überwindung wieder an Petach.

»Wir müssen noch ein Protokoll aufnehmen«, sagte sie. »Das ist Vorschrift.« Ihre Stimme klang flach wie die eines Menschen, der im Traum oder unter Hypnose spricht, und Aton zweifelte keine Sekunde daran, dass es nur eines einzigen Wortes von Petach bedurft hätte, um sie alle ihre Vorschriften vergessen zu lassen. Aber möglicherweise sah der Ägypter ein, dass er es sich nicht zu leicht machen konnte – spätestens, wenn die Polizistin und ihre Kollegen zurück auf der Wache waren und man einen Bericht von ihnen verlangte, würden sie begreifen, dass hier irgendetwas nicht mit rechten Dingen zugegangen war.

»Meinetwegen«, sagte er widerstrebend. »Aber schicken Sie die anderen weg. Es ist nicht nötig, dass eine ganze Ansammlung hier herumsteht, um einen Bericht aufzunehmen.«

Die Polizistin tat, was Petach ihr befohlen hatte, und obwohl sie das jüngste und somit zweifellos nicht das ranghöchste Mitglied der Polizei hier war, gehorchten ihr alle anderen

widerspruchslos und sehr schnell. Nach kaum einer Minute fuhren zwei der drei Streifenwagen wieder ab.
Aton wandte sich im Flüsterton an Petach. »Wie haben Sie das gemacht?«, fragte er.
Petach lächelte. »Das war leicht. Menschen sind so einfach zu beeinflussen, wenn man weiß, was sie wirklich wollen. Es hat nichts mit Zauberei zu tun. Und ich denke, es ist in deinem Sinn. Oder möchtest du ihnen erklären, was sich wirklich zugetragen hat?«
Aton wurde zornig – aber nur für einen Moment. Zweifellos hätte Petach ihn auf die gleiche Weise wie die Polizisten daran hindern können, lästige Fragen zu stellen.
»Wieso sind Sie überhaupt hier?«, fragte er. »Ich habe doch gesehen, dass die Mumie Sie niedergestochen hat!«
»Das war nur ein Kratzer«, behauptete Petach. »Aber ich bin unglücklich gefallen und muss wohl das Bewusstsein verloren haben.«
»Das sind Sie nicht!«, beharrte Aton. »Ich habe ganz deutlich gesehen, was geschehen ist!«
»Du musst dich täuschen«, sagte Petach ruhig. Er wies auf sein zerrissenes Hemd. »Hier, sieh selbst. Nicht einmal eine Schramme. So leicht bin ich nicht umzubringen.«
Aton hatte nicht vor, sich mit dieser Antwort zufrieden zu geben. Sicher, alles war sehr schnell gegangen und er war halb wahnsinnig vor Angst und Entsetzen gewesen, aber er wusste schließlich, was er gesehen hatte!
Doch – war das wirklich noch Zufall? – er kam auch jetzt wieder nicht dazu, Petach zur Rede zu stellen, denn in der Auffahrt erschien ein Scheinwerferpaar und einen Augenblick später rollte der Wagen seiner Eltern vor das Haus und kam so abrupt zum Stehen, dass der Kies unter den Rädern aufspritzte. Beide Türen wurden aufgerissen und sein Vater und seine Mutter sprangen heraus.
»Was ist hier pas–«, begann sein Vater und stockte mitten im Wort, als er seinen Sohn erblickte, der zitternd mit nassem Haar in eine Decke gehüllt dastand.

»Aton!«, keuchte er. »Was ist geschehen? Ist dir etwas zugestoßen? Um Gottes willen!«
Er machte einen hastigen Schritt auf Aton zu, ebenso wie dessen Mutter – beide blieben wieder stehen, als Petach die Hand hob.
»Keine Angst«, sagte der Ägypter. »Es gab ein wenig Aufregung, aber es ist nichts passiert. Aton ist in Ordnung.«
Sein Vater rührte sich nicht. Atons Mutter machte noch einen weiteren Schritt auf ihn zu und blieb dann wieder stehen; für eine Sekunde war ihr Gesicht ein einziger Ausdruck der Qual, dann machte Petach erneut diese kaum sichtbare Handbewegung und ihr Blick verschleierte sich.
»Hören Sie auf, Petach!«, sagte Aton. Seine Stimme zitterte. »Hören Sie sofort auf oder ich erzähle ihnen alles, ganz egal, was dann ge–«
Petach wandte den Kopf und Atons Stimme versagte. Er wollte weitersprechen, versuchte es, aber er konnte es einfach nicht. Und eine Sekunde später wollte er es auch gar nicht mehr. Selbst sein Zorn auf Petach verrauchte. Er fragte sich, warum er überhaupt wütend auf den Ägypter gewesen war; und eine weitere Sekunde später hatte er sogar vergessen, dass er Zorn empfunden hatte.
»Jemand hat eingebrochen«, sagte Petach, wieder zu Atons Eltern gewandt. »Aber die Alarmanlage ist losgegangen und der Lärm hat ihn vertrieben. Außerdem war die Polizei in wenigen Minuten zur Stelle. Aton war keine Sekunde in Gefahr.«
»Einbrecher?«, wunderte sich Atons Vater. »Schon wieder? Was ist denn mit dem Hund?«
»Den haben sie übersehen«, sagte Aton. Der Witz kam nicht an. Wahrscheinlich registrierte ihn sein Vater gar nicht, denn er sah Petach noch einen Moment lang verstört an, ehe er sich einen Ruck gab und sich zu der Polizistin herumdrehte, die bereits ihren Notizblock und einen Stift gezückt hatte und offensichtlich darauf wartete, ihren Bericht zu schreiben.
»Wieso bist du so nass?«, fragte Atons Mutter.

»Ich glaube, es gab einen Kurzschluss oder so etwas Ähnliches«, sagte Petach an Atons Stelle. »Vielleicht eine Fehlfunktion in der Elektronik. Ich verstehe nichts von solcherlei Dingen. Jedenfalls hat sich die Sprinkleranlage ausgelöst, als das Fenster eingeschlagen wurde. Wir sind beide durchnässt worden. Und ich fürchte, ein Teil Ihres Wohnzimmers auch«, fügte er nach einer winzigen Pause hinzu.

Atons Vater hielt darin inne, der Polizistin die gewünschten Angaben zu diktieren, und sah Petach erschrocken an. »Es ist nicht viel Sachschaden entstanden«, sagte der Ägypter beruhigend – und Aton war keineswegs erstaunt, dass ein Vater auch diese schon beinahe unverschämte Behauptung widerspruchslos schluckte. Er fragte sich, was Petach wohl tun würde, wenn sein Vater sah, was wirklich passiert war – dass sich sein Wohnzimmer nämlich in ein Schwimmbad mit Brandflecken auf dem Parkettboden verwandelt hatte.

»Gehen wir hinein«, sagte Atons Mutter. »Du musst aus den nassen Sachen heraus, ehe du dir eine Lungenentzündung holst.«

Die Worte ließen Aton wieder spüren, wie erbärmlich er fror. Widerspruchslos folgte er seiner Mutter und Petach ins Haus, blieb aber dicht vor der Tür noch einmal stehen und sah zurück. Sein Vater redete noch immer mit der Polizeibeamtin, die seine Angaben eifrig auf ihren Block notierte. Plötzlich aber stockte sie und bückte sich, um etwas vom Boden aufzuheben. Ein erstaunter Ausdruck erschien auf ihrem Gesicht, als sie auf den winzigen Gegenstand hinabblickte, der auf ihrer Handfläche lag.

Trotz der Entfernung konnte Aton erkennen, worum es sich handelte. Es war der Skarabäus, der aus seinen Kleidern gekrochen war und sie so erschreckt hatte.

Aber nun bestand er wieder aus gebranntem Ton.

Die Polizistin hob den Kopf und blickte zum Haus hinüber und Petach machte eine rasche Handbewegung. Der ungläubige Ausdruck verschwand wie weggezaubert vom Gesicht der Beamtin. Einen Augenblick später ließ sie den Käfer achtlos fallen und konzentrierte sich wieder ganz darauf, mit Atons Vater zu sprechen.

»Überanstrengen Sie sich nicht, Petach«, sagte Aton feindselig. »Sie können nicht die ganze Welt an der Nase herumführen, wissen Sie?«

Petach sah ihn traurig an. »Ich verstehe deinen Zorn«, sagte er. »Aber bitte vertrau mir. Ich werde dir alles erklären und dann wirst du mich verstehen. Es geht jetzt nicht anders.«

»O ja, darauf wette ich«, knurrte Aton wütend. »Und wenn ich es nicht verstehen sollte, dann werden Sie dafür sorgen, dass ich es verstehe, nicht wahr?«

Petach antwortete nicht und Aton spürte, dass sein Zorn den Ägypter wirklich verletzt haben musste, aber er bedauerte es nicht. Im Gegenteil – im Augenblick bereitete es ihm eine geradezu diebische Freude, noch Salz in die offene Wunde zu streuen. »Vielleicht wachen wir ja auch alle morgen früh auf und denken, wir hätten nur einen schlechten Traum gehabt, wie?«, fragte er. »Oder wir wachen gar nicht mehr auf und –«

»Das reicht«, sagte Petach scharf und Aton verstummte. Doch diesmal hatte Petach seine unheimliche Macht gar nicht eingesetzt. Es war die Autorität in seiner Stimme gewesen, die es Aton unmöglich machte, weiterzusprechen.

Sie betraten das Haus. Atons Mutter schlug erschrocken die Hand vor den Mund, als sie sah, wie es drinnen aussah – zu allem Überfluss hatten die Polizisten auch noch die Vordertür eingeschlagen, um sich gewaltsam Zutritt zum Haus zu verschaffen, und der hereingewehte Schnee war mittlerweile längst geschmolzen, sodass der Hausflur tatsächlich eine gewisse Ähnlichkeit mit einem schlammigen Schwimmbad besaß. Die zerborstene Tür zu Atons Zimmer war die Treppe hinuntergestürzt und hatte dabei auch noch einen Teil des Geländers zertrümmert und der Sturm hatte sämtliche Bilder von den Wänden gefegt.

Petach sorgte auf seine ganz eigene Art dafür, dass sich Mutters Erschrecken in Grenzen hielt, und es verging nur ein Augenblick, ehe sie sich wieder ganz Aton zuwandte.

»Geh schon hinauf ins Bad«, sagte sie. »Ich bringe dir gleich trockene Sachen. Am besten duschst du ausgiebig und wärmst dich richtig auf«

Aton gehorchte sofort, denn er zitterte vor Kälte am ganzen Leib. Während sich Petach seiner Mutter zuwandte und mit leiser Stimme auf sie einzureden begann (wenn er mit ihr fertig ist, dachte Aton verärgert, dann wird sie wahrscheinlich vergessen haben, dass dieses Haus jemals anders ausgesehen hat als jetzt), eilte er die Treppe hinauf und begann sich schon auf dem Weg zum Badezimmer aus den nassen Kleidern zu schälen.

Oben angekommen erlebte er die nächste Überraschung. Er hatte zwar mit eigenen Augen gesehen, wie die Mumie Bastet mit solcher Wucht gegen die Wand geschmettert hatte, dass der Aufprall ihr eigentlich jeden einzelnen Knochen im Leib hätte brechen müssen, aber die Katze saß vollkommen unversehrt auf dem Treppenabsatz und Aton hätte keinen Pfennig darauf gewettet, dass der Ausdruck in ihren Augen kein spöttisches Lächeln war. Er ignorierte das Tier, eilte ins Bad und verbrachte die nächsten zwanzig Minuten damit, unter der Dusche zu stehen und das Gefühl zu genießen, wie das heiße Wasser die Kälte aus seinen Gliedern vertrieb.

Aton fühlte sich nicht nur körperlich wohler, als er wieder ins Erdgeschoss zurückkam.

Seine Mutter hatte ihm trockene Kleider gebracht, während er unter der Dusche gestanden hatte, und für eine kurze Weile hatte er ein emsiges Klopfen und Hämmern gehört, dessen Bedeutung ihm klar wurde, als er die Treppe hinunterkam. Sein Vater und Petach hatten die Haustür notdürftig repariert und die vollkommen zertrümmerte Hintertür mit Brettern vernagelt, sodass zwar noch die Kälte, wenigstens aber nicht mehr der Wind Einlass ins Haus fand. Im Wohnzimmer brannte Licht und Aton hörte die Stimmen seiner Eltern und Petachs, noch bevor er die Tür erreichte.

Sie hatten noch ein Übriges getan: Das Chaos im Wohnzimmer war beseitigt worden, zumindest soweit es im Moment

überhaupt möglich war. Die Möbel (die, die noch ganz waren, hieß das) waren wieder an ihren Platz gerückt und die größeren Trümmerstücke und Glasscherben zusammengefegt worden.
Trotzdem bot das Zimmer einen Anblick zum Gotterbarmen. Auf dem Boden stand zentimeterhoch das Wasser. Die meisten Bücher waren aus den Regalen gefegt worden, viele der kostbaren Bände lagen zerrissen und aufgeweicht am Boden und der allergrößte Teil von Vaters Sammlung dazu. Aton verstand zuerst kaum, wieso sein Vater diesen Anblick so gelassen hinnahm. Ein einziger Blick in Petachs Gesicht beantwortete diese Frage. Dann entdeckte er auch die blonde Polizeibeamtin, die noch geblieben war.
»Aton!«, begrüßte ihn sein Vater. »Fühlst du dich besser?«
Aton nickte geistesabwesend und setzte seine Musterung des Zimmers fort. Auf dem Parkett, dort, wo der magische Kreis gewesen war, prangte ein gewaltiger Brandfleck, aber von der Mumie war nicht einmal Asche zurückgeblieben. Auch Schild und Lanze waren verschwunden. Aton vermutete, dass Petach diese Dinge beiseite geschafft hatte, um lästigen Fragen aus dem Weg zu gehen.
»Nun«, begann sein Vater, »jetzt, wo du –« Er brach wieder ab. Seine Augenbrauen zogen sich ärgerlich zusammen, während er etwas hinter Aton starrte. Aton wandte den Kopf und erkannte den Grund für die Verstimmung seines Vaters: Es war Bastet. Die Katze hatte hinter ihm das Zimmer betreten, sich gesetzt und in aller Seelenruhe damit begonnen, sich zu putzen.
»Was tut dieses kleine Monster hier im Haus?«, fragte er.
»Bastet ist kein Monster!«, hörte Aton sich zu seinem eigenen Erstaunen heftig widersprechen. »Sie hat mir das Leben gerettet!«
»Bastet?«
»Ich finde, der Name passt«, antwortete Aton.
»Und wieso hat sie dir das Leben gerettet?«, fragte die Polizistin.

»Das ist vielleicht ein bisschen übertrieben«, mischte sich Petach ein. »Aber immerhin hat sie Alarm gegeben, als der Mann oben das Fenster aufgebrochen hat. Sie gebärdete sich plötzlich wie wild.«

»Was man von deinem tapferen Wachhund nicht behaupten kann«, fügte Aton hinzu.

»Anubis?« Sein Vater sah sich suchend um. »Wo ist er überhaupt?«

»Er ist in den Garten gelaufen, als die Tür zu Bruch ging«, sagte Petach. »Aber er wird schon wiederkommen.« Er deutete auf Bastet. »Lassen Sie das Tier hier. Aton hängt daran.« Atons Vater gab sich mit einem Seufzen geschlagen. »Na gut. Meinetwegen. Es ist ja sowieso nur noch für ein paar Stunden.« Er wandte sich an die Polizistin. »Ich denke, wir sind dann so weit fertig. Sie schicken Ihren Bericht direkt an meine Versicherung wie besprochen?«

Die junge Frau klappte ihren Notizblock zu und verstaute ihn in einer Tasche ihrer Uniformjacke. »Ja«, sagte sie. »Ich muss jetzt wirklich los. Im Grunde bin ich schon viel zu lange hier. Meine Vorgesetzten werden sich fragen, wo ich bleibe.« Sie drehte sich zur Tür, blieb aber plötzlich wieder stehen und lächelte Aton an. »Begleitest du mich hinaus?«

»Gerne«, antwortete Aton. Er war ganz froh, aus diesem Zimmer herauszukommen. Der Schrecken war noch zu frisch und alles hier drinnen erinnerte ihn an das entsetzliche Geschehen.

Sie verließen das Zimmer und einen Augenblick später das Haus. Aton verbarg fröstelnd die Hände in den Hosentaschen, während sie auf den Streifenwagen zugingen. Es war kälter geworden und das Heulen des Windes und die Schatten, die das Haus belagerten, brachten die Angst von vorhin zurück.

»Das war sicher sehr aufregend, wie?«, sagte die Polizistin. »So ein ungebetener Besucher kann einem einen ganz schönen Schrecken einjagen. Aber es ist ja nichts passiert – oder?«

Aton war ein wenig verwirrt. Er spürte, dass die junge Frau ihn nicht grundlos gebeten hatte, sie zu begleiten. Hatte sie vielleicht doch Verdacht geschöpft?
»Dein Name ist Aton, nicht?«, fragte sie. Sie hatten den Wagen erreicht, aber sie machte keine Anstalten, einzusteigen. »Ein seltsamer Name. Aber hübsch.«
»Der Name des ägyptischen Sonnengottes unter Echnaton«, antwortete Aton. Er lächelte schüchtern. »Mein Vater liebt alles, was mit den alten Ägyptern zusammenhängt. Dabei habe ich noch Glück, dass er nicht die alte Schreibweise gewählt hat. Aton ist im Grunde ein Übersetzungsfehler. Eigentlich hieß er Aten. Aber mit dem Namen hätte ich wahrscheinlich Selbstmord begangen, ehe ich fünf geworden wäre.«
»Aton gefällt mir«, antwortete die Polizistin lächelnd. »Mein Name ist Sascha.«
»Sascha? Aber das ist ein Jungenname!«
»Das denken die meisten, aber es stimmt nicht.« Sie zog eine Karte aus der Tasche und reichte sie Aton. »Hier – meine Adresse. Auf der Rückseite steht meine Privatnummer. Du kannst mich jederzeit anrufen.«
»Aber wieso?« Aton drehte die Visitenkarte verwirrt in der Hand.
»Weil ich das Gefühl habe, dass hier irgendetwas nicht stimmt.« Sie hob rasch die Hand, als Aton widersprechen wollte. »Steck die Karte einfach ein, okay? Und jetzt geh wieder ins Haus, ehe du dich am Ende wirklich noch erkältest.«
Aton wich einige Schritte von dem Streifenwagen zurück, aber er blieb noch stehen, bis Sascha eingestiegen war und den Motor gestartet hatte. Ihre Worte hatten ihn verblüfft – aber zugleich auch froh gestimmt. Sie wusste natürlich nicht, was hier wirklich geschehen war, aber ganz offensichtlich spürte sie, dass irgendetwas hier nicht so war, wie es aussehen sollte. Und das wiederum erfüllte Aton mit einem Gefühl tiefer Erleichterung. Denn es bedeutete, dass Petachs Macht vielleicht doch nicht ganz so groß war, wie er bisher angenommen hatte.

Petachs Geschichte (2)

Aton hatte einen Traum: Der Gang erstreckte sich schnurgerade in die Erde hinein, ein rechteckiger Stollen, etwas höher als breit, dessen Wände und Decke aus gewaltigen Quadern bestanden, jeder einzelne mehr als zwei Meter lang und einen hoch. Es war sehr dunkel; das war es hier immer gewesen. Dies war ein Ort, den das Licht der Sonne niemals gewärmt hatte, solange die Welt bestand, und den es niemals erhellen würde. Aton hatte eine Lampe bei sich, aber die Batterien waren schon schwach und das Glas war gerissen, vorhin, als er gestürzt war. Unter normalen Umständen wäre ihr Licht kaum noch sichtbar gewesen, aber seine Augen hatten sich an den matten, gelblichen Schein gewöhnt, sodass er seine Umgebung zumindest schemenhaft erkennen konnte.

Allerdings hätte er auch gerne darauf verzichtet, denn was er sah, machte ihm Angst. Die Wände waren nicht glatt. Wenn man genau hinsah, erkannte man, dass sie gar nicht wirklich aus Quadern bestanden. Der Stollen war in den natürlich gewachsenen Fels hineingemeißelt worden und die gleichen Hände, die dieses unvorstellbare Werk vollbracht hatten, hatten dünne, parallele Linien in den Stein getrieben, die die Wände aussehen ließen, als wären sie gemauert. Aber das war es nicht, was ihn in Furcht versetzte.

Angst machten ihm die Bilder, die die Wände zierten. Es waren fremdartige, düstere Bilder, Bilder von Göttern und Dämonen, von Menschen und Ungeheuern, Bilder, die uralte Geschichten erzählten, von uralten Gefahren, uralten Schrecknissen, aber auch uralten Freuden zu berichten wussten. Er verstand nur das Wenigste von dem, was er sah, aber die fremden Linien, die strenge Geometrie und die düstere Symbolik machten es unangenehm, sie nur zu betrachten.

Und etwas war hinter ihm.

Er hatte es bisher nicht gesehen. Jedes Mal, wenn er stehen blieb und den schwächer werdenden Strahl in die Dunkelheit hinter sich richtete, war dort nichts. Nichts zu sehen, nichts zu hören. Aber er spürte, dass dort etwas war. Nicht jemand. Etwas. Und es kam näher.

Aton fuhr mit einem Schrei in die Höhe. Sein Herz raste. Er war in Schweiß gebadet und zugleich zitterte er am ganzen Leib. Im allerersten Moment hatte er Schwierigkeiten, sich zurechtzufinden. Er wusste, dass er wach war, er wusste, dass er einen Traum gehabt hatte, und trotzdem schien ihm die Dunkelheit, in der er erwachte, noch immer die zu sein, durch die er in seinem Traum geirrt war. Und er war auch hier nicht allein. Etwas Warmes, Schweres lag auf seiner Brust. Als er die Hand ausstreckte, spürte er weiches, flauschiges Fell. Bastet. Die Katze war mit ihm heraufgekommen, als er schlafen gegangen war.

Es war nicht das erste Mal, dass Aton diesen Traum träumte. Früher hatte er ihn oft geträumt, fast jede Nacht, und er war oft schreiend und um sich schlagend erwacht. Der Traum war nicht nur ein Traum. Er war wirklich in jenem Gang gewesen, hatte diese furchtbaren Bilder wirklich gesehen und diese entsetzliche Angst tatsächlich erlitten, und da er damals gerade fünf Jahre alt gewesen war, hatte es lange gedauert, bis er die Schrecken jener Nacht ganz verarbeitet hatte. Jahre waren vergangen, bis der Traum allmählich seltener wurde, doch ganz war er niemals verschwunden. Aber er war schon seit Jahren nicht mehr so schlimm gewesen wie jetzt.

Die Tür wurde geöffnet und Aton blinzelte in das plötzliche Licht, das vom Flur hereinfiel. Bastet fauchte erschrocken, sprang mit einem Satz vom Bett und flitzte zwischen den Beinen seiner Mutter hindurch aus dem Zimmer. Aton stellte verwundert fest, dass, draußen bereits Tageslicht herrschte. Er musste gut einen halben Tag verschlafen haben.

»Alles in Ordnung?«, erkundigte sich seine Mutter von der Tür her.

»Ja«, antwortete Aton. Und fügte dann hinzu: »Ich hatte wieder diesen Traum. Komisch, nach so langer Zeit. Und ich dachte schon, ich hätte endlich meine Ruhe.«

»Das wundert mich überhaupt nicht«, sagte seine Mutter, »nach dem, was gestern hier geschehen ist.« Sie trat wieder zurück und legte die Hand auf die Türklinke. »Das Frühstück ist fertig«, sagte sie. »Ich meine, du könntest noch eine halbe Stunde schlafen, aber wenn du willst ...«

Aton überlegte nur kurz, ehe er die Decke vollends abstreifte und aufstand. Normalerweise kämpfte er morgens um jede Minute, die er noch im Bett bleiben konnte, aber seit er das Internat verlassen hatte und nach Hause gekommen war, war absolut nichts mehr normal. Aus seinem Bett, einem Ort, an dem es warm und behaglich war, war etwas Feindseliges und Böses geworden, ein Platz, vor dem er sich beinahe fürchtete. Zum ersten Mal seit Jahren, seit er die Träume nach und nach überwunden hatte, hatte er wieder Angst davor, einzuschlafen.

Er fand seine Eltern in der Küche, wo sie zusammen mit Petach am Frühstückstisch saßen. Anubis (und zu Atons Überraschung auch Bastet) fraßen um die Wette aus zwei unterschiedlich großen Näpfen neben der Tür und aus dem hinteren Teil des Hauses drang lautes Hämmern und Sägen.

Auf dem Tisch zwischen seinem Vater und Petach stapelten sich Papiere und Reiseunterlagen, deren Anblick Aton schmerzhaft ins Gedächtnis zurückrief, dass die Abreise seiner Eltern unmittelbar bevorstand – und damit auch seine eigene.

»Hallo, Aton!«, sagte sein Vater. »Hast du gut geschlafen?«

»Nicht besonders«, gestand Aton. »Ich hatte wieder den Traum.«

»Den Traum?« Petach sah ihn fragend an.

»Aton hatte einen Unfall, als er fünf Jahre alt war«, erklärte sein Vater. »Er wurde verschüttet. Es hat fast vierundzwanzig Stunden gedauert, bis er gefunden wurde. Die körperlichen Verletzungen waren nicht schlimm, aber er hat noch jahrelang danach unter schlimmen Albträumen gelitten.«

»Das wundert mich nicht«, sagte Petach. »So etwas kann einem das ganze Leben lang zu schaffen machen.«

Aton wurde das Gespräch allmählich unangenehm. »Wo hast du denn so schnell die Handwerker herbekommen?«, fragte er mit einer Kopfbewegung in die Richtung, aus der der Lärm drang. »Du sagst doch immer, es dauert Monate, bis jemand kommt.«

»Herr Petach hat mir geholfen«, antwortete sein Vater. »Ohne ihn hätte es wahrscheinlich wirklich eine Woche oder mehr gedauert.«

Aton sah den Ägypter über den Tisch hinweg durchdringend an. »Gibt es irgendetwas, was Sie nicht können?«, fragte er.

»Ich kenne eine Menge Leute«, antwortete Petach. »Es ist immer gut, Freunde zu haben.«

Atons Vater sah verwirrt zwischen seinem Sohn und Petach hin und her, fast als spürte er, dass die Worte der beiden nicht ganz so nichts sagend waren, wie sie sich anhörten. Dann räusperte er sich, um Atons Aufmerksamkeit auf sich zu ziehen.

»Wir haben eine Menge zu besprechen, Aton«, sagte er mit einer Geste auf die Papiere, die vor ihm auf dem Tisch lagen. »Ich weiß, der Moment ist nicht besonders günstig, aber uns bleibt nicht mehr genug Zeit, um auf eine geeignete Stunde zu warten.«

Ein ungutes Gefühl begann sich in Aton breit zu machen. Er kannte seinen Vater. Wenn er mit einer derart umständlichen Ansprache begann, dann wollte er damit meistens Zeit schinden – weil ihm das, worüber er sprechen wollte, äußerst unangenehm war.

»Ihr müsst weg, ich weiß«, sagte er.

»Ja, und zwar schon bald«, seufzte sein Vater. »Um es präzise auszudrücken, schon heute.«

»Heute?« Aton setzte sich kerzengerade auf. Er war zutiefst erschrocken. Heute schon? Aber er hatte gedacht, wenigstens ein paar Tage zu Hause bleiben zu können!

»Ja«, bestätigte sein Vater. »Das war auch der Grund, aus dem wir gestern Abend überraschend in die Stadt mussten, um unsere Pässe abzuholen. Ich hatte gehofft, zumindest zwei, drei Tage noch hier verbringen zu können. Aber gestern kam ein Telefax von der Baustelle. Wir müssen sofort abreisen.« Er deutete auf sein Gegenüber. »Herr Petach war so freundlich, sich anzubieten, hier alles Notwendige zu erledigen – die Versicherung, die Handwerker, die Polizei ... alles eben. Aus diesem Grund können wir sofort abreisen.«

»Und ... und ich?», fragte Aton stockend. Er war wie vor den Kopf geschlagen. Er hatte gewusst, dass dieser Moment kommen würde, und trotzdem: Jetzt, als es so weit war, war er regelrecht entsetzt.

»Das ist nicht so einfach«, antwortete sein Vater. »Nach dem, was gestern hier passiert ist, möchte ich dich ungern allein hier im Haus lassen. Aber Herr Petach konnte uns auch in diesem Punkt helfen.«

»Herr Petach?« Aton erstarrte.

»Ich habe ohnehin noch ein paar Tage beruflich hier in der Gegend zu tun«, bestätigte Petach. »Lange genug jedenfalls, um hier alles zu regeln. Danach kann ich dich zu deiner Großmutter bringen.«

»Wahrscheinlich müssen Sie sowieso gerade in diese Richtung‹ wie?», fragte Aton böse. »Rein zufällig, versteht sich.«

»Keineswegs«, erwiderte Petach ernst. »Es bedeutet sogar einen erheblichen Umweg für mich. Aber ich nehme ihn in Kauf.«

»Wie edel«, sagte Aton.

»Aton, bitte, benimm dich«, sagte seine Mutter streng. »Ich kann ja verstehen, dass du traurig bist, aber das ist kein Grund, sich Herrn Petach gegenüber so aufzuführen.«

»Vielleicht ist ja noch nicht alles zu spät«, sagte sein Vater. Er schien an diesem Morgen ungewöhnlich großmütig gestimmt. Normalerweise hätte er Aton eine solche Bemerkung kaum durchgehen lassen. »Siehst du, Aton – ich weiß selber noch nicht genau, was auf der Baustelle los ist. Sobald wir die Probleme dort einigermaßen im Griff haben, werde ich versuchen dich nachzuholen. Warum sollst du nicht ein, zwei Wochen Ferien machen. Was hältst du davon?«

Wären die letzten Tage anders verlaufen, dann wäre Aton seinem Vater jetzt vermutlich vor Freude um den Hals gefallen. So aber hörte er die Worte kaum. Seine Gedanken kreisten wie wild um das, was sein Vater zuvor gesagt hatte. Er sollte *allein* mit Petach zurückbleiben? Als er dies das letzte Mal getan hatte, da hätte es ihn um ein Haar sein Leben gekostet – und da hatte es sich nur um wenige Stunden gehandelt!
»Nie und nimmer!«, sagte er in einem so entschlossenen Ton, dass er selbst darüber erstaunt war – und sich das Gesicht seines Vaters nun doch mit dunklen Zorneswolken überzog.
»Aton, du –«
»Ich bleibe ganz bestimmt nicht hier«, unterbrach ihn Aton. Er war fast in Panik. Er sollte allein mit Petach zurückbleiben?! Niemals! »Und schon gar nicht mit ihm!«, fügte er hinzu und sprang auf.
»Aton, bleib hier!«, sagte sein Vater scharf. »Auf der Stelle kommst du zurück.«
Aber Aton lief zur Tür, obwohl es nicht seine Art war, die Befehle seines Vaters zu ignorieren. Aus den Augenwinkeln sah er, wie sein Vater ebenfalls aufstand, doch da hob Petach die Hand und machte eine besänftigende Geste, und wie nicht anders zu erwarten war, verschwand der Zorn aus dem Blick seines Vaters – wie weggeblasen.
»Warten Sie«, sagte Petach. »Der Junge hat in den letzten Tagen eine Menge mitgemacht. Ich rede mit ihm.«
Das war so ungefähr das Letzte, was Aton im Moment wollte. Er war unter der Tür stehen geblieben, hin- und hergerissen zwischen Gehorsam seinem Vater gegenüber und dem immer stärker werdenden Wunsch, einfach davonzurennen und eine möglichst große Strecke zwischen sich und Petach zu bringen, aber nun siegte seine Furcht endgültig. Er fuhr herum, stürmte aus dem Raum und wandte sich nach links, zur Haustür hin.
Hinter ihm erklang ein scharfes Bellen und eine Sekunde später huschte ein schwarzer Schatten an ihm vorbei und verstellte ihm den Weg. Nicht zum ersten Mal, aber so deutlich

wie nie zuvor wurde Aton klar, dass er im Grund ein Gefangener in seinem eigenen Haus war. Ebenso wie seine Eltern wahrscheinlich. Aber die ahnten das nicht einmal.
Er hörte Schritte hinter sich und wusste, dass es Petach war. Er drehte sich nicht um.
»Sei vernünftig, Aton«, sagte Petach ruhig. »Lass uns miteinander reden. Fünf Minuten, mehr verlange ich nicht. Hör mir fünf Minuten zu und danach entscheide dich. Ich werde dich nicht zwingen, mit mir zu kommen, darauf gebe ich dir mein Wort.«
Aton starrte ihn schweigend an – und schließlich nickte er, wenn auch schweren Herzens. Welche andere Wahl hatte er schon?
»Gut«, sagte Petach und deutete zur Hintertür. »Gehen wir einen Moment in den Garten? Ich finde, im Freien redet es sich besser.«
Aton holte seine Jacke von der Garderobe und folgte dem Ägypter aus dem Haus. Er glaubte den wirklichen Grund dafür zukennen, dass Petach dort mit ihm reden wollte – nämlich sicher zu sein, dass weder seine Eltern noch die Handwerker zufällig hörten, was sie zu besprechen hatten. Der Tag war sehr kalt, aber auch sehr klar. Am Himmel zeigte sich nicht die kleinste Wolke und die Sonne schien so strahlend, dass, Aton geblendet die Hand vor die Augen hob. Erst dann begriff er, dass es gar nicht am Licht lag. Die Sonne schien wie an jedem anderen Tag zu dieser Jahreszeit – aber drinnen im Haus schien es dunkler und kühler gewesen zu sein als sonst; als hätte es sich verändert, auf eine kaum in Worte zu fassende, aber dafür um so deutlicher fühlbare – und sehr unangenehme – Art. Er hatte dieses Gefühl schon einmal gehabt, vor zwei Tagen, als er noch in Crailsfelden gewesen war, das jetzt nicht mehr existierte.
War es das, was er fühlte? Hatten die Mächte des Bösen ihre Hand jetzt auch nach diesem Haus ausgestreckt?
Aton versuchte den Gedanken abzuschütteln, aber es gelang

ihm nicht ganz. Etwas blieb zurück, eine Kälte, die sich tief in seine Seele hineingegraben hatte und die er vielleicht nie wieder ganz loswerden würde. Schaudernd vergrub er die Hände in den Jackentaschen und blickte starr an Petach vorbei ins Leere. Sie gingen eine ganze Weile im Garten auf und ab, ohne dass einer von ihnen sprach.

»Was wollen Sie mir sagen, Petach?», begann Aton schließlich.

Petach zögerte. »Ich weiß, du hast ein Recht darauf, die Wahrheit zu erfahren«, antwortete er. »Aber ich kann dir jetzt nicht alles sagen. Noch nicht.«

Plötzlich fühlte sich Aton furchtbar müde. Er wünschte sich weit weg, zurück ins Internat, zurück in jene Zeit, in der die Welt noch einfach und klar überschaubar gewesen war, in der sie nur aus den Dingen bestanden hatte, die man sehen und anfassen konnte, und in der die größten Gefahren, mit denen er rechnen musste, eine Tracht Prügel von Werner und dessen Freunden gewesen war.

Aber diese Welt hatte er verlassen und er ahnte, dass es endgültig gewesen war. In dem Moment, in dem Petach in sein Leben getreten war, hatte er eine unsichtbare Grenze überschritten und die Welt auf der anderen Seite dieser Grenze war nicht nur neu und unbekannt, sondern auch voller tödlicher Gefahren. Vielleicht war das, was er bisher erlebt hatte, nur der Anfang gewesen.

»Ich habe dir die Geschichte von Echnaton und seinem Mörder erzählt«, fuhr Petach fort. »Mittlerweile wirst du wohl begriffen haben, dass es mehr ist als eine *Geschichte*.«

»Stellen Sie sich vor, das ist sogar mir aufgefallen«, sagte Aton.

Petach seufzte.

»Ich verstehe deinen Zorn«, sagte er. »Ich hätte es dir gerne auf eine andere Weise klar gemacht, glaub mir. Aber die Dinge entwickeln sich nun einmal nicht immer so, wie wir es uns wünschen. Ich fürchte, ich habe meine Gegner unterschätzt.«

»Ihre *Gegner*?«

»Die andere Seite in diesem Spiel«, erklärte Petach. »Nenn sie, wie du willst.«
»Spiel?», ächzte Aton. »Sagten Sie Spiel? Mir kam es ziemlich ernst vor.«
»Alles ist ein Spiel, in gewissem Sinne«, erwiderte Petach. »Nur der Einsatz ist verschieden. Was uns Menschen wie tödlicher Ernst erscheinen mag, ist für die Götter nicht mehr als ein Spiel und über ihnen wiederum stehen andere Mächte, deren Regeln sie gehorchen müssen, und vielleicht setzt sich diese Kette bis ins Endlose fort ...« Er machte eine vage Bewegung mit beiden Händen und kehrte zum Thema zurück: »Ich habe einen Fehler gemacht. Ich dachte, ich hätte noch mehr Zeit, aber das war ein Irrtum.«
»Zeit? Wozu?«
»Dir alles zu erklären«, antwortete Petach. »Dich in Sicherheit zu bringen. Und deine Eltern auch.«
»Was haben meine Eltern –?«, fragte Aton, aber Petach unterbrach ihn:
»Hör mir zu, Aton. Hör mir bitte zu und versuche mir zu glauben, dass ich die Wahrheit sage. Die Prophezeiung, von der ich dir gestern Nacht erzählt habe, wird sich erfüllen, so oder so. Manchmal ist das Schicksal einfach stärker als der Wille der Menschen und manchmal scheint es uns ungerecht, weil wir nicht verstehen, *warum* etwas geschieht. Was geschehen muss, wird geschehen und kein Mensch auf dieser Welt kann etwas daran ändern.«
»Wenn das wirklich so ist, wozu reden wir dann noch miteinander?«, fragte Aton. »Wenn wir sowieso machtlos sind?«
»Weil es in unserer Hand liegt, *wie* es geschieht«, antwortete Petach. »Das Schicksal ist unerbittlich, Aton, aber es ist nie wirklich grausam. Es kennt nicht Gut und Böse. Die Dinge werden geschehen, aber es liegt bei uns, auf welche Weise. Ich weiß seit langem, dass sich Echnatons Fluch erfüllen wird, und ich dachte, ich hätte Zeit genug, Gefahr von Unschuldigen abzuwenden. Jetzt weiß ich, ich habe mich getäuscht.«
»Was soll das heißen?«, fragte Aton.

Petach begann wieder mit kleinen, gemessenen Schritten im Garten auf und ab zu gehen und Aton folgte ihm. Als er flüchtig zum Haus sah, erkannte er die Umrisse seiner Eltern am Küchenfenster. Beide standen da und sahen zu Petach und ihm heraus und Aton fragte sich, ob sie auch nur ahnten, was zwischen ihnen besprochen wurde.

»Echnatons Fluch wird sich erfüllen«, sagte Petach. »Die Toten werden sich aus ihren Gräbern erheben und der Verräter wird endlich sterben dürfen. Doch dies kann auf verschiedene Weise geschehen – in einer Nacht des Schreckens und der Tränen, die das Leben vieler Unschuldiger kostet, oder in dem Frieden, den sich der ruhelose Wanderer so lange herbeigesehnt hat.«

Die Toten werden sich aus ihren Gräbern erheben ... Aton fröstelte. Die Worte hätten aus einem Zombifilm stammen können, doch die Art, wie Petach sie aussprach, machten sie zu etwas Unheimlichem, Drohendem.

»Und auch dein Schicksal und das deiner Eltern stehen auf dem Spiel«, fuhr Petach nach einer Pause fort, in der er ihm Zeit gegeben hatte, das Gehörte zu verarbeiten. »Ich kann und will dir jetzt nicht erklären, warum das so ist, aber du musst mir glauben, dass ich versucht habe dich zu beschützen. Vielleicht hätte ich dich eher abholen sollen, aber nun haben sie dich gefunden Aton, und das allein zählt im Moment. Und sie werden wieder kommen.«

»Sie meinen, die Mumie gestern Abend ... das war nicht ... nicht das einzige Wesen, das hinter mir her ist?«, fragte Aton stockend.

»Ich fürchte, nein«, antwortete Petach. »Und jetzt, wo sie wissen, dass es dich gibt und wo du bist, werden sie bald wieder kommen. Nicht nur du bist in Gefahr, Aton, versteh das.«

Aton schwieg eine ganze Weile. Während sie nebeneinander durch das hart gefrorene Gras marschierten, war das Knirschen ihrer Schritte das einzige Geräusch. Aton verstand nur zu gut, was Petach ihm wirklich hatte sagen wollen: Nicht nur er allein war in Gefahr, sondern jeder, der sich in seiner

Nähe aufhielt. Nach einer Weile blieb er stehen und sah wieder zum Fenster hinüber. Seine Eltern standen noch immer da.

»Haben Sie deshalb dafür gesorgt, dass sie so plötzlich aufbrechen mussten?«, fragte er.

Petach lächelte. »Ich gebe zu, ich habe ein wenig ... nachgeholfen, ja. Ich habe es nicht gerne getan, aber es musste sein. Meine Kraft reicht vielleicht aus, dich zu beschützen, aber wahrscheinlich nicht, auch deine Eltern vor Schaden zu bewahren.« Er atmete hörbar ein und sah Aton durchdringend und ernst an. »Solange der Tag des Erwachens nicht vorüber ist, Aton, bist du eine Gefahr für sie.«

»Aber warum denn nur?«, murmelte Aton. »Ich ... ich habe doch mit alledem gar nichts zu tun! Warum wollen sie ausgerechnet mich?«

»Weil du etwas besitzt, das sie benötigen«, antwortete Petach. »Etwas von sehr großem Wert. Nicht für dich oder mich oder irgendeinen anderen lebenden Menschen – aber für die Götter und die Toten.«

»Ich?« Aton riss ungläubig die Augen auf. »Was soll das sein?«

»Es würde nichts ändern, wenn ich es dir erklärte«, sagte Petach. »Du würdest es nicht verstehen. Doch es gibt etwas, was ich noch tun kann. Sobald deine Eltern in Sicherheit sind, bringe ich dich an einen Ort, an dem sie dich nicht erreichen können. Wenn mein Vorhaben gelingt, werden sie jedes Interesse an dir verlieren, glaube mir.«

Petach appellierte für Atons Geschmack ein wenig zu oft und zu nachhaltig an sein Vertrauen. Aber welche Wahl hatte er schon? Wieder sah er zu dem Fenster hin, hinter dem seine Eltern standen und zu ihnen herblickten, ehe er sich mit einer letzten Frage an Petach wandte.

»Versprechen Sie mir, dass ihnen nichts passiert, wenn ich tue, was Sie verlangen?«, fragte er.

Petach nickte. »Das verspreche ich«, sagte er mit feierlicher Stimme. »Sie wollen nur dich. Und ich werde dich beschützen.

Gestern Abend hat er mich überrascht, aber das nächste Mal bin ich vorbereitet.«
»Dann komme ich mit Ihnen«, sagte Aton.

Die Rolltreppe

Am frühen Nachmittag fuhren sie zum Flughafen. Es waren noch mehr als zwei Stunden, bis das Flugzeug ging, das Atons Eltern nach Kairo bringen würde, aber Petach drängte auf einen zeitigen Aufbruch, und wie sich zeigte, taten sie gut daran. Petach hatte nämlich den Vorschlag gemacht, sie in seinem Wagen zum Flugplatz zu fahren statt ein kleines Vermögen für ein Taxi auszugeben, und Atons Vater war leichtsinnig genug, dieses Angebot anzunehmen – mit dem Ergebnis, dass sie statt einer halben annähernd anderthalb Stunden für eine Strecke von nicht einmal fünfzig Kilometern benötigten.
Sowohl Aton als auch seine Eltern waren während der gesamten Fahrt sehr schweigsam und die gedrückte Stimmung nahm sogar noch zu, als sie endlich in das große Parkhaus rollten. Petach steuerte den Wagen auf das oberste Parkdeck, obwohl sie an mindestens fünfhundert freien Plätzen vorbeifuhren, und Aton war wahrscheinlich der Einzige, der sich zumindest denken konnte, warum er das tat: Aus irgendeinem Grund schien sich Petach unter freiem Himmel sicherer zu fühlen als in geschlossenen Räumen.
Sie stiegen aus, luden ihr Gepäck auf einen kleinen Karren und betraten die riesige Abfertigungshalle. Während Atons Vater und Petach zu den Schaltern eilten, um die Tickets abzuholen und das Gepäck aufzugeben, war für Aton der Moment des Abschieds von seiner Mutter gekommen.
Es war nicht das erste Mal – aber es war ihm niemals so

schwer gefallen wie jetzt. Und seiner Mutter schien es nicht anders zu ergehen. Sie versuchte ein paar scherzhafte Bemerkungen zu machen, um die Stimmung aufzuheitern, verschlimmerte dadurch aber eher alles. Und schließlich schloss sie Aton einfach in die Arme und drückte ihn lange und so fest an sich, dass er kaum noch Luft bekam. Als sie sich wieder voneinander lösten, schimmerten Tränen in ihren Augen. »Ich … ich weiß selbst nicht, was mit mir los ist«, sagte sie, während sie mit nervösen Bewegungen in ihrer Handtasche nach einem Taschentuch herumkramte. Sie hatten nicht mehr viel Zeit; der Flug war bereits das erste Mal aufgerufen worden, sodass sie sich gemeinsam zur Zollsperre begaben und der endgültige Abschied dann sehr schnell vonstatten ging – wofür Aton beinahe dankbar war. Er hätte zwar seinen rechten Arm dafür gegeben, seine Eltern begleiten zu können, aber da das ohnehin nicht möglich war, hätte ein langer Abschied alles nur noch schlimmer gemacht. So war Aton froh, es so schnell wie möglich hinter sich zu bringen. Sein Vater versicherte ihm noch einmal, wie Leid es ihm tue, das Weihnachtsfest nicht zusammen mit seiner ganzen Familie verbringen zu können, und versprach ihn nachzuholen, sobald dies möglich sei, dann umarmten sie sich ein letztes Mal und die automatischen Türen schlossen sich endgültig hinter seinen Eltern.

Petach schlug vor, zum Aussichtsdeck hinaufzugehen, um den Start der Maschine zu beobachten, aber Aton lehnte ab. Er wollte nur noch weg von hier. Wenn er noch lange blieb, dann war er nicht mehr sicher, ob er die Tränen tatsächlich noch zurückhalten konnte. »Ich möchte nach Hause«, sagte er. »Ich will … einfach eine Weile allein sein. Verstehen Sie das?«

»Sehr gut«, sagte Petach. »Aber wir fahren nicht zum Haus deiner Eltern zurück. Dieser Ort ist nicht mehr sicher.«

»Aber –«

»Ich habe dir gesagt, dass ich dich an einen sicheren Ort bringe, sobald deine Eltern abgereist sind«, erinnerte ihn

Petach. Er wies mit der Hand nach oben, zum gläsernen Dach der riesigen Halle. »Es wird bald dunkel und die Nacht ist ihr Reich. Wir müssen uns beeilen, um bis dahin am Ziel zu sein.«

»Beeilen?«, fragte Aton. »Dann lassen Sie besser mich fahren. Oder wir gehen zu Fuß.«

Petach lächelte, wurde aber sofort wieder ernst. »Es ist nicht sehr weit. Komm.«

Sie gingen zum Wagen zurück. Aton fiel auf, dass Petach die vier Stockwerke zum oberen Parkdeck über die Treppe hinaufging, die außen am Parkhaus in die Höhe führte, statt den Aufzug zu benutzen, aber er äußerte sich nicht dazu; ebenso wenig wie zu den kleinen, verstohlenen Blicken, die der Ägypter immer wieder in die Runde warf – und vor allem zum Himmel hinauf. Als sie endlich im Wagen saßen, gelang es Petach kaum, seine Erleichterung zu verbergen, was Atons Sorge neue Nahrung gab. Petach hatte zwar behauptet, dass seine Macht reichte, um sie vor ihren Verfolgern zu beschützen, aber wer sagte ihm eigentlich, dass das stimmte?

In einem für Petach schon fast halsbrecherischen Tempo – also deutlich schneller als eine Schildkröte – fuhren sie nach unten und hielten vor der automatischen Schranke an. Petach kurbelte das Fenster hinunter und schob die Parkkarte in den Automaten. Nach zwei Sekunden gab das Gerät die Karte zurück, aber die Schranke rührte sich nicht. Petach versuchte es noch einmal mit dem gleichen Ergebnis.

»Sie haben nicht bezahlt«, sagte Aton.

Petach sah ihn verständnislos an und Aton machte eine Kopfbewegung auf das kleine Kärtchen in seiner Hand. »Sie hätten oben am Automaten die Parkgebühr bezahlen müssen«, sagte er. »Wissen Sie das denn nicht?«

Petachs Gesichtsausdruck machte klar, dass er tatsächlich keine Ahnung hatte, wovon Aton sprach. »Ich fahre sehr selten in Parkhäuser«, sagte er verlegen.

»Ja, nur alle paar hundert Jahre, nehme ich an«, seufzte Aton. Er griff mit der linken Hand in die Jackentasche, kramte ein paar Münzen hervor und nahm Petach mit der anderen die Karte aus der Hand.

»Ich erledige das schnell«, sagte er. »Warten Sie hier. Und wenn hinter Ihnen ein anderer Autofahrer auftaucht, der hinaus will, versuchen Sie, nicht von ihm gelyncht zu werden.«

Petach war von der Idee, Aton aussteigen zu lassen, sichtlich nicht begeistert. Aber Aton öffnete bereits die Tür und war aus dem Wagen, ehe er etwas dagegen sagen konnte. Und wahrscheinlich hatte er wirklich keine Ahnung, wie der Parkautomat funktionierte. Aton begann sich allmählich zu wundern, dass Petach überhaupt Auto fahren konnte.

Eine Etage höher hatte er einen Parkautomaten gesehen. Um den Weg abzukürzen, nahm er weder die Rolltreppe noch den Aufzug, sondern lief kurzerhand die Rampe hinauf, auf der sie heruntergekommen waren – und rannte prompt einem Parkwächter in die Arme.

»Was soll denn das?«, schimpfte der Mann, der so griesgrämig dreinsah, als litte er seit Jahren unter Zahnschmerzen. »Willst du dich mit Gewalt überfahren lassen? Wozu, glaubst du, haben wir hier Treppen, Aufzüge und Verbotsschilder?«

»Entschuldigen Sie«, sagte Aton eingeschüchtert und wies den Parkschein vor. »Aber wir stehen unten vor der Schranke und –«

»Nein, ich entschuldige nicht«, unterbrach ihn der Wächter. »Wenn du überfahren wirst, dann wird dein Vater noch eine ganze Weile länger darauf warten müssen, nach Hause zu kommen, weißt du?« Er wedelte unwillig mit beiden Händen. »Jetzt geh zum Automaten und lass dich bloß nicht dabei erwischen, die Rampe wieder hinunterzulaufen!«

Aton war klug genug, nicht zu widersprechen, und trollte sich. Rasch bezahlte er die Parkgebühr, steckte die Karte sorgfältig ein und ging dann zum Lift. Er widerstand der Versuchung, sich herumzudrehen, aber das war auch gar nicht nötig. Er konnte die lauernden Blicke des Parkwächters regelrecht im Rücken spüren.

Die Liftkabine erschien, kaum dass er den Knopf gedrückt hatte, aber Aton zögerte plötzlich, sie zu betreten. Es kam ihm zwar selbst ein wenig verrückt vor – aber mit einem Male war er sicher, dass Petach einen guten Grund gehabt hatte, nicht den Aufzug zu benutzen. Nur ein paar Schritte entfernt gab es eine Rolltreppe. Er würde allerhöchstens ein paar Sekunden verlieren, wenn er sie nahm statt des Aufzuges.
Er sagte sich zwar selbst, dass es albern war, hatte aber trotzdem ein ungutes Gefühl dabei, Petachs Warnung so einfach in den Wind zu schlagen, und so blieb er noch einmal stehen und sah zur Rampe zurück, ehe er die Rolltreppe betrat. Der Parkwächter stand noch immer da und blickte mit finsterem Gesicht in seine Richtung. Keine Chance, an ihm vorbeizukommen. Außerdem benahm er sich mittlerweile wirklich kindisch. Es war eine Rolltreppe, mehr nicht. Er konnte ihr unteres Ende von hier aus sogar sehen – was sollte schon passieren? Mit einem entschlossenen Schritt trat er auf die geriffelten Metallstufen und die Treppe setzte sich automatisch in Bewegung, als er dabei die Lichtschranke unterbrach.
Nichts geschah. Weder tat sich die Erde auf, um ihn zu verschlingen, noch griffen plötzlich Geisterhände aus den Wänden nach ihm – oder irgendein anderer Unsinn. Aton rief sich in Gedanken zur Ordnung. Sicher, er hatte einige unheimliche, ja geradezu gespenstische Dinge erlebt in den letzten Tagen und er hatte begriffen, dass – wie hatte Petach es genannt? – die Dinge nicht so waren, wie sie den Menschen vorkamen. Aber jetzt hinter jeder Kleinigkeit eine Falle zu wittern, das war wahrscheinlich genauso unsinnig wie zu leichtsinnig zu sein. Er musste Acht geben, dass er nicht den Blick für das rechte Maß der Dinge verlor.
Die Rolltreppe glitt in gleichmäßigem Tempo in die Tiefe und Atons Gedanken begannen weiter abzuschweifen. Der Anblick dieser technischen Gerätschaft hätte ihm helfen sollen, sich im Hier und Jetzt festzuhalten, denn sie symbolisierte alles, in das sich die Welt verwandelt hatte seit jener Zeit, von der Petach erzählte: in eine Welt der Dinge, die man anfassen und begrei-

fen konnte, eine Welt, die von den Naturgesetzen und der Logik regiert wurde, in der es Dinge gab, die die Arbeit der Menschen taten, die von Menschen geschaffen wurden und ihnen dienten und in der kein Platz für Dämonen, Geister und selbst Götter mehr war. Aber das genaue Gegenteil war der Fall. Plötzlich spürte er erst richtig, wie anders jene uralte, aber längst nicht vergessene Welt Petachs und seiner Feinde war und wie dünn die Mauer, die sie von dem trennte, was auch er selbst vor wenigen Tagen noch für die Wirklichkeit gehalten hatte.

Vielleicht lag es daran, dass ihn seine Umgebung an den finsteren Stollen aus seinem Traum erinnerte. Sicher, die Wände hier waren aus Beton, nicht aus dem braunen Sandstein der ägyptischen Wüste, und der Boden, der ihn in die Tiefe trug, bestand aus Stahl und Kunststoff und doch war er wieder in einem rechteckigen, nach unten führenden Stollen, hatte er menschenleere Hallen durchquert und wie in seinem Traum bewegte er sich ohne zu gehen. Mit etwas Fantasie gab es hinter ihm sogar den Verfolger aus seinem Traum, der vielleicht nicht gefährlich war, auf jeden Fall aber verhinderte, dass er auf demselben Weg zurückging, auf dem er gekommen war.

Aton lächelte über seine Einfälle. Den Parkwächter mit dem namenlosen Ungeheuer aus seinem Albtraum zu vergleichen war wirklich unfair. Schließlich tat der Mann bloß seine Arbeit und meinte es nur gut und außerdem – hätte er das Ende der Rolltreppe längst erreichen müssen.

Das Lächeln auf Atons Gesicht gefror, als ihm klar wurde, dass er schon eine geraume Weile auf dieser Rolltreppe stand und seinen Gedanken nachhing. Vielleicht eine halbe Minute, vielleicht eine ganze – auf jeden Fall aber entschieden länger, als er für den Weg in die darunter liegende Etage hätte brauchen dürfen.

Aton fahr herum und hätte um ein Haar laut aufgeschrien. Das obere Ende der Rolltreppe – war verschwunden.

Sekundenlang stand Aton wie vom Donner gerührt da und

starrte in die Richtung zurück, aus der er gekommen war, dann erwachte er endlich aus seiner Erstarrung, wirbelte so hastig herum, dass er beinahe das Gleichgewicht verloren hätte, und schrie nun tatsächlich auf.

Der Anblick vor ihm unterschied sich nicht von dem hinter ihm. Die Rolltreppe war natürlich nicht wirklich verschwunden. Im Gegenteil. Es gab sehr viel mehr von ihr, als eigentlich hätte da sein dürfen.

Der Schacht zog sich in beiden Richtungen scheinbar endlos und unter Aton folgte eine Stufe der anderen. Dutzend-, hundert-, ja vielleicht tausendfach reihten sich die gerillten Metallstufen aneinander, so weit er sehen konnte und wahrscheinlich noch ein gutes Stück darüber hinaus, denn obwohl sich die Treppe mit immer größerer Geschwindigkeit abzurollen begann, blieb ihr Ende im Dunst der Entfernung verschwunden.

Aber das war doch unmöglich! Das konnte nicht sein!

Aton spürte, wie sich seine Gedanken zu überschlagen begannen und Panik anstelle logischer Überlegung aufzukommen drohte. Er zwang sich den Gedanken nicht zu Ende zu denken, schloss die Augen und ballte die Hände so heftig zu Fäusten, dass es wehtat. Ganz langsam zählte er im Stillen bis fünf, ehe er die Augen wieder öffnete.

Der Anblick hatte sich nicht verändert. Die Rolltreppe erstreckte sich weiter unter ihm in die Tiefe, so weit sein Blick reichte.

Die Panik übermannte ihn nun doch. Für einige Augenblicke war er zu keiner anderen Empfindung fähig als Angst und nacktem Entsetzen, aber schließlich gelang es ihm doch, sich wenigstens halbwegs zur Ruhe zu zwingen. Unmöglich oder nicht, er erlebte das hier wirklich. Und selbst wenn nicht, so war es eine Halluzination von solcher Eindringlichkeit, dass es für ihn keinen Unterschied machte. Ob er es nun tatsächlich erlebte oder nur zu erleben glaubte, er musste irgendwie damit fertig werden.

Allein der Entschluss, etwas zu tun, statt weiter tatenlos abzuwarten, was mit ihm geschah, gab ihm die Kraft, sich endgültig aus seiner Erstarrung zu lösen und herumzudrehen. Die Treppe löste sich über ihm ebenso in verschwommener Entfernung auf wie in der Tiefe, aber plötzlich erschreckte ihn der Anblick gar nicht mehr, sondern weckte seinen Trotz. Schatten, die ihn verfolgten, Hunde und Katzen mit den Namen altägyptischer Gottheiten, ja selbst Mumien, die nach mehr als dreitausend Jahren aus ihren Gräbern stiegen, das alles hätte er ja noch irgendwie hingenommen. Aber eine Rolltreppe, die von einer Sekunde auf die andere auf das Hundertfache ihrer eigentlichen Größe mutierte?

Lächerlich! Irgendjemand erlaubte sich da einen schlechten Scherz mit ihm!

Entschlossen setzte sich Aton in Bewegung.

Eine Rolltreppe in umgekehrter Richtung hinaufzulaufen ist keine sehr leichte Angelegenheit und die Treppe war eindeutig schneller geworden, aber Atons Trotz war nun in Zorn umgeschlagen, der ihm abermals neue Kraft verlieh. Mit weit ausgreifenden Schritten, manchmal zwei oder sogar drei Stufen auf einmal überspringend, rannte er in die Höhe.

Wahrscheinlich legte er sogar wirklich ein gutes Stück zurück, denn er wurde am Schluss immer schneller und lief selbst dann noch weiter, als er eigentlich schon gar nicht mehr konnte. Schließlich sank er erschöpft auf den Metallstufen zusammen. Das Ende der Rolltreppe war noch immer nicht in Sicht gekommen.

Dafür begannen sich die Wände allmählich zu verändern. An der Decke brannten noch immer helle, weiße Neonröhren, aber der Zement, der in gleichmäßigem Tempo an ihm vorüberglitt, war jetzt nicht mehr sauber, sondern fleckig und rissig, und in der Luft lag plötzlich der Geruch von Staub und alter Erde.

Und die gespenstische Veränderung setzte sich fort. Die Risse in den Wänden wurden immer zahlreicher und breiter und die vorherrschende Farbe war bald nicht mehr grau, sondern ein schmutziges, gelbliches Braun. Auch das Licht veränderte sich.

Die Röhren brannten weniger hell und Aton kam an immer mehr Stellen vorüber, an denen es nur mehr leere Fassungen an der Decke gab und dann nicht einmal mehr die. Aton konnte hinterher nicht mehr genau sagen, wann aus dem Treppenschacht endgültig ein gewaltiger Felsstollen wurde, doch plötzlich waren Zement und vom Alter zernagter Kunststoff vollkommen verschwunden und unter der Decke brannten keine Neonröhren mehr. Dafür hingen an den Wänden rußende Fackeln aus teergetränkten Reisigbündeln, in deren flackerndem, rötlichem Licht er fremdartige und trotzdem vertraut anmutende Symbole und Bilder erkennen konnte, die in den Stein geritzt waren. Das Parkhaus hatte endgültig einer fremden, unheimlichen Umgebung Platz gemacht, in der der Anblick der metallenen Stufen, die mit der monotonen Beharrlichkeit einer Maschine weiter in die Tiefe glitten, doppelt bizarr wirkte.

Schließlich verschwanden auch sie. Aton hatte es aufgegeben, die Zeit schätzen zu wollen, die verstrich. Zeit hatte in diesen unheimlichen Gefilden zwischen den Wirklichkeiten so wenig Bedeutung wie Logik und irgendwann war der Handlauf aus schwarzem Gummi plötzlich fort, und als Aton den Blick senkte, stellte er fest, dass er nicht mehr länger auf Metall, sondern auf Stufen aus braunem, grob behauenem Sandstein stand. Aus dem beinahe lautlosen Dahingleiten der Rolltreppe war ein zitterndes Ruckeln geworden, das von einem unheimlichen Knirschen und Rumpeln begleitet wurde, und er spürte, wie die Geschwindigkeit der Treppe abnahm; erst unmerklich, dann immer mehr, bis sich die Stufen schließlich gar nicht mehr bewegten, und das konnten sie auch nicht, denn er stand nun endgültig auf den Stufen einer gewaltigen, tief in den Leib der Erde hinabführenden Treppe aus Fels.

Aton sah sich unentschlossen um. Er hatte jetzt keine Angst mehr – sein Erstaunen über das, was er erlebte und sah, war einfach zu groß um noch Raum dafür zu lassen – aber er zögerte trotzdem weiterzugehen. Er ahnte, dass er dem Ziel seiner Reise nun nahe war, aber er ahnte auch, dass ihm das, was dort unten auf ihn wartete, noch sehr viel weniger gefallen würde als alles, was er bisher erlebt hatte. Er drehte sich noch einmal um und sah nach oben. Auch über ihm war jetzt keine Rolltreppe mehr, sondern ein schier endloser Schacht, aus dem die in regelmäßigen Abständen angebrachten Fackeln wie kleine rote Insekten auf ihn herabzustarren schienen. Und dort oben, weit über ihm ... Lag es am flackernden Licht der Reisigfackel oder bewegte sich dort wirklich etwas?

Aton kniff die Augen zusammen und strengte sich an, um deutlicher sehen zu können. Irgendetwas ... schien sich dort zu bewegen. Ein Umriss. Vielleicht wirklich nur ein Schatten, aus nichts anderem als dem endlosen Kampf zwischen Licht und Dunkelheit geboren, vielleicht aber auch eine Gestalt, die langsam die Treppe herabkam und sich ihm näherte.

Eingebildet oder nicht – es war der Anblick dieses Schattens, der Aton dazu brachte, sich herumzudrehen und nun doch weiterzulaufen. Denn eines wusste er: Wer immer ihm hier herabgefolgt sein mochte, er war ihm ganz bestimmt nicht freundlich gesonnen.

Seine Überzeugung, das Ende der Verwandlung würde auch bald das Ende der Treppe sein, geriet im Laufe der nächsten Minuten mehr und mehr ins Wanken, denn eines war trotz aller Veränderungen gleich geblieben: Die Treppe schien immer noch kein Ende zu haben. Zuerst langsam, dann immer schneller bewegte er sich die Stufen hinunter, bis er schließlich so rasch ausschritt, wie es gerade noch ging, ohne wirklich zu rennen. Es erwies sich als sehr mühsam, der Treppe weiter in die Tiefe zu folgen, denn die Stufen waren gerade ein bisschen zu breit und gerade ein bisschen zu hoch, um sie wirklich bequem hinuntergehen zu können. Zudem wurde es immer kälter. In den Geruch von Felsen und Staub mischte sich bald ein weiterer, feuchter, nicht sehr angenehmer Geruch und hier und da entdeckte er Schimmel an den Wänden. Manche Fackeln, an denen er vorüberkam, waren nass geworden und erloschen, sodass er sich mehr als einmal mit weit ausgestreckten Armen durch fast vollkommene Finsternis vorwärts tasten musste und stets Angst hatte, im Dunkeln auf den Stufen zu straucheln und den Rest des Weges möglicherweise erheblich schneller zurückzulegen, als er beabsichtigte. Dann und wann sah er sich im Gehen um. Der Schatten war noch immer hinter ihm. Er kam niemals nahe genug, um ihn wirklich zu erkennen, aber er verschwand auch niemals völlig, und nach einer Weile war Aton sicher, dass dort tatsächlich etwas war. Er war nicht besonders wild darauf, herauszufinden, *was* es war, und so beschleunigte er seine Schritte noch etwas mehr, obgleich er selbst ahnte, wie wenig das nutzte.

Allmählich begann er müde zu werden. Das Gehen auf den ungleichen Stufen war anstrengend und die Kälte und die klamme Feuchtigkeit, die hier herrschten, taten ein Übriges, um an seinen Kräften zu zehren. So blieb er schließlich stehen und sah sich nach einem trockenen Platz um, auf den er sich setzen konnte, um eine Weile auszuruhen und neue Kraft zu schöpfen. Bevor er seinen Entschluss in die Tat umsetzte, wandte er den Kopf und sah zurück, und was er erblickte, das ließ ihn seine Pläne schlagartig ändern.

Der Schatten war noch da. Und er war deutlich näher gekommen – so nahe, dass er sich nunmehr beim besten Willen nicht mehr einreden konnte, es handle sich tatsächlich nur um einen Schatten. Es war eine Gestalt. Das Licht dort oben war zu schlecht, um Einzelheiten zu erkennen, aber Aton sah trotzdem, dass es sich um einen Mann handelte, einen sehr großen, schlanken Mann, der einen Helm, einen oben bogenförmig zulaufenden Schild in der linken und eine Lanze in der rechten Hand trug, und das, was ihm seine Augen nicht zeigten, das fügte seine Fantasie unaufgefordert hinzu …

Aton rannte los. Er nahm nun keine Rücksicht mehr darauf, dass die Treppe für die Füße von Riesen gemacht zu sein schien, sondern jagte die Stufen hinunter, so schnell er nur konnte. Er wusste, welche Gefahr er damit einging – ein Sturz auf den felsigen Stufen konnte gefährliche, ja sogar tödliche Folgen haben, aber wenn ihn der Verfolger einholte, dann war es ohnehin um ihn geschehen. So setzte er alles auf eine Karte und raste so schnell in die Tiefe, dass ihm beinahe schwindelte. Dann und wann warf er einen Blick über die Schulter zurück. Wie er beinahe erwartet hatte, gelang es ihm nicht, den Abstand zu seinem unheimlichen Verfolger wieder zu vergrößern – aber zumindest kam er nicht näher.

Aton rannte weiter und weiter. Die Treppe schien kein Ende zu nehmen, aber gerade, als er sich allmählich mit dem Gedanken zu beschäftigen begann, ob sie vielleicht tatsächlich bis in alle Ewigkeit weiter in die Tiefe führen würde, begann sie sich abermals zu verändern: Die Stufen wurden flacher und die Neigung der ganzen Treppe nahm nach und nach ab. Das Laufen bereitete ihm jetzt nicht mehr so viel Mühe wie bisher, so dass er es wagte, sein Tempo noch etwas zu steigern. Es gelang ihm allerdings trotzdem nicht, den unheimlichen Verfolger abzuschütteln. Die Stufen unter seinen Füßen wurden immer flacher und verschwanden dann ganz, sodass er nun endgültig nicht mehr über eine Treppe, sondern auf einem zwar noch immer abschüssigen, aber glatten Boden rannte, auf dem er noch einmal schneller werden konnte. Ganz flüchtig kam Aton zu Bewusstsein, dass sein Traum ihn in der Wirklichkeit eingeholt hatte: Er rannte tatsächlich durch einen jahrtausendealten Gang, der in unbekannte Tiefen hinabführte, und wurde von einem Schatten verfolgt, der den Tod oder gar Schlimmeres brachte. Vielleicht war der Traum gar keine Erinnerung an etwas gewesen, sondern eine Vorahnung, und er hatte die Warnung, die er ihm gab, ein Leben lang gehört ohne sie zu verstehen.

Der Gang endete so plötzlich, dass Aton noch ein paar Schritte weiterstolperte, ehe ihm überhaupt bewusst wurde, dass er den Treppenschacht endgültig verlassen hatte.

Aber er war auch nicht im Freien – obwohl der Raum, der ihn umgab, so riesig war, dass man dies im allerersten Moment durchaus hätte annehmen können. Was den Eindruck ein wenig störte, das waren die mächtigen gemauerten Wände, die an vier Seiten in die Höhe strebten und sich weit über Atons Kopf in spitzem Winkel vereinten. Aton befand sich in einer riesigen unterirdischen Höhle, die die Form einer Pyramide hatte. Ihre Größe wagte er nicht einmal zu schätzen – aber sie reichte vollkommen, dass man eine richtige Pyramide hätte nehmen und hineinstellen können. Der Boden bestand nicht aus den ansonsten üblichen Felsquadern, sondern aus einer einzigen, gewaltigen Platte, die so sorgsam poliert worden war, dass sich das Licht darin spiegelte. Wie im Gang hinter ihm säumten auch hier brennende Reisigfackeln die Wände. Und was an diesen Wänden aufgestellt war, das stellte das Fantastischste dar, das Aton jemals zu Gesicht bekommen hatte.

Da war eine Sphinx, die auf einem Steinquader ruhte, daneben die Figur eines Falken, der mit halb gespreizten Flügeln zum Absprung ansetzte. Da gab es einen lebensgroßen, von zwei prachtvollen schwarzen Rössern gezogenen Streitwagen, bewaffnete Krieger, Edelleute und reich geschmückte Frauen, Statuen von Bauern und Tieren, Alabasterkrüge und Schmuckpaletten, Gegenstände für heilige Zeremonien, reich verzierte Waffen, alles mit unglaublicher Kunstfertigkeit geschaffen und zum Teil mit Gold und Edelsteinen ausgestattet. Ein unermesslicher Schatz, der jeden Ägyptologen in helle Begeisterung versetzt hätte.

Es fiel Aton schwer, sich von diesem unglaublichen Anblick zu lösen – aber diese Gegenstände waren nicht das einzige Wunder, mit dem die Pyramidenhöhle aufzuwarten hatte. Ein zweites – und vielleicht noch größeres – befand sich unmittelbar hinter Aton, im Zentrum der Höhle.

Der Streifen aus poliertem Fels, auf dem er herausgekommen war, war nicht sehr breit, zehn, fünfzehn Schritte allenfalls. Den weitaus größten Teil der Höhle nahm ein ganz offenbar künstlich angelegter See ein. Er war von rechteckiger Form, wie die Höhle selbst, und sein Wasserspiegel lag gute drei oder vier Meter unter dem Bodenniveau. In seiner Mitte erhob sich eine Insel, aber obwohl sie nicht sehr weit entfernt war, konnte Aton sie nicht genau erkennen, denn über dem Wasser lag eine Art grauer Dunst, in dem selbst vertraute Dinge fremd und unheimlich auszusehen begannen. Er konnte nur erkennen, dass sich auf der Insel etwas befand, nicht, was.

Aton trat staunend bis dicht an den See heran und sah zum Wasser hinunter. Es war klar wie Glas, aber trotzdem konnte er den Grund des Sees nicht erkennen; er musste sehr tief sein. Dunkle Linien am Fels über dem See zeigten, dass der Wasserspiegel ganz allmählich gesunken war, vielleicht über Jahrtausende hinweg. Diese Höhle musste unglaublich alt sein!

Es war ein Reflex auf der Wasseroberfläche unter ihm, der ihn rettete. Aton registrierte die Bewegung und reagierte ganz instinktiv. Mit einer blitzschnellen Drehung warf er sich vor und zugleich zur Seite, schien für eine furchtbare Sekunde fast schwerelos über dem Nichts zu schweben und prallte buchstäblich Millimeter vor dem Abgrund auf. Hastig rollte er herum, sprang auf die Füße und stolperte rasch zwei, drei Schritte vom Rand des Sees fort, ehe er sich zum ersten Mal zu der Gestalt herumdrehte, die so jäh hinter ihm aufgetaucht war.

Es war nicht die Mumie. Statt eines zum Leben erwachten Toten sah sich Aton einem groß gewachsenen, sehr schlanken Mann gegenüber. Sein Gesicht war von edlem Schnitt und trug einen gebieterischen Ausdruck. Gekleidet war er in ein knöchellanges blau und gold gestreiftes Gewand. Auf seiner Brust schimmerte ein goldenes Gehänge in Form eines Falken mit ausgebreiteten Flügeln. Seinen Kopf zierte eine helmartige Krone, auf der vorne eine sich aufbäumende Kobra zu sehen war. In der rechten Hand trug er eine Lanze mit einer dreieckigen Spitze, die linke hatte er nach Aton ausgestreckt. Aton wich rasch ein paar Schritte vor der unheimlichen Gestalt zurück.

Der Mann folgte ihm, aber er bewegte sich nicht sehr schnell. Soweit Aton sehen konnte, gab es nur diesen einen Ausgang aus dem Raum, durch den er und sein Verfolger hereingekommen waren. Und er war sicher, dass die Treppe nur in eine Richtung führte.

Aton wich rückwärts gehend vor dem Fremden zurück, wobei er sich immer wieder nach einem Fluchtweg umsah. Es gab keinen. Die von den Figuren und Statuen flankierten Wände waren vollkommen glatt. Und auf der anderen Seite lag nur der See mit seinem unheimlichen, nebelverhangenen Zentrum.

Unerbittlich kam die Gestalt näher. Aton wich im selben Tempo vor dem Unheimlichen zurück, in dem dieser ihm folgte; nicht sehr schnell, aber mit der Beharrlichkeit eines Roboters.

Schließlich blieb Aton stehen, wenn auch in sicherer Entfernung und jederzeit bereit, sofort weiterzulaufen. Der Fremde machte noch einen letzten, schwerfälligen Schritt und blieb dann ebenfalls stehen. Er streckte die Hand aus, aber nicht, um nach Aton zu greifen, wie dieser im ersten Moment angenommen hatte.

»*Gib es mir!*«, sagte er.

Es dauerte nur kurz, bis der Junge begriff, dass der Mann keineswegs in seiner, Atons, Sprache mit ihm geredet hatte, sondern in einer völlig unverständlichen, fremdartigen, die er noch nie zuvor im Leben gehört hatte. Und trotzdem hatte er ihn verstanden.

Aber nur die Worte. Nicht das, was sie bedeuteten.

»Gib es mir!«, verlangte der Fremde noch einmal und nun klang seine Stimme herrisch und ungeduldig, die Stimme eines Mannes, der es nicht gewohnt war, einen Befehl zweimal zu erteilen oder gar auf Widerspruch zu stoßen. Und Aton hätte sich ihm auch gar nicht widersetzt – hätte er nur gewusst, was er überhaupt von ihm wollte.

»Ich ... ich verstehe nicht, was Sie meinen«, sagte er. Trotz seiner Angst bemühte er sich sehr langsam und klar verständlich zu sprechen, denn der andere hatte wieder in jener sonderbaren Sprache geredet, die ihm so vollkommen fremd war und die er trotzdem verstand, auch wenn er sich beim besten Willen nicht vorzustellen vermochte, wie das vor sich gehen konnte. Und entweder funktionierte der Trick tatsächlich nur in eine Richtung oder der andere war wirklich ein sehr ungeduldiger Mensch – er reagierte nicht auf Atons Worte, er wiederholte seine Aufforderung auch kein drittes Mal, sondern stieß stattdessen einen zornigen Laut aus und trat mit einem plötzlichen, überraschend schnellen Schritt auf ihn zu. Seine Hand schoss vor und versuchte Aton zu packen.

Aton duckte sich im letzten Moment darunter hinweg, machte einen halben Schritt zurück und drehte sich dann blitzartig zur Seite. Der Fremde sprang vor und hätte Aton unweigerlich zu fassen bekommen, wäre dieser tatsächlich weiter rückwärts gegangen, doch er hatte sich bereits wieder herumgedreht und rannte mit weit ausgreifenden Schritten vor ihm davon.

Ein Blick über die Schulter zurück zeigte ihm, dass der Fremde ihn verfolgte. Und er zeigte ihm noch mehr. Was er schon oben auf der Treppe beobachtet hatte, wiederholte sich auch jetzt, nur war es diesmal, da er den Mann wirklich sehen und nicht nur als Schatten erahnen konnte, hundertmal unheimlicher: Der Mann lief nicht etwa. Er ging mit großen, gemessenen Schritten hinter ihm her, sodass Atons Vorsprung rasch hätte anwachsen müssen. Der Abstand zwischen ihm und seinem Verfolger blieb aber gleich, als hätte der andere die Gesetze von Raum und Zeit außer Kraft gesetzt und legte mit jedem ruhigen Schritt die gleiche Entfernung zurück wie Aton mit seinem verzweifelten Rennen.

Er ersparte es sich, über diese neuerliche Unmöglichkeit nachzudenken, sondern versuchte sein Tempo zu steigern. Es gelang ihm. Nur nutzte es nichts. Als er sich das nächste Mal umsah, war der Fremde noch immer hinter ihm und er war noch immer nicht viel mehr als vier, fünf Schritte entfernt.

Und Atons Kräfte begannen bereits nachzulassen. Er wurde langsamer – mit dem Ergebnis, dass der Abstand zwischen ihm und seinem Verfolger nun zusammenschmolz. Hastig schritt er wieder schneller aus, sodass der andere zumindest nicht näher kam.

Die Konsequenz dieses unheimlichen Zaubers (ein anderes Wort für das, was er hier erlebte, fiel ihm beim besten Willen nicht ein) wurde ihm erst nach einigen Augenblicken bewusst. Je schneller er rannte, desto schneller schien sich auch sein Verfolger zu bewegen. Aber er wurde nicht im gleichen Maße langsamer wie er. Und das bedeutete nichts anderes, als dass der andere ihn irgendwann einholen musste, und je mehr er seine Kräfte verschwendete, desto eher.

Der Verzweiflung nahe wandte er seine Aufmerksamkeit von seinem Verfolger ab und seiner Umgebung wieder zu. Die Tür, durch die sie hereingekommen waren, war längst nicht mehr in Sicht.

Wenn er die Größe der Höhle richtig eingeschätzt hatte, dann mussten sie den ummauerten See mittlerweile gut zur Hälfte umrundet haben, aber er konnte noch immer keinen anderen Ausgang entdecken. Auf der rechten Seite erhob sich nur eine schier endlose Reihe Statuen, die Menschen, Tiere und tierköpfige Gottheiten zeigte. Und auf der linken lag nur der See mit seinem unheimlichen Nebel, in dem sich noch immer irgendetwas bewegte, was Aton noch immer nicht klar erkennen konnte.

Und schließlich kam es, wie es kommen musste: Aton strauchelte vor Erschöpfung, kämpfte ein paar Augenblicke um sein Gleichgewicht und stürzte der Länge nach auf den harten Steinboden. Er verletzte sich nicht dabei, und als er wieder in die Höhe sprang, da hatte sein Verfolger ihn eingeholt. Er stand kaum einen Schritt vor ihm und die Spitze seiner Lanze berührte Atons Brust. Selbst durch den doppelten Stoff von Jacke und Hemd hindurch konnte er fühlen, wie unglaublich kalt das Metall war.

»Gib es mir!«, verlangte der Fremde wieder. Diesmal war es

ein Befehl, der keinen Widerspruch zuließ. Seine Hand war fordernd ausgestreckt und Aton wusste, dass die Lanze zustoßen würde, wenn er sich weigerte.
Es gab nur noch eine Richtung, in die er zurückweichen konnte. Ohne auch nur noch eine Sekunde darüber nachzudenken, ließ er sich nach hinten fallen.
Der Sturz in das drei Meter tiefer gelegene Wasser schien endlos zu dauern. Und der Aufprall war so hart, als wäre er durch eine Glasscheibe gestürzt. Aton schrie vor Schmerz und Schrecken auf und sah entsetzt zu, wie seine kostbare Atemluft wie ein Vorhang aus winzigen silbernen Perlen vor seinem Gesicht in die Höhe stieg, während er tief in das glasklare, eiskalte Wasser hinabsank. Erst als er schon zwei oder vielleicht auch drei Meter unter der Wasseroberfläche war, begann er ungeschickte Schwimmbewegungen zu machen, um sich wieder in die Höhe zu arbeiten.
Er schaffte es, aber buchstäblich im allerletzten Moment. Das Wasser war so kalt, dass er direkt spüren konnte, wie jede Wärme und damit jede Kraft aus seinem Körper wich, und seine Kleider hatten sich binnen Sekunden voll gesaugt und drohten ihn in die Tiefe zu zerren. Die Atemnot wurde zur Qual und Atons Herz klopfte, als wollte es jeden Moment zerspringen, als er endlich wieder durch die Wasseroberfläche stieß und keuchend nach Atem rang.
Im ersten Moment drehte sich alles um ihn. Er war nie ein sehr guter Schwimmer gewesen und in dem eiskalten Wasser und seiner schweren Winterjacke gelang es ihm kaum, sich an der Oberfläche zu halten. Mit ungeschickten Bewegungen paddelte er auf das Ufer zu, griff nach dem rauen Stein und glitt drei- oder viermal hilflos daran ab, ehe es ihm endlich gelang, sich irgendwo anzuklammern. Der Fremde stand über ihm. Er starrte aus brennenden Augen auf Aton herab und hatte die Lanze halb erhoben, wie um sie nach ihm zu schleudern, zögerte aber aus irgendeinem Grund noch.
Wahrscheinlich ist es auch nicht nötig, dass er seine Waffe benutzt, dachte Aton niedergeschlagen. Ihm war längst klar

geworden, dass er sich mit dieser verzweifelten Flucht keinen Dienst erwiesen hatte. Er war zwar dem Fremden und seiner Lanze entkommen, doch nur um sich in einer anderen, womöglich noch tödlicheren Falle zu fangen. In dem eisigen Wasser würde er nur wenige Minuten durchhalten und die Wände, die annähernd drei Meter weit in die Höhe strebten, waren so glatt, dass selbst ein geschickterer Kletterer, als Aton es war, keinen Halt daran gefunden hätte. Verzweifelt sah er sich um, suchte nach einer Lücke, einem Riss, irgendeiner Unebenheit im Fels, an der er hätte hinaufklettern können. Aber da war nichts. Die gemauerten Wände des Sees zogen sich an beiden Seiten glatt und senkrecht dahin, so weit er sehen konnte. Und hinter ihm ... selbst wenn er hätte erkennen können, was in der Mitte des Sees lag – die Strecke war einfach zu weit, um sie in diesem eiskalten Wasser zu durchschwimmen. Er würde ertrinken, ehe er auch nur die Hälfte geschafft hatte.

Da bemerkte er etwas, was alle seine Überlegungen hinfällig machte: Inmitten des Nebels, der den See bedeckte, bewegte sich etwas. Und diesmal war es mehr als ein Schatten.

Schwäche und Kälte begannen seinen Blick zu verschleiern, sodass er auch ohne die grauen Schwaden Mühe gehabt hätte, Einzelheiten zu erkennen. Es war ein lang gestreckter, flacher Umriss, der allmählich an Substanz zu gewinnen schien, als wäre er nicht wirklich, sondern ein Teil des Nebels, der versuchte Materie zu werden. Der Vorgang war so gespenstisch, dass Aton für einen Moment selbst den Fremden vergaß, der noch immer über ihm stand – und als er sich wieder an ihn erinnerte und mit einer erschrockenen Bewegung aufsah, erlebte er eine neue Überraschung: Auch der unheimliche Fremde hatte den Schatten erspäht. Er stand hoch aufgerichtet da und blickte angespannt auf den See hinaus und auf seinem Gesicht lag der Ausdruck von ... *Furcht?* Atons Gedanken arbeiteten mit zehnfacher Schnelligkeit. Wenn das, was da auf ihn zukam, etwas war, wovor sich der Fremde fürchtete, dann war es vielleicht ... sein Verbündeter. Aton überlegte nicht länger. Mit einer kraftvollen Bewegung stieß er sich ab und glitt wieder in den See hinein. Der Schatten war näher gekommen, aber noch immer nicht genau zu erkennen. Zumindest glaubte er so etwas wie ein Boot auszumachen, in dessen Heck sich eine Gestalt erhob. Er schwamm schneller, spürte zu seiner eigenen Überraschung, dass er offensichtlich noch über größere Kraftreserven als erwartet verfügte, und legte noch ein wenig an Tempo zu, sodass er überraschend gut vorwärts kam. Der Schatten wuchs schnell heran und stellte sich tatsächlich als Boot heraus; wenn auch eines, wie Aton es noch nie zuvor gesehen hatte. Es war sehr flach, hatte einen hoch gezogenen Bug und schien vollkommen aus Schilf gemacht zu sein. Die Gestalt in seinem Heck, die es mittels einer langen Stange vorwärts bewegte, trug einen schwarzen Kapuzenmantel, der ihren Körper und ihr Gesicht vollkommen verhüllte.

Atons Kräfte begannen nun wieder nachzulassen, aber das Boot war auch schon sehr nahe. Noch einmal warf sich Aton nach vorne, griff nach dem Rand des Schilfbootes und versuchte sich hinaufzuziehen.

Seine Kräfte reichten nicht. Er sank wieder zurück, geriet für einen kurzen Moment vollends unter Wasser und kam prustend und nach Atem ringend wieder an die Oberfläche.

Hinter ihm bewegte sich etwas. Aton spürte die Bewegung mehr, als er sie sah, aber sie war ganz deutlich. Hastig drehte er sich herum – und schrie gellend auf.

Ein Ungeheuer pflügte wie ein lebender Torpedo auf ihn zu. Aton fühlte, wie ihm das Blut in den Adern gerann. Er sah einen kolossalen, mit grünen, glitzernden Schuppen bedeckten Körper, kleine, tückische Augen und ein wahrhaft gigantisches Maul voller spitzer Zähne.

Aton warf sich herum und griff ein zweites Mal nach dem Boot und diesmal gelang es ihm, sich halb über seinen Rand zu ziehen. Er drohte auch jetzt wieder abzurutschen, aber da beugte sich die Gestalt im Heck vor, ergriff sein Handgelenk und zog ihn mit einem kraftvollen Ruck endgültig aus dem

Wasser. Aton sank mit einem erleichterten Seufzen in der Mitte des kleinen Bootes zusammen und schloss für eine Sekunde die Augen. Er war gerettet. Und diesmal buchstäblich im allerletzten Moment.

Seine Erleichterung hielt allerdings nicht sehr lange vor, nur bis zu dem Moment, in dem er die Augen wieder öffnete und die Hand seines Retters sah, die noch immer auf seinem Unterarm lag.

Es war keine Hand. Jedenfalls keine richtige. Sie hatte nämlich weder Haut noch Fleisch, sondern bestand nur aus blanken, weiß schimmernden Knochen.

Aton sprang mit einem Schrei hoch, sodass das ganze Boot ins Schwanken geriet und er sich hastig wieder auf die Knie herabsinken ließ, um nicht über Bord zu fallen oder gleich das Boot zum Kentern zu bringen. Die Knochenhand seines unheimlichen Retters verschwand wieder in den weiten Ärmeln des Mantels und die Gestalt richtete sich auf und zog sich ins Heck des Bootes zurück. Mit klopfendem Herzen sah Aton zu ihr hoch. Er versuchte das Dunkel unter der Kapuze mit Blicken zu durchdringen, aber es gelang ihm nicht. Die Schatten waren so tief, dass unter dem schwarzen Stoff ebenso gut auch gar nichts hätte sein können.

Und vielleicht war das auch so ...

Aton war nun wirklich am Rande einer Panik. Seine Überlegung, dass der Feind seines Feindes automatisch sein Freund sein müsse, war vielleicht etwas naiv gewesen, aber jetzt war es zu spät, sich darüber Gedanken zu machen.

Wie es aussah, war es vielleicht zu spät, um überhaupt noch etwas zu tun. Die unheimliche Gestalt machte zwar keine Anstalten, sich ihm zu nähern, sondern stand hoch aufgerichtet im Heck des Bootes und stakte es weiter vorwärts, aber er war ihr trotzdem auf Gedeih und Verderb ausgeliefert. Selbst wenn das Wasser nicht so mörderisch kalt gewesen wäre, wäre er weiter auf dem Boot gefangen gewesen – das Ungeheuer hatte sich ein Stück zurückgezogen, aber es war noch immer da, ein grüner, mindestens fünf Meter langer

Koloss, der das kleine Boot umkreiste und nur darauf wartete, dass seine Beute wieder ins Wasser zurücksprang. Aton erkannte jetzt auch, worum es sich handelte – nämlich um ein Krokodil, und zwar das mit Abstand hässlichste und bösartigste, das er jemals zu Gesicht bekommen hatte. Das Ungetüm war ein gutes Stück länger als das ganze Boot. Wahrscheinlich hätte es das winzige Gefährt ohne Mühe einfach umwerfen können, dachte Aton. Aber das wollte es wohl gar nicht. Wahrscheinlich, überlegte er düster, hatte seine Aufgabe nur darin bestanden, ihn genau dorthin zu jagen, wo er jetzt war. Nein – er hatte sich wirklich nicht sehr klug benommen.

Zorn ergriff ihn; Zorn auf Petach, der ihn in diese ausweglose Situation gebracht hatte, aber auch Zorn auf diese Götter, die glaubten mit Menschen spielen zu können wie mit Schachfiguren. Noch einmal stand er auf – sehr viel vorsichtiger diesmal, raffte all seinen Mut zusammen und trat der verhüllten Gestalt einen halben Schritt entgegen.

»Was willst du?«, fragte er. Seine Stimme klang überraschend fest, aber der Nebel, durch den sie glitten, verschluckte auch jedes Echo, sodass sie ihm zugleich düster und unwirklich vorkam.

»Was willst du von mir?«, fragte er noch einmal. »Wer bist du?«

Die Schwärze unter der Kapuze starrte ihn an. Er bekam keine Antwort, aber er spürte, dass dieser Mantel nicht leer war, wie es schien. Etwas war dort, etwas, das seine Worte genau hörte und verstand und das vielleicht tiefer als nur in sein Gesicht blickte. Und – seltsam genug angesichts der Umstände, aber das Gefühl war ganz deutlich – Aton war nicht sicher, dass dieses *Etwas* ihm wirklich feindlich gesonnen war.

»Sag mir wenigstens, was ... was das alles zu bedeuten hat«, bat er. »Ich will euch ja helfen, aber ich weiß einfach nicht, wie.«

Er bekam auch diesmal keine Antwort, doch nach einer Weile

begann sich das Boot zu drehen. Der Nebel wurde wieder dichter, als sie in die Richtung zurückzufahren begannen, aus der es gekommen war.
Aton drehte sich herum.
Der Nebel war so dicht wie eine graue Mauer, aber er spürte, dass ihr Ziel jetzt nicht mehr sehr weit entfernt sein konnte. Und es vergingen auch nur wenige Minuten, bis erneut Schatten und formlose Umrisse vor ihnen aufzutauchen begannen. Kurz darauf berührte das Boot eine niedrige, kunstvoll verzierte Mauer, die kaum eine Handbreit aus dem Wasser ragte. Aton sah zu seinem unheimlichen Fährmann zurück. Die Gestalt blieb im Heck des Bootes stehen und rührte sich nicht, aber Aton war trotzdem klar, was sie von ihm erwartete: Sie hatten ihr Ziel erreicht. Es wurde Zeit, von Bord zu gehen.
Aton hob einen Fuß – und zögerte. Der Nebel war auch hier so dicht, dass er alles, was weiter als zwei oder drei Meter entfernt war, nur schattenhaft erkennen konnte, und hinter den grauen Schwaden konnten furchtbare Gefahren auf ihn lauern.
»Nein«, sagte er entschieden. »Ich gehe nicht.«
Er drehte sich zu dem Kapuzenmann um, um zu sehen, wie dieser auf seine Weigerung reagierte. Die Gestalt rührte sich nicht.
»Hast du mich verstanden?«, fragte Aton herausfordernd. »Ich denke nicht daran, dorthin zu gehen. Ich rühre mich hier nicht von der Stelle, hörst du?«
Der Unheimliche stand einfach da und starrte ihn an und es verging noch eine geraume Weile, bis Aton begriff, dass er das auch weiter tun würde – er würde einfach stehen bleiben und Aton konnte hier warten, bis er Wurzeln schlug, ohne dass sich das Boot von der Stelle rührte. Aton wandte sich abermals um und sah auf die Insel hinauf. Der Nebel war nicht dünner geworden, aber er glaubte jetzt trotzdem einen gewaltigen, finsteren Schatten in ihrem Zentrum zu erkennen. Langsam hob er wieder einen Fuß, setzte ihn auf den vor

Nässe glänzenden Stein und trat schließlich ganz vom Boot herunter.

Im selben Moment verschwand das Boot.

Es fuhr nicht etwa in den Nebel zurück oder löste sich auf, es war einfach nicht mehr da, von einem Sekundenbruchteil auf den anderen. Aton starrte auf das Wasser hinunter, wo es gelegen hatte, dann drehte er sich endgültig herum und begann in den Nebel hineinzumarschieren.

Langsam näherte er sich dem Schatten im Zentrum der Insel. Er konnte jetzt zumindest erkennen, dass es sich wohl um eine Art Gebäude handelte, genauer gesagt um ein mächtiges steinernes Dach, das von einer großen Anzahl fast mannsdicker Säulen getragen wurde. Ein halbes Dutzend flacher Stufen führte ins Innere dieses steinernen Baldachins hinein und Aton hatte sie kaum betreten, da verschwand der Nebel – wie weggezaubert.

Der Anblick war so fantastisch, dass Aton einfach stehen blieb und sich aus großen Augen umsah. Was er am Ufer des künstlichen Sees gesehen hatte, war schon schier unglaublich gewesen, doch dies hier war hundertmal großartiger.

Die Säulen, die das Dach trugen, waren nicht aus Stein, sondern aus schwarzem Ebenholz gefertigt. In regelmäßigen Abständen waren schmale, goldene Bänder in das schwarze Holz eingelassen und neben jeder einzelnen Säule stand die lebensgroße Statue eines ägyptischen Kriegers. Gesichter und Augen waren so täuschend echt, dass Aton im ersten Moment tatsächlich glaubte lebendigen Menschen gegenüberzustehen. Überall, einem nicht erkennbaren, aber vorhandenen Muster folgend, waren weitere Tier- und Menschenstatuen verteilt und unter dem Dach schwebte ein überlebensgroßer Falke, der aus purem Gold bestand.

All diese Wunder jedoch verblassten gegen den Anblick, der sich Aton in der Mitte des Tempels bot. Eingefasst von einer kniehohen Mauer aus blütenweißem Marmor erhob sich dort ein sicherlich dreißig Schritte im Quadrat messendes Wasserbecken. Das Wasser war so klar, dass Aton es im ersten

Augenblick kaum sah. Eine Anzahl kleiner, aus Gold und anderen Edelmetallen gefertigter Fische war an haarfeinen Drähten darin aufgehängt und die vier Eckpunkte des Beckens wurden von übermannsgroßen, geflügelten Wesen bewacht.

In der Mitte dieses Sees befand sich eine Barke. In Konstruktion und Form ähnelte sie dem Schilfboot, mit dem Aton die Insel erreicht hatte, aber sie war viel größer und bestand aus demselben mitternachtsschwarzen Holz wie die Säulen, die das Dach trugen. Wie diese war sie über und über mit goldenen Einlegearbeiten verziert, und als Aton näher herantrat, sah er, dass sie auf einem Sockel aus weißem Marmor ruhte, nicht im Wasser. Ein gutes Dutzend Männer stand an beiden Seiten des Rumpfes, wie Atons Fährmann mit langen Stangen ausgestattet, mit denen sie das Boot von der Stelle staken konnten. Auch diese Statuen waren so lebensecht, dass Aton sich kaum noch gewundert hätte, hätten sie ihre Stangen im nächsten Moment tatsächlich bewegt, um ihre Arbeit zu erfüllen. Wie die Krieger neben den Säulen bestanden sie aus sorgsam poliertem und bemaltem Holz und wie bei diesen waren ihre Kleider echt, nicht etwa aufgemalt oder geschnitzt.

Im hinteren Teil der Barke gab es einen hohen, ganz in Gold und Blau gehaltenen Baldachin, um dessen Stützpfeiler sich kunstvoll geschnitzte Schlangen wanden, deren aufgerissene Mäuler sich drohend jedem Eindringling entgegenreckten. Was darunter lag, konnte Aton im ersten Moment nicht richtig erkennen, sodass er kurz den Gedanken erwog, ins Wasser zu steigen und zu der Barke hinüberzuwaten. Aber irgendetwas warnte ihn davor. So ging er am Rand des Wasserbeckens entlang, bis er einen besseren Blick auf das hintere Drittel des Bootes hatte.

Aton riss ungläubig die Augen auf, als er sah, was sich unter dem Baldachin befand.

Es waren zwei Sarkophage.

Jeder musste weit über zwei Meter messen, und wenn sie tatsächlich aus Gold waren, wie ihre Farbe glauben ließ, so mussten sie Tonnen wiegen. Wie bei den Särgen der ägyptischen Könige üblich, war ihre Form dem, der darin zur letzten Ruhe gebettet worden war, nachempfunden, bis hin zu den Gesichtern, deren Züge mit großer Kunstfertigkeit in das Gold hineinziseliert worden waren.

Es waren die Särge eines Mannes und einer Frau. Beide kamen Aton merkwürdigerweise bekannt vor, sie wirkten sehr edel, sehr stolz und zugleich irgendwie traurig. Ihre Hände waren auf der Brust gefaltet. Die des Mannes hielten den Krummstab und den Fliegenwedel eines Pharaos, in denen der Frau lag etwas, das er nicht erkennen konnte.

Aton stand lange Zeit am Rande des Wasserbeckens und sah auf das Boot und seine Fracht hinab. Eine sonderbare Art der Beklemmung hatte sich in ihm breit gemacht, als er begriff, dass er sich nirgendwo sonst als in einem Grab befand. Es war Jahrtausende alt und wahrscheinlich existierte es gar nicht wirklich, denn logisch betrachtet *konnte* er all dies nicht wirklich erleben, und trotzdem hatte er das Gefühl, an einem heiligen Ort zu sein und an einem verbotenen Ort dazu, an dem die Lebenden nichts zu suchen hatten.

Und ganz plötzlich wusste er, dass er diesen Ort kannte.

Er war niemals hier gewesen, denn daran hätte er sich erinnert, ganz gleich, wie viel Zeit inzwischen vergangen und was alles geschehen war, aber dieser Ort war ihm trotzdem nicht fremd, sondern auf eine schon fast unheimliche Weise vertraut.

Warum war er hier?

Es war kein Zufall. Aton war nicht hier, weil ihn sein unheimlicher Verfolger hierher gejagt hatte. Er war aus einem bestimmten Grund hier und er spürte ganz deutlich, dass er eigentlich wissen müsste, warum. Das Wissen war ganz deutlich in seinem Kopf, aber es war wie ein glitschiger Fisch im Wasser: Immer wenn er danach greifen wollte, schlüpfte es zwischen seine Fingern hindurch Er war hier, um ... etwas zu sehen? ... etwas zu tun? ... etwas zu begreifen?

Aber was?
»Helft mir!«, flüsterte er. »Ich will euch ja helfen, aber ihr müsst mir sagen, wie! Was kann ich für euch tun? Was ist es, das ihr haben wollt?«
Es war wie vorhin draußen im Nebel auf dem See: Seine Stimme versickerte in der Stille, kein Echo kam zurück, nur dieses unheimliche, fast stoffliche Schweigen. Er wusste jetzt, dass er gut daran getan hatte, nicht zum Boot hinüberzugehen. Die Ruhe dieser beiden Toten dort in ihren goldenen Särgen war heilig und niemand – auch er nicht – hatte das Recht, sie zu stören. Schon sein Hiersein war nicht richtig, der Klang seiner Stimme ein Frevel, der nicht ungestraft bleiben würde. Langsam drehte sich Aton herum – und prallte so abrupt zurück, dass er um ein Haar doch das Gleichgewicht verloren hätte und in das Wasserbecken gestürzt wäre. Hinter ihm stand der Fremde.
Irgendwie hatte er es geschafft, den See zu überqueren und noch dazu trockenen Fußes, obwohl Aton sicher war, dass sein unheimlicher Fährmann *ihm* nicht zur Verfügung gestanden hatte. Aber er war da und er schien entschlossener denn je, sich von Aton dieses geheimnisvolle »Etwas« zu holen, denn in seiner rechten Hand blitzte die Klinge eines Dolches.
Aton entging dem Hieb nur durch pures Glück. Die Klinge zerfetzte seine Jacke an der Schulter, berührte die Haut darunter aber wie durch ein Wunder nicht, und zu einem zweiten Hieb ließ Aton es nicht kommen. Es war wohl der Mut der Verzweiflung, der ihn beseelte, vielleicht auch nur Zufall, der ihn das einzig Richtige tun ließ: Er packte den Angreifer mit beiden Händen, wirbelte ihn auf der Stelle herum und versetzte ihm dann einen Stoß, der ihn rücklings in das Wasserbecken stürzen ließ. Noch während dieser mit einem gewaltigen Platschen in dem glasklaren Wasser versank, raste Aton los.

Mit einigen Sätzen durchquerte Aton den Tempel, erreichte die Treppe, über die er hereingekommen war, und stürmte sie hinab. Der Nebel verschluckte ihn wie eine graue, feuchte Wand und schon nach wenigen Augenblicken war er so gut wie blind.

Die einzige Hoffnung, die Aton hatte, war, dass das Boot wieder auf ihn wartete, um ihn zurück zum Ufer zu bringen. Eine verzweifelte kleine Chance – aber die einzige, die er hatte, und so rannte er immer tiefer in den Nebel hinein. Ein paar Mal sah er über die Schulter zurück und glaubte einen Schatten hinter sich zu erkennen.

Er war bereits eine geraume Weile gelaufen, als er begriff, dass hier etwas nicht stimmte. Selbst bei sehr großzügiger Schätzung konnte diese Insel bestenfalls einen Durchmesser von hundert Schritt haben – und er hatte mittlerweile bestimmt die dreifache Entfernung zurückgelegt.

Aber unmöglich oder nicht, Aton rannte trotzdem weiter. Auch wenn er seinen Verfolger nicht sehen konnte, spürte er seine Nähe deutlich. Wahrscheinlich war es wie vorhin: Solange er sein Tempo beibehielt, blieb der Abstand zwischen ihnen gleich, doch sobald er langsamer würde, würde der andere aufholen. Und der Dolch in seiner Hand legte die Vermutung nahe, dass seine Geduld erschöpft war.

Wie auf ein Stichwort tauchte in diesem Moment ein Schatten im Nebel hinter ihm auf. Aton registrierte erschrocken, dass er langsamer geworden war, setzte zu einem kurzen Zwischenspurt an – und prallte wuchtig gegen eine Gestalt, die jäh in den grauen Schwaden vor ihm erschien.

Der Zusammenstoß war heftig genug, sie beide zu Boden zu schleudern. Aton hörte einen halb überraschten, halb zornigen Schrei, schlug schwer auf die Seite und schlitterte noch ein gutes Stück weiter, ehe eine Wand seine unfreiwillige Rutschpartie beendete.

Vor seinen Augen tanzten bunte Sterne und für einen Moment spürte er, dass er das Bewusstsein zu verlieren drohte. Nur das Wissen, dass er aus dieser Ohnmacht wahrscheinlich nie wieder aufwachen würde, gab ihm die Kraft, sie zurückzudrängen.

Aton sprang mit einem Schrei in die Höhe und fuhr herum, aber es war zu spät. Der Verfolger hatte ihn eingeholt. Harte, kräftige Hände packten seine Oberarme und hielten ihn fest. Aton bäumte sich auf und schrie aus Leibeskräften.

Dann öffnete er die Augen und hörte auf zu schreien.

Der Nebel war verschwunden. Statt auf der Insel der Toten fand sich Aton in einem hell erleuchteten, vom Boden bis zur Decke gefliesten Gang und die Gestalt, die ihn gepackt hatte, trug kein blaugolden gestreiftes Gewand, sondern das Grün einer Polizeiuniform.

Außerdem war es kein Mann, sondern eine junge Frau mit einem blonden Pferdeschwanz, die Aton genauso verblüfft anstarrte wie er sie.

»Du?!«, sagte sie – das hieß, eigentlich sagten sie es beide, aber im selben Atemzug, sodass es sich wie ein einziges Wort anhörte. Dann ließ Sascha seine Arme los und Aton überwand seine Überraschung und drehte sich hastig herum.

Der Gang hinter ihm war leer. Kaum fünf Meter entfernt verschwanden die Stufen der Rolltreppe im Boden und außer ihm und der Polizistin war niemand hier. Trotzdem zitterten seine Hände so heftig, dass er sie nicht stillhalten konnte, und er spürte, dass er kreidebleich war.

Sascha sah ihn aufmerksam an, als er sich wieder zu ihr herumdrehte. Sie gab sich jetzt gar keine Mühe mehr, ihr Misstrauen zu verhehlen. Ihre rechte Hand lag auf der Pistolentasche an ihrer Seite.

»Was ist los mit dir?«, fragte sie. »Verfolgt dich jemand?«

Aton war beinahe versucht »Ja« zu sagen, was schließlich auch die Wahrheit gewesen wäre. Aber dann hätte sie ihn gefragt, wer ihn verfolgte und warum, und die Antwort auf diese Frage wäre Aton ziemlich schwer gefallen. Also schüttelte er hastig

den Kopf und versuchte sich in ein verlegenes Lächeln zu retten. Es blieb bei dem Versuch.
»Nein«, sagte er. »Ich war nur ... ich meine, es war ... also ich bin ... äh ...«
»Aha«, sagte die Polizistin spöttisch. Im nächsten Moment wurde sie wieder ernst. »Was tust du hier?«
»Meine Eltern«, stotterte Aton. »Sie sind abgeflogen. Ich ... ich meine, Herr Petach und ich haben sie zum Flugzeug gebracht und –«
»Die Maschine nach Kairo ist vor zwei Stunden gestartet«, unterbrach Sascha ihn.
»Vor zwei Stunden?« Aton riss ungläubig die Augen auf.
»Zweieinhalb, um genau zu sein. Was tust du jetzt noch hier? Und wieso«, fügte sie mit gerunzelter Stirn hinzu, »bist du schon wieder völlig durchnässt? Ist das so eine Art Hobby von dir, ständig in nassen Sachen herumzulaufen?«
Aton zerbrach sich vergeblich den Kopf nach einer wenigstens halbwegs überzeugend klingenden Ausrede. Er war tatsächlich von oben bis unten nass – wenn das, was er erlebt zu haben glaubte, wirklich nur eine Halluzination gewesen war, dann eine verdammt realistische.
»Also?«, fragte Sascha. »Ist dir eine plausible Geschichte eingefallen? Wenn nicht, ist es auch nicht schlimm. Ich meine, im Notfall würde ich sogar mit der Wahrheit vorlieb nehmen.«
Der Klang ihrer Stimme stand in krassem Gegensatz zu dem, was die junge Frau sagte. Sie hörte sich kein bisschen amüsiert an, sondern im Gegenteil ziemlich verärgert.
Gottlob musste Aton nicht antworten, denn in diesem Moment erscholl hinter ihm ein lautstarkes Bellen, und als er sich herumdrehte, erblickte er Anubis, der auf ihn zugerannt kam, dicht gefolgt von Petach, der Mühe hatte, ihn an der Leine zu halten. Aton wunderte sich, woher der Hund kam. Sie hatten ihn nicht mitgenommen.
»Aton!«, sagte Petach. »Wo um alles in der Welt bist du gewesen? Ich suche dich schon seit Stunden und –« Er stockte,

blieb unmittelbar neben Aton stehen und maß die Polizistin mit einem abweisenden Blick.
»Kennen wir uns nicht?« fragte er schließlich.
»Wir sind uns gestern begegnet«, antwortete Sascha, »und was passiert ist, müssen Sie den Jungen fragen.«
»Jetzt verstehe ich gar nichts mehr«, sagte Petach. Er wandte sich an Aton. »Was ist los? Wo bist du gewesen? Ich hatte dich gebeten, nicht allein herumzulaufen.«
Sein scharfer Tonfall ärgerte Aton, aber er beherrschte sich – nicht zuletzt, weil sie nicht allein waren und er Petach in Gegenwart der Polizeibeamtin schwerlich erzählen konnte, was ihm widerfahren war. Er war auch gar nicht sicher, ob er das überhaupt tun wollte.
Petach schien sein Schweigen richtig zu deuten, denn für eine Sekunde erschien ein Ausdruck jähen Erschreckens auf seinem Gesicht. Dann hatte er sich wieder in der Gewalt. »Gut«, sagte er. »Wir reden später darüber, in Ordnung?« Nichts war Aton lieber als das, aber die Polizistin gab sich damit nicht zufrieden. »Ich fürchte, das ist nicht in Ordnung«, sagte sie. »Es würde mich brennend interessieren, was hier vor sich geht.«
Petach seufzte. »Ihr Diensteifer ehrt Sie, aber hier handelt es sich um eine reine Privatangelegenheit, bei der uns die Polizei nicht helfen kann«, sagte er. »Vielen Dank für Ihre Mühe. Aber Aton und ich kommen jetzt allein zurecht.« Er sah die junge Frau an und lächelte, und Aton konnte spüren, wie dasselbe geschah, was er schon ein paar Mal miterlebt hatte.
Doch diesmal versagten Petachs Zauberkräfte. Sascha wirkte für einen Moment unsicher; aber dann fing sie sich wieder und hielt Petachs Blick gelassen stand.
»Daran zweifle ich nicht«, sagte sie kühl. »Trotzdem möchte ich jetzt wissen, was hier gespielt wird.« Sie wandte sich wieder an Aton. »Es ist jetzt das zweite Mal, dass ich dich völlig durchnässt und offenbar in Todesangst antreffe, und jedes Mal ist dieser ... *Freund* deiner Eltern in der Nähe. Ich frage mich, ob das noch ein Zufall ist.«

Aton sah aus den Augenwinkeln, wie Petach blass wurde.

»Du kannst ganz offen sein«, fuhr Sascha fort. »Keine Sorge.«

Um ein Haar hätte Aton gelacht, aber dann erschien ihm Saschas Gedanke gar nicht so abwegig. Tatsächlich hatten all jene unheimlichen Ereignisse wirklich erst begonnen, nachdem Petach in sein Leben getreten war, und wer sagte ihm eigentlich, dass der Ägypter tatsächlich die Wahrheit gesprochen hatte und nur hier war, um ihm zu helfen? Was, wenn –

Als er an diesem Punkt seiner Überlegung angekommen war, machte Petach eine flüchtige Handbewegung und der Zauber, gegen den sich Sascha behauptet hatte, wirkte bei Aton dafür umso besser. Sein Verdacht war so gründlich erloschen, dass er sich nicht einmal mehr daran erinnerte, jemals einen verspürt zu haben, und er hatte es plötzlich sehr eilig, zuversichtlich zu lächeln und der jungen Polizistin wortreich zu versichern, dass wirklich alles in Ordnung sei und es keinen Grund gab, sich zu sorgen.

Saschas Gesichtsausdruck machte deutlich, dass ihr Misstrauen dadurch noch größer geworden war. Aber sie ging nicht weiter auf das Thema ein, sondern beließ es bei einem Achselzucken und wandte sich wieder an Petach.

»Sie kümmern sich also jetzt um Aton, solange seine Eltern nicht da sind?«

»Auf deren ausdrücklichen Wunsch, ja«, antwortete Petach kühl. *Und ich wüsste nicht, was Sie das zum Teufel eigentlich angeht,* fügte sein Blick hinzu. Sascha erwiderte seinen Blick aus zornblitzenden Augen und Aton konnte die Spannung, die plötzlich zwischen den beiden herrschte, regelrecht fühlen.

Er hatte Petach noch nie so unhöflich und gereizt erlebt wie jetzt. Um die Situation zu entschärfen, räusperte er sich vernehmlich und sah auf die Armbanduhr.

Petach verstand. »Ja, ich denke, es wird wirklich Zeit«, sagte er. »Wir sind schon viel zu spät dran.«

Er legte Aton die Hand auf den Arm und wollte sich umwen-

den, aber die Polizistin rief ihn noch einmal zurück. »Wo erreiche ich Sie, falls es nötig ist?«, fragte sie.
Petach biss sich auf die Unterlippe. Aton sah ihm an, dass er innerlich vor Wut beinahe kochte. »Warum sollte es denn nötig sein?«, fragte er.
»Vielleicht ergeben sich ja noch Fragen wegen des gestrigen Einbruchs«, antwortete Sascha. »Man weiß ja nie.«
»Sicher«, antwortete Petach knapp. »Aber Sie haben ja Atons Adresse.« Er verstärkte den Druck auf Atons Arm. »Auf Wiedersehen.«
Sie drehten sich um und gingen – genau zwei Schritte weit, dann rief die Beamtin Aton zurück. Petach presste so heftig die Kiefer zusammen, dass Aton glaubte seine Zähne knirschen zu hören. Rasch löste er seinen Arm aus dem Griff des Ägypters und drehte sich noch einmal herum.
Die Beamtin hatte sich gebückt und etwas vom Boden aufgehoben. »Hier, das gehört dir.«
Aton streckte automatisch die Hand aus – und verhielt mitten in der Bewegung, als er sah, was auf Saschas Handfläche blitzte.
Im ersten Moment hielt er es für ein Kreuz, aber das war es nicht. Es besaß zwar die ungefähre Form eines Kreuzes, aber der obere, kürzere Balken war zu einem spitzen Oval ausgeformt. Es war ein Ankh, das altägyptische Henkelkreuz, Symbol des Sonnengottes Re und auch des ewigen Lebens.
»Das ... gehört mir nicht«, sagte er stockend.
»Aber es ist aus deiner Tasche gefallen«, widersprach Sascha. »Ich habe es genau gesehen.« Sie wartete einen Moment lang vergeblich darauf, dass Aton das Ankh an sich nahm, dann hob sie es ein Stück höher und betrachtete es interessiert.
»Das ist sehr hübsch«, sagte sie. »Was ist es?«
»Ankh«, antwortete Aton ganz automatisch. »Ein altes ägyptisches Symbol.«
»Also gehört es doch dir«, sagte Sascha. »Deine Eltern haben ja wohl eine ganze Sammlung von solchen Dingen.«
Aton fing einen warnenden Blick Petachs auf und griff endlich

nach dem kleinen Henkelkreuz. Es war sehr schwer, sehr kalt – und nass. Hastig ließ er es in der Hosentasche verschwinden.
»Ich wusste gar nicht, dass ich es eingesteckt habe«, sagte er – was nicht einmal gelogen war.
»Du solltest besser auf dein Eigentum Acht geben«, sagte Sascha. »So etwas muss doch ungeheuer wertvoll sein.«
»Ja, das ist es«, antwortete Aton. »Trotzdem – vielen Dank.« Und damit wandten sie sich endgültig um und gingen. Diesmal wurden sie nicht mehr zurückgerufen, aber als sie das Ende des Korridors erreichten und das Parkhaus verließen, sah Aton noch einmal über die Schulter zurück. Sascha stand noch immer da und blickte ihnen nach.
»Was in Amuns Namen ist passiert?«, fragte Petach. »Verdammt, ich bin fast gestorben vor Sorge! Du warst mehr als zwei Stunden fort!«
»Vielleicht war ich sogar ein paar tausend Jahre weit fort«, antwortete Aton leise. Petach warf ihm einen fragenden Blick zu, winkte aber ab, als Aton zu einer Erklärung ansetzte, und deutete auf seinen Wagen, der auf der gegenüberliegenden Straßenseite geparkt war, mit zwei Rädern auf dem Bürgersteig und einem Strafzettel unter dem Scheibenwischer. Petach warf ihn achtlos zu Boden, öffnete die Tür und wartete, bis Aton und der Hund eingestiegen waren, ehe er selbst hinter dem Steuer Platz nahm und die Tür schloss. Aton registrierte ohne die geringste Überraschung, dass Anubis nicht allein gekommen war. Auf der Ablage unter der Heckscheibe räkelte sich eine graue Katze.
Petach startete den Motor, fuhr jedoch nicht los, sondern schaltete nur die Heizung ein, und Aton streckte dankbar die Hände aus und rieb sie in dem warmen Luftstrom, der aus den Schlitzen im Armaturenbrett quoll. Er wunderte sich etwas, dass die Heizung sofort ansprang, obwohl der Wagen doch offensichtlich schon seit einer geraumen Weile hier stand.
»Also«, begann Petach. »Erzähle.«
Aton begann mit seiner Begegnung mit dem Parkhauswächter

und berichtete jede Kleinigkeit, die er erlebt hatte, wobei er Petach aufmerksam im Auge behielt. Der Ägypter unterbrach ihn kein einziges Mal und sein Gesicht zeigte nicht die geringste Spur von Überraschung oder Staunen, nicht einmal als Aton von der fantastischen Höhle und dem noch viel fantastischeren Begräbnistempel erzählte – wohl aber einen immer größeren Schrecken. Als Aton mit seinem Bericht zu Ende gekommen war, seufzte er tief.

»Es war gut, dass du das Schiff nicht betreten hast«, sagte er. »Du wärst gestorben, hättest du es getan.«

»Darin habe ich allmählich Übung«, antwortete Aton sarkastisch. »Im Beinahe-Sterben.«

Petach blieb ernst. »Ich sehe, dass du deinen Humor nicht verloren hast«, sagte er. »Aber er ist unangemessen, Aton. Du schwebst in großer Gefahr.«

»Stellen Sie sich vor, das habe ich sogar schon selbst gemerkt«, erwiderte Aton bissig. »Finden Sie nicht, dass es allmählich Zeit wäre, mir ein bisschen genauer zu erklären, was hier überhaupt vorgeht? Dieser Mann, der mich verfolgt hat – wer war das? Und was wollte er von mir?«

»Es ist meine Schuld«, sagte Petach ohne auf Atons Frage einzugehen. »Ich hätte wissen müssen, dass sie alles daransetzen würden, dich in ihre Gewalt zu bringen. Ich fürchte, ich habe sie abermals unterschätzt. Mir war nicht klar, dass sie schon so nahe sind.«

»Sie?«, fragte Aton.

»Die Götter«, antwortete Petach. »Die Götter, Aton, die endlich ihren Frieden finden wollen.« Er starrte einen Moment an Aton vorbei ins Leere, dann gab er sich einen sichtbaren Ruck.

»Es wird nicht noch einmal passieren«, versprach er mit einem leisen Lächeln. »Ab jetzt lasse ich dich keine Sekunde mehr aus den Augen. Sie werden es nicht wagen, sich dir zu nähern, wenn ich bei dir bin.«

Aton dachte an das, was gestern Nacht geschehen war, aber er behielt seine Zweifel für sich. Stattdessen versuchte er noch

einmal, endlich ein paar Antworten von Petach zu bekommen.
»Sie haben versprochen, mir die ganze Geschichte zu erzählen, sobald meine Eltern in Sicherheit sind«, sagte er.
»Das werde ich tun«, erwiderte Petach – und drehte sich herum, um nach dem Lenkrad zu greifen und den Gang einzulegen.
Aton war schneller. Blitzschnell drehte er den Zündschlüssel herum. Der Motor ging aus.
Petachs Gesicht verdüsterte sich vor Zorn. Aber er hatte sich rasch wieder in der Gewalt. »Also gut«, sagte er entschlossen. »Ich verstehe dich ja. Und du hast natürlich Recht, wenn du eine Antwort auf deine Frage von mir verlangst. Ich mache dir einen Vorschlag: Ich habe dir gesagt, dass es noch etwas gibt, was ich vielleicht tun kann. Es gibt noch eine Möglichkeit, dich und deine Eltern aus dieser Geschichte herauszuhalten. Es ist eine winzige Chance, aber es wäre falsch, sie nicht zu nutzen. Ich brauche dazu die Hilfe eines Freundes, aber er ist hier in der Stadt; wir können in einer Stunde bei ihm sein. Lass es mich versuchen. Gelingt es, ist der Albtraum für dich vorbei. Wenn nicht ... nun, dann werde ich dir jede Frage beantworten, die du mir stellst.«
»Sonst nicht?«, fragte Aton.
Petach verneinte. »Glaub mir, Aton«, sagte er ernst. »Es gibt Dinge, die man besser nicht weiß. Und es gibt Dinge, die man gar nicht wissen will.«
Das ist wieder so ein typischer Petach-Satz, dachte Aton verärgert. Er klang nach viel, aber sagte im Grunde überhaupt nichts.
»Also gut«, sagte er. »Eine Stunde.«
»Eine Nacht«, verbesserte ihn Petach. »In einer Stunde können wir das Haus meines Freundes erreichen. Es ist ohnehin besser, wenn wir nicht zum Haus deiner Eltern zurückkehren. Denn sie werden dort wieder nach dir suchen. Und in der Sammlung deines Vaters befinden sich Dinge, um deren wahre Bedeutung er nicht einmal selbst weiß. Dinge von gro-

ßer magischer Kraft. Ich vermag sie zu nutzen, um uns zu beschützen, wie du ja selbst gesehen hast. Doch ebenso gut können sie in der Hand unserer Feinde zu einer Gefahr werden. Es ist besser, wenn wir uns an einen wirklich sicheren Ort begeben.«

Er fuhr los ohne Atons Antwort abzuwarten. Aber Aton hätte wahrscheinlich auch gar nicht reagiert. Er war viel zu sehr damit beschäftigt, über die letzten Worte des Ägypters nachzudenken.

Ein wirklich sicherer Ort ...

Aton fragte sich vergeblich, an welchem Ort auf dieser Welt man sich vor den Toten verstecken konnte ...

Der Derwisch

Sie brauchten weitaus mehr als die Stunde, von der Petach gesprochen hatte, um ihr Ziel zu erreichen, denn in der Stadt herrschte ein geradezu unglaublicher Verkehr und Petach machte seinem Ruf als übervorsichtiger Autofahrer alle Ehre, sodass sie bei den wenigen Gelegenheiten, bei denen sie nicht in einem Stau steckten und sich im Schritttempo vorwärts quälten, die Spitze einer Kolonne aus wütend hupenden und Lichtzeichen gebenden Wagen bildeten. Die Fahrt verlief in unangenehmem Schweigen. Ein- oder zweimal stellte Aton eine Frage, aber Petach antwortete nicht, sondern tat so, als müsse er sich ganz darauf konzentrieren, den Mercedes mit halsbrecherischen zwölf Stundenkilometern über die Straßen zu jagen, und schließlich gab Aton auf.

Er begann sich immer elender zu fühlen. Zu Verwirrung und Furcht gesellten sich Erschöpfung und Hunger und er fror erbärmlich. Die Heizung tat ihr Bestes, um den Wagen in eine fahrende Sauna zu verwandeln, aber Atons Kleider trockneten nur sehr langsam und die Kälte verschwand nicht daraus, sondern schien sich auch in seine Glieder hineinzuziehen.

»Unter dem Rücksitz liegt eine Decke«, sagte Petach, dem Atons Zustand natürlich nicht verborgen blieb. »Leg sie dir über, bevor du dir noch eine Erkältung oder Schlimmeres holst.«

Angesichts dessen, was bisher geschehen war, kamen Aton die Worte wie der pure Hohn vor. Trotzdem beugte er sich nach hinten und angelte nach der Decke, die zusammengefaltet auf dem Boden lag. Anubis, der lang ausgestreckt die gesamte Rückbank in Anspruch nahm, hob träge den Kopf und blinzelte, doch Bastet sprang mit einem Satz auf Atons Schoss und kuschelte sich zusammen. Aton registrierte dankbar die Wärme, die der kleine Katzenkörper ausstrahlte, und begann das Tier zu streicheln, was Bastet mit einem wohligen Schnurren quittierte.

Die Fahrt dauerte gottlob nicht mehr sehr lange. Der Verkehr nahm ab, je mehr sie sich den Außenbezirken der Stadt näherten, und schließlich konnte selbst Petach nicht mehr verhindern, dass sie rascher vorwärts kamen.

Die Häuser beiderseits der Straße waren von immer vornehmerem Äußeren, bis sie schließlich durch ein stilles Villenviertel rollten. Die meisten Häuser waren durch Mauern oder hohe Hecken von der Straße abgeschirmt und es waren nur wenige Menschen unterwegs. Petach bog schließlich in eine schmale Seitenstraße ein, die nach gut hundert Metern vor einem schmiedeeisernen Tor endete. Aton wartete, dass er aussteigen oder vielleicht auch hupen würde, aber das Tor begann sich elektrisch bewegt zu öffnen, kaum dass sie angehalten hatten. Dahinter lag ein unbefestigter, von hohen Büschen begleiteter Weg, der nach kaum zehn Metern einen scharfen Bogen nach links machte, sodass Aton nicht erkennen konnte, wohin er führte.

»Wo sind wir?«, fragte Aton ängstlich.

Petach sah sich zu einem aufmunternden Lächeln genötigt, als er antwortete: »Bei einem Freund. In Sicherheit, keine Sorge. Hier können sie uns nichts tun.«

Die Scheinwerfer des Wagens verwandelten den Weg in einen finsteren Tunnel ohne erkennbare Farben und Aton fühlte sich auf unangenehme Weise an eine andere, ganz ähnliche Fahrt mit Petach erinnert, die in der ersten einer ganzen Reihe von Beinahe-Katastrophen geendet hatte. Instinktiv spannte er sich, als sie um die Biegung kamen, innerlich auf alle nur vorstellbaren Schrecken gefasst.

Es war allerdings nur ein ganz normales Haus, das im bleichen Licht der Scheinwerfer auftauchte; angesichts der vornehmen Gegend, in der sie sich befanden, sogar ein erstaunlich einfaches Haus, viel kleiner als das seiner Eltern und nicht besonders gut in Schuss, das war sogar bei der unzureichenden Beleuchtung zu erkennen. Die Tür wurde geöffnet, als sie sich näherten, aber niemand trat heraus, um sie zu begrüßen. Ihr Gastgeber schien sich darin zu gefallen, den Geheimnisvollen zu spielen.

Aton stieg gleichzeitig mit Petach aus, setzte Bastet vorsichtig auf den Boden und hielt die Tür auf, um Anubis herauszulassen. Die beiden Tiere gesellten sich zueinander und blieben knapp hinter ihm und dem Ägypter.

Sie betraten das Haus und Aton erlebte eine zweite Enttäuschung, denn das Innere entsprach genau dem äußeren Eindruck: Alles war einfach, alt und schon ein bisschen schäbig. Keine Zauberteppiche auf dem Boden. Keine Statuen an den Wänden. Nicht einmal eine klitzekleine Mumie, die ihnen entgegengekommen wäre, um sie zu begrüßen. Nun, was hatte er erwartet?

»Ihr Freund scheint nicht zu Hause zu sein«, sagte Aton, nachdem sie eingetreten waren und sich in einem fast leeren Hausflur wieder fanden.

Petach antwortete nicht, aber etwas anderes geschah: Kaum waren auch Anubis und Bastet ins Haus gekommen, da schwang die Tür wie von Geisterhand bewegt zu. Aton fuhr erschrocken zusammen, als sie mit einem lauten Knall ins

Schloss fiel. Noch bevor er irgendetwas sagen konnte, öffnete sich eine Tür am anderen Ende des Korridors und sie bekamen ihren Gastgeber endlich zu Gesicht. Er passte zu seinem Haus. Klein, alt, unauffällig und ein bisschen schäbig. Das hieß – unauffällig war er eigentlich nur auf den ersten Blick. Auf den zweiten wirkte er zumindest sonderbar.

Es war unmöglich, das Alter des Mannes zu schätzen. Er hätte vierzig sein können, ebenso gut aber auch sechzig oder noch älter. Er hatte eine spiegelblank polierte Glatze, dafür war sein Gesicht jedoch beinahe zugewachsen. Sein schwarzer Vollbart war fast bis zu seinen Augen hinaufgewuchert und schien seit mindestens einem Jahr nicht mehr mit einer Schere oder einer Bürste in Berührung gekommen zu sein. Gekleidet war er in einen geflickten Kaftan und einfache Schnürsandalen, die seine nackten Zehen sehen ließen.

Petach lächelte und vollführte eine perfekte, morgenländische Verbeugung, wobei er mit der linken Hand die rechte Seite seiner Brust berührte, und was vom Gesicht ihres Gastgebers sichtbar war, das verzog sich zur Erwiderung dieses Lächelns. Mit weit ausgebreiteten Armen kam der Mann auf sie zu, umarmte Petach kurz, aber sehr innig, und wandte sich dann zu Aton.

»Du bist Aton, nehme ich an?«, fragte er. Er sprach ohne den allergeringsten Akzent.

Aton warf einen überraschten Blick auf Petach.

»Wir haben telefoniert, bevor ich losgefahren bin«, erklärte Petach. »Herr Sufi ist ein guter Freund. Und ein Vertrauter«, fügte er nach einer winzigen Pause hinzu. »Er weiß alles – wenigstens alles, was nötig ist.«

Dann weiß er wahrscheinlich eine Menge mehr als ich, dachte Aton grimmig.

»Ihr kommt spät«, sagte Sufi. »Ich hatte vor einer Stunde mit euch gerechnet.«

»Wir wurden aufgehalten«, antwortete Petach ausweichend. »Der Verkehr. Sie verstehen?«

»Natürlich. Es wird immer schlimmer, ich weiß. Irgendwann

wird es so weit sein, dass man zu Fuß rascher von einem Ort zum anderen gelangt als mit diesen Automobilen.«

»Das ist jetzt schon beinahe so«, sagte Petach. »Auf jeden Fall wird man dann sicherer unterwegs sein.«

Aton verdrehte innerlich die Augen. Wie es schien, hatte Petach einen Bruder im Geiste getroffen, was sein Verhältnis zu Automobilen und jeglicher Art der modernen Technik anging. Er hoffte nur inständig, dass die beiden jetzt nicht anfingen sich gegenseitig zu versichern, wie gefährlich doch das Autofahren wäre.

Was Petach anging, hätte er die Gelegenheit sicher genutzt, genau das zu tun, aber Sufi gab ihm gottlob keine Gelegenheit dazu, sondern deutete auf eine Tür auf der rechten Seite des Ganges. Ihr gegenüber führte eine schmale Treppe zum Obergeschoss hinauf. Einen weiteren Ausgang gab es nicht und auch keine Fenster, wie Aton beinahe besorgt feststellte. Einen Augenblick später rief er sich in Gedanken zur Ordnung. Auch wenn dieser Sufi vielleicht ein komischer Kauz war, so war er doch ihr *Verbündeter*, kein Feind. Es gab keinen Grund, sich sofort nach einem Fluchtweg umzusehen. Anscheinend begann er allmählich unter Verfolgungswahn zu leiden.

»Kommt herein, meine Freunde, kommt herein«, sagte Sufi und winkte ihnen. »Ich habe ein kleines Mahl vorbereitet. Ihr werdet sicher hungrig sein.«

Das war Aton tatsächlich, aber Petach schüttelte den Kopf. »Später«, sagte er. »Im Moment wäre es vielleicht gut, wenn Sie ein paar trockene Kleider für Aton hätten.«

Sufi fiel offensichtlich jetzt erst auf, dass Aton klatschnass war. »Oh, natürlich«, sagte er. »Wie unaufmerksam von mir. Bitte verzeih. Ich bin zwar nicht auf solchen Besuch vorbereitet, aber ich denke, wir werden schon etwas finden. Bitte folgt mir.«

Sie gingen die Treppe hinauf und das so unscheinbare Haus überraschte Aton ein weiteres Mal, denn kaum hatten sie die obere Etage betreten, da ging automatisch das Licht an, und

die nächste Überraschung war, dass Sufi sie in ein kleines, aber supermodern eingerichtetes Bad führte.
»Hier kannst du duschen«, sagte er. »Ich suche dir inzwischen einige trockene Kleider heraus.«
»Lass dir ruhig Zeit«, fügte Petach hinzu. »Herr Sufi und ich haben noch einiges zu besprechen. Und keine Sorge – hier im Haus kann dir nichts geschehen.«
Er nickte Aton aufmunternd zu, schob Sufi aus dem Raum und schloss die Tür hinter sich. Aton blieb allein zurück.
Rasch zog er sich aus, trat unter die Dusche und verbrachte die nächsten Minuten damit, sich unter den heißen Wasserstrahlen zu räkeln und zu genießen, wie das Leben allmählich wieder in seinen Körper zurückkehrte. Irgendwann hörte er, wie die Tür aufging. Ein Schatten bewegte sich hinter dem geriffelten Glas der Duschkabine. Als Aton die Tür zur Seite schob, war er schon wieder allein, aber auf einem Schemel neben dem Waschbecken lagen trockene Kleider.
Er verbrachte noch eine ganze Weile in der Dusche, dann trat er hinaus, trocknete sich ab und griff nach den Kleidern, die Sufi gebracht hatte.
Einige Sekunden lang starrte er sie verdutzt an. Sufi hatte ihn gewarnt und er hatte damit gerechnet, vielleicht ein Paar zerschlissener Hosen und ein um fünf Nummern zu großes Hemd vorzufinden – aber keinen Kaftan!
Doch genau das war es, was Sufi gebracht hatte.
Aton zögerte. Seine eigenen Kleider waren noch immer nass und würden wahrscheinlich noch Stunden brauchen um zu trocknen und hier drinnen sah ihn ja niemand, außer Petach und Sufi. Trotzdem erschien ihm die Vorstellung, in einem groben Sackhemd, das noch dazu viel zu groß war, herumzulaufen, absolut lächerlich. Er würde aussehen wie einer der Heiligen Drei Könige, der aus einer verunglückten Schulaufführung entsprungen war!
Aton überlegte eine Weile und beschloss dann der Vernunft zu folgen, zumal er entdeckte, dass Sufi eine kurze Hose und ein Unterhemd dazugelegt hatte und er sich auch noch zu

gut daran erinnerte, wie erbärmlich er in den nassen Sachen gefroren hatte. Der grobe Stoff des Kaftans würde sehr unangenehm auf der nackten Haut zu tragen sein, aber er musste sich in dieser Situation damit abfinden. Also leerte er die Taschen seiner Jeans und steckte die wenigen Dinge, die er bei sich gehabt hatte, in die Seitentaschen der kurzen Hose. Dann wrang er seine Kleidungsstücke über dem Waschbecken aus und hing sie zum Trocknen über den Rand der Badewanne.

Als er die Jacke ebenfalls dazutun wollte, fiel etwas aus der Tasche und polterte mit einem metallenen Laut in die Wanne. Es war das Ankh.

Aton blickte es verwirrt an, ehe er die Hand ausstreckte und es aufnahm. Seit sie den Flughafen verlassen hatten, hatte er es einfach vergessen. Und er hatte auch sein Erstaunen darüber vergessen, es überhaupt zu besitzen. Er zweifelte nicht daran, dass es tatsächlich aus seiner Tasche gefallen war, wie Sascha behauptet hatte, aber er war vollkommen sicher, es nicht eingesteckt zu haben. Was er der Polizistin erklärt hatte, war eine glatte Lüge gewesen. Das kleine Stück war alles andere als eine Imitation. Sein Gewicht verriet, dass es aus purem Gold bestand, und Aton hielt einen Wert von etlichen zehntausend Mark in der Hand. So etwas hätte er nicht einfach eingesteckt und mitgenommen.

Ganz davon abgesehen, dass es nicht zur Sammlung seines Vaters gehörte ...

Die einzige logische Erklärung war zugleich die, die Aton am allerwenigsten gefiel – nämlich, dass er das Ankh aus dem Grabraum mitgebracht hatte. Aber er wusste ganz genau, dass er dort nichts eingesteckt hatte! Er hatte ja nicht einmal irgendetwas berührt.

Sosehr er sich auch den Kopf zerbrach, er fand keine Erklärung. Schließlich gab er es auf, setzte dazu an, das Ankh wieder in die Jacke zu stecken, überlegte es sich dann aber doch anders und schob es kurz entschlossen in die Hosentasche. Danach schlüpfte er in den Kaftan und verließ auf nackten

Füßen das Bad. Das Kleidungsstück war tatsächlich so unangenehm zu tragen, wie er befürchtet hatte. Der Stoff scheuerte und juckte. Aton fragte sich, wie Sufi es aushielt, Tag für Tag in einem solchen Gewand herumzulaufen. Er musste eine Haut wie ein Nilpferd haben.

Die beiden Männer saßen in dem großen Raum, aus dem Sufi bei ihrer Ankunft herausgetreten war, als Aton ins Erdgeschoss herunterkam. Die Tür stand offen, sodass er ihre Stimmen bereits auf der Treppe hörte, aber sie bedienten sich einer fremden Sprache, sodass er nicht verstand, worum es bei dem Gespräch ging; wohl aber, dass es sich um eine sehr erregte Diskussion handeln musste, wenn nicht gar um einen Streit. Aton ging langsamer. Er hätte gerne noch einen Moment gelauscht, auch wenn er kein Wort verstand, aber Anubis verdarb ihm den Spaß. Der Hund erschien unter der Tür und kläffte nur einmal, aber sehr laut, und das Gespräch verstummte sofort. Er konnte hören, wie einer der Männer aufstand und mit raschen Schritten auf die Tür zukam.

Aton schenkte dem Dobermann den drohendsten Blick, den er zustande brachte, und ging weiter. Einen Augenblick später erschien Petach unter der Tür. Auf seinem Gesicht machte sich ein Grinsen breit, als er Atons Aufzug registrierte. Aber er fing auch Atons warnenden Blick auf und hütete sich, irgendeine entsprechende Bemerkung zu machen. Stattdessen forderte er Aton mit einer Handbewegung auf einzutreten. Das Zimmer war fast noch spärlicher eingerichtet als der Rest des Hauses. Es gab einen alten, sehr großen Schrank und eine kleine Kommode neben der Tür, der Rest dessen, was Sufi für Mobiliar halten mochte, bestand aus Kissen und Decken, die scheinbar wahllos auf dem Boden verteilt waren. Sufi saß mit untergeschlagenen Beinen vor einem kupfernen Riesenteller, der ihm als Tisch diente und auf dem eine Anzahl winziger Mokkatässchen und ebenso kleiner Teller aus Porzellan standen, auf denen sich außer Obst und Käse auch Speisen befanden, die Aton unbekannt waren. Neben diesem großen Tablett entdeckte Aton eine sonderbare Konstruktion, die er erst beim zweiten Hinsehen identifizierte: Es war eine Wasserpfeife. Sufi hielt das Mundstück eines Schlauches zwischen den Lippen, das andere, an dem sich offensichtlich Petach gütlich getan hatte, lag auf dem Rand des Tabletts. Dünner, grauer Rauch kräuselte daraus hervor und ein nicht unangenehmer, aber sehr durchdringender, fremdartiger Geruch erfüllte das Zimmer.

Sufi bedeutete ihm auf einem der Kissen Platz zu nehmen und Petach wartete, bis Aton gehorchte, ehe er sich ebenfalls setzte und wieder nach dem Mundstück der Wasserpfeife griff. Der Anblick überraschte Aton ein wenig. So wie er Petach bisher kannte, wäre es ihm nie in den Sinn gekommen, dass dieser Mann überhaupt irgendeinem Laster frönte. Wieder einmal wurde ihm klar, wie wenig er im Grunde über Petach wusste.

»Fühlst du dich nun besser?«, eröffnete Sufi das Gespräch. »Es tut mir Leid, dass ich dir keine bequemeren Kleider geben konnte. Aber ich bin nicht auf Besuch eingerichtet. Und ich selber pflege einen sehr bescheidenen Lebensstil.«

»Das macht nichts«, sagte Aton rasch. »Ich bin nicht anspruchsvoll.«

Sufi lachte und Petach steuerte ein wissendes Nicken bei, schwieg aber ansonsten und sog nur genüsslich an seiner Pfeife. Für einige Sekunden breitete sich Schweigen im Zimmer aus, das Sufi schließlich mit einer Handbewegung auf den Tisch unterbrach.

»Du musst hungrig sein«, sagte er. »Greif doch zu. Es ist nichts Besonderes, aber es ist gutes Essen und es macht satt.« Aton hätte etwas darum gegeben, hätte Sufi aufgehört sich ständig für Dinge zu entschuldigen, die im Grunde ganz in Ordnung waren. Er fragte sich, was Petach seinem Freund über ihn erzählt hatte. Aber er leistete Sufis Aufforderung auch Folge und griff dankbar nach den angebotenen Speisen. Und zum ersten Mal erlebte er eine angenehme Überraschung, seit sie dieses sonderbare Haus betreten hatten. Aton hatte zwar nicht die geringste Ahnung, was er da eigentlich aß, aber es schmeckte ausgezeichnet. Und nach den ersten Bissen meldete sich sein Hunger mit Nachdruck zurück, sodass eine ganze Weile verging, in der er einfach schweigend aß und die beiden Männer ebenso schweigend dabei zusahen; Petach mit undeutbarem Ausdruck wie üblich, Sufi aber mit eindeutigem Wohlgefallen. Erst als Aton seinen ärgsten Hunger gestillt hatte und sich zurücksinken ließ – um eine kleine Pause einzulegen, nicht etwa, um ganz aufzuhören –, legte Petach das Mundstück der Pfeife ab.

»Ich habe Herrn Sufi berichtet, was geschehen ist«, sagte er. »Auch das, was du mir erzählt hast.«

Aton sah ihn erschrocken an und Petach fügte mit einer beruhigenden Geste hinzu: »Du kannst ihm vertrauen. Er weiß alles.«

Endlich hatte Petach ihm das Stichwort gegeben, auf das Aton schon seit einer ganzen Weile wartete. »Dann weiß er wahrscheinlich mehr als ich«, sagte er.

Sufi lachte leise. »Herr Petach hat mir erzählt, dass du ein sehr energischer junger Mann bist«, sagte er. »Und wohl auch etwas ungeduldig. Ich sehe, er hat Recht.«

»Wenn man dreimal hintereinander einem Mordanschlag entkommen ist und immer noch nicht weiß, warum man eigentlich verfolgt und angegriffen wird«, erwiderte Aton gereizt, »dann kann man schon etwas ungeduldig werden.«

»Ja«, sagte Sufi. »Von deinem Standpunkt aus magst du wohl Recht haben.«

»Von meinem Standpunkt? Was soll –«

Sufi hob die Hand und unterbrach ihn. »Es gibt Dinge, Aton, die lassen sich nicht so leicht erklären. Und es gibt Dinge, die sollte man vielleicht nicht erklären.«

Allmählich wurde Aton wirklich wütend. Die Sympathien, die Sufi bisher bei ihm errungen hatte, schmolzen schon wieder dahin. »Sie beide sollten sich überlegen, ob Sie nicht Politiker werden«, sagte er böse. »Sie sind beide wahre Meister darin, viel zu reden, ohne irgendetwas zu sagen.«

»Manches lässt sich nicht sagen«, erwiderte Sufi, plötzlich sehr ernst und mit großem Nachdruck. »Ich verstehe deine Ungeduld und ich verstehe deinen Zorn. Aber du hast Herrn Petach bisher vertraut und du solltest es auch weiter tun. Ihr seid hier, weil ich dir vielleicht helfen kann. Ich kann es nicht versprechen, aber ich werde es versuchen.«

»Was sind Sie?«, fragte Aton. »Eine Art Magier?«

Er meinte diese Worte ganz ernst. Noch vor drei Tagen hätte er schallend gelacht, hätte ihm jemand erzählt, dass er auch nur an die Möglichkeit glauben würde, dass es so etwas wie Zauberei und Magie wirklich gab, aber genau so war es. Sufi war so wenig ein freundlicher alter Sonderling, wie Petach der stets höfliche, ein bisschen weltfremde Forscher war, der zu sein er im Allgemeinen vorgab.

»Ein Magier?« Sufi wiederholte das Wort auf eine Weise, als müsse er es laut aussprechen, um sich über seine wahre Bedeutung klar zu werden. Erst nach einigen Sekunden schüttelte er den Kopf und diese Bewegung war spürbar zögernd. »Nein«, sagte er. »Du kannst mich einen ... Derwisch nennen, wenn du willst. Das kommt der Sache vielleicht am nächsten.«

Aton wusste nur, dass ein Derwisch der Anhänger eines religiösen Ordens im Islam war, mehr nicht. Aber nach all den Erfahrungen, die er bisher mit Petach gemacht hatte, war er ziemlich sicher, dass er sowieso keine ausführlichere Antwort bekommen würde, und so ersparte er es sich nachzufragen.

»Aber Sie können uns helfen?«, fragte er stattdessen.

»Du kommst schnell zur Sache«, sagte Sufi lächelnd. Dann beantwortete er Atons Frage: »Vielleicht. Vorderhand seid ihr hier in Sicherheit und das allein zählt. Aber vielleicht kann ich euch tatsächlich helfen. Dir und deinen Eltern.«

»Meinen Eltern?«, wiederholte Aton erschrocken. »Aber was haben meine Eltern –« Er brach mitten im Wort ab, als er den Blick bemerkte, den Sufi Petach zuwarf, und fuhr zu dem Ägypter herum. »Sie haben gesagt, ihnen würde nichts passieren, wenn sie das Land verlassen!«

»Das ist auch die Wahrheit«, verteidigte sich Petach. »Aber die Mächte, gegen die wir kämpfen, sind unberechenbar. Trotzdem glaube ich nicht, dass deinem Vater oder deiner Mutter irgendeine Gefahr droht.«

Sufis Gesichtsausdruck behauptete das Gegenteil. Aber er widersprach Petach zumindest nicht laut, sondern machte nur erneut eine beruhigende Geste, um Atons Aufmerksamkeit wieder zu erlangen. »Im Moment ist niemand in Gefahr«, sagte er. »Heute Nacht werdet ihr hier bei mir bleiben und morgen werden wir vielleicht eine Lösung finden. Wenn die Götter und das Schicksal uns gnädig gestimmt sind.« Er nahm den Pfeifenschlauch aus dem Mund, stand auf und ging zur Tür. Aton sah ihm nach, bis er das Zimmer verlassen hatte, dann drehte er sich wieder zu Petach herum. Seine Stimme bebte vor Zorn. »Sie haben mich belogen«, sagte er. »Nein, Aton, das habe ich nicht«, antwortete Petach. »Ich habe meine Kräfte vielleicht überschätzt. Ich habe vielleicht nicht gewusst, wie entschlossen sie sind, deiner habhaft zu werden, und wie weit ihre Kräfte bereits gewachsen sind, aber ich habe dich nicht belogen. Glaub mir, du bist hier, weil ich dir helfen will. Siehst du, Aton – es ist meine Schuld, dass du in diese Lage geraten bist, und wenn dir etwas zustieße, so müsste ich mit dieser Schuld weiterleben – und mich eines Tages dafür verantworten, denn nichts, was ein Mensch in seinem Leben tut oder unterlässt, bleibt ungesühnt. Du siehst also – helfe ich dir, so helfe ich zugleich auch mir selbst. Und es gibt noch einen anderen Grund.«

»Und der wäre?«

»Die Prophezeiung wird sich erfüllen, Aton«, sagte Petach. »Der Tag, an dem Echnatons Fluch gebrochen wird, ist nahe, sehr nahe sogar. Versage ich dabei, dir zu helfen, so würden ihre Kräfte ins Unermessliche steigen und ich würde vielleicht auch versagen, wenn der Moment gekommen ist, an dem sich entscheidet, auf welche Weise sich die Prophezeiung erfüllt. Erfüllen wird sie sich, doch ich habe dir erzählt, dass es einen guten und einen schlechten Weg dahin gibt.«

Und wer zum Teufel garantiert mir, dass Petachs Weg tatsächlich der gute ist?, dachte Aton. Er fühlte sich so hilflos, dass er am liebsten losgeheult hätte. Er wollte Petach so gerne glauben und irgendwie tat er es auch, denn er spürte, dass der Ägypter die Wahrheit sprach. Aber zugleich spürte er auch, dass er etwas verschwieg. Und was, wenn Petach sich schlichtweg irrte?
Sufi kam zurück, ein zierliches Silbertablett in den Händen, auf dem sich drei ebenso zierliche, mit bunten Blumenmustern bemalte Porzellantassen befanden. Dampf kräuselte sich aus ihnen hoch, und als Sufi seine Last absetzte und sich in der gleichen fließenden Bewegung wieder im Schneidersitz auf seine Kissen sinken ließ, sah Aton, dass die Tassen eine dunkelrote, stark aromatisch riechende Flüssigkeit enthielten.
»Greift zu, mein Freunde«, sagte Sufi. Er nahm sich selbst eine der Tassen und Petach tat es ihm gleich.
»Was ist das?«, fragte Aton. Er fing einen mahnenden Blick Petachs auf und nahm die letzte auf dem Tablett verbliebene Tasse in die Hand, nippte aber nur ganz kurz daran, ohne wirklich zu trinken. Das Getränk roch gut, aber es schmeckte durch und durch scheußlich.
»Ein Tee aus meiner Heimat«, antwortete Sufi. »Eine wirkliche Kostbarkeit. Man bekommt ihn hier nur sehr schwer.« Er blinzelte Aton verschwörerisch zu. »Es heißt, er erweckt verborgene Kräfte in dem, der ihn genießt. Ich persönlich glaube nicht an solchen Hokuspokus, aber er ist sehr belebend – und er schmeckt ganz ausgezeichnet.«
Was die belebende Wirkung des Getränkes anging, konnte Aton nichts sagen – aber ihre Auffassungen davon, was gut oder schlecht schmeckte, schienen wohl himmelweit auseinander zu klaffen. Schon bei dem bloßen Gedanken, dieses Zeug trinken zu sollen, drehte sich ihm schier der Magen um. Aton warf Petach einen fast flehenden Blick zu, aber die erwartete Hilfe kam nicht. Im Gegenteil: Petach würgte tapfer einen Schluck des Tees hinunter, und obwohl Aton ihm

ansah, dass er von dieser Köstlichkeit ebenso viel hielt wie er selbst, flüsterte er: »Nun trink schon. Willst du ihn beleidigen?«

Aton resignierte. Petach hatte Recht – er würde ihren Gastgeber nur unnötig vor den Kopf stoßen, wenn er die Einladung ausschlug. Also schluckte er das Getränk tapfer hinunter und schaffte es sogar, so etwas wie ein anerkennendes Lächeln auf seine Lippen zu zaubern.

Sein Magen begann wie ein kleiner Gummiball an einer Schnur in seinem Leib auf und ab zu hüpfen, kaum dass ihn die heiße Flüssigkeit erreichte, und ein Gefühl klebriger Übelkeit breitete sich in Atons ganzem Körper aus. *Was um alles in der Welt war in dieser Tasse gewesen?*

Atons Hände begannen zu zittern und zugleich hatte er das Gefühl, dass alle Kraft aus seinen Gliedern wich. Er war kaum noch in der Lage, die leere Tasse auf das Tablett zurückzustellen, ohne sie fallen zu lassen. Alles drehte sich um ihn und die Übelkeit wurde immer größer. Petach und Sufi begannen sich wieder zu unterhalten, doch Aton verstand ihre Worte nicht; nicht etwa, weil sie sich wieder jener fremden Sprache bedient hätten, sondern weil ihm plötzlich alle Geräusche in seiner Umgebung fremd und bizarr erschienen und weil sein Herz so laut schlug, dass das dumpfe Hämmern jeden anderen Laut zu übertönen schien.

Mühsam hob er den Kopf. Alles verschwamm vor seinen Augen. Er konnte Petach und Sufi nur noch als Schatten erkennen, ihre Gesichter als weiße, konturlose Flächen, die auf ihn herabstarrten.

Der Tee. Etwas war in dem Tee gewesen.

Sufi hatte ihn vergiftet.

Der Gedanke entstand ganz deutlich hinter seiner Stirn, aber er hatte nicht mehr die Kraft, darauf zu reagieren. Petach fing ihn auf, als er das Bewusstsein verlor und nach vorne kippte.

Die Gestern-Klinik

Er verlor das Bewusstsein nur für wenige Augenblicke, denn das Nächste, woran er sich erinnerte, war, hilflos in Petachs Armen zu liegen, während Sufi das Zimmer verließ. Aber er war auch nicht wirklich wach. Vielmehr bewegte sich sein Geist auf jenem schmalen Grat zwischen Schlaf und Wachsein, auf dem er zwar noch alles registrierte, was um ihn herum und mit ihm geschah, er aber zugleich auch unfähig war, auf irgendeine Art und Weise darauf zu reagieren. Er konnte nicht einmal reden und seine Augen fielen immer wieder zu.

Petach folgte dem Derwisch, wobei es ihm nicht die geringste Mühe verursachte, Aton zu tragen. Die Haustür stand offen, aber von Sufi war nichts zu sehen. Dafür hörte er, wie draußen der Motor von Petachs Wagen gestartet wurde. Einen Moment später verließen sie das Haus und Aton wurde rasch und wenig sanft auf die Rückbank des Mercedes gebettet. Sie fuhren los.

Der fast tranceähnliche Zustand, in dem sich Aton befand, beschützte ihn auch vor der Furcht, die er sonst zweifellos empfunden hätte. Er konnte noch immer erstaunlich klar denken, aber es war, als hätte er hohes Fieber – seine Gedanken bewegten sich träge, als wären sie in Watte gepackt. Er wusste, dass Sufi und Petach ihn, wenn schon nicht wirklich vergiftet, zumindest betäubt hatten, und ihm war auch klar, dass es dafür nur einen einzigen logischen Grund gab: weil nämlich das, was sie mit ihm vorhatten, ganz bestimmt nicht seine Zustimmung gefunden hätte. Sufi war nicht sein Freund, wie er behauptet hatte, und Petach war es schon gar nicht.

Atons Eindruck, dass sich der Ägypter verändert hatte, seit seine Eltern abgereist waren, war nur zu richtig gewesen. Vermutlich hatte er die ganze Zeit über nur auf eine Gelegenheit wie diese gewartet. Aton hatte einen furchtbaren Fehler gemacht, Petach auch nur eine Sekunde zu vertrauen. Aber jetzt war es zu spät, das zu bedauern.

Aton registrierte jetzt, dass sie in Richtung Stadtmitte fuhren. Der Verkehr wurde wieder dichter. Manchmal fiel das Licht von Scheinwerfern in den Wagen und blendete ihn und einmal hörte er Bremsen quietschen und wurde so unsanft hin und her geworfen, dass er beinahe von der Sitzbank gefallen wäre. Aber sein Stoßgebet, dass Petach einen Unfall verursachen und ihre Fahrt mit einem gehörigen Blechschaden ein vorzeitiges Ende finden mochte, wurde nicht erhört.

Nach einer Zeit, die Aton unmöglich bestimmen konnte, erreichten sie ihr Ziel. Straßenverkehr und Lichter hatten wieder nachgelassen und plötzlich rollte der Wagen nicht mehr über glatten Asphalt. Unter den Reifen knirschten Kies und Steine und ein paar Mal schlug etwas mit dumpfem Geräusch von außen gegen die Karosserie, ehe sie endlich zum Stehen kamen. Petach stieg aus, eilte um den Wagen herum und zog Aton ebenso unsanft wieder heraus, wie er ihn hineingelegt hatte. Dunkelheit hüllte sie ein, dazu der Geruch von feuchter Erde und Blättern. Es war sehr kalt.

Aton versuchte sich zu bewegen, aber er war viel zu schwach, um ernsthafte Gegenwehr leisten zu können. Petach hob ihn mühelos auf die Arme und trug ihn auf ein großes, in vollkommener Dunkelheit daliegendes Gebäude zu, das sich wie ein Berg aus Beton und Stein vor ihnen in der Nacht erhob. Ein intensiver Modergeruch schlug ihnen entgegen und weit entfernt hörte Aton eine Katze schreien, kurz darauf das Bellen eines Hundes.

Dann musste er wohl doch das Bewusstsein verloren haben, denn als er das nächste Mal die Augen öffnete, da hatte sich seine Umgebung radikal verändert.

Sie befanden sich nicht mehr im Freien, sondern Aton wurde in großer Eile durch einen hohen, von schattenlosem weißem Neonlicht erhellten Gang getragen, in dem die Schritte der beiden Männer lang und unheimlich verzerrt widerhallten. Da waren noch andere Geräusche, Laute, die Aton im ersten

Moment nicht einzuordnen vermochte, die ihm aber seltsam vertraut vorkamen: Stimmen, Klappern und Klirren, Schritte und dazu ein durchdringender Geruch, wie die Geräusche zugleich vertraut und fremd.

Als er begriff, was all dies bedeutete, war es ein Schock. Die Stimmen, die hastigen Schritte, die Lautsprecherdurchsagen, das Geräusch von kleinen Metallrädern auf PVC-Fliesen und vor allem der Geruch gehörten zu nichts anderem als einem Krankenhaus. Petach hatte ihn in eine Klinik gefahren.

Aber warum? Warum sollte Sufi ihn zuerst vergiften, um ihn dann in ein Krankenhaus zu bringen, in dem man ihm gegen die Folgen genau dieser Vergiftung half?

Der Fehler in diesem Gedanken fiel Aton erst nach einigen Sekunden auf. Wer sagte ihm eigentlich, dass er hier war, damit man ihm half? Außerdem stimmte in dieser sonderbaren Klinik irgendetwas nicht. Sie hatten bereits zwei Treppen und drei der langen, hell erleuchteten Korridore hinter sich gebracht, aber Aton hatte immer noch keinen Menschen zu Gesicht bekommen.

Das blieb auch so, bis sie ihr Ziel erreichten – und als Aton erkannte, wohin Petach ihn trug, da vergaß er das Rätsel um die fehlende Belegschaft und die nur hörbaren Patienten dieses Krankenhauses schlagartig.

Es war ein Operationssaal.

Er war nicht sehr groß und er sah nicht so aus, wie Aton es aus dem Fernsehen kannte: Statt blinkender und piepsender Computer und Gerätschaften gab es nur einige wenige, noch dazu allesamt ausgeschaltete Apparaturen und statt eines chromblitzenden Operationstisches unter einer gewaltigen, zwölfflammigen Lampe nur eine einfache, lederbezogene Liege, aber es war eindeutig ein Operationssaal, in dem Petach ihn nun ablud.

Der Schrecken war so stark, dass er für einen Moment sogar die Lähmung durchbrach, die sich Atons bemächtigt hatte. Stöhnend bäumte er sich auf und versuchte die Arme zu heben, aber Petach drückte ihn sofort und mit deutlich mehr als sanfter Gewalt auf das kalte Leder zurück. Für einen zweiten Anlauf fehlte Aton die Kraft.

Nun sah er auch Sufi wieder und dieser sah jetzt nicht mehr aus wie ein Märchenerzähler, der aus einer Geschichte aus Tausendundeiner Nacht entsprungen war. Der schwarze Vollbart und die Glatze waren noch da, aber den alten Kaftan hatte er gegen einen zwar zerknitterten, aber sauberen weißen Kittel eingetauscht, und während er neben Petach trat und sich über Atons Lager beugte, schlüpfte er mit geschickten Bewegungen in ein Paar dünne Gummihandschuhe. Aton spürte, wie sich jedes einzelne Haar auf seinem Körper sträubte, als er die flache Metallschale sah, die Petach plötzlich in Händen hielt. Auf dem verchromten Metall lag ein ganzes Sammelsurium von Messern, Skalpellen, Scheren, Klammern und anderen höchst unerfreulich aussehenden chirurgischen Instrumenten. *Was um alles in der Welt hatten diese beiden Wahnsinnigen mit ihm vor?*

Petach blickte besorgt auf ihn hinab, schüttelte plötzlich den Kopf und wandte sich an Sufi. »Das gefällt mir nicht«, sagte er. »Er dürfte nicht wach sein. Die Dosis war zu gering, fürchte ich.«

»Ganz im Gegenteil«, erwiderte Sufi. Nicht nur sein Äußeres, auch seine Stimme und seine Art zu reden hatten sich verändert. Er sprach plötzlich mit der ruhigen Autorität eines Arztes, der es gewohnt war, Menschen unangenehme Dinge mitzuteilen. »Ich hatte schon ein wenig Sorge, zu viel des Guten getan zu haben. Ich hätte ihm auf gar keinen Fall mehr geben dürfen.« Er zog seine Handschuhe straff und maß Aton abermals mit einem langen, besorgten Blick. »Er ist sehr stark, beinahe unglaublich. Das ist nicht gut.«

»Und wenn er ganz erwacht?«, fragte Petach.

Ganz erwacht? dachte Aton hysterisch. Wie wach sollte er denn noch werden, Petachs Meinung nach? Er bekam doch auch so schon jedes Wort mit, das gesprochen wurde! Aus hervorquellenden Augen schielte er auf das Tablett voller Folterinstrumente, das Petach noch immer in den Händen hielt.

Für seinen Geschmack war er entschieden zu wach. Wach genug jedenfalls, um garantiert alles zu spüren, was mit ihm geschah!
»Das wird nicht geschehen«, antwortete Sufi überzeugt.
»Und wenn doch?«, beharrte Petach. »Ich möchte nicht, dass dem Jungen etwas passiert. Und ich möchte nicht, dass er unnötig leidet.«
Zu freundlich, dachte Aton sarkastisch. Er begann allmählich zu begreifen, wie sich ein Hund oder eine Katze fühlen musste, auf dem Tisch eines Tierarztes festgeschnallt, um eingeschläfert zu werden. Das Schlimmste überhaupt war die Hilflosigkeit. Er wollte davonlaufen, sich wehren oder wenigstens schreien, aber er konnte nichts von alledem.
»Er wird nichts spüren«, versicherte Sufi erneut. »Und selbst wenn, wird er sich hinterher an nichts erinnern.«
»Das reicht mir nicht«, beharrte Petach. »Was ist, wenn er doch erwacht? Eine einzige, unbedachte Bewegung und alles ist aus. Sie wissen, was auf dem Spiel steht.«
Sufi seufzte. »Wofür halten Sie mich?«, fragte er ärgerlich. »Für einen Scharlatan? Aber gut – ich werde ihm eine Spritze geben, damit er schläft. Auf Ihre Verantwortung, Petach. Bitte ziehen Sie ihm den Kaftan aus.«
Sufi verschwand aus Atons Gesichtsfeld und Petach stellte endlich die Schale ab und beugte sich über Aton, um ihn aus dem weiten Kleidungsstück zu schälen. Dabei sah er wieder Aton an und abermals erschien jener sonderbare Ausdruck von Betroffenheit und Schmerz in seinem Blick, der so gar nicht zu den Ereignissen der letzten halben Stunde passen mochte und Aton über die Maßen verwirrte. »Ich weiß nicht, ob du mich verstehst, Aton«, sagte er leise. »Aber wenn, dann musst du mir glauben, dass es mir Leid tut. Ich wollte nicht, dass du das alles hier miterlebst. Du hättest schlafen und morgen früh einfach aufwachen sollen und alles wäre vorbei gewesen.«
»Was tun Sie da?«, mischte sich Sufi ein. Er kam zurück, eine bereits aufgezogene Spritze in der linken Hand und einen

weißen Mundschutz vor dem Gesicht, der seine Stimme zu einem dumpfen Flüstern dämpfte. »Das ist vollkommen sinnlos, glauben Sie mir. Er versteht Sie nicht.«

»Aber er ist wach!«, protestierte Petach.

»Das ist er nicht«, widersprach Sufi. »Seine Augen sind offen, aber das bedeutet nicht, dass er auch nur das Geringste von dem mitbekommt, was mit ihm geschieht. Halten Sie seinen Arm bitte.«

Petach zögerte noch einmal, aber dann traf ihn ein ernster Blick aus Sufis Augen und er beeilte sich, nach Atons Arm zu greifen und ihn zu spannen, sodass die Vene deutlich unter der Haut hervortrat. Sufi beugte sich vor. Die Injektionsnadel näherte sich Atons Arm und Petach trat einen halben Schritt zur Seite, um dem Arzt Platz zu machen, und berührte dabei mit der freien Hand Atons Hüfte. Genauer gesagt, den Stoff über seiner linken Hosentasche.

Ein greller Blitz flammte auf. Aton verspürte einen heißen, brennenden Schmerz und in derselben Sekunde erscholl ein helles, elektrisches Zischen und Knistern und Petach taumelte wie von einem unsichtbaren Hieb getroffen zurück und prallte so wuchtig gegen Sufi, dass beide um ein Haar zu Boden gestürzt wären. Die Spritze flog in hohem Bogen aus Sufis Hand und zerbrach, als sie an die gegenüberliegende Wand geschleudert wurde.

Vielleicht war es der jähe Schmerz, der die unsichtbaren Fesseln endgültig zerriss, die Aton gefangen hielten. Mit einem Schrei fuhr er hoch, stürzte halb von der Liege und krümmte sich stöhnend. Der Schmerz in seiner Hüfte wurde immer schlimmer. Grauer Rauch kräuselte sich aus der Tasche und in den Geruch von brennendem Stoff mischte sich der durchdringende Gestank von verschmortem Fleisch. Halb blind vor Schmerz und Furcht griff Aton in die Hosentasche, spürte etwas Heißes, Schweres und zerrte es heraus.

Es war das Ankh.

Das kleine Henkelkreuz glühte in einem unheimlichen, grellen Licht und es war heiß wie die Hölle. Aton versuchte es davonzuschleudern, aber es ging nicht. Das Metall schien an seiner Haut festzukleben. Der Schmerz trieb ihm die Tränen in die Augen, aber er hatte auch noch einen anderen, positiven Effekt: Die Betäubung war wie weggeblasen.

Petach und Sufi hatten inzwischen ihr Gleichgewicht wiedergefunden und sahen zu Aton hinüber. Petachs Hand, die das Ankh berührt hatte, war verletzt. Blut tropfte davon zu Boden, aber er schien es nicht zu spüren.

»Wirf es weg!«, schrie er mit überschnappender Stimme. »Aton, wirf es weg!«

Aber das hätte Aton nicht einmal getan, wenn er es gekonnt hätte. Das Metall war noch immer heiß, aber erstaunlicherweise ließ der Schmerz in seiner Hand jetzt rasch nach, obwohl das Glühen des Ankh noch zuzunehmen schien. Ganz instinktiv spürte er, dass diese unheimliche Macht, die er da in Händen hielt, das Einzige war, was ihn vor Petach und Sufi schützen konnte – und dass sie nicht sein Feind war. Und es war, als wisse er auch ganz instinktiv, wie er sie einzusetzen hatte: Als Petach auf ihn zukam, riss er die Hand in die Höhe und streckte ihm das Ankh entgegen.

Petach wankte mit einem Schrei zurück. Eine Woge goldenen, unvorstellbar intensiven Lichtes brach aus dem Ankh hervor und hüllte ihn ein. Petach kreischte. Für einen Moment wurde das Licht so stark, dass sein Fleisch durchsichtig zu werden schien, sodass Aton das Skelett darunter erkennen konnte – und noch etwas, etwas Dunkles, Formloses, das tief in ihm verborgen lauerte.

Doch so gewaltig die Macht des Ankh auch sein mochte, Petach war ihr gewachsen. Mit einem Schrei, der nichts Menschliches mehr hatte, riss der Ägypter die Arme in die Höhe und eine Macht, die ebenso gewaltig und zerstörerisch wie die des Ankh war, aber viel finsterer und ungeduldiger, begann das goldene Leuchten zurückzudrängen. Funken stoben auf. Dünne, hundertfach verästelte blaue Linien aus purer Energie zuckten plötzlich durch den Raum, hinterließen schwarze Brandspuren an den Wänden, setzten die Liege in

Brand oder zerschmolzen die Instrumente, auf die sie trafen. Ein halbes Dutzend kleiner Brände flackerte gleichzeitig auf; die meisten erloschen sofort wieder, aber nicht alle. Das Ankh begann wieder heißer zu werden.

»Wirf es weg, Aton!«, schrie Petach. »Ich befehle es dir!«

Petachs Worte waren von dieser zwingenden Macht, die Aton schon ein paar Mal verspürt hatte. Aber bevor diese Macht ihn noch erreicht hatte, holte er aus und schleuderte Petach das Ankh entgegen.

Petach schrie gellend auf und Aton fuhr herum und rannte auf die Tür zu. Er widerstand der Versuchung, einen Blick über die Schulter zu werfen um zu sehen, welchen Schaden sein Wurfgeschoss anrichtete, denn er hatte begriffen, dass er hier nicht nur Zeuge eines schier unglaublichen Geschehens war, sondern dass ihm auch eine zweite, vielleicht letzte Chance zuteil wurde. Mit aller Kraft stieß er die Tür auf und stürmte aus dem Raum. Der Flur lag in absoluter Dunkelheit da, jemand hatte das Licht ausgeschaltet.

Aton war bestimmt schon fünf oder zehn Schritte weit in die Dunkelheit hineingelaufen, ehe ihm auffiel, dass nicht nur das Licht fort war. Alle Geräusche waren verstummt. Ganz weit entfernt glaubte er ein schwaches Singen und Summen wahrzunehmen, wie Wind, der durch ein offenes Fenster hereindringt oder sich an einem Vorsprung oder Erker bricht, ansonsten aber herrschte, von dem Lärm und den Schreien im Zimmer hinter ihm abgesehen, absolute Stille.

Aton registrierte dies jedoch nur mit einem winzigen Teil seines Bewusstseins; der weitaus größere Teil seiner Aufmerksamkeit konzentrierte sich darauf, so schnell wie möglich zu laufen. Er konnte zwar nichts erkennen, aber er erinnerte sich, dass sie an einem Aufzug vorbeigekommen waren. Aton lief ein wenig langsamer, streckte die Hand aus und tastete sich an der rauen Wand entlang, bis seine Finger ins Leere stießen.

Eine Tür. Eine offene Tür, neben der er eine kleine Schalttafel mit mehreren Knöpfen ertastete. Der Aufzug. Die Kabine lag ebenfalls in vollkommener Dunkelheit da. Offensichtlich war in der ganzen Klinik der Strom ausgefallen – vielleicht als Reaktion auf die unvorstellbaren Kräfte, die Aton ganz unabsichtlich entfesselt hatte. Aber vielleicht funktionierte der Lift ja trotzdem noch. Aton wusste, dass gerade Aufzüge in Krankenhäusern oft eine eigene Energieversorgung hatten, damit Ärzte und Patienten bei einem plötzlichen Stromausfall nicht etwa stundenlang stecken blieben. Mit einem entschlossenen Schritt trat er in die Kabine hinein. Und beinahe wäre es der letzte Schritt gewesen, den er in seinem Leben gemacht hätte. Die Kabine hatte keinen Boden, genauer gesagt, sie war gar nicht da. Der Liftschacht war leer. Die Türen standen weit offen, aber dahinter war keine Liftkabine, sondern ein lauernder, vielleicht bodenloser Abgrund. Aton schrie gellend auf, kippte mit wild rudernden Armen nach vorne und griff verzweifelt ins Leere, um irgendwo Halt zu finden. Der Sturz dauerte keine halbe Sekunde, aber er schien trotzdem endlos zu währen. Aton war felsenfest davon überzeugt, dass das sein Ende bedeutete. Er würde bis in den Keller dieses Gebäudes hinunterstürzen und sich dort unten den Hals brechen – wenn er Glück hatte und nicht schwer verletzt und hilflos liegen blieb, bis Petach und Dr. Frankenstein kamen, um ihn zu holen.

Da prallte Aton hart gegen etwas, was in der Dunkelheit verborgen war. Das Hindernis riss seinen nackten Arm und die Schulter auf, dann erfolgte ein zweiter, ungleich härterer Aufprall, der ihm die Luft aus den Lungen trieb und seinen Schrei zu einem erstickten Keuchen machte.

Einige Sekunden lang blieb er benommen liegen und wunderte sich, dass er noch lebte. Erst danach wurde ihm klar, was geschehen war: Er war auf das Dach der Liftkabine hinuntergestürzt, die nur eine Etage unter ihm gehalten hatte. Er hatte buchstäblich mehr Glück als Verstand gehabt.

Vorsichtig richtete er sich auf. Er war von harten, kantigen Dingen umgeben, doch nachdem er einen Moment in sich hineingelauscht hatte, stellte er fest, dass er bis auf den bren-

nenden Kratzer am Arm offenbar unverletzt davongekommen war.
Aton sah nach oben. Die offen stehenden Aufzugtüren waren als verschwommenes Rechteck über ihm zu erkennen, aber das Licht reichte nicht bis hierher.
Er lauschte. Nichts. Vollkommene Stille umgab ihn. Und das war sehr sonderbar. Petachs Schreie hatten aufgehört, aber in einem Krankenhaus, in dem plötzlich der Strom ausfiel, hätte es niemals so ruhig sein dürfen. Er hätte Rufe hören müssen, aufgeregte Stimmen, hastige Schritte, Lärm. Aber er hörte gar nichts. Es war, als wäre das ganze riesige Gebäude ausgestorben.
Aton spielte einen Moment mit dem Gedanken, an dem Drahtseil, gegen das er geprallt war, hinaufzuklettern, verwarf diese Idee aber sofort wieder. Er war schließlich kein Hochseilartist. Und selbst wenn er die Kletterpartie geschafft hätte, hätte es ihm sehr wenig genutzt, drei Meter weiter oben in der Mitte eines Schachtes zu hängen, ohne die Tür erreichen zu können. Flüchtig tastete er die Wand vor sich ab, fühlte aber nichts als rauen Zement. Außerdem erschien ihm die Idee, wieder zu Petach hinaufzuklettern, wenig verlockend. Also machte er sich daran, das Dach der Liftkabine zu untersuchen.
Seine blind umhertappenden Finger fanden fast auf Anhieb, was er gesucht hatte. Er spürte ein rostiges Rechteck aus Metall, das mit einem wuchtigen Schnappriegel gesichert war. Aton machte vier oder fünf Versuche und brauchte seine ganze Kraft, um ihn zu öffnen, denn er schien seit Jahren nicht mehr benutzt worden zu sein und war völlig verrostet. Aber schließlich stemmte er die Klappe hoch und ließ sich vorsichtig in die darunter liegende Öffnung gleiten. Eine Sekunde lang zögerte er noch. Eine dünne böse Stimme in ihm versuchte ihn davon zu überzeugen, dass unter dieser Klappe nicht die Liftkabine, sondern nur ein weiterer und diesmal wirklich bodenloser Abgrund lauerte. Aber das war natürlich Unsinn.

Trotzdem saß die Angst wieder in ihm, als er sich weiter in die Tiefe sinken ließ und schließlich die Finger von seinem Halt löste, und die Zehntelsekunde, die der Sprung dauerte, schien sich zu einer Stunde zu dehnen.

Natürlich war unten ein Boden und Aton hatte sogar noch einmal Glück: Auch in dieser Etage standen die Aufzugtüren weit offen, sodass er die Kabine verlassen konnte. Wahrscheinlich, dachte er, hatte der Stromausfall für einen Kurzschluss in der entsprechenden Elektronik gesorgt, wodurch sämtliche Aufzugtüren aufgegangen waren, statt sich automatisch zu schließen. Er hoffte nur, dass niemand ernsthaft zu Schaden kam.

Was diese Sorge anging, so stellte er fest, dass sie völlig unbegründet war, kaum dass er den Lift verlassen hatte. Der Flur, auf den er hinaustrat, war nicht völlig dunkel. Durch mehrere offene Türen fiel silbernes Nachtlicht herein, sodass Atons mittlerweile an die Dunkelheit gewöhnte Augen hinlänglich sehen konnten. Genug zumindest, um zu erkennen, dass es auf dieser Etage der Klinik niemanden gab, der Gefahr lief, in den Liftschacht zu stürzen. Der Korridor war vollkommen verlassen und das offensichtlich schon seit Jahren. Die meisten Türen standen offen, einige waren gar eingeschlagen oder hingen schräg in den Angeln, wenn sie nicht ganz fehlten. Wo Lampen in den Decken sein sollten, gähnten nur mehr Löcher, aus denen sich die Enden abgeschnittener Kabel ringelten; der ehemals in freundlichen Farben gestrichene Rauputz an den Wänden war verdreckt und gerissen, hier und da in großen, an Ausschlag erinnernden Flecken heruntergefallen. Auf dem Boden türmten sich Schutt und Abfall, und als er an die erste Tür trat und einen Blick in den dahinter liegenden Raum warf, stellte er fest, dass dieser vollkommen leer und in einem ebenso üblen Zustand war. Und jetzt fiel ihm auch auf, dass der typische Krankenhausgeruch fehlte und es nach Staub und Verfall roch. Durch das offen stehende Fenster, das kein Glas mehr hatte, heulte der Wind herein.

Aton war vollkommen verwirrt. Es war doch völlig undenkbar, dass man ein ganzes Stockwerk dieses Krankenhauses so verfallen ließ, während der Betrieb in den anderen Etagen weiterging! Langsam trat er an das Fenster heran und beugte sich vor um hinauszusehen.

Der Anblick war fast noch unheimlicher als der, den das Innere des Gebäudes bot. Drei Etagen unter ihm erstreckte sich ein vollkommen verwilderter Garten, in dem Unkraut und Büsche längst jede Spur menschlicher Pflege zunichte gemacht hatten. Glasscherben und ganze Berge von Schutt türmten sich überall, und als er nach rechts und links sah, erkannte er, dass auch die meisten anderen Fenster eingeschlagen waren. Nirgendwo brannte Licht. Nirgendwo war eine Bewegung, auch nur eine Spur von Leben.

Aton trat wieder ins Zimmer zurück. Er hatte schließlich andere Sorgen, als das Rätsel dieses so plötzlich verlassenen Krankenhauses zu lösen. Von Petach und Sufi war zwar noch immer nichts zu sehen oder zu hören, aber Aton zweifelte nicht daran, dass die beiden längst nach ihm suchten. Und er zweifelte ebenso wenig daran, dass er Petach kein zweites Mal so leicht entkommen würde. So verließ er das Zimmer und ging weiter den Korridor hinunter.

Alle Räume, an denen er vorbeikam, waren leer und voller Schutt, nur hier und da entdeckte er ein verrostetes Bett, ein umgestürztes Nachtschränkchen oder einen zurückgelassenen Schrank. Einmal kam er an einem Zimmer vorbei, das fast kniehoch mit gestapelten Papieren und Zeitungen gefüllt war. Aton untersuchte die Zeitschriften flüchtig. Die meisten waren älter als er und das jüngste Datum, das er fand, lag mehr als zwölf Jahre zurück. Der Gestank nach vermodertem Papier war so durchdringend, dass er ihm fast den Atem nahm und Aton den Raum rasch wieder verließ. Schließlich fand er, wonach er gesucht hatte – das Treppenhaus, in dem ausgetretene Betonstufen in die Tiefe führten.

Es gab hier keine Fenster, weshalb Aton sich blind von Stockwerk zu Stockwerk nach unten tasten musste und ein paar Mal über Hindernisse stolperte, die in der Dunkelheit verborgen blieben. Aber schließlich endete die Treppe und es wurde wieder hell vor ihm.

Die Eingangshalle bot einen fast noch chaotischeren Anblick als der Rest des Gebäudes. Sämtliche Fensterscheiben waren eingeschlagen. Auf dem Boden schimmerte Glas, als wären alle Sterne des Himmels heruntergefallen und zu Eis erstarrt, und der Wind hatte ganze Berge von Laub und Schmutz herangetragen, die kleine Verwehungen und Hügel vor den Türen bildeten. Ein Teil der Wandverkleidung, die aus Holz bestand, war weggefault und der Modergeruch war fast so schlimm wie in dem Zimmer mit den vielen Zeitungen. Aton verstand das einfach nicht mehr. Halb bewusstlos oder nicht, er hätte gemerkt, wenn Petach ihn durch diese Ruine getragen hätte!

Wie auf ein Stichwort hin hörte er in diesem Moment die Stimme des Ägypters. Es musste noch eine zweite Treppe geben, denn Petach stürmte durch eine andere Tür herein, wobei er laut Atons Namen schrie. Aton zog sich hastig tiefer in den Schatten des Treppenhauses zurück.

»Aton!«, schrie Petach. »Ich weiß, dass du mich hörst! Bitte glaub mir, es ist nicht so, wie es aussieht! Ich weiß, ich habe einen Fehler gemacht, aber du musst mir glauben, dass ich auf deiner Seite stehe. Bitte vertrau mir noch einmal. Ich kann dir alles erklären!«

Ja, dachte Aton. Ganz bestimmt. Auf deine ganz persönliche Art. Mit Garantie, dass ich jedes Wort glaube – ganz egal, was für ein Unsinn es auch ist.

Er zog sich noch ein Stückchen tiefer in den Schutz des Treppenhauses zurück. Petach rief weiter seinen Namen, wobei er ununterbrochen beteuerte, dass alles ganz anders sei, als es den Anschein hatte, und er alles erklären könnte. Aton wartete mit klopfendem Herzen, bis der Mann die Halle wieder verlassen hatte, dann raffte er all seinen Mut zusammen und rannte los. Das Klirren von Glas unter seinen Füßen war so laut, dass er für einen Moment völlig davon überzeugt war,

Petach müsse seine Schritte hören und in der nächsten Sekunde hinter ihm auftauchen. Aber er erreichte unbehelligt die Tür, stürmte durch den leeren Rahmen und dann war er im Freien und tauchte mit einem Satz in den Schutz der Büsche.

Die Dornen und Äste zerkratzten seine nackte Haut, aber Aton zwängte sich trotzdem tiefer in das Gestrüpp hinein und verzichtete darauf, dem zwar halb überwucherten, aber doch noch erkennbaren Weg zu folgen. Erst als ihm klar wurde, dass er auf diese Weise vielleicht nicht gesehen, mit Sicherheit aber gehört wurde – er machte einen Lärm wie der sprichwörtliche Elefant im Porzellanladen –, ging er langsamer und blieb schließlich stehen. Schwer atmend ließ er sich hinter einem mit Raureif überzogenen dornigen Busch, der aussah wie ein Gespinst aus weiß überzuckertem Draht, in die Hocke sinken und wartete, bis er sich etwas beruhigt hatte. Dann sah er wieder zum Haus zurück.

Von Petach und Sufi war nichts zu sehen. Offenbar hatten die beiden nicht gemerkt, dass Aton das Haus verlassen hatte, und suchten noch immer im Inneren des Gebäudes nach ihm. Der Gedanke daran, wie sehr Petach ihn belogen und hintergangen hatte, erfüllte Aton mit einem solchen Zorn, dass er nahe daran war, wieder zum Haus zurückzukehren und seinerseits nach Petach zu suchen, um ihn zur Rede zu stellen. Aber das würde er natürlich nicht tun. Trotzdem genoss er diese Vorstellung einige Augenblicke und er zog sogar ein wenig Kraft aus ihr; wenigstens so lange, bis ihm klar wurde, dass die Gefahr zwar etwas kleiner geworden, aber längst noch nicht ganz vorüber war.

Aton betrachtete die dunkel daliegende Krankenhausruine noch einige Augenblicke nachdenklich, dann drehte er sich herum und begann sich durch das dornige Gestrüpp einen Weg zur Straße zurück zu bahnen.

Das Wagenrennen

Aton erreichte die Straße unbehelligt – wenn auch reichlich zerkratzt. Er war erschöpft und er fror erbärmlich. Noch vor einer Stunde hätte er es für unmöglich gehalten, doch jetzt sehnte er sich nach dem groben Kaftan zurück, den Sufi ihm gegeben hatte. Die Nacht erinnerte ihn mit eisiger Kälte und Feuchtigkeit daran, dass in ein paar Tagen Weihnachten war. Um sich erblickte er nichts als Dunkelheit und Leere: Das aufgegebene Krankenhausgelände erstreckte sich zu beiden Seiten, so weit er sehen konnte, und auf der anderen Straßenseite erhob sich ein kaum weniger verwilderter, von einem zwei Meter hohen Eisenzaun umgebener Park. Aton erwog für einen Moment, darüber zu klettern und sich irgendwo in der Dunkelheit zwischen den Bäumen zu verbergen, bis es Tag wurde, verwarf den Gedanken aber sofort wieder. Dunkelheit war kein ausreichender Schutz vor den Mächten, die es auf ihn abgesehen hatten, sondern wohl eher ihre Verbündete. Und darüber hinaus war es so kalt, dass er Gefahr laufen würde, bis zum Morgen zu erfrieren. Er musste hier weg und er musste in Bewegung bleiben – und beides möglichst schnell.

Also warf er einen letzten Blick zurück, stellte mit Erleichterung fest, dass von seinen Verfolgern nichts zu sehen war, und marschierte los.

Wie sich nach einer Weile herausstellte, in die falsche Richtung. Die Straße blieb so dunkel und verlassen, wie sie war, kein Licht war in der Ferne zu sehen, geschweige denn irgendein Anzeichen von Leben.

Schließlich erreichte er eine Abzweigung und blieb stehen. Als er sich umsah, stöhnte er vor Enttäuschung laut auf. Die Straße vor ihm und auch die nach rechts führende Abzweigung erstreckten sich weiter in die Dunkelheit hinein, so weit er sehen konnte. Zur Linken gewahrte er einen schwachen Schimmer, es waren wohl die weit entfernten Lichter der

Stadt. Er hatte sich schon gedacht, dass dieses verlassene Krankenhaus irgendwo am Stadtrand liegen musste – aber Tatsache war wohl, dass es außerhalb der Stadt lag; wahrscheinlich sogar mehrere Kilometer!

Doch alles Hadern mit dem Schicksal half nicht. Aton wechselte die Straßenseite und verfiel in einen leichten, Kräfte sparenden Trab, von dem er hoffte, dass er ihn lange genug durchhalten konnte um die Stadt zu erreichen, ehe er erfror. Beiderseits der Straße erhob sich eine finstere Mauer aus Bäumen und Büschen. Er sah nirgends ein Straßenschild, keinen Wegweiser, keine Abzweigung, und sei es nur ein schmaler Waldweg, nicht einmal eine Reklametafel. Außerdem zeigte sich bald, dass er seine Kräfte wohl überschätzt hatte. Seine Schritte wurden langsamer und in seinen Gliedern begann sich allmählich wieder eine bleierne Müdigkeit breit zu machen, die sich auch durch die Kälte und die Bewegung nicht vertreiben ließ.

Immer wieder sah er sich im Laufen um, aber in der Dunkelheit hinter ihm rührte sich nichts. Die völlige Stille, durch die er marschierte, verstärkte seine Angst. Er war bestimmt schon eine halbe Stunde auf dieser Straße unterwegs und bis jetzt war nicht ein einziger Wagen aufgetaucht. Und das Unheimlichste: Die Lichter vor ihm waren nicht sichtbar näher gekommen. Aton wusste zwar, wie sehr man sich in einer Entfernung verschätzen konnte, zumal bei Nacht und in seinem erschöpften Zustand, aber es schien, als wäre er bisher überhaupt nicht von der Stelle gekommen! Sein Mut sank. Er würde es nicht schaffen, das spürte er ganz genau.

Gerade als er ernsthaft in Erwägung zog, sich an den Straßenrand zu setzen um darauf zu warten, dass ein Wagen vorbeikam, sah er einen Lichtschein vor sich. Er beschleunigte noch einmal seine Schritte und einen Augenblick später erkannte er, was es war: Nur mehr wenige hundert Meter entfernt befand sich eine Bushaltestelle. Und unmittelbar daneben und von einer kleinen Lampe erhellt, deren Licht er gesehen hatte, eine Telefonzelle!

Der Anblick gab Aton neue Kraft. Er drängte die Müdigkeit zurück und begann wieder zu laufen, bis er die Telefonzelle erreichte. Vor lauter Aufregung hatte er einige Mühe, die Tür aufzubekommen, und er stolperte buchstäblich mit letzter Kraft hinein. Drinnen hatte es nur wenige Grade mehr als draußen, aber für Aton war es herrlich warm. Erschöpft und erleichtert ließ er sich gegen das kalte Glas sinken, schloss für einige Sekunden die Augen und genoss einfach das Gefühl, wieder in der Wirklichkeit zu sein. So einfach dieses Gebilde war, es war ein Teil *seiner* Welt, nicht jene albtraumhafte uralter Gottheiten und Dämonen, in die ihn Petach gegen seinen Willen entführt hatte.

Erst nach einer Weile fühlte Aton die Kälte des Glases, an dem er lehnte. Schaudernd richtete er sich auf, hob die rechte Hand nach dem Telefonhörer und vergrub die linke in der Hosentasche. Er fand einige Münzen und einen kleinen, zerknitterten Zettel, den er achtlos auf die Ablage unter dem Telefon warf. Aber als er die Hand hob um das Geld einzuwerfen, zögerte er. Wen sollte er anrufen? Seine Eltern waren jetzt vermutlich schon in Kairo und er hatte weder in der Stadt noch in der näheren Umgebung irgendwelche Verwandte oder Freunde, an die er sich wenden konnte. Seine Großmutter fiel ihm ein, zu der Petach ihn ja eigentlich hatte bringen sollen, aber Aton verwarf den Gedanken gleich wieder. Er hatte erlebt, wie gefährlich es werden konnte, und seine geliebte Oma würde er auf gar keinen Fall in Gefahr bringen. Selbstverständlich konnte er einfach die Polizei anrufen und selbstverständlich würde jemand kommen und ihn abholen, aber Aton konnte sich vorstellen, wie die Reaktion auf die Geschichte, die er zu erzählen hatte, aussah. Natürlich würde er es trotzdem tun, denn die Alternative war, hier zu bleiben und auf Petach zu warten, aber vielleicht war es trotzdem klug, noch über andere Möglichkeiten nachzudenken. Sein Blick fiel auf das Stück Papier, das er zusammen mit den Münzen in der Hosentasche getragen hatte. Er faltete es auseinander und strich es mit dem Handrücken glatt.

Es war eine Visitenkarte. Die Karte der jungen Polizistin. Unter der Nummer des Polizeireviers, auf dem sie Dienst tat, war auch ihre private Telefonnummer aufgeschrieben. Und sie hatte ihm eindeutig gesagt, dass er sie jederzeit anrufen konnte, wenn er Hilfe brauchte.
Kurz entschlossen tat er es. Es würde nicht viel ändern, denn Sascha war schließlich Polizeibeamtin und würde sich nach ihren Vorschriften richten, aber er hatte Vertrauen zu der jungen Frau gefasst.
Das Freizeichen ertönte – zweimal, fünfmal, achtmal. Aton wollte gerade wieder einhängen, als abgehoben wurde und sich eine verschlafen klingende Stimme meldete: »Ja?«
»Ich bin es, Aton«, antwortete Aton. Plötzlich wusste er nicht, was er sagen sollte. »Vielleicht erinnern Sie sich«, stammelte er.
»Aton?«, wiederholte Sascha mühsam. »Der Junge mit dem ägyptischen Freund. Vom Flughafen, gestern Abend.«
»Ja«, antwortete Aton. »Sie haben gesagt, dass ich Sie anrufen könnte, und –«
»Sag mal, hast du eine Ahnung, wie spät es ist?« Saschas Stimme klang jetzt verärgert.
»Nein«, gestand Aton. »Aber ich weiß nicht, wo ich bin, wie ich zurückkommen soll und –«
»Was ist los?«, unterbrach ihn Sascha. Aus ihrer Stimme war jede Spur von Müdigkeit oder Zorn geschwunden. »Bist du in Gefahr?«
»Ja. Sie sind hinter mir her«, sagte Aton.
»Wer? Der Ägypter?«
Also hatte er Recht mit seiner Vermutung gehabt, dass sie Petach misstraute. Er nickte, dann fiel ihm ein, dass sie die Bewegung durch das Telefon nicht sehen konnte. »Ja. Er und der andere.«
»Welcher andere?«
»Das kann ich jetzt nicht erklären«, antwortete Aton.
»Gut, reden können wir später«, sagte Sascha knapp. »Wo bist du?«

»Ich habe keine Ahnung«, gestand Aton. »Irgendwo außerhalb der Stadt, in einer Telefonzelle.«

»Der Standort muss auf dem Telefon stehen«, erwiderte Sascha. »Entweder am Apparat selbst oder daneben. Siehst du es?«

Aton suchte einige Augenblicke, dann entdeckte er das kleine Schildchen, das an jedem öffentlichen Fernsprecher angebracht war, und las Sascha die Adresse vor.

Ein überraschtes Keuchen antwortete ihm. »Was um alles in der Welt tust du dort draußen?«, fragte sie. Ehe er antworten konnte, fuhr sie fort: »Egal. Bleib, wo du bist. Ich schicke dir einen Streifenwagen.«

»Nein!«, sagte Aton impulsiv. »Keine Polizei. Ich meine ... keine richtige Polizei.«

»Was glaubst du, was ich bin?«, erwiderte Sascha. »Aber gut, meinetwegen. Ich hole dich ab – aber es kann eine halbe Stunde dauern. Du bist am anderen Ende der Stadt. Kannst du so lange warten?«

Aton war nicht sicher. Eine halbe Stunde war eine lange Zeit – auf der anderen Seite war seit seiner Flucht aus dem Krankenhaus mindestens eine halbe Stunde vergangen und bisher hatten Petach und Sufi ihn noch nicht aufgespürt. Außerdem bot die Telefonzelle hinlänglich Schutz vor Kälte und Wind.

»Ich glaube schon«, antwortete er zögernd.

»Gut«, sagte Sascha. »Rühr dich nicht von der Stelle, hörst du?«

Aton versprach es und hängte ein, nachdem Sascha die Verbindung unterbrochen hatte. Er fühlte sich erleichtert. Er wusste selbst nicht, wieso er ein so großes Vertrauen zu der jungen Frau empfand. Es hatte nichts mit der Tatsache zu tun, dass sie Polizistin war. Vielleicht war es einfach der Umstand, dass sie der einzige Mensch in dieser Stadt war, den er überhaupt kannte. Zum ersten Mal kam Aton zu Bewusstsein, wie allein er eigentlich war. Er war hier aufgewachsen und doch war es eine fremde Stadt voller fremder Menschen, von denen er sich keine Hilfe erhoffen konnte.

Aton rief sich zur Ordnung. Selbstmitleid brachte ihn nicht weiter, es passte auch nicht zu ihm. Sein bisheriges Leben hatte es mit sich gebracht, dass er früh selbstständig geworden war, und er war stets stolz darauf gewesen. Wenn niemand da war, der ihm half, nun, dann würde er sich eben selbst helfen. Zwar wusste er überhaupt nicht, was mit ihm geschah und warum, aber er zweifelte nicht daran, dass er es herausfinden würde. Er brauchte jetzt nur ein wenig Ruhe und einen sicheren Ort, an dem er sich erholen und nachdenken konnte. Aton war sicher: Wenn er herausfand, was Petach von ihm wollte, dann würde er auch eine Möglichkeit finden, sich zu wehren.

Die Zeit verstrich. Allmählich begann Aton die Kälte auch hier drinnen zu spüren. Seine Finger und Zehen wurden langsam taub. Immer wieder suchte sein Blick die Straße in beide Richtungen ab, aber die Dunkelheit blieb.

Er hatte ungefähr dreieinhalb Wochen in der Telefonzelle verbracht (so kam es ihm vor, auch wenn er objektiv schätzte, dass die halbe Stunde, von der Sascha gesprochen hatte, noch nicht einmal ganz vorbei war), als er draußen eine Bewegung wahrzunehmen glaubte. Es war nur ein kurzes Huschen auf der anderen Straßenseite, aber er schrak heftig zusammen und sein Herz begann schneller zu schlagen. Erfüllt von Furcht und Neugier strengte er seine Augen an, um mehr erkennen zu können, und die Bewegung wiederholte sich. Aton wich einen Schritt zurück, sodass er unsanft mit dem Rücken gegen das Telefon stieß – und dann atmete er erleichtert auf, als er erkannte, was es war. Eine kleine, schwarzweiß getigerte Katze näherte sich der Telefonzelle. Sie schlenderte fast gemächlich heran, Schwanz und Ohren grüßend aufgestellt, und der Blick ihrer gelben, in der Dunkelheit leuchtenden Augen war direkt auf Aton gerichtet. Offensichtlich war es keine verwilderte Katze, sondern ein Tier, das an Menschen gewöhnt war.

Nach all der Zeit, die Aton allein in dieser Furcht einflößenden Dunkelheit verbracht hatte, erschien ihm selbst der eisige

Wind draußen die Gesellschaft des Tieres wert. Langsam, um die Katze nicht zu erschrecken und davonzujagen, öffnete er die Tür und verließ die Telefonzelle. Die Katze kam noch einige Schritte näher, blieb zwei Meter vor ihm sitzen und sah ihm ruhig entgegen. Aton näherte sich ihr langsam, ließ sich neben ihr in die Hocke sinken und streckte die Hand aus. Das Tier begann laut zu schnurren, als er es streichelte, und einen Augenblick später erlebte Aton eine weitere Überraschung. Am Waldrand auf der anderen Straßenseite erschien eine zweite Katze. Und eine Sekunde später eine dritte.

Aton war verwirrt. Die Ereignisse der vergangenen Tage hatten ihn aufhören lassen an Zufälle zu glauben. Er hörte auf die Katze zu streicheln und stand vorsichtig wieder auf. Auch das Tier richtete sich auf, drehte sich herum und trat einige Schritte weit auf die Straße hinaus, blieb dann aber wieder stehen und sah zu ihm zurück. Die glühenden, gelben Augen schienen ihm etwas sagen zu wollen. Und Aton glaubte zu wissen, was.

Er machte einen Schritt auf die Katze zu. Das Tier ging weiter, aber auch diesmal wieder nur ungefähr einen Meter, dann blieb es abermals stehen und sah zu ihm zurück. Und so ging es weiter, bis sie die gegenüberliegende Straßenseite erreicht hatten.

Aton ließ sich wieder in die Hocke gleiten und streckte die Hand aus, um nach den beiden anderen Katzen zu greifen, doch diesmal ließen sich die Tiere nicht streicheln, sondern wichen rückwärts gehend vor ihm zurück und sahen ihn aus ihren gelben, unheimlichen Augen an. Es war nichts Feindseliges in diesen Blicken, aber Aton spürte doch genau, dass die Tiere ihn nicht hierher gelockt hatten, um sich ein paar Streicheleinheiten von ihm zu holen. Etwas stimmte mit diesen Katzen nicht.

In diesem Moment hörte er ein Geräusch hinter sich. Aton drehte sich erleichtert herum, davon überzeugt, das Scheinwerferpaar eines Autos zu sehen, und so hatte er die Hand bereits halb erhoben, um zu winken – aber die Straße hinter ihm war noch immer dunkel. Und erst dann begriff er, dass es überhaupt kein Wagen war, den er hörte. Der Laut hatte nicht einmal Ähnlichkeit mit dem Motorengeräusch eines Autos. Es war ein rhythmisches, schnelles Klappern, begleitet von einem sonderbaren Kollern und Rollen ... Aton hatte ein Geräusch wie dieses noch nie zuvor im Leben gehört, aber es war so unheimlich, dass er ganz von der Straße herunter und einen Schritt zwischen die Bäume trat.

Keine Sekunde zu früh, wie sich im nächsten Augenblick zeigte.

Aton riss ungläubig die Augen auf, als er sah, was die Dunkelheit hinter ihm ausspie wie ein Gespenst aus einer längst vergangenen Zeit.

Es war ein Wagen – aber ganz und gar nicht die Art von Wagen, die er erwartet hatte. Es war ein hölzerner, reich verzierter Wagen, der auf zwei gewaltigen Speichenrädern heranrollte und von zwei nachtschwarzen Pferden gezogen wurde. Hinter der mit Gold beschlagenen Brustwehr stand eine hoch aufgerichtete Gestalt, die passend zu dem Kampfwagen ein altägyptischer Krieger hätte sein können. Aber das war sie nicht. Ihr Körper war mit grauen, schmalen Stoffstreifen umwickelt. An ihrem linken Arm war ein metallener Schild befestigt und griffbereit neben der rechten Hand, die die Zügel hielt, lehnte eine Lanze mit einer dreieckigen Spitze. Es war die Mumie aus dem Museum.

Aton spürte, wie sich ihm jedes einzelne Haar auf dem Kopf sträubte. Er hatte mit eigenen Augen gesehen, wie sie im Feuer verbrannt war, aber nun war sie wieder vollkommen unversehrt. Selbst die Stoffstreifen, die Bastets Krallen zerfetzt hatten, waren wieder heil.

Schnell wie ein Wirbelwind raste der unheimliche Kampfwagen heran, machte plötzlich einen Schwenk nach rechts und donnerte mit ungebremstem Tempo auf die Telefonzelle zu, in der Aton sich noch vor Sekunden aufgehalten hatte – und einfach hindurch! Metall- und Glassplitter flogen in

einem gewaltigen Wirbel davon. Die Lampe erlosch im elektrischen Zischen eines Kurzschlusses, und was die Hufe der schwarzen Höllenpferde nicht zertrümmert hatten, das wurde unter den Rädern des Kampfwagens zermalmt. Der Wagen raste einfach weiter, ohne auch nur langsamer zu werden.
Aton starrte ihm fassungslos nach. Ein eisiger Schauer des Entsetzens lief über seinen Rücken, als er die zertrümmerten Überreste der Telefonzelle betrachtete. Wäre er noch dort drinnen gewesen und nicht herausgekommen um die Katze zu streicheln, dann – die Katzen!
Aton fuhr blitzschnell herum, aber statt drei war es nun ein ganzes Dutzend der kleinen, spitzohrigen Tiere, die im Halbkreis um ihn herumstanden und ihn anstarrten. Und obwohl Aton mit absoluter Gewissheit spürte, dass diese Wesen nicht seine Feinde waren, lief ihm erneut ein Schauer über den Rücken. Das waren keine normalen Tiere. Etwas war in ihrem Blick, was dort nicht hingehörte. Ein Wissen und eine Weisheit, zu groß und zu alt, als dass er sie wirklich erfassen konnte. Langsam, Schritt für Schritt, wich er rückwärts gehend auf die Straße zurück. Die Katzen folgten ihm nicht, sondern starrten ihn weiter an.
Wieder hörte er ein Geräusch und fuhr erschrocken herum. Ein grelles Licht raste auf ihn zu. Aton hörte eine Bremse quietschen, dann das Aufheulen einer Hupe. Geblendet hob er die Hand über die Augen, aber er war noch gelähmt vor Schrecken und nicht in der Lage, sich zu rühren.
Der Wagen kam zwanzig Zentimeter vor ihm mit kreischenden Bremsen zum Stehen. Die Tür wurde aufgerissen und eine schattenhafte Gestalt sprang heraus. Aton erkannte sie erst, als er in Saschas erschrockenes Gesicht blickte.
»Aton!«, rief sie. »Bist du verrückt geworden? Beinahe hätte ich dich –« Sie brach mitten im Satz ab, als sie den Ausdruck auf seinem Gesicht sah. »Was ist los mit dir?«, fragte sie. »Was hast du?«
Aton antwortete nicht. Sascha trat auf ihn zu und ergriff ihn an der Schulter, aber sie sagte nichts und plötzlich weiteten

sich ihre Augen, während ihr Blick auf einen Punkt hinter Aton gerichtet war. »Was ist denn das?«, flüsterte sie.
Aton erwachte endlich aus seiner Erstarrung. Rasch drehte er sich herum und sah, dass die Katzen näher gekommen waren. Es waren mehr geworden. Etwa an die zwei Dutzend Tiere befanden sich nur wenige Meter hinter ihm und bildeten in fast militärischer Präzision drei hintereinander stehende Reihen.
Saschas Hand, die auf seiner Schulter lag, begann zu zittern. »Was ist denn das?«, murmelte sie. »Was ... was geht hier vor?«
Noch ehe Aton antworten konnte, setzten sich die Katzen abermals in Bewegung. Sie taten es sehr langsam und wieder mit jener unheimlichen, fast menschlich anmutenden Gleichmäßigkeit. Aus den drei hintereinander gestaffelten Reihen wurde ein absolut exakter Halbkreis, in dessen Zentrum sich Sascha, Aton und der Wagen befanden. Und dieser Halbkreis bewegte sich langsam, aber unaufhaltsam auf sie zu.
»Was bedeutet das?«, murmelte die junge Frau.
»Wir sollten hier verschwinden«, sagte Aton. »Schnell.«
Das letzte Wort wäre nicht mehr nötig gewesen. Den Blick zwar noch immer starr auf die näher kommenden Katzen gerichtet, schob Sascha Aton rasch um den Wagen herum, öffnete die Beifahrertür und stieß ihn fast auf den Sitz. Dann umrundete sie den Wagen im Laufschritt, setzte sich hinter das Steuer und zog die Tür mit einem heftigen Ruck hinter sich zu. Die Katzen kamen immer noch näher. Etwas hatte sich geändert, das spürte Aton deutlich. An diesen Tieren war plötzlich nichts Freundliches mehr.
Sascha spürte dies vermutlich ebenso deutlich, denn sie legte so hastig den Rückwärtsgang ein, dass das Getriebe ein protestierendes Knirschen von sich gab, und ließ den Wagen mit aufheulendem Motor zehn, fünfzehn Meter zurückrollen, ehe sie wieder anhielt.
»Das ist geradezu ... gespenstisch«, murmelte sie. Ihre Stimme bebte. Die Katzen hatten ihre Formation abermals geändert

und bildeten jetzt eine schnurgerade Reihe quer über die ganze Straße. Der Anblick *war* gespenstisch, aber zugleich auch noch viel mehr; eine Warnung, eine eindeutige, allerletzte Warnung, hier zu bleiben. Und sie verstanden sie beide. Sascha wendete hastig den Wagen und fuhr los. Aton drehte sich im Sitz herum und auch Sascha starrte gebannt in den Rückspiegel, bis die Dunkelheit die unheimliche Katzenarmee verschlungen hatte. Aber die junge Polizistin hielt auch dann noch nicht an, sondern fuhr noch ein gutes Stück weiter, ehe sie – nach mehreren nervösen Blicken in den Rückspiegel – langsam an den rechten Straßenrand heranfuhr. Sie hielt an, ließ den Motor aber laufen, und während sie sprach, irrte ihr Blick immer wieder zum Spiegel. »Das war ... das Unheimlichste, das ich jemals erlebt habe«, sagte sie. Sie war sehr blass und die Haltung, in der sie hinter dem Steuer saß, versuchte vergeblich Gelassenheit auszudrücken. Ihre Hände lagen auf dem Lenkrad, aber sie hielten es ein wenig zu fest, und ihr Fuß spielte unruhig mit dem Gaspedal, sodass der Motor immer wieder aufheulte. Sie schien das nicht zu bemerken.

»Ich glaube, es wird Zeit für ein paar Erklärungen«, sagte sie, während sie mit einer Hand eine Decke vom Rücksitz zog. »Für ein paar *ehrliche* Erklärungen, Aton«, fügte sie hinzu.

»Das ist nicht so leicht«, antwortete Aton. Er zitterte am ganzen Leib und seine Hände und Füße waren taub, und obwohl die Heizung des Wagens mit voller Kraft lief und er in die Decke gehüllt war, wollte die Kälte einfach nicht aus seinen Gliedern weichen.

»Was tust du hier«, fragte Sascha, »halb nackt, Kilometer von der Stadt entfernt und mitten in der Nacht? Und was hatten diese Katzen zu bedeuten?«

Aton fuhr sich mit der Zunge über seine rissig gewordenen Lippen. »Ich erzähle Ihnen alles«, sagte er. »Die ganze Geschichte, auch wenn Sie sie wahrscheinlich nicht glauben werden. Aber nicht jetzt. Ich denke, es ist besser, wenn wir erst einmal hier verschwinden.«

Sascha antwortete nicht, sie warf erneut einen Blick in den Rückspiegel des Wagens, der Antwort genug war. Es war deutlich zu erkennen, dass sie versuchte eine Erklärung für das zu finden, was sie einfach nicht glauben konnte – obwohl sie es mit eigenen Augen gesehen hatte. »In Ordnung«, sagte sie nach ein paar Sekunden. »Ich nehme dich erst einmal mit zu mir nach Hause und versuche dich wieder aufzutauen. Aber danach will ich keine Ausreden mehr hören, sondern nur noch die Wahrheit.«

»Versprochen«, sagte Aton – und er meinte es so. Er würde ihr die ganze Geschichte erzählen, jedes einzelne Detail, wenn sie darauf bestand, und er würde die Wahrheit sagen – auch wenn er sich Saschas Reaktion auf diese Wahrheit lebhaft vorstellen konnte.

»Was ist mit der Telefonzelle passiert?«, fragte Sascha plötzlich, ohne den Blick von der Straße zu nehmen.

»Das ... werde ich Ihnen dann auch erklären«, antwortete Aton ausweichend, »wenn wir in Sicherheit sind.«

Er wich ihrem Blick aus, aber er konnte fühlen, wie Sascha ihn von der Seite her anstarrte, während sie weiterfuhren.

»Da bin ich aber mal gespannt«, murmelte sie.

Aton hielt es für klüger, darauf nicht zu antworten, sondern lehnte sich in die Polster des Wagens zurück und versuchte sich zu entspannen. Das Auto erfüllte ihn mit demselben Gefühl von Sicherheit wie die Telefonzelle vorhin und aus denselben Gründen.

Und wie sich bald zeigen sollte, war es eine ebenso trügerische Sicherheit.

Sie waren vielleicht fünf Minuten gefahren, als plötzlich vor ihnen ein unheimliches gelbes Licht erschien. Zuerst hielt Sascha es wohl für die Scheinwerfer eines entgegenkommenden Wagens, denn sie hob zwar die Hand vor die Augen und blinzelte, war aber nicht im Mindesten beunruhigt. Aber das Licht wurde rasend schnell größer, überstrahlte plötzlich die ganze Straße und dann erschien in seinem Zentrum wie aus dem Nichts wieder der Streitwagen!

Sascha ließ ein ungläubiges Keuchen hören, aber sie bewies Geistesgegenwart genug, um auf die Bremse zu treten und gleichzeitig ein Ausweichmanöver zu versuchen. Der Wagen schlitterte mit blockierenden Reifen auf die Erscheinung zu, verfehlte sie buchstäblich um Haaresbreite und wäre beinahe von der Straße abgekommen, als Sascha erschrocken das Lenkrad verriss. Im allerletzten Moment gewann sie die Kontrolle über den schweren Wagen zurück und trat erneut, aber viel vorsichtiger auf die Bremse. Der Wagen kam mit einem Ruck zum Stehen.

»Was war –?«, begann Sascha. Der Rest des Satzes ging in einem gewaltigen Klirren und Scheppern unter. Das Rückfenster auf Atons Seite zerbrach, ein kupferfarbener Blitz schoss herein und bohrte sich in die Sitzlehne hinter ihm. Aton warf sich instinktiv zur Seite – und in derselben Sekunde drang die Lanzenspitze dort aus dem Polster heraus, wo sich gerade noch sein Rücken befunden hatte!

Das Auto erbebte unter einem gewaltigen Schlag. Die Lanze wurde zurückgezogen, wobei sie den Sitz vollends zerfetzte, und Sascha trat wieder aufs Gas und beschleunigte und vermutlich rettete sie Aton damit das Leben, denn die Lanze stieß fast im selben Augenblick erneut durch das zerborstene Fenster herein und diesmal so zielsicher, dass sie Aton gar nicht hätte verfehlen können.

Die plötzliche Ausweichbewegung war zu viel. Das Auto schlingerte, drehte sich ein-, zweimal um seine eigene Achse und kam quer zur Fahrtrichtung erneut zum Stehen. Durch das zerbrochene Fenster heulten Wind und eisige Kälte herein, aber darauf achteten weder Aton noch die junge Polizistin. Ihre Aufmerksamkeit war ganz auf den unheimlichen Angreifer gerichtet, der nur wenige Dutzend Meter entfernt dabei war, sein Gefährt zu wenden.

Aton schrie vor Schrecken leise auf, als sich der Wagen praktisch auf der Stelle herumdrehte und mit schier unmöglichem Tempo auf sie zuschoss. Die Mumie hielt die Zügel nur mehr mit einer Hand, mit der anderen hatte sie die Lanze ergriffen

und holte aus, um die tödliche Waffe mit aller Kraft zu schleudern.
»Um Gottes willen!«, schrie Aton verzweifelt. »So fahr doch! Fahr doch endlich!«
Sascha rührte sich nicht, ihre Hände hielten das Steuerrad mit aller Kraft umklammert und sie blickte fassungslos dem bizarren Gefährt entgegen. Der Streitwagen raste heran, der Arm, der die Lanze hielt, bog sich weiter zurück, Aton konnte sehen, wie sich die tödliche Spitze direkt auf sein Gesicht ausrichtete.
Im buchstäblich allerletzten Moment gab Sascha Gas. Das Auto machte einen Satz, der es fast von der Straße heruntergeschleudert hätte, und raste mit durchdrehenden Reifen los – direkt auf den Streitwagen und seinen unheimlichen Lenker zu!
Aton schrie vor Entsetzen auf und riss die Arme vor das Gesicht – aber der furchtbare Aufprall, auf den er wartete, blieb aus. In dem Bruchteil einer Sekunde, bevor die beiden ungleichen Fahrzeuge zusammenstoßen konnten, riss Sascha den Wagen zur Seite. Funken stoben auf. Ein schrilles, metallisches Kreischen erklang, als der Streitwagen auf der ganzen Länge des Automobils vorbeischrammte, und ein fürchterlicher Schlag schleuderte Aton nach vorne und gegen das Armaturenbrett.
Sascha brachte das Auto mit kreischenden Reifen wieder zum Stehen, gerade als Aton sich benommen aufrichtete. Sie machte Anstalten, die Tür zu öffnen und auszusteigen. Aber sie führte die Bewegung nicht zu Ende, und als Aton sich herumdrehte, verstand er auch, warum.
Der Zusammenstoß hatte nicht nur ihr Auto erschüttert. Der Streitwagen war umgestürzt und lag quer auf der Straße, die Mumie war herausgefallen und meterweit davongerollt – doch weder ihr noch ihrem unheimlichen Gefährt schien der Zusammenstoß sonderlich viel ausgemacht zu haben. Aton beobachtete vollkommen fassungslos, wie sich der Wagen wieder aufrichtete, wie von Geisterhand bewegt. Nur einen

Augenblick später kletterte die Mumie wieder an ihren Platz zurück und der Wagen begann sich schwerfällig auf der Stelle zu drehen.
Aton brauchte Sascha nicht wieder aufzufordern weiterzufahren. Das unglaubliche Geschehen hinter ihnen hatte sie wohl endgültig davon überzeugt, dass es besser war, sich mit diesem Gegner nicht anzulegen.
Sie gab Gas. Das Auto schoss los und zu Atons Erleichterung vergaß sie offensichtlich für den Augenblick die Tatsache, dass es normalerweise ihr Job war, über die Einhaltung von Gesetzen und Regeln zu wachen – sie beschleunigte, so schnell sie nur konnte, und hörte auch nicht damit auf, als sie die erlaubte Höchstgeschwindigkeit erreicht hatte. Das Auto raste mit geradezu halsbrecherischem Tempo über die Straße, die gottlob schnurgerade verlief. Kein Pferd der Welt hätte mit dieser Geschwindigkeit auch nur annähernd mithalten können.
Allerdings waren die schwarzen Hengste, die den Streitwagen zogen, keine Geschöpfe dieser Welt.
Der Wagen fiel nicht zurück. Sie fuhren hundert, hundertzwanzig, schließlich hundertfünfzig, aber der Abstand zwischen ihnen wurde um nichts größer. Ganz im Gegenteil – langsam, aber unaufhaltsam holte der Streitwagen wieder auf. Und ewig würden sie dieses Wahnsinnstempo nicht durchhalten, das war Aton klar. Spätestens bei der ersten Biegung würde Sascha abbremsen müssen, wollten sie nicht Gefahr laufen, einfach aus der Kurve zu fliegen.
Doch vorerst spulte sich die Straße vor ihnen schnurgerade ab und Sascha holte aus dem Auto heraus, was es hergab. Die Tachonadel hatte die Hundertfünfzig längst hinter sich gelassen – und der Streitwagen holte weiter auf!
Dann geschah, womit Aton insgeheim schon längst gerechnet hatte: Vor ihnen machte die Straße eine Linkskurve, eine sanfte Biegung, die aber bei dieser Geschwindigkeit zur tödlichen Falle werden konnte. Sascha trat mit verzweifelter Kraft auf die Bremse. Das Auto schlitterte kreischend auf die

Biegung zu und Aton sah sich im Geiste schon mit zerschmetterten Gliedern in einem verbeulten Wrack liegen, aber Sascha erwies sich als ausgezeichnete Autofahrerin. Irgendwie gelang es ihr, das Auto auf der Straße und halbwegs unter Kontrolle zu behalten. Sie schlitterten auf zwei Rädern um die Kurve, dann hatten sie endlich wieder eine gerade Strecke vor sich und Sascha gab Gas, um das hin und her schlingernde Fahrzeug zu stabilisieren. Etwas Schwarzes, Massiges raste an ihnen vorbei und wieder traf ein furchtbarer Schlag das Auto. Sämtliche Fenster auf Saschas Seite zerbarsten und auch auf der Frontscheibe erschien ein lang gezogener Riss, doch bevor die Mumie zu einem zweiten Hieb ausholen konnte, hatte ihr eigener Schwung sie an ihnen vorbeigetragen. Der Streitwagen verschwand hinter der nächsten Biegung und Sascha trat ein paar Mal hintereinander vorsichtig auf die Bremse, um ihre Geschwindigkeit so weit herabzusetzen, dass sie sie ungefährdet passieren konnten.

Trotzdem waren sie zu schnell. Das Auto raste auf kreischenden Reifen um die Kurve und plötzlich tauchte der Streitwagen wieder vor ihnen im Scheinwerferlicht auf – und jagte genau auf sie zu!

Diesmal gelang es Sascha nicht mehr, dem Zusammenprall auszuweichen. Sie versuchte es, aber ihr Tempo war einfach zu hoch. Die schwarzen Hengste und der Kampfwagen schienen regelrecht auf sie zuzuspringen und Aton fand nicht einmal mehr die Zeit, einen Schrei auszustoßen.

Der Aufprall hätte den Wagen zerschmettern müssen, aber er tat es nicht. Aton hörte weder das Kreischen von zerbrechendem Metall noch das Splittern von Glas oder den Todesschrei der Pferde – nichts von alledem. Es gab nur eine ganz leichte Erschütterung und einen sonderbar dumpfen, weichen Laut, als hätte man mit der Faust in den gefüllten Beutel eines Staubsaugers geschlagen. Und das Ergebnis des Zusammenpralls war auch ganz ähnlich – nur dass es ein Staubsauger von der Größe eines Einfamilienhauses gewesen zu sein schien, denn der Wagen war plötzlich in eine gewaltige graue Staubwolke eingehüllt. Dann folgte ein Prasseln und Rauschen, als rasten sie durch einen Schwarm von Millionen und Abermillionen winziger Insekten. Sascha und er schrien gleichzeitig auf. Aton hustete. Im Auto war plötzlich so viel Staub, dass sie kaum noch Luft bekamen. Sie konnten auch nichts mehr sehen. Sascha drehte verzweifelt am Lenkrad und trat gleichzeitig mit aller Kraft auf die Bremse. Das Fahrzeug schlingerte, drehte sich einmal um sich selbst und kam dann endgültig von der Straße ab. Irgendetwas schlug mit einem dumpfen Krachen gegen das Heck, Äste kratzten über die Karosserie und die Frontscheibe ging endgültig zu Bruch, aber das Schicksal meinte es noch einmal gut mit ihnen. Weder überschlugen sie sich noch endete die Schleuderpartie an einem Baum oder einem anderen, harten Hindernis. Das Auto hoppelte noch ein Stück weiter über den unebenen Boden und kam dann endgültig zum Stehen. Der Motor starb ab.

Einige Sekunden war es sehr still im Wagen. Sie saßen beide wie gelähmt da, benommen von dem Zusammenstoß und der Katastrophe, der sie um Haaresbreite entgangen waren. Schließlich war es Sascha, die ihren Schrecken als Erste überwand.

»Bist du verletzt?«, fragte sie, Ihre Stimme klang flach und sie war sehr blass. In ihren Augen stand ein Entsetzen geschrieben, das nichts mit dem Zusammenstoß und dem, was dem Wagen widerfahren war, zu tun hatte.

Aton schüttelte nur den Kopf und Sascha öffnete mit zitternden Fingern die Tür und stieg aus. Einen Moment später verließ auch Aton den Wagen.

Sofort hielt er nach dem Streitwagen Ausschau, aber dieser war nicht zu sehen. Sie waren nicht sehr weit von der Straße abgekommen und es gab weit und breit nichts, was ein so großes Gebilde wie den Wagen und die Pferde hätte verbergen können, selbst wenn beide umgestürzt und zerschmettert gewesen wären. Aber er war nicht da.

Langsam, mit klopfendem Herzen und jederzeit darauf gefasst, den Streitwagen wieder wie ein Gespenst aus dem Nichts auftauchen zu sehen, bewegte sich Aton auf die Straße zu. Nirgends war auch nur eine Spur des Unheimlichen und seines Gefährts zu entdecken. Es gab keine Trümmer, keine Bruchstücke. Sie hatten ihn frontal gerammt und er hätte in tausend Teile zersplittern müssen, aber alles, was sie sahen, war eine Wolke aus grauem Staub, die sich nur allmählich senkte.

»So viel zu deiner Frage von vorhin«, sagte Aton leise. Sascha sah ihn verständnislos an und er fügte hinzu: »Was mit der Telefonzelle passiert ist.«

Sascha antwortete nicht, aber ihr Blick sprach Bände. Ihr Vorrat an Humor und Ironie schien im Moment ziemlich begrenzt zu sein.

Sie gingen weiter, immer noch vergeblich nach den Trümmern des Kampfwagens und der Leichen der Pferde Ausschau haltend. Nichts dergleichen war zu sehen. Es gab nur den grauen Staub, der sich langsam auf die Straße senkte und eine flockige Schicht bildete.

»Das ist ... unglaublich«, flüsterte Sascha. »Er muss regelrecht pulverisiert worden sein! Aber wie ... wie ist das möglich?«

Aton wollte antworten, doch in diesem Moment sah er etwas, was das Gefühl der Erleichterung, das sich gerade in ihm breit machen wollte, jäh wieder zerstörte. Der Staub bewegte sich. Im allerersten Moment glaubte er, es wäre der Wind, der ihn aufwirbelte, aber das stimmte nicht. Es gab ein Muster darin, das zwar nicht zu erkennen, ebenso wenig aber zu übersehen war. Hier bildete sich ein kleiner Wirbel, da eine Welle, dort schien etwas unter seiner Oberfläche entlangzukriechen ... Überall war zuckende, strudelnde Bewegung, die immer stärker wurde. Vor Atons und Saschas ungläubig aufgerissenen Augen begann sich der Staub zu kleinen Klümpchen und Wellen zusammenzuziehen, die zitternd aufeinander zukrochen und größere, unheimliche Formen bildeten. Ein Teil eines

Rades tauchte aus der Oberfläche des Staubsees auf, eine mit Leinen umwickelte Hand, ein Stück eines zerbrochenen Schildes, in einiger Entfernung gar etwas wie ein halbierter Pferdekopf und immer mehr und mehr Staub bewegte sich aus allen Richtungen heran, um sich dem unheimlichen Prozess anzuschließen. Selbst die Luft war plötzlich nicht mehr ruhig. Die auseinander gewirbelten Schwaden trieben, der Kraft des Windes und den Gesetzen der Natur spottend, wieder zusammen und Aton spürte, wie sich selbst der Staub, der sich in seinen Kleidern und seinen Haaren festgesetzt hatte, löste und zu dem immer lebendiger werdenden Zentrum flog.

»Nichts wie weg!«, rief Sascha. Sie ergriff Atons Arm, fuhr auf dem Absatz herum und zerrte ihn mit sich. So schnell sie konnten, rannten sie zum Auto zurück und sprangen hinein. Aton erlebte noch einen letzten, schreckerfüllten Moment als der Motor des Wagens sich weigerte anzuspringen. Doch schließlich, beim vierten oder fünften Versuch, erwachte er und sie hatten wieder Glück – der Waldboden neben der Straße war so hart gefroren, dass das Auto nicht eingesunken war, und die Schäden, die es davongetragen hatte, erwiesen sich als nicht so schlimm, wie Aton im ersten Moment befürchtet hatte.

Während die Mumie und ihr unheimliches Gefährt hinter ihnen aus dem Staub neu zu entstehen begannen, lenkte Sascha den Wagen wieder auf die Straße zurück und nahm Kurs auf die Lichter der Stadt, die noch immer in weiter Entfernung schimmerten.

KRIEGSRAT

In dieser Nacht hatte er wieder seinen Traum. Aton erinnerte sich nicht an Einzelheiten, aber er erwachte schweißgebadet und mit klopfendem Herzen und sein Atem ging so schnell, als wäre er nicht nur im Traum, sondern wirklich stundenlang durch düstere Gänge und unterirdische Gewölbe geirrt, gejagt von einem gesichtslosen Schatten. Die Furcht saß ihm noch tief in den Knochen, so dass auch nach seinem Erwachen noch eine Minute verging, bis er es wagte, die Augen zu öffnen und sich umzusehen.

Seine Umgebung war ihm fremd, aber sie war durchaus normal. Keine gemauerten Gänge aus tonnenschwerem Stein, keine Treppen, die ins Nichts führten, keine Ungeheuer, die in den Schatten lebten. Er befand sich in einem ganz normalen, wenn auch etwas spärlich eingerichteten Zimmer. Die Gardinen waren zugezogen, aber durch den Stoff schimmerte helles Tageslicht, und von irgendwoher kam ganz leise Radiomusik.

Aton setzte sich langsam auf. Er war so abrupt erwacht, dass er einige Augenblicke brauchte, seine Gedanken und Erinnerungen zu sortieren und sich wieder darauf zu besinnen, wo er überhaupt war: in Saschas Wohnung. Sie waren am vergangenen Abend ohne Umwege direkt hierher gefahren und anders, als Aton erwartet hatte, hatten sie den Rest der Nacht nicht damit verbracht, stundenlang zu reden und über das Geschehene nachzudenken. Die junge Frau hatte seine zahllosen Schrammen und Kratzer notdürftig versorgt und ihn dann unverzüglich ins Bett geschickt und zu seiner eigenen Überraschung war Aton auf der Stelle eingeschlafen.

Er fragte sich, wie spät es war. Er konnte nirgends eine Uhr entdecken, aber das Licht verriet ihm, dass der Tag schon lange angebrochen sein musste. Mit einem Ruck schwang er sich aus dem Bett und sah sich ein zweites Mal und aufmerksamer im Zimmer um. Dabei entdeckte er ein sauber gefaltetes, weißes Hemd, gleichfarbige Socken und Turnschuhe auf einer kleinen Kommode neben der Tür. Alle Dinge passten, als wären sie für ihn gemacht; schließlich hatte Sascha genau seine Größe und, da sie sehr schlank war, auch beinahe seine Statur.

Er zog sich an, verließ das Zimmer und ging in die Richtung, aus der die Musik kam. Die Wohnung war überraschend groß, aber zur Gänze ebenso spärlich eingerichtet wie das Zimmer, in dem er erwacht war. Im Wohnzimmer gab es nur einen Tisch mit dazugehörigen Stühlen, eine Anrichte und ein einfaches Holzregal, auf dem das Radio stand, das er gehört hatte. Das daneben liegende Schlafzimmer war gar nur mit einem einfachen, wenn auch sehr großen Bett ausgestattet und auch in Küche und Bad entdeckte er nur das absolut Notwendigste. Seine neue Verbündete schien keinen Wert auf weltlichen Besitz zu legen. Es gab weder Bilder noch Bücher und noch etwas Entscheidendes fehlte: Sascha. Aton rief ein paar Mal ihren Namen und lief durch alle Räume, dann trat er an eines der Fenster. Es führte auf einen kleinen Hinterhof hinaus, in dem Sascha stand und ihren Wagen betrachtete – genauer gesagt das, was davon übrig war.

Aton verließ die Wohnung, lief die Treppe hinunter und trat in den kleinen, an allen Seiten von einer Mauer umschlossenen Innenhof. Sascha blickte hoch, als sie das Geräusch der Tür hörte, und ein flüchtiges Lächeln erschien auf ihrem Gesicht, das aber den niedergeschlagenen Ausdruck nicht ganz überdecken konnte.

Der weiße Toyota sah aus, als hätte er eine Meinungsverschiedenheit mit einem zornigen Elefantenbullen gehabt. Die gesamte rechte Seite war eingedrückt. Das rechte Vorderrad stand ein wenig schräg, was Aton vermuten ließ, dass auch die Achse etwas abbekommen hatte, und mit Ausnahme der Heckscheibe waren sämtliche Fenster zerbrochen. Aton glaubte nicht, dass man diesen Wagen noch reparieren konnte.

»Es tut mir sehr Leid«, sagte er.

Sascha machte eine wegwerfende Handbewegung und lächelte. »Die Hauptsache ist, dir ist nichts passiert«, antwortete sie. Dann wurde ihr Lächeln ein bisschen gequält. »Ich frage mich nur, wie ich das der Versicherung erklären soll.«

»Fährt er noch?«, fragte Aton.

»Bis zur nächsten Schrottpresse wird es reichen.« Sascha seufzte, dann fragte sie Aton: »Wollen wir frühstücken?«

Sie gingen ins Haus zurück. Vorhin, als Aton die Wohnung nach Sascha durchsucht hatte, war es ihm gar nicht aufgefallen, doch auf dem Herd stand bereits ein dampfender Kessel und die junge Frau trug rasch den Rest eines einfachen Frühstücks auf: Toast, Marmelade, weiche Eier, Tee für Aton und Kaffee für sie selbst.

Sie aßen schweigend und Sascha, die als Erste fertig war, wartete geduldig, bis Aton das letzte Stück Toast hinuntergeschluckt hatte.

»Also?«, begann sie dann. Nur dieses eine Wort – aber es erinnerte Aton sofort an sein Versprechen vom vergangenen Abend. Er war es Sascha schuldig, ehrlich zu sein, sie hatte schließlich ihr Leben für ihn riskiert, und er wollte es auch. Vielleicht ließ sich all das Schreckliche ein wenig leichter ertragen, wenn er es mit jemandem teilte.

Aton erzählte Sascha die ganze Geschichte; von seinem unheimlichen Erlebnis im Museum angefangen bis zu dem Moment am vergangenen Abend, in dem Saschas Wagen aufgetaucht war. »Was danach passiert ist, wissen Sie ja«, schloss er.

»Gestern Abend waren wir schon beim Du angekommen«, sagte Sascha. »Ich schlage vor, wir lassen es dabei.«

»Gerne«, antwortete Aton. Er druckste einen Moment herum, bevor er die Frage stellte, die ihm schon auf der Zunge lag, seit er Sascha durch das Fenster beobachtet hatte, wie sie ihren ramponierten Wagen musterte. »Warum haben Sie ...« Er verbesserte sich. »Warum hast du nicht die Polizei verständigt?«

»Warum sollte ich?«, gab sie zurück und lächelte. »Ich bin die Polizei, schon vergessen?«

Sie lachte, aber Aton blieb ernst. »Du weißt genau, was ich meine«, sagte er.
Sascha zuckte mit den Schultern. »So genau weiß ich das selbst nicht«, gestand sie. »Vielleicht, weil ich noch immer nicht ganz sicher bin, ob ich das alles nun tatsächlich erlebt oder nur geträumt habe.«
Aton konnte sie sehr gut verstehen. Noch vor zwei Tagen war es ihm ja nicht anders ergangen – und manchmal ertappte er sich sogar jetzt noch bei dem Gedanken, ob er nicht in Wahrheit einen ganz besonders hässlichen Albtraum erlebte, bei dem irgendwie das Ende abhanden gekommen war. Trotzdem sagte er: »Träume zerschlagen keine Autoscheiben.«
»Stimmt«, bestätigte Sascha. »Und Halluzinationen normalerweise auch nicht.« Sie schüttelte den Kopf, griff nach ihrer Kaffeetasse und begann sie in den Händen zu drehen ohne daraus zu trinken. »Das ist die fantastischste Geschichte, die ich je gehört habe«, sagte sie schließlich. »Und die unglaublichste. Ich weiß nicht ...«
»Aber du hast es doch selbst gesehen«, sagte Aton. »Ich meine, den Wagen und die Mumie und –«
»Ich habe etwas gesehen«, fiel ihm Sascha mit leicht erhobener Stimme ins Wort. Sie stellte ihre Tasse ab und sah ihn fest an. »Ich weiß, dass es nichts ist, was ich jemals zuvor gesehen habe. Und dass ich es nicht erklären kann. Aber wenn ich etwas nicht verstehe, bedeutet das noch lange nicht, dass ich an Geister und Untote glaube oder gar an die Existenz dreitausend Jahre alter ägyptischer Gottheiten. Vielleicht hat sich wirklich alles so zugetragen, wie du behauptest, aber es gibt auch andere mögliche Erklärungen.«
»So?«, fragte Aton enttäuscht. »Und die wären – außer der, dass ich eigentlich in eine Klapsmühle gehöre?«
»Petach könnte irgendetwas mit dir getan haben, zum Beispiel«, antwortete Sascha. »Du hast selbst erzählt, dass er und sein Kumpan dir ein Schlafmittel oder irgendeine andere Droge verabreicht haben. Vielleicht hat er das schon vorher

getan. Wer weiß, vielleicht ist er einfach ein geschickter Trickbetrüger, der will, dass du all das glaubst.«

»Aber warum denn?«

»Woher soll ich das wissen?«, gab Sascha zurück. »Bisher kenne ich nur den Namen des Mannes – und ich weiß nicht, ob er echt ist. Wir müssen zuerst einmal mehr über ihn herausfinden.«

»Aber was kann er von mir wollen?«

»Vielleicht nichts von dir, aber von deinen Eltern. Weißt du, für mich hört sich das alles so an, als hätte er sehr geschickt dafür gesorgt, dass ihr getrennt werdet. Dein Vater ist Architekt, nicht wahr?«

»Bauingenieur«, korrigierte sie Aton. »Er leitet den Bau eines Staudammes in Ägypten.«

»Das könnte schon eine Spur sein«, sagte Sascha. »Vielleicht hatte Petach einfach vor, dich zu entführen, um deine Eltern zu erpressen.«

Das klang zwar einleuchtend, aber irgendwie spürte Aton, dass es nicht so war. Er schüttelte den Kopf. »Das hätte wenig Sinn«, sagte er. »Meine Eltern sind nicht reich. Ich meine, sie haben das Haus und die Sammlung – aber viel mehr ist nicht da.«

»Wer sagt dir, dass es um deinen Vater geht? Vielleicht hat es etwas mit seiner Arbeit zu tun.«

»Bestimmt nicht«, widersprach Aton überzeugt. »Niemand kann etwas gegen diesen Staudamm haben. Auf der Baustelle finden Tausende von Leuten Arbeit, und wenn er erst fertig ist, wird ein großer Teil der Wüste bewässert und fruchtbar werden.«

Sascha lächelte flüchtig. »Hat dein Vater dir das erzählt?«

»Ja«, antwortete Aton. »Aber das ändert nichts daran, dass es die Wahrheit ist.«

»Vielleicht stimmt das sogar«, sagte Sascha. »Trotzdem ... der Nahe Osten war schon immer ein unsicheres Gebiet. Die Menschen dort denken nicht so wie wir, weißt du? Es ist manchmal schwer für uns, ihre Beweggründe zu verstehen und nachzuvollziehen. Aber es hat wenig Sinn, wild herumzuraten.« Sie nippte noch einmal an ihrem Kaffee, verzog das

Gesicht und schüttete den Rest in die Kanne zurück. Dann stand sie auf »Hast du irgendjemanden, zu dem du gehen kannst? Verwandte? Freunde deiner Eltern?«
Aton schüttelte auf jede Frage den Kopf und Sascha überlegte angestrengt. »Dann sollten wir deine Eltern anrufen«, sagte sie. »Weißt du, in welchem Hotel sie wohnen?«
Aton nickte. »Im Palast-Hotel in Kairo. Aber ich glaube nicht, dass sie noch dort sind. Und auf der Baustelle gibt es zwar Telefon, aber ich habe die Nummer nicht.«
»Aber die muss doch herauszufinden sein.«
Aton dachte einen Moment nach. Natürlich hätte er einfach nach Hause fahren und in den Papieren seines Vaters nachsehen können – aber er hatte das sichere Gefühl, dass das Haus seiner Eltern im Augenblick der Ort war, an dem er sich auf der ganzen Welt am wenigsten sehen lassen sollte. »Vielleicht über die Firma«, sagte er. »In der Hauptverwaltung müssten sie die Nummer haben. Aber ob sie sie mir geben ...«
»Wenn nicht dir, dann ganz bestimmt mir«, versicherte Sascha. »Wozu bin ich Polizistin? Das finde ich heraus, keine Sorge. Und ich werde mich auch ein wenig nach eurem Freund Petach und diesem Arzt erkundigen.« Sie sah auf die Uhr. »Es wird ohnehin allmählich Zeit, zum Dienst zu gehen. Wenn ich ein paar Minuten eher auf der Wache bin, komme ich vielleicht an den Computer heran.«
»Du musst weg?«, fragte Aton erschrocken.
»Keine Sorge«, sagte Sascha beruhigend. »Du bist hier in Sicherheit. Niemand weiß, dass du hier bist. Solange du die Wohnung nicht verlässt, bist du nicht in Gefahr. Und ich bin ja bald zurück.«
»Wann?«, fragte Aton.
»Meine Schicht geht bis acht«, erklärte Sascha. »Vielleicht kann ich es so einrichten, dass ich zwischendurch kurz herkomme. Ich bin auf jeden Fall pünktlich zurück. Und ich bringe uns etwas zu essen mit. Magst du Pizza?«
Eigentlich gehörte Pizza nicht unbedingt zu Atons Lieblingsgerichten, aber er nickte. Sascha verließ die Küche und kam

wenige Augenblicke später wieder zurück, jetzt in der grünen Uniform, in der Aton sie kennen gelernt hatte. Seltsam – er konnte sich gar nicht erinnern, im Schlafzimmer einen Kleiderschrank gesehen zu haben.

Nachdem Sascha ihm noch einmal eingeschärft hatte, das Haus unter keinen Umständen zu verlassen, telefonierte sie nach einem Taxi und ging. Aton blieb allein zurück, und die Tür hatte sich kaum hinter ihr geschlossen, da kamen auch die Einsamkeit und das Gefühl des Verlassenseins wieder, die die Gegenwart der jungen Frau für eine kurze Weile vertrieben hatte. Eigentlich nur um auf andere Gedanken zu kommen, begann er den Tisch abzuräumen und das Geschirr zu spülen. Als er die Tassen und Teller einräumte, stellte er fest, dass der Schrank ansonsten vollkommen leer war, und auch die beiden Kaffeelöffel lagen einsam in der Schublade.

Aton ging ins Wohnzimmer zurück und sah sich nach irgendetwas um, womit er sich die Zeit vertreiben konnte, aber er wurde nicht fündig. Es schien in diesem Haus kein einziges Buch zu geben und auch nach einem Fernseher hielt er vergebens Ausschau. Das Radio war ein billiges Transistorgerät, das nur einen einzigen Sender zu empfangen schien, sosehr er auch an der Skala drehte. Diese Wohnung war wirklich seltsam. Hätte er es nicht besser gewusst, dann hätte er geschworen, dass hier eigentlich niemand lebte.

In Ermangelung irgendeiner anderen Möglichkeit, sich die Zeit zu vertreiben, setzte er sich an den Tisch, bettete den Kopf auf die Arme –

und fand sich praktisch auf der Stelle in seinem Traum wieder. Es war die gleiche Szenerie, die er seit Jahren kannte. Wieder irrte er durch lange, finstere Gänge, deren Wände mit unheimlichen Bildern aus einer jahrtausendealten Vergangenheit übersät waren. Wieder wusste er, dass er seit Stunden umherirrte und verzweifelt den Ausgang suchte, sich dabei aber immer nur tiefer und tiefer in das schier endlose unterirdische Labyrinth hineinbewegte, und wieder spürte er, dass etwas hinter ihm war, was ihm folgte. Er hatte all seinen Mut zusammengerafft und den immer schwächer werdenden Strahl der Taschenlampe in die Dunkelheit hinter sich gerichtet, aber nichts gesehen. Trotzdem war etwas da. Er konnte spüren, dass es ihn belauerte, und er glaubte das Tappen großer, weicher Pfoten zu vernehmen, manchmal sogar ein unheimliches, raschelndes Atmen. Die Schimäre hinter ihm, aber wie es nun einmal die Art von Albtraumwesen war, blieb sie stets am Rande des Sichtbaren, ein formloser Schatten, zu undeutlich, um ihn zu erkennen, aber auch mit zu viel Substanz, um bloße Einbildung zu sein.

Er hatte das Ende seiner Kräfte erreicht. Er war fünf Jahre alt, und was ihm das stundenlange Umherirren in den Gängen nicht geraubt hatte, das hatte ihn die Angst gekostet, die immer schlimmer wurde. Er wollte hier heraus. Er wollte wieder ans Licht, an die Sonne, und er wollte zurück zu seinen Eltern. Auch ohne das Ding hinter sich wäre er halb verrückt vor Angst gewesen, so war die Furcht fast mehr, als er ertragen konnte. Vor einigen Minuten hatte er eine Treppe gefunden, eine Treppe mit Stufen, die so hoch waren, dass er sie einzeln emporklettern musste. Jetzt schleppte er sich wieder durch einen weiteren, steinernen Gang und der einzige Grund, aus dem er nicht aufgegeben hatte, war der, dass der Gang nach oben führte, nicht so steil wie die Treppe, aber spürbar aufwärts, in die Richtung, in der das Tageslicht und die Menschen waren.

Die Batterien seiner Lampe begannen nun immer schneller nachzulassen und der Moment, in dem sie endgültig erlöschen würde, war nicht mehr fern.

Plötzlich sah er ein Licht vor sich. Sehr weit vor sich und auch sehr schwach. Es war kaum mehr als ein Hauch, ein mattgelber Schimmer, den er mehr erahnte als wirklich sah, aber er wurde stärker, als er sich darauf zubewegte, und der Anblick erfüllte ihn mit einer solchen Hoffnung, dass er rascher ausschritt. Er war sogar geistesgegenwärtig genug, die Lampe auszuschalten, um die ohnehin fast aufgebrauchten Batterien zu schonen. Die Dunkelheit schien dadurch irgendwie stofflicher zu werden und er hatte das Gefühl, dass ihm die Schwärze den Atem abschnürte, doch zumindest für den Moment noch war die Ver-

nunft stärker als die Furcht – er sagte sich, da er die Batterien später vielleicht noch dringend benötigen würde, und drängte die Angst tapfer zurück.

Der Lichtschein kam näher. Bald sah er, dass er aus einer hohen Tür fiel, die in die rechte Seite des Ganges eingelassen war. Es war kein Tageslicht, wie er enttäuscht feststellte, sondern ein gelblicher Schein wie von einer Fackel, der aber nicht flackerte. Künstliches Licht aber bedeutete, dass dort vorne Menschen waren, und Menschen bedeuteten einen Ausgang aus diesem Labyrinth. Der Gedanke gab ihm noch einmal Kraft. Er verfiel in einen leichten Laufschritt, aber er hatte die Gefahren der Dunkelheit vergessen. Er stolperte, wäre um ein Haar gestürzt und prallte gegen die Wand.

Als er sich wieder aufrichtete, hörte er das Geräusch.

Eigentlich war es die ganze Zeit hinter ihm gewesen, nur hatte er es nicht wirklich zur Kenntnis genommen. Vielleicht hatte er es auch nicht hören wollen. Aber jetzt war es zu deutlich, um es weiter zu ignorieren: Schritte. Nicht die Schritte von Menschen. Die Schritte eines Wesens mit mehr als zwei Beinen und großen, tappenden Pfoten, aber auch harten Krallen, die über den Stein scharrten. Aus angstvoll aufgerissenen Augen starrte er in die Dunkelheit. Er konnte nicht wirklich etwas sehen, aber seine Furcht erfüllte die Schwärze mit wirbelnden Schatten und formlosen, schrecklichen Dingen, die auf ihre Weise vielleicht schlimmer waren, als hätte er tatsächlich etwas gesehen. Noch ehe der Schatten wirklich Gestalt annehmen konnte, fuhr er herum und rannte auf die Tür zu, so schnell er nur konnte.

Der unsichtbare Verfolger holte rasch auf. Das Tappen kam immer schneller näher und er hörte jetzt ein rasselndes Atmen, wie das Hecheln eines Hundes, aber ungleich drohender, böser. Er wagte es nicht, zu seinem Verfolger zurückzublicken, denn er wusste, dass er ihn im selben Moment einholen würde, in dem er es tat, wie es alle Ungeheuer in seinem Traum taten. Erst als er nur mehr einen einzigen Schritt von der Tür und dem rettenden Licht entfernt war, wagte er es, im Laufen den Kopf zu drehen und einen Blick über die Schulter zurückzuwerfen.

Er wünschte sich, er hätte es nicht getan. Aus dem Schatten war ein Etwas geworden, ein riesiges, vierbeiniges Scheusal mit Zähnen und Klauen und roten Augen, die wie Tümpel aus kochendem Blut in einem Gesicht aus Schwärze waren. Was er befürchtet hatte, geschah: Im selben Augenblick, in dem er die Schimäre ansah, sprang sie. Ihr riesiges Maul klappte auf und zeigte spitze Zähne. Krallenbewehrte Pfoten streckten sich nach ihm aus. Er schrie vor Schreck und Todesangst, warf sich mit einer letzten, verzweifelten Anstrengung durch die Tür und –
erwachte. Sein Herz raste. Sein Hals tat weh und in seinen Ohren war noch das Echo des Schreis, den er tatsächlich ausgestoßen hatte. Anders als am Morgen war Aton sofort und vollkommen wach und wusste, dass er nur seinen Traum geträumt hatte. Aber in die Angst, die ihn auch jetzt wieder ein kleines Stück weit in die Welt der Wirklichkeit und des Wachseins hinein verfolgt hatte, mischte sich ein beinahe ebenso starkes Gefühl der Enttäuschung. Dieser Traum war anders gewesen als alle zuvor. Er hatte sich bisher nicht an diesen Teil seines Abenteuers erinnert, aber er spürte, dass es eine sehr wichtige Erinnerung gewesen wäre. Eine Sekunde länger, dachte er. Hätte er den Traum eine Sekunde länger geträumt und gesehen, was auf der anderen Seite der Tür lag, dann hätte er vielleicht endlich alles begriffen.

Einen Moment lang wünschte er sich fast verzweifelt, wieder einzuschlafen und den Traum fortzusetzen, aber natürlich ging das nicht. Aton stand auf und begann unruhig im Zimmer auf und ab zu gehen. Dieser Traum war mehr als ein Traum gewesen. Er ... begann sich zu erinnern, was damals wirklich geschehen war, in jenen Stunden, in denen er hilflos durch das Labyrinth unter der Wüste geirrt war. Bisher hatte er angenommen, dass diese Stunden mit nichts anderem erfüllt gewesen waren als mit seiner verzweifelten Suche nach dem Ausgang, aber das stimmte nicht. Etwas war damals geschehen, dessen Auswirkungen er jetzt, mehr als zehn Jahre später, zu spüren begann. Und er würde sich erinnern, was. Bald.

Ein Anruf mit Folgen

Sascha kam pünktlich und sie brachte auch die versprochene Pizza mit. Wie Aton erwartet hatte, war sie nicht besonders schmackhaft, stillte aber zumindest seinen ärgsten Hunger, und der Umstand, nicht mehr allein zu sein, ließ das gemeinsame Fastfood-Abendessen zu einem wahren Festmahl werden. Hinterher saßen sie noch eine ganze Weile in vertrautem Schweigen da und es war auch nicht nötig, dass einer von ihnen sprach – obwohl sie sich gerade erst ein paar Tage kannten, fühlte sich Aton in Saschas Gegenwart geborgen und sicher. Die junge Frau hatte irgendetwas an sich, was sie zu einer Freundin machte, auch ohne viele Worte oder Jahre, die sie sich kannten.

Aton erzählte von seinem Traum und Sascha hörte aufmerksam und mit sehr ernstem Gesicht zu. Wenn sie seine Worte in irgendeiner Weise anzweifelte, so ließ sie sich dies jedenfalls nicht anmerken. Schließlich nickte sie, stand wortlos auf und verschwand wieder in der Küche, um einige Augenblicke später mit zwei Gläsern Cola zurückzukommen.

»Du glaubst also, dass da noch mehr ist?«, begann sie, nachdem sie wieder Platz genommen hatte.

»Vielleicht«, antwortete Aton. »Ich hatte das Gefühl, dass ...« Er suchte nach Worten und zuckte dann mit den Schultern. »Dass hinter dieser Tür etwas Wichtiges war.«

»Vielleicht war es auch nur ein Traum«, sagte Sascha. »Du erinnerst dich an gar nichts von damals?«

»Ich war fünf Jahre alt«, erwiderte Aton kopfschüttelnd. »Ich weiß nur, dass ich furchtbare Angst hatte. Ich war mit meinen Eltern im Tal der Könige. Wir waren in einer Höhle, hinter der man wohl ein weiteres Pharaonengrab vermutete. Plötzlich gab es einen Erdrutsch. Ich wurde von den anderen getrennt. Der Eingang war verschüttet, aber statt zu warten, bis man mich herausholte, muss ich wohl stundenlang herumgeirrt sein. Das ist alles, woran ich mich erinnere. Irgendwann

am nächsten Tag wachte ich dann im Krankenhaus in Kairo wieder auf.«
»Dann hast du sozusagen ein neues Königsgrab entdeckt?«, fragte Sascha überrascht.
»Nur ein paar leere Gänge«, antwortete Aton bedauernd. »Man vermutete, dass es ein Grab werden sollte, aber es ist nie fertig gestellt worden. Keine große Entdeckung. Nur ein leerer Raum und ein paar Stollen ...« Seine Stimme wurde leiser, während er sprach, und er konnte regelrecht spüren, wie die Worte die Angst zurückbrachten. Ob der Traum nun wirklich nur ein Traum war, wie Sascha vermutete, oder ob er die verschüttete Erinnerung an etwas, was er tatsächlich erlebt hatte, aufsteigen ließ – allein darüber zu reden brachte den Schrecken zurück. Er versuchte den Gedanken abzuschütteln, aber es gelang ihm nicht recht.
»Und was hast du herausgefunden?«, fragte er schließlich.
»Eine Menge«, antwortete Sascha. »Was willst du zuerst hören?«
»Die guten oder die schlechten Nachrichten?«, fragte Aton lächelnd.
Sascha blieb ernst. »Die schlechten oder die ganz schlechten Nachrichten«, verbesserte sie ihn. »Mit guten kann ich im Moment leider nicht dienen.«
»Fang mit den schlechten an«, seufzte Aton.
»Dein Freund Petach«, sagte Sascha. »Ich habe den Computer nach ihm befragt. Er behauptet, es gibt ihn nicht.«
»Wie?«, fragte Aton verblüfft.
»Es liegt weder ein Einreisevisum für einen Mann dieses Namens vor noch eine Aufenthaltsgenehmigung oder gar eine Arbeitserlaubnis. Ein Wagen auf seinen Namen ist auch nicht angemeldet und die Adresse, die er dir genannt hat, ist falsch. Dort steht nicht einmal ein Haus. Du sagst, er ist Professor an der Universität von Kairo?«
»Jedenfalls hat er das erzählt«, sagte Aton.
»Dann hat er gelogen«, antwortete Sascha ruhig. »Ich habe ein Telefax nach Kairo geschickt. Dort hat man niemals von

einem Mann namens Petach gehört – allerdings haben sie in ihrer Antwort nachgefragt, ob wir sie auf den Arm nehmen wollen.«

»Wieso?«, fragte Aton.

»Sie kennen niemanden, der Petach heißt, aber den Namen haben sie durchaus schon gehört. Petach – eigentlich Ptah, aber man spricht es eben Petach aus – ist der Name des obersten altägyptischen Gottes, noch über Amun und Re.« Sie lachte. »An mangelndem Selbstbewusstsein scheint dein Freund jedenfalls nicht zu leiden.« Sie trank einen Schluck Cola. »Willst du jetzt auch noch die ganz schlechten Neuigkeiten hören?«

»Habe ich eine Wahl?«, fragte Aton.

Sascha schien dies als Ja zu interpretieren, denn sie fuhr fort: »Dieser Arzt, mit dem Petach angeblich gemeinsame Sache gemacht hat. Dieser Dr. Sufi.«

»Kennt euer Computer ihn auch nicht?«, fragte Aton.

»Doch«, antwortete Sascha. »Er ist sogar ein ziemlich berühmter Mann, der Leiter einer renommierten Privatklinik außerhalb der Stadt, und wie es heißt, eine Koryphäe auf seinem Gebiet, wenn auch ansonsten ein ziemlicher Sonderling.« Sie sah Aton eindringlich an. »Aber eigentlich müsste es heißen, er *war* das alles.«

»Warum?«, fragte Aton.

»Er ist tot«, antwortete Sascha leise. »Dr. Ibrahim Sufi ist vor zwölf Jahren gestorben.«

Aton starrte sie an. Sascha ließ ihm eine Weile Zeit, zu antworten oder sonst irgendwie zu reagieren. Als er nichts davon tat, seufzte sie tief und sagte: »Die Frage ist, was wir jetzt weiter tun. Ich müsste eigentlich meine Vorgesetzten verständigen und eine Großfahndung nach diesem Petach einleiten.«

»Und wieso?«, fragte Aton. »Ist Zauberei vielleicht verboten?«

»Nein«, antwortete Sascha ernst, »aber Entführung, Mordversuch und Freiheitsberaubung sind es schon. Das Problem ist nur: Man wird mir nicht glauben.« Sie seufzte wieder tief. »Ich glaube es ja selbst noch immer nicht so richtig.«

Aton fühlte sich plötzlich wieder sehr niedergeschlagen und traurig. Dem Gefühl der Sicherheit und Zuversicht, mit dem ihn Saschas Gegenwart erfüllt hatte, folgte eine um so größere Enttäuschung. Vielleicht war er hier tatsächlich in Sicherheit, aber das änderte nichts daran, dass er die Geschehnisse genauso wenig wie früher verstand und nach wie vor keine Ahnung hatte, was Petach von ihm wollte.
»Vielleicht solltest du wirklich deine Kollegen anrufen«, sagte er. Er lachte unsicher. »Vermutlich stecken sie mich sofort in eine Zwangsjacke, aber wahrscheinlich bin ich dort sicherer als hier.«
»Das werde ich müssen«, sagte Sascha ernst. Sie hob beruhigend die Hand, als Aton zusammenfuhr, und fügte hinzu: »Aber nicht sofort. Es gibt noch eine Sache, die wir tun können.«
»Und was?«
Sascha griff in die Tasche und zog einen zerknitterten Zettel heraus. »Ich habe die Firma deines Vaters angerufen«, sagte sie. »Sie haben mir eine Telefonnummer gegeben, unter der ich ihn erreichen kann. Wenn du willst, rufen wir ihn gleich an.«
Sie erhob sich und machte eine auffordernde Geste, mitzukommen. Aton folgte ihr in den Flur, wo das Telefon auf einer kleinen Kommode neben der Eingangstür stand. Schweigend sah er zu, wie Sascha eine vielstellige Telefonnummer eintippte und anschließend eine weitere Taste auf dem Apparat drückte, die einen kleinen Lautsprecher in Gang setzte. Überlagert von knisternden Störgeräuschen konnten sie das Klacken der Relais hören, als der Ruf sich elektronisch seinen Weg über Tausende von Kilometern bis ins ferne Ägypten bahnte. Es dauerte sehr lange, bis das Knistern und Knacken vom gleichmäßigen Geräusch des Freizeichens abgelöst wurde.
»Wunder der Technik«, sagte Sascha kopfschüttelnd. »Irgendwo in der Wüste klingelt jetzt das Telefon.« Und das tat es sehr lange. Aton zählte das Tuten des Freizeichens mit.

Es klingelte insgesamt fünfzehnmal, dann wurde die Verbindung automatisch unterbrochen und Sascha drückte die Gabel hinunter und betätigte die Wiederholungstaste. Die ganze Prozedur begann von neuem.

»Vielleicht hört er es gar nicht« sagte Aton. »Ich glaube, sie haben nur diesen einen Anschluss auf der Baustelle. Irgendwo in einem Büro. Wenn im Moment niemand dort ist –«

Aber es war jemand dort. Unvermittelt brach das Freizeichen ab und Aton hörte die Stimme seines Vaters, sehr leise und von einem knisternden Rauschen und Pfeifen begleitet, aber unverkennbar. »Ja?«, fragte er. »Was ist denn? Ich hatte doch gebeten –«

»Vater?«, fragte Aton.

Das Telefon musste wohl über eine moderne Freisprecheinrichtung verfügen, denn sein Vater verstand ihn, obwohl Sascha den Hörer noch immer in der Hand hielt. Ein Moment verblüfften Schweigens folgte, dann antwortete sein Vater:

»Aton? Bist du das?«

Etwas am Klang seiner Stimme erschreckte Aton. Er klang natürlich überrascht, zugleich aber auch deutlich verärgert.

»Ja«, antwortete Aton. »Bitte entschuldige, wenn ich dich anrufe, aber es ist etwas passiert. Ich muss dringend mit Mutter und dir reden.

»Schön, dass es dir gut geht«, antwortete sein Vater. »Aber wieso rufst du deshalb extra an? Aton, ich habe dir gesagt, dass wir hier große Schwierigkeiten haben.«

Aton tauschte einen verblüfften Blick mit Sascha. Die junge Frau sah ebenso erstaunt drein wie er, zuckte aber nur mit den Schultern und Aton versuchte es noch einmal.

»Es geht mir eben nicht gut, Vater. Etwas Schlimmes ist passiert. Und ich fürchte, ihr seid auch in Gefahr.«

»Ich verstehe ja, dass du dich einsam fühlst«, antwortete sein Vater, nur noch mühsam beherrscht. »Aber hier ist wirklich der Teufel los. Wenn es etwas Wichtiges gibt, dann sag es mir bitte und dann häng wieder ein. Die Leitung muss frei bleiben. Ich erwarte einen dringenden Anruf aus Kairo.«

»Wieso verstehst du mich denn nicht?«, fragte Aton, einer Panik nahe. »Vater, Petach hat versucht mich umzubringen. Irgendetwas Schreckliches geht hier vor!«
»Also gut«, antwortete Atons Vater. »Ich verspreche dir, dich morgen oder übermorgen anzurufen, sobald sich die Lage hier etwas beruhigt. Deine Mutter fährt zurück nach Kairo ins Hotel. Es kann sogar sein, dass sie nach Hause zurückkommt.«
»Aber hör mir doch zu!«, rief Aton. »Ihr seid in Gefahr! Petach hat –«
»Ich hänge jetzt ein«, sagte sein Vater. »Bitte sei nicht böse, aber es ist wirklich wichtig, dass die Leitung frei bleibt. Ich werde dich anrufen, sobald es hier ein bisschen ruhiger geworden ist.« Und damit wurde die Verbindung unterbrochen. Aton starrte zuerst das Telefon und dann Sascha fassungslos an. »Aber das ist doch unmöglich«, murmelte er. »Er ... er scheint mich überhaupt nicht verstanden zu haben!«
»Vielleicht war die Verbindung so schlecht«, sagte Sascha. Die Worte klangen nicht besonders überzeugend und ihr Gesichtsausdruck verriet, dass sie selbst auch nicht an diese Erklärung glaubte. Umgekehrt hatten sie beide Atons Vater sehr gut verstanden, und selbst wenn die Leitung in die andere Richtung viel schlechter gewesen sein sollte – die Antworten, die sie gehört hatten, waren nicht die auf das gewesen, was Aton gesagt hatte.
»Petach«, flüsterte er. »Das war Petach.«
»Unsinn«, sagte Sascha. »Er kann nicht wissen, dass du hier bist.«
»Aber er weiß, wo meine Eltern sind«, antwortete Aton. Plötzlich hatte er das Gefühl, einen furchtbaren Fehler begangen zu haben. »Wir hätten das nicht tun dürfen«, sagte er.
»Was?«, fragte Sascha.
»Anrufen«, antwortete Aton. Er wurde immer nervöser. Etwas *geschah*. Er konnte es fühlen. »Sie wissen jetzt, wo wir sind«, sagte er.
»Bitte red nicht so einen Unsinn«, antwortete Sascha. Sie gab

sich Mühe, ruhig und sachlich zu sprechen, aber in ihrer Stimme war auch ein leiser nervöser Unterton. »Du hast kaum zwei Minuten mit ihm geredet und –«

Das Telefon klingelte. Sascha runzelte die Stirn und streckte dann die Hand nach dem Hörer aus. Aton sagte erschrocken: »Nicht abheben!«

Sascha zog die Hand wieder zurück, aber dann machte sie eine übertrieben beruhigende Geste, nahm den Hörer ab und meldete sich.

Aton konnte nicht verstehen, was am anderen Ende der Leitung gesprochen wurde, aber er konnte sehen, wie plötzlich alle Farbe aus Saschas Gesicht wich. Einige Sekunden lang hörte sie schweigend zu, dann drehte sie sich mit einer sonderbar hölzern wirkenden Bewegung zu Aton herum und reichte ihm den Hörer.

Wortlos griff er danach und hielt ihn ans Ohr. Es war Petach.

»Hör mir zu, Aton«, begann Petach in einem schnellen, gehetzten Tonfall, den Aton noch nie bei ihm erlebt hatte. »Stell keine Fragen, sondern hör einfach nur zu und tu, was ich dir sage. Ich weiß, dass es dir schwer fallen muss, mir zu vertrauen, aber du musst es noch einmal tun. Sie wissen, wo du bist, und werden dich holen. Ich erwarte dich am Flughafen, in einer Stunde.«

»Warum sollte ich Ihnen trauen?«, fragte Aton.

In Petachs Stimme war plötzlich Panik. »Dazu ist jetzt keine Zeit, Aton!« Er schrie beinahe. »Ich werde dir alles erklären, das verspreche ich dir. Bring meinetwegen deine Freundin mit, aber verlasst die Wohnung, wenn ihr am Leben bleiben wollt!«

Und damit hängte er ein. Aton legte den Hörer auf die Gabel zurück und sah wieder zu Sascha hoch. »Am Flughafen? Was um alles in der Welt soll ich dort?«

»Ich schlage vor, wir fragen Petach selbst danach«, antwortete Sascha. Sie sah noch immer verwirrt und erschrocken drein, aber ihre Stimme klang sehr entschlossen. »Wir werden genau das tun, was Petach vorgeschlagen hat. Wir werden

gemeinsam dorthin fahren. Mit einer kleinen Änderung.« Sie erklärte nicht, was sie damit meinte, sondern wies mit der Hand zum Gästezimmer. »Im Schrank hängt eine Jacke. Geh und hol sie. Ich will inzwischen schnell telefonieren.«
»Petach hat gesagt, wir sollten sofort gehen«, sagte Aton.
»Es dauert nicht lange«, erwiderte Sascha. »Außerdem weigere ich mich noch immer, an Gespenster und lebende Mumien zu glauben. Und im allerschlimmsten Fall haben wir noch das da.« Sie machte eine Kopfbewegung zu ihrer Uniformjacke hin, die an einem Haken neben der Tür hing. Unter der grünen Jacke lugte der Gürtel hervor, an dem ihre Pistolentasche befestigt war. Der Anblick beruhigte Aton allerdings kein bisschen. Sie hatten es nicht mit einem Gegner zu tun, den man sich mit einer Pistole vom Leib halten konnte; vermutlich mit gar keiner von Menschenhand erschaffenen Waffe. Aber er sagte nichts, sondern lief ins Gästezimmer zurück um die Jacke zu holen.
Er musste nicht lange danach suchen. Der Schrank war bis auf den Kleiderbügel mit der schweren Steppjacke – die so genau passte, als wäre sie eigens für ihn angefertigt worden – vollkommen leer. Aton schlüpfte hinein, verließ das Zimmer wieder und kam gerade noch zurecht um mit anzuhören, wie Sascha sich von jemandem verabschiedete und dann den Hörer einhängte. Das Gespräch musste wirklich sehr kurz gewesen sein. Er hatte nicht viel mehr als eine Minute gebraucht um die Jacke zu holen.
»Wen hast du angerufen?«, fragte er.
Sascha überging die Frage. Sie zog ihre Jacke an, schnallte den Pistolengürtel um und schob ihren Pferdeschwanz unter ihre Dienstmütze. Dann öffnete sie die Tür und schob Aton in den Hausflur. Aber als er nach dem Lichtschalter greifen wollte, legte sie rasch die Hand auf seinen Unterarm und hielt ihn zurück. »Warte!«, flüsterte sie.
Aton erstarrte mitten in der Bewegung. Er konnte Sascha nur als Schatten vor sich erkennen, wie sie angespannt lauschte, und Aton tat es ihr gleich.

Rings um sie waren die natürlichen Geräusche des Hauses: das kaum wahrnehmbare Summen der Heizung tief unten im Keller, gedämpfte Stimmen, Musik und die Geräusche der Fernsehgeräte, die in den anderen Wohnungen liefen, und ganz fern der Verkehrslärm der Stadt, der von draußen hereindrang. Aber das war nicht alles. Unter all diesen Lauten war noch etwas, ein Geräusch, das gar nicht richtig hörbar, aber so fremd und bedrohlich war, dass er es sofort registrierte. *Etwas* war hier.

»Was ist das?«, flüsterte er.

Sascha deutete ihm still zu sein, löste die Hand von seinem Arm und trat an ihm vorbei. Er konnte sehen, wie sich ihre Rechte auf die Pistolentasche senkte und sie öffnete, die Waffe aber noch nicht zog. Ihre ganze Haltung drückte höchste Konzentration aus.

Das Geräusch wurde deutlicher. Es hatte immer noch nicht die Schwelle überschritten, jenseits derer er es wirklich identifizieren konnte, aber es war ein Laut, den er trotz aller Fremdartigkeit schon einmal gehört hatte – und diese Erinnerung war mit einem so deutlichen Gefühl von Gefahr verbunden, dass sein Herz von einer Sekunde auf die andere zu rasen begann.

Unter ihnen im Hausflur war das Scharren krallenbewehrter Pfoten über Stein, das Gleiten eines mächtigen Körpers, der sich mühsam die Treppe hinaufzuschieben begann ... und dann wusste Aton plötzlich, woher er dieses Geräusch kannte. Es war das Ungeheuer aus seinem Traum. Die Schimäre hatte ihn gefunden. Sie hatte zehn Jahre nach ihm gesucht und nun war sie hier um zu Ende zu bringen, was ihr damals nicht gelungen war.

Ohne auf Saschas warnende Geste zu achten trat Aton an ihr vorbei und lehnte sich über das Treppengeländer um nach unten zu sehen. Was immer dort unten war, konnte nicht so schlimm sein wie das, was ihm seine Fantasie vorgaukelte. Er blickte direkt in ein Paar gewaltige rot glühende Augen, die zu einem schattenhaften Körper von so bizarrer Form gehörten, dass sein Verstand sich einfach weigerte, ihn richtig wahrzunehmen. Und jetzt schoss seine mühsam zurückgehaltene Furcht mit solcher Plötzlichkeit in ihm hoch, dass er einen gellenden Schrei ausstieß und so heftig zurücksprang, dass er Sascha um ein Haar von den Füßen gerissen hätte. Hilflos taumelte er gegen das Treppengeländer, rappelte sich wieder hoch und – hinter ihm stand die Mumie. Der Krieger war keine zwei Meter mehr von ihm entfernt und diesmal kam Atons Reaktion zu spät. Eine Hand von unmenschlicher Stärke packte ihn, riss ihn in die Höhe und schmetterte ihn mit solcher Wucht gegen die Wand, dass ihm die Luft wegblieb und er keuchend zu Boden sank. Die schiere Todesangst gab ihm die Kraft, sofort wieder hochzuspringen, aber der andere war einfach stärker. Aton spürte einen grausamen Schlag, der ihn ein zweites Mal in die Knie brechen und halb bewusstlos werden ließ, dann wurde er erneut gepackt und auf den Rücken geworfen. Der Unheimliche beugte sich über ihn. In seiner Hand blitzte plötzlich ein Dolch. Die tödliche Klinge näherte sich seinem Gesicht, seiner Kehle.

Ein Schuss fiel. In der Enge des Hausflures hallte das Geräusch als dutzendfach gebrochenes Echo wider und Aton konnte sehen, wie die Kugel die Mumie direkt über dem Herzen traf. Eine winzige Staubwolke stieg aus den dreitausend Jahre alten Stoffstreifen hoch, eine zweite, deutlich größere, löste sich von ihrem Rücken, als das Geschoss den Körper ohne sichtbaren Widerstand durchdrang und hinter ihm in die Wand fuhr. Der niederfahrende Dolch verfehlte Atons Kehle und schlug neben ihm Funken aus dem Boden und Aton reagierte ganz instinktiv auf die einzig richtige Art: Mit einer verzweifelten Bewegung richtete er sich auf und stieß dem Unheimlichen die flachen Hände vor die Brust.

Die Mumie taumelte, geriet aus dem Gleichgewicht und prallte gegen das Geländer. Der Dolch entglitt ihren Fingern und fiel klirrend zu Boden, einen Augenblick später ließ sie auch den schweren Metallschild fallen und kämpfte um ihre Balance. Jetzt hatte Sascha das freie Schussfeld, auf das sie gewartet hatte: drei-, vier-, fünfmal hintereinander drückte sie ab. Aus der Brust der Mumie explodierten graue Staubwolken, und wenn die Kugeln sie auch nicht verletzen konnten, so entschieden sie doch den Kampf, den der Unheimliche mit der Schwerkraft ausfocht. Er kippte rücklings über das Geländer und verschwand lautlos in der Tiefe. Zwei Sekunden später klang ein dumpfer Aufprall von unten zu ihnen herauf.

Das Geräusch war noch nicht ganz verklungen, da erscholl ebenfalls von unten ein ungeheuerliches, zorniges Brüllen. Es war nicht die Stimme eines Menschen, auch nicht die eines Tieres. Es war ein Brüllen wie der Schrei eines zornigen Gottes, der das ganze Haus zu erschüttern schien und irgendetwas in Aton zum Erstarren brachte. Er konnte hören, wie aus dem Tappen der Pfoten auf der Treppe ein rasendes Galoppieren wurde. Der Boden unter ihren Füßen begann zu zittern. Etwas Riesiges, Schwarzes mit rot glühenden Augen stampfte die Treppe herauf, so schnell wie der Wind und so unaufhaltsam wie eine Lawine. Aton stand da, vollkommen unfähig, irgendetwas zu tun oder auch nur einen klaren Gedanken zu fassen, doch Sascha ergriff ihn am Arm und zerrte ihn mit sich in die Wohnung zurück. Mit einem Krachen flog die Tür hinter ihnen ins Schloss und Sascha warf sich zusätzlich mit der Schulter dagegen und legte mit fliegenden Fingern die Kette vor.

»Lauf!«, schrie sie Aton zu. »Das Fenster im Gästezimmer!«

Aton gehorchte. Während Sascha in verzweifelter Hast versuchte die kleine Kommode vor die Tür zu rücken, rannte er zum Gästezimmer, stieß die Tür auf und war mit einem einzigen Satz am Fenster. Er wusste, dass unter ihm ein zwei Stockwerke tiefer Abgrund lag – doch als er das Fenster aufriss, entdeckte er etwas, was ihm bisher entgangen war: Neben dem Fenster führte eine schmale eiserne Leiter in die Tiefe.

Ein dröhnender Schlag erschütterte die Wohnung. Aton drehte sich herum und sah, wie Sascha hilflos von der Tür zurücktaumelte und gegen die Wand fiel. In der Tür war ein

Riss entstanden, die Kommode war umgestürzt und jetzt traf ein zweiter Schlag die Wohnungstür. Eine mächtige, krallenbewehrte Tatze erschien inmitten des zersplitternden Holzes und eine Sekunde später wurde die Tür vollends aus den Angeln gerissen. Ein schwarzes, löwenmähniges Ungeheuer erschien in der gewaltsam geschaffenen Öffnung. Saschas Entsetzensschrei ging in einem urzeitlichen Brüllen und Knurren unter, mit dem sich die Bestie vollends hereinschob.

Sie hatte den Körper eines Löwen, aber unter der gewaltigen schwarzen Mähne nicht das Gesicht einer Raubkatze, sondern ein entfernt menschliches Antlitz und dazu ein Paar schwarz gefiederter Flügel, die so groß waren, dass sie sie im Inneren der Wohnung nicht einmal zur Hälfte entfalten konnte.

»Aton!«, schrie Sascha. »Bring dich in Sicherheit! Ich halte es auf!«

Der Kopf des Ungeheuers ruckte herum, als es Saschas Stimme hörte. Der Blick seiner riesigen rot glühenden Augen richtete sich voller Bosheit auf die junge Frau, die mit hastigen Bewegungen versuchte ihre Waffe nachzuladen, obwohl die Pistole bei diesem Monstrum vermutlich noch viel weniger nutzen würde als bei der Mumie.

»Aton! Lauf!«, schrie Sascha noch einmal. Sie hob ihre Waffe – und die Sphinx machte eine nachlässige Bewegung mit der linken Tatze, die Sascha quer durch den Vorraum fliegen ließ. Mit einem einzigen Schritt folgte die Bestie ihrem Opfer und hob die Klaue zu einem vernichtenden Hieb. Sascha riss beide Arme vor das Gesicht – und Aton war mit einem einzigen Satz bei ihr und sprang das Ungeheuer mit weit ausgebreiteten Armen an.

Es war, als wäre er gegen einen Fels geprallt. Was wie weiches Fell aussah, das spannte sich über stahlharte Muskeln. Aton taumelte zurück und fiel, sein Angriff hatte das Ungeheuer nicht einmal erschüttert.

Aber die Klaue, die zum tödlichen Hieb erhoben über Sascha schwebte, sank hernieder, langsam drehte die Bestie den Kopf, fixierte nun Aton aus ihren schrecklichen, blutfarbenen Augen und begann sich ihm zu nähern. Ihre Krallen rissen tiefe Furchen in den Boden und die halb entfalteten Schwingen fetzten Tapeten und Putz von den Wänden. Der peitschende Schwanz zertrümmerte die wenigen Möbelstücke, die das Eindringen der Bestie übrig gelassen hatte.

Aton wich Schritt für Schritt zurück. Verzweifelt sah er sich nach einem Fluchtweg um, aber es gab keinen – die Sphinx hatte ihn in eine Ecke gedrängt, aus der es kein Entrinnen mehr gab. Noch einen Schritt und sie hatte ihn.

Ein zweiter schwarzer Schatten wirbelte durch die Türöffnung herein. Er war viel kleiner als die Sphinx, aber ebenso schnell und ebenso wild, und das Ungeheuer schien die Gefahr zu spüren, die plötzlich hinter ihm auftauchte, denn es ließ unvermittelt von Aton ab und fuhr herum. Aber diesmal war ihm seine eigene Größe hinderlich – in der Enge des Zimmers vermochte es sich einfach nicht schnell genug zu bewegen und der neu aufgetauchte Angreifer prallte gegen seine Flanke, noch ehe es die Drehung gänzlich vollendet hatte.

Obwohl der Angreifer viel kleiner war als die Sphinx, riss sein Anprall das Monstrum von den Beinen. Die beiden Tiere stürzten krachend zu Boden, sodass das ganze Haus erzitterte, und Aton sah sich plötzlich von der nächsten Gefahr bedroht: Statt von den Zähnen und Klauen der Sphinx in Stücke gerissen zu werden, drohte der zentnerschwere Körper ihn jetzt niederzuwalzen. Aton brachte sich mit einem verzweifelten Sprung in Sicherheit und nur den Bruchteil einer Sekunde später kollerten die Sphinx und der große schwarze Hund, der sich in ihrer Flanke verbissen hatte, dort entlang, wo er gerade noch gestanden hatte. Die beiden kämpfenden Ungeheuer prallten gegen die dünne Gipswand zwischen Diele und Wohnzimmer, die unter dem Gewicht der Kämpfenden zusammenbrach. Schlagende Flügel, Krallen und Fänge zertrümmerten Saschas ohnehin spärliche Einrichtung vollkommen.

Aton sah dem verbissenen Ringen der beiden nur einen Moment lang zu. Anubis war viel kleiner als die Sphinx, schien ihr aber trotzdem zumindest ebenbürtig, sodass keiner der beiden ungleichen Gegner einen entscheidenden Vorteil erringen konnte. Aton wartete auch nicht ab, wie der Kampf enden mochte – er war mit ein paar raschen Schritten bei Sascha und kniete neben ihr nieder.

Die junge Frau öffnete die Augen, als er sie berührte. Ihr Blick war verschleiert, aber Aton konnte zumindest keine äußerlichen Verletzungen erblicken. »Bist du in Ordnung?«, fragte er.

Sascha sah ihn nur verständnislos an. Sie musste wohl für einen Moment das Bewusstsein verloren haben, denn sie schien gar nicht zu begreifen, wovon er sprach. »Eje ...«, murmelte sie. »Wo ist ...« Sie brach ab, richtete sich mit einem Ruck vollends auf und dann konnte Aton regelrecht sehen, wie etwas in ihren Blick zurückkehrte, was vorher nicht darin gewesen war. Sie sah die beiden kämpfenden Ungeheuer nur kurz an, dann fuhr sie herum und zog Aton mit sich in Richtung auf die Tür.

Draußen im Hausflur war das Licht angegangen. Einige Wohnungstüren standen offen und verschreckte, fragende Gesichter blickten ihnen entgegen, aber Sascha hetzte weiter und zerrte Aton so schnell hinter sich her, dass er alle Mühe hatte, nicht von den Füßen gerissen zu werden. Sie kamen zur Treppe, sprangen sie, immer mehrere Stufen auf einmal nehmend, hinunter, und als sie den letzten Absatz erreichten, stand die Mumie wieder vor ihnen. Schild und Dolch lagen noch oben vor Saschas Wohnungstür, doch der Ungeheuerliche trug seine Lanze bei sich. Mit weit ausgebreiteten Armen vertrat er ihnen den Weg und segelte plötzlich in hohem Bogen durch die Luft, als Sascha einen seiner Arme packte und ihn mit einem perfekten Judogriff zu Fall brachte.

Natürlich vermochte auch dieser Angriff die Mumie nicht zu verletzen. Nichts konnte ihr wirklichen Schaden zufügen. Aber sie wurde meterweit davongeschleudert, und noch bevor sie sich wieder aufrichten konnte, hatten Sascha und Aton die Haustür erreicht und stürmten ins Freie. Hinter ihnen erscholl ein zorniger Schrei. Die Lanze des Mumienkriegers zertrümmerte die Glastür, prallte nur eine Handbreit neben Sascha auf den Boden und rutschte klappernd davon.

Aton wollte sich nach links wenden, aber Sascha zerrte ihn in die andere Richtung und deutete mit der freien Hand auf einen Wagen, der auf der gegenüberliegenden Straßenseite geparkt war. Grob stieß sie ihn hinein, rannte um die Motorhaube und war hinter dem Steuer, noch bevor Aton die Tür richtig hinter sich zugezogen hatte. Der Zündschlüssel steckte und der Motor schien anzuspringen, noch bevor Sascha ihn wirklich berührt hatte. Mit durchdrehenden Reifen rasten sie los.

Aton drehte sich im Sitz herum und sah zum Haus zurück. Obwohl Sascha aus dem Wagen herausholte, was sie konnte, sah Aton noch, wie die Haustür plötzlich in tausend Stücke zertrümmert wurde, die in weitem Umkreis auf die Straße herabregneten. Etwas Riesiges, Schwarzes mit roten Augen, Krallen und Flügeln brach aus dem Gebäude heraus. Dann hatten sie die erste Kreuzung erreicht und bogen mit quietschenden Reifen um die Kurve und das Haus und das Ungeheuer waren Atons Blicken entzogen.

Das sichere Haus

Es dauerte eine geraume Weile, bis Aton das unangenehme Schweigen brach, das sich nach ihrer Flucht im Wagen ausgebreitet hatte, und er tat es mit einer ziemlich banalen Frage: »Woher hast du diesen Wagen?«

»Er gehört einem Freund«, antwortete Sascha. »Ich habe ihn mir geliehen, weil ich mir dachte, dass wir ihn vielleicht ...« Sie zögerte und lachte nervös. »... benötigen würden. Allerdings hätte ich mir nicht träumen lassen, dass wir ihn so dringend brauchen.« Sie schüttelte den Kopf und konzentrierte sich wieder auf den Straßenverkehr, der trotz der vorgerückten Stunde noch dicht war.

Aton sah aus dem Fenster. Der Anblick der Passanten, der hell erleuchteten Schaufenster, der Autos und Straßenbahnen hatte etwas sehr Beruhigendes. Aber er machte ihm zugleich auch klar, wie dünn die Mauer in Wahrheit war, die sich zwischen dieser und jener anderen unheimlichen Welt befand, in der Petach und die Gespenster der Vergangenheit lebten. Er drehte sich herum und sah in die Richtung zurück, aus der sie gekommen waren. Aber auch hinter ihnen war nichts als andere Autos und Passanten.

»Glaubst du, dass sie uns verfolgen?«, fragte Sascha, der dies natürlich nicht entgangen war.

Aton hätte gern mit einem überzeugten Nein geantwortet, aber er konnte es nicht. Bisher hatten die Dämonen aus der Vergangenheit stets zugeschlagen, wenn er allein gewesen war oder in einer menschenleeren Gegend. Aber Saschas Wohnung lag in einem ganz normalen Haus, in dem auch andere Menschen lebten. Vielleicht gab es nirgends völlige Sicherheit. So antwortete er zögernd: »Ich hoffe nicht.«

»Das war verdammt knapp«, sagte Sascha und schauderte. »Eine halbe Sekunde später und ...« Sie sprach den Satz nicht zu Ende, sondern warf ihm einen Blick zu. »Das war ziemlich leichtsinnig von dir, weißt du das?«

»So?«, gab Aton zurück, in einem Tonfall, der schärfer ausfiel, als er beabsichtigt hatte. »Du hast eine seltsame Art, Danke zu sagen.«

»Ich weiß, dass du mir das Leben gerettet hast«, antwortete Sascha ernst. »Und ich bin dir auch dankbar dafür. Trotzdem war es ziemlich leichtsinnig. Dieses Ding hätte dich umbringen können.«

»Möglich«, antwortete Aton. »Aber ich glaube nicht, dass das seine Absicht war. Weißt du, wenn sie mich umbringen wollten, hätten sie das längst gekonnt.«

Sascha sagte nichts dazu und selbst Aton wunderte sich einen Moment lang über seine eigenen Worte. Aber zugleich – als wäre es erst nötig gewesen, sie auszusprechen, um die darin enthaltene Wahrheit zu begreifen – spürte er auch, dass es genauso war. Sicher, die Sphinx hatte ihn angegriffen und er hatte den Dolch des Mumienkriegers an der Kehle gespürt; und doch – es war nicht sein Tod, den diese Geschöpfe wollten.

»Dieser Hund«, sagte Sascha plötzlich. »Das war Anubis, nicht? Der Hund, von dem du erzählt hast.«

»Ja«, antwortete Aton. »Petach muss ihn geschickt haben.«

»Er hat uns geholfen«, gab Sascha zu bedenken. »Wäre er nicht aufgetaucht, hätte das Biest uns beide erwischt.«

Aton zuckte nur mit den Schultern. Auch er hatte schon über diese Frage nachgedacht, ohne zu irgendeiner Lösung zu kommen. »Vielleicht streiten sich ja Petach und die anderen gerade darum, wer mich angreifen darf«, sagte er.

Auch Sascha lächelte, wurde aber sofort wieder ernst. »Du sprichst ein wichtiges Thema an«, sagte sie. »Vielleicht die entscheidende Frage überhaupt.«

»Und die wäre?«

»Was Petach und die anderen überhaupt von dir wollen«, antwortete Sascha. Aton wollte etwas sagen, doch Sascha hob rasch die Hand und führte den begonnenen Gedanken weiter. »Petach hat dir erzählt, was damals geschehen ist«, sagte sie. »Die Geschichte von Echnaton und Eje –«

»Eje?«
»Ich habe in ein paar Büchern gelesen und mich erkundigt«, erwiderte Sascha mit einem flüchtigen Lächeln. »Mit großer Wahrscheinlichkeit war es Echnatons väterlicher Freund und Berater Eje, der ihn damals umbringen ließ, um sich selbst auf den Thron Ägyptens zu setzen. Nehmen wir einmal an, dass es wirklich so war. Ich will sogar für einen Moment meinen gesunden Menschenverstand abschalten und so tun, als wäre alles genau so, wie Petach dir erzählt hat. Selbst wenn das alles stimmt, frage ich mich, welche Rolle du bei alledem spielst. Es muss etwas mit deinem Unfall seinerzeit zu tun haben, eine andere Erklärung gibt es nicht. Hast du damals irgendetwas getan oder mitgenommen?«
Auch Aton hatte schon angestrengt in dieser Richtung überlegt. Bei allem Unheimlichen, das ihm widerfahren war, glaubte er doch keine Sekunde, nur durch Zufall in diesen Kampf mythischer Gewalten hineingezogen worden zu sein. Aber er hatte nichts mitgenommen, und wenn er irgendetwas getan hatte, so erinnerte er sich jedenfalls nicht mehr daran. Er überlegte einige Sekunden, dann zuckte er hilflos die Schultern. »Ich weiß es nicht«, sagte er. »Ich kann mich an nichts von damals erinnern. Ich war ja noch ein kleines Kind.«
»Und Petach und seine Freunde werden uns wohl kaum die Wahrheit sagen, wenn wir sie fragen«, fügte Sascha seufzend hinzu. Sie warf einen Blick in den Rückspiegel, dann lenkte sie den Wagen auf die mittlere Fahrspur und gab mehr Gas. Sie fuhr weit schneller, als es in der Stadt erlaubt war, aber das schien sie nicht zu stören.
»Wohin fahren wir eigentlich?«, erkundigte sich Aton.
»An einen sicheren Ort«, antwortete Sascha. »An einen Ort, an dem uns Petach und diese Monster nichts tun können.« »Das hast du schon einmal gesagt«, erinnerte sie Aton.
Sascha zuckte mit den Schultern. »Ich gebe zu, ich habe sie unterschätzt«, gestand sie. »Aber das wird nicht noch einmal passieren. Außerdem haben wir sie selbst auf unsere Spur gebracht.«

Diese Antwort beruhigte Aton nicht sonderlich. Er war ziemlich sicher, dass Petach über kurz oder lang seinen Aufenthaltsort auch herausgefunden hätte, hätte er nicht versucht Kontakt mit seinen Eltern aufzunehmen.

Der Gedanke erinnerte ihn wieder an etwas, was er in all der Aufregung der letzten halben Stunde völlig vergessen hatte. Der beunruhigte Ton in der Stimme seines Vaters war nicht zu überhören gewesen und viel mehr noch hatte er gespürt, dass auch bei ihm etwas nicht stimmte. Er musste seine Eltern von dem unterrichten, was hier geschehen war, und vor allem: Er musste sie warnen. Er sprach den Gedanken laut aus und zu seiner Überraschung widersprach Sascha nicht, sondern nickte zustimmend.

»Wir müssen sogar noch mehr tun«, sagte sie. »Wie es aussieht, sind deine Eltern wahrscheinlich die Einzigen, die uns helfen können. Sie waren damals dabei.«

»Aber sie wissen doch nichts«, sagte Aton. Sascha machte eine wegwerfende Handbewegung. »Sie glauben, nichts zu wissen«, sagte sie. »Es ist erstaunlich, woran sich die Leute manchmal erinnern, wenn man nur hartnäckig genug nachfragt. Ich werde mich erkundigen, was auf der Baustelle deines Vaters los ist, und versuchen irgendwie Kontakt mit ihm aufzunehmen. Keine Sorge«, fügte sie beruhigend hinzu, als Aton zusammenzuckte. »Ohne dass Petach es merkt. Gottlob verfüge ich über gewisse Möglichkeiten, von denen er nichts wissen kann. Aber zuerst einmal brauchen wir einen sicheren Unterschlupf für dich.«

Wieder fuhren sie eine ganze Zeit lang schweigend durch die Stadt, dann stellte Aton eine Frage, die ihn schon seit einer Weile beschäftigte. »Wieso tust du das eigentlich?«, fragte er.

»Was?«

»Du hättest längst deine Vorgesetzten benachrichtigen müssen«, sagte Aton. Eigentlich schon gestern. Ich meine, ich bin dir dankbar, dass du mir hilfst, aber du riskierst eine ganze Menge, nehme ich an.«

»Ich riskiere Kopf und Kragen, um genau zu sein«, antwortete Sascha ruhig. »Zumindest meinen Job. Aber kannst du dir vorstellen, was meine Vorgesetzten sagen, wenn ich mit dieser Geschichte zu ihnen komme? Trotzdem werde ich es spätestens morgen früh tun müssen.« Sie seufzte. »Sobald ich mir ein paar passende Ausreden habe einfallen lassen, heißt das.«

Sie mussten ihr Ziel jetzt fast erreicht haben, denn Sascha fuhr langsamer und bog schließlich in eine Seitenstraße ein. Die Häuser hier waren kleiner und einfacher als die an der Hauptstraße und in den meisten brannte kein Licht mehr, obwohl es nicht sehr spät war. Sascha betätigte den Blinker und lenkte den Wagen an den rechten Straßenrand. Sie stiegen aus.

Aton sah sich mit einer Mischung aus Neugier und Unbehagen um. Die Gegend gefiel ihm nicht. Obwohl nur einen Straßenzug vom belebten Zentrum der Stadt entfernt, schienen sie sich in einer völlig anderen Welt zu befinden. Es war sehr dunkel. Es gab keine Straßenlaternen und die meisten Fenster waren schwarz, als wären die Wohnungen dahinter verlassen. Er sah überhaupt keine Passanten und mit Ausnahme ihres eigenen auch keinen einzigen Wagen, der am Straßenrand abgestellt war.

»Wo sind wir hier?«, fragte er schaudernd.

Sascha deutete auf das Gebäude, vor dem sie ausgestiegen waren. Aton entdeckte erst jetzt die Leuchtbuchstaben über der Tür, die verkündeten, dass es sich um das Hotel ASTORIA handelte. Ein hochtrabender Name – aber auch das einzig Elegante an diesem Gebäude, das wenig mehr als eine Ruine zu sein schien. Mit Ausnahme eines beleuchteten Fensters im Erdgeschoss war auch dieses Haus vollkommen dunkel. Zweifelnd blickte er Sascha an.

Die junge Frau lächelte aufmunternd und machte zugleich eine Geste, ihr zu folgen. »Keine Sorge«, sagte sie. »Es sieht schlimmer aus, als es ist.«

Sie betraten das Hotel. Hinter der Tür, die sich mit einem Knarren in den Angeln bewegte, als wäre sie seit zehn Jahren

nicht mehr geöffnet worden, erstreckte sich ein kleiner, staubiger Flur, an dessen linker Seite sich eine uralte Theke befand. Dahinter saß ein kleines, verhutzeltes Männchen in einer blauschwarzen Fantasieuniform, das bei ihrem Eintreten müde und ohne das geringste Interesse aufsah. Sascha bedeutete Aton nichts zu sagen und wechselte einige halblaute Worte mit dem Portier. Aton konnte nicht verstehen, was sie sagte, aber der Mann händigte ihr einen Schlüssel aus, ohne auch nur aufzustehen, und vertiefte sich dann wieder in die Zeitung, in der er bei ihrem Eintreten geblättert hatte. Die ganze Szenerie hatte etwas Unwirkliches, fand Aton.
Sascha deutete mit einer Kopfbewegung auf die Treppe am hinteren Ende des Flures und sie gingen sie rasch hinauf. Das Zimmer, dessen Schlüssel ihr der Portier gegeben hatte, lag im ersten Stockwerk, unmittelbar an der Treppe. Sascha schloss auf, tastete einen Moment lang im Dunkeln herum und fand schließlich den Lichtschalter, der mit einem deutlich hörbaren Klacken einrastete. Eine altmodische Stofflampe unter der Decke verbreitete gelbes Licht, und was Aton in dem blassen Schein sah, das verstärkte das seltsame Gefühl noch, das sich in ihm breit gemacht hatte. Das Zimmer war uralt. Die Einrichtung war halbwegs sauber, aber sehr spärlich und musste schon altmodisch gewesen sein, bevor er geboren worden war.
»Nicht unbedingt das Hilton, aber sicher und warm«, erklärte Sascha, während sie die Tür hinter sich ins Schloss drückte.
»Was ist das hier?«, fragte Aton.
»Wir benutzen dieses Hotel dann und wann, um Leute unterzubringen«, sagte Sascha. Aton sah sie fragend an und sie fügte mit einem angedeuteten Lächeln hinzu: »Das ist das, was wir ein sicheres Haus nennen. Siehst du denn gar keine Kriminalfilme?«
Aton erwiderte ihr Lächeln nicht. Er bekam es plötzlich mit der Angst zu tun. Sascha war sich dessen offensichtlich gar nicht bewusst, aber sie hatte genau das in Worte gekleidet,

was er spürte, seit er dieses Gebäude das erste Mal gesehen hatte. Alles hier wirkte nicht echt. Es sah genauso aus, als wäre er in einen uralten Kriminalfilm geraten. Dieses fast menschenleere Haus in einer verkommenen Gegend, der senile Portier, der seine Gäste nicht zur Kenntnis nahm, dieses Zimmer, dem man ansah, dass es vermutlich seit Jahren niemanden mehr beherbergt hatte ... Als Aton zum Fenster trat und einen Blick auf die Straße hinauswarf, sah er in einen kleinen, an drei Seiten von schmuddeligen Backsteinmauern umgebenen Hinterhof, in dem sich leere Kisten und Kartons, ganze Berge von Flaschenkästen und überquellende Mülleimer stapelten. Was jetzt noch fehlte, dachte er spöttisch, war eigentlich nur ein schwarzer Citroën, der Wagen, den Ganoven in französischen Kriminalfilmen traditionsgemäß fuhren.

»Ich werde dich nun ein oder zwei Stunden allein lassen«, sagte Sascha.

Aton drehte sich mit einem Ruck zu ihr herum und er musste wohl sehr erschrocken dreingesehen haben, denn sie fügte in beruhigendem Tonfall hinzu: »Keine Sorge, du bist hier wirklich sicher. Solange du das Haus nicht verlässt, kann dir nichts passieren. Und nicht telefonierst«, fügte sie augenzwinkernd hinzu.

Aton fand das nicht lustig. Saschas Worte erinnerten ihn nachhaltig wieder daran, dass er vielleicht nicht der Einzige war, dem Gefahr drohte. »Wohin willst du?« Noch während er die Frage aussprach, erinnerte er sich wieder daran, dass Sascha noch einmal kurz telefoniert hatte, bevor sie die Wohnung verließen. »Ich weiß, zum Flughafen. Ihr wollt euch Petach schnappen.«

»Ich habe einiges mit ihm zu bereden«, bestätigte Sascha.

»Du hast gesehen, was –« begann Aton, wurde aber sofort unterbrochen.

»Er hat uns überrascht. Außerdem waren wir allein. Das nächste Mal wird es ein bisschen anders aussehen.« Sie machte ein grimmiges Gesicht. »Ich könnte gar nicht mehr zurück, selbst wenn ich wollte. Du kannst nicht die halbe Stadt in Schutt und Asche legen und denken, dass niemand etwas dagegen unternimmt. Ob dieser Petach nun tatsächlich das ist, was du glaubst, oder nur ein geschickter Betrüger – wir werden ihm das Handwerk legen, und zwar ein für alle Mal.«

Aton ahnte, wie sinnlos es wäre, Sascha von ihrem Vorhaben abbringen zu wollen. Etwas sagte ihm, dass alle Polizisten der Welt Petach nicht daran hindern konnten, genau das zu tun, was er wollte, aber er war nicht in der Stimmung, zu diskutieren. Außerdem konnte er jede Hilfe gebrauchen, die ihm angeboten wurde. Sascha und ihre Kollegen würden Petach nicht verjagen, aber doch ein wenig aufhalten, und vielleicht gewann er so die Zeit, die er dringend brauchte, um einen klaren Kopf zu bekommen und endlich so etwas wie Sinn in diese scheinbar verworrene Geschichte zu bringen. Er hatte immer mehr das Gefühl, vor den Teilen eines gigantischen Puzzles zu stehen, das er nur richtig zusammensetzen musste. Das Problem war nur, dass er keine Ahnung hatte, wie das Bild aussah, das es ergeben sollte.

Sascha deutete sein Zögern wohl falsch, denn sie fügte plötzlich hinzu: »Wenn du willst, rufe ich jemanden an, der herkommt und dich bewacht.«

»Das ist nicht nötig«, antwortete Aton erschrocken. Und irgendwie hatte er das Gefühl, dass Sascha erleichtert über diese Antwort war. Sie wandte sich zur Tür.

»Mach niemandem auf«, sagte sie »Das Beste wird sein, wenn du das Zimmer gar nicht verlässt. Ich komme zurück, so schnell ich kann.«

Sie ging. Aton schloss die Tür hinter ihr sorgfältig ab, dann drehte er sich wieder herum und sah sich unschlüssig im Zimmer um. So anders es auch war – in einem Punkt ähnelte es sehr Saschas Wohnung: Bis auf das Nötigste war es vollkommen leer. Es gab nicht die geringste Möglichkeit der Zerstreuung, nichts, womit man sich beschäftigen, sich ablenken konnte. Er war nicht müde, sodass er hätte schlafen können, und selbst wenn er es gewesen wäre, hätte er ganz bestimmt keine Ruhe gefunden.

Aton beschäftigte sich fast eine Stunde lang damit, ruhelos in dem kleinen Raum auf und ab zu gehen und dann und wann am Fenster stehen zu bleiben, um einen Blick auf den Hof hinauszuwerfen, und seine Gedanken drehten sich in dieser Zeit immer schneller und immer wilder im Kreis. Er versuchte das Problem logisch anzugehen, aber das machte es eher schlimmer. Je intensiver er über alles nachdachte, was seit jenem schicksalhaften Tag in Crailsfelden geschehen war, desto weniger Sinn schien alles zu ergeben. Selbst wenn sich alles ganz genau so abgespielt hatte, wie Petach behauptete, und selbst wenn es nicht nur ein Trick und geschickte Täuschungen, sondern tatsächlich das Wirken mythischer Mächte war – die Geschehnisse, von denen Petach erzählt hatte, hatten sich vor dreitausenddreihundert Jahren zugetragen. Was um alles in der Welt hatte *er* damit zu tun?

Aton ging in Gedanken sogar noch einen Schritt weiter. Selbst wenn er – was vollkommen ausgeschlossen war – ein direkter Blutsverwandter Echnatons (oder Ejes) sein sollte, so war es nach all dieser Zeit kaum wahrscheinlich, dass er noch irgendeinen Einfluss auf das Geschehen von damals oder seine Auswirkungen hatte. Nein, es musste eine andere Erklärung geben. Eine viel einfachere, vielleicht aber auch viel fantastischere.

Schließlich hielt er es nicht mehr aus und verließ, wenn auch mit einem schlechten Gefühl, das Zimmer. Der Hotelflur lag vollkommen leer und still vor ihm.

Es dauerte eine Weile, bis es Aton auffiel, aber dann sah er es so deutlich, dass er sich fragte, wie um alles in der Welt er auch nur eine Sekunde lang nicht hatte sehen können, wie unheimlich dieser Flur war. Es gab nicht das geringste Stäubchen. Nirgendwo lag etwas herum, keine Faser, kein Fetzchen Papier, nichts. Es gab keine Spur von Unordnung. Die zerschlissenen Läufer auf dem Boden lagen so präzise da, als hätte sie jemand mit einem Lineal ausgerichtet, die kleinen

Messingschildchen an den Zimmertüren waren auf Hochglanz poliert, die Tapeten wirkten alt und fleckig, aber völlig unbeschädigt, ohne den winzigsten Riss, die allerkleinste, abgeschabte Stelle. Und es war still. Unheimlich still.

Aton machte einen Schritt auf die Treppe zu, blieb dann wieder stehen und trat an die Tür des Nachbarzimmers heran. Er zögerte. Sein Herz begann schneller zu schlagen, als er das Ohr an das Holz presste und lauschte. Nichts. Nach ein paar Sekunden streckte er zögernd die Hand aus, legte sie auf die Klinke und drückte sie ganz langsam hinunter. Die Tür schwang lautlos nach innen und Aton legte sich in Gedanken bereits eine Entschuldigung zurecht, falls er direkt in das Gesicht eines erbosten Hotelgastes blicken sollte.

Aber in dem Zimmer war niemand, den er hätte stören können, und es konnte auch niemand da sein, denn es gab kein Zimmer.

Vor Aton lag nur ein gewaltiges, schwarzes Nichts, aus dem ihm ein Hauch unheimlicher Kälte entgegenwehte.

Aton blieb sekundenlang wie gelähmt stehen und starrte in die Leere. Furcht stieg in ihm hoch, doch er versuchte sie zu unterdrücken. Mit einer erzwungen ruhigen Bewegung schloss er die Tür wieder, ging einige Schritte den Flur entlang und öffnete das nächste Zimmer.

Das Ergebnis war dasselbe. Auch hinter dieser Tür war nichts als Schwärze und Leere.

Aton öffnete alle Türen auf der Etage, ohne irgendetwas anderes zu finden als eben nichts, und er war auch sicher, dass das Ergebnis dasselbe gewesen wäre, hätte er auch die beiden oben liegenden Stockwerke untersucht. Er sparte sich jedoch die Mühe und ging langsam die Treppe ins Erdgeschoss hinunter.

Der Portier saß noch immer hinter der Theke und blätterte in seiner Zeitung, als wäre inzwischen gar keine Zeit vergangen, und er sah auch erst auf, als Aton bereits an ihm vorüberging. Dann aber erwachte er sehr schnell aus seiner Lethargie. Mit einer für einen Mann seines Alters und seiner Statur über-

raschend flinken Bewegung huschte er um die Theke herum und vertrat Aton den Weg.
»Wo willst du hin?«, fragte er in wenig freundlichem Ton.
»Ich ... ich wollte nur ...«, stammelte Aton, aber der Portier unterbrach ihn mit einer energischen Geste.
»Deine Freundin hat gesagt, du sollst das Haus nicht verlassen«, sagte er. »Ich glaube, es ist besser, du tust, was sie sagt.« Der Tonfall, in dem er sprach, machte seine Worte zu einem Befehl, und obwohl er einen Kopf kleiner und schmächtiger als Aton war, erweckte er ganz den Eindruck, diesem Befehl notfalls auch mit Gewalt Nachdruck zu verleihen. Aton zögerte. Aber allein die Vorstellung, die Treppe wieder hinauf und in dieses unheimliche Zimmer zurückkehren zu sollen, war fast mehr, als er ertrug. »Ich ... ich muss dringend weg«, sagte er. »Es ist etwas –«
Wenn es ein Zufall war, dann der größte, den Aton je erlebt hatte, aber in diesem Moment wurde die Eingangstür geöffnet und Sascha kam zurück. Sie schien die Situation mit einem einzigen Blick zu erfassen und richtig zu deuten, denn für einen Moment breitete sich Sorge auf ihrem Gesicht aus. Dann lächelte sie. Aber Aton entging weder der beredte Blick noch die kleine, rasche Bewegung mit der Hand, die sie zu dem alten Mann hin machte. Er hörte, wie sich der Portier herumdrehte und an seinen Platz zurückschlurfte, und Sascha schloss die Tür hinter sich und kam dann auf ihn zu.
»Dir war ziemlich langweilig in deinem Zimmer, wie?«, fragte sie. »Meine Schuld. Ich hätte dir ein Buch oder irgendetwas anderes mitbringen sollen, womit du dich ablenken kannst.«
»Wieso bist du schon zurück?«, fragte Aton ohne auf die Worte einzugehen. »Was ist mit Petach?«
»Er war natürlich nicht da«, antwortete Sascha. »Wir haben den ganzen Flughafen nach ihm abgesucht ohne ihn zu finden. Es war wahrscheinlich auch ziemlich naiv von mir, im Ernst anzunehmen, dass er einfach dasitzt und auf uns wartet.«
Aton versuchte in Gedanken die Zeit abzuschätzen, die seit

Saschas Aufbruch vergangen war. Er wusste nicht genau, wo in der Stadt sie waren, aber bis zum Flughafen hinaus und wieder zurück war es selbst mit einem schnellen Wagen sicherlich eine halbe Stunde. Es war schwer vorstellbar, dass die Polizistin – selbst mit einer ganzen Armee von Kollegen – in der kurzen verbliebenen Zeit den kompletten Flughafen abgesucht haben sollte.

Sascha ging an ihm vorbei und machte eine beiläufige Geste, ihr zu folgen, aber Aton rührte sich nicht von der Stelle. Sie blieb stehen und sah ihn stirnrunzelnd an.

»Was ist los?«, fragte sie. Sie lächelte. »Ich weiß, dass es hier nicht sehr gemütlich ist, aber –«

»Was ist mit den anderen Zimmern?«, unterbrach sie Aton.

»Den anderen Zimmern?« Wenn Sascha log, dann war sie eine ausgezeichnete Schauspielerin. Die Verwirrung auf ihrem Gesicht wirkte echt. »Ich verstehe nicht, was du meinst.«

»In diesem Haus stimmt etwas nicht«, sagte Aton. Es fiel ihm schwer, weiterzusprechen. Er musste sich sehr zusammennehmen, doch irgendwie brachte er das Kunststück fertig, seiner Stimme einen einigermaßen festen Klang zu verleihen. »Es gibt keine anderen Zimmer«, sagte er. »Nur dieses eine, in das du mich gebracht hast.«

»Keine anderen Zimmer?« Sascha schüttelte verwirrt den Kopf und tauschte einen fragenden Blick mit dem Portier. Der alte Mann sah ebenso verständnislos drein wie auch sie, dann maß er Aton kopfschüttelnd und auf eine sehr beredte Art.

»Ich weiß wirklich nicht, wovon du redest«, sagte Sascha.

»Nein?«, antwortete Aton. »Na, dann komm mit.«

Immer zwei Stufen auf einmal nehmend, stürzte er die Treppe hinauf und an ihrem Zimmer vorbei, erreichte die Tür, hinter der er zuerst auf diese unheimliche schwarze Leere gestoßen war, und riss sie auf.

Dahinter lag ein kleiner, schäbiger Raum, der ein Zwilling ihres eigenen Zimmers hätte sein können.

Aton starrte das Zimmer ungläubig und mit schierem Entsetzen an. Auf den zweiten Blick war es dem seinen doch nicht so ähnlich, wie er im allerersten Moment geglaubt hatte. Es gab Unterschiede. Was er in seinem eigenen Raum und auch draußen vermisst hatte, das sah er nun hier: Auf dem Tisch lag eine aufgeschlagene Zeitung, die Bettdecke war nicht ganz glatt gezogen und auf dem Spülbecken rechts neben der Tür, das nur einen Kaltwasserhahn hatte, stand ein benutztes Glas. In der Luft hing der Geruch von kaltem Zigarettenqualm, als wäre jemand vor kurzer Zeit erst hier gewesen und hätte geraucht.

»Also?«, fragte Sascha, die nachgekommen war. »Was soll mit diesem Zimmer sein?«

Aton drehte sich wortlos um und trat an die nächste Tür. Er hatte es fast erwartet, trotzdem bereitete ihm der Anblick abermals einen Schock. Auch hinter dieser Tür lag ein kleines Hotelzimmer und dies wies sogar ganz deutliche Spuren eines Bewohners auf. Aton probierte eine dritte und vierte Tür – mit dem gleichen Ergebnis – hinter der fünften schließlich entdeckte er tatsächlich einen Menschen. Ein verschlafenes Gesicht sah die beide Störenfriede aus noch trüben Augen an und Aton schloss rasch wieder die Tür, ehe der Mann richtig erwachen konnte.

»Also?«, fragte Sascha. Sie hatte seinem Treiben bisher wortlos zugesehen, aber nun war ihre Geduld ganz offensichtlich am Ende. »Was soll das?«

Aton sah sie nur hilflos an. Er hätte in diesem Moment seine rechte Hand dafür gegeben, die Antwort auf diese Frage zu kennen. Hatte er sich das alles tatsächlich nur eingebildet? Sascha wiederholte ihre Frage, aber Aton antwortete auch jetzt nicht darauf, sondern drehte sich schweigend um und hatte es plötzlich sehr eilig, wieder in das Zimmer zurückzugehen, das ihm vor einer Viertelstunde noch solche Angst eingeflößt hatte.

Böse Mächte

Trotz der Aufregung hatte Aton gut und lange geschlafen, sodass er auch am nächsten Morgen erst wieder lang nach Sonnenaufgang erwachte. Sascha war bereits in einem Schnellimbiss gewesen und hatte ein Frühstück besorgt und sowohl sie als auch Aton aßen mit großem Appetit.

Anschließend erklärte Sascha, ihn noch einmal für zwei oder allerhöchstens drei Stunden allein lassen zu müssen, ohne auch nur eine Andeutung zu machen, was sie in dieser Zeit vorhatte. Sie tröstete Aton mit dem Inhalt einer weißen Plastiktüte, die sie zusammen mit dem Frühstück gebracht hatte. Diese enthielt ein kleines, batteriebetriebenes Kofferradio sowie einige Zeitschriften – eine ziemlich willkürliche Auswahl, wie Aton beim Durchblättern feststellte. Sascha hatte sich wohl gefragt, was einen Jungen seines Alters interessierte, und dann einfach alles mitgenommen, wovon sie dachte, dass er es gerne lesen würde, vom Musikmagazin bis zur Autozeitschrift. Im Grunde war nichts dabei, was Aton wirklich interessierte, aber alles war besser, als die nächsten Stunden damit zu verbringen, wie ein gefangener Tiger im Kreis herumzulaufen und darauf zu warten, dass die Zeit verging.

Er blätterte eine Weile in den Zeitschriften und schaltete schließlich das Radio ein. Da es fast die volle Stunde war, drehte er so lange an der Skala, bis er einen Lokalsender gefunden hatte, der Nachrichten brachte. Aton hörte aufmerksam zu. Aber worauf er wartete, kam nicht. Kein Wort von dem, was gestern Abend in Saschas Wohnung geschehen war. Und das war wirklich sonderbar, denn es war ein Sender, von dem Aton wusste, dass er sich hauptsächlich mit dem beschäftigte, was hier in der Stadt vorging. Der Sprecher berichtete lang und breit über den geplanten Neubau eines Kindergartens, über irgendeine öde Haushaltsdebatte im Stadtrat, ja sogar über einen kleinen Autounfall in der vergangenen Nacht, bei dem niemand verletzt worden war, sondern nur ein geringer Sachschaden verzeichnet wurde. Ein Zwischenfall, bei dem eine komplette Wohnung verwüstet und ein ganzes Mietshaus in helle Aufregung versetzt wurde, wäre in diesem Sender normalerweise nicht verschwiegen, sondern eher zur Sensation gemacht worden. Da Sascha es ihm für heute nicht ausdrücklich verboten hatte, verließ er nach einer Weile das Zimmer und blieb draußen auf dem Gang einen Moment unschlüssig stehen. Einige Sekunden lang spielte er mit dem Gedanken, noch einmal eine der anderen Türen zu öffnen, um sich davon zu überzeugen, dass dahinter tatsächlich ganz normale Hotelzimmer waren und nicht gähnende Abgründe der Leere lagen. Aber er verwarf die Idee rasch wieder.

Er hatte Dringenderes zu tun. Aton hatte nämlich nicht vor, weiter tatenlos herumzusitzen und darauf zu warten, dass ihn irgendeines der Wesen, die ihn verfolgten, auch tatsächlich erwischte. Und er hatte auch schon einen – wenn auch noch recht vagen – Plan, was sein weiteres Vorgehen betraf.

Er ging ins Erdgeschoss hinunter und stellte mit Verwunderung fest, dass der Portier hinter der Theke derselbe wie in der vergangenen Nacht war. Er saß immer noch da und blätterte in seiner Zeitung, und als er Schritte hörte, sah er nur flüchtig auf und konzentrierte sich dann wieder auf die bunt bedruckten Seiten. Obwohl er die ganze Nacht dort gesessen haben musste, wirkte er kein bisschen müde. Er versuchte auch nicht, Aton am Verlassen des Hotels zu hindern. Mit einem angedeuteten Nicken ging er an dem alten Mann vorbei und öffnete die Tür.

Es war sehr kalt draußen. Aton vergrub fröstelnd die Hände in den Hosentaschen und wandte sich nach links, der Hauptstraße zu. Etwas Sonderbares geschah: Aton konnte die breite, vierspurig ausgebaute Straße deutlich sehen. Autos fuhren vorüber, Passanten hasteten, in dicke Wintermäntel gehüllt, vorbei, eine Straßenbahn bahnte sich ratternd ihren Weg durch den Verkehr – aber die Straße hier war und blieb vollkommen leer. Es war nicht nur so, dass kein einziger Wagen vorbeikam oder am Straßenrand geparkt war, er sah auch keine anderen Passanten und selbst hinter den Fenstern der Häuser rührte sich nichts. Es war, als hätte die Stadt, deren lärmendes, pulsierendes Herz so nahe lag, diese Häuserblöcke vollkommen vergessen.

Aton marschierte in scharfem Tempo auf die Hauptstraße zu, blieb aber kurz davor noch einmal stehen und sah zu dem Straßenschild hoch, das an einer Hauswand über ihm angebracht war. Es war so alt und verblasst, dass er Mühe hatte, den Straßennamen zu entziffern. Aton prägte ihn sich sorgfältig ein, ehe er weiterging, und kaum war er auf die Hauptstraße hinausgetreten, da verkehrte sich der unheimliche Effekt, den er beim Verlassen des Hotels bemerkt hatte, ins genaue Gegenteil. Als hätte er eine unsichtbare Grenze überschritten, schien der Verkehrslärm schlagartig auf das Dreifache seiner Lautstärke anzusteigen und es wurde viel heller. Die Schatten waren hier nicht so tief, die Kälte nicht ganz so beißend. Aton hätte niemals geglaubt, dass er beim Anblick einer überfüllten, lärmenden, von Autoabgasen verpesteten Straße erleichtert aufatmen würde, aber genau das geschah. Und es geschah noch etwas: Ganz plötzlich wusste er, wo er war. Er befand sich in einem Teil der Stadt, den er eigentlich sehr gut zu kennen glaubte. Sonderbar, dass er sich an die heruntergekommene Seitenstraße mit den verfallenen Häusern gar nicht erinnert hatte.

Aton wartete, bis er eine Lücke in dem dicht fließenden Verkehr erspähte, dann überquerte er schnell und im Zickzack zwischen den Wagen hindurchspringend die Straße. Da er relativ nahe dem Stadtzentrum war, musste er nicht allzu lange suchen, bis er fand, was als Erstes auf seiner Liste stand: ein Reisebüro.

Aton betrat das kleine, weihnachtlich geschmückte Ladenlokal und steuerte zielsicher einen der beiden Schreibtische an. Er war nicht der einzige Kunde. An dem Tisch neben der Tür saß eine ältere Frau in einem Pelzmantel, die mit hektischen Bewegungen in einem bunten Prospekt blätterte und dabei dann und wann eine Frage an den jungen Mann auf der anderen

Seite des Tisches richtete, die dieser geduldig beantwortete. Hinter dem anderen, freien Schreibtisch saß eine junge Frau, die beim Klingeln der kleinen Türglocke aufsah und Aton mit einem freundlichen Lächeln entgegenblickte, das Aton erwiderte.
»Guten Tag«, sagte die junge Frau. »Was kann ich für dich tun?«
»Ich interessiere mich für die schnellste Verbindung nach Ägypten«, antwortete Aton. »Mein Vater ist dort. Ich will ihn zu Weihnachten überraschen und besuchen.«
Die junge Frau begann mit der linken Hand die Tastatur des Computers zu betätigen, mit der anderen deutete sie Aton sich zu setzen. »Es gibt zwei Möglichkeiten«, sagte sie ohne vom Bildschirm aufzusehen. »Du kannst das Flugzeug direkt nach Kairo nehmen oder von Genua aus die Fähre nach Alexandria. Wenn du allerdings zu Weihnachten dort sein willst, bleibt eigentlich nur das Flugzeug. Die Maschine geht täglich zweimal, eine am Vormittag, eine am späten Abend. Aber das ist teuer, ist dir das klar?«
Aton nickte, Geld war gottlob kein Problem. Er verfügte über ein eigenes Konto, und da es im Internat wenig Möglichkeiten gab, Geld auszugeben, hatte sich dort im Laufe der letzten Jahre eine hübsche Summe angesammelt. Die Bank war Punkt zwei auf seiner Liste.
»Das Flugzeug ist in Ordnung«, sagte er. »Kann ich heute Abend noch einen Platz bekommen?«.
»Ich schaue nach.« Sie begann wieder Zahlen in den Computer einzutippen. »Dann brauche ich deinen Namen, Geburtsdatum, deinen Pass und die Nummer deines Einreisevisums.«
Aton wäre am liebsten in den Erdboden versunken. Der Pass – dass er daran nicht gedacht hatte. Der Pass lag zu Hause im Safe – und in das Haus seiner Eltern konnte er nicht mehr zurück!
Ehe er der jungen Frau antworten konnte, klingelte die Türglocke erneut. Aton hätte es gar nicht zur Kenntnis genom-

men, hätte sein Gegenüber nicht aufgeblickt und für einen Moment erstaunt die Stirn gerunzelt. Automatisch drehte auch er sich im Sessel herum – und zog ebenfalls überrascht die Augenbrauen hoch. An der Tür war niemand. Sie war auch nicht aufgegangen und trotzdem glaubte er für einen Moment einen eisigen Lufthauch zu spüren. Und da war noch etwas. Aton fröstelte. Es war, als ... als wäre etwas Unsichtbares, Düsteres in den Raum getreten. Ganz plötzlich schien der gerade noch so helle, freundliche Raum zu einem Teil jener unheimlichen Straße geworden zu sein, in der das Hotel lag. Die Schatten wirkten dunkler, das Licht gedämpft, alle Geräusche ein wenig flacher.

Aton schüttelte das Gefühl mit Mühe ab und wandte sich wieder um. »Der Pass«, wiederholte er.

Die junge Frau sah ihn durchdringend an. Sie lächelte noch immer, aber es war jetzt ein rein geschäftsmäßiges Lächeln, das nichts bedeutete, und Aton spürte die Ungeduld dahinter. »So etwas braucht man, wenn man nach Ägypten reisen will«, sagte sie. Ihre Stimme klang nicht mehr so freundlich.

Aton setzte zu einer gestammelten Entschuldigung an, doch in diesem Moment erklang hinter ihm ein schepperndes Geräusch, unmittelbar gefolgt von einem spitzen, wütenden Schrei und dem Geräusch eines Stuhles, der heftig zurückgestoßen wurde. Aton drehte sich um und sah, dass dem Kollegen der jungen Frau ein Missgeschick unterlaufen war. Offensichtlich hatte er sich vorgebeugt und dabei eine Kaffeetasse umgestoßen, die auf dem Tisch gestanden hatte. Der Inhalt hatte sich nicht nur über die Reiseprospekte und Papiere darauf, sondern auch über den Mantel der Kundin ergossen, die zwar schnell, aber nicht schnell genug aufgesprungen war.

»Verdammt noch mal, passen Sie doch auf?«, schimpfte – nein, schrie – sie. Eine Sekunde lang blickte sie mit zornesrotem Gesicht auf den hässlichen Fleck hinab, der sich auf ihrem – Atons Meinung nach sowieso ziemlich geschmacklosen – Leopardenmantel ausbreitete, dann heftete sie ihre Augen wieder auf den jungen Mann, der vor lauter Verlegenheit gar nicht wusste, was er tun sollte. »Sie blöder Trottel!«, giftete sie.

Der junge Mann schien in seinem Stuhl ein Stück zusammenzuschrumpfen. »Es ... es tut mir schrecklich Leid«, sagte er. »Ich werde den Schaden selbstverständlich –«

»Schaden! Papperlapapp!«, unterbrach ihn die Frau. »Wenn Sie zu dämlich sind, eine Tasse Kaffee zu trinken, dann arbeiten Sie doch bei der Müllabfuhr!«

Aton riss erstaunt die Augen auf und aus dem Gesicht des unglückseligen Angestellten wich das letzte bisschen Farbe. Aton konnte den Zorn der Frau zwar verstehen, nicht aber ihre völlig übersteigerte Reaktion. Plötzlich beugte sie sich vor, funkelte den jungen Mann wutentbrannt an – und fegte mit einer einzigen Bewegung alles, was sich noch auf dem Tisch befand, zu Boden, einschließlich des Telefons und einer zweiten Tasse, die klirrend zerbrach.

»So!«, sagte sie triumphierend. »Da sehen Sie, wie es ist, wenn man es mit Idioten zu tun hat!« Damit warf sie den Kopf in den Nacken, drehte sich herum und verließ im Laufschritt den Laden. Der junge Mann blickte ihr betroffen nach – aber Aton sah auch die Wut, die in seinen Augen erwachte. Plötzlich wirkte seine ganze Haltung angespannt. Er richtete sich halb im Sessel auf und für eine Sekunde war Aton davon überzeugt, dass er aufspringen und der Frau hinterherlaufen würde, um den Streit draußen auf der Straße fortzusetzen. Aber dann ließ er sich wieder zurücksinken und versetzte stattdessen seinem Schreibtisch einen zornigen Fußtritt. »Blöde Kuh!«, sagte er.

Aton, dem die ganze Geschichte mehr als peinlich war, wandte sich wieder zu der jungen Frau auf der anderen Seite des Tisches um – und blickte in ein Gesicht, aus dem mittlerweile auch die letzte Spur von Freundlichkeit gewichen war. »Also, was ist jetzt, Kleiner?«, fragte sie schneidend. »Soll ich den Flug buchen oder nicht? Ich brauche deinen Pass und die Nummer deines Visums. Bezahlen kannst du das Ticket heute

Abend am Flughafen – falls du wirklich vorhast, zu fliegen, heißt das.«

Aton war so verblüfft, dass er gar nicht antworten konnte. Er verstand ja, dass auch die junge Frau nicht sehr erfreut über den hässlichen Zwischenfall war – aber wieso ließ sie ihre schlechte Laune an ihm aus?

»Ich fürchte, ich muss ...«, stotterte er. »Ich habe ganz vergessen, dass –«

»Dass wir nicht hier sind um die Zeit totzuschlagen?«, unterbrach sie ihn. Sie gab sich jetzt nicht einmal mehr Mühe, höflich zu klingen. »Mein lieber, junger Freund, wenn dir langweilig ist, dann geh doch nach Hause und ärgere deine Eltern. Wir sind nämlich hier um zu arbeiten.«

Aton riss vor Verblüffung Mund und Augen auf. Normalerweise hätte er sich einen solch unbegründeten Angriff von niemandem gefallen lassen, ganz egal, wie alt er nun war, aber er war viel zu perplex, entsprechend zu reagieren. Plötzlich hatte er wieder das Gefühl, nicht allein mit den beiden Angestellten im Raum zu sein. Da schien es noch etwas zu geben, etwas Unsichtbares, Finsteres, etwas, was Öl in die Flammen ihres Zornes goss und verhinderte, dass irgendjemand – Aton eingeschlossen – die Situation mit der angemessenen Ruhe betrachtete. Aton spürte, wie auch in ihm Zorn emporwallte. Er setzte zu einer scharfen Antwort an, doch noch bevor er auch nur den Mund auftun konnte, fuhr ihn der Mann hinter dem anderen Schreibtisch an: »Verschwinde hier, bevor ich dich hinauswerfe. Stiehl jemand anderem die Zeit!«

Aton verließ fluchtartig das Reisebüro. Er lief zwanzig, dreißig Meter weit die Straße hinunter, ehe seine Schritte langsamer wurden und sich sein rasender Puls allmählich beruhigte. Er war wütend wie niemals zuvor im Leben. Es wurde nicht besser, nachdem er das Geschäft verlassen hatte, sondern eher schlimmer. Aton musste sich mit aller Macht beherrschen, nicht zurückzugehen und diesen beiden unfreundlichen Menschen zu sagen, was er wirklich von ihnen hielt. Vielleicht hätte er es sogar getan, wäre nicht in diesem Moment schon wieder etwas passiert. Hinter ihm quietschten plötzlich Bremsen. Ein dumpfer Aufprall und das Klirren von Glas folgten. Aton drehte sich um und sah, dass unmittelbar neben ihm ein Wagen auf einen anderen aufgefahren war. Der Schaden war nicht sehr groß. Ein zerbrochener Scheinwerfer, eine verbeulte Stoßstange und einige Kratzer im Lack, das war alles. Trotzdem rissen die beiden Fahrer die Türen auf, sprangen aus ihren Wagen und stürmten, offenbar kochend vor Zorn, aufeinander los. Völlig fassungslos beobachtete Aton, wie die beiden Männer sich anzuschreien begannen, ohne dass der eine dem anderen auch nur zugehört hätte. Einige Passanten, die den Unfall beobachtet hatten, mischten sich ein. Aber das änderte nichts, denn offensichtlich waren auch die Zeugen uneins, als hätte jeder etwas anderes gesehen. Binnen Sekunden brach auch unter ihnen ein lautstarker Streit aus, der rasch so eskalierte, dass sich Aton nicht weiter gewundert hätte, wenn sie mit den Fäusten übereinander hergefallen wären. Dann, von einer Sekunde auf die andere, war alles vorbei. Die Passanten hörten auf sich anzuschreien und auch die beiden Autofahrer, die sich mit geballten Fäusten wie zwei Boxer im Ring gegenübergestanden hatten, brachen mitten im Wort ab und sahen sich verblüfft an. Es war, als ob sich eine unsichtbare Dunkelheit von der Szenerie hob. Plötzlich war die aggressive, gewaltgeladene Stimmung nicht mehr da und stattdessen machten sich Betroffenheit und Schrecken breit.

Aton wandte sich rasch um und ging. Er war völlig verwirrt und hatte er wieder Angst. Das war kein Zufall gewesen. Irgendetwas geschah hier und er hatte sogar das Gefühl, eigentlich wissen zu müssen, was. Doch dann entglitt ihm der Gedanke wieder und Aton wandte sich wichtigeren Problemen zu.

Und wie es aussah, hatte er davon eine ganze Menge. Eines hatte vier Beine, war schwarz wie die Nacht und stand zwanzig Schritte vor ihm inmitten der Passanten.

Aton blieb wie vom Donner gerührt stehen, als er den Hund sah.
Anubis stand völlig reglos da und starrte ihn an. Der Bürgersteig war voller Menschen, aber niemand nahm Notiz von dem riesigen Dobermann; dabei hätte der Anblick eines solchen Hundes, der völlig frei in der Stadt herumlief, zumindest für Aufsehen sorgen müssen.
Atons Gedanken überschlugen sich. Der Hund stand weiter reglos da und starrte ihn aus seinen unheimlichen, goldgelben Augen an und Aton spürte, dass er nicht gekommen war, um ihm etwas zuleide zu tun. Aber das Auftauchen des Hundes war eine Botschaft, wie sie deutlicher kaum hätte sein können. Hatte er wirklich geglaubt, Petach so leicht entwischen zu können?
Erschrocken sah er sich in alle Richtungen um, aber Petach war nicht da. Es war auch nicht nötig. Er verstand sehr gut, was das Erscheinen des Hundes bedeutete. Und er wusste auch, dass es im Grunde vollkommen sinnlos war, weiter davonlaufen zu wollen. Es gab keinen Ort, an dem er sich vor diesem Verfolger verstecken konnte.
Leider war Aton im Moment nicht in der Stimmung, auf die Stimme seiner Vernunft zu hören, und so fuhr er auf dem Absatz herum und begann zu laufen. Einmal sah er über die Schulter zurück. Anubis stand immer noch reglos da und blickte ihm nach, er machte keine Anstalten, ihm zu folgen. Und gerade das machte die Drohung, die von ihm ausging, noch schlimmer.
Aton war für einen Moment unaufmerksam. Er sah die Gestalt zwar noch, konnte ihr aber nicht mehr gänzlich ausweichen. In vollem Lauf prallte er gegen einen Mann, der schwer beladen mit Paketen und Taschen aus einem Geschäft heraustrat, schlug der Länge nach hin und sah aus den Augenwinkeln, wie sich die Tüten und Pakete in weitem Umkreis auf dem Bürgersteig verteilten. Der Mann selbst fiel nicht, sondern fand im letzten Moment sein Gleichgewicht wieder, aber sein Gesicht verdunkelte sich vor Zorn. Noch

ehe Aton sich wieder aufrappeln konnte, trat der Mann auf ihn zu, packte ihn an der Schulter und riss ihn grob in die Höhe.

»Kannst du nicht aufpassen?«, fuhr er ihn an. »Jetzt sieh dir an, was du angerichtet hast!«

»Bitte entschuldigen Sie«, stammelte Aton. »Es tut mir Leid.«

Die Worte schienen den Zorn seines Gegenübers nur noch zu schüren. »Es tut dir Leid, so?!«, fauchte er. »Na, dann pass mal auf, wie Leid es dir gleich tut!«

Und damit holte er aus und schlug zu.

Aton duckte sich blitzschnell und entging so einer schallenden Ohrfeige, die ihn unweigerlich wieder zu Boden geschleudert hätte, und der Schwung seiner eigenen Bewegung riss den Mann nach vorn und ließ ihn einen Schritt an ihm vorbeistolpern. Aton nutzte die Chance, um rasch herumzufahren und wegzulaufen.

Verfolgt von den Verwünschungen und Flüchen des Mannes, rannte er bis zur nächsten Ecke, bog in eine Seitenstraße und blieb schwer atmend stehen. Hastig sah er sich um. Er wäre nicht sehr erstaunt gewesen, den wütenden Mann hinter sich dreinstürmen zu sehen, aber die Straße blieb leer.

Was geschieht hier?, fragte sich Aton entsetzt. Es war, als ob er Zorn und Unmut verbreitete, wo immer er auftauchte. Er spürte die körperlose Kälte und Finsternis noch immer, nicht mehr so deutlich wie im Reisebüro oder danach auf der Straße, aber sie war noch da.

Aton wartete noch eine ganze Weile, bis er sicher war, tatsächlich nicht verfolgt zu werden, dann ging er wieder zur Hauptstraße zurück und spähte vorsichtig um die Ecke. Der Mann, den er angerempelt hatte, war damit beschäftigt, seine fallen gelassenen Pakete und Tüten aufzuheben, und trotz der großen Entfernung konnte Aton deutlich erkennen, dass er jetzt gar nicht mehr zornig dreinsah, sondern nur noch betroffen. Aton schaute ihm noch einige Sekunden lang zu, dann wandte er sich zur Straße und winkte das erste Taxi heran, das er sah. Der Wagen hielt. Der Fahrer beugte sich über den Beifahrersitz, öffnete die Tür und sah Aton misstrauisch ins Gesicht.

»Wohin?«, fragte er.

Aton nannte die Adresse, die er auf dem Straßenschild gelesen hatte, stieg ein und zog die Tür hinter sich zu.

Der Taxifahrer sah ihn zweifelnd an. »Bist du sicher?«, fragte er. Er wartete Atons Antwort allerdings gar nicht ab, sondern zuckte mit den Schultern, schaltete sein Taxameter ein und fuhr los.

Er fuhr sehr schnell. Der Verkehr war dicht, aber der Mann drängelte sich rücksichtslos durch, sprang mit dem Wagen von Lücke zu Lücke und fuhr ein paar Mal sogar ein Stück weit über den Bürgersteig, sodass die Passanten hastig aus dem Weg springen mussten. Einmal raste er bei Rot über eine Ampel und quittierte das zornige Hupen und Bremsenquietschen hinter ihnen mit einem höhnischen Grinsen in den Rückspiegel, und als Aton ihn bat, etwas langsamer zu fahren, blickte er ihn nur verärgert an.

Wie durch ein Wunder erreichten sie die Straße, in der das Hotel lag, ohne irgendjemanden zu überfahren oder einen Unfall zu verursachen. Als der Wagen mit kreischenden Bremsen vor dem Hotel zum Stehen kam, erlebte Aton einen Schock.

Das Hotel war nicht mehr da. Das heißt – natürlich war das Gebäude noch da, aber irgendwie schien es seit seinem Weggang vor zwei Stunden um die gleiche Anzahl von Jahrzehnten gealtert zu sein. Die Leuchtreklame über der Tür war verschwunden, an ihrer Stelle ragten nur noch ein paar abgerissene Drähte aus der Wand. Von der Fassade blätterte der Putz und in keinem einzigen Fenster befand sich noch Glas. Die Tür hing schräg in den Angeln und gewährte Aton einen Blick auf die staubigen, zerborstenen Fliesen der kleinen Eingangshalle.

»Nun, was ist?«, fauchte der Taxifahrer gereizt. »Du wolltest hier hin und wir sind hier.« Er tippte mit den Fingerknöcheln auf den Taxameter. »Du kannst doch bezahlen, oder? Du hast doch Geld – wenigstens rate ich dir das.«

»Ja«, antwortete Aton hastig und korrigierte sich ein wenig leiser: »Das heißt, ich habe es drinnen. Der Portier wird Sie bezahlen. Bitte warten Sie einen Moment.«
Er streckte die Hand nach dem Türgriff aus um auszusteigen, aber der Taxifahrer ergriff ihn rasch am Arm und hielt ihn fest. »Dort drin?«, fragte er. »Das glaubst du doch selbst nicht.«
»Aber er ist da«, sagte Aton. »Wirklich, ich –«
»Nichts da!«, unterbrach ihn der Taxifahrer. Er verstärkte seinen Griff so sehr, dass Aton die Tränen in die Augen schossen. »Davon will ich mich selbst überzeugen. Und ich rate dir, dass du die Wahrheit gesagt hast. Wenn nicht, wirst du mich kennen lernen!«
Er riss die Tür an seiner Seite auf und sprang aus dem Wagen. Ohne die geringste Rücksicht auf Aton zu nehmen, den er hinter sich her zerrte, ging er auf das zu, was vor zwei Stunden noch ein Hotel gewesen war, stieß die Tür vollends auf und ließ ein ärgerliches Schnauben hören, als sein Blick in die vollkommen leere und ganz offensichtlich seit einem Jahrzehnt von keinem Menschen mehr betretene Eingangshalle fiel.
Das Innere des Gebäudes bot einen noch schäbigeren Anblick als sein Äußeres. Auf dem Boden lagen knöchelhoch Staub und Unrat. Die Theke, hinter der der alte Mann mit seiner Zeitung gesessen hatte, war verschwunden, die nach oben führende Treppe mit einem rotweißen Band gesperrt, ein großes Schild daneben verkündete, dass bei Betreten des Hauses Lebensgefahr bestünde. Die Luft roch alt und nach Moder und Fäulnis.
»So!«, sagte der Taxifahrer wütend. »Du willst mich also auf den Arm nehmen, Bürschchen, wie? Dich werde ich lehren, mich –«
»Es ist schon in Ordnung«, sagte eine Stimme hinter ihnen. Aton und der Taxifahrer drehten sich im selben Moment um, und hätte Aton nicht vor Schmerz ohnehin die Zähne zusammengebissen, dann hätte er in diesem Moment aufge-

stöhnt. Hinter ihnen stand Petach. Trotz der Kälte war er nur mit einem dünnen Sommeranzug bekleidet, und trotz allem, was er gestern Abend noch zu Aton gesagt hatte, lächelte er so freundlich und warm wie immer.

»Wer sind Sie denn?«, fragte der Taxifahrer aggressiv.

Petach hob in einer fast beiläufigen Geste die Hand. »Der Junge gehört zu mir«, sagte er. »Sie können ihn loslassen. Ich werde Ihre Rechnung übernehmen.«

Der Taxifahrer maß zuerst Petach, dann Aton und dann noch einmal den Ägypter mit einem unsicheren Blick, ließ endlich Atons Arm los, wandte sich achselzuckend um und ging zu seinem Wagen zurück, ohne den ihm zustehenden Fahrpreis verlangt zu haben. Einen Augenblick später hatte er den Wagen angelassen und fuhr davon.

»Das war nicht sehr klug von dir, Aton«, sagte Petach. Seine Stimme klang wie immer. Ruhig, fast sanft, der Tadel darin nicht verletzend, und trotzdem hatte Aton plötzlich das Gefühl, schreien zu müssen.

»Warum tun Sie das, Petach?«, fragte er. Seine Stimme schwankte. Sie klang, als kämpfte er mit äußerster Mühe gegen die Tränen und Aton versuchte sich selbst vergeblich einzureden, dass es nur der pochende Schmerz in seinem Arm war, der vom harten Griff des Taxifahrers herrührte.

Petach schwieg.

»Es geschieht wieder«, murmelte Aton. »Es ist ... dasselbe wie in Crailsfelden, nicht wahr? Es beginnt erneut.«

Petach antwortete auch darauf nicht, aber das war auch nicht nötig. Aton hatte es gespürt, seit er das Hotel verlassen hatte. Es war dasselbe wie in Crailsfelden. Die Dunkelheit, die sich über diesen Ort gelegt hatte, war jetzt auch hier in dieser Stadt.

»Warum?«, fragte er. »Warum tun Sie das?«

Petach schüttelte den Kopf. »Das bin nicht ich, Aton«, sagte er. »Sie sind es.«

»Sie haben mich gefunden«, flüsterte Aton.

Petach nickte. »Sie werden dich überall finden, ganz egal, wo du dich versteckst«, sagte er. »Das war es, wovor ich dich warnen wollte.« Er lächelte traurig und deutete mit der linken Hand auf das Gebäude hinter Aton. »Auch diese Mauern hätten dich nicht geschützt. Ich hätte dich schon gestern Abend gefunden, hätte ich es gewollt. Aber du musstest es selbst erleben. Du kannst ihren Häschern entgehen. Du kannst vor den Kreaturen davonlaufen, die sie auf deine Spur setzen. Du kannst diese vielleicht sogar besiegen, denn du bist überraschend stark. Aber ihrem bösen Einfluss kannst du nicht entgehen. Und davor kann ich dich auch nicht schützen. Niemand kann das.«

»Dann wird es wieder geschehen?«, fragte Aton leise. »Was in Crailsfelden passiert ist, wird sich ... wird sich wiederholen? Hier?«

»Vielleicht«, antwortete Petach. »Ich vermag es nicht vorherzusagen. Du kannst weiter davonlaufen, Aton, aber es wird dir folgen, wohin du auch gehst. Es gibt keinen Ort auf dieser Welt, an dem man sich vor seinem Schicksal verstecken könnte. Es muss sich erfüllen, so oder so.«

»Sie meinen, dass ich Unglück verbreite«, sagte Aton bitter.

»Nicht du«, korrigierte ihn Petach. »Aber das, was dir folgt.« Er schwieg eine Zeit lang. Dann sagte er ganz leise und in einem Ton, der etwas Endgültiges hatte: »Ich weiß, dass ich einen Fehler gemacht habe. Ich werde ihn nicht wiederholen. Ich werde dich nicht zwingen, mir zu helfen oder mit mir zu kommen. Es liegt allein bei dir, was du tust.«

Niemals zuvor im Leben war Aton eine Entscheidung so schwer gefallen wie diese. Er wollte nicht mit Petach gehen. Er hatte panische Angst vor dem, was ihn an jenem unbekannten Ort erwarten mochte, zu dem Petach ihn brachte, aber noch mehr Angst hatte er vor dem, was hier geschah. Er dachte an Crailsfelden und die Katastrophe, an Werner, der jetzt tot war, und an Sascha, die demselben Schicksal am vergangenen Abend nur um Haaresbreite entgangen war, und an die Schwärze, die ihm folgte, und schließlich flüsterte er: »Also gut. Gehen wir.«

Petachs Geschichte (3)

Sie reisten weder mit einem zweispännigen Wagen noch durch ein plötzlich aus dem Nichts aufgetauchtes Tor nach Ägypten, sondern auf einem Weg, der zwar auf seine Weise ebenso fantastisch, nichtsdestoweniger für Aton aber ganz normal war: mit der Linienmaschine, mit der vor zwei Tagen auch seine Eltern geflogen waren. Atons nicht vorhandenes Visum und der Pass, den er nicht bei sich hatte, schienen kein Problem zu sein. Petach ging einfach zum Schalter und kam wenige Augenblicke später mit zwei Tickets zurück und weder das Abfertigungspersonal noch die Zollbeamten fragten nach irgendwelchen Papieren. Die Kontrolle, durch die sie schritten, begann schrill zu piepsen und die Metalldetektoren des Sicherheitspersonals leuchteten wie ein Weihnachtsbaum auf, aber es kostete Petach nur einen Blick und eine flüchtige Handbewegung und die drei Männer, die sich gerade noch mit grimmigen Gesichtern in ihre Richtung gewandt hatten, verloren plötzlich jegliches Interesse an ihnen. Ohne auch nur angesprochen zu werden, betraten sie die Wartehalle und eine halbe Stunde später die überdachte Gangway, die zur Maschine hinausführte.

Sie flogen erster Klasse, was Aton allerdings gar nicht recht war. Sie waren nämlich die einzigen Erste-Klasse-Passagiere, sodass sie in dem kleinen, mit einem Vorhang abgetrennten Abteil vollkommen allein waren. Bisher hatte die Gegenwart anderer Menschen Petach davon abgehalten, weiter mit ihm zu reden, jetzt aber waren sie allein und Aton dachte voller Unbehagen an den fast dreistündigen Flug, der vor ihnen lag. Normalerweise hätte er den Start und die Flugreise genossen, denn obwohl es nicht das erste Mal war, dass er in einem Flugzeug saß, erfüllte ihn dies jedes Mal mit einem Gefühl des Abenteuers. Aber sein Bedarf an Abenteuern war wahrscheinlich für die nächsten zehn Jahre im Voraus gedeckt. Er dachte an das, was vor ihm liegen mochte und von dem er nur wusste,

dass es mit Sicherheit gefährlich war, und das erfüllte ihn mit Angst.
Petach musste dies wohl spüren, denn er drehte sich in dem breiten, samtgepolsterten Sitz zu ihm herum und lächelte. »Du hast nichts zu befürchten«, sagte er. »Solange ich in deiner Nähe bin, wird dir nichts geschehen.«
Aber Atons Furcht galt nicht nur ihm selbst. »Und den anderen?«, fragte er. »Ich meine, sind Sie sicher, dass wir auch unbeschadet ankommen? Oder wird irgendjemand die Stewardess erwürgen, weil sie ihm nicht schnell genug den Kaffee bringt?«
Zu seinem Erstaunen lachte Petach. »Deine Art, die Dinge zu beschreiben, ist recht blumig.« Er wurde wieder ernst. »Niemandem wird etwas passieren«, versprach er. »Es lag nicht an dir. Was du erlebt hast, das war das Wirken der bösen Kräfte, die sich in deiner Umgebung konzentriert haben – weil sie auf der Suche nach dir waren. Sie werden es nicht wagen, mir nahe zu kommen. Wenigstens noch nicht«, fügte er etwas leiser und in einem sonderbar anderen Tonfall hinzu.
Aton hätte das gern geglaubt, aber es fiel ihm schwer. Trotz allem hatte Petach noch immer etwas von einem gütigen Mann, dem man das, was er sagte, erst einmal glaubte. Aber er hatte ihn einmal zu oft belogen, einmal zu oft Dinge getan, die im Gegensatz zu dem standen, was er sagte.
Ihre Unterhaltung wurde unterbrochen, weil in diesem Moment die Triebwerke des Flugzeuges lauter zu dröhnen begannen. Die Kabine zitterte, dann setzte sich die ganze Maschine, zuerst schwerfällig, dann aber immer schneller und schneller werdend, in Bewegung, bis sie mit der Geschwindigkeit eines Rennwagens über die Piste raste. Aton wandte sich dem Fenster zu und sah hinaus. Es war bereits dunkel, sodass er wenig mehr als vorbeirasende, verschwommene Lichter wahrnehmen konnte, aber trotzdem tat er so, als nähme der Start seine ganze Aufmerksamkeit in Anspruch. Petach musste es merken, aber er war diplomatisch genug, für die nächsten fünf Minuten zu schweigen, bis die Lichter der Stadt unter

ihnen zu einem Spiegelbild des Sternenhimmels zusammengeschrumpft waren und schließlich unter grauen Wolkenfetzen verschwanden. Ein heller Glockenton erklang. Das Bitte-Anschnallen-Licht über ihren Köpfen erlosch und eine Stewardess kam und erkundigte sich freundlich nach ihren Wünschen.

Petach schickte sie mit einem Kopfschütteln fort und wartete, bis sie wieder allein waren. »Ich habe dir die Geschichte von Echnaton und seinem Mörder erzählt«, begann er dann.

»Eje?«, fragte Aton.

Petach lächelte anerkennend. »Es wird Zeit, dass ich dir auch den Rest erzähle«, sagte er. »Vor allem den Teil, der dich betrifft. Dann wirst du mich besser verstehen.«

»Oh«, sagte Aton in einem so höhnischen, verletzenden Ton, wie er nur konnte. »Schon? Ich meine, es geht ja nur um mein Leben. Nicht, dass das besonders wichtig wäre, aber ...«

Für die Dauer eines Atemzuges flammte Zorn in Petachs Augen auf. Er machte eine herrische Handbewegung, die Aton mitten im Wort verstummen ließ, hatte sich aber sofort wieder in der Gewalt. »Du bist verbittert, ich weiß«, sagte er. »Und du hast Grund genug dazu, aber ich hoffe, dass du mich trotzdem verstehen wirst.«

»Verraten Sie mir eines«, sagte Aton. »Wir sitzen in einem Flugzeug nach Ägypten, Petach. Ich frage mich nur, warum – nachdem Sie zuerst alles in Ihrer Macht Stehende getan haben, damit ich ganz genau dort nicht hinkomme.«

»Das solltest du auch nicht, Aton«, antwortete Petach. »Glaube mir, ich hätte eine andere Lösung vorgezogen. Aber die Dinge haben sich geändert.«

»Das reicht mir nicht«, antwortete Aton. »Verdammt, Petach, ich habe ein Recht, zu erfahren, was mit mir geschieht. Und warum.«

»Das wirst du«, antwortete Petach. »Sobald die Zeit dafür gekommen ist.«

Aton wandte mit einem Ruck den Kopf und starrte aus dem Fenster. Was hatte er erwartet? Etwa eine klare Antwort?

Petach wartete geduldig eine Weile darauf, dass er sich wieder zu ihm herumdrehen würde, doch als Aton dies nicht tat, fuhr er von sich aus fort zu erzählen.

»Ich habe dir die Geschichte des Fluches erzählt, den Echnaton über seinen Mörder verhängte«, sagte er. »Was ich bisher nicht erzählt habe – und das aus gutem Grund, das musst du mir glauben –, ist etwas, was auch er damals nicht wusste. Und wie konnte er, denn er war nur ein sterblicher Mensch, der um die Existenz der Götter, nicht aber um ihr wirkliches Wesen wusste.«

»Sie meinen, dass sie nichts Besseres zu tun haben, als mit den Schicksalen von Menschen zu spielen?«

Petach ignorierte seine Worte. »Mit den Göttern hat es seine besondere Bewandtnis«, fuhr er fort. »Sie stehen nicht so weit über euch (euch?, dachte Aton; wieso sagt er euch?), wie die meisten Menschen glauben. Die Welt und das Universum sind komplizierte Gebilde, viel komplizierter, als wir ahnen, und sie gehorchen Gesetzen, die wir niemals durchschauen werden. Es ist in eurem Volk modern geworden, ihre Existenz zu leugnen, aber du und ich, wir wissen, dass es sie gibt. Und es wird sie geben, solange Menschen an sie glauben. Damals, zu Echnatons Zeit und der seiner Nachfolger, waren sie groß und mächtig, denn es gab unzählige Menschen, die an ihre Existenz glaubten. Und jeder Gedanke an sie, jedes Gebet, jedes Opfer, das ihnen gebracht wurde, stärkte ihre Macht. Doch die Zeiten änderten sich. Andere Pharaonen kamen und nach ihnen andere Völker und andere Herrscher und mit ihnen andere Götter, und die Macht und Größe Osiris' und der anderen Götter schwand. So wie das Volk verging, das an sie glaubte, vergingen auch sie. Als der Glanz des Pharaonenreiches erlosch, erlosch auch der Glaube an die alten Götter und mit dem letzten Menschen, der an sie glaubte, wären auch sie gestorben, wie so viele Götter vor ihnen und wie es im Großen Plan des Schicksals bestimmt ist.«

»Mir kommen sie ziemlich lebendig vor«, antwortete Aton.

Petach nickte. »Sie sind es«, bestätigte er. »Sie sind längst nicht mehr so mächtig, wie sie waren, nur noch ein Schatten ihrer einstigen Größe. Doch es gibt einen Menschen auf dieser Welt, der noch immer um ihre Existenz weiß, und solange er lebt, werden auch sie weiterleben.«

»Eje?«, fragte Aton wieder.

»Der Wanderer«, bestätigte Petach – womit er auch diesmal Atons Frage nicht wirklich beantwortete. »Es ist der Glaube eines einzigen Menschen, der sie am Leben hält. Es ist nur ein Funke gegen das Feuer, das sie einst waren, doch dieser Funke kann ausreichen, den Brand neu zu entfachen.«

»Und wenn der Verräter stirbt …«, begann Aton.

»… werden auch sie endgültig vergehen«, führte Petach den Satz zu Ende. »Ja. Er ist der Letzte, der wirklich um ihre Existenz weiß, und mit ihm wird die Erinnerung an sie erlöschen und mit dieser Erinnerung sie selbst.«

»Und was ist mit Ihnen und mir?«, fragte Aton.

»Du glaubst nicht wirklich an sie«, antwortete Petach.

Um ein Haar hätte Aton laut gelacht. Die Wesen, an die er angeblich nicht wirklich glaubte, hatten ihn in den letzten Tagen ein halbes Dutzend Mal in Lebensgefahr gebracht und quer durch das ganze Land gehetzt. »Das sehe ich etwas anders«, sagte er, aber Petach schüttelte erneut und energischer den Kopf.

»Du denkst, du würdest an sie glauben«, sagte er. »Du hast irgendetwas gesehen, Dinge, die du nicht verstehst und die dir Angst machen, aber du glaubst nicht wirklich an sie. Es sind nicht deine Götter, Aton, das ist entscheidend. Vielleicht hast du Recht – vielleicht glaubst du im Moment an ihre Existenz, aber das ist nicht die Art von Kraft, die sie zum Überleben brauchen. Ihr Schicksal ist untrennbar mit dem des Verräters verbunden. Solange er lebt, leben sie. Wenn er stirbt, sterben sie.«

»Und deshalb wollen sie meinen Tod«, murmelte Aton. Die Bedeutung von Petachs Worten war zu gewaltig, um sie jetzt schon ganz zu erfassen. Aber er spürte eine Art von Kälte in sich, die ihm fremd war und die ihn in Furcht versetzte.

»Nicht alle«, antwortete Petach. »Die Götter sind uneins. Sie waren es immer, denn auch sie sind nicht unfehlbar, und sie sind so verschieden wie die Menschen. Viele von ihnen glauben, dass Echnatons Fluch auch sie getroffen hat, denn ihre Zeit ist vorbei und der Moment, zu gehen, längst überschritten. Diese Götter, wie Bastet und Isis, warten seit drei Jahrtausenden darauf, dass sich der Fluch erfüllt und die Toten aus ihren Gräbern steigen, damit die Götter endlich sterben können. Andere aber, wie Osiris und Horus, klammern sich mit verzweifelter Kraft an das Leben, auch wenn es nur mehr ein Dahinvegetieren ist, verglichen mit ihrer einstigen Macht. Echnatons Fluch kann sich nur unter ganz bestimmten Voraussetzungen erfüllen, Aton. In drei Tagen, von heute an gerechnet, wird die Konstellation der Sterne wieder dieselbe sein wie damals. Und Osiris und Horus werden alles in ihrer Macht Stehende tun, um zu verhindern, dass der Fluch gebrochen wird und der Wanderer endlich Ruhe findet.«

»Und?«, fragte Aton böse. »Was ist so schlimm daran? Sie haben dreitausend Jahre gewartet, sie können auch noch weitere Jahre warten.«

»Der Krieg der Götter dauert schon zu lange«, antwortete Petach ernst. »Osiris und Horus geben sich nicht mehr damit zufrieden, einfach zu leben, gefangen hinter den Mauern des Vergessens und nur vom Glauben eines einzigen Menschen erhalten. Sie streben wieder nach ihrer alten Macht und Größe, und glaube mir, es waren schreckliche Götter. Du hast erlebt, wozu sie fähig sind. Und das war nichts gegen das, was sie tun werden, haben sie erst ihre ursprüngliche Macht zurückerlangt.«

»Aber wie denn?«, fragte Aton. »Außer dem Wanderer, Ihnen und mir glaubt doch niemand an ihre Existenz.«

»Das könnte sich ändern«, antwortete Petach.

»Wie?«, fragte Aton erschrocken.

Petach schwieg. Sein Blick war weiter unverwandt auf Aton gerichtet, aber plötzlich schien er ihn gar nicht mehr wahrzunehmen, sondern vielmehr etwas zu sehen, das gar nicht wirklich da war, aber kommen mochte, und das ihn mit Grauen erfüllte. »Die Götter leben vom Glauben der Menschen«, sagte er leise. »Ihre Gebete, ihre Hoffnungen und Wünsche geben ihnen Kraft, aber auch die Freude und Zuversicht, die das Wissen ihrer Existenz in die Herzen der Menschen pflanzt. Ebenso stark aber ist die Kraft, die ihnen die Furcht gibt. Auch Angst und Leid, Verzweiflung und Tod sind Gefühle, die sie nähren. Es ist gleich, ob die Menschen ihre Götter fürchten oder lieben. Die Angst hält sie ebenso am Leben wie die Freude. Aber sie verändert sie. Was sie nährt, bestimmt auch ihr Wesen. Bastet, Isis und die anderen wissen es und sie wollen eine solche Existenz nicht. Horus und Osiris aber haben stets die Angst und den Schmerz der Menschen getrunken.«

»Moment mal«, sagte Aton, dem es schwer fiel, diesem Gedanken wirklich zu folgen. »Sie meinen, dass –«

»– ein Gott, der vom Bösen lebt, auch böse wird«, bestätigte Petach ernst. »Es ist das, was ihr einen Teufelskreis nennen würdet. Wenn es die Angst ist, die sie am Leben erhält, so ist es auch Angst, die sie in die Herzen der Menschen pflanzen, die an sie glauben. So werden die Mächte des Finsteren immer finsterer und mächtiger, je mehr Furcht sie verbreiten, und die des Lichtes immer stärker, je mehr Liebe und Güte sie geben.«

Aton schauderte. Er musste plötzlich an einen Satz denken, den er einmal in einem Buch gelesen und bis zu diesem Moment nicht wirklich verstanden hatte: Ein jedes Volk bekommt den Gott, den es verdient. Er sprach diesen Gedanken laut aus und Petach nickte und sah ihn sehr ernst an.

»Es war ein weiser Mann, der das gesagt hat, und in diesen Worten liegt mehr Wahrheit, als er wohl selbst ahnte. Und das ist, was geschehen wird, Aton. Osiris und die anderen trachten jetzt nicht mehr danach, die Toten am Erwachen zu hindern. Im Gegenteil. In drei Tagen werden sich all die Krieger, die ihr Leben für Echnaton gaben, aus ihren Gräbern erheben. Aber sie werden Furcht und Schrecken verbreiten und sie werden es auf eine Weise tun, die das Wissen um die Existenz der alten Götter neu in den Herzen der Menschen erwachen lässt. Denn das ist der Plan, den Osiris und Horus verfolgen: Der Wanderer wird endlich sterben, aber das Leid, das dieses Sterben begleitet, wird die alten Götter zu neuer Macht erstarken lassen.«

»Dann ... dann sind Sie nicht hier um die Prophezeiung zu erfüllen?«, fragte Aton stockend. Er hatte plötzlich Mühe, überhaupt noch einen klaren Gedanken zu fassen. Mit einem Mal, von einer Sekunde auf die andere, war alles ganz anders, als er bisher angenommen hatte.

Petach deutete ein Kopfschütteln an. Sein Blick ging immer noch in unsichtbare, düstere Fernen. »Wie gern täte ich es«, sagte er. »Wie sehr sehnt sich der Wanderer nach dem Tod, nach all den ungezählten Jahrhunderten, die er ruhelos über diese Welt geschritten ist. Aber es darf nicht geschehen. Er wird weiterleben müssen. Jemand muss verhindern, dass die Toten sich aus ihren Gräbern erheben.«

»Und wie?«, fragte Aton.

»Das weiß ich nicht«, gestand Petach. »Ich weiß nur eines: du und ich, Aton, wir sind die Einzigen, die darauf Einfluss nehmen können.«

»Wir?«, murmelte Aton fassungslos. »Aber wieso ... wieso wir? Wieso ausgerechnet ich?«

Petach sah ihn auf eine sonderbar traurige Weise an. Er tat es sehr lange und sein Blick vermehrte Atons Unruhe. Und schließlich, als Aton schon gar nicht mehr damit gerechnet hatte, antwortete er: »Weil du der einzige Mensch auf dieser Welt bist, der die Macht hat, sie zu erwecken, Aton.«

Willkommen in Kairo

Das Flugzeug landete auf die Sekunde pünktlich in Kairo – was nichts anderes hieß als spät in der Nacht. Schon beim Verlassen der Maschine schallte Aton fröhliche, orientalische Musik aus Lautsprechern entgegen und in der großen Halle, die er und Petach betraten, standen bunt gekleidete Männer in kleinen Gruppen herum und schwatzten. Vor den großen Glastüren konnte er eine Reihe zumeist altersschwacher Taxis erkennen, deren Fahrer bereits auf der anderen Seite der Zollbarriere Aufstellung genommen hatten und nach Fahrgästen Ausschau hielten.

Was ihre Papiere und die Zollkontrolle anging, wurden Atons Erwartungen vollkommen erfüllt: Petach begnügte sich diesmal nicht mit einem stummen Blick, sondern wechselte einige Worte mit den uniformierten Beamten, die die Ankommenden misstrauisch musterten, und gleich darauf konnten sie die Sperre unbehelligt passierten, gefolgt von den erstaunten und zum Teil auch ärgerlichen Blicken ihrer Mitreisenden, die sich anders als sie der langwierigen Einreiseprozedur unterziehen mussten.

Da sie kein Gepäck mitgenommen hatten, konnten sie das Flughafengebäude sofort verlassen.

Während sie auf eines der wartenden Taxis zugingen, registrierte Aton überrascht, wie warm es war. Zwar herrschte auch hier in Ägypten Winter, aber schließlich waren sie dem Äquator ein gutes Stück näher und das Flugzeug hatte sie in nicht einmal ganz drei Stunden über eine Entfernung gebracht, für die die Menschen früher ein halbes Jahr gebraucht hätten.

»Wohin fahren wir?«, fragte er, nachdem sie eingestiegen waren und Petach dem Fahrer in seiner Muttersprache ihr Ziel genannt hatte. Es waren die ersten Worte, die sie seit annähernd zwei Stunden wechselten, und Aton rechnete eigentlich gar nicht mit einer Antwort. Aber Petach schien sein beharrliches Schweigen während des Fluges nicht wirklich übel zu nehmen.

»Zuerst einmal zu einem guten Freund«, sagte er. »Dort sind wir sicher und können die Nacht verbringen. Morgen früh reisen wir dann weiter.«

Aton dachte an das letzte Mal, als er im Haus eines guten Freundes von Petach gewesen war, und sein Blick schien das auch auszudrücken, denn auf dem Gesicht des Ägypters breitete sich ein Lächeln aus. »Keine Sorge«, sagte er. »Dir wird nichts geschehen.«

Aton widersprach nicht, aber er dachte sich seinen Teil – schließlich hatte ihm das Petach auch schon mehr als einmal versprochen.

Wenn er wenigstens gewusst hätte, was Sufi und Petach damals mit ihm vorgehabt hatten! Trotz allem war noch etwas in ihm, was Petach glauben wollte. So unheimlich ihm dieser alte Mann geworden war, hatte er noch immer etwas Vertrauenerweckendes an sich.

Aton versuchte sich eine Weile damit abzulenken, dass er aus dem Fenster sah, aber das half nicht. Immer wieder kehrten seine Gedanken zu den Fragen zurück, mit denen er sich seit nunmehr fast einer Woche beschäftigte. Schließlich sagte er ohne Petach anzusehen: »Meine Mutter ist hier in Kairo.«

»Ich weiß«, antwortete Petach.

»Ich hätte sie gerne gesehen«, fuhr Aton fort, als Petach ihm nicht den Gefallen tat, das Thema von sich aus aufzugreifen. Petach antwortete nicht darauf und so drehte er sich herum und sah ihn an.

»Ich will mich nur überzeugen, dass es ihr gut geht«, sagte er. »Ich verspreche Ihnen, dass ich nichts verrate.«

»Ich glaube dir«, sagte Petach ernst. »Aber es wäre nicht sehr klug. Solange sie im Hotel ist und nicht weiß, dass du dich in Ägypten aufhältst, ist sie nicht in Gefahr. Das könnte sich ändern, wenn Osiris und seine Schergen auf sie aufmerksam werden.«

So schlau war Aton auch. Trotzdem: Petachs Antwort verwirrte ihn nur noch mehr, denn seine Sorge konnte ernst gemeint, ebenso gut aber auch nur eine geschickt verkleidete Drohung sein.

Petach schien seine Gedanken zu erraten, denn er sagte traurig: »Du vertraust mir immer noch nicht.« »Sie machen es einem ziemlich schwer, Ihnen zu vertrauen«, antwortete Aton und der unglückliche Ausdruck auf Petachs Zügen verstärkte sich noch.

»Ich will sehen, was ich tun kann«, sagte Petach schließlich. »Vielleicht kannst du sie anrufen – wenn du mir dein Ehrenwort gibst, ihr nichts zu verraten.«

»Ich verspreche es«, sagte Aton. Er meinte dieses Versprechen ernst – Petach gehörte nicht zu den Menschen, die man belügen konnte.

Eine ganze Weile fuhren sie schweigend durch die Vorstädte. Der Taxifahrer versuchte ein paar Mal ein Gespräch mit Petach in Gang zu bringen, worauf dieser jedoch nicht einging, sodass er es schließlich aufgab, und Aton hing seinen eigenen Gedanken nach.

Zumindest in einem Punkt hatte Petach die Wahrheit gesagt: Seit Aton sich in seiner Nähe aufhielt, war der Einfluss der alten ägyptischen Götter nicht mehr zu spüren. Natürlich mochte dies ganz andere Gründe haben, als Petach behauptete, aber allein die Möglichkeit, dass der Ägypter die Wahrheit gesagt hatte, ließ Aton vor Angst innerlich erstarren. Er hatte die bösen, zerstörerischen Kräfte der uralten Gottheiten zu deutlich gespürt. Der Gedanke, dass sie wieder zu ihrer alten Macht erwachen könnten, war schlichtweg unerträglich.

»Werde ich es überleben?«, fragte er plötzlich.

Die Frage schien Petach völlig zu überraschen. Ein paar Sekunden lang sah er ihn vollkommen ohne Verständnis an, dann lachte er leise und sehr gutmütig. »Natürlich«, sagte er. »Sie wollen etwas von dir, sie wollen nicht dich.«

»Und Sie meinen, wenn ich es ihnen gebe, werden sie mich aus lauter Dankbarkeit verschonen?«

Petachs Lächeln erlosch. »So etwas wie Dankbarkeit kennen

sie nicht«, antwortete er. »Wenn du getan hast, was sie erwarten, werden sie dich einfach vergessen. Du bist nur ein Mensch. Du bist zu unwichtig, um dich grundlos zu töten.«
Das widersprach dem, was Petach ihm selbst im Flugzeug erzählt hatte, machte es aber nicht besser. Aton versuchte sich ein Wesen vorzustellen, für das ein Mensch nur ein Ding war, das nicht einmal einen Gedanken verdiente, solange man es nicht brauchte, und zum ersten Mal glaubte er wirklich zu verstehen, was Petach gemeint hatte, als er über das Wesen der alten Götter sprach.
Er machte eine entsprechende Bemerkung zu Petach, aber diesmal reagierte der Ägypter nicht darauf; ja, er schien sie gar nicht zu hören. Petach hatte sich vorgebeugt und sah durch die Windschutzscheibe nach oben. Neugierig lehnte sich auch Aton zur Seite und suchte den Nachthimmel über Kairo mit seinen Blicken ab. Im ersten Moment sah er nichts als die Sterne, die von einem ungewohnt klaren Himmel funkelten, aber dann erkannte auch er einen winzigen Punkt, der hoch über ihnen am Firmament kreiste.
»Was ist das?«, fragte er.
»Nechbet«, murmelte Petach. Das war keine Antwort auf seine Frage. Das Wort klang eher wie ein Fluch, eine Verwünschung – oder ein Ausdruck maßloser Furcht. Vielleicht, dachte Aton, ist das Gefühl der Sicherheit, das Petach ihm vermittelt hatte, doch nicht ganz so begründet.
»Was ist das?«, fragte er noch einmal und lauter. Diesmal wandte Petach den Kopf und sah ihn an.
»Nichts«, sagte er. Die Lüge klang nicht einmal annähernd überzeugend. Petach wirkte mit einem Male sehr nervös.
»Ich dachte, wir wären in Sicherheit?«, fragte Aton geradeheraus.
»Das dachte ich auch«, sagte Petach. »Aber sie ...« Er stockte. Aton konnte regelrecht sehen, wie sich die Gedanken hinter seiner Stirn überschlugen. »Ihre Macht wächst ungeheuer schnell«, sagte er. Plötzlich beugte er sich vor und wechselte einige Worte auf Arabisch mit dem Fahrer, der daraufhin

unverzüglich und so hart auf die Bremse trat, dass Aton nach vorne und unsanft gegen die Rücklehne des Beifahrersitzes geworfen wurde. Während er sich erschrocken hochrappelte, wendete der Wagen mit quietschenden Reifen und begann in die entgegengesetzte Richtung zu fahren.

Aton sah automatisch auf den Tachometer, aber nur um festzustellen, dass dieser nicht funktionierte – die Nadel hing wie festgeklebt auf der Null, aber das immer lauter werdende Dröhnen des altersschwachen Motors und die Häuser, die an beiden Seiten an ihnen vorüberglitten, sagten ihm auch so, dass der Fahrer den Wagen beschleunigte. Aton sah den Taxifahrer beunruhigt an und wünschte sich eine Sekunde später, es nicht getan zu haben. Das Gesicht des Mannes war starr, vollkommen ausdruckslos, aber sehr blass, und seine Augen wirkten glanzlos und trüb. Offensichtlich stand er unter Petachs Einfluss. Aton hoffte, dass das seinen Fähigkeiten als Autofahrer keinen Abbruch tat. Sie fuhren sehr schnell und auf Straßen, die nicht mit denen zu vergleichen waren, die Aton von zu Hause kannte. Der Wagen sprang immer wieder durch Schlaglöcher und über Bodenwellen und schlingerte manchmal wie ein Schiff auf hoher See und ein paar Mal kam die Bordsteinkante bedrohlich nahe.

Ein Blick nach oben hatte Aton gezeigt, dass der Schatten immer noch über ihnen kreiste, ansonsten jedoch schien es keinerlei Grund für Petachs plötzliche Panik – ein anderes Wort dafür fiel Aton nicht ein – zu geben. Aber er kannte den Ägypter mittlerweile zu gut, um auch nur eine Sekunde lang zu glauben, dass es keinen Anlass für diese plötzliche Amokfahrt gäbe.

Sie näherten sich jetzt dem Stadtzentrum und im gleichen Maße, in dem die Lichter in den Häusern rechts und links der Straße zunahmen, wurde auch der Verkehr wieder dichter. Was ihren Fahrer allerdings nicht im Geringsten daran hinderte, weiterhin so schnell, wie es möglich war, zu fahren. Immer öfter quietschten jetzt hinter ihnen Bremsen oder erscholl ein zorniges Rufen und mehr als einmal sprang ein

Passant hastig beiseite oder schüttelte ihnen drohend die Faust nach.

Und trotzdem entkamen sie ihren Verfolgern nicht.

Auf einen Befehl Petachs hin steuerte ihr Fahrer den Wagen um eine Ecke und in eine schmalere, etwas weniger belebte Seitenstraße hinein – und trat plötzlich so kräftig auf die Bremse, dass Aton ein zweites Mal nach vorne und gegen die Rückenlehne des Sitzes geschleudert wurde. Zornig richtete er sich wieder auf – aber die wütende Beschimpfung, die ihm auf der Zunge lag, blieb ihm im wahrsten Sinne des Wortes im Halse stecken, als sein Blick durch die Frontscheibe des Wagens fiel.

Die Straße war blockiert. Aber es waren keine Passanten oder andere Autofahrer, die den Fahrer zu dieser Notbremsung gezwungen hatten, wie Aton dachte. Vor ihnen, nur einen Steinwurf entfernt, stand der Streitwagen, der Sascha und ihn schon einmal verfolgt hatte. Und diesmal war die Mumie, die die Zügel hielt, nicht mehr allein. Rechts und links vom Streitwagen, in einer weit auseinander gezogenen Kette, die die Straße auf ganzer Breite einnahm, stand eine ganze Anzahl in zerfetzte Mäntel und Umhänge gehüllter Gestalten, im blassen Licht des Mondes und der Sterne nicht mehr als Schatten, ohne Gesichter oder wirklich erkennbare Umrisse. Die beiden Pferde scharrten unruhig mit den Hufen, als könnten sie sich kaum noch beherrschen, loszustürmen und das Taxi einfach niederzurennen, und Aton spürte die stumme, unausgesprochene Drohung, die von der Gestalt hinter den Zügeln ausging.

Auch die Straße hinter ihnen war nicht mehr leer. Zwar stand dort kein Streitwagen, wohl aber fast ein weiteres Dutzend der unheimlichen Gestalten, auch sie völlig reglos, auch sie kaum mehr als Schemen, die gar nicht richtig zu erkennen waren.

Petach machte eine Handbewegung. »Hör mir zu«, sagte er in gehetztem Ton, den Blick wieder starr auf die Reihe der Gestalten vor ihnen gerichtet, die immer noch vollkommen bewegungslos dastanden und darauf zu warten schienen, dass irgendetwas Bestimmtes geschah. »Ich werde versuchen sie aufzuhalten. Du musst fliehen. Vielleicht hast du eine Chance, ihnen zu entkommen.«

Eine Chance, ihnen zu entkommen? Aton hätte fast laut aufgelacht. Vor und hinter ihnen befanden sich etwa zwanzig Männer, ganz zu schweigen von dem Streitwagen. Was glaubte Petach, wer er war? Indiana-Jones?

Aber Petach sprach im gleichen gehetzten Tonfall weiter, noch ehe Aton eine entsprechende Bemerkung machen konnte: »Du musst die Stadt verlassen. Wenn wir getrennt werden, dann geh nach Gizeh und frage nach Yassir. Jeder kennt ihn dort. Erzähl ihm, was geschehen ist. Er wird dir glauben. Und er weiß, was weiter zu tun ist. Und jetzt gib Acht. Wir haben nur diese eine Chance.«

Und ehe Aton auch nur ein einziges der hundert Wenn und Aber vorbringen konnte, die ihm durch den Kopf schossen, geschahen mehrere Dinge gleichzeitig. Petach rief dem Fahrer ein einzelnes, abgehacktes Wort auf arabisch zu, riss mit der linken Hand die Tür auf seiner Seite auf und versetzte Aton mit der rechten einen heftigen Stoß. Unsanft prallte Aton gegen die Tür, die ohne sein Zutun im selben Moment aufflog, suchte vergeblich mit den Händen irgendwo nach Halt und stürzte rücklings aus dem Wagen, als dieser plötzlich mit aufbrüllendem Motor einen regelrechten Satz nach vorne und auf den Streitwagen zumachte. Während Aton auf das harte Straßenpflaster fiel, sah er, wie Petach auf der anderen Seite mit einer ungemein geschickten Bewegung aus dem Wagen sprang und wie eine Katze auf allen vieren landete um sofort wieder hochzufedern. Das Taxi raste weiter auf den Kampfwagen zu; so schnell, dass die Reifen auf dem schlüpfrigen Pflaster durchdrehten.

Aber auch der Streitwagen stand nicht mehr still. Der Mann hinter dem Zügel machte eine befehlende Geste mit seiner Lanze und im selben Augenblick schossen die beiden schwarzen Pferde los. Aton hielt unwillkürlich den Atem an, während die beiden ungleichen Fahrzeuge aufeinander zuschnellten. Ein Zusammenstoß schien unausweichlich, aber im buchstäblich allerletzten Moment riss der Lenker des Streitwagens seine Tiere zur Seite und der Taxifahrer schien aus seiner Trance zu erwachen und zu begreifen, was geschah, denn er versuchte verzweifelt den Zusammenprall zu verhindern. Die beiden Wagen schrammten Funken sprühend aneinander vorbei. Metall kreischte. Glas zerbarst. Eines der beiden Pferde bäumte sich mit einem schrillen Wiehern auf und brach zusammen und der plötzliche Ruck brachte das zweite Pferd und den Wagen aus dem Gleichgewicht. Die beiden Tiere stürzten in einem fürchterlichen Durcheinander aus schlagenden Gliedern und Leibern zu Boden, die Räder des Streitwagens verloren plötzlich den Kontakt zur Straße. Splitternd zerbrach die Achse und der Mumienkrieger wurde regelrecht aus dem Wagen heraus und in hohem Bogen über die beiden gestürzten Pferde hinwegkatapultiert.

Doch noch während er stürzte, schleuderte er seine Lanze. Die Waffe flog wie ein Blitz aus Bronze durch die Luft – und durchbohrte Petachs Brust! Mit einem keuchenden Schrei sank der Ägypter zu Boden. Keine der andere Gestalten hatte sich gerührt, fast als wären sie nur Zuschauer bei etwas, was nur Petach und den Mumienkrieger anging, aber nun erwachten sie plötzlich aus ihrer Erstarrung. Langsam, aber unaufhaltsam begannen sie sich auf Aton und Petach zuzubewegen. Das Klirren von Metall erklang und das Rascheln von uraltem Stoff und Leder und Aton sah, wie einige der Männer kurze, gebogene Schwerter unter ihren Mänteln hervorzogen.

Aton machte einen Schritt auf Petach zu – und erstarrte mitten in der Bewegung. Seine Augen weiteten sich ungläubig. Petach war auf beide Knie und eine Hand herabgesunken. Sein Oberkörper war weit nach vorne gebeugt, als zerre ihn das Gewicht der Lanze zu Boden, und der Wurf war so kräftig gewesen, dass die dreieckige Bronzespitze seinen Körper durchbohrt hatte und fast eine Handbreit zwischen seinen

Schulterblättern hervorragte. Die Verletzung musste absolut tödlich sein.

Aber Petach fiel nicht zu Boden. Ganz im Gegenteil. Langsam, mit schmerzverzerrtem Gesicht und stöhnend richtete er sich wieder auf, ergriff die Lanze mit beiden Händen – und zog die Waffe mit einem Ruck aus seinem Leib heraus!

»Halt!«, rief Petach mit kräftiger, weithin hörbarer Stimme. *»Ich, Petach, befehle euch stehen zu bleiben! Geht zurück dorthin, woher ihr gekommen seid! Ihr habt hier keine Macht! Dies ist nicht eure Welt!«*

Er hatte in seiner Muttersprache geredet. Nicht arabisch. Das war eine Sprache, die Aton zwar nicht beherrschte, aber erkannt hätte. Den Dialekt jedoch, in dem Petach sprach, hatte er noch nie zuvor im Leben gehört. Trotzdem verstand er ihn.

»Geht!«, sagte Petach noch einmal. Er wankte und schien alle Mühe zu haben, sich überhaupt auf den Beinen zu halten und sein heller Sommeranzug hatte sich auf Brust und Rücken dunkel von seinem eigenen Blut gefärbt. Sein Gesicht war eine Maske aus Schmerz und Leid. Und trotzdem konnte Aton regelrecht sehen, wie das Leben in seinen Körper zurückkehrte. Seine Stimme gewann an Kraft und befehlender Stärke. Er hatte die Lanze mit beiden Händen ergriffen und herumgedreht, aber er hielt sie nicht wie eine Waffe, sondern vielmehr wie ein König sein Zepter. Und Aton war nicht der Einzige, der die suggestive Macht von Petachs Worten fühlte. Die Krieger waren stehen geblieben. Obwohl sie jetzt ganz nahe waren, konnte Aton ihre Gesichter noch immer nicht erkennen, aber er konnte ihr Zögern spüren. Wer immer sie waren – und Aton war längst nicht mehr sicher, es tatsächlich mit menschlichen Feinden zu tun zu haben –, auch sie konnten sich Petachs unheimlichem Einfluss nicht entziehen, den Aton schon so oft beobachtet hatte.

Trotzdem waren zwei unter ihnen, die es versuchten. Die beiden Männer sprangen plötzlich vor und schwangen ihre sichelartigen Waffen. Petach fing den Schwerthieb des ersten mit der Lanze ab und durchbohrte ihn eine Sekunde später mit der Spitze, auf der noch sein eigenes Blut klebte, aber die Klinge des zweiten traf die Schulter des Ägypters mit solcher Wucht, dass Aton den Hieb selbst zu spüren glaubte. Petach wankte. Seine Schulter färbte sich dunkel, aber er stürzte immer noch nicht. Mit eiserner Hand ergriff er das Schwert des Kriegers, entriss es seinem Besitzer und schlug den Angreifer mit dessen eigener Waffe nieder.

»Geht!«, befahl er noch einmal. *»Geht zurück in die Nacht, aus der ihr gekommen seid!«*

Kein anderer versuchte mehr sich Petach zu nähern. Und nach einer Sekunde, die sich zu einer schieren Ewigkeit dehnte, begannen die Krieger tatsächlich, langsam, widerwillig, mit Bewegungen, die aussahen, als würden sie dazu gezwungen, rückwärts vor Petach und ihm zurückzuweichen. Aber nicht sehr weit. Petach stand noch immer hoch aufgerichtet da, eine blutüberströmte, schreckliche Gestalt, deren Augen ein unsichtbares, verzehrendes Feuer zu verströmen schienen, aber plötzlich war da noch eine zweite, fast ebenso starke Macht, und als Aton erschrocken zur Seite blickte, sah er, wie sich der Mumienkrieger langsam wieder aufrichtete. Die beiden Pferde lagen reglos übereinander gestürzt da, der Streitwagen war zu einem Haufen aus zersplittertem Holz und verbogenem Metall geworden, und auch der Körper der Mumie wirkte sonderbar falsch; als wären sämtliche Glieder verdreht und zerbrochen. Aber sie bewegte sich.

»Aton, lauf«, murmelte Petach. Und erst jetzt begriff Aton, dass er vielleicht doch noch eine Chance hatte, und er reagierte mit einer Schnelligkeit darauf, die ihm wahrscheinlich nur die reine Todesangst verlieh. Noch während sich die Mumie taumelnd aufzurichten versuchte, fuhr er herum und lief los. Einer der anderen Männer versuchte sich ihm in den Weg zu stellen. Aton zog den Kopf zwischen die Schultern und rannte ihn einfach über den Haufen. Der Mann stürzte. Seine Hand griff nach Aton, bekam seinen Arm zu fassen und riss ein Stück aus seiner Jacke, aber Aton stürmte weiter, rannte im

Zickzack zwischen den anderen Männern hindurch und sprang mit einem gewaltigen Satz über den zerborstenen Streitwagen hinweg. Das Taxi war etliche Meter vor ihm gegen eine Hauswand geprallt und mit gebrochener Achse schräg wie ein auf ein Riff gelaufenes Schiff liegen geblieben. Dampf quoll unter der eingedrückten Motorhaube hervor und eine große, nach Öl und Benzin riechende Lache breitete sich unter dem Wrack aus. Der Fahrer war über dem Steuer zusammengesunken. Aton rannte an dem Wagen vorbei und blieb plötzlich stehen. Der Benzingeruch war so intensiv, dass er ihm fast den Atem nahm. Ein einziger Funke genügte und der Wagen würde wie eine Bombe explodieren. Gehetzt blickte er zu Petach und den Schattenkriegern zurück. Die unheimlichen Gestalten hatten sich dem Ägypter wieder genähert. Selbst über die große Entfernung hinweg konnte Aton spüren, dass es Petach immer schwerer fiel, die Unheimlichen zu bannen. Eine lautlose Stimme in seinen Gedanken begann ihm zuzuschreien, dass er dabei war, die einzige Chance wegzuwerfen, die er noch hatte. Aber er konnte nicht einfach weiterrennen und den hilflosen Mann im Wagen seinem Schicksal überlassen!

Mit zwei Schritten war er zurück bei dem Taxi und riss die Tür auf.

Der Fahrer fiel ihm im wahrsten Sinne des Wortes in die Arme. Der Mann war bewusstlos, aber am Leben und bis auf eine üble Platzwunde an der Stirn zumindest nicht sichtbar verletzt. Er war nicht sehr groß, wog aber mindestens fünfzig Pfund mehr als Aton, sodass er seine ganze Kraft brauchte, den Mann aus dem Wagen zu zerren. Keuchend und immer wieder über die Schulter zu Petach und den anderen zurückblickend, schleifte er ihn von dem Autowrack fort und noch ein gutes Stück weit weg, bis er nicht mehr in Gefahr war, von dem auslaufenden Benzin erreicht zu werden. Als Aton den Mann zu Boden sinken ließ, gewahrte er eine Bewegung aus den Augenwinkeln. So hastig, dass er beinahe das Gleichgewicht verlor, wirbelte er auf der Stelle herum und sah, wie gleich drei der unheimlichen Krieger auf ihn zustürmten, mit wehenden Mänteln und erhobenen Sichelschwertern. Ihr Anblick jagte ihm einen neuen, eisigen Schauder über den Rücken. Sie liefen sehr schnell, aber nicht wie Menschen, sondern bewegten sich in einem sonderbar hoppelnden Gang vorwärts. Noch vier, fünf dieser gewaltigen Sätze und sie mussten ihn erreicht haben.

Aton fuhr abermals herum. Er bewegte sich so schnell wie nie zuvor im Leben, trotzdem war es ihm, als zerrten unsichtbare Gummibänder an seinen Gliedern. Die Zeit schien stehen zu bleiben. Seine eigenen Bewegungen liefen in zeitlupenhaftem Tempo ab, während die drei Gestalten rasend schnell näher kamen. Und sie hätten ihn zweifellos binnen Sekunden eingeholt, hätte Petach ihm nicht noch einmal geholfen. Abermals geschahen mehrere Dinge gleichzeitig. Aton spürte, wie Petachs geistiger Bann zerbrach, als er seine Aufmerksamkeit von den Schattenkriegern löste und ihm zuwandte. Die Gestalten stürzten sich auf den Ägypter, aber den Bruchteil einer Sekunde, bevor sie ihn erreichten und niederrangen, riss Petach beide Arme in die Höhe und stieß einen schrillen Ruf aus. Ein winziger blauer Funke löste sich von seinen Fingerspitzen, jagte wie ein schräg fallender Stern heran und traf die Lache aus Benzin und Öl, durch die die drei Krieger stampften.

Das Taxi explodierte. Licht und Hitze von unvorstellbarer Intensität hüllten Aton ein. Die Faust eines unsichtbaren Riesen traf ihn zwischen die Schulterblätter und machte sein verzweifeltes Rennen zu einem lang gestreckten, hilflosen Sturz. Ein ungeheures Dröhnen und Krachen marterte seine Trommelfelle, und noch während er fiel, presste ihm die Druckwelle die Luft aus den Lungen, sodass sein Schrei zu einem erstickten Krächzen wurde. Schwer schlug er auf, rollte noch mehrere Meter weiter und riss schützend die Arme vor das Gesicht. Die Welt schien nur noch aus Flammen und Hitze zu bestehen. Er war eingehüllt in Feuer und eigentlich hätte er tot sein müssen oder zumindest schwer verletzt – aber die

Flammen taten ihm nichts. Er sah, wie sie den Boden versengten und die Luft zum Kochen brachten, und ein Stück Papier, das neben ihm lag, flammte auf und zerfiel binnen Sekundenbruchteilen zu Asche. Aber es war, als umgäbe ihn ein unsichtbarer Schutz.

Nicht so die drei Verfolger. Die Wucht der Explosion hatte sie wie Aton zu Boden geschleudert, aber sie lagen reglos, mit verdrehten Gliedern und brennenden Kleidern da. Die Flammen fanden in dem uralten Stoff reichlich Nahrung, und wenn er bisher daran gezweifelt hatte, es tatsächlich mit menschlichen Gegnern zu tun zu haben, so ließ dieser Anblick seine Zweifel zur Gewissheit werden. Die drei Geschöpfe verbrannten in blauen, unglaublich hellen Flammen und unwahrscheinlich schnell. Ihre Körper zerfielen binnen Sekunden zu Staub und nur ein wenig graue Asche und kleine, verbogene Stücke aus glühendem Metall blieben zurück.

Aber die Gefahr war keineswegs vorbei. Aton stand unsicher auf und blinzelte. Er konnte den Ägypter nicht mehr sehen. Gleich fünf oder sechs der unheimlichen Gestalten hatten sich über ihn gebeugt und verbargen ihn vor seinen Blicken, die anderen bewegten sich schon wieder auf ihn zu. Im flackernden Licht der meterhohen Flammen, die das Taxi verschlangen und sich bereits auf das Haus ausgebreitet hatten, gegen das es geprallt war, wirkten ihre Bewegungen noch bizarrer und unwirklicher als bisher. Jetzt zögerte Aton nicht mehr. Er begann zu laufen. Die lodernden Flammen tauchten die Straße in fast taghelles Licht, sodass er zumindest sehen konnte, wohin er lief. Es war unheimlich – trotz des Lärms und des Feuers war noch immer kein Mensch zu sehen. Die Häuser lagen wie ausgestorben da. Nirgends brannte auch nur ein Licht. Und abgesehen vom Prasseln der Flammen war es nahezu gespenstisch still. Aton warf einen Blick über die Schulter zurück und sah, dass seine Verfolger die Flammen im weiten Umkreis umgangen hatten und nun wieder näher kamen. Sie hüpften und sprangen, andere rannten weit nach vorne gebeugt, sodass ihre Hände fast den Boden berührten. Der Anblick erinnerte Aton an etwas, ohne dass er genau wusste, woran.

Er dachte auch nicht weiter darüber nach, sondern bog in die nächste Straße ein. Auch sie war dunkel und menschenleer, aber an ihrem Ende gewahrte Aton Licht und das gab ihm noch einmal neue Kraft. Er jagte weiter, aber er wusste, dass er trotzdem nicht schnell genug war. Die Verfolger tauchten bereits hinter ihm auf und sie hatten fast die Hälfte seines Vorsprungs aufgeholt. Ihre groteske Art zu hüpfen und hopsen sah langsam aus, aber sie war es nicht.

Gehetzt sah sich Aton nach einem Ausweg um, gewahrte eine offen stehende Tür und stürmte hindurch. Er fand sich in einem dunklen, sehr langen Hausflur wieder. An seinem jenseitigen Ende war eine weitere Tür aus Holz, durch deren Ritzen graues Licht hereinfiel. Aton raste los und schickte ein Stoßgebet zum Himmel, dass sie nicht verschlossen war. Er hatte Glück. Die morsche Holztür führte auf einen kleinen von niedrigen Backsteinmauern umgebenen Hinterhof hinaus. Auch er lag völlig verlassen da, als lebte niemand in diesen Gebäuden.

Aton erreichte die Mauer, sprang hinüber und fand sich auf einem zweiten, etwas größeren Hof wieder, dessen Begrenzung an drei Seiten von dunkel daliegenden Gebäuden gebildet wurde. Aton rannte auf das nächstliegende zu, rüttelte an der Türklinke und fand sie zu seiner Erleichterung offen. Er stürmte hinein, schloss die Tür hinter sich und durchquerte den Flur in umgekehrter Richtung. Er war nicht sehr lang. Sieben oder acht Schritte vor ihm lag eine andere Tür, die wieder auf die Straße hinausführte. Unbehelligt erreichte er sie und damit hörte seine Glückssträhne dann endgültig auf. Die Tür war verschlossen. Aton rüttelte einige Sekunden vergeblich an der Klinke und warf sich schließlich mit aller Gewalt gegen die Tür, doch sie erwies sich als äußerst massiv. Und hinter sich, auf dem Hof, konnte er schon wieder seine Verfolger hören. Irgendetwas schlug mit dumpfem Krachen gegen Holz, dann folgte ein Splittern und Bersten. Offensichtlich vermuteten sie ihn in einem der anderen Gebäude und hatten die Tür einfach eingeschlagen. Aber es würde nicht lange dauern, bis sie ihren Irrtum begriffen und auch hierher kamen.

Atons Gedanken begannen sich wild im Kreis zu drehen. Er zwang sich zur Ruhe und sah sich in dem dunkel daliegenden Hausflur um. Er konnte seine Umgebung nur schemenhaft erkennen – rechter Hand gab es drei ebenfalls äußerst massiv aussehende Türen, zur Linken führte eine sehr schmale, geländerlose Treppe nach oben. Er rannte hinauf.

Aton gelangte in einen weiteren, von Türen flankierten Gang. Er verschwendete nicht einmal eine Sekunde an den Gedanken, in irgendeinem der dahinter liegenden Räume Schutz zu suchen. Er musste aus diesem Haus heraus. Aber wie? Es gab keine Fenster und der Weg nach unten war ihm verwehrt, denn genau in diesem Moment hörte er, wie die Tür mit einem einzigen Hieb eingeschlagen wurde und rasche, tappende Schritte näher kamen. Dann entdeckte er etwas, was ihm auf den ersten Blick entgangen war: Am Ende des Korridors gab es eine schmale Leiter, die zu einer Luke in der Decke hinaufführte. Rasch kletterte er sie empor, drückte die kleine und gottlob unverschlossene Klappe an ihrem oberen Ende auf und fand sich unversehens auf einem staubigen, vollkommen leeren Dachboden wieder. Der Raum war überraschend groß und für ein Gebäude in einer orientalischen Stadt eigentlich ungewöhnlich, denn die Balkenkonstruktion über seinem Kopf gehörte zu einem ganz normalen Dachboden, während doch die meisten Häuser Kairos über Flachdächer verfügten. Dieses jedoch offensichtlich nicht. Ebenso wenig wie es über ein Dachfenster verfügte.

Verzweiflung stieg in Aton hoch. Das Schicksal hatte sich wirklich gegen ihn verschworen. Wie es schien, stolperte er unentwegt von einer Falle in die nächste. Und er konnte die Schritte seiner Verfolger schon wieder hören: Sie tappten unter ihm die Treppe herauf und jetzt vernahm er noch einen anderen, Furcht einflößenden Laut, etwas wie ein Hecheln und Schnüffeln, als würde er von einer Meute Bluthunde verfolgt, nicht von Menschen.

Und dann entdeckte er doch noch einen Ausweg. Es gab zwar keine Fenster, aber hoch über ihm, fast unter dem Giebel und somit gute sechs oder sieben Meter über dem Fußboden, gähnte ein metergroßes Loch im Dach. Wenn er irgendwie dort hinaufkam, konnte er vielleicht auf eines der benachbarten Häuser gelangen, schlimmstenfalls an der Fassade dieses Gebäudes hinunterklettern – schon bei der bloßen Vorstellung sträubten sich ihm die Haare, aber welche Wahl hatte er schon?

Das Gewirr von Balken und Verstrebungen über ihm war zwar alt, sah aber äußerst stabil aus und würde sein Gewicht sicher tragen. Wenn es ihm gelang, hinaufzuklettern, konnte er mit ausgestreckten Armen das Loch im Dach erreichen. Während unter ihm die Schritte der Schattenkrieger immer näher kamen, sah sich Aton nervös auf dem Dachboden um und fand schließlich, wonach er suchte. In einer Ecke lehnte eine Leiter. Sie war offensichtlich selbst gezimmert und wackelig, Aton jedoch kam sie vor wie ein Geschenk des Himmels. So schnell er konnte, ohne dabei übermäßigen Lärm zu verursachen, lehnte er die Leiter gegen einen Balken, überzeugte sich hastig davon, dass sie sicher stand und nicht etwa wegrutschen würde, und begann sie hinaufzusteigen. Er erreichte den Balken, suchte mit der linken Hand an einer Querstrebe Halt und richtete sich auf.

Sofort wurde ihm schwindelig. Was von unten wie ein breiter, bequem zu begehender Balken ausgesehen hatte, das schrumpfte jäh zu einem schmalen Streifen von Holz zusammen, der unter seinem Gewicht bedrohlich schwankte und zitterte. Für einen Moment bekam es Aton so mit der Angst zu tun, dass er sich nicht mehr rühren konnte. Er befand sich drei oder vier Meter über dem Boden, genau die richtige Entfernung, um einen Sturz mit großer Wahrscheinlichkeit zu überleben – dabei mit ebenso großer Wahrscheinlichkeit

schwer genug verletzt zu werden, um völlig hilflos liegen zu bleiben.
Aton drängte die Vorstellung mit aller Macht zurück und sah wieder zu dem Loch im Dach hinauf. Obwohl er ihm näher war, schien es trotzdem viel weiter entfernt als gerade noch und der Weg dorthin stellte sich plötzlich als nicht mehr annähernd so einfach dar, wie es vom Boden aus ausgesehen hatte. Tatsächlich waren die Dachbalken so breit wie zwei nebeneinander gelegte Hände und es gab genug Sparren und Verstrebungen, an denen er sich festhalten konnte. Aber er war kein Hochseilartist, nicht einmal ein besonders guter Kletterer, und für einen Moment fragte er sich, warum er die Leiter eigentlich hier aufgestellt hatte, statt sie zur anderen Seite des Dachbodens zu tragen und unmittelbar unter dem Loch zu postieren.
Noch bevor er eine Antwort auf diese Frage finden konnte, flog die Klappe unter ihm mit einem solchen Knall auf, dass sie in tausend Stücke zersprang, und Kopf und Schultern eines seiner Verfolger erschienen in der Luke. Aton vergaß seine Furcht und seinen Schwindel, er lief unverzüglich los und turnte mit nahezu affenartiger Geschicklichkeit zwischen den Streben und Balken hindurch.
Der Schattenkrieger stemmte sich mit einem wütenden Knurren vollends durch die Luke und richtete sich auf und nur einen Augenblick später erschien eine zweite, schemenhaft erkennbare Gestalt in der Öffnung. Einer der beiden Krieger war mit einem Satz bei der Leiter, die Aton stehen gelassen hatte, und begann sie hinaufzuturnen, der andere verfolgte ihn knurrend und geifernd auf dem Boden. Aton hatte die Hälfte der Entfernung hinter sich gebracht, aber er war nicht sicher, ob er den Rest der Strecke auch noch bewältigen würde. Die Balkenkonstruktion unter seinen Füßen begann nun tatsächlich zu zittern, als sein Verfolger hinter ihm von der Leiter sprang und auf ihn zulief, und als wäre das noch nicht genug, spannte sich der zweite plötzlich – und sprang mit einem einzigen Satz in die Höhe! Seine ausgestreckten

Hände ergriffen den Balken, auf dem Aton stand, und klammerten sich daran fest, dann zog er die Knie an und versuchte ein Bein über den Balken zu schwingen.
Aton trat ihm kräftig auf die Finger. Das Wesen kreischte – es war kein Schrei, sondern ein schriller, schmerzerfüllter Laut, wie das gepeinigte Brüllen eines Tieres, nicht das eines Menschen –, ließ seinen Halt los und stürzte kopfüber nach unten, aber es drehte sich im Flug geschickt wie eine Katze und kam sicher und unbeschadet auf dem Boden auf. Nur einen Moment später hatte es sich herumgedreht und rannte in seinem sonderbaren Hoppelgang zur Leiter hin.
Der zweite Verfolger war bereits bedrohlich nahe gekommen. Aton balancierte über die Balken, so schnell er nur konnte, und ließ dabei auch noch das letzte bisschen Vorsicht fahren. Längst hielt er sich nicht mehr fest, sondern hoffte einfach darauf, keinen Fehltritt zu tun. Doch so schnell er auch war, sein Verfolger war ungleich schneller, denn er brauchte nicht auf das Gleichgewicht zu achten, sondern rannte einfach los. Aton konnte seine keuchenden, hechelnden Atemzüge hören, und als er über die Schulter zurücksah, erblickte er in der Dunkelheit unter der Kapuze nichts als Schwärze, als wäre da gar kein Gesicht. Nur die Augen des Unheimlichen glühten wie kleine, bernsteinfarbene Feuer.
Das Geschöpf kam immer näher. Noch ein paar Sekunden und es musste ihn eingeholt haben. Aton überschlug in Gedanken hastig die Zeit, die er noch brauchte, um das rettende Loch im Dach zu erreichen, kam zu einem Ergebnis, das ihm ganz und gar nicht gefiel, und beschloss, alles auf eine Karte zu setzen: Er stieß sich mit aller Kraft ab und überwand das letzte Stück mit einem gewaltigen Satz. Es waren gute zweieinhalb Meter bis zum nächsten Balken, aber die Angst – oder auch pures Glück – bewirkte ein kleines Wunder. Er erreichte ihn, landete mit weit ausgebreiteten Armen und gespreizten Beinen auf dem schmalen Steg und fand sogar einen halbwegs sicheren Stand. Zur Sicherheit griff er nach einer Querstrebe, die sich über seinem Kopf spannte.

Das morsche Holz zerbrach unter seinen Fingern. Aton schrie auf, warf sich instinktiv nach hinten und ruderte wild mit beiden Armen, um sein Gleichgewicht wiederzufinden. Verzweifelt tastete er irgendwo in der leeren Luft nach einem Halt, kippte weiter nach hinten – und fiel!

Eine eisenharte Hand griff nach seinem Arm. Atons Sturz wurde mit so grausamer Wucht aufgefangen, dass er glaubte, der Arm wurde ihm aus der Schulter gerissen. Er schrie vor Schmerz, strampelte wild mit den Beinen und begann wie ein lebendes Pendel hin und her zu schwingen. Tränen schossen ihm in die Augen. Keuchend griff er mit der freien Hand nach oben, fühlte raues Holz und klammerte sich daran fest.

Im nächsten Augenblick hätte er es vor Schreck beinahe wieder losgelassen, denn als er den Kopf hob, um nach seinem Retter Ausschau zu halten, blickte er direkt in ein paar glühende, bernsteingelbe Augen. Der Schattenkrieger hockte wie eine übergroße Kröte über ihm auf dem Balken und hielt ihn mit nur einer Hand fest, ohne dass er sich selbst irgendwo abstützte. Und als wäre dies alles noch nicht genug, zog er Aton nun langsam, aber ohne die geringste sichtbare Anstrengung zu sich auf den Balken hinauf und ergriff ihn auch mit der anderen Hand.

Aton bäumte sich mit aller Gewalt auf, warf sich zurück und zur Seite und versuchte nach seinem Gegner zu treten, aber ebenso gut hätte er versuchen können einen Felsbrocken mit bloßen Händen umzuwerfen. Der Krieger war nicht größer als er, aber unter dem zerschlissenen Mantel schien sich ein Körper aus Stahl zu verbergen. Ohne auf Atons Gegenwehr auch nur im Geringsten zu reagieren, richtete er sich wieder auf und begann ihn auf den zweiten Schattenkrieger zuzuschieben, der mittlerweile herangekommen war. Die beiden packten Aton an Armen und Beinen und trugen ihn rasch über die Balken den Weg zurück. Grob wurde er wieder die Leiter hinunter und auf die Klappe im Boden zu gezerrt. Die beiden Krieger stellten ihn unsanft auf die Füße und der eine hielt ihn an beiden Schultern fest, während sich der zweite herumdrehte und mit dem Fuß nach der obersten Leitersprosse tastete.

Als er sie berührte, erschien eine Hand in der Öffnung, schloss sich um das Fußgelenk des Unheimlichen und zerrte mit einem so plötzlichen Ruck daran, dass er mit einem Schrei nach hinten kippte und in der Luke verschwand. Eine halbe Sekunde später erscholl ein dumpfes Poltern und Krachen, das von seinem Aufprall einen Stock tiefer kündete. Der Krieger, der Aton gepackt hielt, ließ ihn überrascht los und wirbelte herum, doch auch seine Bewegung kam zu spät. Eine Gestalt erschien in der Luke, stemmte sich mit einer kraftvollen und schnellen Bewegung vollends in die Höhe und warf sich auf ihn. Das Geschöpf stieß ein drohendes Fauchen aus und hob seine schrecklichen Hände, aber der plötzlich aufgetauchte Angreifer duckte sich blitzschnell unter seinem Griff hindurch, packte seinerseits den vorgestreckten Arm des Kriegers und brachte ihn mit einem Ruck aus dem Gleichgewicht. Der Unheimliche stolperte, fand im letzten Moment seinen Stand wieder – und schien dann wie durch Zauberei den Boden unter den Füßen zu verlieren. In hohem Bogen segelte er über den Rücken des anderen hinweg, überschlug sich zwei-, dreimal in der Luft und prallte mit einem solchen Krachen gegen den Dachbalken, dass das ganze Gebäude zu erzittern schien. Lautlos sank er in sich zusammen und blieb liegen. Das Ganze war so schnell gegangen, dass Aton gar nicht richtig begriff, was geschah.

Und als er es begriff, wollte er es nicht glauben. Völlig fassungslos starrte er die schlanke junge Frau mit dem blonden Pferdeschwanz an, die erleichtert war, ihn unverletzt zu sehen, »Sascha ...?«, murmelte er. »Aber ... aber wieso ... Ich meine. .. wie ... wie kommst du denn hierher?«

»Wollen wir uns später darüber unterhalten oder wollen wir warten, bis die Freunde deiner –«, Sascha deutete mit einer Kopfbewegung auf die bewusstlose Gestalt, »– Freunde hier auftauchen und auch zuhören?«, fragte sie.

Aton hörte die Worte kaum, Sascha war der letzte Mensch auf der Welt, den er hier zu treffen erwartet hätte. »Aber wie ...«, murmelte er erneut.

»Später«, unterbrach ihn Sascha. »Wir müssen hier weg, Aton. Dort draußen sind noch mehr von ihnen. Ich habe sie an der Nase herumgeführt, aber ich weiß nicht, wie lange sie sich täuschen lassen. Sie sind nicht dumm.«

Sie deutete auf die Leiter. »Komm. Ich gehe vor.«

Aton sah ein, dass sie Recht hatte, und folgte ihr gehorsam, aber seine Gedanken drehten sich immer schneller im Kreis. Sascha hatte ihm soeben zum dritten Mal mit ziemlicher Sicherheit das Leben gerettet, und trotz der unendlichen Erleichterung, die er verspürte, war da noch etwas anderes, ein immer stärker werdendes Misstrauen. Sie *konnte* gar nicht hier sein. So viele Zufälle gab es auf der ganzen Welt nicht.

Obwohl er sich beeilte, wartete Sascha bereits ungeduldig auf ihn, als er den Fuß der Leiter erreichte. Das Haus war so dunkel und still wie zuvor. Die Stimmen und Schritte der Verfolger waren nicht mehr zu hören. Was immer Sascha getan hatte, um sie in die Irre zu führen, es schien zu funktionieren. Sie deutete ihm ungeduldig mit der Hand, ihr zu folgen, doch stattdessen beugte sich Aton über die reglose Gestalt, die mit verdrehten Gliedern neben der Leiter lag. Das Geschöpf war bewusstlos, vielleicht sogar tot, doch das änderte kaum etwas an der Aura von Gefahr und Furcht, die es zu umgeben schien. Trotzdem streckte Aton die Hand aus, um die Kapuze zurückzuschlagen, die das Gesicht des Wesens verhüllte.

»Tu das lieber nicht«, sagte Sascha. Sie sagte es nicht laut, auch nicht befehlend, aber vielleicht war es gerade das, was Aton zögern ließ. Unsicher sah er zu ihr hoch und der Ausdruck, den er auf ihrem Gesicht gewahrte, ließ ihn die Hand endgültig zurückziehen. Ohne noch eine weitere Frage zu stellen, richtete er sich vollends auf und folgte seiner Lebensretterin.

Eine Nacht im Hotel

Sie verließen das Haus und wenige Augenblicke später die Seitenstraße, ohne noch einmal auf einen der Unheimlichen zu stoßen oder sie auch nur zu hören. Sascha war mit einem Wagen gekommen, dessen Kennzeichen verriet, dass sie ihn hier in Kairo gemietet hatte, der aber ansonsten wie zum Verwechseln ihrem eigenen, weißen Toyota glich. Obwohl es im Moment wahrlich andere Dinge gab, über die sie zu reden hatten, machte Aton eine entsprechende Bemerkung, auf die Sascha mit einem Lächeln und den Worten antwortete: »Ich mag dieses Modell, weißt du? Es erinnert mich an meines. Außerdem gefällt mir der Werbespruch.«

»Nichts ist unmöglich«, sagte Aton. Er sah Sascha bei diesen Worten scharf an, und als sich an ihrem Lächeln nichts änderte, fügte er etwas lauter hinzu: »Vielleicht abgesehen davon, dass wir uns andauernd rein zufällig über den Weg laufen. Noch dazu an Orten, die dreitausend Kilometer auseinander liegen.«

»Wer sagt denn, dass das Zufall ist?«, erwiderte Sascha. Sie weidete sich einen Moment lang sichtbar an seinem verblüfften Ausdruck, dann wandte sie ihre Aufmerksamkeit wieder der Straße zu.

»Ich glaube dir kein Wort«, sagte Aton unvermittelt.

Sascha blinzelte. »Aber ich habe doch gar nichts gesagt«, protestierte sie.

»Nicht einmal das glaube ich dir«, maulte Aton. »Hier stimmt doch etwas nicht.«

Sascha machte ein unglückliches Gesicht. »Ich will mich ja nicht beschweren, aber ein ganz kleines Dankeschön wäre vielleicht angebracht«, sagte sie. »Immerhin habe ich dir gerade –«

»– das Leben gerettet, ich weiß«, unterbrach sie Aton unfreundlich. »Das scheint ja deine Lieblingsbeschäftigung zu sein.«

Saschas Lächeln erlosch. Seine Worte mochten sie getroffen haben. Sie machte keine Anstalten, von sich aus irgendeine Erklärung abzugeben.
»Wie kommst du hierher?«, fragte Aton scharf. Er war zornig. Der überstandenen Todesangst folgte nur eine ganz kurze Erleichterung, die fast übergangslos in Ärger, ja beinahe Wut umschlug. Er wusste, dass er Sascha Unrecht tat. Von allen Beteiligten an dieser Geschichte war sie vermutlich die, der er noch am meisten vertrauen konnte. Aber er war es endgültig leid, unentwegt belogen, hintergangen, mit Halbwahrheiten und Ausflüchten abgespeist zu werden. Er hatte sich zwar damit abgefunden, einer der Hauptdarsteller in einer Geschichte zu sein, in der er nicht mitspielen wollte und die ihn seiner Meinung nach auch gar nichts anging, aber wenn sich das Schicksal schon einen so bösen Scherz mit ihm erlaubte, so hatte er doch wenigstens einen Anspruch darauf, zu wissen, warum. »Was tust du hier?«, fragte er noch einmal. »Und jetzt erzähl mir bitte nicht, dass es Zufall ist oder dass du uns gefolgt bist. So viele Zufälle gibt es nämlich gar nicht und du hast ganz bestimmt nicht im selben Flugzeug gesessen wie Petach und ich.«
»Nein«, antwortete Sascha. Sie trat behutsam auf die Bremse und lenkte den Wagen an den Straßenrand. »Das habe ich nicht. Und was ich hier tue?« Sie zuckte mit den Schultern und lächelte wieder. »So genau weiß ich das selbst nicht. Das heißt«, fügte sie hastig hinzu, als Aton sie unterbrechen wollte, »ich weiß es schon. Ich weiß nur nicht, ob es besonders klug ist.«
»Ich will jetzt endlich wissen, was das alles bedeutet«, beharrte Aton. Er wusste, dass er sich Sascha gegenüber ungerecht verhielt, aber er war einfach nicht fähig, etwas dagegen zu tun. Und auch Sascha schien das zu fühlen, denn etwas in ihrem Blick änderte sich. Die leise Verärgerung, die er bisher darin gelesen hatte, verschwand und machte einem Ausdruck von Verständnis und Mitgefühl Platz, das Aton betroffen machte. Er wusste, wie gemein er sich benahm. Aber es gab Situatio-

nen, in denen es einfach erleichterte, ungerecht zu sein, und dies war eine davon. Vielleicht hätte es ihn ebenso erleichtert, Sascha einfach zu umarmen und sich an ihrer Schulter auszuweinen, aber dazu war er nicht der Typ, auch wenn er das fast bedauerte.

»Also gut«, sagte Sascha schließlich. »Ich bin Petach und dir vom Flughafen aus nachgefahren, aber ich konnte nichts tun. Du weißt ja selbst am besten, was passiert ist.« Sie lächelte entschuldigend. »Nachdem sie Petach überwältigt hatten, bin ich einfach den Männern nachgelaufen, die dir nachgelaufen sind. So einfach ist das.«

Aton hätte ihr so gerne geglaubt. Aber er konnte es nicht. »Das ist unmöglich«, sagte er. Jeder Vorwurf und alle Schärfe waren aus seiner Stimme verschwunden. Was jetzt noch darin zu hören war, war eine Mischung aus Trauer und Enttäuschung. »Du warst nicht in dem Flugzeug, das Petach und ich genommen haben. Und die nächste Maschine geht erst heute früh.«

»Ich war im Flugzeug davor«, antwortete Sascha.

»Wie bitte?«, sagte Aton überrascht.

Sie seufzte. »Es war eine ziemlich verrückte Idee, ich weiß. Und vielleicht nicht die beste, die ich in meinem Leben gehabt habe. Nachdem du aus dem Hotel verschwunden warst, habe ich mich an den Anruf erinnert. Petach hatte gesagt, dass er am Flughafen auf dich wartet. Und nach allem, was passiert ist, war es nicht besonders schwer, zu erraten, wohin ihr wolltet.«

»Woher wusstest du, dass ich mich mit Petach treffe?«, fragte Aton.

»Der Portier hat euch gesehen«, antwortete Sascha. »Er ist vielleicht alt, aber er hat gute Augen. Er hat Petach sehr genau beschrieben. Ich wusste sofort, dass er es war.«

Der Portier?, dachte Aton. Der Portier in einem Hotel, das es gar nicht mehr gab? Das eine Ruine gewesen war, als er es zuletzt betreten hatte? Und in dem ganz bestimmt kein Portier gewesen war? Aber dann dachte er an all die anderen unheimlichen Dinge, die ihm widerfahren waren, sobald sich Petach in seiner Nähe aufhielt, und sein Misstrauen wurde zum ersten Mal erschüttert. »Aber wieso –?«

Sascha unterbrach ihn mit einer Handbewegung. »Du vergisst schon wieder, wer ich bin«, sagte sie. »Vielleicht bin ich nicht ganz so gewitzt wie James Bond und seine Kollegen, aber zwei und zwei zusammenzählen kann ich auch. Es war nicht besonders schwer, beim Flughafen anzurufen und zu erfahren, dass auf deinen und Petachs Namen zwei Tickets nach Kairo gebucht waren. Also habe ich das Einzige getan, was mir logisch erschien: Ich bin in die nächste Maschine gestiegen und hierher geflogen.« Sie lächelte. »Da ich vor euch hier war, hatte ich auch noch Zeit, den Wagen zu mieten. Und wie du eben erfahren hast, können wir ihn sehr gut gebrauchen. Du siehst – es gibt keine großen Geheimnisse. Nur ein bisschen stinknormale Polizeiarbeit.« Das klingt beinahe zu überzeugend, dachte Aton. Und es ließ immer noch zu viele Fragen offen. Aber er schwieg und Saschas Lächeln wurde noch trauriger.

»Du misstraust mir«, sagte sie. Sie nickte. »Ich kann das verstehen. Wahrscheinlich kannst du niemandem mehr trauen nach allem, was man dir angetan hat.«

»So ist es nicht«, erwiderte Aton hastig. »Es ist nur ...« Er suchte einen Moment nach Worten. »Ich verstehe nicht, warum du es überhaupt getan hast.«

»Was? Dass ich dir gefolgt bin?«

Aton nickte.

Wieder dauerte es eine Weile, bis Sascha fortfuhr.

»Ich habe gar nicht nachgedacht, sondern das Erste getan, was mir richtig erschien. Es ist ... alles so unglaublich. Ich konnte nicht einfach so tun, als wäre das ein ganz normaler Kriminalfall, und anderen die Arbeit überlassen. Das ist vielleicht das größte Abenteuer, das je ein Mensch erlebt hat, mit Sicherheit aber das größte, das ich erleben werde.«

Aton sah sie ungläubig an. »Du hast es aus Abenteuerlust getan?«

»Aton, ich habe eine lebende Sphinx gesehen!«, antwortete Sascha. Sie hob erregt die Hände. »Ich bin einer wandelnden Mumie begegnet. Ich habe Dinge erlebt, die ich noch vor ein paar Tagen für völlig unmöglich gehalten hätte – über die ich vermutlich gelacht hätte, hätte sie mir jemand erzählt. So musste ich dir einfach folgen.«

So unsicher diese Worte auch klangen, sie überzeugten Aton weit mehr als alles, was sie zuvor gesagt hatte. Das konnte er verstehen. Es beantwortete noch immer nicht alle Fragen, war aber doch viel mehr als irgendwelche logischen Erklärungen.

»Das war nicht besonders klug von dir«, sagte er.

Sascha schwieg, aber er las die Frage in ihren Augen und fuhr fort: »Jetzt werden sie auch hinter dir her sein.«

»Das fürchte ich auch«, sagte Sascha. Aber sie lächelte dabei und nach einem kurzen Augenblick fügte sie hinzu: »Ich habe nämlich nicht vor, dich auch nur noch eine Sekunde aus den Augen zu lassen.« Sie schüttelte spöttisch den Kopf. »Und ich dachte immer, man müsste nur auf kleine Kinder ununterbrochen aufpassen. Aber wenn man dich auch nur einen Moment allein lässt, hast du nichts Besseres zu tun, als dich mit irgendwelchen dahergelaufenen Göttern anzulegen.«

Eine Sekunde lang sah Aton sie mit offenem Mund an, erst dann registrierte er das spöttische Glitzern in ihren Augen Er lachte, und wenn er es auch mehr tat, weil er spürte, dass sie es von ihm erwartete, als etwa weil ihm wirklich nach Lachen zumute gewesen wäre, war es doch ungemein erleichternd, denn es löste die unangenehme Spannung, die sich zwischen ihnen zu entwickeln begonnen hatte.

»Wir sollten weiterfahren«, sagte Sascha und streckte die Hand nach dem Schalthebel aus, aber Aton hielt sie zurück. Sie befanden sich jetzt auf einer breiten, in Anbetracht der vorgerückten Stunde sogar reichlich belebten Straße und er glaubte nicht, dass sie im Moment in unmittelbarer Gefahr waren. Seine Verfolger wurden zwar immer dreister, schienen aber die Öffentlichkeit noch immer zu meiden, wo es ging. Vermutlich war das auch der einzige Grund, aus dem er ihnen bisher hatte entkommen können. Hätten sie überall und jederzeit nach Belieben zuschlagen können, hätte er keine Chance gehabt. »Und wenn ich das nicht will?«, fragte er.

»Was? Dass ich weiterfahre?«

Aton machte eine ärgerliche Geste. »Du weißt genau, was ich meine. Es ist toll, dass du mir hilfst. Ich bin wirklich sehr dankbar, aber ich will nicht, dass du auch in Gefahr gerätst.«

»Ich kann schon ganz gut auf mich aufpassen«, beruhigte ihn Sascha. »Außerdem werde ich bei dir bleiben, ob du es nun willst oder nicht.« Sie legte ihm die Hand auf die Schulter und spürte selbst, dass ihm die Berührung unangenehm war, denn sie zog den Arm rasch wieder zurück, rettete sich in ein abermaliges Lächeln und sagte: »Betrachte mich einfach als deinen Schutzengel. Den kann man auch nicht wegschicken, wenn einem gerade danach ist.«

Aton protestierte nicht mehr. Zum einen wusste er, dass es ohnehin sinnlos gewesen wäre – und außerdem wollte er es gar nicht wirklich. Er hatte diese Worte nur zu Sascha gesagt, weil er glaubte es sagen zu müssen, ihr und vor allem sich selbst gegenüber. Aber tief in sich drin war er unendlich erleichtert, nicht mehr allein zu sein, eine Freundin, eine Verbündete zu haben. »Wohin fahren wir?«, fragte er.

»Zum Palast-Hotel«, antwortete Sascha.

Aton erschrak. »Zu meiner Mutter? Ich ... ich will nicht, dass sie mit hineingezogen wird.«

»Aber das ist sie doch längst«, antwortete Sascha. Sie legte den Gang ein und fuhr los. »Willst du es wirklich darauf ankommen lassen, dass Petach oder die anderen ihr etwas antun?«

»Aber warum sollten sie das?«

Sascha lachte wieder, aber es klang jetzt nicht sehr amüsiert. Als sie antwortete, tat sie es in einem Tonfall, der Aton klarmachte, dass seine Frage reichlich naiv gewesen war. »Wenn sie dich nicht bekommen können, nehmen sie vielleicht deine

Mutter gefangen«, sagte sie. Entschlossen schüttelte sie den Kopf. »Wir müssen sie warnen. Wir werden zu ihr fahren und ihr alles erzählen und dann fahren wir gemeinsam zu deinem Vater.«

»Der wird uns genauso wenig helfen können«, sagte Aton leise.

»Da bin ich nicht sicher«, erwiderte Sascha. »Weißt du, irgendetwas fehlt noch in dem Ganzen. Petach hat dir etwas verschwiegen und ich glaube, dass deine Eltern wissen, was es ist.«

Natürlich war Aton auch schon von sich aus zu dieser Erkenntnis gelangt – sie war letztendlich der Grund, aus dem er hier in Ägypten war. Er glaubte sogar ungefähr zu ahnen, wie die Erklärung aussehen mochte, aber dieser Gedanke war noch zu vage um ihn auszusprechen. Er wusste nur, dass es richtig war, dass er jetzt hier war; nicht unbedingt hier in dieser Stadt, aber in diesem Land. Alles hatte in Ägypten begonnen, vor mehr als dreitausend Jahren, und hier würde es enden. Das Gefühl war durch keinerlei Wissen begründet, aber sehr sicher.

Die Fahrt zum Palast-Hotel dauerte noch eine gute halbe Stunde. In dieser Stadt schien es so etwas wie eine Geschwindigkeitsbeschränkung nicht zu geben und der Verkehr war jetzt so dicht, dass sie nur langsam vorwärts kamen. Zudem verfuhr sich Sascha ein paar Mal, und da sie beide des Ägyptischen nicht mächtig waren, fiel es ihnen schwer, sich nach dem richtigen Weg zu erkundigen. Sie waren beide sehr erleichtert, als der große, in maurischem Stil errichtete Bau schließlich vor ihnen auftauchte. Sascha lenkte den Wagen direkt vor den hell erleuchteten Haupteingang. Ein livrierter Page kam ihnen entgegen und nahm wortlos die Autoschlüssel, die Sascha ihm zusammen mit einem kleinen Geldschein überreichte, und sie stiegen beide aus und betraten das große, taghell erleuchtete Foyer. Der Tagesanbruch war nicht mehr fern, trotzdem herrschte hier noch ein reges Kommen und Gehen. Leise europäische Musik erfüllte die Luft, an einigen kleinen Tischchen saßen Gäste und unterhielten sich und der Empfang, auf den Aton zielsicher zuging, war beinahe größer und auf jeden Fall prachtvoller als die Abfertigungsschalter im Flughafen. Das Personal war ebenfalls europäisch gekleidet und von ausgesuchter Höflichkeit. Es dauerte nur einen Augenblick, bis Aton einen Hotelangestellten gefunden hatte, der ein fast akzentfreies Deutsch sprach und sich zuvorkommend nach seinen Wünschen erkundigte.

Aber damit hörten die erfreulichen Überraschungen, die das Palast-Hotel für ihn bereithielt, auch schon auf. Seine Mutter war nicht mehr hier. Der Angestellte sah geduldig mehrmals in seinem Computer nach und zeigte Aton schließlich sogar das Gästebuch, als dieser hartnäckig darauf beharrte, dass seine Mutter einfach hier sein müsste. Aber die Unterschrift auf dem Kontrollblatt bewies ihm, dass der Mann die Wahrheit sprach: Atons Mutter war am Abend zuvor abgereist, obwohl sie für eine ganze Woche gebucht und auch im Voraus bezahlt hatte. Der Mann schien Atons Enttäuschung zu spüren, denn er tat etwas, wozu er gar nicht verpflichtet gewesen wäre: Er rief einen seiner Kollegen herbei und unterhielt sich einige Augenblicke auf Arabisch mit ihm, dann erklärte er Aton, dass seine Mutter nach einem Telefonanruf ziemlich überhastet ihre Sachen gepackt und ausgecheckt hatte. Er tat sogar noch ein Übriges. Zwei oder drei Telefonate (die Sascha mit einem ansehnlichen Bakschisch belohnte) brachten die Auskunft, dass seine Mutter nicht mit dem Taxi zum Flughafen gefahren war, sondern sich einen Mietwagen und einen Fahrer besorgt hatte. Das war alles, was der Mann Aton mitteilen konnte, doch obwohl ihm diese Informationen erbärmlich dürr vorkamen, schienen sie Sascha eher zu erfreuen.

»Damit dürfte ziemlich klar sein, wo sie ist«, sagte sie.

»So?«, fragte Aton missmutig.

»Sie ist zurück zur Baustelle gefahren«, sagte Sascha. »Wie kommst du darauf?«

»Wohin sollte sie wohl sonst?«, erwiderte Sascha. »Glaubst du, sie hat das Hotel mit all ihrem Gepäck und mitten in der Nacht verlassen, um sich die Pyramiden anzusehen oder den Assuan-Damm?«

»Dann müssen wir ihr nach«, sagte Aton.

Sascha nickte. »Aber nicht heute«, antwortete sie. »Wir brauchen beide Schlaf. Du vor allem«, fügte sie in einem Tonfall hinzu, der keinen Widerspruch duldete.

Aton protestierte trotzdem, wenn auch nur sehr halbherzig. Er war tatsächlich sehr müde.

Sascha wandte sich erneut an den Hotelangestellten und mietete für sich und Aton ein Zimmer. Sie bestand darauf, dass es einen zweiten Ausgang hatte und in der Nähe des Aufzugs lag, was den Mann zu einem erstaunten Stirnrunzeln veranlasste. Aber er händigte ihr höflich einen Schlüssel aus und schon wenig später fuhren sie im Lift nach oben.

»Vielleicht hätten wir nicht hier bleiben sollen«, sagte Aton. »Petach wird zuallererst in diesem Hotel nach mir suchen.«

»Petach ist tot«, erinnerte ihn Sascha.

»Ganz bestimmt nicht«, antwortete Aton heftig. »So schnell bringt ihn nichts um. Ich bin nicht einmal mehr sicher, ob er überhaupt sterben kann.«

»Wenn das wirklich so ist, wird er uns sowieso finden«, antwortete Sascha ruhig. »Ganz egal, wo wir uns verstecken.«

»Aber wir –«

»Wir können in diesem Hotel bleiben und uns ausschlafen«, unterbrach ihn Sascha, »oder mitten in der Nacht losfahren, bis wir vor Erschöpfung nicht mehr weiterkönnen und dann darauf hoffen, dort draußen in der Wüste nicht überfallen zu werden. Was ist dir lieber?«

Ihre Worte waren auch diesmal von einer so zwingenden Logik, dass es Aton einfach nicht möglich war, zu widersprechen. Trotzdem gefiel ihm die Idee nicht, in diesem Hotel zu bleiben. Aber Sascha hatte natürlich Recht – wenn ihre Verfolger tatsächlich so übermächtig waren, wie Aton mittlerweile glaubte, dann wären sie tatsächlich nirgendwo sicher und hätten nur noch die Wahl, ununterbrochen in Bewegung zu bleiben, bis sie eben, ganz wie Sascha gesagt hatte, vor lauter Erschöpfung einfach nicht weiterkonnten.

Sie betraten das Zimmer, das im vierten Stock des Hotels lag und angefangen vom Farbfernseher bis hin zu einer überdimensionalen Badewanne jeden nur erdenklichen Luxus bot. Sascha schien sich jedoch viel mehr für das Fenster und den zweiten Ausgang zu interessieren, der im anderen Teil der Suite lag. Sie kontrollierte beides sehr sorgfältig, überzeugte sich pedantisch davon, dass Türen und Fenster sicher verschlossen waren, und deutete schließlich zuerst auf das Bad, dann auf den Ausgang. »Ich muss noch einmal fort«, sagte sie. »Nicht sehr lange, keine Sorge. Aber es ist besser, du schließt ab und lässt niemanden herein, ganz egal, wen.«

»Wohin gehst du?«, fragte Aton erschrocken. Der Gedanke, allein hier zu bleiben, war ihm mehr als unangenehm.

»Ein paar Sachen besorgen«, erwiderte Sascha. Sie bemühte sich ein beruhigendes Gesicht zu machen. »Ich habe unten einen Laden entdeckt, der offensichtlich noch auf hat. Du brauchst frische Kleider und wir benötigen auch noch einige Dinge für die Reise. Wie weit ist die Baustelle deines Vaters entfernt?«

Aton überlegte einen Moment. »Vier- oder fünfhundert Kilometer«, antwortete er schließlich.

»Zu Hause wären das wenige Stunden«, sagte Sascha. »Aber ich fürchte, hier ist es eine gute Tagesreise. Ich muss mich um einen anderen Wagen kümmern. Und eine Ausrüstung zusammenstellen. Aber keine Sorge, ich bin bald zurück. Warum nimmst du nicht ein Bad, während ich fort bin?«

Aton wollte nicht, dass sie ging. Er wollte um nichts in der Welt allein bleiben. Aber er kannte Sascha mittlerweile gut genug, um erst gar nicht zu versuchen, sie von ihrem Vorhaben abzubringen, »Meinetwegen«, sagte er in wenig begeistertem Ton.

»Denk dran, lass niemanden herein«, schärfte ihm Sascha noch einmal ein. Sie schwenkte ihren Zimmerschlüssel. »Ich bin gleich zurück.«

Sie ging. Aton hörte, wie sie von außen abschloss, aber er blieb noch eine ganze Weile stehen und starrte die geschlossene Tür an. Ein sonderbares Gefühl von Einsamkeit beschlich ihn. Obwohl er vor einer halben Stunde erst selbst darauf bestanden hatte, dass Sascha sich nicht mehr um ihn kümmerte, wäre er ihr nun am liebsten nachgelaufen. Erst jetzt, als sie nicht mehr da war, spürte er, wie sicher und geborgen er sich in ihrer Nähe gefühlt hatte. Mit Sascha schien noch etwas das Zimmer verlassen zu haben.

Er tat, was sie ihm geraten hatte. Aton ging ins Bad und ließ die Wanne ein und er hatte sich kaum in das warme Wasser sinken lassen, da fühlte er nicht nur eine wohlige Entspannung, sondern auch eine tiefe, beruhigende Müdigkeit. Seine Glieder wurden schwer und auch seine Gedanken begannen, eigentlich zum ersten Mal, seit er das Flugzeug verlassen hatte, wieder in ruhigeren, geordneteren Bahnen zu laufen. Er wurde schläfrig. Wieder aus der Wanne zu steigen und in den Hotelbademantel zu schlüpfen, der griffbereit an einem Haken neben der Tür hing, kostete fast seine ganze Kraft. Er taumelte mehr zum Bett, als er ging, und er schlief ein, noch bevor sein Kopf das Kissen richtig berührte.

Er erwachte kaum eine Stunde später und er spürte sofort, dass er noch immer allein war. Sein Herz klopfte. Er hatte wieder seinen Traum gehabt, konnte sich jedoch diesmal nicht an Einzelheiten erinnern, sondern nur an ein Gefühl von Furcht und Verfolgtwerden, und sein erster Blick galt der zweiten Hälfte des Bettes neben sich. Es war unberührt. Sascha war nicht da und sie war auch nicht da gewesen, denn Decke und Kissen lagen noch so sauber bezogen und gespannt da wie vorhin.

Aton richtete sich auf und sah auf die Uhr. Es war nach vier. Seit Saschas Fortgang waren gute zwei Stunden verstrichen, aber die Beunruhigung, die sich bei diesem Gedanken in ihm breit machte, wich fast sofort wieder, als sein Blick auf den Stuhl neben dem Bett fiel. Sascha war eindeutig hier gewesen, denn auf dem Stuhl lagen die frischen Kleider, die sie ihm versprochen hatte: ein weißes Hemd in einer durchsichtigen Zellophantüte, sorgsam gefaltete Jeans und kräftiges Schuhwerk, das in einem Land wie diesem beinahe das Wichtigste darstellte. Er fragte sich, warum sie wieder gegangen war.

Obwohl er noch immer müde war, stand er auf. Mit hängenden Schultern schlurfte er ins Bad, fand seine Kleider genau dort, wo er sie einfach fallen gelassen hatte, bevor er in die Wanne gestiegen war, und begann seine Taschen zu leeren. Sie enthielten einige wenige Kleinigkeiten, darunter auch die mittlerweile vollkommen zerknitterte Visitenkarte, die Sascha ihm an jenem schicksalhaften Abend vor dem Haus seiner Eltern gegeben hatte. Aton nahm alles mit ins Zimmer zurück, stopfte seine spärlichen Habseligkeiten in die Tasche der neuen Jeans und entdeckte zu seiner Überraschung auch noch eine warme, pelzgefütterte Jacke über der Stuhllehne, die er vorher gar nicht gesehen hatte. Sascha hatte wirklich an alles gedacht. Hier in Ägypten war es zwar nicht annähernd so kalt wie zu Hause, aber auch hier herrschte Winter und in der Nacht konnten die Temperaturen in der Wüste empfindlich tief fallen. Seine Schulter tat weh. Aton strich mit den Fingerspitzen über die winzige, harte Stelle, verschwendete aber kaum einen Gedanken daran. Die Verletzung meldete sich immer wieder einmal. Der winzige Steinsplitter musste wohl auf einen Nerv drücken, denn er fühlte ihn umso unangenehmer, je erschöpfter – oder auch erregter – er war.

Auf dem Tisch entdeckte Aton eine zweite Überraschung. Sascha hatte einen kalten Imbiss gebracht. Sofort nach dem ersten Bissen meldete sich sein Hunger. Mit Ausnahme einer Kleinigkeit, die sie im Flugzeug bekommen hatten, hatte er die ganze Zeit praktisch nichts gegessen und sein Magen begann nun hörbar zu knurren und forderte sein Recht. Aton hatte den Teller fast zur Gänze geleert, als er ein Kratzen an der Tür hörte.

Erschrocken verharrte er mitten in der Bewegung. Das Ge-

räusch wiederholte sich. Es war nicht sehr deutlich, aber was er hörte, das reichte aus, ihm einen eisigen Schauer über den Rücken laufen zu lassen. Etwas kratzte und scharrte am Holz der Tür und dazu glaubte er ein Hecheln und Schnüffeln zu vernehmen. Unsicher stand er auf, ging langsam auf die Tür zu und blieb auf halber Strecke wieder stehen. Was ihn zögern ließ, das war nicht allein die Erinnerung an Saschas Worte, auf gar keinen Fall die Tür zu öffnen, ganz egal, wer draußen war oder was geschah. Dieses Geräusch machte ihm einfach Angst.
Aton hörte es weiter scharren und kratzen und seine Fantasie lieferte die passenden Bilder dazu, Bilder von einem großen, unmenschlichen Wesen mit glühenden Augen und krallenbewehrten Pfoten. Was immer auch dort draußen war, es war kein Mensch.
Ganz langsam bewegte er sich weiter und ebenso langsam, beinahe wie gegen seinen eigenen Willen, hob er die Hand und streckte sie nach dem Türgriff aus. Erneut glaubte er Saschas Warnung zu hören und das Kratzen und Scharren wurde lauter, seine Angst verdichtete sich zu einem fast greifbaren Gefühl, das ihm den Atem abzuschnüren schien. Aber zugleich wusste er, dass er die Tür einfach aufmachen musste. Was immer dort draußen auf ihn wartete, konnte nicht so schlimm sein wie die Schreckensbilder, die ihm seine eigene Fantasie vorgaukelte.
Mit zitternden Fingern drehte er den Schlüssel herum, drückte die Klinke hinunter und riss die Tür mit einem Ruck auf.
Er sah nur einen Schatten und nicht lange genug, um wirklich Genaues zu erkennen. Aton gewahrte etwas Großes, missgestaltet Finsteres, das erschrocken vor ihm zurückprallte und dann schnell wie ein Wirbelwind davonhuschte, mit bizarren, vollkommen falsch wirkenden Bewegungen, etwas, was so groß war wie ein Mensch, aber nicht richtig proportioniert, und was mit hüpfenden Sprüngen um die Biegung des Flures verschwand. Das Ganze ging so schnell, dass Aton im allerersten Moment nicht einmal sicher war, ob er das Ding über-

haupt gesehen hatte oder ihm seine Fantasie nur einen bösen Streich spielte. Aber dann sah er etwas, was seine Zweifel schlagartig beseitigte. Der Hotelflur war mit einem flauschigen, hellen Teppichboden ausgelegt und unmittelbar vor der Tür seines Zimmers begann eine Spur. Sie war breit und sie stammte von großen, feuchten Füßen – und es war ganz eindeutig nicht die Spur eines Menschen!

Langsam ließ er sich vor dem Fußabdruck in die Hocke sinken und streckte die Hand nach ihm aus, wagte es aber nicht ihn zu berühren. Die Abdrücke ähnelten vage denen eines Hundes, aber sie waren so absurd groß, dass allein diese Größe die Ähnlichkeit schon wieder zunichte machte. Und das war noch nicht einmal das Unheimlichste. Das wirklich Schlimme war, dass die Spur zwar vor Atons Tür begann und hinter der Biegung des Flures verschwand, aber nirgendwo herkam, als wäre das Geschöpf geradewegs aus dem Nichts aufgetaucht!

Aber wenn es das konnte und wenn es tatsächlich das war, wofür er es hielt, warum war es dann nicht einfach bei ihm im Zimmer aufgetaucht um ihn zu holen und vor allem: Warum war es geflohen, als er die Tür aufgemacht hatte?

Aton registrierte eine Bewegung aus den Augenwinkeln, fuhr herum und verlor prompt das Gleichgewicht, denn er hockte ja noch immer so da, wie er sich nach dem Fußabdruck gebückt hatte. Unsanft landete er auf dem Hosenboden, unterdrückte einen Schmerzenslaut – und atmete eine Sekunde später hörbar erleichtert auf.

Er hatte sich die Bewegung nicht eingebildet. Hinter ihm war tatsächlich etwas, aber es war kein Ungeheuer, sondern das Gegenteil. Hinter ihm stand eine kleine, schokoladenbraune Katze mit gelben Augen, die ihn mit jener gutmütigen Herablassung musterte, zu der von allen Geschöpfen auf der Welt nur Katzen imstande sind. Das Tier bewegte sich nicht, sondern stand einfach da und sah ihn an, aber es war etwas an der Art, auf die es das tat, was Atons Erleichterung sehr schnell wieder in Nervosität und Beunruhigung verwandelte. Hastig richtete er sich auf und wich einen Schritt vor der Katze zurück. Sie rührte sich noch immer nicht und Aton rief sich in Gedanken zur Ordnung. Seit seinem ersten Aufenthalt in Ägypten wusste er, dass der Anblick einer Katze hier zu den natürlichsten Dingen der Welt gehörte. Sie waren vielleicht keine heiligen Tiere mehr, wurden aber beinahe überall und beinahe jederzeit geduldet. Am Anblick dieser Katze war wirklich nichts Besonderes – vielleicht davon abgesehen, dass es ein außergewöhnlich schönes Tier war. Aton fuhr sich nervös mit dem Handrücken über das Gesicht, warf noch einen letzten, aufmerksamen Blick in die Richtung, in die der Schatten verschwunden war und ging dann in sein Zimmer zurück. Sorgsam verschloss er die Tür hinter sich und legte sich, ohne das Licht auszuschalten, wieder ins Bett. Er war ganz sicher, dass er sowieso keinen Schlaf mehr finden würde, aber er irrte sich.

Yassir

Sie verließen das Hotel eine Stunde nach Sonnenaufgang. Sascha hatte ihn mit einem Frühstück geweckt, das für eine ganze Busladung ausgehungerter Touristen gereicht hätte, und sie hatte sich nicht nur passende Kleidung für ihre Weiterfahrt besorgt, sie sprudelte auch vor Energie nur so über und schien bester Laune zu sein. Aton hatte ihr nichts von seinem unheimlichen Erlebnis in der Nacht erzählt, und obwohl sie seine gedrückte Stimmung bemerkt haben musste, war sie mit keinem Wort darauf eingegangen. Sie hatte sich einen anderen Wagen beschafft, einen robusten, allradgetriebenen Geländewagen, der aussah, als hätte er bereits dreimal die Strecke London–Tokio und zurück auf dem Buckel, aber zuverlässig lief.

Aton hatte sich die Frage erspart, wo sie den Großteil der Zeit über gewesen war. Er wusste, dass er sowieso keine zufriedenstellende Antwort erhalten hätte. Aber nachdem sie zehn Minuten gefahren waren und Sascha einmal kurz anhielt, um einen Blick auf ihre Karte zu werfen, stellte er eine andere Frage, die ihm fast ebenso wichtig war.
»Würde es dir etwas ausmachen, einen kleinen Umweg zu machen?«
Sascha hob den Blick von der Karte. »Du willst nach Gizeh?«, vermutete sie.
Aton war sehr erstaunt. »Kannst du Gedanken lesen?«, fragte er.
»Nein.« Sascha schüttelte lachend den Kopf und faltete die Karte zusammen, um sie ins Handschuhfach zu werfen. »Aber es ist nicht besonders schwer zu erraten, weißt du? Ich habe auch schon daran gedacht, mit diesem Yassir zu sprechen, von dem du mir erzählt hast. Ich weiß nur nicht, ob es eine gute Idee ist.«
»Ich auch nicht«, gestand Aton. »Aber vielleicht kann er uns sagen, was das alles bedeutet.«
Sascha zuckte mit den Schultern. »Warum nicht?«, sagte sie. »Es sind nur wenige Kilometer Umweg. Außerdem wollte ich die Pyramiden schon lange einmal sehen. Wenn wir allerdings zu viel Zeit verlieren, schaffen wir es heute nicht mehr bis zur Baustelle deines Vaters.«
»Das schaffen wir ohnehin nicht«, erwiderte Aton. Er machte eine Geste auf die Karte im Handschuhfach. »Die Strecke sieht vielleicht harmlos aus, aber sie ist es nicht. Wir kommen bestenfalls bis nach Amarna. Danach gibt es praktisch keine Straßen mehr. Es wäre völlig verrückt, in der Nacht durch die Wüste zu fahren.«
»Also gut«, sagte Sascha. »Vielleicht kann uns dieser Yassir ja weiterhelfen.« Sie fuhr wieder los, erspähte eine Lücke zwischen den Autos und wendete den Wagen mit quietschenden Reifen mitten im Verkehr. Ein wütendes Hupkonzert belohnte dieses Manöver, aber Sascha grinste nur und gab

noch ein wenig mehr Gas. Auf den Straßen Kairos herrschte ein Getriebe, das mit keiner europäischen Großstadt zu vergleichen war. Und es waren nicht nur Automobile unterwegs, sondern auch Fußgänger, Radfahrer, Busse und Lastesel, die sich von dem Lärm und Chaos völlig unbeeindruckt zeigten und ihr Möglichstes taten, das Durcheinander noch zu vergrößern. Aton war sehr erleichtert, als sie das Zentrum Kairos endlich hinter sich ließen und auf eine der wenigen Ausfallstraßen einbogen. Der Verkehr nahm kaum ab. Gizeh lag etwa zwölf Kilometer vom Stadtzentrum entfernt und dort befand sich das, woran die meisten Menschen sofort denken, wenn sie das Wort Ägypten hören: die großen Pyramiden. So überquerten sie zusammen mit einer ganzen Kolonne von Touristenbussen und Autos den Nil und fuhren die breite Straße entlang, an der nicht nur Wohnhäuser, sondern auch viele Hotels und Nachtlokale lagen. Sie brauchten eine gute Stunde länger, als Aton geschätzt hatte, und als sie den Wagen schließlich am Rande von Gizeh abstellten, um sich zu Fuß auf die Suche nach Yassir zu machen, war dort bereits eine große Anzahl von Touristen versammelt, die von einer weit größeren Anzahl von Fremdenführern, fliegenden Händlern, Bettlern und Kindern belagert wurde, die ihnen ihre Dienste anboten. Auch Sascha und Aton sahen sich sofort von fast einem Dutzend Einheimischer umringt, von denen jeder Einzelne lautstark und gestenreich von sich behauptete, der beste Fremdenführer des Landes zu sein und ihnen große und gewaltige Geheimnisse zeigen zu können. Andere boten ihnen billige Souvenirs an, die sie in der Stadt für die Hälfte des Geldes hätten kaufen können, und wieder andere bettelten sie um ein Bakschisch oder Zigaretten an. Sascha sah ein bisschen unglücklich drein, aber Aton, der dies nicht zum ersten Mal erlebte, kannte auch einen todsicheren Weg, sich dieser Zudringlichkeit zu erwehren. Er behauptete einfach, kein Geld zu haben, woraufhin die allermeisten sofort das Interesse an ihnen verloren und auf der Suche nach anderen Opfern verschwanden. Nur ein einziger, etwas hartnäckigerer Bursche blieb zurück, den Aton unter Zuhilfenahme von Händen und Füßen und der wenigen ägyptischen Worte, die er beherrschte, nach Yassir fragte. Der Mann tat zuerst so, als verstünde er ihn nicht, aber nachdem Sascha – auf einen entsprechenden Wink Atons hin – ihm einen Geldschein hinhielt, fand er sein Gedächtnis plötzlich wieder und deutete ihnen, mit ihm zu kommen.

Sie folgten der Touristenschar in einigem Abstand auf die Pyramiden zu. Auch für Aton, der sie schon gesehen hatte, war es ein grandioser Anblick. Die drei Pyramiden erhoben sich wie von Menschenhand geschaffene Berge vor ihnen, mehr als hundert Meter hohe Kolosse aus Millionen von Felsquadern, an denen Hunderttausende von Menschen ein Leben lang gearbeitet hatten. Es gab wohl niemanden, der die Pyramiden nicht von einem Bild oder aus dem Fernsehen kannte, aber ihr Anblick gehörte zu jenen, die man selbst erleben musste, um sie richtig zu würdigen. Die Größe und die Aura von gewaltigem Alter, die diese steinernen Monumente umgab, ließen sich nicht in einem Bild festhalten. Man konnte sie auch nicht wirklich beschreiben, sondern nur spüren.

Sascha ging es nicht anders als ihm, wie er an ihrem Gesichtsausdruck ablas. »Es ist beeindruckend, nicht?«, fragte er.

»Unvorstellbar«, bestätigte Sascha, ohne den Blick von den Pyramiden zu wenden. »Kaum zu glauben, dass Menschen das erschaffen haben sollen.«

»Und noch dazu ohne moderne Werkzeuge und Hilfsmittel«, fügte Aton hinzu. »Um die Steinblöcke in die jeweilige Bauhöhe zu befördern, errichtete man eine lange schräge Rampe aus Stein und Erde, über die die Quader hinaufgeschleift wurden.«

Sascha sah ihn ungläubig an, was Aton zu einem neuerlichen, heftigen Nicken veranlasste. »Ja. Die Blöcke wurden von weither auf dem Nil hierher gebracht und dann auf einer Art Schlitten zur Baustelle befördert.«

»Eine unglaubliche Leistung«, sagte Sascha noch einmal.
»Um so mehr, wenn man bedenkt, warum sie es getan haben«, sagte Aton. Er schüttelte den Kopf und seine Stimme wurde leiser. »Die Gottkönige wollten nach dem Tode eine dauernde und feste Ruhestätte haben. Deshalb mussten Sklaven und Fellachen diese schwere und oft tödliche Arbeit verrichten. So viel Schweiß, um einem Toten ein solches Monument zu errichten.«
»Es war wohl auch ihr Glaube«, sagte Sascha. »Es war stets der Glaube an etwas, der Menschen zu unglaublichen Leistungen beflügelt hat.«
Noch vor wenigen Tagen hätte diese Antwort Aton nicht zufrieden gestellt, denn schließlich hatte er sie von seinem Vater schon oft genug gehört. Aber was er seither erlebt hatte, hatte sein Weltbild so gründlich durcheinander geschüttelt, dass er im Moment gar nicht mehr wusste, was er glauben sollte und was nicht. Wenn das, was Petach ihm erzählt hatte, die Wahrheit war, dann war es schließlich auch nichts anderes als der Glaube der Menschen gewesen, der Osiris, Anubis und die anderen Götter überhaupt zum Leben erweckt hatte.
Sie nahmen das Gespräch nicht wieder auf, während sie weitergingen. Es war nicht der Moment, zu reden. Die Größe des Anblicks schlug sie beide in ihren Bann, und was sie fühlten, das ging so tief, dass Aton für einige Minuten sogar den eigentlichen Grund vergaß, aus dem sie hier waren.
Aber er wurde wieder daran erinnert und das auf eine sehr drastische Art.
Sie waren noch nicht in die Nähe der Pyramiden gelangt, wohl aber in die eines ebenso bekannten Gebildes, das vor ihnen aus dem Wüstensand ragte. Aton spürte einen eisigen Schauer, als er die gigantische steinerne Sphinx sah, die am Fuße der Pyramiden lag. Trotz der Zerstörungen, die die Zeit und die Menschen verursacht hatten, wirkte sie noch immer majestätisch, für Aton aber, der einem Wesen wie ihr schon einmal Auge in Auge gegenübergestanden hatte, auch Furcht einflößend.

Ihr Führer blieb plötzlich stehen und deutete auf eine Anzahl kleiner Zelte im Wüstensand. Ein Dutzend Kamele war davor festgebunden und vier oder fünf Fellachen in knöchellangen weißen und türkis Gewändern feilschten lautstark mit einer Anzahl Touristen um den Preis für einen Kamelritt. Einer der Einheimischen hatte bereits einen Kunden gefunden: Eine dicke Frau in einem engen Rock war auf den Rücken eines der Tiere geklettert, aber sie hatte alle Mühe, sich im Sattel zu halten, als sich das Kamel schwankend erhob. Die übrigen Touristen, aber auch die Einheimischen sahen mit mehr oder weniger unverhohlener Schadenfreude zu, wie sie heftig auf dem Rücken des Wüstenschiffes hin und her schwankte.

»Yassir«, sagte ihr Führer plötzlich und deutete auf einen etwas abseits stehenden, hoch gewachsenen Mann, dessen Gesicht sich hinter einem schwarzen Vollbart verbarg, sodass man sein wahres Aussehen nur erahnen und sein Alter nicht einmal schätzen konnte. Sascha bedankte sich, reichte ihm einen zweiten Geldschein und wartete, bis der Mann verschwand. Erst dann gingen sie weiter.

Yassir hatte sie natürlich mit dem kundigen Blick eines Mannes, der von ahnungslosen Opfern wie ihnen lebte, längst entdeckt und eilte ihnen entgegen, ehe einer seiner Kollegen ihm die vermeintlichen Kunden vor der Nase wegschnappen konnte. Ein breites Lächeln teilte seinen struppigen Vollbart.

»English? Français? Deutsch?«, fragte er jeweils in der Landessprache und mit dem passenden Akzent. Yassir schien ein wahres Sprachtalent zu sein.

»Sie sind Yassir?«, fragte Aton rasch. Sascha warf ihm einen ärgerlichen Blick zu. Sie hatten sich auf dem Weg hierher verständigt, dass sie die Unterhaltung führen und Aton zuerst einmal nur zuhören sollte.

»Ich Yassir«, bestätigte der Ägypter. »Sie suchen Führer? Yassir bester Führer von ganz Ägypten.«

»Wir sind –«, begann Aton, aber Yassir ließ sich überhaupt nicht beeindrucken, sondern fuhr in gebrochenem Deutsch und sehr schnell fort:

»Yassir zeigen euch Pyramiden. Yassir kennen alle Geheimnisse. Und Yassir billig.«
»Wir wollen keine Führung«, sagte Aton. »Wir sind –«
»Yassir wissen gut Geheimnis«, prahlte Yassir weiter. »Und Yassir kein Betrüger, keine Angst haben. Wollen sehen Königsgräber? Yassir zeigen für kleines Bakschisch. Nicht teuer. Und Yassir kennen große Geheimnis. Keiner anderer Führer wissen. Zeigen euch –«
»Petach schickt uns«, unterbrach ihn Aton.
Sofort hörte Yassir auf seine Dienste und Geheimnisse anzupreisen und sein verschmitztes Lächeln verschwand von seinem Gesicht und machte einer ernsten Miene Platz. Für einen flüchtigen Moment kam Aton Yassirs Gesicht bekannt vor, aber dieser Eindruck verschwand so schnell, wie er gekommen war.
»Warum hast du das nicht gleich gesagt?«, fragte er mit veränderter Stimme und in akzentfreiem Deutsch.
»Sie haben mich ja nicht zu Wort kommen lassen«, antwortete Aton. »Wir müssen mit Ihnen reden, aber nicht hier.« Er machte eine Geste in die Runde. »Was wir zu besprechen haben, muss nicht jeder hören.«
Yassir maß ihn mit einem langen, prüfenden Blick von Kopf bis Fuß. »Du bist dieser Junge?«, vermutete er. »Aton?«
»Anscheinend gibt es niemanden in ganz Ägypten, der mich nicht kennt«, murmelte Aton, aber Yassir blieb ernst.
»Petach hat von dir gesprochen«, sagte er. Dann deutete er auf Sascha. »Wer ist das?«
»Eine Freundin«, erwiderte Aton. »Sie können ihr vertrauen. Sie weiß alles.«
Yassir sah Sascha noch einmal an, dann wies er auf eines der Zelte und drehte sich rasch herum. »Kommt mit!«
Sie folgten dem Ägypter, aber Sascha deutete Aton mit einer verstohlenen Geste, ein wenig zurückzubleiben. »Ich traue ihm nicht«, flüsterte sie. »Gib Acht auf das, was du sagst. Am besten verrätst du ihm so wenig wie möglich und lässt ihn reden.«

Aton nickte zwar, konnte aber ein Grinsen nicht ganz unterdrücken. Auch wenn Sascha sich alle Mühe gab, die unbedarfte Touristin zu spielen, so konnte sie doch ihr Polizistinnenherz nicht ganz verhehlen. Davon abgesehen hatte sie völlig Recht. Auch er hatte sich bereits vorgenommen, vorsichtig zu sein. Da Yassir ein Freund Petachs war, bedeutete ja nicht automatisch, dass er auch Atons Freund war. Er wusste ja nicht einmal, ob Petach wirklich auf seiner Seite stand.

Dicht hinter dem Ägypter betraten sie das Zelt, das so niedrig war, dass sie darin nicht aufrecht stehen konnten. Die Einrichtung war spärlich. Ein paar Decken, eine kleine Holzkiste und einige Kissen, die sich um ein auf dem Boden stehendes kupfernes Tablett mit einer Wasserpfeife und einem Teekessel gruppierten. Yassir deutete auf die Sitzgelegenheiten und nahm selbst als Erster Platz. Als er nach dem Teekessel griff, wollte Sascha den Kopf schütteln, aber Aton hielt sie mit einem Blick im letzten Moment davon ab. Die Gastfreundschaft eines Orientalen zurückzuweisen wäre eine schwere Beleidigung für diesen.

Yassir griff in die Kiste und nahm einen faustgroßen Brocken Kandiszucker heraus. Während er ihn mit der rechten Hand über eines der Gläschen auf dem Tablett hielt, hob er mit der linken den Kessel und ließ den Tee über das Zuckerstück in das Gläschen laufen. Er wiederholte den Vorgang zweimal, trocknete das Zuckerstück sorgfältig ab und verstaute es wieder in der Kiste.

Aton spürte, wie Sascha neben ihm vor Ungeduld immer nervöser wurde, und warf ihr einen weiteren warnenden Blick zu. Diese Art der Teezeremonie war ihm zwar fremd, aber er wusste von seinem Vater, dass solche Dinge meist eine tiefe und sehr ernste Bedeutung hatten.

»Petach hat dich also zu mir geschickt«, begann Yassir, nachdem er einen winzigen Schluck von seinem Tee getrunken und gewartet hatte, bis sie es ihm gleichtaten. »Warum? Wo ist er? Wie geht es ihm?«

»Er ist tot«, sagte Sascha rasch. Das war alles andere als diplo-

matisch oder gar feinfühlig, aber Aton vermutete, dass das Absicht war, um Yassir aus der Fassung zu bringen und so vielleicht seine wahren Beweggründe zu erkennen. Aber wenn, dann ging dieser Versuch ziemlich schief.
Yassir lachte nur. »Kaum«, antwortete er. Er sah Sascha dabei nicht einmal an, sondern konzentrierte sich voll und ganz auf Aton. »Was ist passiert?«, fragte er.
Aton nippte an seinem Tee, bevor er antwortete. Er war sehr heiß, sehr stark und so süß, dass es schon fast ekelhaft war. Aber Aton leerte tapfer sein Glas mehr als zur Hälfte, dann stellte er es behutsam ab und erzählte Yassir, was sich am vergangenen Abend zugetragen hatte. Nicht alles – den Schluss der Geschichte und die Rolle, die Sascha dabei gespielt hatte, ließ er völlig weg, was seiner Erzählung ein wenig Glaubwürdigkeit nahm, denn nun klang es so, als wäre er den Verfolgern gänzlich aus eigener Kraft entkommen. Aber Yassir sagte nichts, sondern lauschte schweigend seinen Worten. Nur sein Gesichtsausdruck wurde immer düsterer. »Ihre Macht muss wirklich gewaltig angewachsen sein«, sagte er schließlich. »Oder sie sind ziemlich verzweifelt.« Seine Stimme klang verändert, als er fortfuhr. »Aber deine Geschichte erklärt vieles!«
»Und was?«, fragte Aton.
»Manches, was bisher keinen Sinn zu haben schien, ergibt nun einen«, antwortete Yassir mit leiser, besorgter Stimme, die Aton mit Unbehagen erfüllte.
»Was meinen Sie damit?«, fragte Sascha.
Statt zu antworten trank Yassir in aller Ruhe einen weiteren Schluck seines Tees, dann stand er auf und deutete ihnen mit einer Geste, ihm zu folgen. Sascha tauschte einen fragenden Blick mit Aton, den dieser nur mit einem Achselzucken beantworten konnte. Sie erhoben sich beide und traten hinter dem Ägypter aus dem niedrigen Zelt.
Obwohl sie nur kurze Zeit drinnen verbracht hatten, blinzelte Aton im ersten Moment in das ungewohnt grelle Sonnenlicht. Es war nicht sehr warm; die Jacke, die er auf Saschas Drängen hin übergestreift hatte, tat nun gute Dienste. Aber es wurde

ihm sehr schnell klar, dass das Frösteln, das er verspürte, mehr aus seinem Inneren kam als von den niedrigen Temperaturen. Trotz der strahlenden Sonne und des blauen Himmels war ihm unheimlich zumute. Und er war nicht allein mit diesem Gefühl. Sascha ging dicht neben ihm, während sie dem Ägypter folgten. Er konnte die Unruhe der jungen Frau deutlich spüren. Ihre Finger bewegten sich nervös, ohne dass sie selbst es zu merken schien, und einmal wandte sie den Kopf und sah sich rasch nach allen Seiten um, als erwarte – nein, befürchte – sie irgendetwas zu sehen, was nicht da sein sollte. Aton verdrängte den Gedanken. Wenn er jetzt schon anfing am hellen Tag und in der Gegenwart Hunderter Menschen Angst zu haben, konnte er ebenso gut aufgeben, denn dann hatten seine Gegner schon gewonnen.

Vielleicht, überlegte er, lag es einfach an der Sphinx. Das steinerne Fabeltier beherrschte dieses Stück Land in weitem Umkreis. Und nach dem, was Aton – und auch Sascha – mit seinem lebenden Vorbild widerfahren war, hatten sie guten Grund, angesichts der gewaltigen Statue nervös zu sein.

Yassir blieb stehen und sah sich aus zusammengekniffenen Augen um. Eine ganze Weile verharrten auch sie schweigend neben ihm, aber dann war Saschas Geduld erschöpft. »Was wollen Sie uns zeigen?«, fragte sie.

Yassir hob unwillig die Hand. Seine ganze Aufmerksamkeit schien den Touristen zu gelten. Der Großteil von ihnen hatte sich bereits in Richtung der drei steinernen Kolosse entfernt, aber eine kleine Gruppe von ihnen befand sich noch in unmittelbarer Nähe. Aton hielt nach der dicken Frau auf dem Kamel Ausschau und er entdeckte sie tatsächlich. Sie hatte es immer noch nicht aufgegeben, mit dem störrischen Reittier zu kämpfen. Aber das Tier schien des Spieles überdrüssig geworden zu sein. Vielleicht hatte es auch einen Wink seines Besitzers aufgefangen, der Sache ein Ende zu machen. Jedenfalls machte es noch einen letzten, tollpatschig wirkenden Schritt und ließ sich dann in den Wüstensand sinken, damit seine Reiterin absteigen konnte. Es tat dies auf die seiner Gattung eigene Art und Weise, indem es nämlich zuerst die langen Vorderbeine einknickte, und die plötzliche Bewegung führte zu der Katastrophe. Die Touristin verlor endgültig den Halt im Sattel und purzelte kopfüber in den Sand hinunter.

Der Sturz war nicht schlimm. Die Frau fiel kaum einen Meter tief und der weiche Sand bewahrte sie vor einer Verletzung. Trotzdem sprang die Frau mit einem wütenden Schrei wieder hoch, während ihr Missgeschick von den Zuschauern mit schadenfrohem Gelächter quittiert wurde – und versetzte dem Kamel einen so derben Tritt, dass das Tier mit einem erschrockenen Knurren aufsprang und davonlief. Sein Besitzer begann lautstark zu lamentieren und vertrat der Frau mit ausgebreiteten Armen den Weg, als sie Anstalten machte, hinter dem Kamel herzulaufen. Sie brach ihre Verfolgung ab, hatte aber nun ein neues Opfer gefunden, auf das sie eine Flut von wüsten Beschimpfungen und Flüchen herabregnen ließ, gefolgt von einigen Hieben, unter denen sich der Mann erschrocken duckte. Als sie nicht aufhörte auf ihn einzuschlagen, ergriff er mit beiden Händen ihre Handgelenke und hielt sie fest. Nun mischten sich auch einige der anderen Touristen ein. Zwei, drei Männer sprangen der Frau zu Hilfe, doch auch der Ägypter bekam Unterstützung. Ein zorniges Gerangel ging los, und obwohl es schließlich nicht wirklich zu einer handgreiflichen Auseinandersetzung kam, spürte Aton doch, wie nahe die beiden Gruppen der aufgebrachten Leute daran waren.

»So etwas passiert nun ständig«, sagte Yassir. Er drehte sich wieder zu Sascha und Aton herum und sah sie besorgt an. »Ich konnte es mir bisher nicht erklären, aber nach dem, was du mir erzählt hast ...« Er seufzte. »Ich war ein Narr, ich hätte es wissen müssen. Die Zeichen sind so deutlich. « Er wandte sich wieder um und sah zu den Pyramiden hinüber, deren Schatten Aton plötzlich dunkler und massiger vorkamen als noch vor einer Minute. »Dieser Ort ist den Toten geweiht. Osiris' Macht war hier schon immer stark.«

Sascha schauderte. »Man muss die Menschen warnen«, sagte sie.

»Sie würden euch nicht glauben«, erwiderte Yassir. »Und wenn – es wäre zu spät. Spürt ihr es nicht? All dieser Zorn und all diese Furcht ... Es ist der Geist der alten Götter, der ihre Seelen vergiftet. Und jeder böse Gedanke, jedes Quäntchen Furcht, jeder Funke von Zorn nährt sie und stärkt ihre Macht.«
»Aber wenn wir gegen sie kämpfen –«
»Würdest du sie damit nur stärken«, unterbrach ihn Yassir. »Begreifst du nicht? Du kannst sie nicht bekämpfen ohne Zorn zu empfinden, ohne Furcht, ohne Verzweiflung. Und all diese Gefühle stärken sie. Was immer du tust, es mehrt ihre Gewalt.«
Aton begriff nicht sofort, was diese Worte wirklich bedeuteten. »Das klingt, als wären sie unbesiegbar«, murmelte er dann. »Als hätte es überhaupt keinen Sinn, etwas gegen sie zu unternehmen.«
»Sie haben nicht umsonst länger über dieses Land geherrscht, als jemals zuvor und jemals danach Götter über Menschen herrschten.«
»Aber am Ende wurden sie doch besiegt«, sagte Sascha.
Yassir schüttelte den Kopf. »Sie wurden vergessen, nicht geschlagen«, sagte er. »Es war die Zeit, die sie besiegte, nicht die Menschen. Der einzige Feind, gegen den selbst die Götter machtlos sind. Du kannst keinen Kampf kämpfen, wenn jede Wunde, die du deinem Feind zufügst, seine Kräfte stärkt.« Er lächelte traurig. »Der Kreis schließt sich, Aton. Der Wanderer wird erlöst werden und die Toten werden erwachen. Und keine Macht der Welt kann das jetzt noch verhindern.«
»Das glaube ich nicht«, widersprach Aton heftig. »Man kann immer etwas tun. Petach hat mich bestimmt nicht grundlos zu Ihnen geschickt. Sie müssen irgendetwas wissen, was uns weiterhilft.«
»Das ist richtig«, antwortete Yassir. »Aber ich bezweifle, dass es euch wirklich hilft. Ich weiß einen Ort. Es ist lange her, dass Petach zu mir kam und ihn mir anvertraute, und ich habe nie verstanden, warum. Und ich verstehe es jetzt weniger denn je. Denn dieser Ort ist wohl der letzte, an dem Aton jetzt sein will.«
»Ein Ort?« Aton wurde hellhörig. »Was für ein Ort?«

»Der Ort, an dem es geschah«, antwortete Yassir.
»Der Ort, an dem Echnaton ermordet wurde?«, fragte Aton ungläubig.
Yassir nickte. »Und an dem die Toten liegen. Die sich in zwei Tagen aus ihren Gräbern erheben werden, um die Herrschaft der alten Götter neu zu festigen.«
»Wo liegt dieser Ort?«, fragte Sascha.
»Es gibt eine Karte«, antwortete Yassir und sah zu den Pyramiden hinüber. »Ich kann sie euch zeigen. Aber nicht jetzt. In zwei Stunden, besser noch in drei. Wir müssen warten, bis all diese Menschen fort sind.«
»Die Karte ist dort drinnen?«, fragte Sascha ungläubig.
Yassir nickte abermals. »Ein Relief, eingemeißelt in die Wand eines geheimen Raumes«, bestätigte er.
»Dann sollten wir keine Zeit verlieren«, sagte Aton, doch Yassir schüttelte den Kopf.
»Nicht jetzt«, antwortete er. »Es sind zu viele Menschen dort.« Er wies zu den Häusern hinüber. »Geht ins Café ›El Raschid‹ und sagt dem Wirt, dass ich euch schicke. Wir treffen uns in zwei Stunden am Fuß der großen Pyramide.«

Das Geheimnis der Pyramide

Aton konnte sich nicht erinnern, dass ihm jemals zwei Stunden so lang geworden wären wie die nun folgenden. Er sah immer öfter auf die Uhr. Es hatte eine ganze Weile gedauert, bis er begriffen hatte, dass Yassir sie zu einem geheimen Raum in der Cheopspyramide führen wollte. Archäologen, Wissenschaftler und Hobbyforscher hatten die drei Pyramiden auf alle nur erdenklichen Weisen untersucht und erforscht, vermessen und ausgelotet. Es gab buchstäblich keinen Quadratzentimeter in ihrem Inneren, der nicht zigfach kartografiert, fotografiert, untersucht und aufs Genaueste studiert worden wäre. Und Yassir erzählte von einem Raum, den nur er kannte?

»Glaubst du, dass er die Wahrheit sagt?«, fragte Sascha plötzlich. »Ein geheimer Ort in der Cheopspyramide!« Sie schüttelte den Kopf »Das klingt fast zu fantastisch, um wahr zu sein.« Sie lachte. »Am Ende zeigt er uns noch das Pharaonengrab, das nie gefunden wurde.«

Aton lächelte ebenfalls, aber er konnte ein leises Schaudern nicht ganz unterdrücken. Sascha sprach genau das aus, was er eben gedacht hatte. Er wollte antworten, aber in diesem Moment entdeckte er etwas, was seine Blicke auf sich zog. Unter der Tür des Cafés war eine Gestalt erschienen, ganz in einen schwarzen Mantel gehüllt und mit so weit nach vor gezogener Kapuze, dass ihr Gesicht nicht zu sehen war. Sie blieb direkt unter der Tür stehen, und obwohl Aton nichts erkennen konnte, wusste er doch mit Sicherheit, dass die Gestalt ihn und Sascha unverwandt anstarrte.

»Was hast du?«, fragte Sascha. Atons plötzliche Nervosität war ihr nicht entgangen.

»Nichts«, antwortete Aton eine Spur zu hastig. Sascha sah ihn misstrauisch an, dann blickte sie zu der Gestalt an der Tür hinüber – und dann tat sie etwas, was Aton erschrocken zusammenfahren ließ. Sie stand auf und ging mit schnellen Schritten auf die Gestalt zu. Diese fuhr zusammen, wirbelte herum und rannte mit wehendem Mantel davon.

Aton dachte an sein unheimliches Erlebnis vom vergangenen Abend und plötzlich tat es ihm Leid, Sascha nichts davon erzählt zu haben. Doch aus irgendeinem Grund brachte er es auch jetzt noch nicht fertig, ihr davon zu berichten. Er sah auf die Uhr und stand dann auf. »Es wird Zeit. Lass uns zurückgehen.

Die zwei Stunden waren noch nicht ganz um. Sascha warf noch einen Blick hinaus auf die Straße, in die Richtung, in die die Gestalt in dem schwarzen Mantel verschwunden war, dann winkte sie den Wirt herbei, bezahlte die Rechnung und verließ hinter Aton das Café.

Es war ein wenig wärmer geworden. Die Sonne stand fast im Zenit und das klare Licht und die Helligkeit machten es Aton schwer, zu glauben, dass sich zu Hause die Menschen darauf vorbereiteten, das Weihnachtsfest zu feiern.
Die Straßen hatten sich ziemlich geleert. Als sie gekommen waren, hatte es hier von Touristen aller Nationalitäten nur so gewimmelt. Mittlerweile waren die Reisegruppen, die zusammen mit ihnen in Gizeh eingetroffen waren, wieder in ihren Bussen zurückgefahren und offensichtlich war die nächste Invasion von Menschen mit Fotoapparaten und Videokameras noch nicht eingetroffen. Jedenfalls lag die unmittelbare Umgebung wie ausgestorben da. Aton sah nur drei oder vier Einheimische. Keine schwatzenden Amerikaner, keine fotografierenden Japaner, keine Deutschen, die nach irgendetwas Ausschau hielten, was sie kaufen konnten – er und Sascha schienen die Einzigen zu sein, die nicht hierher gehörten, als hätte ein Zauber die Straßen und Häuser um tausend Jahre in die Vergangenheit versetzt.
»Unsinn«, murmelte er.
Sascha sah ihn fragend an. »Wie bitte?«
»Nichts«, sagte Aton rasch.
Sascha blieb stehen. »Ich finde es nicht gut, dass du Geheimnisse vor mir hast«, sagte sie. »Wenn wir zusammen diese Sache durchstehen wollen, dann sollten wir einander vertrauen.«
»Es ist ...«, begann Aton. »Der Mann vorhin ... Gestern Abend im Hotel, als du nicht da warst ... jemand war an der Tür.«
Sascha erschrak. »Hast du das Zimmer verlassen?«
»Nein«, beeilte sich Aton zu versichern, »jedenfalls nicht richtig. Ich war nur ganz kurz vor der Tür und auch nur einen Schritt weit. Aber jemand war da. Der Mann vorhin erinnerte mich irgendwie an ihn.«
»Das hättest du mir sagen sollen.« Saschas Stimme klang ernst. »Wenn sie uns bis hierher gefolgt sind, dann könnte Yassir in Gefahr sein.«
Und was ist mit uns?, dachte Aton. Saschas unerschütterlicher

Glaube daran, dass ihm nichts passieren konnte, solange er nur in ihrer Nähe blieb, irritierte ihn immer mehr. Zumal er berechtigt zu sein schien. Sicher, es war ein paar Mal knapp gewesen – aber sie waren ihren Verfolgern jedes Mal entkommen, auch wenn die Situation noch so ausweglos schien.

»Vielleicht habe ich mich getäuscht«, sagte er. »Vielleicht fange ich an Gespenster zu sehen.«

»Hoffentlich nicht«, antwortete Sascha. »Und wenn, dann sag mir bitte Bescheid.« Es sollte ein Scherz sein, aber die beabsichtigte Wirkung verkehrte sich ins Gegenteil. Aton fröstelte plötzlich. Während sie weiter auf die Pyramiden zugingen, sah er sich immer wieder um. Doch von Männern in schwarzen Mänteln oder gar anderen Verfolgern war nichts zu sehen. Dafür verstärkte sich das Gefühl, beobachtet zu werden.

Sie fanden Yassir bei seinem Zelt. Er redete lautstark und gestikulierend mit drei anderen Ägyptern und der Tonfall und der Ausdruck auf den Gesichtern der Männer sagten Aton, dass es sich keineswegs um eine freundschaftliche Unterhaltung handelte. Als Yassir sie bemerkte, hielt er inne und sah sie unfreundlich an. Dann beendete er die Diskussion mit einem einzigen befehlenden Wort, worauf sich die drei anderen Männer murrend zurückzogen.

Yassir wandte sich an Aton und Sascha. »Ihr kommt früh«, sagte er in tadelndem Ton.

»Wir waren –«, begann Aton, wurde aber sofort von Yassir unterbrochen, der eine unwillige Geste machte.

»Gehen wir«, sagte er. »Der Weg ist weit und wir haben nur zwei Stunden, bis der nächste Bus kommt.«

Aton und Sascha tauschten einen verblüfften Blick. Hatte Yassir sich nicht eben erst beschwert, dass sie zu früh seien? Aber der Ägypter schien ebenso nervös zu sein wie sie. Sie folgten Yassir, aber diesmal achtete Aton ganz genau, wohin dieser seine Schritte lenkte. Nein, es war kein Zufall. Der Ägypter mied den Schatten der Sphinx und machte sogar einen kleinen Umweg, um im hellen Sonnenlicht zu bleiben. Auch Sascha entging dieses Verhalten nicht. Sie runzelte die Stirn.

Yassir ging direkt auf die Cheopspyramide zu, das größte der drei gewaltigen Bauwerke. Ihr Eingang, den sie über einige ausgetretene Stufen erreichten, war mit einem eisernen Gitter verschlossen. Aton war bereits im Inneren der Pyramide gewesen und wusste, dass es nur aus langen, niedrigen Gängen und leeren Kammern bestand. Wie viele Besucher war auch er damals enttäuscht gewesen, dass keine Schätze zu sehen waren. Bis heute gab es immer wieder die Vermutung, dass die eigentliche Grabkammer des Pharaos noch in einem nicht entdeckten Bereich der Pyramide liege, doch hatte keine der dahingehenden Bohrungen einen Beweis dafür erbracht.

Yassir zog einen Schlüssel aus den Falten seines Kaftans hervor und öffnete das Gitter. Er wartete, bis Aton und Sascha nachgekommen waren, und sperrte das Gitter wieder zu. Dann brachte er einen Handscheinwerfer unter seinem Gewand zum Vorschein, das außer Yassirs dürrer Gestalt offensichtlich noch ein ganzes Warenlager zu enthalten schien. Während er ihn einschaltete und den gebündelten, sehr starken Lichtstrahl in den schräg abfallenden Gang vor ihnen richtete, drehte sich Aton noch einmal um und sah durch das Gitter hinaus.

Am Fuß der Pyramide stand eine Gestalt in einem schwarzen Mantel und blickte zu ihnen herauf.

Sie folgten Yassir den engen Gang hinunter. Es gab elektrisches Licht an der Decke, das aber nicht eingeschaltet war. Trotzdem reichte auch der Schein von Yassirs Lampe aus, ihnen zu zeigen, was die Menschen, die hier gewesen waren, hinterlassen hatten. Eine zusammengeknautschte Zigarettenpackung, ein ausgebranntes Blitzlicht, ein Blatt Papier ... Einmal kamen sie an einer Stelle vorbei, an der jemand etwas mit Filzstift an die Wand gemalt hatte. Der Anblick stimmte Aton traurig. Er hatte nie verstanden, warum manche Menschen so wenig Respekt vor Dingen wie diesen hatten. Gleich, um welchen Glauben es sich handelte, dieses Bauwerk stellte ein fantastisches Monument menschlichen Schaffens dar. Es gehörte sich einfach nicht, so etwas zu tun – und im Übrigen standen auch schwere Strafen auf einen derartigen Frevel.

Nun erreichten sie eine Abzweigung, die in einem stumpfen Winkel nach oben führte. Aber Yassir schritt weiter in die Tiefe hinab, bis sie bei einer kleinen Kammer anlangten, die vollkommen leer war. Die Wände waren geschwärzt vom Ruß der Fackeln, die hier einst gebrannt hatten. Nur hier und da konnte man noch Spuren von Reliefs erkennen. Sascha sah sich staunend um, während Yassir an die gegenüberliegende Wand trat und sie mit den Fingerspitzen abzutasten begann.
»Wofür war diese Kammer gedacht?«, fragte Sascha.
»Die Ägypter haben oft falsche Grabkammern und blinde Gänge angelegt, um Grabräuber zu täuschen«, antwortete Aton. »Fast alle Pharaonengräber wurden aufgebrochen und geplündert – und das ist ja kein Wunder. Die Gräber waren überaus kostbar ausgestattet, mit Gold und Edelsteinen.«
Er hätte sich bestimmt noch weiter in Beschreibungen verloren, wenn nicht ein lautes Knacken zu vernehmen gewesen wäre. Aton und Sascha wandten sich zu Yassir um – und Aton erstarrte, als er sah, wie sich ein Stück des Reliefs, über das Yassirs Finger glitten, zu bewegen begann. Nur einen Augenblick später zitterte die ganze Wand. Staub begann von der Decke zu rieseln und das Zittern und Beben setzte sich nun auch am Boden fort. Aton hörte einen unheimlichen, hohl knirschenden Laut, der von überallher zugleich zu kommen schien und etwas ungeheuer Machtvolles an sich hatte. Er glaubte regelrecht zu spüren, wie sich tief unter seinen Füßen eine uralte Mechanik in Bewegung setzte und tonnenschwere Steinquader von ihren Plätzen löste. Langsam, begleitet von einem Geräusch, als wäre ein steinerner Riese aus jahrtausendelangem Schlaf erwacht und versuchte sich von seinem Fundament zu lösen, glitt die gesamte Wand, vor der Yassir stand, zur Seite, bis ein gut mannsbreiter Spalt entstanden war, hinter dem Stufen zu erkennen waren, die steil in eine lichtlose Tiefe führten.
Yassir wandte sich zu ihnen und winkte und tatsächlich ging Sascha sofort zu ihm hinüber. Aton jedoch rührte sich nicht. Er war vollkommen fassungslos. Er hatte eine verborgene Inschrift erwartet, einen anderen Sinn in den in die Wände

gemeißelten Bildern, den nur Yassir kannte, den Hinweis auf einen bisher unentdeckten Gang ... aber das?! Das war absolut unmöglich! Den Wissenschaftlern wäre ein verborgener Durchgang niemals entgangen!

»Aber das ... das kann nicht sein«, stammelte er. »Diese Kammer ist immer wieder untersucht worden und –«

Yassir unterbrach ihn ungeduldig. »Es gibt Dinge, die sich eure Wissenschaft nicht einmal träumen lässt, Aton. Ich dachte, du hättest das schon begriffen. Komm jetzt.« Noch immer staunend setzte sich Aton in Bewegung und lief ein paar Stufen hinunter, ehe er wieder stehen blieb und darauf wartete, dass Yassir zu ihnen kam. »Schließen Sie die Tür nicht?«, fragte Sascha.

»Von dieser Seite aus?«

Sascha sah ihn fragend an. »Können Sie es nicht?«

»Doch«, erwiderte Yassir trocken. »Schließen kann ich sie. Nur nicht wieder öffnen. Wenn Sie möchten ...« Er hob die freie Hand nach einer Stelle an der Wand neben sich und Sascha schüttelte eilig den Kopf. Yassir grinste, senkte den Strahl seines Scheinwerfers in die Tiefe und ging voran.

Atons Herz begann immer schneller zu klopfen, während er dem Ägypter folgte. Uralte, stickige Luft drang zu ihnen herauf. Sie hörten Geräusche: ein Rascheln und Schleifen, das Rieseln von Sand und manchmal ein düsteres Knarren und Rumoren.

Sie konnten nicht erkennen, wie weit die Stufen in die Tiefe führten. Yassirs Scheinwerferstrahl reichte sehr weit, doch auch er berührte das Ende der Treppe nicht, und sie gingen auch nicht weit genug hinunter, um es sehen zu können. Yassir blieb plötzlich stehen und schwenkte die Lampe herum, sodass ihr Strahl eine hohe, von zwei steinernen Horusköpfen flankierte Öffnung aus der ewigen Dunkelheit riss. Sie betraten einen schmalen Gang, der schon nach wenigen Schritten vor einer reich verzierten steinernen Tür endete. Lautlos und ohne dass der Ägypter sonderlich viel Kraft aufwenden musste, öffnete sie sich. Dann fiel der Strahl des Scheinwerfers in den dahinter liegenden Raum und Aton vergaß die Tür und ihre geheimnisvolle Mechanik auf der Stelle. Die Kammer ähnelte nichts, was Aton jemals zuvor gesehen hatte. Sie war nur etwa halb so groß wie die leere Grabkammer oben, und wohin der Strahl der Lampe auch fiel, brach er sich schimmernd auf Gold, Silber und Edelsteinen.

Die Prophezeiung

Vor der gegenüberliegenden Wand erhoben sich zwei fast metergroße Falken, die aus purem Gold zu bestehen schienen und deren Augen aus schimmerndem Karneol gemacht waren. Krüge und Schalen aus Alabaster standen neben Statuen, die Herrscher bei der Jagd darstellten oder hohe Beamte. Neben zwei kunstvoll gearbeiteten Stühlen lagen reich verzierte Waffen. Das Erstaunlichste aber waren die Bilder. Es gab keinen Quadratzentimeter der Wände und selbst der Decke, der nicht davon bedeckt war. Es waren Darstellungen von Gottheiten und Herrschern, von Festen und heiligen Zeremonien, aber auch Jagd- und Schlachtszenen oder Bilder des täglichen Lebens, wie es vor mehr als viertausend Jahren hier stattgefunden hatte. Wohin er auch sah, erblickte Aton Zeugnisse des alten Ägyptens, eines Landes, das nichts, aber auch gar nichts mit dem gemein hatte, was man heute unter diesem Namen kennt. Der Anblick war so fantastisch, dass Aton für einige Momente vergaß, warum sie überhaupt hierher gekommen waren. Er stand einfach da, sah sich um und staunte, und jedes Mal, wenn er glaubte, nun nichts mehr entdecken zu können, was noch großartiger war, stieß er auf ein neues Wunder.

»Was ... was ist das?«, fragte Sascha. Ihre Stimme war zu einem ehrfürchtigen Flüstern gesenkt, fast als hätte sie Angst, den Zauber dieser Kammer zu zerstören, wenn sie zu laut sprach.

»Ein geheimer Raum«, antwortete Yassir. »Es gibt ihn fast in jedem Pharaonengrab. In manchen auch mehr als einen.«
»Davon habe ich nie gehört«, murmelte Aton, ohne den Blick von all den Wundern zu nehmen, die um sie herum waren.
Yassir lächelte verzeihend. »Müsst ihr denn alles wissen?«
»Wozu hat er gedient?«, erkundigte sich Sascha.
Yassir seufzte. »Etwas aufzubewahren ... etwas zu verbergen ... « Er machte eine unschlüssige Handbewegung. »Ich weiß es nicht genau. Ich habe nie danach gefragt.«
»Warum nicht?«
Yassir wurde eine Spur ernster. »Ich habe gelernt, die Dinge so zu nehmen, wie sie sind. Manche Antworten gefallen einem nicht. Und manches sollte man nicht wissen.« Er beendete den Gedanken mit einer entschiedenen Geste und wandte sich an Aton. »Wir haben nicht viel Zeit. Komm mit.« Er wartete, bis Aton neben ihn trat, dann ging er zu einer Stelle an der Wand neben dem Eingang und hob den Arm. Aton blickte aufmerksam auf das Bild, auf das Yassirs Hand deutete.
Im allerersten Moment schien es sich kaum von den anderen Reliefs zu unterscheiden. Es war eine Schlachtszene. Er sah Krieger in zweispännigen Kampfwagen, die ein offensichtlich unterlegenes feindliches Heer in einer Schlucht zusammengetrieben hatten. Erst nach einigen Sekunden begriff er überhaupt, was das Bild darstellte.
Aton fuhr mit einem überraschten Laut zusammen. »Echnaton«, murmelte er. »Das ... das ist Echnaton! Echnatons letzter Kampf! Das Bild zeigt Echnaton und seinen Mörder!«
Yassir wirkte ehrlich überrascht. »Woher weißt du das?«
Die Antwort war ganz einfach – aber zugleich auch so unglaublich, dass Aton es kaum über sich brachte, sie auszusprechen. Er wusste es, weil Eje selbst auf einem der Bilder zu erkennen war. Genauer gesagt: weil er ihn *wieder erkannte*. Zitternd hob er die Hand und deutete auf die Gestalt in dem knöchellangen, blau und gold gestreiften Gewand mit dem goldenen Falken auf der Brust. Er sagte nichts, aber Yassirs Augen wurden groß vor Staunen.

»Du hast Recht«, sagte er fassungslos. »Das ist Eje. Aber niemand weiß das. Niemand außer mir hat dieses Bild je gesehen.«
»Er ist es«, sagte Aton leise, »und das ...«, sein ausgestreckter Finger wanderte weiter und deutete auf eine zweite Gestalt, die ein Stück unterhalb Ejes stand und schützend beide Arme vor das Gesicht erhoben hatte, sodass man ihre Züge nicht genau erkennen konnte, »... ist Echnaton.« Sein Herz klopfte immer heftiger und er begann am ganzen Leib zu zittern, während er näher an die Wand herantrat und versuchte das Gesicht Echnatons zu erkennen. Es gelang ihm nicht. So klar und deutlich die Züge des Mörders wiedergegeben waren, so verschwommen waren die seines Opfers.
»Ist es Petach?«, fragte Sascha hinter ihm.
Im Herumdrehen sah Aton, wie sich Yassirs Züge vor Zorn verdüsterten, aber er achtete nicht darauf. »Woher –?«, begann er.
»So schwer ist das nicht zu erraten«, sagte Sascha. »Seit du mir die Geschichte erzählt hast, frage ich mich, was er eigentlich damit zu tun hat. Eine Weile habe ich mich sogar gefragt, ob er vielleicht der Wanderer ist.«
»Sagen Sie das nicht!«, sagte Yassir aufgebracht. »Sie wissen nicht, wovon Sie reden!«
Aton machte eine beruhigende Geste, sah den Ägypter aber immer noch nicht an. »Ich weiß es nicht«, beantwortete er Saschas Frage und das war die Wahrheit. »Aber ich glaube es nicht. Wenn er Eie wäre, hätte er es einfacher haben können, mich hierher zu locken.«
»Ich verbiete euch, so zu reden!«, sagte Yassir, noch immer aufgebracht und zornig. »Ihr wisst nicht, was ihr sagt!« Dann fuhr er etwas ruhiger fort: »Ihr habt es jetzt gesehen. Dies ist der Ort, an dem Echnaton und seine Krieger starben. Und der Ort, an dem sie erwachen werden. Merkt ihn euch gut, denn es ist die einzige Hilfe, die ich euch geben kann.«
Aton sah die in Stein gemeißelten Bilder unverwandt weiter an. Neben der Darstellung der Schlacht gab es ein zweites, etwas kleineres Relief, auf dem der Weg eingezeichnet war, den Echnaton auf seiner letzten Reise genommen hatte. Aton kannte

die Landkarte Ägyptens nicht auswendig und vieles sah völlig anders aus als heute. Und doch hatte er nach einigen Sekunden das Gefühl, den Ort kennen zu müssen. Der Gedanke schien ihm immer wieder zu entschlüpfen, gerade wenn er danach greifen wollte, aber er spürte, dass er der Lösung jetzt ganz nahe war. Die Felsenschlucht lag in der Wüste, an einem Ort, der –

Nein, er wusste es einfach nicht. Er sollte es wissen. Er spürte, dass es im Grunde ganz einfach war. Aber es war, als ... ja, als verhinderte etwas, dass er das Offensichtliche sah.

Aton trat wieder einen Schritt von der Wand zurück und löste seinen Blick von dem Relief. Vielleicht entdeckte er irgendwo etwas anderes, was ihm weiterhalf, der entscheidende Anstoß, der ihm noch fehlte, um die verschlossene Tür in seinen Gedanken aufzuschließen.

»Es ist unglaublich«, sagte Sascha. Sie hatte begonnen, in der Kammer herumzulaufen und dabei immer wieder vor einer Statue, einem Bild stehen zu bleiben, etwas in die Hand zu nehmen und vorsichtig wieder zurückzustellen. Ihr Erstaunen schien immer größer zu werden. »Die Vorstellung, dass ... dass all diese Schätze Tausende von Jahren unentdeckt geblieben sind ...« Sie schüttelte den Kopf und sah Yassir auf eine Art und Weise an, die den Ägypter zum Lächeln brachte.

»Ihr bildet euch ein, alle Geheimnisse dieses Landes zu kennen«, sagte er in sanftem, tadelndem Ton, der nichts Überhebliches oder gar Verletzendes hatte. »Aber das stimmt nicht. Ihr habt nicht einmal richtig angefangen sie zu entdecken. Und ihr werdet sie auch niemals wirklich verstehen.«

Die Antwort schien Sascha zu verwirren. Einige Sekunden lang sah sie Yassir mit gerunzelter Stirn an, dann zuckte sie mit den Schultern und setzte ihre Erkundung der Schatzkammer fort. Vor einer kleinen Truhe blieb sie stehen und nahm eine nur etwa zehn Zentimeter große Figur in die Hand, die einen Mann im Lendenschurz zeigte, dessen Körper mit Hieroglyphen bedeckt war. Es gab sehr viele von diesen Figürchen hier drinnen. »Was ist das?«, fragte sie.

»Ein Uschebti.« Yassir trat neben sie, nahm ihr die Figur aus der Hand und setzte sie behutsam auf die Truhe zurück. Sascha blickte ihn fragend an, und als Yassir keine Anstalten machte, das Wort zu erklären, sprang Aton ein.
»Eine Grabbeigabe«, erklärte er. »Sie haben sie den toten Pharaonen zu Hunderten mitgegeben, damit sie an ihrer Statt im Totenreich die aufgetragenen Arbeiten erledigten.« Auch er betrachtete die kleine Figur einen Moment, wandte seine Aufmerksamkeit dann aber wieder anderen Dingen zu. Noch einmal ließ er seinen Blick durch die Kammer streifen. Der Raum war voll gestopft mit Wundern und Schätzen, aber nichts davon war dazu angetan, ihm weiterzuhelfen. Im Gegenteil – vor allem die beiden überlebensgroßen Falkenstatuen beunruhigten ihn immer mehr. Sie stellten den Gott Horus dar und vielleicht war der Grund seiner Nervosität einfach der, dass er von Petach wusste, dass Horus zu seinen Feinden gehörte. Aber darüber hinaus schien irgendetwas Unheimliches an den beiden gewaltigen goldenen Falken zu sein. Vielleicht waren es ihre Augen. Die Karneole – jeder einzelne war größer als Atons Daumennagel – fingen das Licht des Scheinwerfers auf und warfen es hundertfach gebrochen zurück, sodass man meinen konnte, ihre Augen wären lebendig. Das Phänomen hatte noch einen zweiten, unheimlichen Nebeneffekt: Es schien keinen Fleck in der Kammer zu geben, an dem man nicht direkt von den beiden riesigen Falken angestarrt wurde.
»Es wird Zeit«, sagte Yassir. »Hast du alles gesehen, was du sehen wolltest?«
Aton nickte, doch dann schüttelte er den Kopf und wandte sich ein letztes Mal dem Relief zu. »Noch einen Moment«, bat er. Yassir war davon nicht begeistert, protestierte aber auch nicht, sodass Aton wieder an die Wand trat und sowohl die Schlachtszene als auch die daneben angebrachte Karte noch einmal und mit großer Konzentration musterte. Etwas daran war wichtig, musste wichtig sein, denn Petach hatte ihn nicht von ungefähr hierher geschickt. Es war –
Und dann wusste er es. Die Erkenntnis traf ihn so heftig, dass er

einen halben Schritt zurückwich und erschrocken die Luft einsog. Er konnte spüren, wie ihm das Blut aus dem Gesicht wich.
»Was ist los?«, fragte Sascha. »Was hast du?«
Aton starrte das Wandbild mit offenem Mund an. Er war bis ins Mark erschrocken – wieso hatte er es nicht sofort gesehen? Es war so deutlich, dass es ihm nun, als ihm die Wahrheit klar geworden war, regelrecht ins Auge sprang.
»Die Schlucht«, murmelte er. »Die Felsenschlucht, in der Echnaton gestorben ist.«
»Was ist damit?«, fragte Sascha. Sie trat neben ihn und sah das Bild ebenso aufmerksam an wie er, schien aber nichts Besonderes daran zu entdecken.
»Die Baustelle«, murmelte Aton. »Vaters Baustelle. Der Staudamm. Die ... die Schlucht liegt unmittelbar vor dem Damm.«
»Und?«, fragte Sascha, der die wahre Bedeutung seiner Worte noch gar nicht aufgegangen zu sein schien.
»Begreifst du denn nicht?«, flüsterte Aton. »Die toten Krieger! Sie liegen direkt vor dem Damm!«
Auch Sascha wurde blass. »Du meinst, ganz in der Nähe deiner Eltern?«
»Meiner Eltern?!« Aton schrie fast. »Dort draußen sind Hunderte von Arbeitern. Hunderte von Menschen, die keine Ahnung haben, was in zwei Tagen geschehen wird.«
Sascha schien immer noch nicht zu wissen, was er meinte. »Ich verstehe nicht genau, worauf du hinauswillst«, sagte sie.
»Aber begreifst du denn nicht?«, rief Aton aufgebracht. »Sie werden erwachen, wie Echnaton es prophezeit hat. Und sie werden über all diese ahnungslosen Menschen herfallen und sie umbringen. Das Blut unzähliger Unschuldiger wird fließen, und wenn das geschieht –«
»– dann wird Osiris' Macht ins Unermessliche steigen«, beendete Yassir den Satz, als Aton nicht weitersprach.
»Oh«, sagte Sascha. Nur dieses eine Wort, aber es drückte ihren Schrecken vielleicht mehr aus als alles andere, was sie hätte sagen können.
»Wir müssen sie warnen«, sagte Aton. Plötzlich war er sehr

aufgeregt. »Schnell. Wir müssen so schnell zur Baustelle, wie es geht.«

»Niemand wird euch glauben«, sagte Yassir traurig.

»Wir müssen es versuchen«, widersprach Aton. »Irgendwie müssen wir sie überzeugen. Ich weiß noch nicht, wie, aber es muss einfach gelingen. Ich –«

Draußen auf der Treppe näherten sich stampfende Schritte. Aton brach erschrocken mitten im Satz ab und auch Yassir und Sascha drehten sich mit einem Ruck zur Tür – und schrien gleichzeitig erschrocken auf.

Atons Herz machte einen Satz und schien als harter Knoten in seinem Hals weiter zu hämmern, als er sich zum Eingang umwandte. Die Tür war nicht mehr leer. Unter der Öffnung war eine Gestalt in einem schwarzen Mantel erschienen und Yassir hatte sofort seinen Scheinwerfer auf sie gerichtet, sodass Aton nun zum zweiten Mal das Gesicht seines Verfolgers erkennen konnte.

Beinahe wünschte er sich, es nicht gesehen zu haben. Es war eine der Gestalten die ihn gestern Abend gejagt hatten. Das gleiche schwarz gekleidete Geschöpf, das Sascha und ihn auch in Gizeh verfolgt hatte. Und nun bewahrheiteten sich Atons ungute Ahnungen auf schreckliche Weise.

Es war kein Mensch. Das Wesen ging aufrecht und hatte zwei Arme und zwei Beine und einen Kopf, aber damit hörte die Ähnlichkeit mit einem Menschen auch schon auf. Die Hände, die aus den weiten Ärmeln seines Mantels hervorragten, waren keine Hände, sondern plumpe Pfoten, die eher zum Laufen geschaffen schienen, nicht zum Greifen. Unter dem Mantel lugte ein dünner, peitschender Schwanz hervor und der Kopf war nicht der eines Menschen, sondern die schreckliche Karikatur eines Hundeschädels mit spitzen Ohren, kleinen, boshaften roten Augen und einer lang gezogenen Schnauze, in der nadelspitze Zähne blitzten. Die Kreatur ähnelte viel mehr einem aufrecht gehenden, mannsgroßen Hund als einem Menschen.

Knurrend kam das Geschöpf näher. Aton hörte ein schreckliches Hecheln und Schnüffeln, wie von einem Bluthund, der die Witterung seiner Beute aufnimmt, und tatsächlich schien sich das Geschöpf mehr nach seinem Geruchs- als seinem Gesichtssinn zu orientieren. Es beugte sich vor, sodass die Vorderpfoten fast den Boden berührten, und kam mit kleinen, hoppelnden Schritten näher, immer wieder nach rechts und links schwenkend, und es dauerte nur einen Augenblick, bis Aton begriff, dass das Wesen tatsächlich seiner Spur folgte, denn es bewegte sich genau dort entlang, wo auch er gegangen war. Und es bewegte sich sehr zielsicher auf ihn zu.

»Aton!«, schrie Sascha plötzlich. »Lauf weg! Ich halte ihn auf!«

Aton machte eine Bewegung, Sascha zurückzuhalten, aber es war zu spät. Mit weit ausgebreiteten Armen warf sich die junge Polizistin auf die Kreatur, um sie zu packen und mit einem Judogriff zu Boden zu werfen, wie sie es schon einmal getan hatte.

Es gelang ihr nicht. Aton sah, wie Sascha den Arm des Geschöpfes ergriff, sich in der gleichen Bewegung herumdrehte und den Rücken krümmte, um das Wesen über sich hinweg und zu Boden zu schleudern, und jeden anderen Gegner hätte dieser Wurf wohl auch aus dem Gleichgewicht gebracht. Das Hundewesen nicht. Obwohl die Kreatur schlank war, musste sie über unvorstellbare Körperkräfte verfügen. Sascha keuchte vor Schmerz und Überraschung, als sie zurückgezerrt und nun ihrerseits zu Boden geworfen wurde, und hätte das Wesen die Situation genutzt, um sie anzugreifen, so wäre es sicher um sie geschehen gewesen. Aber es versetzte ihr nur einen Tritt, der sie hilflos davonkollern und gegen die Wand prallen ließ, und bewegte sich dann weiter auf Aton zu. Geifer tropfte aus dem Maul des Ungeheuers. Seine Augen loderten vor Mordlust und der Schwanz peitschte aufgeregt. Aton wich Schritt für Schritt vor dem Angreifer zurück, aber ihm blieben nur wenige Augenblicke, bis er mit dem Rücken gegen die Wand stieß. Das Geschöpf kam immer näher. Ein tiefes, unheimliches Knurren drang aus seiner Brust und die schrecklichen Fänge öffneten sich. Noch einen Schritt und –

Das Geschöpf blieb stehen. Soweit dies überhaupt möglich war, erschien ein fast verblüffter Ausdruck auf seinem Hundegesicht, als es den Kopf senkte und an sich herabsah. Atons Blick folgte der Bewegung.

Was das Hundewesen aufgehalten hatte, war eine der Uschebti-Figuren. Es hatte sie umgeworfen, wahrscheinlich ohne es selbst überhaupt zu bemerken, und die kleine Tonstatue hatte sich so unglücklich zwischen seinen Zehen verfangen, dass es wehtun musste. Mit einem unwilligen Knurren versuchte die Kreatur die Statue abzuschütteln, aber es ging nicht.

Das Uschebti hielt sich nämlich mit beiden Händen in seinem struppigen Fell fest.

Trotz der Lebensgefahr, in der Aton schwebte, war er fassungslos vor Staunen. Er konnte es ganz deutlich sehen: Die winzige Figur krallte sich mit aller Kraft in das Fell des Hundewesens und genau in diesem Moment erwachte ein zweites Uschebti ganz in der Nähe zum Leben, lief mit kleinen, trippelnden Schritten auf eines der Beine des Hundewesens zu und begann unverzüglich daran in die Höhe zu klettern. In seiner winzigen Hand blitzte ein noch winzigeres Messer, mit dem es die Haut des Geschöpfes zwar kaum ritzen konnte, trotzdem aber emsig darauf einstach. Und wenn es schon nicht wehtat, so schien es dem Hundekrieger zumindest unangenehm zu sein, denn er begann das Bein zu schütteln und versuchte, den nicht einmal handgroßen Angreifer abzustreifen.

Ein drittes Uschebti erschien, schwang eine Lanze, die die Dimension eines Zahnstochers hatte, und rammte sie mit aller Kraft in die Zehe des Hundes. Die Kreatur heulte vor Schmerz und Zorn auf und beugte sich vor, um das winzige Geschöpf zu packen, aber das Uschebti brachte sich geschickt vor ihren Krallen in Sicherheit und stach ihm die Lanze nun auch noch in die Pfote.

Und das war erst der Anfang. Plötzlich war der Raum voller huschender, raschelnder Bewegung, als überall winzige Gestalten zu hektischem Leben erwachten. Ein von Spielzeugpferden gezogener Streitwagen galoppierte auf den Hundekrieger los. Soldaten schwangen Lanzen, die kaum größer als Bleistifte waren, ein ganzer Hagel kleiner Wurfgeschosse senkte sich auf das Hundegeschöpf, und immer mehr und mehr der winzigen Angreifer begannen an seinen Beinen und in den Falten seines Mantels hinaufzuklettern. Das Knurren des Hundes klang jetzt eher furchtsam als zornig und seine Bewegungen wurden immer fahriger. Mit wild schlagenden Armen taumelte er durch den Raum, stieß gegen ein paar Statuen, prallte gegen die Wände und andere Hindernisse. Er bot einen geradezu bizarren Anblick. Dutzende von winzigen Figürchen hingen an seinen Kleidern und seinem Fell, schlugen, stachen, kratzten, bissen und traten auf ihn ein, und auch wenn jeder Einzelne der kleinen Quälgeister ihm kaum Schaden zufügen konnte, so stellten sie in ihrer großen Anzahl wohl doch eine enorme Gefahr dar.

Schließlich gab der Angreifer auf und wandte sich zur Flucht. Brüllend und um sich schlagend wankte er zum Ausgang, prallte noch einmal gegen die Wand und verschwand schließlich auf der Treppe. Aton starrte ihm entsetzt nach, dann fuhr er herum und war mit zwei schnellen Schritten bei Sascha, die noch immer benommen am Boden saß. »Alles in Ordnung?«, fragte er besorgt.

Sascha hob mühsam den Kopf. Sie blickte ihn an, aber für eine Sekunde schien sie ihn gar nicht zu sehen. »Ja«, antwortete sie. »Es ... geht schon wieder.« Ihre Stimme klang flach und in ihrem Blick war eine sonderbare Leere, die Aton frösteln ließ. »Was war los?«, fragte er in bewusst lockerem Ton, um seine Nervosität zu überspielen. »Ich dachte, du bist ein Ass im Judo.« Sascha lächelte nicht. Ihr Gesicht blieb so leer und maskenhaft starr, wie es war, und der Ausdruck begann Aton allmählich wirkliche Angst einzuflößen. »Zu stark ...«, flüsterte sie. »Ihr Einfluss ... ist hier zu stark. Ich kann ... meine Kräfte nicht konzentrieren. Ich ... muss hier raus.«

Das hielt Aton für eine ausgezeichnete Idee. Auch er begann sich immer unwohler hier drinnen zu fühlen, obwohl sie gerade einen eindeutigen Beweis dafür erhalten hatten, dass das, was hier drinnen war, auf ihrer Seite stand. Aber trotzdem machte es ihm Angst – weil er keine Ahnung hatte, was es war. Er half Sascha aufzustehen und sie war so schwach, dass er sie auf dem Weg zum Ausgang stützen musste.

Yassir, der vorausgeeilt war, erwartete sie draußen auf der Treppe. Mit einer warnenden Geste bedeutete er ihnen anzuhalten, während er konzentriert nach oben starrte, wohin er auch den Strahl seines Scheinwerfers gerichtet hatte. Von dem Hundekrieger war nichts mehr zu sehen, nur auf den Stufen waren teilweise zerbrochene Uschebti-Figuren zurückgeblieben. Yassir zögerte weiterzugehen. Und Aton konnte dieses Zögern sehr gut verstehen. Ohne dass es einer Erklärung bedurft hätte, wusste er, dass ihre winzigen Verbündeten ihnen hier draußen nicht helfen konnten.

Vorsichtig ließ er Saschas Arm los, überzeugte sich davon, dass sie aus eigener Kraft stehen konnte, und ging dann an Yassir vorbei zwei Stufen die Treppe hinauf, um sich nach einer der kleinen Statuen zu bücken. Es war, wie er erwartet hatte: Der Zauber war erloschen, die Tonfigur war jetzt nichts mehr als eben eine Tonfigur.

Yassir ging weiter. Aton wartete, bis Sascha zu ihm aufgeholt hatte, und hielt ihr den Arm hin, aber sie schüttelte nur den Kopf und lächelte etwas ängstlich. »Es geht mir schon wieder ganz gut«, sagte sie.

»Bestimmt?«, fragte Aton misstrauisch. Als Sascha nur nickte, fügte er hinzu: »Was war da drinnen mit dir los?«

»Nichts«, erwiderte Sascha, noch immer in diesem nervösen Ton, der Aton klarmachte, dass diese Behauptung so weit von der Wahrheit entfernt war, wie es nur ging. »Ich habe meine Kräfte wohl ein bisschen überschätzt. Es war alles zu viel in den letzten Tagen.«

Der Scheinwerferstrahl huschte wie ein kleines, nervöses Tier vor ihnen her, während sie die Stufen hinaufgingen. Sie bewegten sich sehr schnell, gerade noch, dass sie nicht wirklich rannten, und trotzdem schien die Treppe kein Ende zu nehmen. Sie kam Aton viel länger vor als auf dem Herweg. Obwohl Yassir von Zeit zu Zeit seine Lampe hob und den Strahl schräg nach oben auf das Ende des Treppenschachtes richtete, war die Tür noch immer nicht in Sicht. Andererseits, versuchte Aton sich zu beruhigen, war er vorhin so aufgeregt gewesen, dass er wirklich nicht darauf geachtet hatte, wie lange der Weg nun war. Aber auch Yassir wurde unruhiger. Immer öfter blieb er stehen und sah sich um, fast als müsse er sich davon überzeugen, dass sie noch auf dem richtigen Weg waren – was natürlich Unsinn war. Diese Treppe führte nur in zwei Richtungen, sodass es schlichtweg unmöglich war, sich zu verirren. Doch es blieb dabei: Die Tür kam nicht in Sicht. Und nach weiteren endlosen vier oder fünf Minuten wusste Aton auch, warum. Er begriff es im selben Moment, in dem sie das obere Ende der Treppe erreichten und die massive Steinplatte anstarrten, die den Eingang verschloss.

»Aber das ... das ist doch unmöglich«, flüsterte Sascha. »Die ... die Tür muss zugefallen sein!«

Yassir antwortete nicht sofort. » Sie kann nicht von selbst zufallen«, sagte er dann. Seine Stimme klang leise, aber sehr fest. Mit unbewegtem Gesicht schüttelte er den Kopf und ließ den Lichtschein seiner Lampe über die kaum sichtbare Naht wandern, die die Umrisse der Tür markierte. »Ich war oft genug hier. Er ... muss sie geschlossen haben.«

Ein Gefühl eisigen Entsetzens breitete sich in Aton aus, während auch er wie hypnotisiert auf die tonnenschwere Felsplatte starrte, die ihnen das Weitergehen verwehrte. »Aber Sie ... Sie können sie doch aufmachen, oder?«, fragte er. Er las die Antwort auf seine Frage in Yassirs Augen, aber er fügte wider besseres Wissen noch hinzu: »Ich meine: Das war doch nur ein Scherz vorhin. Dass man sie nur von außen öffnen kann?«

»Nein, das war es nicht«, antwortete Yassir. »Wir sind gefangen.«

Lange Zeit war es sehr still. Keiner von ihnen sprach, keiner rührte sich. Saschas Gesicht blieb so unbewegt wie das von Yassir, aber Aton spürte, dass beide auf ihre Weise ebenso entsetzt waren wie er. Doch die Angst, die er nun verspürte, war von einer ganz neuen Art. Es war ein Unterschied, mit einer konkreten Gefahr konfrontiert zu werden oder aber das Wissen zu akzeptieren, lebendig begraben zu sein, eingeschlossen hinter einer Tür, die ihr Geheimnis jahrtausendelang bewahrt hatte und es vermutlich jahrtausendelang tun würde, falls man sie überhaupt jemals entdecken sollte. Der Gedanke war entsetzlich. Und diese Art von Furcht gab ihm nicht die Kraft und den Willen zum Kämpfen um das Überleben, sondern lähmte ihn.

Es war schließlich Sascha, die das immer bedrückender werdende Schweigen brach. »Gibt es einen anderen Weg hier heraus?«, fragte sie. Yassir sah sie an und schüttelte müde den Kopf. »Diese Treppe«, beharrte Sascha. Sie drehte sich halb herum und machte eine Bewegung in die Tiefe. »Wohin führt sie? Was ist unter der Schatzkammer?«

»Ich weiß es nicht«, gestand Yassir. »Ich war niemals dort unten.«

»Dann werden wir es herausfinden«, entschied Sascha.

Yassir versuchte seinen Schrecken zu verbergen, aber es gelang ihm nicht ganz. »Ich weiß nicht, ob das ... richtig ist«, sagte er. »Dort unten könnten große Gefahren lauern.«

»Aber wir können doch nicht hier bleiben und warten, bis wir verhungert sind«, protestierte Aton.

»So lange müssen wir nicht warten«, beruhigte ihn Sascha. »Dein hundegesichtiger Freund wird bestimmt zurückkommen. Und nicht allein.« Sie schüttelte entschlossen den Kopf. »Wir müssen dort hinunter. Vielleicht gibt es einen zweiten Ausgang.«

Yassirs Gesicht sah so aus, als fielen ihm auf Anhieb fünftausend Gründe ein, diesen Vorschlag abzulehnen. Aber dann drehte er sich noch einmal zu der verschlossenen Tür herum, maß sie mit einem langen, betrübten Blick und nickte schließlich. Ohne ein weiteres Wort machten sie sich auf den Rückweg.

Diesmal nahm sich Aton die Mühe, die Stufen zu zählen, die sie hinuntergingen. Es waren mehr als dreihundert, was nichts anderes bedeutete, als dass sie sich bereits tief unter der Pyramide befanden, ehe sie die Tür der Schatzkammer passierten. Ihm fiel auf, dass Sascha die Seite wechselte, als sie daran vorübergingen, als wäre es wichtig für sie, sich so weit von ihr zu entfernen, wie es nur ging. Er sagte nichts dazu, nahm sich aber fest vor, später noch einmal auf dieses Thema zurückzukommen; ebenso wie auf Saschas sonderbaren Schwächeanfall. Bisher hatte er sich stets mit Erfolg eingeredet, dass er übernervös war und sich alles nur einbildete, doch mittlerweile gab es kaum noch einen Zweifel daran, dass mit Sascha irgendetwas nicht stimmte.

Ihre Schritte wurden unwillkürlich langsamer, als sie sich weiter in die Tiefe bewegten. Der Scheinwerferstrahl glitt über graubraunen Fels, der jetzt frei von allen Verzierungen und Bildern war, und über Stufen, die vielleicht seit Jahrtausenden kein menschlicher Fuß mehr betreten hatte. Es gab keine weitere Tür oder Abzweigung.

Aton war gerade so weit, die Hoffnung, jemals das Ende dieser Treppe zu erreichen, tatsächlich aufzugeben, als der Scheinwerferstrahl plötzlich nicht mehr auf Widerstand traf, sondern sich in der Leere am Ende der Treppe verlor. Unwillkürlich blieben sie stehen. Sascha und Yassir tauschten einen Blick, ehe sie – jetzt sehr viel langsamer – weitergingen.

Die Treppe mündete nach einem weiteren Dutzend Stufen in einer Höhle, die so gewaltig war, dass der Lichtstrahl weder die Decke noch die gegenüberliegende Wand erreichte. Ein intensiver Geruch nach Feuchtigkeit und Alter schlug ihnen entgegen, Wasser glitzerte im Licht der Lampe. Zögernd bewegten sie sich tiefer in die Höhle hinein. Schon nach ein paar

Schritten sah Aton, dass das Ufer nur wenige Meter breit war. Dahinter bewegten sich die Fluten eines unterirdischen Flusses, der mit enormer Geschwindigkeit dahinwogte.
»Fantastisch!«, murmelte Sascha. »Was mag das sein?« Ihre Stimme hatte in der Weite der Höhle einen fast unheimlichen Klang. Das Echo schien eine Antwort zu wispern, die nicht verständlich war, trotzdem aber von uralten, düsteren Geheimnissen erzählte. Da weder Yassir noch Aton etwas sagten, beantwortete sie ihre Frage nach einigen Sekunden selbst. »Vielleicht der Weg hier heraus.«
»Kaum«, sagte Yassir.
Sascha und Aton blickten ihn fragend an, doch statt einer Antwort richtete er den Strahl seines Scheinwerfers nun direkt auf den Fluss. Unter den Wellen war Bewegung. Dunkelgrüne Schuppen glitzerten im bleichen Licht, fingerlange Zähne schimmerten knochenweiß und kleine, aufmerksame Augen musterten sie tückisch. Aton verwarf den Gedanken, in diesem Fluss zu schwimmen, beinahe schneller, als er ihn gefasst hatte. Erstaunlicherweise schien Sascha der Anblick der Krokodile jedoch viel mehr zu erfreuen als zu beunruhigen. Aufgeregt näherte sie sich dem Fluss. »Ganz im Gegenteil, Yassir«, führte sie den begonnenen Gedanken fort. »Vielleicht bedeuten diese Krokodile unsere Rettung.«
Yassir blickte sie völlig verständnislos an und auch Aton ertappte sich bei dem Gedanken, ob die Ereignisse der letzten Stunden vielleicht zu viel für Sascha gewesen waren, sodass sie nun anfing wirres Zeug zu reden.
»Wieso?«, fragte er.
Sascha wandte sich zu ihm um. »Verstehst du denn nicht?«, sagte sie. »Krokodile können nicht unter Wasser atmen«, erklärte sie. »Wenn sie hier sind, bedeutet das, dass dieser Fluss irgendwo wieder an die Oberfläche tritt. Und wahrscheinlich nicht einmal sehr weit entfernt. Es muss ein Seitenarm des Nils sein. Wir müssen ihm nur folgen und wir kommen früher oder später wieder ans Tageslicht.«
Aton fragte sich verblüfft, wieso er nicht selbst auf diesen an

sich so nahe liegenden Gedanken gekommen war, doch noch bevor er dies aussprechen konnte, versetzte Yassir seinem Optimismus einen kräftigen Dämpfer. »Das ist nicht gesagt«, sagte er. »Sie können ebenso gut einfach hier unten leben. Außerdem können sie sehr wohl ein gehöriges Stück unter Wasser schwimmen. Wir nicht. Wir können nicht einmal im Wasser schwimmen – nicht in diesem Wasser.« Er deutete auf die Krokodile.

Es war deutlich zu sehen, dass seine Worte Sascha ärgerten. »Haben Sie einen besseren Vorschlag?«, fragte sie scharf.

Yassir blieb ruhig. »Auf jeden Fall sollten wir uns erst einmal in aller Ruhe umsehen, bevor wir vielleicht etwas Falsches tun«, sagte er. Ohne Saschas Reaktion abzuwarten, drehte er sich herum und begann ein Stück flussaufwärts am Ufer entlangzugehen, und da er dabei natürlich die Lampe mitnahm und weder Sascha noch Aton große Lust verspürten, im Dunkeln zurückzubleiben, mussten sie ihm wohl oder übel folgen.

Sie waren erst ein kurzes Stück gegangen, als der Lichtstrahl etwas aus der Dunkelheit riss, was nicht natürlichen Ursprungs war. Am Flussufer lag ein wirrer Haufen aus herangespültem Holz und Abfällen, doch als sie näher kamen, erkannte Aton rasch, was es wirklich war. Scheinbar achtlos hingeworfene Statuen, die Menschen, Tiere oder auch Götter darstellten, aber auch Werkzeuge, Dinge des täglichen Gebrauchs, Krüge und alles mögliche andere. All diese Gegenstände hatten im Grunde nur eines gemeinsam – sie waren sichtlich sehr alt.

»Das muss von denen stammen, die die Pyramide erbaut haben«, sagte Sascha, während Yassir seinen Scheinwerferstrahl geduldig weiterwandern ließ. Plötzlich stieß er einen halblauten, überraschten Ruf aus und hob deutend den Arm. Und auch Aton hätte vor Erleichterung fast aufgeschrien. Kaum zwanzig Meter entfernt lag etwas am Flussufer, was ihm in diesem Moment wie ein Geschenk der Götter vorkam (und wenn man es recht bedachte, dann war es das wohl auch): ein schlankes Boot aus schwarzem Holz, in dem sich sogar Ruder befanden. Rasch eilten sie darauf zu und Aton kam aus dem

Staunen gar nicht mehr heraus, als er sah, dass es sogar einen Mast mit einem sauber darum gewickelten Segel hatte.

»Das ist die Rettung«, sagte Sascha erleichtert. »Damit kommen wie hier heraus. Helft mir es ins Wasser zu schieben.«

Aton griff unverzüglich zu, aber Yassir betätigte sich abermals als Spielverderber. Er rührte sich nicht, sondern schüttelte nur zweifelnd den Kopf. »Das halte ich für keine gute Idee«, sagte er.

»Ziehen Sie es vor, zu schwimmen?«, gab Sascha scharf zurück, aber Yassir ließ sich auch diesmal nicht provozieren, sondern antwortete in ruhigem Ton: »Dieses Boot liegt seit mindestens drei- oder viertausend Jahren hier. Ich glaube nicht, dass es noch schwimmt.« Um seine Behauptung zu untermauern, trat er mit dem Fuß vor den Bootsrumpf. Das Geräusch klang nicht, als wäre er auf Holz, sondern auf einen Fels getreten. »Wie ich es mir gedacht habe«, sagte Yassir düster. »Es ist versteinert.«

Sascha schüttelte entschieden den Kopf. »Wir müssen es wenigstens versuchen«, sagte sie. »Wir können nicht hier bleiben. Helft mir!«

Yassirs Gesichtsausdruck wurde noch zweifelnder, aber er widersprach jetzt nicht mehr, sondern legte vorsichtig seine Lampe auf den Boden und griff dann, ebenso wie Aton, mit zu. Mit vereinten Kräften hoben sie das Boot, das zwar kaum fünf Meter lang war, trotzdem aber so schwer wie ein Felsbrocken, ins Wasser. Im ersten Moment schien es, als sollte Yassir Recht behalten – das Boot schwamm nicht, sondern glitt einfach immer tiefer in den Fluss, aber dann geschah doch, worauf Aton kaum noch zu hoffen gewagt hatte: Das Holz war wohl doch nicht ganz versteinert, denn schließlich löste sich der Rumpf vom Felsen und das Boot schwamm, wenn auch nicht sehr gut. Es ragte kaum zwei Fingerbreit aus dem Wasser.

»Es schwimmt«, sagte Sascha überflüssigerweise.

»Das ist doch Wahnsinn«, antwortete Yassir. »Eine einzige unvorsichtige Bewegung und es geht unter.«

»Dann bewegen wir uns eben nicht«, antwortete Sascha. Sie

machte eine Kopfbewegung in die Dunkelheit zurück. »Wollen Sie laufen? Oder warten, bis Ihre Freunde kommen?«
Yassir schwieg. In seinem Gesicht arbeitete es. Aber er mochte einsehen, dass Sascha wohl fest entschlossen war, dieses Boot zu benutzen, denn er verlegte sich auf eine andere Taktik. »Wir haben keine Ahnung, wohin dieser Fluss führt«, sagte er. »Es kann ein kleines Stück sein, ebenso gut aber viele Kilometer. Außerdem ist die Strömung sehr stark.«
»Und?«, fragte Aton.
»Das könnte bedeuten, dass vor uns ein Wasserfall oder eine Stromschnelle liegt«, antwortete Yassir. »Und dann gehen wir mit diesem Ding garantiert unter. Ganz davon abgesehen, dass wir nicht wissen, was uns dort vorne erwartet – selbst wenn wir nicht ertrinken oder von Krokodilen gefressen werden.«
Sascha seufzte tief. Und vermutlich wären die beiden nun ernsthaft in Streit geraten, doch in diesem Moment drangen Geräusche aus der Dunkelheit zu ihnen, die nicht vom Fluss oder den Krokodilen darin verursacht wurden. Sascha hob rasch die Hand und auch Yassir legte lauschend den Kopf auf die Seite. Sein Gesicht verdüsterte sich. »Sie kommen«, sagte er.
»Dann bleibt uns keine Wahl«, sagte Sascha. »Rasch!«
Diesmal sträubte sich Yassir nicht mehr. Mit vereinten Kräften schoben sie das Boot vollends ins Wasser und er war sogar der Erste, der an Bord ging. Das kleine Gefährt sank tiefer in die Wellen, als Sascha und Aton Yassir folgten. Der Bootsrand befand sich gerade noch einen Zentimeter über der Wasseroberfläche und bei jeder noch so vorsichtigen Bewegung schwappte eiskalte Nässe zu ihnen herein. Auch Aton kamen jetzt ernsthafte Zweifel, ob dieses Boot sie tatsächlich noch tragen konnte. Wenn das seit Tausenden von Jahren ausgetrocknete Holz sich auch nur um eine Winzigkeit mit Wasser voll saugte, würden sie untergehen und wahrscheinlich hatten sie dann nur noch die Wahl, zu ertrinken oder von den Krokodilen gefressen zu werden.
Aber vielleicht ist das immer noch besser als das, was mit uns

geschieht, wenn wir unseren Verfolgern in die Hände fallen, dachte Aton.

Es war ein sonderbares Gefühl, ein Ruder in die Hand zu nehmen, das sich nicht nur anfühlte, als wäre es aus Stein, sondern auch so schwer war. Aber es fiel ihnen erstaunlich leicht, das Boot damit von der Stelle zu bringen. Zwar schwappte weiteres Wasser zu ihnen herein und das ganze Boot knirschte und ächzte bedrohlich, als sie sich vom Ufer entfernten und es vollends in die Strömung geriet, aber nach einer Weile fanden sie einen gleichmäßigen Takt. Das enorme Gewicht, vor dem sich Yassir so gefürchtet hatte, erwies sich nun als Vorteil, denn das Boot lag tatsächlich wie ein Stein im Wasser, sodass die Wellen es kaum zu bewegen vermochten. Zwar schwappte noch immer dann und wann ein wenig Wasser über den Rand, aber noch war es nicht so viel, dass sie sich in irgendeiner Hinsicht Sorgen machen mussten.

Unglücklicherweise waren das Wasser und ihr vorsintflutliches Boot nicht ihre einzigen Probleme. Vielleicht nicht einmal ihre größten ...

Sie näherten sich wieder der Stelle, an der sie die Höhle betreten hatten, als Aton erneut ein Geräusch hörte: die hechelnden, schnüffelnden Atemzüge ihres Verfolgers. Und seine Schritte. Und es waren eindeutig die Schritte von mehr als einer Person!

»Das Licht!«, rief er erschrocken. »Yassir! Die Lampe aus!«

Aber es war zu spät. Yassir hörte nicht nur nicht auf seine Warnung, er reagierte auch völlig falsch. Statt das Licht zu löschen und wie Aton darauf zu hoffen, dass die Dunkelheit sie verbarg, hob er im Gegenteil seine Lampe und richtete den kräftigen Strahl auf das Ufer, von wo die Geräusche erklangen.

Etwas Dümmeres hätte er in diesem Moment vermutlich kaum tun können.

Der grelle Lichtstrahl riss die Umrisse von mindestens sieben oder acht hoch gewachsenen, schlanken Gestalten mit Hundeköpfen aus der Dunkelheit, die gerade in diesem Moment hintereinander aus dem Eingang quollen. Zwei oder drei der

Gestalten heulten geblendet auf und rissen die Pfoten vor die Augen, aber die anderen stürmten unverzüglich los und näherten sich mit Riesensätzen dem Ufer. Die meisten blieben zwar stehen, als sie das Wasser erreichten, doch zwei besonders Vorwitzige warfen sich in die Fluten und begannen mit kraftvollen Bewegungen auf sie zuzukraulen.

Sascha ließ einen wenig damenhaften Fluch hören und stand so hastig auf, dass das Boot nun doch zu schwanken begann und sich ein neuer Schwall eiskaltes Wasser über Atons Füße ergoss. Breitbeinig nahm sie im Heck des Bootes Aufstellung, ergriff das Paddel mit beiden Händen und erwartete die Angreifer. Aber diese erreichten das Boot nicht. Kurz bevor sie heran waren, machte erst der eine, dann auch der zweite kehrt und begann mit hastigen Bewegungen wieder zum Ufer zurückzukraulen.

»Was ist denn jetzt –?«, begann Yassir verblüfft, schwenkte den Scheinwerferstrahl herum und brach mitten im Satz ab, als er die dunkelgrün geschuppten Körper sah, die pfeilschnell durch das Wasser schossen.

Die beiden Hundekrieger schwammen, was das Zeug hielt, und erreichten das Ufer mit knapper Not. Die Übrigen wichen vorsichtshalber ein gutes Stück vom Wasser zurück.

Trotzdem war die Gefahr keineswegs vorüber. Die Hundekrieger rotteten sich zu einer dichten Meute zusammen und begannen das Boot am Ufer zu verfolgen. Yassir hielt den Lichtstrahl noch eine Weile auf die Gruppe gerichtet, dann schwenkte er die Lampe wieder nach vorne.

»Bravo!«, sagte Sascha säuerlich, während sie vorsichtig wieder zu ihrem Platz zurückbalancierte und sich setzte. »Das war eine echte Meisterleistung, Yassir. Warum haben Sie nicht gleich gewunken und laut Hallo gerufen?«

»Sie hätten uns sowieso entdeckt«, verteidigte sich Yassir. »Sie sind Geschöpfe der Nacht. Die Dunkelheit ist ihr Verbündeter.«

Womit er vermutlich sogar Recht hat, dachte Aton. Und Sascha musste das im Grunde auch wissen. Aber sie schien wohl äu-

ßerst gereizt zu sein, denn sie fuhr in herausforderndem Ton fort: »Das nächste Mal denken Sie vielleicht, ehe Sie handeln.«
Yassir machte ein schuldbewusstes Gesicht, aber er war klug genug, nicht zu antworten, sondern drehte sich nach einer Weile wieder nach hinten und richtete die Lampe auf das Ufer. Was der weiße Lichtstrahl ihnen zeigte, war alles andere als beruhigend. Die Hundekreaturen waren keineswegs zurückgefallen, sondern hatten im Gegenteil ein Stück aufgeholt. Und sie machten nicht den Eindruck, als bereite es ihnen große Mühe, mit dem Boot Schritt zu halten.
Yassir runzelte besorgt die Stirn. »Das gefällt mir nicht«, sagte er. »Wir sollten schneller rudern.«
Sascha durchbohrte ihn regelrecht mit Blicken, aber die scharfe Antwort, mit der Aton rechnete, blieb aus. Stattdessen sah sie einige Sekunden lang stirnrunzelnd auf das Wasser im Boot hinab, das ihnen trotz aller Vorsicht nun schon bis an die Knöchel reichte.
»Lieber nicht«, sagte sie. »Es wird schon gehen. Solange wir uns nicht zu dicht ans Ufer wagen, sind wir wahrscheinlich in Sicherheit.«
Yassir leuchtete wieder zu den Hunden zurück. Sie rannten noch immer im gleichen Abstand hinter dem Boot her – manche so weit nach vorne gebeugt, dass ihre Pfoten fast den Boden berührten, andere hoppelten und hüpften mit grotesken Sprüngen einher. Aber eines war ihnen allen gemein: sie bewegten sich schnell.
Aton musste seinen Blick gewaltsam von der bizarren Prozession losreißen, und als er in Saschas und Yassirs Gesichter blickte, erkannte er darauf die gleiche Mischung aus Faszination und Grauen, die auch er verspürte. Die unheimlichen Hundegesichter waren echt, keine Masken.
Außerdem war er einem solchen Geschöpf schon einmal begegnet, vor einer Woche, in jenem nächtlichen Wald auf halber Strecke zwischen Crailsfelden und seinem Zuhause.
Sie fuhren eine ganze Weile schweigend dahin. Das Rudern mit den schweren, fast versteinerten Paddeln war sehr an-

strengend und sie begannen sich reihum abzuwechseln, sodass immer zwei von ihnen ruderten, während der Dritte mit den Händen das Wasser aus dem Boot schöpfte; eine wahre Sisyphusarbeit, die aber immerhin bewirkte, dass das Schiff nicht gänzlich voll lief und irgendwann unterging.

»Die Lampe«, sagte Aton plötzlich. »Wie lange halten die Batterien eigentlich?«

Yassir machte ein betrübtes Gesicht. »Nicht sehr lange, fürchte ich«, sagte er.

»Und was heißt das genau?«, erkundigte sich Sascha.

»Um ehrlich zu sein«, gestand der Ägypter in zerknirschtem Ton und ohne Sascha anzusehen, »wundere ich mich schon die ganze Zeit, dass sie noch brennt. Ich habe nicht mit einem so langen Ausflug gerechnet.«

Sascha sagte nichts dazu. Aber ihr Blick machte deutlich, was sie von Yassirs Qualitäten als Fremdenführer hielt.

Die Strömung nahm ganz allmählich ab und im gleichen Maße wurde der Fluss breiter und die Höhlendecke begann sich zu senken. Und noch etwas geschah, was Aton wirklich Sorgen zu bereiten begann: Im Wasser waren immer weniger Krokodile. Zwar gewahrte er dann und wann noch einen geschuppten, schlanken Leib in den Fluten, aber ihre Zahl nahm ab. Bald würden vielleicht gar keine mehr da sein – und dann gab es nichts mehr, was die Hundekrieger daran hinderte, einfach hinter ihnen herzuschwimmen und sie aus dem Boot zu zerren.

Auch das Ufer war jetzt nicht mehr leer. Sie kamen an großen Haufen behauener Steine vorbei, einmal auch an einem zweiten, gottlob jedoch vollkommen zerstörten Boot, und immer öfter gewahrte Aton in den Wänden beiderseits des Flusses hohe, in den Fels hineingemeißelte Nischen, in denen Götterstatuen und Tierbildnisse standen. Einmal passierten sie auch eine Öffnung, hinter der ausgetretene Treppenstufen sichtbar waren, aber sie waren bereits vorbei, ehe Aton die anderen darauf aufmerksam machen konnte, und außerdem hätten ihnen ihre Verfolger kaum Zeit gelassen, hinzukommen.

Sie mussten immer kräftiger rudern um ihr Tempo zu halten, denn die Strömung nahm weiter ab, was natürlich enorm an ihren Kräften zehrte. Aton hatte das Gefühl, dass das Paddel mit jedem Mal schwerer wurde, wenn er es aus dem Wasser hob und wieder eintauchte, und auch Yassirs Bewegungen waren lange nicht mehr so schwungvoll wie am Anfang. Nur Sascha zeigte keine sichtbaren Spuren von Erschöpfung, was Aton mit Überraschung und Neid registrierte.
Dann endlich, als Aton schon beinahe die Hoffnung aufgegeben hatte, überhaupt noch einmal das Ende dieses Flusses zu erreichen, erweiterte sich die Höhle, sodass vor ihnen plötzlich ein kreisrunder, unterirdischer See von sicherlich einem halben Kilometer Durchmesser lag. An seinem gegenüberliegenden Ufer konnten sie eine gewaltige, direkt aus dem Fels gemeißelte Tempelfassade erkennen.
»Fantastisch!«, flüsterte Sascha. »Das ... das ist unglaublich! «
Sie alle drei empfanden das gleiche fassungslose Staunen. Sie hatten aufgehört zu rudern, aber der Schwung ihrer eigenen Bewegung trieb das Boot noch ein gutes Stück weit auf den See hinaus. Und obwohl die Höhle keinen zweiten Ausgang zu haben schien, war die Strömung auch hier noch deutlich zu spüren. Der Abfluss musste unter der Wasseroberfläche liegen.
Aton hatte in diesem Land schon größere Bauwerke gesehen und prachtvollere – die Tempel von Abu Simbel zum Beispiel, deren Fassaden ebenfalls direkt aus dem Fels herausgemeißelt worden waren, mussten doppelt so groß sein wie dieser hier – und trotzdem verspürte er ein Erstaunen und eine Ehrfurcht wie kaum jemals zuvor. Vielleicht war es die Tatsache, dass Sascha, Yassir und er möglicherweise seit Tausenden von Jahren die ersten Menschen waren, die diese Anlage sahen. Er wusste, dass die Entdeckung dieses unterirdischen Tempels die gesamte archäologische Fachwelt in Aufruhr versetzen würde, aber er sparte es sich diesen Gedanken auszusprechen, weil er auch wusste, dass dieser Fluss niemals entdeckt werden würde, denn er wurde von denselben uralten Mächten beschützt, die auch das Geheimnis der Tür in der Cheopspyra-

mide hüteten. Langsam näherten sie sich dem jenseitigen Ufer – das es im Grunde gar nicht gab, denn die Tempelfassade stieg unmittelbar aus dem Wasser empor. Mehr als mannsdicke, reich verzierte Säulen schienen die Decke der Höhle zu tragen und eine Anzahl breiter Stufen führte zu einem tiefer in den Felsen führenden Tor hinauf, das von zwei gut fünf Meter hohen Katzenstatuen flankiert wurde. Das Motiv der Katze – in allen nur denkbaren Variationen und Verfremdungen – wiederholte sich überall, sodass man unschwer erraten konnte, zu Ehren welcher Gottheit dieser Tempel errichtet worden war. »Bastet«, sagte Sascha ehrfurchtsvoll. »Aber das würde bedeuten, dass wir ... großer Gott, weißt du, wie weit Bubastis von Gizeh entfernt ist?!«
»Dieser Fluss fließt sehr schnell«, sagte Yassir an Atons Stelle. »Außerdem gelten hier unten vielleicht andere Gesetze als dort, wo ihr herkommt.«
Sie kamen näher. Die Strömung trug sie so zuverlässig auf die Treppe zu, dass Aton bald begriff, dass der Tempel und das Tor keineswegs zufällig an genau dieser Stelle errichtet worden waren.
Er war der Erste, der aufstand und auf die Treppe sprang, dicht gefolgt von Yassir, der sich unverzüglich herumdrehte und die Lampe dorthin richtete, wo die Einmündung des Flusses lag. Das gegenüberliegende Seeufer war zu weit entfernt, als dass der Lichtstrahl es erreicht hätte, aber Aton musste die Verfolger nicht sehen um zu wissen, dass sie noch da waren. Diese Geschöpfe hatten ihn über den Abgrund von mehr als dreitausend Jahren verfolgt; sie würden sich kaum von einem See aufhalten lassen. Aber vielleicht hatten Sascha, Yassir und er genau die Zeit gewonnen, die sie brauchten, um diesen unterirdischen Tempel zu verlassen.
»Wenn es einen zweiten Ausgang gibt«, sagte Sascha.
Aton sah sie überrascht an. Erst nach einer Sekunde wurde ihm klar, dass er den letzten Gedanken laut ausgesprochen hatte; und vielleicht nicht nur diesen.
»Möglicherweise ist diese ganze Anlage unterirdisch angelegt

und es gibt nur den Zugang durch die Pyramide.« Sascha stand auf und breitete hastig die Arme aus, als das ganze Boot unter ihr bedrohlich zu schwanken begann. Mit einem schnellen Sprung rettete sie sich auf die Treppe und im selben Augenblick kippte das Boot endgültig zur Seite – und sank wie ein Stein. Aton konnte hören, wie es unter der Wasseroberfläche auf die Treppe aufschlug und in Stücke zerbrach.

»Das war knapp«, sagte Yassir und Aton konnte sich des Gedankens nicht ganz erwehren, dass es für seinen Geschmack schon beinahe ein wenig zu knapp gewesen war. Das Boot hatte ganz genau so lange gehalten, wie sie es brauchten; nicht eine einzige Sekunde länger.

»Es hat doch gereicht, oder?« Sascha schnitt jede mögliche Antwort Yassirs mit einer entschlossenen Handbewegung zum oberen Ende der Treppe ab. »Leuchten Sie dorthin – bitte!« Das letzte Wort hatte sie erst nach einer spürbaren Pause hinzugefügt und in so scharfem Ton, dass dieser seinen Sinn nahezu ins Gegenteil verkehrte. Überhaupt, dachte Aton, wird der Ton zwischen Yassir und Sascha immer schärfer. Begann es nun auch hier? Erlag nun auch Sascha dem Einfluss der Unheil bringenden Mächte, die ihm folgten?

Der Tempeleingang kam Aton aus der Nähe betrachtet viel gewaltiger vor als von weitem, aber das Innere des Tempels selbst war eine Enttäuschung – hinter dem Tor lag nämlich nichts als ein schmaler, sehr hoher Gang ohne Türen oder Abzweigungen, der nach fünfzig oder sechzig Schritten in eine nach oben führende Treppe mündete.

Unverzüglich begannen sie sie hinaufzusteigen. Yassir übernahm mit seiner Lampe die Führung, wodurch Aton, der den Abschluss bildete, fast im Dunkeln ging – was ihm wiederum mehr Unbehagen bereitete, als er sich eingestehen wollte. Er versuchte sich vergeblich einzureden, dass die Hundekrieger noch gar nicht da sein konnten. Seine Logik sagte ihm, dass das nicht möglich war. Aber logisch betrachtet dürfte es diese Hundekrieger gar nicht geben. Aton ertappte sich immer öfter dabei, nervös über die Schulter zurückzublicken und regel-

recht darauf zu warten, von einer hundegesichtigen Scheußlichkeit angesprungen zu werden.
Die Treppe zog sich ein Stück weit gerade dahin und machte dann einen scharfen Knick nach links, und kaum war Aton ihm gefolgt, da sah er weit über sich einen winzigen, dunkelblauen Fleck, auf dem weiße Lichtpunkte schimmerten: einen Ausschnitt des Nachthimmels, der am Ende der Treppe sichtbar wurde. Beinahe unnötig zu erwähnen, dass in diesem Moment die Lampe erlosch. Die Batterien waren leer, nachdem sie gut zehnmal so lange gehalten hatten, wie es eigentlich möglich war ...

Der Tempel der Katzengöttin

Die plötzliche Dunkelheit gab ihnen einen zusätzlichen Ansporn. Und wenn Aton bisher noch immer geglaubt hatte, mit seiner Furcht vor dem Dunkel allein zu sein, so bewies die Reaktion der beiden anderen, dass das nicht stimmte. Auch Sascha und Yassir beschleunigten unwillkürlich ihre Schritte und die letzten Stufen legten sie schon beinahe rennend zurück. Der Ausgang des Treppenschachtes lag unter einem dichten Gestrüpp verborgen, durch das sie sich mühsam kämpften. Spitze Dornen und Stacheln zerkratzten ihre Haut. Trotzdem atmeten sie alle drei hörbar erleichtert auf, als sie endlich wieder im Freien standen. Erst jetzt spürte Aton, wie dunkel und unheimlich es dort unten gewesen war und wie verbraucht und stickig die Luft. Er hatte das Gefühl, zum ersten Mal seit Stunden wieder frei atmen zu können, und zum ersten Mal seit derselben Zeit hatte er nicht ununterbrochen Angst davor, sich herumzudrehen und die Gestalt eines ihrer unheimlichen Verfolger hinter sich zu erblicken.
»Wo sind wir?«, fragte Sascha.

Yassir sah sich einen Augenblick aufmerksam um, ehe er antwortete. »Bubastis«, sagte er dann und deutete auf etwas, was Aton nur als schwarzen Schatten vor einem noch schwärzeren Hintergrund auszumachen vermochte. »Das dort ist der Tempel der Bastet. Wir sind weit außerhalb von Kairo.«
»Also doch«, sagte Sascha kopfschüttelnd. Sie sah auf die Uhr und runzelte plötzlich die Stirn.
»Das ist seltsam«, sagte sie.
»Was?«, fragt Aton.
»Sie ist stehen geblieben«, antwortete Sascha. »Zu der Zeit, als wir die Pyramide betreten haben.«
Nach allem, was sie bisher erlebt hatten, hätte Aton das nicht einmal erschrecken dürfen, ja, eigentlich nicht einmal mehr überraschen. Trotzdem spürte er ein neuerliches eiskaltes Frösteln. Vielleicht würde er sich nie daran gewöhnen, mit Mächten zu tun zu haben, die mit den scheinbar unumstößlichsten Gesetzen der Natur spielten wie Kinder mit ihren Bauklötzchen.
»Es muss fast Morgen sein«, sagte Yassir mit einer Geste in den Himmel. »In einer Stunde spätestens geht die Sonne auf.«
Die Aussicht auf das Ende der Nacht und damit der Dunkelheit hätte Aton erleichtern müssen, aber sie tat es nicht. Er konnte nur daran denken, dass sie einen weiteren Tag verloren hatten. Vielleicht, dachte er, war das sogar der einzige Grund für den Angriff der Hundekrieger gewesen. Ihre Chancen, noch rechtzeitig genug zur Baustelle zu kommen, um seine Eltern und all diese ahnungslosen Menschen dort zu warnen, waren praktisch auf null gesunken.
Saschas Gedanken mussten sich auf ganz ähnlichen Bahnen bewegen wie seine, denn auch sie sah sich eine Weile unschlüssig und mit düsterem Gesicht um und wandte sich dann wieder an den Ägypter. »Und wie kommen wir jetzt zurück?«, fragte sie.
»Das wird nicht leicht«, antwortete Yassir. »Es gibt hier eine Bahnlinie, aber ich weiß nicht, wie oft die Züge verkehren. Vielleicht kann ich etwas organisieren«, fügte er hastig hinzu,

als er sah, wie Sascha und Aton gleichzeitig erschrocken zusammenfuhren. »Wir sollten so schnell wie möglich die Stadt erreichen. Ich werde versuchen ein paar Freunde dort anzurufen, die uns helfen können.«

»Dann sollten wir keine Zeit mehr verlieren«, sagte Sascha bestimmt. Sie machte eine fragende Handbewegung. »Welche Richtung?«

Yassir antwortete nicht gleich, sondern sah sich abermals einige Sekunden lang suchend um. Schließlich deutete er irgendwo in die Dunkelheit hinein. »Dort entlang. Der Weg ist etwas weiter, aber ich denke, dafür auch sicherer.«

»Weshalb ist der andere unsicher?«, wollte Sascha wissen.

»Es ist nichts«, versicherte Yassir hastig. »Aber wir müssten direkt durch die Tempelruine. Das ist bei dem schlechten Licht nicht ganz ungefährlich.«

Weder Sascha noch Aton widersprachen dem Ägypter. Nach dem, was hinter ihnen lag, verspürten auch sie wenig Lust, einen Tempel zu betreten, der einer der alten ägyptischen Gottheiten geweiht war, gleich, ob sie nun auf ihrer Seite oder der Osiris' oder der anderen stand.

Sie hatten gerade erst einige wenige Schritte zurückgelegt, da ertönte hinter ihnen, genau dort, wo der verborgene Eingang zu dem unterirdischen Flusslabyrinth lag, ein Geräusch, das sie alle drei auf Anhieb erkannten, noch ehe sie herumfuhren und die hundeköpfige Gestalt sahen, die sich mit roher Gewalt ihren Weg durch das Dornengestrüpp brach. Hinter ihr wuchsen ein zweiter, dritter und vierter Schatten aus dem Boden.

»Nach Norden!«, schrie Yassir. »Lauft nach Norden!«

Aton hatte keine Ahnung, wo Norden war, und er lief einfach drauflos. Hinter ihnen erscholl zorniges Heulen und das Geräusch splitternder Äste wurde von einem hastigen Trappeln abgelöst, in das sich hechelnde Laute mischten. Aton wusste, dass sie keine Chance hatten, ein Wettrennen mit diesen Kreaturen zu gewinnen, und Yassir schien in diesem Moment zu demselben Schluss zu kommen, denn er schwenkte scharf nach rechts ab, und Sascha und Aton folgten ihm sofort.

»In den Tempel!«, schrie Yassir. »Schnell!« Gleichzeitig deutete er auf den schwarzen Umriss, den er noch vor kaum einer Minute unbedingt hatte umgehen wollen.

Die Verfolger kamen immer näher. Aton glaubte ihre hechelnden, heißen Atemzüge bereits im Nacken zu spüren und die bloße Vorstellung gab ihm noch einmal zusätzliche Kraft, schneller zu laufen. Mit einem gewaltigen Satz überwand er einen Mauervorsprung, der vor ihm aus der Dunkelheit emporwuchs, hörte ein schrilles Jaulen und einen dumpfen Aufprall hinter sich und plötzlich waren Säulen vor ihm; gewaltige Felsquader und schräg aufeinander zulaufende Wände, zwischen denen nur noch ein kleiner Ausschnitt des Nachthimmels sichtbar war.

»Hier entlang! Folgt mir!« Yassirs Stimme erklang irgendwo in der Dunkelheit vor ihnen. Aton konnte ihn selbst nicht mehr sehen, orientierte sich aber an Saschas Schatten, der dicht vor ihm herhetzte. Sie liefen eine zerborstene, nur aus fünf oder sechs Stufen bestehende Treppe hinauf und stürmten durch etwas, was einmal ein Saal gewesen sein musste, vorbei an niedergebrochenen Mauerresten, formlosen Schatten, die am Tage sicherlich einen prachtvollen Anblick geboten hätten. Bei der herrschenden Dunkelheit aber verwandelten sie sich in tödliche Fallen. Jeder Schritt schien Aton gefährlicher als der vorhergehende und ein einziger Fehltritt oder gar ein Sturz konnte das Ende bedeuten, denn die Hundekrieger waren dicht hinter ihnen.

Allerdings hörte er ihre Schritte gar nicht mehr. So wagte er es schließlich, sich trotz des Risikos kurz im Laufen herumzudrehen – und erlebte eine Überraschung.

Er war allein. Die Verfolger waren zurückgeblieben und standen in einer knurrenden, zornig gestikulierenden Gruppe da, fast als stellte der Eingang des Tempels eine unsichtbare Grenze dar, die sie nicht zu überschreiten wagten.

Aton lief noch einige Schritte und blieb schließlich stehen und nach ein paar Sekunden gesellten sich auch Sascha und Yassir wieder zu ihm. Der Anblick der unschlüssig dastehenden

Hundekrieger schien die beiden ebenso zu überraschen wie ihn, denn sie blickten eine ganze Weile schweigend zu der Gruppe zurück, die zwar immer unruhiger und lauter wurde, es aber nicht wagte, näher zu kommen. Aton konnte sich eines abermaligen Fröstelns nicht erwehren, denn das Benehmen der Hundekrieger bewies eindeutig, dass dieser Tempel mehr war als ein Haufen tot daliegender Steine.

»Was haben sie?«, fragte Sascha.

»Sie wagen es nicht, den Tempel zu betreten«, antwortete Yassir. »Dieser Ort ist Bastet geweiht.«

»Dann sind wir hier in Sicherheit?«

Yassir zögerte eine Sekunde. »Ich weiß es nicht. Wir können jedenfalls nicht einfach hier bleiben.« Er sah sich einige Sekunden unschlüssig um und deutete dann zögernd in die Richtung, in die sie bisher gelaufen waren. »Dort drüben beginnt die Straße. Wenn wir sie erreichen, haben wir vielleicht eine Chance.«

Die Idee gefiel Aton nicht besonders. Sobald sie den Tempel verließen, würden die unheimlichen Kreaturen sie wieder verfolgen, und er sprach das auch laut aus.

»Das stimmt«, bestätigte Yassir. »Aber der Tempel ist sehr groß. Wenn sie ihn umgehen müssen, verlieren sie viel Zeit. Wenn wir direkt über das Gräberfeld laufen, schneiden wir sicher zwei Kilometer ab.«

»Und es wird bald hell«, fügte Sascha hinzu.

Aton fragte sich, woher sie wusste, dass Osiris' Krieger ihnen nur in der Nacht gefährlich waren. Denn dass sie bisher nur in der Dunkelheit zugeschlagen hatten, bedeutete nicht, dass sie es nicht anders konnten. Doch sie hatten gar keine andere Wahl, als dieses Risiko einzugehen.

Er wollte gerade vorschlagen, hier abzuwarten, bis die Sonne aufging, als Sascha erschrocken die Luft zwischen den Zähnen einsog. In die Gruppe der Hundekrieger war Bewegung gekommen. Zögernd, ununterbrochen jaulend, geifernd und mit kleinen, abgehackten Schritten überwand das erste der unheimlichen Geschöpfe die unsichtbare Grenze, die sie bisher aufgehalten hatte. Längst nicht mehr so schnell wie bisher und auf eine Art, die deutlich machte, wie unangenehm es ihnen war, diesen Boden zu betreten, kamen die Geschöpfe wieder näher. So viel zum Thema Sicherheit, dachte Aton.

Sie rannten weiter. Auch die Verfolger legten wieder an Tempo zu und nach einer kurzen Atempause war die wilde Verfolgungsjagd abermals im Gange.

Tiefer und tiefer bewegten sie sich in den Tempel hinein. Die Ruine, die tagsüber vielleicht nur aus zerbrochenen Säulen und Mauerresten bestand, verwandelte sich in der Dunkelheit in ein schier endloses Labyrinth, in dem Aton und Sascha ohne Yassirs Führung bereits nach wenigen Schritten hoffnungslos die Orientierung verloren hätten. Auch so stolperten sie fast blind einher und prallten mehr als einmal schmerzhaft gegen Hindernisse. Yassir lief immer schneller und schließlich geschah, was geschehen musste: Sascha blieb plötzlich stehen und sah sich verzweifelt um. Sie hatten Yassir verloren.

Ihre Verfolger schienen indes weitaus besser sehen zu können als sie, denn ihre Schritte kamen bereits wieder näher. Sascha warf einen gehetzten Blick zu ihnen zurück, dann deutete sie nach rechts und lief los. Aton folgte ihr. Sie passierten eine Tür, durchquerten einen lang gestreckten Raum ohne Decke und jagten mit Riesensprüngen eine Treppe hinauf. Plötzlich blieb Sascha abermals stehen – die Stufen führten in einen Raum hinauf, den es nicht mehr gab: Vor ihnen waren sieben oder acht Meter Nichts, darunter ein Gewirr von Steinen und Trümmern, auf dem sie zerschmettert wären, hätte Sascha nicht im letzten Moment die Gefahr erkannt.

Allerdings mochte ihre Rettung nur von kurzer Dauer sein, denn noch bevor Aton sich herumdrehte, hörte er schon wieder das Hecheln und die tappenden Schritte ihrer Verfolger.

»Was jetzt?«, fragte er verzweifelt.

Seine Gedanken überschlugen sich. Ihre Lage war aussichtslos. Bei hellem Tageslicht und einem anderen Boden als dem Trümmerfeld, das unter ihnen gähnte, hätte er den Sprung vielleicht sogar gewagt, auch wenn er mit Sicherheit mit einem gebrochenen Bein oder Schlimmerem enden musste. So aber war es glatter Selbstmord. Aber sie konnten auch nicht zurück, denn genau in diesem Moment tauchte der Schatten des ersten Verfolgers am Fuße der Treppe auf.

»Bleib hier!«, schrie Sascha. »Ganz egal, was passiert, rühr dich nicht von der Stelle!« Gleichzeitig fuhr sie herum und rannte dem Hundekrieger entgegen.

Ungefähr auf halber Höhe der Treppe stießen sie zusammen. Für einen Moment schienen die beiden ungleichen Gegner zu einem einzigen Schatten zu verschmelzen, dann erscholl ein schrilles Jaulen und der Hundekrieger segelte plötzlich in hohem Bogen durch die Luft und prallte gegen seinen Kameraden, der mit hüpfenden Sprüngen die Treppe heraufkam. Während die beiden sich überschlagend und übereinander kugelnd in die Tiefe stürzten, fuhr Sascha herum und rannte auf Aton zu. Sie machte keine Anstalten, stehen zu bleiben oder auch nur langsamer zu laufen. Ganz im Gegenteil – plötzlich breitete sie die Arme aus und stieß sich mit aller Kraft ab!

Aton stieß einen gellenden Schrei aus und griff Halt suchend um sich, aber es war zu spät. Saschas Anprall riss ihn von den Füßen und schleuderte ihn über den Rand der Treppe hinaus. Himmel und Erde begannen sich vor seinen Augen zu überschlagen und er fühlte, wie er wie ein Stein zu fallen begann. Aber plötzlich erfüllte ein mächtiges, dunkles Rauschen die Luft, ein weißer Wirbel hüllte ihn ein und dann griff etwas ungemein Sanftes und doch sehr Starkes nach Aton und bremste seinen Sturz.

Trotzdem prallte er so heftig auf, dass bunte Sterne vor seinen Augen tanzten. Stöhnend richtete er sich auf und sah sich nach Sascha um. Sie hockte neben ihm auf dem Boden, unverletzt, wie es schien, aber benommen. Als er sie ansprach, dauerte es eine Sekunde, ehe sie überhaupt reagierte.

»Bist du verletzt?«, fragte er.

»Nein«, antwortete Sascha. »Und du?«

»Ich glaube nicht«, erwiderte Aton vorsichtig. Es gab zwar keine Stelle an seinem Körper, die nicht wehtat, aber er schien doch ohne Verletzungen davongekommen zu sein. Und erst in diesem Moment begriff er überhaupt, was geschehen war. Das hieß – eigentlich begriff er es natürlich nicht. »Was ist passiert?«, fragte er. In ungläubigem, fast entsetztem Ton fügte er hinzu: »Was hast du getan?«

»Etwas ziemlich Verrücktes, schätze ich«, antwortete Sascha zerknirscht. Sie lächelte unsicher. »Aber wie heißt es so schön: Ungewöhnliche Situationen verlangen ungewöhnliche Maßnahmen.«

»Du weißt genau, was ich meine«, antwortete Aton ernst. »Wie hast du das gemacht? Wir sind nicht –«

»– gesprungen«, unterbrach ihn Sascha in plötzlich scharfem Ton. »Es war riskant, aber es hat funktioniert, oder?«

»Aber das ist unmöglich«, protestierte Aton.

»Wir haben Glück gehabt, das ist alles«, behauptete Sascha. Sie erhob sich und machte eine auffordernde Geste. Aton folgte ihr, aber er zögerte noch eine Sekunde, hob den Kopf und sah zu der Mauerkrone hinauf, von der sie herabgesprungen waren. Gegen den Sternenhimmel zeichneten sich die Schatten der beiden Hundekrieger deutlich ab. Sie hatten sie entdeckt, wagten es aber offensichtlich nicht, auf demselben Wege hier herunterzukommen wie sie – was Aton nur zu gut verstehen konnte.

»Worauf wartest du?«, fragte Sascha ungeduldig. Sie rannte los, sodass Aton ihr folgen musste, ob er wollte oder nicht.

Sie erreichten das andere Ende der Tempelruine und vor ihnen lag nun eine weite, von niedrigem Gebüsch und Gras bedeckte Ebene: das Gräberfeld, von dem Yassir gesprochen hatte. Von dem Ägypter selbst war keine Spur zu entdecken. Nach einem letzten raschen Blick in die Runde traten sie aus dem Schatten der Tempelruine heraus und begannen das Gräberfeld zu überqueren. Es war weit größer, als Aton im ersten Moment geglaubt hatte. Unbehelligt überquerten sie die Hälfte des Feldes und sahen schließlich die Straße, von der Yassir gesprochen hatte. Und damit war ihre Glückssträhne vorläufig zu Ende.

Im ersten Moment dachte Aton, es wäre Yassir, als er den Schatten sah, der plötzlich am Straßenrand auftauchte und sich ihnen näherte. Doch dann erschien eine zweite Gestalt hinter der ersten und einen Augenblick später eine dritte. Sascha und er blieben abrupt stehen und fuhren erschrocken herum. Aber auch der Anblick hinter ihnen war nicht viel erfreulicher. Von dem Schatten der Tempelruine hoben sich die dunklen Umrisse von drei, vier weiteren Hundekriegern ab und auch aus den anderen Richtungen näherten sich die Verfolger.

»O nein!«, stöhnte Aton. »Jetzt haben sie uns.«

»Gibst du immer so schnell auf?«, fragte Sascha.

Schnell?! Aton hätte gelacht, hätte er die Kraft dazu gehabt. Er war vor diesen Geschöpfen fast um die halbe Welt geflohen und hatte Dinge getan, von denen er vor einer Woche noch nicht einmal zu träumen gewagt hätte – und Sascha nannte es schnell? Aber Sascha kam seiner Antwort zuvor, indem sie sagte: »Es ist nie vorbei, ehe es wirklich vorbei ist, weißt du? Bleib dicht bei mir. Vielleicht kann ich sie irgendwie ablenken.«

Aton fragte sich, woher sie diesen Optimismus nahm. Ihm selbst war buchstäblich zum Heulen zumute. Sie waren umzingelt. Die Hundekrieger näherten sich aus allen Richtungen und im Umkreis von Kilometern gab es nichts, wohin er laufen konnte. Er war zu Tode erschöpft. Die Fahrt auf dem Fluss und die Verfolgungsjagd durch die Ruine forderten ihren Tribut. Die Krieger mit den Hundeköpfen bewegten sich nicht nur auf sie zu, sondern zugleich auch auseinander, sodass sie einen Kreis um Sascha und Aton bildeten, der sich langsam, aber unbarmherzig zusammenzog. Sascha breitete die Arme aus und stellte sich schützend vor ihn; eine Geste von nur noch symbolischer Bedeutung. Der Ring schloss sich langsam weiter. Die Hundekrieger hatten es jetzt nicht mehr eilig und warum auch? Es war vorbei. Wenn sie nicht sofort und alle zugleich über sie herfielen, dann wahrscheinlich nur noch, weil sie ihren Triumph genießen wollten.

Plötzlich blieben die Krieger stehen. Etwas bewegte sich. Zwischen ihnen. Vor ihnen. Hinter und neben ihnen – mit einem Male war überall Bewegung, als wäre der ganze Erdboden in Aufruhr geraten. Es war nicht wie ein Erdbeben. Der Boden schwankte nicht, sondern wogte und zitterte wie die Oberfläche eines dunklen Sees, unter der sich Millionen winziger Fische bewegten. Und das Unheimlichste vielleicht überhaupt war: Das Zittern beschränkte sich nur auf den Bereich, in dem die Hundekrieger standen. Der Kreis, in dessen Zentrum sich Aton und Sascha aufhielten, blieb vollkommen ruhig. Und dann tauchte etwas aus diesem Wogen und Zittern empor.

Zwischen den Füßen des vordersten Hundekriegers schien eine Art übergroßer Maulwurfshügel zu entstehen. Winzige Erdklümpchen und Steine spritzten hoch und etwas Dunkles, Kleines begann sich mit ruckartigen Bewegungen und sehr schnell an die Erdoberfläche emporzuarbeiten. Und noch bevor Aton auch nur erkennen konnte, was es war, das da so plötzlich aus dem Boden auftauchte, wiederholte sich der Vorgang überall; nahezu gleichzeitig brach an Dutzenden Stellen der Erdboden auf und spie eine Anzahl kleiner, dunkler Körper aus, die Aton im ersten Moment nicht richtig erkennen konnte. Und als er sie erkannte, brauchte er ein paar Sekunden, um es wirklich zu akzeptieren.

Es waren Katzen.

Aton fühlte sich mit einem Mal an sein unheimliches Erlebnis im Museum erinnert, mit dem alles begonnen hatte. Die Geschöpfe, die plötzlich überall zwischen den Hundekriegern aus dem Boden quollen, waren Katzen – genauer gesagt, früher einmal gewesen, vor drei-, vielleicht sogar viertausend Jahren. Was da vor seinen und Saschas ungläubig aufgerissenen Augen aus dem Boden kroch, das waren Mumien. Die Mumien der Tiere, die hier, auf dem berühmten Katzenfriedhof von Bubastis, im Schatten des Tempels der Bastet, beigesetzt worden waren. Sie bewegten sich unsicher, taumelnd und wie benommen, als hätten sie Mühe, nach ihrem jahrtausendelangen Schlaf zu erwachen. Manche schienen fast unversehrt, andere konnte man kaum mehr als das erkennen, was sie einmal gewesen waren, beinahe formlose Gebilde, die sich mit grotesken Bewegung dahinschleppten. Aber kaum waren sie aus ihren Gräbern emporgestiegen, da schüttelten sie ihre Mumienbinden ab, stürzten sich auf die Hundekrieger und begannen sie mit Zähnen und Klauen zu attackieren.

Es war ein unwirklicher, bizarrer Kampf, der sich noch dazu in fast vollkommener Lautlosigkeit abspielte, was den Anblick noch unheimlicher machte. Die Hundekrieger waren den winzigen Angreifern weit überlegen; ihre Fußtritte und Hiebe schleuderten die Katzen meterweit davon. Aton sah, wie manche der Katzenmumien zu Staub zerfielen, wenn sie von einem Tritt getroffen wurden und zu Boden stürzten. Einige hatten nicht einmal mehr die Kraft, die Hundekrieger zu bekämpfen, sondern schleppten sich nur noch mühsam auf sie zu und blieben auf halber Strecke liegen. Doch was den einzelnen Tieren vielleicht an Kampfkraft fehlte, das machten sie durch ihre Zahl wieder wett. Immer mehr und mehr der unheimlichen Wesen brachen aus dem Boden hervor und drangen auf die Hundekrieger ein, sodass diese schon nach Augenblicken vollauf damit beschäftigt waren, sich der vergleichsweise winzigen Angreifer zu erwehren, und gar keine Gelegenheit mehr fanden, sich ihren eigentlichen Opfern zuzuwenden.

Das war ihre Chance, begriff Aton – und Sascha auch, denn sie fuhren in derselben Sekunde herum und stürmten los. Doch drei oder vier der hundegesichtigen Göttersoldaten schüttelten ihre Gegner ab und liefen auf sie zu. Sascha rannte den ersten einfach nieder und schleuderte den zweiten ebenfalls in vollem Lauf zu Boden. Aber dann stürzten sich zwei der unheimlichen Geschöpfe zugleich aus verschiedenen Richtungen auf sie, und obwohl sie sich tapfer und auch recht erfolgreich zur Wehr setzte, gelang es den Hundekriegern doch zumindest, sie aufzuhalten.

»Lauf!«, schrie sie. »Lauf weg, Aton!«

Tatsächlich rannte Aton noch drei, vier Schritte weiter, aber

dann blieb er stehen. Obwohl seine Furcht ihn schier zu überwältigen drohte, drehte er sich herum und sah zu Sascha zurück.
Die beiden anderen Hundekrieger hatten sich mittlerweile erhoben und drangen auf Atons selbst ernannten Schutzengel ein. Sascha wehrte sich nach Kräften. Es musste tatsächlich Karate oder etwas Ähnliches sein, das sie beherrschte, denn trotz der vierfachen Übermacht war der Kampf durchaus ausgeglichen – immer wieder schleuderte sie einen der Angreifer zu Boden oder versetzte ihm einen Hieb, der ihn haltlos zurücktaumeln ließ.
Aton hätte davonlaufen können, niemand hätte ihn jetzt aufgehalten. Aber er tat es nicht, denn er wollte Sascha nicht im Stich lassen. Er lief wieder zurück, ergriff einen der Hundekrieger, der sich gerade von hinten an Sascha hatte heranschleichen wollen, am Arm und zerrte ihn so heftig herum, dass die Kreatur vor Überraschung aus dem Gleichgewicht geriet und auf die Knie fiel. Fast in der gleichen Sekunde riss Aton seine Hände erschrocken zurück, denn anders als ein Mensch verfügte sein Gegner nicht nur über Hände und Füße, mit denen er ihn attackieren konnte, sondern auch über zwei schreckliche Kiefer, die mit dornenspitzen Zähnen nach ihm schnappten. Aton entging dem heimtückischen Biss, aber er wich hastig zwei weitere Schritte zurück und das Geschöpf nutzte die Gelegenheit, wieder auf die Füße zu springen und ihn erneut anzugreifen.
Panik ergriff Aton.
Die Kiefer des Hundekriegers schnappten ein zweites Mal, diesmal nach Atons Kehle, und er entging dem Biss mit so knapper Not, dass die Zähne eine doppelte Spur brennender Kratzer auf seiner Haut hinterließen. Der Hund knurrte und versetzte Aton einen Stoß vor die Brust, der ihn zu Boden stürzen ließ. Aton hob schützend die Arme vor das Gesicht und stieß mit den Beinen nach der Kreatur. Der Hundekrieger wich seinen Tritten mit beinahe spielerischer Leichtigkeit aus und kam näher. Aton kroch rückwärts vor ihm davon, aber er

folgte ihm im gleichen Tempo. Seine schrecklichen Fänge waren geöffnet. Aton spürte den heißen, trockenen Atem der Bestie im Gesicht, ihre Zähne blitzten wie weiße Dolche, die sich im nächsten Moment in seine Kehle bohren mussten. Er hörte Sascha entsetzt aufschreien und begann verzweifelt mit den Fäusten auf das Gesicht des Hundes einzuhämmern, aber dieser schien seine Hiebe nicht zu spüren. Es war, als schlüge Aton auf massiven Fels ein. Die Zähne näherten sich seiner Kehle, die Kiefer öffneten sich.

Plötzlich schoss etwas Kleines, Graues durch die Luft, landete mit einem klatschenden Geräusch auf der Brust des Hundekriegers und klammerte sich mit zwei Pfoten daran fest, während es mit den beiden anderen wie besessen auf die Augen und die empfindliche Nase einzuschlagen begann. Der Hund jaulte vor Schmerz, riss den Kopf zurück und versuchte die Katze von sich herunterzuzerren. Es gelang ihm erst beim dritten oder vierten Versuch und er wurde nicht nur den Angreifer, sondern auch ein gutes Stück Haut aus seinem Gesicht los. Knurrend schleuderte er die Katze zu Boden und begann auf ihr herumzuspringen. Die Katze zerfiel unter seinen zornigen Tritten zu Staub, der in großen Wolken zwischen seinen trampelnden Füßen hervorwirbelte.

Aber mittlerweile waren weitere Katzen erschienen, die es ihrer Vorgängerin gleichtaten: Nicht wenige von ihnen verbissen sich in die Beine und Füße des Kriegers und begannen das schwarze Fell mit Zähnen und Klauen zu bearbeiten, andere sprangen nach seinem Gesicht, versuchten sich an seine Arme zu klammern und gleich drei oder vier auf einmal kletterten an seinem Mantel empor, wobei sie offensichtlich reichen Gebrauch von ihren Krallen machten, dem schrillen Heulen des Hundekriegers nach zu urteilen. Es musste ein gutes Dutzend Katzenmumien sein, das über ihn hereingebrochen war, aber er erledigte sie eine nach der anderen und schließlich stand er wieder aufrecht da, schwankend und aus Dutzenden von Biss- und Kratzwunden blutend, sicher auch geschwächt, aber trotzdem noch immer so gefährlich wie vorher.

Aton hatte die winzige Atempause genutzt, wieder auf die Füße zu kommen, und wich nun Schritt für Schritt von dem Hundekrieger zurück. Sascha hatte einen ihrer Gegner mittlerweile vollends zu Boden gestreckt, nun sprang sie vor, ergriff eines der Geschöpfe und schleuderte es mit solcher Wucht gegen das andere, dass beide zu Boden sanken und wimmernd liegen blieben. Fast in der gleichen Sekunde erschien sie neben Aton. Ihr vorgestreckter Fuß traf den Hundekrieger, der ihn verfolgte, und schickte auch ihn zu Boden, aber es war auch jetzt nur eine kurze Zeitspanne, die sie gewonnen hatten. Obwohl der Moment dafür beinahe absurd schien, empfand Aton doch plötzlich ein tiefes Bedauern bei dem Gedanken, dass all diese Katzen nach Jahrtausenden aus ihrer Ruhe erwacht waren, nur um nun endgültig zu sterben – noch dazu sinnlos. Möglicherweise hatten sie zwei oder drei der Hundegeschöpfe tatsächlich getötet oder zumindest so schwer verletzt, dass diese sich nicht mehr rührten, aber die anderen hatten die große Schwäche ihrer Gegner erkannt und beschränkten sich darauf, sie sich, so gut es ging, vom Leib zu halten und immer wieder plötzlich vorzustoßen, um mit blitzschnellen Hieben, Tritten oder auch Bissen einige der mumifizierten Katzen endgültig zu zerstören.
Sascha packte Aton grob an der Schulter und riss ihn unsanft aus seinen Gedanken. »Bravo!«, sagte sie ärgerlich, »Das war äußerst intelligent von dir. Warum bist du nicht weggelaufen?«
Aton ersparte es sich, überhaupt darauf zu antworten. Sascha wusste so gut wie er, warum er es nicht getan hatte, und dazu kam noch etwas – ohne dass es nötig gewesen wäre, es auszusprechen, wussten sie beide, dass ihre unheimlichen Verbündeten ihnen nur hier helfen konnten. Bastets Zauber beschränkte sich einzig auf diesen Katzenfriedhof, nicht auf die von Menschen geschaffene Straße dahinter. Hätten sie die nähere Umgebung des Tempels verlassen, hätten ihre Feinde sie zweifellos wieder verfolgt und nach kurzer Zeit eingeholt.
Dieses Wissen war es wohl auch, das Sascha veranlasste, nicht noch einmal in Richtung der Straße zu laufen, sondern wieder

zum Tempel zurückzueilen, wobei sie Aton mit sich zerrte. Nach wenigen Sekunden erreichten sie das Gewirr aus Steintrümmern und zerbrochenen Mauern, das ihnen vielleicht keine Sicherheit bot, in dem sie sich aber zumindest verstecken konnten. Aton sah verzweifelt zum Himmel hinauf. Er war so dunkel wie zuvor, aber wenn Yassirs Behauptung von vorhin der Wahrheit entsprach, dann musste es nun wirklich bald hell werden. Das Tageslicht war ihr Verbündeter. Wenn sie sich lange genug verstecken konnten, dann hatten sie vielleicht doch noch eine winzige Chance, diese Nacht lebend zu überstehen.

Der Gedanke erinnerte ihn wieder an Yassir. Sie hatten den Ägypter aus den Augen verloren, und auch wenn Aton nicht wirklich glaubte, dass Yassir in Gefahr sei, so sah er sich doch einen Moment suchend um und wandte sich dann mit einer entsprechenden Frage an Sascha. Sie zuckte mit den Schultern. »Ich habe ihn nicht gesehen. Vielleicht ist er ja entkommen. Oder hat sich irgendwo versteckt.«

Aton wollte eine weitere Frage stellen, aber Sascha schüttelte den Kopf und deutete mit einer Hand auf das Gräberfeld hinaus. Die Hunde hatten sie bisher nicht verfolgt, und als Atons Blick der Geste folgte, wurde ihm auch der Grund dafür klar. Die bizarre Schlacht entwickelte sich anders, als er geglaubt hatte. Fast die Hälfte der Hundekrieger lag reglos am Boden und die anderen sahen sich von einer immer größer werdenden Anzahl mumifizierter Katzen angegriffen. Immer mehr und mehr der Tiere brachen aus dem Boden hervor. Das ganze Gräberfeld schien zu wogender Bewegung erwacht zu sein. Es war ein furchtbarer Anblick, doch zugleich so faszinierend, dass Aton den Blick nicht davon wenden konnte.

Und dabei stand ihm das Unheimlichste noch bevor.

Sascha hob plötzlich den Arm und deutete mit einem überraschten Ausruf zur Straße hinüber. Schweres Rollen und helles Klappern erklang und plötzlich löste sich etwas aus dem Dunkel. Es war ein zweirädriger, hölzerner Wagen, der von zwei gewaltigen Hengsten in der Farbe der Nacht gezogen wurde. Es war der Streitwagen. Hinter der blind gewordenen goldenen Brüstung stand die Mumie mit Schild und Lanze, aber nun war ein zweiter Passagier hinzugekommen. Aton konnte kaum mehr als seinen Schatten erkennen, doch schon an diesem Schatten war etwas unheimlich Bedrohliches. Er war sehr groß, viel größer als die Mumie, unglaublich breitschultrig und irgendwie von falscher Form, ohne dass Aton dieses Gefühl im Mindesten hätte begründen können.

Der Wagen kam sehr schnell näher. Der Angriff der Katzen verlor nun mehr und mehr an Stärke und als der Streitwagen schließlich von der Straße ab- und auf das Gräberfeld einbog, da ließen die überlebenden Tiere eines nach dem anderen von ihren Opfern ab und wandten sich zur Flucht. Aus der schwarzen Woge, die über die Hundekrieger hereingebrochen war, wurde eine, die vor ihnen zurückwich. Die ersten Tiere hatten bereits die Tempelruine erreicht und suchten in deren Schatten Schutz, sodass Aton instinktiv ein kleines Stück zurückwich, denn obwohl sie ihnen geholfen hatten, machten ihm die auf so unheimliche Weise wieder zum Leben erwachten Katzenmumien fast ebenso große Angst wie die Hunde.

Aton konnte den zweiten Passagier des Wagens noch immer nicht genau erkennen, aber das unheimliche Gefühl, das die Gestalt ausstrahlte, war noch intensiver geworden; etwas wie eine unsichtbare Dunkelheit schien den breitschultrigen Riesen zu umgeben, der den Wagenlenker um beinahe zwei Haupteslängen überragte. Trotz der großen Entfernung und der Dunkelheit konnte Aton den Blick der Gestalt deutlich fühlen; er war fast so intensiv wie eine Berührung und so unangenehm, dass er beinahe laut aufgestöhnt hätte.

Der Wagen näherte sich den verbliebenen Hundekriegern und wurde dabei langsamer, und so, wie sein Auftauchen die Katzen in die Flucht geschlagen hatte, schien er den hundegesichtigen Wesen neue Kraft zu verleihen. Noch immer ein wenig zögernd, aber schneller werdend näherten sie sich der Tempelruine, wobei sie die Katzenmumien, die ihnen in den Weg gerieten, einfach niedertrampelten. Die Katzen ihrerseits versuchten nicht mehr ihre alten Feinde anzugreifen, sondern suchten ihr Heil einzig in der Flucht.

Doch dann geschah etwas Sonderbares. Je mehr sie sich dem eigentlichen Tempel näherten, desto langsamer wurden die Hunde wieder und desto unwilliger der Rückzug der Katzen. Schließlich kam der Vormarsch des halben Dutzends spitzgesichtiger Hundekreaturen vollends zum Stehen und sie hätten auch gar nicht weitergehen können, denn sie sahen sich einer dicht gedrängten Menge aus Hunderten, wenn nicht Tausenden mumifizierter, nichtsdestotrotz aber höchst lebendiger Katzen gegenüber, die eine undurchdringliche Mauer zwischen ihnen und dem eigentlichen Tempel bildete.

Atons Blick löste sich von der unheimlichen Szene und suchte wieder den Kampfwagen. Er war dort stehen geblieben, wo er mit den Hunden zusammengetroffen war. Die Mumie hatte sich nicht gerührt, sondern stand reglos da und starrte zu Aton und Sascha hinüber, aber die andere Gestalt war vom Wagen herabgestiegen und kam nun mit langsamen, gemessenen Schritten näher. Die Hunde wichen respektvoll zur Seite, um ihr Platz zu machen, aber erst als sie die vorderste Linie der Katzenarmee beinahe erreicht hatte, erkannte Aton sie deutlicher.

Und diesmal konnte er einen Schrei nicht mehr unterdrücken. Von den Füßen bis zu den Schultern glich die Gestalt einem Menschen, wenn auch einem wahren Riesen von mehr als zwei Metern Größe und so breiten Schultern, dass er fast missgestaltet wirkte. Aber sein Kopf war nicht der eines Menschen. Wie bei den Hundegeschöpfen thronte auf seinen Schultern ein Tierschädel – der eines gewaltigen Falken.

»Horus!«, flüsterte Sascha. Ihre Stimme bebte vor Entsetzen. »Mein Gott, das ... das ist Horus!«

Aton hätte nicht einmal antworten können, wenn er es gewollt hätte. Seine Kehle war wie zugeschnürt und sein Herz schlug plötzlich so hart, dass sein ganzer Körper im Takt seines Pulses zu zittern begann. Er wusste, dass Sascha Recht hatte. Er hatte es gespürt, lange bevor er die Gestalt wirklich sah, und trotzdem versetzte ihm ihr Anblick einen Schock, wie er schlimmer nicht hätte sein können. Der Gedanke, einem leibhaftigen Gott gegenüberzustehen, war fast mehr, als er ertragen konnte. Aber es war Horus. Kein Mensch, der sich eine Maske übergestülpt hatte, keine Laune der Natur – Aton wusste mit unerschütterlicher Sicherheit, dass sie tatsächlich dem Falkengott der alten Ägypter gegenüberstanden. Er konnte das unglaubliche Alter und die unvorstellbare Macht dieses Geschöpfes beinahe körperlich spüren. Und die unbeschreibliche Bosheit, die es umgab.

Bis zu diesem Moment war Aton nicht sicher gewesen, ob es so etwas wie das absolut Böse überhaupt gab; so wenig wie das vollkommen Gute. Horus' Anblick aber überzeugte ihn beinahe vom Gegenteil. Vielleicht war dieses Geschöpf nicht immer so gewesen. Vielleicht hatte es einst andere Gefühle gekannt, hatte es gute und schlechte Seiten gehabt, Stärken und Schwächen wie jede denkende Kreatur. Aber wenn, so hatten Jahrtausende am Rande des Vergessens all diese Unterschiede ausgelöscht. Ungezählte Jahrhunderte, die es in jenem grauen Schattenreich zwischen Vergessen und Leben hatte existieren müssen, hatten es zu einem Wesen werden lassen, das nur noch aus Zorn und Hass auf alles Lebendige, auf alles Fühlende, auf alles, was in der Lage war, zu lachen und Freude zu empfinden, bestand. Vielleicht war es nicht das Böse an sich, dem Aton gegenüberstand, aber es kam ihm doch so nahe, wie es nur ging. Sein bloßer Anblick lähmte ihn und das Gefühl seiner Nähe erfüllte ihn mit einer Kälte, die alles, was nicht Angst und Entsetzen war, aus ihm herauszubrennen schien.

Und er war mit diesen Empfindungen wohl nicht allein, denn Sascha ließ plötzlich ein leises Stöhnen hören und trat näher an ihn heran. Zitternd schmiegten sie sich aneinander wie zwei verängstigte Tiere, die sich vor den Gewalten eines Unwetters fürchteten, die sie nicht verstehen konnten.

Auch die Katzen wichen vor Horus zurück, so weit es ging. Aber es waren so viele, dass sie sich gegenseitig behinderten und nicht wenige einfach niedergetrampelt wurden. Und so groß ihre Furcht auch sein mochte, als auf Horus' Wink hin einer der Hundekrieger versuchte ihre Reihen zu durchbrechen, wandten sie sich um und trieben ihn mit Krallenhieben und Bissen zurück.

Auch Horus blieb stehen, wenn auch – dessen war sich Aton vollkommen sicher – nicht aus Furcht vor den Katzen. Die Geschöpfe konnten ihm so wenig etwas antun, wie Aton oder Sascha es gekonnt hätten. Sein Zögern hatte einen anderen Grund und Aton wusste auch, welchen. Der Gedanke steigerte seine Furcht ins Unermessliche, aber er lähmte ihn auch noch mehr.

Der Blick der schwarzen Falkenaugen wanderte für einen Moment über die Armee der Katzen, löste sich dann von ihr um die Tempelruine abzusuchen und verharrte schließlich, direkt auf Aton und Sascha gerichtet.

Es war, als hätte ihn glühende Kohle berührt. Aus der eisigen Lähmung in seinem Inneren wurde ein loderndes, grausames Feuer, das ihn mit einem Schmerz erfüllte, der nicht körperlich war, aber viel schlimmer, als es jede körperliche Pein hätte sein können. Er spürte ... Zorn und einen Hass, der sich mit Worten nicht beschreiben ließ, und eine unvorstellbare Gier nach Leben und Macht. Plötzlich wusste er, dass er sich getäuscht hatte. Dieses Geschöpf würde sich nicht damit zufrieden geben, die Herrschaft über einige wenige Menschen an sich zu reißen oder auch nur über sein früheres Reich. Aton krümmte sich wie in körperlicher Qual und neben ihm begann Sascha zu zittern und leise zu stöhnen. Atons Schulter pochte. Das leise Kribbeln, das er gewöhnlich bei körperlichen Anstrengungen oder auch großer Aufregung empfand, wurde zu einem qualvollen Hämmern und er hatte kaum noch die Kraft, sich auf den Beinen zu halten.

Plötzlich riss Horus die Arme in die Höhe und in derselben Sekunde löste sich etwas Unsichtbares, unvorstellbar Starkes aus seinem Schatten und fuhr unter die Katzen. Wo es sie traf, da zerbarsten sie einfach zu Staub. Binnen Sekunden klaffte in der Katzenarmee eine mehr als zehn Meter breite Bresche, in der nichts Lebendiges mehr war. Und im selben Moment stürmten auch die verbliebenen Hundekrieger wieder vor. Diesmal versuchten die Katzen nicht mehr sie aufzuhalten, sondern ergriffen in heller Panik die Flucht. Doch so verheerend dieser Angriff auch gewesen sein mochte, vielleicht rettete er Aton und Sascha das Leben, denn im selben Augenblick, in dem sich Horus' Aufmerksamkeit den Katzen zuwandte, wich die tödliche Lähmung von ihnen und sie fuhren beide in einer einzigen Bewegung herum und stürmten davon, tiefer in das steinerne Labyrinth der Tempelruine hinein. Hinter ihnen erscholl ein schrilles, enttäuschtes Jaulen, gefolgt von einem Kläffen und Hecheln, und dann erklang ein Geräusch, wie Aton es nie zuvor im Leben gehört hatte und nie wieder hören sollte: Es war der Schrei eines Vogels, aber so laut, so wild und so voller Zorn und Hass, dass Aton ebenfalls aufschrie und im Laufen die Hände auf die Ohren presste. Das konnte dem Geräusch nichts von seiner schrecklichen Wirkung nehmen, denn es schien direkt in seinem Kopf zu entstehen, und es war etwas, was er in Wirklichkeit viel mehr fühlte als hörte. Halb blind vor Schmerz und Angst taumelte er weiter, prallte gegen ein Hindernis und wäre gestürzt, hätte Sascha ihn nicht wieder einmal am Arm ergriffen und einfach mit sich gezerrt.

Während sie ihre verzweifelte Flucht fortsetzten, sah Aton immer wieder über die Schulter zurück und der Anblick schien bei jedem Mal schlimmer zu werden. Die Gestalt mit dem Falkenkopf folgte ihnen, nicht schnell, aber mit der absoluten Unaufhaltsamkeit einer Naturkatastrophe. Hinter ihm schritten die Hundekrieger einher und die überlebenden Katzen waren in den Tempel zurückgewichen und bildeten noch immer eine lebendige Barriere zwischen Horus und seinen Kriegern sowie Sascha und Aton. Aber sie versuchten jetzt kaum noch die Hundegeschöpfe oder gar Horus selbst anzugreifen. Wo der Falkengott entlangschritt, da zerbarsten sie in kleinen, wirbelnden Staubexplosionen, sobald er auch nur eine nachlässige Handbewegung machte, und den viel grö-

ßeren Hundekriegern bereitete es nun keine Mühe mehr, die Angreifer abzuschütteln oder fortzuschleudern.
Sie hatten die Ruine bereits fast zur Hälfte durchquert, als Sascha plötzlich stolperte, nach einem letzten, ungeschickten Schritt auf die Knie sank und dann ganz fiel. Aton wurde mitgerissen. Er konnte seinen Sturz im letzten Moment abfangen und wandte sich um, um Sascha hochzuhelfen.
Die wenigen Sekunden, die sie durch dieses Missgeschick verloren, waren zu viele. Als sich Sascha, ungeschickt und noch halb benommen von dem Sturz, wieder auf die Füße erhob, waren sie umzingelt. Horus selbst war in einigen Schritten Abstand stehen geblieben und starrte sie aus seinen schrecklichen Vogelaugen an, aber die Hundekrieger hatten sie eingekreist und begannen wieder näher zu kommen. Diesmal war nichts mehr da, was ihnen helfen konnte. Die meisten Katzen waren tot oder geflohen und die wenigen Tiere, die sich noch in ihrer Nähe aufhielten, stellten keine ernsthafte Behinderung der Hundekrieger dar.
Horus hob wieder die Hände. Und es geschah etwas, was Aton schon einmal erlebt hatte und da am eigenen Leib. Horus' ausgestreckter Arm deutete auf Sascha. Eine halbe Sekunde lang waren seine Finger gespreizt, dann schlossen sie sich mit einem Ruck zur Faust und im selben Moment taumelte Sascha zurück, schlug beide Hände gegen die Kehle und begann verzweifelt um Atem zu ringen.
Ihr Schrei wurde zu einem erstickten Keuchen, das nach einer Sekunde ganz verstummte, und ihr Gesicht wurde zu einer Grimasse der Qual. Sie taumelte zwei, drei Schritte rückwärts, sank auf ein Knie herab und krümmte sich. Aton war mit einem Satz bei ihr, aber er konnte nichts tun, als ihre Schultern zu ergreifen und sie festzuhalten. Horus' furchtbarer Zauber erstickte sie. Sie würde sterben, hier und jetzt und vor seinen Augen und ohne dass er etwas dagegen tun konnte. Horus hätte ebenso gut Aton selbst angreifen können, doch Aton begriff plötzlich, dass er dies ganz absichtlich nicht getan, sondern stattdessen sie angegriffen hatte, wohl wissend,

dass Aton vermutlich keine Rücksicht auf sein eigenes Leben genommen hätte. Wie jeder Mensch hatte Aton Angst vor dem Tod und viel mehr noch vor einem qualvollen Sterben, aber er hatte doch begriffen, dass es in diesem Ringen der Götter um mehr als ein oder auch hundert Menschenleben ging, sondern um die Zukunft eines ganzen Volkes, ja vielleicht sogar der ganzen Welt. Möglicherweise hätte er sein eigenes Leben geopfert, aber der Gedanke, dass Sascha an seiner Stelle sterben sollte, war mehr, als er ertrug. Eine Sekunde lang starrte er sie noch hilflos und voller Verzweiflung an, dann fuhr er herum und trat mit einem Schritt zwischen sie und den Falkengott.

»Hör auf!«, rief er. »Ich gebe auf. Du hast gewonnen.«

Einen Herzschlag lang blieb Horus' Arm noch reglos ausgestreckt, die Hand weiter geschlossen und für dieselbe Zeit ruhte sein Blick durchdringend auf Atons Gesicht und Aton spürte, wie etwas tief in sein Innerstes griff und sich davon überzeugte, dass er die Wahrheit sprach. Horus las nicht seine Gedanken, aber Aton wusste auch, dass es unmöglich war, dieses Geschöpf zu belügen. Schließlich öffnete Horus die Hand und ließ den Arm sinken.

Hinter ihm atmete Sascha keuchend ein und stürzte vollends zu Boden, aber Aton sah sich nicht nach ihr um, sondern hielt dem Blick des Falkengottes ruhig stand. Sein eigener Mut überraschte ihn ein wenig, aber eigentlich war es gar kein Mut. Es war etwas anderes, etwas auch für ihn Neues, das jenseits von Begriffen wie Tapferkeit oder Furcht lag und das vielleicht dem Bewusstsein entsprang, am Ende seines Weges angelangt zu sein, an einem Punkt, an dem ihm Mut so wenig weiterhalf wie Angst und an dem er nichts mehr tun, sondern nur noch abwarten konnte, was mit ihm getan wurde. Statt vor Horus zurückzuweichen, trat er einen weiteren Schritt auf ihn zu und sagte noch einmal: »Lass sie leben. Du kannst mich haben, aber lass sie gehen.«

Es war nicht so, dass er die Stimme des Falkengottes in seinen Gedanken hörte, aber er spürte doch, dass Horus den Handel akzeptierte. Sascha war nicht wichtig für ihn. Nicht einmal wichtig genug, um sie zu vernichten, wenn es keinen Grund dafür gab. Horus starrte ihn an, fünf Sekunden, zehn, schließlich fast eine Minute lang, und dann streckte er abermals die Hand aus und hielt sie fordernd in Atons Richtung.

Aton zögerte noch einmal, für eine allerletzte, kostbare Sekunde, und Horus gewährte ihm diese letzte Gnade, noch ein einziges Mal zu bestimmen, was er tat, dann gab er sich einen Ruck, trat mit einem raschen Schritt auf den Falkengott zu – und wurde so plötzlich und mit so überraschender Kraft zurückgerissen, dass er das Gleichgewicht verlor und rücklings zu Boden stürzte. Der Aufprall war so hart, dass er nur verschwommen sehen konnte. Er erblickte die blondhaarige, schlanke Gestalt Saschas über sich, denn niemand anderer als sie war es gewesen, die ihn im letzten Moment zurückgerissen hatte, aber er konnte sie nicht klar erkennen. Ihre Umrisse waren auf sonderbare Weise verschwommen und für einen Moment glaubte er etwas wie ein sanftes Leuchten zu erkennen, das ihre Gestalt umgab. Mit weit ausgebreiteten, erhobenen Armen stand sie zwischen ihm und Horus und Aton konnte das Aufflammen mörderischer Wut in den Augen des Falkengottes erkennen.

»Rühr ihn nicht an!«, sagte Sascha. »Du hast keine Macht über ihn. Du darfst das nicht tun! Ich werde es verhindern.«

Aton spürte so etwas wie Ärger auf Sascha in sich. Verstand sie denn nicht, dass ihr Angriff nicht nur aussichtslos war, sondern sein Opfer im Nachhinein sinnlos machte? Horus hatte sein Opfer akzeptiert und niemand brach einen Handel mit den Göttern. Er würde sie vernichten und Aton hatte kein zweites Leben, das er noch einmal für sie eintauschen konnte. Erstaunlicherweise jedoch griff der Falkengott Sascha nicht sofort an. Er stand einfach da und musterte sie, und in dem Moment, in dem er den Arm hob, um sie mit der Beiläufigkeit und Gedankenlosigkeit, mit der ein Mensch ein lästiges Insekt zerquetscht, aus dem Weg schleudern, erscholl hinter ihm ein so schrilles Jaulen, dass Aton und Sascha zusammenzuckten und Horus überrascht herumfuhr.

Einer der Hundekrieger war unter einer lebenden, braungrauen Flut verschwunden, die wie aus dem Nichts aufgetaucht war. Und praktisch in derselben Sekunde wurden auch die anderen von buchstäblich Hunderten kleinen Angreifern attackiert und augenblicklich zu Boden gerissen. Die Katzen waren zurück. Und sie fielen mit solcher Wut und Schnelligkeit über die Hundekrieger her, dass die dämonischen Geschöpfe buchstäblich in Stücke gerissen wurden, ehe sie auch nur wirklich begriffen, was geschah.

Auch Horus' Reaktion kam zu spät. Zwar konnten Aton und Sascha spüren, wie er abermals jene düsteren Kräfte zu entfesseln begann, die den Tod in die Reihen der Katzen getragen hatten, aber ebenso deutlich spürten sie, dass mit einem Male noch etwas anderes da war, eine zweite, unsichtbare Kraft, die von vollkommen anderer Natur als jene des Horus war, aber ebenso stark, wenn nicht auf ihre Weise sogar mächtiger. Der tödliche Wirbelsturm, der unter die Katzen fuhr, erlosch fast im Augenblick wieder. Trotzdem zogen sich die Tiere nach einigen Augenblicken zurück, denn ihre Gegner waren besiegt. Die Hundekrieger lagen am Boden und regten sich nicht mehr.

Horus wandte sich wieder zu ihnen um und Aton spürte, wie sich seine furchtbare Kraft abermals sammelte, um sich auf ihn oder vielleicht auf Sascha zu entladen. Die junge Polizistin breitete schützend die Arme aus und wich einen Schritt zurück, blieb dabei jedoch genau zwischen Horus und Aton. Obwohl Aton wusste, wie wenig sie gegen den Falkengott auszurichten imstande war, empfand er für einen Moment eine tiefe Dankbarkeit, denn letzten Endes war er ein wildfremder Mensch für Sascha und im Gegensatz zu ihm war sie ihm absolut nichts schuldig. Und trotzdem zögerte sie keinen Sekundenbruchteil, ihr eigenes Leben aufs Spiel zu setzen um das seine zu retten. Auch wenn sie so gut wie er wissen musste, wie sinnlos es war.

Aber der tödliche Angriff, auf den er gefasst war, kam auch jetzt nicht. Horus starrte Sascha und ihn aus seinen schrecklichen Raubvogelaugen an und seine geistige Kraft hatte sich zu einer unsichtbaren Faust geballt, die bereit war zuzuschlagen und alles zu zerschmettern, was sich ihr in den Weg stellte, aber er tat es nicht. Und plötzlich spürte Aton, dass sie nicht mehr allein waren. Ohne dass er auch nur den mindesten Laut gehört oder etwas gesehen hätte, fühlte er, dass hinter ihnen jemand stand. Erst eine gute Sekunde später, was in ihrer Situation eine endlose Zeit schien, gewahrte er einen Schatten aus den Augenwinkeln und dann trat Yassir neben sie. Er war nicht allein. In seiner Begleitung trat niemand anderer als Petach aus der Nacht hervor und da war noch eine dritte Gestalt, die ein schwarzer Schemen blieb, obwohl sie kaum einen Schritt hinter Petach und dem Ägypter stand.

Dann herrschte Schweigen. Petach und Yassir starrten den Falkengott an und Horus erwiderte ihren Blick aus seinen unergründlichen, alten Augen und dann, langsam, unendlich langsam, löste sich der geistige Würgegriff. Die körperlose Drohung, die wie der Schatten eines Gewitters über der Szene lag, verging.

Petach wandte sich zu ihnen um. Sein Blick streifte für eine Sekunde Atons Gesicht, aber dann wandte er sich an Sascha und bedeutete ihr mit einer Geste, die Arme herunterzunehmen.

»Tun Sie das nicht«, sagte er ruhig. »Er würde Sie vernichten.«

»Ich bin nicht ganz so hilflos, wie Sie –« begann Sascha, wurde aber von Petach sofort und in sehr bestimmtem Ton, wenn auch mit einem Lächeln, unterbrochen.

»Ich weiß, wer Sie sind«, sagte er. »Trotzdem: Manchmal reichen Tapferkeit und Mut allein nicht aus.«

Sascha zögerte. Ihrem Gesicht war deutlich anzusehen, dass sie Angst hatte, und trotzdem nahm sie die Hände erst herunter, als auch Aton neben sie trat und ihr den Arm auf die Schulter legte.

Petach schenkte ihm ein kurzes, dankbares Lächeln, dann wandte er sich wieder zu der Gestalt mit dem Falkenkopf um.

»Geh!«, sagte er ruhig. »Du kannst uns nicht besiegen. Nicht hier.«

Horus schwieg. Lange, endlos lange blickte er Petach an, dann drehte er den Kopf und sah zu der schattenhaften Gestalt hinter Petach und Yassir hin und schließlich, nach noch längerer Zeit, in der das Schweigen langsam unerträglich zu werden begann, sah er nach Osten. Der Himmel dort begann sich allmählich grau zu färben, der Tag kam.

Aton sollte nie erfahren, was der wahre Grund war, aus dem Horus die Konfrontation in diesem Moment scheute – Petach, der heraufdämmernde Morgen mit dem Licht der Sonne, die sein natürlicher Feind war, oder jene dritte, schemenhaft erkennbare Gestalt. Doch schließlich wandte sich Horus um und begann mit ruhigen Schritten den Weg zurückzugehen, den er gekommen war.

Aton sah ihm mit klopfendem Herzen nach. Der Streitwagen stand noch immer dort, wo Horus ihn verlassen hatte. Langsam ging der Falkengott zu ihm zurück, stieg ein und sofort setzte sich das Gefährt in Bewegung. Weder sein Fahrer noch Horus selbst sahen noch einmal zu ihnen zurück, doch während der Wagen über das Gräberfeld und schließlich wieder auf die Straße hinausrollte, war nicht nur Aton klar, dass die endgültige Konfrontation nur aufgeschoben war. Die Kraftprobe, die sowohl Petach als auch Horus in diesem Moment noch gescheut hatten, würde kommen. Und das sehr bald.

»Du hast also getan, was ich geraten habe, und bist zu Yassir gegangen«, drang Petachs Stimme in Atons Gedanken. Der Ägypter deutete ein zufriedenes Nicken an, als Aton sich zu ihm herumdrehte. »Das war sehr klug von dir. Und Ihnen –«, er wandte sich an Sascha und hob die Hand, als wollte er sie berühren, führte die Bewegung aber nicht zu Ende, als sie instinktiv einen halben Schritt vor ihm zurückwich, »– möchte ich meinen Dank aussprechen. Ohne Sie wäre Aton jetzt wohl nicht mehr am Leben.«

»Was man von Ihnen wahrlich nicht behaupten kann«, erwiderte Sascha scharf.

Ihre Worte schienen Petach traurig zu stimmen, aber er widersprach nicht. Aton spürte jedoch, dass irgendetwas in ihm vor-

ging – ebenso wie in Sascha, die den Ägypter weiter mit kaum verhohlener Feindseligkeit ansah. Petach wusste mehr über Sascha, als er jetzt aussprach, und vor allem mehr als Aton. Aber vielleicht war es umgekehrt auch genauso. Nicht zum ersten Mal, seit sein Abenteuer begonnen hatte, hatte Aton das Gefühl, von allen Beteiligten der zu sein, der mit Abstand am wenigsten wusste. Und wer war diese dritte, schattenhafte Gestalt, die noch immer hinter Petach und Yassir stand und die Szene schweigend, aber offenbar sehr aufmerksam verfolgte?
Als hätte sie seine Gedanken gelesen (und kaum eine Sekunde später sollte Aton sehr sicher sein, dass sie genau das getan hatte), wandte die Gestalt in diesem Moment den Kopf und sah nun direkt in seine Richtung und plötzlich konnte Aton sie deutlich erkennen.
Er hätte nicht überrascht sein dürfen. Tatsächlich hätte er eigentlich wissen müssen, wem er gegenüberstand – aber er stieß trotzdem einen überraschten Schrei aus und prallte einen Schritt zurück.
Die Gestalt war völlig anders, als es Horus gewesen war: Sie war kleiner, schlanker und von fast grazilem Wuchs und es handelte sich um eine Frau, denn die Umrisse ihres Körpers zeichneten sich unter dem reich gefältelten Gewand ab, das sie trug. Und doch gab es etwas, was sie mit dem Falkengott gemein hatte: Auch ihr Kopf war nicht der eines Menschen. Auf ihrem schlanken Hals thronte der Kopf einer Katze. Aton stand niemand anderem als Bastet gegenüber, der ägyptischen Katzengöttin, der dieses Heiligtum hier geweiht war.
Bei seinem Schrei war auch Sascha herumgefahren und hatte automatisch schon wieder eine gespannte Haltung angenommen, wie um ihn zu verteidigen. Doch auch sie schien ihr Gegenüber in diesem Moment zum ersten Mal wirklich zu erkennen, denn sie verharrte wie gelähmt mitten in der Bewegung, und auch auf ihrem Gesicht machte sich das gleiche fassungslose Erstaunen breit, das Aton verspürte.
»Erschreckt nicht«, sagte Petach. Aber Aton hörte seine Worte kaum. Sein Blick hing wie gebannt am Gesicht der Katzengöt-

tin, und obwohl ihn dessen Anblick mit einer Furcht erfüllte, die jener, die er in Horus' Nähe verspürt hatte, sehr nahe kam, empfand er doch zugleich eine tiefe Bewunderung für dieses Wesen. Es war ein unheimliches Gefühl, einem Menschen mit einem Katzenkopf gegenüberzustehen, viel unheimlicher als das, mit dem ihn Horus' Anblick erfüllt hatte, vielleicht, weil dieses schmale, von zwei großen, jadegrünen Augen beherrschte Gesicht trotz allem noch menschlicher als das des Falken war, und trotzdem war der einzige wirklich klare Gedanke, den Aton in den ersten Sekunden zu fassen imstande war, der, wie unbeschreiblich schön und edel Bastet ihm erschien. Aton hatte Katzen anderen Haustieren bisher niemals vorgezogen, ja, er hatte im Grunde nie wirklich verstanden, warum es Menschen gab, die Katzen für den Inbegriff von Stolz und Schönheit hielten, aber Bastets Anblick änderte das. Er hatte niemals ein Geschöpf gesehen, das ihm so edel erschien, niemals ein Gesicht, in dem sich Sanftmut und Kraft auf so unbeschreibliche Weise vereinten.

»Du ... du bist Bastet, nicht wahr?«, flüsterte er.

Die Katzengöttin reagierte nicht. Der Ausdruck auf ihrem Gesicht änderte sich nicht und es war nach einigen Sekunden auch Petach, der antwortete, nicht sie: »Ja. Aber ihr müsst sie nicht fürchten. Sie steht auf unserer Seite.«

Ohne dass es einer weiteren Erklärung bedurft hätte, begriff Aton, dass Bastet ihm nicht antworten würde, egal, welche Frage er stellte oder was immer er auch sagte. Vielleicht konnte sie es gar nicht. So wandte er sich mit seiner nächsten Frage auch direkt an Petach, obwohl sie vielmehr Bastet galt.

»Warum hat sie uns geholfen?«

»Weil sie zu denen gehört, die wissen, dass man den natürlichen Lauf der Welt nicht aufhalten kann«, antwortete Petach. Eine leise Spur von Resignation mischte sich in seine Stimme. »Leider ist sie die Einzige, die so denkt. Osiris' und Horus' Einfluss wird immer stärker, je näher die Stunde des Erwachens rückt. Aber sie ist unsere Verbündete. Solange wir uns in ihrer Nähe aufhalten, kann uns nichts geschehen.«

»Na wunderbar«, sagte Sascha spöttisch. »Dann brauchen wir ja nur den nächsten Tag in dieser Ruine zu bleiben.«
Aton fuhr zusammen. Sascha hatte in wenige Worte gekleidet, was er unterschwellig schon die ganze Zeit über gespürt hatte. Ihr Sieg war kein wirklicher Sieg. Horus hatte ihnen nichts anhaben können, das stimmte, aber der Schutz, den ihnen Bastet gewährte, war auf diesen Ort hier beschränkt, das Zentrum ihrer Macht, vermutlich der Ort, an dem sie die letzten dreitausend Jahre verbracht hatte. Sobald sie diesen Tempel verließen, würde die gnadenlose Jagd weitergehen. Und sie konnten nicht einfach abwarten. Der Morgen, der im Osten jetzt immer schneller heraufdämmerte, war der letzte, der ihnen noch blieb, um das Unvermeidliche vielleicht doch noch aufzuhalten.
»Sind Sie deshalb hierher gekommen?« Es fiel Aton schwer, seinen Blick von Bastets Gesicht zu lösen und Petach anzusehen.
Der Ägypter nickte. Ein Schatten huschte über seine Züge. »Ja. Auch für mich ist dies einer der wenigen Orte, an dem ich noch sicher bin.«
»Wo sind Sie gewesen?«, fragte Sascha.
»An ... einem schrecklichen Ort«, antwortete Petach und machte zugleich eine Geste, die sie beide erkennen ließ, dass er nicht weiter über dieses Thema reden wollte. »Aber wir sollten nicht über das reden, was war, sondern über das, was ist und sein wird.« Er deutete nach Osten. »Sobald es hell geworden ist, bringe ich euch von hier fort.«
»Von dem einzigen Ort, an dem wir sicher sind?«, fragte Sascha mit unüberhörbarem Spott in der Stimme.
»Solange das Licht des Gottes Aton am Himmel steht, seid ihr überall sicher«, antwortete Petach ruhig. »Und die Zeit drängt. Wir haben noch einen weiten Weg vor uns.«
Aton widersprach nicht, obwohl ihm der Gedanke, mit Petach zu gehen, alles andere als behagte. Bisher hatte er jedes Mal, wenn er das tat, eine böse Überraschung erlebt und eine war schlimmer als die andere gewesen. Aber sie mussten zum Stau-

damm, um seine Eltern und die anderen dort zu warnen, und die Strecke dorthin wäre auch ohne den Umweg, den sie gegen ihren Willen gemacht hatten, lang genug gewesen. Er sprach den Gedanken laut aus, doch Petach schüttelte den Kopf.

»Dieser Ort ist im Moment der letzte, an den du dich wünschen solltest«, sagte er. »Es würde deinen sicheren Tod bedeuten, wärest du auch nur in der Nähe, wenn Echnatons Krieger erwachen.«

»Warum, zum Teufel, haben Sie ihn dann überhaupt hierher gebracht?«, fragte Sascha scharf. »Hätten Sie ihn zu Hause gelassen, wäre er sicher gewesen.«

»Nein«, antwortete Petach ruhig. »Zeit und Raum bedeuten für sie nicht dasselbe wie für uns. Aber es gibt Plätze, an denen ihre Macht nichts ausrichten kann. Und an einen solchen werde ich euch bringen.«

»Wer sagt Ihnen, dass wir das wollen?«, fragte Sascha.

Petach blinzelte. »Ich verstehe Ihre Feindseligkeit nicht«, sagte er und sprach damit das aus, was Aton genau in diesem Moment dachte. »Ich bin hier, um Aton zu beschützen – ebenso wie Sie.«

»Dessen bin ich mir mittlerweile gar nicht mehr so sicher«, murmelte Sascha. Die Worte galten nicht Petach, aber er hörte sie trotzdem, und die Trauer auf seinem Gesicht wurde größer.

»Es tut mir Leid, wenn Sie das so sehen«, sagte er und es klang nicht nur ehrlich, Aton spürte auch, dass es genauso gemeint war. Sascha wollte antworten, doch Petach schnitt ihr mit einer zugleich sanften wie energischen Geste das Wort ab und machte eine Kopfbewegung zur Straße hin.

»Wir sollten gehen«, sagte er. »Es ist ein gutes Stück zur Stadt und wir haben keine Zeit zu verlieren.«

Der lange Traum

Mit dem ersten wirklichen Licht des Tages war Bastet verschwunden und kaum eine Minute später hatten sie den Tempel verlassen und kurz darauf die Straße erreicht. Trotz Petachs Versicherung, dass das Sonnenlicht sie schütze, beschlich Aton ein ungutes Gefühl, als die Sicherheit der Tempelruine hinter ihnen zurückblieb, und er sah sich ein paar Mal nervös um, beinahe davon überzeugt, im nächsten Moment schon wieder den Streitwagen hinter ihnen auftauchen zu sehen. Aber alles blieb ruhig und sie hatten sogar in anderer Hinsicht Glück: Der Weg zur Stadt erwies sich als wesentlich weiter, als er nach Petachs Worten angenommen hatte, doch schon nach einigen Minuten kam ein Lastwagen gefahren, dessen Fahrer anhielt und sie auf der Ladefläche zumindest bis zur nächsten Ortschaft mitnahm.

Sie stiegen vom Wagen und nicht nur Sascha sah sich sichtlich enttäuscht um. Die Ortschaft bestand vielleicht aus zwei Dutzend Gebäuden, die sich rechts und links der einzigen Straße reihten und zwischen denen sich nicht das mindeste Leben regte. Wie um alles in der Welt sollten sie von hier weg und wieder zurück nach Kairo kommen?

Noch bevor Aton eine entsprechende Frage stellen konnte, bedeutete Yassir ihnen mit einer Geste zu warten und ging schnell zu einem der Häuser hinüber. Aton beobachtete, wie er an die Tür klopfte, die schon nach einigen Augenblicken geöffnet wurde. Yassir redete eine Weile mit dem Mann, der aus dem Haus trat, wobei er seine Worte mit heftigen Gesten unterstrich und dabei auch ein paar Mal zu ihnen zurück deutete, dann wandte er sich um und kam mit schnellen Schritten wieder auf sie zu. »Es ist alles in Ordnung«, sagte er. »Ihr könnt hier warten. Der Mann wird euch Unterkunft und eine Mahlzeit gewähren.«

»Und Sie?«, fragte Sascha.

»Ich werde einen Wagen besorgen«, antwortete Yassir. »Es gibt hier kein Telefon, aber bis zum nächsten Ort ist es nicht sehr weit. Ich bin in zwei, längstens drei Stunden zurück.«

Drei Stunden! Aton atmete hörbar ein, um zu einem heftigen Protest anzusetzen, aber diesmal brachte ihn Sascha mit einer entsprechenden Bewegung zur Ruhe. »Eine kleine Pause wird uns allen gut tun«, sagte sie entschieden. »Es nützt nichts, wenn wir bis zur Erschöpfung weiterlaufen und uns vielleicht im entscheidenden Moment die Kräfte verlassen.« Sie deutete fragend auf das Haus. »Spricht der Mann unsere Sprache oder wenigstens Englisch?«

Yassir verneinte. »Er weiß alles, was nötig ist«, sagte er.

»Und darüber hinaus kann ich übersetzen«, fügte Petach hinzu.

Sascha bedachte ihn mit einem feindseligen Blick. Sie sagte nichts, aber ihr Ausdruck machte klar, dass ihr das nicht genügte. Auch Aton war nicht ganz wohl bei dem Gedanken, noch mehr auf Petach angewiesen zu sein. Aber in einem Punkt hatte Sascha durchaus Recht: Er war sehr müde. Auf dem Lastwagen war er schon beinahe eingeschlafen und jetzt hatte er kaum noch die Kraft, sich auf den Füßen zu halten. Ohne weitere Einwände folgten sie Yassir und betraten das Haus.

Sein Inneres war noch kleiner und ärmlicher, als Aton bei seinem Anblick vermutet hatte. Es bestand aus einem einzigen, großen Raum, vor dessen Fenster hölzerne Läden angebracht waren, sodass alles in einem unangenehmen Halbdunkel lag. Ein durchdringender, wenn auch nicht einmal unangenehmer Geruch lag in der Luft und es gab nur wenige Einrichtungsgegenstände. Der Hausherr, seine Frau und zwei vielleicht zehnjährige Kinder blickten ihnen stumm und mit unverhohlener Neugier entgegen, aber nachdem Yassir einige weitere Worte mit ihm gewechselt hatte, deutete der Mann stumm in den hinteren Teil des Raumes, wo sich einige einfache Lagerstätten befanden; im Grunde nicht mehr als strohgefüllte Säcke, die auf dem nackten Boden lagen. Aton erschien jedoch allein ihr Anblick so verlockend wie der eines seidenbezogenen Himmelbettes. Er war hungrig und er hatte auch Durst, aber er schlug die entsprechende Einladung ihres Gastgebers mit einem Kopfschütteln aus, ging zu einem der Säcke, streckte sich darauf aus und schlief sofort ein.

Und träumte wieder seinen Traum. Er war wieder fünf Jahre alt und er irrte wieder durch das unterirdische Labyrinth, aber es war später. Die Erinnerung an einen großen Schreck quälte ihn, obwohl er nicht zu sagen vermochte, von welcher Art er gewesen war, und er war verletzt. Seine Schulter tat entsetzlich weh und bei jedem Schritt schoss ein brennender Schmerz durch seinen rechten Fuß, sodass er nur noch ungeschickt humpeln konnte. Irgendwie war es ihm gelungen, den Verfolger abzuschütteln, aber er hatte Angst, dass ihn dieser wieder einholen würde, und er wusste, dass er nicht noch einmal die Kraft hatte, ihm davonzulaufen.

Das Labyrinth schien kein Ende zu nehmen. Immer wieder tauchten neue Abzweigungen vor ihm auf, erreichte er eine neue Treppe, eine neue Gangkreuzung, eine andere Tür, die in einen weiteren Stollen, einen weiteren leeren Raum, zu einem weiteren Tunnel führte. Er hatte es längst aufgegeben, sich den Weg merken zu wollen. Er wollte nur noch hier heraus. Er wollte zurück ins Licht, zurück zu seinen Eltern, zurück in die Welt, die er verstand und in der es keine löwenköpfigen, geflügelten Ungeheuer gab, die ihn jagten. Auch sein Gesicht tat weh. Er hatte sich die Wange aufgeschürft und seine Haut spannte von den eingetrockneten Tränen, denn er hatte geweint, bis sein Hals zu schmerzen begann und ihm die Tränen ausgingen. Manchmal rief er jetzt noch nach seiner Mutter oder seinem Vater, aber nicht sehr oft, denn seine Stimme erweckte ein schauriges Echo in diesen leeren, unheimlichen Gängen, und außerdem konnte er damit das Ungeheuer wieder auf seine Spur bringen. Es war noch da. Obwohl es ihm einmal ganz nahe gewesen war, hatte er es niemals wirklich gesehen, aber er hatte seine Nähe gespürt und er spürte sie noch immer. Diese unheimliche Welt unter der Erde war das Reich des Ungeheuers und Aton war nicht sicher, ob es nicht einfach nur mit ihm spielte, ihn einfach nur eine Weile jagte und ihn in der

Illusion beließ, doch noch entkommen zu können, nur um dann im allerletzten Moment über ihn herzufallen.
Plötzlich hörte er eine Stimme. Sie war leise und sie redete in einer Sprache, die er nicht verstand, und doch erschien sie ihm wie der süßeste Klang, den er je vernommen hatte. Trotz der Schmerzen in seinem rechten Fuß und der Anstrengung, die jeder Schritt bedeutete, beschleunigte er sein Tempo, und als er an der nächsten Abzweigung ankam, hörte er die Stimme ganz deutlich.
Er erkannte jetzt, dass es zwei Stimmen waren, vielleicht sogar noch mehr, das konnte er nicht genau sagen, denn auch sie wurden von lang widerhallenden, unheimlich verzerrten Echos begleitet. Etwas war daran, was ihm Angst machte, aber das fiel ihm kaum noch auf, denn seit er dieses unterirdische Labyrinth betreten hatte, war er praktisch auf nichts gestoßen, das ihn nicht auf die eine oder andere Weise ängstigte. Zumindest war diese neue Furcht nicht so stark, dass er nicht weitergegangen wäre. Stimmen bedeuteten Menschen und Menschen bedeuteten, dass er endlich hier herauskam.
Im Gegensatz zu dieser Hoffnung führte der Tunnel nun in schrägem Winkel nach unten und somit tiefer in die Erde hinein, aber nach einer Weile sah er Licht – nicht diesen unheimlichen, grauen Schein, der das unterirdische Labyrinth erfüllte, sondern richtiges gelbes Licht, das flackerte und einen leichten Brandgeruch mit sich brachte: Fackeln. Die Stimmen waren lauter geworden und nun hörte er sie immerhin deutlich genug um zu begreifen, warum er sie nicht verstand. Die Männer redeten in einer fremden Sprache, nicht in der Atons, aber es schien auch kein Arabisch zu sein, denn diese Sprache hatte er oft genug gehört, um sie an ihrem Klang zu erkennen. Nicht dass das irgendetwas änderte. Die Männer da vorne hätten Russisch mit starkem Hindu-Akzent reden können, ohne dass Aton langsamer geworden wäre. Außerdem wurde der Boden immer abschüssiger. Er rannte jetzt und hätte wahrscheinlich gar nicht mehr stehen bleiben können, selbst wenn er es gewollt hätte.
Kurz vor dem Ende des Tunnels kam er dann tatsächlich ins Stolpern und wäre gestürzt, wäre er nicht gegen die Wand

geprallt und zurückgetaumelt. Er kämpfte um sein Gleichgewicht, drohte dadurch aber nun nach hinten zu kippen. Aton machte einen hastigen Schritt zur Seite, spürte, wie er seine Balance zurückgewann und praktisch in derselben Sekunde etwas unter seinem Fuß nachgab. Mit einem Schrei landete er endgültig auf dem Hosenboden und schlitterte immer schneller weiter, denn das, worüber er in den letzten Minuten gelaufen war, war kein massiver Fels mehr gewesen, sondern Geröll, und der Boden war so abschüssig, dass er in einer immer größer und lauter werdenden Steinlawine auf das Licht und die Stimmen zupolterte. Und eine Sekunde später wurde aus dem, was ihn bisher nur erschreckt hatte, eine tödliche Gefahr.

Der Stollen mündete in eine große, halbrunde Höhle natürlichen Ursprungs, aber nicht zu ebener Erde, sondern in einer Höhe von mindestens fünf, wenn nicht mehr Metern, und Atons Schwung war nun so groß, dass er inmitten einer Flut von Felsbrocken und Geröll noch meterweit ins Leere hinausflog, ehe er, einen gellenden Schrei auf den Lippen, zu stürzen begann. Boden, Wände und Decke der Höhle schienen sich rings um ihn herum hundertfach zu überschlagen und der Aufprall war so hart, dass er ihm beinahe das Bewusstsein geraubt hätte.

Keuchend vor Schmerz und Benommenheit blieb er liegen. Die Stimmen waren verstummt, als er so plötzlich vom Himmel gefallen war, aber dafür näherten sich jetzt hastige Schritte und der Tanz der Schatten an der Höhlendecke wurde hektischer, als das Licht der Fackeln näher kam. Aton nahm all das nur wie durch einen dichten Schleier wahr, der sein Bewusstsein zu umschließen versuchte. Er sah zwei Gestalten, die auf ihn zurannten, mit wehenden Gewändern, weit ausgreifenden Schritten und jede eine lodernde Fackel in der Hand schwenkend. Ihre Gesichter konnte er nicht erkennen, aber ihre Kleidung war sonderbar – der eine trug einen einfachen, weißen Burnus mit einem braunen Überwurf, der andere jedoch war in ein prachtvolles, gold und blau gestreiftes Gewand gehüllt und auf seiner Brust schimmerte und glänzte etwas Goldenes, das Aton nicht genau erkennen konnte. Aber es war gleich. Trotz der Benommenheit und des rasenden Schmerzes in seinem Bein und seiner Schulter fühlte er sich erleichtert wie schon seit einer Ewigkeit nicht mehr. Es war völlig gleich, wer die beiden waren, sie waren Menschen und sie würden ihn hier herausbringen. Und es war wohl auch einzig dieser Gedanke, der ihm die Kraft gab, die Bewusstlosigkeit zurückzudrängen und sich sogar halb aufzusetzen, ehe er mit einem Schmerzenslaut wieder zurücksank.

Der Mann in dem weißen Burnus kniete neben ihm nieder und beugte sich besorgt über Aton. Er hatte ein schmales, asketisch wirkendes Gesicht und gutmütige Augen und er streckte zwar die Hände nach ihm aus, berührte ihn aber nicht, als wisse er, dass er ihm nicht helfen, ihm damit nur unnötige Schmerzen zufügen würde. »Wie geht es dir?«, fragte er. »Bist du verletzt?« Er bediente sich Atons Muttersprache und das war seltsam, denn Aton hatte bisher kein Wort gesagt, sodass der Mann ja gar nicht wissen konnte, welcher Nationalität er war.

Aber Aton war in diesem Moment viel zu aufgeregt, um darauf zu achten. Mit zusammengebissenen Zähnen schüttelte er den Kopf und auf Petachs Gesicht breitete sich ein flüchtiges Lächeln aus, denn um niemand anderen handelte es sich bei dem Mann in dem weißen Burnus. Obwohl Aton vollkommen in seinem Traum gefangen war, erkannte er dies mit völliger Klarheit und er wunderte sich auch ein bisschen, dass er Petach nicht schon längst wieder erkannt und sich an die Szene von damals erinnert hatte. Aber dieses Wissen half ihm nicht, aus seinem Traum zu entfliehen.

»Beweg dich nicht«, sagte Petach. »Du bist in Sicherheit, keine Angst. Dir wird nichts geschehen.« Er hob den Kopf und tauschte einen Blick mit dem Mann in dem blaugoldenen Gewand, dessen Gesicht Aton immer noch nicht deutlich erkennen konnte, denn er war in einigen Schritten Entfernung stehen geblieben und hatte die Fackel gesenkt und ein wenig zur Seite geneigt, fast als legte er Wert darauf, unerkannt zu bleiben. Trotzdem schien etwas Vertrautes an seinen Zügen zu sein, auch wenn er dieses Beinahe-Wiedererkennen erst im Nachhinein der Traumszene hinzufügte. Für eine ganze Weile sahen sich Petach und der Fremde einfach nur an, und obwohl keiner von ihnen ein Wort

sagte, ja sich in Petachs Gesicht nicht ein Muskel rührte, spürte Aton doch deutlich, dass zwischen ihnen irgendeine Art geheimnisvoller Unterhaltung stattfand. Schließlich nickte der andere. Petach erwiderte die Bewegung, dann wandte er sich wieder zu Aton um und untersuchte ihn flüchtig, aber doch auf eine Art, die Aton erkennen ließ, dass er wusste, was er tat.

»Das sieht nicht gut aus«, sagte er. Er bemerkte Atons Erschrecken und fügte rasch und beruhigend hinzu: »Es ist auch nicht sehr schlimm, keine Angst. Wir werden dich von hier fortbringen und einer eurer Ärzte wird sich um dich kümmern. Es wird alles gut.« Seine Worte bewirkten das Gegenteil dessen, was sie sollten. Eines hatte Aton bereits gelernt: Wenn Erwachsene sagten, dass es keinen Grund gäbe, Angst zu haben, bedeutete das fast immer, dass es ihn sehr wohl gab. Außerdem war er kein Dummkopf. Der Schmerz in seiner Schulter war so heftig, dass man kein Arzt sein musste und auch kein Erwachsener um zu begreifen, dass sie gebrochen war.

»Deine Eltern gehören zu den Touristen, die die Gräber besuchen, nicht wahr?«, fuhr Petach fort, während er aufstand und Aton dabei vorsichtig auf die Arme nahm. »Wie bist du überhaupt hier heruntergekommen? Der Eingang ist doch –«

Er verstummte abrupt und auch der andere Mann fuhr zusammen und hob den Blick. Für einen Moment geriet sein Gesicht nun doch ins Licht der Fackel und Aton glaubte wieder etwas Vertrautes darin zu erkennen. Aber die Schatten bedeckten es wieder, ehe aus diesem Glauben Gewissheit werden konnte, und dann hörte auch er, was Petach so plötzlich mitten im Satz hatte abbrechen lassen, und der Schrecken, der das Erkennen dieses Geräusches begleitete, war so heftig, dass er jeden Gedanken an den anderen Mann sofort vergaß.

Sie hörten Schritte. Nicht die Schritte eines Menschen, sondern schwere, tappende Pfoten, riesige Krallen, die über Fels scharrten, und das Schaben eines gewaltigen Körpers, der sich mühsam, aber sehr schnell durch die schmalen Gänge zwängte.

Auch Petach schienen diese Laute nicht fremd zu sein. Er drehte sich auf der Stelle herum und fiel schon nach einigen Metern in einen raschen Laufschritt, den sein Begleiter ebenfalls mithielt und der Aton erneut Schmerzen bereitete. Aber er biss tapfer die Zähne zusammen, denn er wusste, dass das, was da hinter ihnen herankam, schlimmer war als jeder Schmerz, den ihm die Erschütterungen von Petachs Schritten zufügen konnten. Dabei wusste er nicht einmal, was es war. In seinen Erinnerungen gähnte ein Loch. Er wusste, dass er vor diesen Schritten geflohen war, lange und vergeblich, und dann hatte er das Licht gesehen und die Kammer betreten, die …

Er wusste nicht mehr, was darin gewesen war, was er erlebt oder getan hatte. Erst viel später hatte er sich wieder in den lichtlosen Gängen dieses unterirdischen Labyrinths wieder gefunden, erfüllt von dem sicheren Wissen, etwas Unglaubliches, Faszinierendes erlebt zu haben, aber zugleich auch ohne sich erinnern zu können, was es gewesen war. Aber es hatte etwas mit diesen Schritten zu tun und sie bedeuteten Gefahr, entsetzliche, unvorstellbare Gefahr, die viel schlimmer war als jeder Schrecken, den diese Tunnel sonst noch bergen konnten.

Petach lief immer schneller, aber das schwere Tappen des Verfolgers blieb nicht hinter ihnen zurück, sondern schien im Gegenteil lauter zu werden. Er hatte die Kraft und Schnelligkeit eines Dämons und er war hier zu Hause. Die endlosen Stollen und Tunnel waren seine Heimat, seine Welt, in der er sich so geschickt und sicher zu bewegen vermochte wie ein Fisch im Wasser, während Petach, Aton und der Fremde nur Eindringlinge waren.

Der Weg führte nun allmählich wieder nach oben. Sie stürmten einige Treppen hinauf, durch zwei, drei weitere leere Räume, und endlich, als Aton schon fast die Hoffnung aufgegeben hatte, jemals wieder Tageslicht zu sehen, schimmerte weit vor ihnen ein winziger, heller Fleck.

Doch die Erleichterung, die dieser Anblick bedeutete, hielt kaum eine Sekunde. Hinter ihnen erscholl ein zorniges Brüllen, das von den Wänden des Tunnels aufgefangen und als hundertfach gebrochenes, verzerrtes Echo zurückgeworfen wurde, und plötzlich blieb Petach stehen, setzte Aton ab und stellte sich schützend vor ihn.

Atons verletztes Bein gab unter dem Gewicht seines Körpers nach, und er wankte, stürzte gegen die Wand und hatte kaum die Kraft, sich an dem rauen Stein festzuhalten. Und dann schrie auch er auf, als er sah, was hinter Petach und ihm aufgetaucht war.
Das Ungeheuer war so groß, dass es Mühe hatte, sich in dem Tunnel überhaupt vorwärts zu bewegen. Es hatte den Körper eines Löwen, aber unter der gewaltigen, schwarzen Mähne blickte Aton ein menschliches Gesicht an und aus seinen Schultern wuchs ein Paar riesiger, ebenfalls schwarzer Flügel, die jetzt eng zusammengefaltet am Leib lagen, trotzdem aber rechts und links an den Wänden des Tunnels entlangstreiften. Seine Krallen waren so groß und ebenso tödlich wie Messer und das tiefrote Lodern in seinen Augen ließ keinen Zweifel daran aufkommen, weshalb es gekommen war.
»Lauf!«, schrie Petach. »Lauf weg, Junge! Wir halten sie auf.«
Aton vergaß den Schmerz in seiner Schulter. Er vergaß das grausame Stechen in seinem Fuß, seine Schwäche und Müdigkeit, stieß sich von der Wand ab und rannte los, erfüllt von der absoluten Kraft, die die Todesangst verleiht. Die Sphinx brüllte erneut und so laut, dass Wände und Boden des Stollens zitterten und sich kleine Steine und Staubfahnen von der Decke lösten, und sie hätte sicher unverzüglich zur Verfolgung angesetzt, hätten Petach und der andere nicht ihre Fackeln geschwungen und sie damit zurückgetrieben. Aton bezweifelte, dass sie dem Ungeheuer damit ernsthaften Schaden zufügen konnten, aber das Feuer schien es zumindest zu ängstigen, denn es wich tatsächlich ein kleines Stück zurück, ehe es die Tatzen hob und die beiden Menschen mit wütenden Krallenhieben auf Distanz hielt.
Aton rannte, so schnell er nur konnte. Der Flecken hellen Tageslichts kam rasch näher, aber er wusste auch, dass Petach und der andere die Sphinx nicht lange aufhalten konnten – und dass seine Kräfte nicht ewig reichten. Hinter ihm wurden das Brüllen und das Geräusch des zornigen Vor und Zurück des Ungeheuers lauter und dann hörte er einen Schmerzensschrei und Augenblicke später ein triumphierendes Fauchen. Als er sich umblickte, sah er, dass Petach gestürzt war und auf dem Boden lag. Der

andere Mann stand breitbeinig über ihm und schwang seine Fackel mit beiden Händen. Das brennende Holz zeichnete lange Spuren aus Flammen und Funken in die Luft und tatsächlich gelang es ihm, die Sphinx so lange zurückzudrängen, bis Petach sich auf die Füße erhoben hatte.

»Lauf!«, schrie Petach noch einmal. Er hatte sich zu Aton umgewandt und gestikulierte heftig mit beiden Armen. Aton versuchte auch schneller zu laufen, aber es ging nicht. Er spürte, wie seine Kräfte nun rapide nachließen und der Schmerz in seinem Fuß mit jedem Schritt schlimmer wurde. Aber er fühlte auch, dass er in Sicherheit war, wenn es ihm nur gelang, ins Freie zu kommen. Die Sphinx war ein Geschöpf der Nacht, eine Kreatur der Finsternis, die nur im Dunkeln existieren konnte und für die das Tageslicht ein Feind war. Es war nicht mehr weit. Dicht vor ihm endete der gemauerte Stollen und ging in eine niedrige, natürlich entstandene Höhle über. Das Laufen wurde auf dem unebenen Grund noch schwieriger, aber der Anblick des rettenden Tageslichts gab ihm noch einmal zusätzliche Kraft.

Und beinahe hätte er es auch geschafft.

Der Höhlenausgang war vielleicht noch zehn Meter entfernt, als hinter ihm ein ungeheuerliches Brüllen erklang. Aton sah sich im Laufen um – und schrie abermals erschrocken auf. Die Sphinx hatte Petach und den anderen einfach niedergerannt. Einer ihrer Flügel brannte und die Fackeln der beiden Männer hatte tiefe Spuren in ihr Fell gegraben, aber das schien die Wut der Bestie noch zu steigern. Mit einem einzigen gewaltigen Satz brach sie aus dem Tunnelende hervor, breitete die Schwingen aus und stieß sich ab. Mit weit vorgestreckten Krallen raste sie auf Aton zu. Aton kreischte vor Angst und Entsetzen, riss in einer instinktiven Bewegung schützend die Arme vor das Gesicht und verlor dadurch endgültig die Balance.

Er stürzte. Die Krallen der Sphinx verfehlten sein Gesicht um Haaresbreite, aber eine ihrer Schwingen traf seine Schulter, und obwohl sie ihn im Grunde nur streifte, reichte diese Berührung doch aus, Aton mitten im Sturz herumzuwirbeln und wieder in die Höhe zu reißen.

Vor seinen Augen tanzten bunte Kreise und Sterne. Er hatte sich auf die Zunge gebissen und schmeckte Blut, und als er sich hochstemmen wollte, wäre er beinahe unter der Anstrengung zusammengebrochen. Wahrscheinlich schaffte er es nur, weil in diesem Moment auch die Sphinx bereits wieder in die Höhe kam und zu einem zweiten Angriff ansetzte. Und diesmal war sie so nahe, dass sie ihn gar nicht verfehlen konnte!

Der Anblick war so schrecklich, dass Aton selbst seine Angst für einen Sekundenbruchteil vergaß. Das Ungeheuer war gestürzt. Wo es gegen die Wand geprallt war, war der Felsen geborsten und das dämonische Gesicht der Sphinx war voller Blut. Ihr rechter Flügel brannte noch immer, aber nichts von alledem schien sie irgendwie zu behindern. Und sie bewegte sich trotz ihrer Größe unvorstellbar schnell und elegant.

Aton sprang hoch und rannte blindlings auf den hellen Fleck neben sich zu. Die Strecke betrug vielleicht fünf oder sechs Schritte für Aton – aber für die Sphinx war es nur ein einziger kraftvoller Satz. Aton wagte es nicht, sich zu dem Ungeheuer herumzudrehen, aber er spürte, wie der Boden unter ihr erzitterte, als die Sphinx sich abstieß, und er konnte regelrecht fühlen, wie etwas Riesiges auf ihn zuflog.

Aton sah nun doch über die Schulter zurück. Die Sphinx war gesprungen und schien wie ein lebender Berg auf ihn herabzustürzen. Fänge und Krallen blitzten wie tödliche Dolche und der brennende Flügel zeichnete eine Funkenspur in die Luft. Aton war noch einen Schritt vom Ausgang entfernt, aber er wusste, dass er es nicht schaffen würde.

Doch dann sah er noch etwas anderes: Petach riss plötzlich in einer beschwörend wirkenden Geste beide Arme in die Luft und ... dann war da plötzlich noch eine andere unsichtbare Gewalt, so stark und zerstörerisch wie die Sphinx, aber hundertmal schneller. Den Bruchteil einer Sekunde bevor die tödlichen Klauen Aton packen konnten, erreichte sie die Sphinx und riss sie mitten in der Bewegung herum. Mit unvorstellbarer Gewalt wurde das Ungeheuer gegen die Felswand geschleudert, dass der ganze Berg zu erbeben schien, und auch Aton fühlte sich von einer unsichtbaren Riesenhand getroffen, sodass er den letzten Schritt hinaus ans Tageslicht nicht ging, sondern regelrecht aus dem Ausgang hinausgeworfen wurde. Himmel und Erde führten einen irren Hexentanz rings um ihn auf, als er auf Stein und Geröll in die Tiefe schlitterte, denn der Höhlenausgang lag hoch in der Flanke einer steilen, felsigen Böschung.

Irgendwie gelang es Aton, seine rasende Rutschpartie abzubremsen. Mit aufgeschürften Händen und Knien und inmitten einer gewaltigen Staubwolke kam er zum Stillstand – aber es war noch nicht vorbei.

Aton hatte kaum den Kopf gehoben, um nach oben zu sehen, da schien sich der gesamte Höhlenausgang in einen Feuer speienden Vulkan zu verwandeln. Inmitten einer weißen und orangefarbenen Flammenwolke brach die Sphinx aus dem Berg, tobend und brüllend vor Schmerz und wahnsinnigem Zorn, aber um nichts langsamer als bisher. Eine Steinlawine löste sich unter ihren stampfenden Schritten und polterte den Abhang hinunter.

Und nun hatte ihn die Sphinx erspäht. Aton sah jetzt mit eigenen Augen, dass seine Vermutung richtig gewesen war: Das Ungeheuer konnte im hellen Tageslicht nicht existieren. Die Sonnenstrahlen töteten es. Die Flammen, die bisher nur an seinem rechten Flügel gezüngelt hatten, breiteten sich rasend schnell über seinen gesamten Körper aus und begannen ihn zu vernichten.

Doch so schnell das Licht des Gottes Aton die Sphinx auch verzehrte – es war nicht schnell genug. Mit gewaltigen Sätzen, die lichterloh brennenden Flügel weit ausgebreitet, raste die Sphinx auf Aton zu. Selbst wenn sie nicht mehr die Kraft hatte, ihn anzugreifen, würde sie Aton einfach unter sich begraben und zermalmen.

In diesem Moment erschien Petach im Höhleneingang. Er wiederholte die beschwörende Bewegung, die er schon einmal drinnen in der Höhle gemacht hatte – und die Kräfte, die er diesmal entfesselte, waren ungleich stärker.

Die Sphinx wurde regelrecht zerfetzt. Petachs Zauber traf sie kaum zwei Meter von Aton entfernt und ließ sie in Millionen winziger Trümmer zerbersten, die rings um Aton niederregneten, glühend heiß und so hart wie der Stein, der sie vermutlich auch gewesen war, ehe ein uralter, finsterer Zauber sie mit Leben beseelt hatte.

Der Berg zitterte. Petachs Kräfte, einmal entfesselt, tobten weiter, ließen die Luft stöhnen und den Fels unter Aton knirschen. Er begann wieder zu rutschen, versuchte vergeblich sich mit den bloßen Händen in den Boden zu krallen. Und diesmal gelang es ihm nicht mehr, seinen rasenden Sturz abzubremsen. Schneller und schneller werdend schlitterte er die Böschung hinab, schlug gegen Felsen, wurde von Steinen getroffen und riss eine immer größer werdende Trümmerlawine los.

Sein Vater, seine Mutter und die gut zwanzig anderen Touristen, die durch den Lärm der Geröllawine angelockt herbeigeeilt kamen, brauchten mehr als eine halbe Stunde, um Aton unter den Trümmern hervorzuziehen ...

An dieser Stelle endete der Traum und er hörte so sonderbar auf, wie sein ganzer Ablauf gewesen war: Aton erwachte nicht einfach. Der Traum gab ihn frei, weil er an seinem Ende angelangt und zumindest dieser Teil der Geschichte damit zu Ende erzählt war: Die verborgenen Türen seiner Erinnerung (bis auf eine, die ihr Geheimnis beharrlich weiter verteidigte) hatten sich geöffnet und ihm gezeigt, was dahinter lag, und nun gab es nichts mehr, was er noch wissen musste, er durfte erwachen. Das Erste, was er sah, als er die Augen aufschlug, war Petachs Gesicht. Der Ägypter saß mit untergeschlagenen Beinen neben ihm und blickte sehr ernst auf ihn herab und in seinem Gesicht mischten sich Sorge und Kümmernis mit einer sonderbaren Entschlossenheit.

»Jetzt weißt du endlich alles«, sagte Petach und die Worte ließen Aton endgültig begreifen, dass sein Traum kein Traum gewesen war – Petach hatte ihn geschickt und vielleicht hatte er das heute nicht einmal zum ersten Mal getan, sondern von Anfang an. Zumindest war er bei ihm gewesen, während er noch einmal jene schrecklichen Stunden durchlebte, die um ein Haar mit seinem Tod geendet hätten.

Aber war es tatsächlich nur um ein Haar gewesen? Plötzlich

war Aton sich dessen nicht einmal mehr sicher. Es war verrückt, aber je länger Aton darüber nachdachte, desto mehr hatte er das Gefühl, dass er damals wirklich gestorben war, nicht nur beinahe. Das war natürlich absurd – wäre er damals von der Steinlawine erschlagen worden, dann könnte er jetzt kaum hier sein. Aber das Gefühl blieb, und als er abermals in Petachs Augen sah, da erkannte er darin, dass er auch diesen Gedanken erriet. Und ihm nicht widersprach.

»Sie waren dabei, damals«, murmelte Aton. »Als ... als der Unfall geschah. Aber es war kein Unfall.«

Petach sah plötzlich schuldbewusst drein, und nach allem, was Aton nun wusste, hatte er auch allen Grund dazu. Trotzdem lächelte er nach einigen Sekunden, blieb Aton aber eine Antwort schuldig.

»Warum haben Sie es mir nicht gleich gesagt?«, fuhr Aton nach einer Weile fort. »Sie hätten es mir erzählen müssen. Die ganze Geschichte, nicht immer nur so viel, wie ich unbedingt wissen muss.«

Diesmal antwortete Petach. »Vermutlich hast du Recht«, sagte er. »Aber ich wollte ...« Er stockte, suchte einen Moment nach den richtigen Worten und setzte dann noch einmal neu und in verändertem Ton an. »Was ich dir ganz am Anfang erzählt habe, ist die Wahrheit. Ich dachte, ich könnte dich aus allem heraushalten, dir das Schlimmste ersparen. Ich habe mich geirrt.«

»Und nicht nur in diesem Punkt«, murmelte Aton und setzte sich auf. Petach hielt seinem Blick zwar weiter stand, aber Aton spürte deutlich, wie sehr ihn seine Worte verletzten. Doch sein Mitgefühl mit dem Ägypter hielt sich in Grenzen. Der Traum hatte ihn diesmal nicht mit Schrecken und Herzklopfen ins Wachsein hinüber verfolgt wie sonst, aber er war noch immer aufgewühlt und betroffen von dem, was er erlebt hatte. Zumal er nun wusste, dass es alles andere als ein bloßer Traum gewesen war.

»Der andere«, sagte er. »Der Mann, der bei Ihnen war. War das –?«

»Der Wanderer«, bestätigte Petach. »Eje. Ja, du hast ihn wieder erkannt.«
Wie hätte er das nicht? Jetzt, wo er wieder wach und völlig Herr seiner Sinne war, erinnerte er sich sofort an das Gesicht des Mannes, der ihn durch die unterirdische Pyramide und in den See hineingejagt hatte. Er würde dieses Gesicht niemals vergessen, solange er lebte. Aton nickte. »Natürlich. Immerhin hätte er mich um ein Haar schon einmal erwischt.«
Seltsam – aber Petach sah für einen Moment so aus, als wäre das nicht das, was er erwartet hatte. Doch er sagte nichts dazu, denn in diesem Moment sprach Aton endlich die Frage aus, die ihm schon die ganze Zeit auf der Zunge brannte.
»Wieso haben Sie mir geholfen?«, fragte er. »Ich war doch ein völlig Fremder für Sie. Und die Sphinx hätte Sie töten können.«
»Weil es unsere Schuld war, dass du dort warst«, antwortete Petach. »Meine Schuld, um genau zu sein.«
»Ihre Schuld?«
»Die geheime Tür, durch die du in das unterirdische Labyrinth eingedrungen bist«, sagte Petach betrübt. »Ich vergaß sie zu schließen, als wir es vor dir betraten. So konntest du uns folgen und bist durch meine Unachtsamkeit in große Gefahr geraten.«
»Was haben Sie überhaupt dort gemacht?«, fragte Aton.
»Der Wanderer und ich kamen an jenen Ort, um ... etwas Bestimmtes zu holen, das wir für einen ganz bestimmten Zweck benö–«
»Bitte«, unterbrach ihn Aton. »Sprechen Sie nicht schon wieder in Rätseln. Ich verspreche Ihnen, dass ich alles tue, was Sie verlangen, aber ich will jetzt endlich alles wissen.«
Petach lächelte flüchtig. »Entschuldige«, sagte er. »Ich glaube, ich bin es jetzt so lange gewohnt, nicht die Wahrheit zu sagen, dass ich schon gar nicht mehr anders kann. Also gut – du hast Recht. Es wird Zeit, dass du alles erfährst. Das meiste weißt du ja ohnehin schon.« Er seufzte tief, richtete sich ein wenig auf und sah sich aufmerksam im Raum um, ehe er weiter-

sprach, fast als müsse er sich erst davon überzeugen, dass sie auch wirklich allein waren.

»Bis vor wenigen Tagen«, begann er, »dachte ich immer noch, dass du durch einen reinen Zufall in diese Geschichte verwickelt worden wärst. Aber nun bin ich nicht mehr sicher. Du hast damals etwas getan, was der Wanderer und ich jahrhundertelang vergebens versuchten.«

»Ich?«, wunderte sich Aton. »Aber ich habe doch gar nichts getan!«

»Du erinnerst dich nicht daran«, verbesserte ihn Petach. »Das bedeutet nicht, dass es nicht geschehen ist.«

Atons Miene verdüsterte sich. »Also haben Sie mir doch noch nicht alles erzählt«, sagte er vorwurfsvoll.

»Alles, wovon ich weiß«, sagte Petach. »Was in Echnatons Grab geschah, das wissen auch der Wanderer und ich nicht. Es ist uns nie gelungen, jene letzte Tür zu durchschreiten, hinter der du gewesen bist.«

»Echnatons Grab?«, wiederholte Aton ungläubig. »Aber wir waren doch nur –«

»Im Tal der Könige«, unterbrach ihn Petach mit einem Lächeln. »Dort, wo die meisten Pharaonen beigesetzt wurden. Dort liegen auch Echnaton und seine Frau Nofretete begraben. Man hat ihr Grab nie gefunden und es wird auch niemals entdeckt werden, solange diese Welt besteht, aber es ist dort. Und du warst darin. Du erinnerst dich nicht?«

Aton versuchte es. Aber dieser Teil seiner Erinnerung blieb ihm weiter verborgen. Er erinnerte sich wieder, wie er sich von seinen Eltern getrennt hatte, wie er durch die verborgene Tür im Fels in das unterirdische Labyrinth eingedrungen und plötzlich gestürzt war, um sich nach einer langen, schmerzhaften Rutschpartie in einer vollkommen fremden, unheimlichen Welt wieder zu finden, wie er die Schritte gehört und zu rennen begonnen hatte – aber die Bilder in seinem Kopf hörten auf, als sie an jener letzten Tür anlangten, durch die er auf der Flucht vor dem unsichtbaren Verfolger gestürmt war. Er schüttelte den Kopf.

Petach machte keinen Hehl aus seiner Enttäuschung, fuhr aber nach einigen Sekunden in seiner Erzählung fort. »Du erinnerst dich, was ich dir über Echnatons Fluch erzählte? Dass etwas Bestimmtes nötig ist, um seine toten Krieger wieder zum Leben zu erwecken? Es handelt sich um das Udjatauge, einen magischen Gegenstand, der einen Teil der Kraft des Gottes Horus birgt. Der Wanderer hat lange danach gesucht; Jahrhunderte, bis er erfuhr, dass Nofretete es mit ins Grab ihres Gemahls legen ließ – vielleicht mit Bedacht, vielleicht auch wirklich ohne zu wissen, was sie tat. Gleichwie: Ohne das Udjatauge kann die Beschwörung nicht stattfinden und die Toten können nicht aus ihrer Ruhe erwachen.«

»Sie waren dort – um es zu holen?«

Petach nickte. »Nicht zum ersten Mal. Und nicht zum ersten Mal vergebens. Weder der Wanderer noch ich können Echnatons Grab betreten. Es wird von mächtigen Dämonen beschützt – einen davon hast du kennen gelernt – und es liegt ein Zauber über seinem Eingang, der es uns unmöglich macht ihn zu durchschreiten. Trotzdem hatten wir die Hoffnung, dass die Kraft des Zaubers im Laufe der Jahrhunderte vielleicht geschwunden war oder es uns irgendwie gelänge, ihn zu brechen.«

»Aber das ist nicht geschehen«, vermutete Aton.

Petach sah ihn eine Sekunde lang schweigend an, dann schüttelte er mit einem traurigen Lächeln den Kopf. »Wir waren guter Dinge«, sagte er. »Wir glaubten schon, es diesmal schaffen zu können, denn der Dämon, der das Grab bewachte, zeigte sich nicht.«

»Ich weiß«, murrte Aton. »Er war anderweitig beschäftigt.«

»Er jagte dich, ja«, bestätigte Petach. »Doch damals konnte ich das nicht wissen. Ich sah nur einen Jungen, der von der Sphinx verfolgt wurde, und natürlich versuchte ich ihm zu helfen. Hätte ich geahnt, weshalb sie dich wirklich verfolgte, dann hätte ich vielleicht anders reagiert.«

»Aber warum hat sie mich denn gejagt?«, fragte Aton.

»Du weißt es wirklich nicht?«, fragte Petach noch einmal. Aton

antwortete gar nicht und Petach wiederholte seine Frage nicht, sondern fuhr fort: »Weil dir gelungen ist, was der Wanderer und ich unzählige Male vergebens versuchten.«
Es dauerte einen Moment, bis Aton begriff. »Das Auge?«, flüsterte er. »Sie ... Sie meinen, ich ... ich habe das Urjaauge aus dem Grab –«
»Das Udjatauge«, verbesserte ihn Petach mit einem flüchtigen Lächeln, das sofort wieder von Sorge und Ernst abgelöst wurde. Er nickte. »Ja. Was genau in Echnatons Grabkammer geschehen ist, kann auch ich nur raten. Ich hatte gehofft, dass dir die Erinnerung hilft, mir auch jene letzte Frage zu beantworten, aber wenn du es nicht weißt ...« Er machte eine Handbewegung, als Aton etwas sagen wollte, und fuhr fort: »Was immer es war, wer immer dir geholfen hat und warum auch immer – als du die Grabkammer wieder verlassen hast, da hast du das Udjatauge bei dir getragen.«
Er legte eine dramatische Pause ein und dann sagte er: »Und du hast es noch.«
»Wie bitte?», fragte Aton überrascht. Ungläubig sah er Petach an. »Aber das kann nicht sein. Ich ... ich hatte gar nichts bei mir, als ich herauskam. Ich meine, selbst wenn ich es eingesteckt hätte ohne es zu merken, hätte ich es später gefunden. Im Krankenhaus oder zu Hause. Aber ich habe nie –«
Er verstummte, als Petach die Hand ausstreckte und seine Schulter berührte – genauer gesagt den winzigen, harten Knoten unter seinem Schlüsselbein, der ihm als Erinnerung an sein lebensgefährliches Abenteuer geblieben und ihm all die Jahre hindurch so vertraut geworden war, dass er ihn gar nicht mehr richtig bemerkt hatte. Unwillkürlich hob auch er die Hand, aber plötzlich wagte er es nicht mehr, die kaum sichtbare Erhebung unter seiner Haut zu berühren.
»Der ... Stein?«, flüsterte er.
»Es ist kein Stein«, sagte Petach. »Die Ärzte im Krankenhaus hielten es dafür, aber er ist es nicht. Er war es nie. Es war auch nicht die Verletzung, durch die er in deinen Körper geriet. Er war in dir, als du die Grabkammer verlassen hast, und du hast

ihn die ganzen zehn Jahre bei dir getragen ohne es zu wissen. Niemand wusste es, auch der Wanderer und ich nicht. Erst viel später begriff ich, was wirklich geschehen war, aber da war es bereits zu spät, die Dinge noch aufzuhalten.«

Aton fühlte einen Schauder eiskalter Furcht. Für einen Moment fiel es ihm schwer, Petachs Worten weiter zu folgen. Er hatte die Lösung aller Rätsel, die sich ihm in der letzten Woche gestellt hatten, die ganze Zeit über bei sich getragen und er hatte es nicht einmal gewusst!

»Deshalb sind sie also so massiv hinter mir her«, murmelte er.

Petach nickte. Er sagte nichts.

»Und deshalb haben Sufi und Sie mich in ... in dieses seltsame Krankenhaus gebracht«, fuhr Aton fort. »Sie wollten es herausschneiden. Warum haben Sie es mir nicht gesagt? Ich ... ich hätte nichts dagegen gehabt.«

»Ich dachte, es wäre das Beste für dich, wenn du so wenig wie möglich weißt«, gestand Petach. »Aber ich sehe nun ein, dass das falsch war. Es tut mir Leid. Ich hoffe, du glaubst mir.«

Seltsam – Aton hatte wahrlich jeden Grund, Petach nichts mehr zu glauben, aber irgendwie spürte er, dass der Ägypter die Wahrheit sprach. Und noch mehr: Er wusste auch plötzlich, dass es nichts geändert hätte. Petach mochte ein Mann von großer Macht sein, unendlich viel mehr vermutlich, als Aton selbst jetzt noch annahm, aber auch ihm waren Grenzen gesetzt. Das Schicksal hatte entschieden, dass die Dinge so und nicht anders ablaufen sollten, und selbst er konnte daran wohl nichts ändern.

»Vielleicht verstehst du nun, warum ich es nicht zulassen konnte, dass du zu deinem Vater gehst«, fuhr Petach nach einer Weile fort. »Morgen früh, wenn die Sonne das nächste Mal aufgeht, ist der Moment des Erwachens gekommen.«

»Und was würde geschehen, wenn ... wenn ich in der Nähe wäre?«, fragte Aton – obwohl er die Antwort darauf ganz genau kannte.

»Es wäre dein Tod«, sagte Petach ernst. »Und nicht nur der

deine. Die Sterne stehen in der richtigen Position und mit dem Auge des Horus in der Nähe ...« Er seufzte. »Ich habe dir erzählt, was geschieht, wenn sie erwachen, jetzt und in der Nähe all dieser ahnungslosen Menschen.«

»Aber sie werden nicht aufgeben«, sagte Aton leise. »Vielleicht sind wir ja sicher, solange die Sonne am Himmel steht, aber sobald es dunkel wird ...«

»Sie werden alles in ihrer Macht Stehende tun, um deiner habhaft zu werden«, bestätigte Petach. »Aber hab keine Sorge – es gibt einen Ort, an den ihre Macht nicht reicht, und dorthin werden wir gehen. Den einzigen Ort auf der Welt, der selbst den Göttern verschlossen ist.«

»Echnatons Grab«, sagte Aton.

Petach nickte. »Ja. Wir müssen es zurückbringen. Du bist dort sicher, und ohne dich und das, was du bei dir trägst, kann sich die Prophezeiung nicht erfüllen.«

»Dann sollten wir keine Zeit mehr verlieren«, sagte Aton.

Er war von dem, was er von Petach erfahren hatte, viel zu aufgewühlt und betroffen, als dass an Schlafen noch zu denken gewesen wäre, obwohl er sich nach den Aufregungen der vergangenen Nacht so müde fühlte, dass seine Glieder Zentner zu wiegen schienen. So stand er auf und folgte dem Ägypter ins Freie, als Petach sich nach einer Weile erhob und das Haus verließ.

Der kleine Ort war zum Leben erwacht, was aber nicht mehr hieß, als dass auf der staubigen Straße eine Hand voll Menschen zu sehen waren, aber die Familie, die das Gebäude normalerweise bewohnte, war nicht dabei. Petach sah in nördlicher Richtung die Straße hinunter, offensichtlich wartete er auf jemanden.

»Wie kommen wir von hier weg?«, fragte Aton. Er hatte die Karte Ägyptens nicht im Kopf, aber er wusste doch, dass das Tal der Könige nicht unbedingt um die nächste Ecke lag. Selbst mit einem schnellen Wagen würden sie einen gut Teil des Tages brauchen, um dorthin zu kommen. Er hoffte nur, dass das Sonnenlicht sie tatsächlich so zuverlässig vor ihren Verfolgern schützte, wie Petach behauptete. Schließlich wäre es nicht das erste Mal, dass er sich irrte.

Am Ende der Straße erschien eine Staubwolke. Petachs Haltung spannte sich ein wenig und Aton trat einen Schritt weiter auf die Straße hinaus um besser sehen zu können. Der wirbelnde Staub verdichtete sich zu den Umrissen eines schwarz lackierten Landrovers, der rasch näher kam. Yassir, der wie versprochen aus dem Nachbarort zurückkehrte und den angekündigten Wagen mitbrachte.

Wie auf ein Stichwort hörten sie Schritte hinter sich, und als Aton den Blick wandte, erkannte er Sascha, die hinter ihnen aus dem Haus trat. Der Anblick verblüffte ihn ein wenig, denn er war vollkommen sicher gewesen, beim Erwachen mit Petach allein in der einfachen Hütte zu sein. Und es gab in dem nur aus einem Raum bestehenden Haus keinen Fleck, an dem sie seinen Blicken hätte verborgen bleiben können. Aber er vergaß seine Verwunderung sofort, als er den Ausdruck von Sorge und Zorn auf Saschas Gesicht erblickte.

Mit schnellen Schritten näherte sie sich Petach, kam jedoch gar nicht dazu, etwas zu sagen, denn der Ägypter hob befehlend die Hand und brachte das Kunststück fertig, in einem Ton, der zugleich scharf wie auch sehr freundlich klang, zu sagen:

»Hier trennen sich unsere Wege. Aton und ich reisen von hier ab allein weiter.«

In Saschas Augen blitzte es kampflustig auf »Das glaube ich nicht«, sagte sie. »Wenn Sie mich wirklich so gut kennen, wie Sie behaupten, dann sollten Sie wissen, dass ich Ihnen den Jungen ganz bestimmt nicht überlasse.«

Petach seufzte. Er sah mehr traurig als zornig drein, aber er machte gleichzeitig nicht den Eindruck, dass er willens sei, sich auf Diskussionen einzulassen. Ehe er antwortete, warf er einen raschen Blick auf die Straße. Der Wagen würde sie in längstens einer Minute erreicht haben.

»Seien Sie vernünftig«, sagte Petach. »Ich weiß, wer Sie sind, wozu Sie in der Lage sind. Glauben Sie mir – Sie können mich nicht besiegen. Und Sie sind auch nicht hier um gegen mich zu kämpfen.«

Atons Verwirrung wuchs ins Unermessliche. Sein Blick irrte zwischen Sascha und Petach hin und her. »Was bedeutet das?«, fragte er. »Was soll das heißen – wer du bist und wozu du in der Lage bist?«

Sascha lächelte, ohne Petach jedoch nur eine Sekunde aus den Augen zu lassen. Auf ihrem Gesicht lag Entschlossenheit und ihre ganze Haltung verriet Anspannung. Sie antwortete nicht auf Atons Frage und wahrscheinlich hatte sie sie gar nicht gehört.

»Ich werde ihn nicht allein lassen«, beharrte sie. »Vor allem jetzt nicht.«

Der Wagen war da. Yassir brachte den Landrover in einer Staubwolke zum Stehen und stieg aus und offensichtlich erfasste er die Situation mit einem einzigen Blick, denn er trat schweigend neben Petach und funkelte Sascha herausfordernd an. Die beiden hatten sich ja nie verstanden, aber Aton fühlte, dass es jetzt nur noch einer Winzigkeit bedurfte, um die Situation zum Explodieren zu bringen.

»Bitte«, sagte Petach. »Was nun geschieht, hat mit Ihnen und denen, die Sie geschickt haben, nichts mehr zu tun. Ich verspreche Ihnen, dass Aton nichts geschieht. Was immer in meiner Macht steht, werde ich für ihn tun. Sie haben getan, wozu Sie hierher gesandt wurden, und Sie haben Ihre Aufgabe hervorragend erfüllt. Aber nun ist sie beendet. Wir helfen nur unseren gemeinsamen Feinden, wenn wir uns nun gegenseitig bekämpfen.« Er lächelte sanft. »Manchmal muss man verlieren um am Ende zu gewinnen, wissen Sie?«

Atons Gedanken begannen wild hinter seiner Stirn zu kreisen. Unseren gemeinsamen Feinden? Ich weiß, wozu Sie gesandt wurden? Was sollte das heißen? Was zum Teufel –?

Ganz im Gegenteil, Aton, sagte Sascha. Aber sie sagte es nicht wirklich. Sie starrte Petach unverwandt weiter an und ihre Lippen hatten sich nicht bewegt und tatsächlich hatte Aton ihre Stimme gar nicht gehört – so wenig, wie er die Frage laut ausgesprochen hatte, sodass Sascha sie hören konnte. Die Worte waren direkt in seinem Kopf gewesen, und noch während sich Aton bestürzt fragte, ob er nun endgültig dabei war, den Verstand zu verlieren, hörte er Saschas Stimme ein zweites Mal und auf die gleiche, unheimliche Art: *Keine Angst, Aton,* sagte sie. *Ich werde auf dich Acht geben.*

»Bitte«, sagte Petach noch einmal. »Zwingen Sie mich nicht zum Schlimmsten.«

Sascha antwortete nicht darauf. Aber sie machte auch keinen Versuch mehr, ihn oder Aton zurückzuhalten, und nur einen Augenblick später stiegen sie in den Wagen und verließen die Ortschaft.

Das Tal der Könige

Ganz wie er es erwartet hatte, brauchten sie beinahe den gesamten restlichen Tag, um das Tal der Könige zu erreichen. Es begann bereits zu dämmern, als sie endlich von der asphaltierten Hauptstraße abbogen und die staubige Zufahrt zum Tal der Könige hinabrollten. Yassir fuhr jetzt langsamer – nicht nur weil die Straße einfach schlecht war, um sie weiter mit mehr als hundert Stundenkilometern entlangpreschen zu können. Während der letzten halben Stunde hatte der Wagen begonnen sonderbare Geräusche von sich zu geben und jetzt klopfte und rumorte es immer lauter unter der Motorhaube. Sie waren nur noch drei oder vier Kilometer von ihrem Ziel entfernt – nachdem sie an einem einzigen Tag über siebenhundert Kilometer zurückgelegt hatten, eine geradezu lächerliche Strecke, aber wenn sie mit einem defekten Motor hier liegen blieben, dann konnte ihr Vorhaben in Gefahr geraten. Aton schätzte, dass ihnen allerhöchstens noch eine halbe Stunde blieb, ehe es dunkel wurde.

Aton erinnerte sich nicht an jede Einzelheit des Tages. Er hatte auf dem harten Rücksitz geschlafen, und obwohl dieser wirklich sehr unbequem war und außerdem unentwegt unter ihm geschwankt hatte wie ein bockendes Kamel, sogar sehr tief und sehr fest, sodass er erst eine halbe Stunde vor Erreichen ihres Zieles überhaupt wieder erwacht war und sich auch jetzt immer wieder den Schlaf aus den Augen reiben musste, um nicht wieder einzunicken. Seine Müdigkeit war verständlich nach der letzten Nacht und den Tagen davor – trotzdem argwöhnte er, dass Petach ein wenig nachgeholfen hatte, sprach seinen Verdacht aber nicht laut aus. Er konnte sich die Antwort denken. Aber der Gedanke brachte ihn auf eine andere, im Grunde viel interessantere Frage: Warum nämlich Petach, dem die Angst, die ihm Yassirs Fahrkünste einjagte, deutlich im Gesicht geschrieben stand, sie nicht auf einem anderen, magischen Weg zum Tal der Könige gebracht hatte.

»Auch ich bin nicht allmächtig«, antwortete Petach, als Aton die Frage laut aussprach. »Und selbst wenn es in meiner Macht stünde, hätte ich es nicht gewagt. Magie lockt Magie an, musst du wissen. Würde ich etwas tun, was nicht den Gesetzen dieser Welt entspricht, wäre das wie ein Signal für Osiris und die anderen. Aber wir sind ja auch so heil angekommen.«

Yassir grinst und Aton war ganz und gar nicht sicher, dass sie wirklich nur zufällig genau in diesem Moment durch ein Schlagloch rumpelten, sodass Petach auf seinem Sitz in die Höhe geworfen wurde und reichlich unsanft wieder zurückfiel. Ärgerlich sagte er ein Wort in seiner Muttersprache zu Yassir, worauf dieser nur noch breiter grinste, das Tempo aber immerhin ein wenig zurücknahm.

Aton wandte seine Aufmerksamkeit von den beiden Männern vor ihm ab, denn in diesem Moment rumpelten sie um die letzte Biegung und unter ihm breitete sich ein Anblick aus, der ihn sofort in seinen Bann schlug, obwohl er ihn nicht zum ersten Mal sah. Aber es war mit dem Tal der Könige wohl wie mit den Pyramiden: Es war gleich, ob man es zum allerersten oder zum hundertfünfzigsten Mal betrat – das Bild war immer gleich fantastisch und immer gleich atemberaubend. Vielleicht weil man spürte, dass dieser schmale, an drei Seiten von gigantischen braunen Sandsteinfelsen umschlossene Canyon eben mehr war als bloß eine Schlucht. Zahlreiche Pharaonen hatten im Inneren der Berge ihre letzte Ruhestätte gefunden, und auch wenn die Gräber längst entdeckt und ausgeplündert worden waren, so war doch etwas von all der Hoffnung und all der Ehrfurcht, die die Menschen an diesem Ort empfunden hatten, und von all den Gebeten, die sie hier gesprochen hatten, zurückgeblieben. Dies war ... Ja, es war ein heiliger Ort, und selbst wenn er es vielleicht in einem anderen Sinne als dem war, in dem die Menschen das Wort heute benutzen mochten, so spürte man es doch.

Für Aton war dieser Ort jedoch in zweifacher Hinsicht etwas Besonderes, denn er verband mit ihm auch noch eine äußerst unangenehme Erinnerung. Es war hier gewesen, wo er damals zum ersten Mal auf Petach getroffen war, und hier, wo er beinahe ums Leben gekommen wäre. Er verspürte ein eisiges Schaudern. Trotzdem kostete es ihn große Überwindung, seinen Blick von den steil aufragenden Felswänden zu lösen und sich wieder an Petach zu wenden.

»Wohin fahren wir?«, fragte er.

Petach machte eine vage Handbewegung. »Nur noch einen Moment Geduld«, sagte er. »Du wirst es gleich sehen.«

Aber Aton wollte nicht mehr geduldig sein. Petachs Antwort machte ihn zornig. »Was soll die Geheimnistuerei?«, fragte er scharf. »Ich erfahre es doch sowieso in ein paar Minuten, oder?«

»Richtig«, antwortete Petach ruhig. »Also besteht auch kein Grund, unfreundlich zu werden.«

Aton schluckte die zornige Antwort, die ihm auf der Zunge lag, im letzten Moment hinunter. Petach war nervös, das spürte er. Er hatte zuvor während der Fahrt Aton wieder einmal erklärt, dass sie in Sicherheit wären, solange die Sonne schien, und trotzdem wurden die Blicke, die er um sich und in den Himmel hinauf warf, immer beunruhigter. Vielleicht, dachte Aton, haben seine ständigen Versicherungen, dass ihnen gar nichts passieren konnte, ebenso sich selbst wie mir gegolten. Aber er hütete sich diesen Gedanken laut auszusprechen. Es gab Fragen, auf deren Antworten er gar nicht so versessen war. Plötzlich blinzelte Petach, beugte sich vor und starrte aus eng zusammengekniffenen Augen nach Norden. Atons Blick folgte ihm und nach einer Sekunde gewahrte auch er einen winzigen, dunklen Punkt, der sich ihnen hoch in der Luft näherte.

»Was ist das?», fragte er.

Petach schwieg. Ein besorgter Ausdruck breitete sich auf seinem Gesicht aus und auch Yassir blickte kurz in den Himmel hinauf und sah danach deutlich ernster drein als zuvor, konzentrierte sich aber sofort wieder darauf, den Wagen zu steuern. Sie hatten den Grund erreicht und näherten sich, wieder schneller werdend, dem Ende des Tales.

Der Punkt am Himmel wurde größer und bald hörten sie ein sonderbares, rhythmisches Geräusch – und dann atmeten Petach und Aton im gleichen Moment erleichtert auf. Was da auf sie zukam, war kein mythisches Ungeheuer, sondern schlicht und einfach ein Helikopter, dessen Pilot sich wohl das Tal aus der Luft ansehen wollte, denn er wurde langsamer und verlor auch deutlich an Höhe, je näher er kam.

»Es ist nur ein Hubschrauber«, sagte Petach mit unüberhörbarer Erleichterung in der Stimme.

»Haben Sie etwas anderes erwartet?«, fragte Aton. Petach schwieg.

Der Hubschrauber flog langsam und sehr tief über sie hinweg und für einen Moment wurde das Geräusch der Rotoren so laut, dass eine Unterhaltung im Wagen unmöglich wurde. Yassir schickte dem Helikopter einen zornigen Blick nach, denn der Luftzug der vorüberfliegenden Maschine überschüttete den Wagen mit einem Schwall aus feinkörnigem, heißem Sand, und gab dann noch einmal Gas, um das Talende so rasch wie möglich zu erreichen.

Atons Unbehagen nahm noch weiter zu, als er begriff, was ihr

Ziel war: nämlich der Fuß jenes mit Schutt und Geröll übersäten Berges, an dem er damals verschüttet worden war.
Der Wagen hielt an. Yassir und Petach stiegen aus und machten einige steifbeinige Schritte, um ihre Glieder nach den endlosen Stunden im Wagen wieder geschmeidig zu machen. Aton folgte ihnen erst nach einigen Sekunden. Es fiel ihm immer schwerer, sich zu beherrschen. Er hatte sich vorgenommen tapfer zu sein, keine Angst zu zeigen, ganz egal, was geschehen mochte, aber dies war ein Ort übler Erinnerungen, und für einen Moment war der Schrecken, der ihn aus einer zehn Jahre zurückliegenden Vergangenheit einholte, stärker als seine Vernunft, aber schließlich riss er sich zusammen und zwang sich hinter Petach und Yassir aus dem Wagen zu klettern.
Petach sah ihn an und er musste wohl spüren, was in Aton vorging, denn plötzlich lächelte er auf eine sehr warme Art, die Aton einen Teil seiner längst verloren geglaubten Sympathien für ihn zurückbrachte. »Es ist bald geschafft«, sagte er. »Wir müssen nur noch –«
Er brach mitten im Satz ab und im selben Moment blickten auch Yassir und Aton auf und drehten sich herum, denn das Geräusch des Hubschraubers begann wieder lauter zu werden. Der Helikopter hatte das jenseitige Ende des Tales erreicht und kehrtgemacht. Jetzt flog er genau auf sie zu und ging dabei immer tiefer und setzte schließlich keine zwanzig Meter entfernt zur Landung an. Aton zog den Kopf zwischen die Schultern und hob schützend die Arme vor das Gesicht, als sie abermals von einem Schwall heißer Luft, Sand und winzigen Steinen überschüttet wurden. Petach begann leise zu fluchen und drehte das Gesicht zur Seite und auch Yassir duckte sich. Für einen Moment wurde der Sturmwind der Rotoren so stark, dass Aton wankte. Er wich ein paar Schritte zurück, sah aber weiter zum Helikopter hinüber.
Die Maschine berührte den Boden und die Rotoren liefen pfeifend aus. Noch bevor sie vollends zur Ruhe gekommen waren, wurden die Türen des kleinen Hubschraubers aufgestoßen und zwei Gestalten sprangen aus der Kanzel heraus.

Aton riss ungläubig die Augen auf, als er sie erkannte – es waren sein Vater und Sascha.
Natürlich, dachte er verblüfft. Wieso hatte er es eigentlich nicht gleich begriffen? Der Helikopter gehörte zur technischen Ausstattung der Baustelle, die sein Vater leitete, und er hatte oft erzählt, wie gerne er damit flog. Wahrscheinlich hatte es Sascha nur einen halbstündigen Fußmarsch und ein Telefongespräch gekostet, um die Strecke von Bubastis hierher weitaus bequemer und schneller zurückzulegen als sie.
Die beiden kamen rasch näher. Auf Saschas Gesicht lag ein Ausdruck von verhaltenem Triumph, aber auch Erleichterung, während sich das seines Vaters mit jedem Schritt verdüsterte, Wortlos eilte er an Petach und Yassir vorüber, ergriff Aton an der Schulter und drehte ihn unsanft herum, um ihn von Kopf bis Fuß zu mustern. Erst als er sich mit eigenen Augen davon überzeugt hatte, dass sein Sohn unversehrt war, ließ er ihn los und wandte sich Petach zu.
»Also ist es wahr!« Er deutete auf Sascha. »Ich wollte nicht glauben, was sie mir erzählt hat, aber jetzt sehe ich es selbst. Sie haben meinen Sohn entführt!«
»Es ist nicht so, wie Sie –«, begann Petach, aber Atons Vater fiel ihm sofort und mit scharfer Stimme ins Wort:
»Ich wollte es nicht wahrhaben. Ich dachte, wir wären Freunde. Aber Sie haben das von Anfang an geplant, nicht wahr? Was wollen Sie? Geld?«
»Vater, er hat Recht«, versuchte sich Aton einzumischen. »Es ist alles ganz anders.«
Sein Vater ignorierte ihn. »Oder sind Sie auch so ein Verrückter, der etwas gegen meine Arbeit hat?«, fuhr er mit bebender Stimme fort.
Es fiel Petach immer schwerer, Ruhe zu bewahren, das sah Aton deutlich. »Bitte hören Sie mir wenigstens zu«, sagte er. »Es ist alles ganz anders, als Sie glauben. Ich weiß nicht, was diese junge Frau Ihnen erzählt hat, aber –«
»Eine völlig verrückte Geschichte«, unterbrach ihn Atons Vater erneut. »Fast so verrückt wie das, was Sie manchmal

erzählen. Aber in einem hatte sie Recht: Aton ist hier und ganz offensichtlich nicht aus freien Stücken.« Er drehte sich halb zur Seite, sodass er Petach und Aton zugleich ansehen konnte. »Was hat er mit dir gemacht?«, fragte er. »Keine Angst – ich bin jetzt bei dir. Er kann dir nichts mehr tun.«

Bevor Aton antworten konnte, mischte sich Yassir ein. »Petach«, sagte er scharf. »Wir haben keine Zeit für diesen Unsinn. Die Sonne geht unter!« Er machte einen Schritt in ihre Richtung und Atons Vater zog aus der Jackentasche eine kleine Pistole hervor, die er auf den Ägypter richtete.

»Keinen Schritt weiter«, sagte er, »Ich weiß nicht, wer Sie sind und was Sie wollen, aber ich schwöre Ihnen, dass ich Sie niederschießen werde, wenn Sie auch nur noch einen einzigen Schritt machen.« Ohne Yassir aus den Augen zu lassen, machte er eine Bewegung zu Sascha.

»Gehen Sie ans Funkgerät. Rufen Sie die Polizei. Ich passe inzwischen auf die beiden auf.«

Yassir zog eine Grimasse. Petach schüttelte seufzend den Kopf und Sascha – rührte sich nicht von der Stelle.

»Worauf warten Sie?«, fragte Atons Vater unwillig. »Ich kann die beiden nicht ewig in Schach halten.«

»Das wird auch nicht nötig sein«, sagte Petach. Er hob die Hand und trat auf Atons Vater zu und dieser schwenkte seine Waffe herum und richtete sie nun direkt auf Petachs Gesicht.

»Keinen Schritt näher!«, drohte er. »Ich meine es ernst!«

»Nein«, sagte Petach. »Das meinen Sie nicht.« Und damit machte er einen weiteren Schritt, streckte den Arm aus und nahm Atons Vater ruhig die Pistole aus der Hand. »Sie können nicht auf einen Menschen schießen«, sagte er.

Atons Vater starrte die kleine Pistole, die nun plötzlich in Petachs Händen lag, fassungslos an. »Aber ... aber wie –?«, stotterte er.

»Die wenigsten können das. Es ist nicht so leicht, zu töten, wie Sie vielleicht glauben«, fuhr Petach fort. Er drehte die Pistole in den Händen und betrachtete sie interessiert – und dann gab er sie Atons Vater mit einem Achselzucken zurück.

»Stecken Sie sie ein«, sagte er. »Sie brauchen sie nicht.«
Atons Vater blickte Petach vollkommen verdattert an, dann steckte er die Waffe tatsächlich wieder in die Tasche zurück, aus der er sie hervorgezogen hatte.
»Das war nicht sehr klug von Ihnen«, sagte Petach nunmehr an Sascha gewandt. »Wenn ich auch zugeben muss, dass ich Ihren Einfallsreichtum bewundere. Trotzdem – warum haben Sie das getan?«
»Ich habe Ihnen gesagt, dass ich Aton nicht allein lassen werde«, antwortete Sascha. Um ihre Worte zu unterstreichen, trat sie an Atons Seite.
»Sie wissen, dass Sie ihm nicht helfen können«, sagte Petach.
»Was zum Teufel geht hier überhaupt vor?«, meldete sich Atons Vater wieder zu Wort. Er wirkte noch immer verwirrt – was Aton nur zu gut verstehen konnte. Schließlich war es vielleicht nicht das erste Mal, dass er Petachs unheimlichen Suggestivkräften erlag, aber wohl das erste Mal, dass er es merkte. Und es bedeutete wohl für jeden Menschen einen Schock, begreifen zu müssen, dass es jemanden gab, der einen mühelos zwingen konnte Dinge zu tun, die man gar nicht tun wollte.
»Ich wollte, ich hätte die Zeit, es Ihnen zu erklären«, antwortete Petach. »Aber ich habe sie nicht. Sie müssen gehen – sofort. Steigen Sie in Ihre Flugmaschine und fliegen Sie weg, ehe die Sonne untergeht. Sie werden morgen früh alles erfahren, das verspreche ich Ihnen.«
»Ich werde nirgendwohin gehen ohne Aton«, antwortete sein Vater entschlossen.
»Er hat Recht, Vater«, sagte Aton.
Diesmal hörte sein Vater. Überrascht fuhr er herum. »Wie?«
»Er hat mich nicht entführt«, sagte Aton. »Jedenfalls nicht ... nicht so, wie du glaubst. Ich bin freiwillig hier. Und er sagt die Wahrheit. Du musst weg. Du bist in großer Gefahr – und nicht nur du.«
»Was soll das heißen?«, fragte sein Vater scharf.
»Ich kann es dir jetzt nicht erklären, aber du musst zurück zur Baustelle«, fuhr Aton fort.

Er sah die immer größer werdende Verwirrung auf den Zügen in seines Vaters und gab sich Mühe, mit so ernster und eindringlicher Stimme fortzufahren, wie er nur konnte:
»Bitte, glaub mir, dass ich die Wahrheit sage. Du ... du musst zur Baustelle, um die Menschen dort zu warnen. Sie müssen sofort diesen Platz verlassen. Morgen früh, wenn die Sonne aufgeht, darf niemand mehr in der Nähe des Staudammes sein oder es passiert ein schreckliches Unglück. Petach und ich sind hier um es zu verhindern, aber ich bin nicht sicher, dass es uns gelingt.«
»Blödsinn!«, widersprach sein Vater. Seine Stimme und sein Blick wirkten unsicher, aber Aton spürte trotzdem, dass er nicht auf ihn hören würde – und wie konnte er auch?
»Uns bleibt keine Zeit mehr«, sagte Petach noch einmal. » Bitte gehen Sie – schnell.«
»Ich sagte bereits, ich werde –«, begann Atons Vater, da unterbrach ihn Yassir mit leiser, ruhiger Stimme:
»Es ist zu spät.«
Aton, Petach und auch Sascha fuhren erschrocken herum – und sie sahen alle drei im selben Moment, was der Ägypter gemeint hatte.
Die Dämmerung war hereingebrochen, während sie redeten. Der Himmel war noch hell, aber am Fuß der gewaltigen Sandsteinmauern, die das Tal begrenzten, hatten sich schwarze Schlagschatten gebildet und in diesen Schatten ... war etwas. Keiner von ihnen konnte genau erkennen, was, aber es war da und es bewegte sich und es kam näher.
»Was ist das?«, flüsterte Atons Vater erschrocken.
»Steigen Sie in den Helikopter!«, sagte Petach. Seine Stimme klang hastig und Furcht lag in ihr. »Schnell, solange Sie es noch können!«
Atons Vater rührte sich nicht. Sein Blick hing wie gebannt an den formlosen Umrissen, die in den Schatten der Felsen heranwuchsen und mit jeder Sekunde deutlicher wurden. Und vermutlich wäre es ohnehin zu spät gewesen, denn genau in diesem Moment berührte der Schatten der Felswand den Heli-

kopter und Augenblicke später war auch die Maschine von formlosen, geisterhaften Konturen umgeben, die weniger Substanz als feste Körper hatten, aber mehr waren als Schatten.
»Dort!«, rief Sascha plötzlich. »Seht doch!«
Ihr ausgestreckter Arm deutete nach Westen, zum Eingang des Tales hin. Auch dort hatten sich die Schatten zu einer kompakten Mauer zusammengeballt und auch in ihr war etwas entstanden, was dort nicht hingehörte. Die Dunkelheit gerann zu den Umrissen eines gewaltigen, von zwei riesigen Pferden in der Farbe der Nacht gezogenen Streitwagens. Hinter der Brüstung standen nun gleich drei Gestalten, aber nur eine war entfernt menschlich – falls man eine von Kopf bis Fuß in graue Leinenbinden eingehüllte Mumie als Menschen bezeichnen wollte, hieß das. Die beiden anderen boten einen noch bizarreren Anblick. Die eine sah aus wie ein riesenhafter Mann mit dem Kopf eines Falken, während die dritte überhaupt nicht richtig zu erkennen war, als hätte sie gar keinen wirklichen Körper, sondern bestünde tatsächlich nur aus Schwärze, die sich zur Illusion eines Leibes verdichtet hatte.
»Horus!«, flüsterte Petach.
»Und Osiris«, fügte Yassir hinzu. »Es ist so weit. Sie kommen!«
Um mich zu holen, dachte Aton. Seltsam – er sollte Angst empfinden, aber er spürte eigentlich gar nichts. Vielleicht war es tatsächlich so, wie Petach behauptet hatte: Am Ende war das Schicksal doch mächtiger als der Wille des Menschen. Es hatte keinen Sinn, vor dem Unausweichlichen davonzulaufen. Er wusste, dass er fliehen konnte, wohin und so weit er wollte, und am Ende würden ihn die beiden Götter doch einholen.
»Aber das ist doch unmöglich!«, flüsterte sein Vater. »Das … das ist ein Scherz, nicht? Ein schlechter Witz, den sich jemand mit uns erlaubt!«
»Ganz im Gegenteil«, antwortete Petach düster. »Kommen Sie. Schnell. Noch haben wir einen kleinen Vorsprung. Das Licht hält sie auf.« Er lachte kurz und bitter. »Jetzt werden Sie doch heute schon alles erfahren. Auch wenn ich bezweifle, dass Sie das wirklich wollen.«

Sie rannten los. Auf den ersten Metern stolperten sie noch über loses Geröll und Steine, ab nach einigen wenigen Schritten schon war ein glatter, leer geräumter Pfad unter ihren Füßen, der sich in steilem Winkel den Berg hinaufwand.
»Wohin bringen Sie uns?«, fragte Vater. »Wir sind – he! Das ist Tutanchamuns Grab!«
Petach antwortete nicht, sondern wandte nur im Laufen den Blick, und was er sah, das veranlasste ihn wohl, noch mehr an Tempo zuzulegen. Es wurde jetzt immer schneller dunkel, eigentlich viel schneller, als es hätte sein dürfen, sodass Aton vermutete, dass die beiden ägyptischen Götter mit ihrer magischen Kraft ein wenig nachhalfen. Die Schatten kamen rasch näher und mit ihnen der Streitwagen und die unheimliche Armee der Gespenster. Ihre Umrisse waren jetzt deutlicher, sodass Aton sie zu erkennen glaubte. Sie glichen Menschen, waren aber größer und schlanker, und ihre Köpfe waren die großer Hunde. Es waren sehr viele. Und diesmal würde ihnen keine dreitausend Jahre alte Katzenarmee zu Hilfe eilen.
Die ersten Schatten berührten den Fuß des Berges, als sie den Eingang zu Tutanchamuns Grab erreichten. Er war mit einem massiven Eisengitter und einem gewaltigen Vorhängeschloss gesichert, aber das Schloss zerfiel einfach zu Staub, als Petach es berührte, und das Gitter schwang wie von Geisterhand bewegt vor ihnen auf.
Hintereinander stürmten sie durch den schmalen Eingang, liefen aber nur einige Schritte weit, denn Petach blieb plötzlich stehen, drehte sich herum und breitete die Arme aus. Für den Bruchteil einer Sekunde glaubte Aton ein unheimliches, bläuliches Leuchten zu sehen, das von seinen Fingerspitzen ausging.
»So«, sagte Petach grimmig, als er sich wieder zu ihnen herumdrehte. »Das wird sie eine Weile aufhalten – wenn auch nicht sehr lange, wie ich fürchte. Aber vielleicht reicht die Zeit ja.«
»Was bedeutet das?«, fragte Atons Vater verblüfft. Auch er hatte das blaue Leuchten gesehen. »Was haben Sie getan? Was ... was sind Sie? So eine Art Magier?«

»Ja«, bestätigte Petach lächelnd. »So eine Art.« Er ging mit schnellen Schritten an ihnen vorüber und machte sich einige Sekunden lang in der Dunkelheit zu schaffen. Etwas klackte und dann glommen unter der Decke des Ganges eine Reihe kleiner Glühbirnen auf, deren Schein ihnen jedoch nichts als leere Wände und Staub zeigte. Die Stufen der kurzen Treppe endeten bald vor einer zweiten, sehr viel massiveren Tür – die Petach jedoch keine Sekunde länger aufhielt als das erste Gitter. Nachdem sie sie durchschritten hatten, wiederholte er seine beschwörende Geste und wieder sprühte blaues Feuer aus seinen Fingerspitzen.

»Abrakadabra«, sagte Atons Vater. Er grinste, aber es wirkte gekünstelt – wahrscheinlich war das nur seine Art, das Unmögliche zu verarbeiten. Aton vermutete, dass es seinem Vater, einem Mann, der trotz seiner Vorliebe für dieses Land und seine Geschichte durch und durch Realist war, noch viel schwerer fiel als ihm, zu glauben, was er sah.

Sie eilten weiter. Nach einigen Metern wurde der Gang schmäler, sodass sie nun hintereinander gehen mussten, und dann betraten sie die Vorkammer, der sich Tutanchamuns eigentlicher Grabraum und die Schatzkammer anschlossen.

Petach blieb stehen. Einen Moment lang blickte er mit schräg gehaltenem Kopf zum Eingang zurück, als lauschte er. Auch Aton spitzte die Ohren. Er hörte nichts, und wenn Petach irgendetwas vernommen hatte, so schien es jedenfalls etwas zu sein, was ihn beruhigte, denn der Ausdruck von Anspannung auf seinen Zügen milderte sich etwas. Aton versuchte in Gedanken die Zeit abzuschätzen, die vergangen war, seit sie das Grab betreten hatten – sicher waren es nicht mehr als zwei oder drei Minuten. Die Dunkelheit konnte den Eingang noch nicht erreicht haben.

»Also, was soll das eigentlich?«, fragte sein Vater. »Was um alles in der Welt tun wir hier?«

Das fragte sich Aton mittlerweile auch immer mehr. »Sie haben von Echnatons Grab gesprochen, nicht von dem Tutanchamuns«, fügte er hinzu.

»Wie?«, stieß sein Vater hervor.

Petach ignorierte ihn. Statt auch nur auf eine der beiden Fragen zu antworten, wandte er sich nach rechts und trat zum Eingang der eigentlichen Grabkammer, in der der goldene Sarkophag des Pharaos gestanden hatte, ehe man ihn ins Museum von Kairo brachte. Aton und die anderen folgten ihm und sein Vater fragte noch einmal mit kaum noch beherrschter, zitternder Stimme:

»Was hast du gesagt, Aton? Echnatons Grab?«

Sie betraten die Sarkophagkammer, die mit herrlichen Wandmalereien ausgestattet war, aber Aton schenkte all der Pracht auch jetzt kaum einen Blick. Sein Herz begann zu klopfen. Sein Vater redete weiter, aber er hörte die Worte gar nicht mehr. Plötzlich wusste er, was geschehen würde, noch bevor Petach die Hand hob und ein einzelnes Wort in einer unbekannten, sonderbar klingenden Sprache sagte.

Der steinerne Sarkophag in der Mitte des Raumes bewegte sich. Vollkommen lautlos glitt der tonnenschwere Block zur Seite und gab den Blick auf die ersten Stufen einer schmalen, steil in eine dunkle Tiefe hinabführende Treppe frei.

»Großer Gott!«, flüsterte Atons Vater. »Das ... das kann nicht sein. Aber das ist ... das ist doch ... «

»Das Grab des Echnaton«, sagte Petach. Ein feierlicher Ernst schwang in seiner Stimme mit, aber auch etwas, was fast wie Stolz klang. »Jahrtausendelang haben die Menschen danach gesucht, aber es wurde nie gefunden. Sie und Ihr Sohn sind die ersten Sterblichen, die es zu Gesicht bekommen werden.«

»Hier?!«, murmelte Atons Vater fassungslos. Er wirkte so erschüttert wie nie zuvor im Leben. »Es ist ... hier? Es war die ganze Zeit über hier? Direkt unter unseren Füßen? Aber Tutanchamun –«

»– war Echnatons Bruder«, unterbrach ihn Petach sanft. Er lächelte. »Er hat den Mördern seines Bruders nie verziehen, aber er war nicht stark genug, sie zur Verantwortung zu ziehen. Alles, was ihm blieb, war, Echnaton und seine Gemahlin zu bestatten, wie es einem Pharao gebührte. So ließ er sein

eigenes Grab über dem Echnatons errichten in der Hoffnung, dass die, die vielleicht kommen, es zu plündern, sich von einem kleinen Schatz blenden lassen und so erst gar nicht nach dem wirklichen suchen.«
»Unfasslich«, murmelte Atons Vater. »Und es ist ... es ist wirklich dort unten?«
Petach nickte. Hintereinander und schweigend begannen sie die Treppe hinabzusteigen.

Duell der Götter

Die Dunkelheit war nicht so vollkommen, wie es von oben den Anschein gehabt hatte. Wie beim ersten Mal, als Aton das unterirdische Grablabyrinth betreten hatte, dauerte es nur wenige Sekunden, bis sich seine Augen an das graue Dämmerlicht gewöhnt hatten, das die schmalen Gänge erfüllte, und er wieder sehen konnte. Die Treppe war sehr steil und so schmal und niedrig, dass sie nur hintereinander und gebückt gehen konnten, und bevor sie ihr unteres Ende erreichten, blieb Petach stehen und wies nach oben und sie konnten hören, wie der schwere Sarkophag wieder an seinen Platz glitt und den Eingang verschloss. Aton glaubte nicht, dass dies ihre Verfolger lange würde aufhalten können; dafür wurde das Gefühl, lebendig begraben zu sein, wieder stärker in ihm – und diesmal entsprach es sogar der Wahrheit, denn sie befanden sich ja tatsächlich in einem Grab.
Die Treppe endete in einer quadratischen Kammer, von der mehrere Türen abzweigten. Ihre Wände waren über und über mit Bildern bedeckt, bei deren Anblick sein Vater in eine regelrechte Verzückung geriet, aber Petach dämpfte seine Begeisterung mit einer befehlenden Geste und deutete auf den Durchgang zur Rechten.

Aton versuchte sich zu erinnern, ob er damals dieselbe Tür benutzt hatte, wusste es aber nicht. Seine Erinnerung war nicht so komplett, wie er bisher geglaubt hatte – der Traum hatte ihm gezeigt, wie sein Abenteuer geendet hatte, aber nicht, wie es begonnen hatte. Er erinnerte sich auch jetzt nur daran, stundenlang durch ein wahres Labyrinth von Gängen und Stollen geirrt zu sein, sprach aber die Sorge, mit der ihn dieser Gedanke erfüllte, nicht aus. Petach kannte sich offensichtlich hier unten aus, würde ihnen den richtigen Weg zu Echnatons Grab weisen. Ein schmaler Gang nahm sie auf. Sein jenseitiges Ende verschwand in grauer Entfernung, aber er war zumindest etwas breiter als die Treppe, sodass Aton und sein Vater nebeneinander gehen konnten. Petach eilte voraus, dicht gefolgt von Sascha, deren nervöse Bewegungen und Blicke deutlich machten, wie unwohl sie sich in dieser Umgebung fühlte, und Yassir bildete den Abschluss. Während sie durch die stauberfüllten Gänge liefen, fand Aton zum ersten Mal, seit sie das Tal der Könige erreicht hatten, Gelegenheit, über die Frage nachzudenken, warum Sascha eigentlich gekommen war – und vor allem warum sie seinen Vater mitgebracht hatte. Er musste noch immer nicht, wer sie wirklich war – wenn er auch nach Petachs Worten zumindest zu wissen glaubte, was sie nicht war: nämlich eine ganz normale junge Polizeibeamtin aus seiner Heimatstadt, der er durch einen reinen Zufall begegnet war –, aber wie auch immer, sie musste wissen, dass ihm sein Vater hier am allerwenigsten helfen konnte. Bestenfalls würde er sie behindern und sehr viel wahrscheinlicher war, dass auch er in Gefahr geriet.
Er fragte sich, welches Geheimnis Sascha verbarg. Jetzt fielen ihm auch all die kleinen Ungereimtheiten und seltsamen Vorkommnisse wieder ein, die ihm in ihrer Gegenwart widerfahren waren. Ihre Wohnung, die so sonderbar leer und unfertig wirkte, als hätte sie jemand eigens für seinen Besuch dort eingerichtet, aber nur an das Allernotwendigste gedacht und selbst dabei einiges vergessen. Das Hotel, das mehr einer Theaterkulisse als einem wirklichen Hotel geglichen hatte und in

dem es Räume gab, die erst dann existierten, als er sich vorgestellt hatte, wie sie eigentlich aussehen sollten, und das sich am Ende als seit Jahren von Menschen verlassene Ruine herausstellte. Und da war noch mehr: ihre Fähigkeit, immer im genau richtigen Moment am richtigen Ort aufzutauchen, und ... ja, auch Dinge zu tun, die sie eigentlich gar nicht konnte. Er bedauerte es, sie nie nach alledem gefragt zu haben, aber er tat es auch jetzt nicht – es war nicht der richtige Moment und wahrscheinlich würde sie ihm auch nicht antworten. Er erinnerte sich, dass sie einmal gesagt hatte, sie wäre sein Schutzengel. Natürlich hatte er das für einen Scherz gehalten, aber jetzt war er nicht mehr sicher.

Sie erreichten eine Abzweigung. Petach blieb stehen und schloss für einen Moment die Augen, sodass Aton zuerst glaubte, er hätte Mühe sich an den richtigen Weg zu erinnern. Dann begriff er, dass der Ägypter lauschte. Und einen Augenblick später hörte er es auch: ein entferntes, schweres Schleifen und Gleiten. Und etwas wie mühsame Atemzüge. Die Sphinx. Sie hatten den Wächter des Grabes geweckt und er kam um nachzusehen, wer seine Ruhe störte.

»Schnell jetzt!«, sagte Petach. Er deutete nach links und eilte mit weit ausgreifenden Schritten los und es bedurfte keiner weiteren Aufforderung, dass die anderen ihm ebenso schnell folgten. Sie alle hatten die Schritte und das Atmen gehört, und auch wenn Sascha, Atons Vater und vielleicht auch Yassir nicht wirklich wissen konnten, was sich ihnen da näherte, so waren diese Geräusche doch so schrecklich, dass sie sie zur Eile antrieben.

Trotz ihres schnellen Tempos kamen die unheimlichen Laute näher. Aton versuchte sich verzweifelt zu erinnern, an welcher Stelle des Labyrinths der Eingang zu Echnatons Grab lag, aber es gelang ihm nicht. Die Schritte der Sphinx kamen näher und ihr Atem war jetzt ganz deutlich zu hören. Noch war das Ungeheuer nicht zu sehen, aber sie alle spürten seine Nähe, die Gegenwart eines Wesens, das aus einer fremden, vollkommen unbegreiflichen Welt stammte und dessen einziger Daseinszweck das Wachen und Töten war. Aton hatte bisher angenommen, dass Petach es damals vernichtet hatte, aber das stimmte nicht. Das Geschöpf war so unsterblich und unverwundbar wie die Mächte, die es erschaffen hatten. Man konnte es aufhalten, vielleicht für eine kurze Zeit zurückjagen in die Dimensionen des Schreckens, aus denen es stammte, aber nicht zerstören. Auch sein Vater sah sich immer wieder nervös um. Der Ausdruck von Begeisterung, der auf seinem Gesicht erschienen war, als sie das Labyrinth betraten, war längst Entsetzen gewichen, und auch wenn er nicht wusste, was es war, was ihnen folgte, so empfand er doch die gleiche Furcht wie Aton und die anderen.

»Was ist das?«, fragte er mit zitternder Stimme. »Petach, was ... was um alles in der Welt ist das?«

»Schneller!«, sagte Petach anstelle einer Antwort. »Es ist nicht mehr weit! Hinter der nächsten Biegung!« Er begann nun wirklich zu rennen und auch die anderen verfielen in einen schnellen Laufschritt, aber es war so, wie Aton es schon mehrmals erlebt hatte: je rascher sie sich bewegten, desto rascher wurde auch ihr Verfolger, und er wusste, dass er im Gegensatz zu ihnen weder Erschöpfung noch Müdigkeit kannte und nicht mehr langsamer werden würde. Er begann die Anstrengung bereits jetzt zu spüren. Sein Atem wurde immer schwerer und er bekam Seitenstiche. Auch sein Vater keuchte. Aber sie würden dieses Tempo auf Gedeih und Verderb halten müssen. Endlich hatten sie die Gangbiegung erreicht und tatsächlich – nur noch ein knappes Dutzend Schritte von ihnen entfernt befand sich eine Tür. Aton erkannte sie sofort wieder, obwohl sich das Bild von dem aus seinem Traum unterschied: Das milde Licht, das er damals gesehen hatte, war nun erloschen und hinter der Tür lag nur der diffuse graue Schein, der auch den Gang erfüllte. So schnell sie konnten, liefen sie auf den Durchgang zu, aber Petach blieb einen Schritt davor stehen und wandte sich mit einer auffordernden Geste zu Aton um. »Öffne sie!«, sagte er. »Schnell!«

Öffnen?, dachte Aton verwirrt. Die Tür war nicht verschlossen. Genau genommen *gab* es gar keine Tür, sondern nur diesen offenen Durchgang. Und trotzdem schien es Petach unmöglich zu sein, hindurchzuschreiten. Er versuchte es, aber er hatte nicht einmal einen halben Schritt getan, als er wieder zurückwich. Irgend etwas Unsichtbares war da, das ihn daran hinderte, den Raum hinter der Tür zu betreten. Auch Yassir und schließlich sogar Sascha versuchten es, aber mit demselben Ergebnis.

»Schnell!«, drängte Petach. Aton hatte noch immer keine Ahnung, was der Ägypter eigentlich von ihm erwartete, aber er trat ohne zu zögern an ihm vorbei – und durch die Tür hindurch. Er spürte nichts. Keinen Widerstand, keine unsichtbare Kraft, die ihn zurückhalten wollte. Verblüfft drehte er sich zu Petach und den anderen herum und winkte ihnen, aber das unheimliche Geschehen wiederholte sich: Weder Petach noch sein Vater oder die beiden anderen waren in der Lage, ihm zu folgen.

Dafür erblickte er etwas, was ihm schier das Blut in den Adern gerinnen ließ: Hinter der Biegung des Ganges erschien die Sphinx. Sie war so groß und bot einen so Furcht einflößenden Anblick wie in seinem Traum, aber diesmal war es kein Traum. Das Ungeheuer war wirklich und es raste mit der Geschwindigkeit eines Rennpferdes heran. Als es Petach und die anderen erblickte, stieß es ein markerschütterndes Brüllen aus.

Aton reagierte ganz instinktiv, ohne über das nachzudenken, was er tat. Während Petach und die anderen herumfuhren und sich auf ihren Gesichtern das blanke Entsetzen ausbreitete, streckte er die Hand aus, ergriff Saschas Arm und zerrte sie zu sich herein.

Es ging. Das unsichtbare Hindernis war nicht mehr da. Aton hatte alle Kraft in diese Bewegung gelegt, darauf gefasst, gegen irgendeine Art von Widerstand ankämpfen zu müssen, und so verlor Sascha durch den plötzlichen Ruck das Gleichgewicht, stolperte ungeschickt gegen ihn und hätte auch ihn fast zu Fall gebracht. Sie taumelten zwei Schritte von der Tür zurück, ehe es Aton endlich gelang, sie loszulassen und seine Balance wie-

der zu finden. Sofort war er wieder bei der Tür und streckte die Hände nach Yassir aus, der dem Eingang am nächsten stand. Während er ihn zu sich hereinzog, kam die Sphinx unerbittlich näher. Petach hatte beide Arme in die Höhe gerissen und machte jene beschwörende Geste, mit der er das Ungeheuer auch damals zurückgehalten hatte, aber diesmal hatte sie nicht die beabsichtigte Wirkung, die Sphinx zu stoppen. Ihr Vormarsch wurde zwar langsamer und Aton konnte sehen, wie auch sie gegen einen plötzlichen, unsichtbaren Widerstand ankämpfte, aber sie kam näher. Nur noch ein paar Sekunden und sie würde Petach und seinen Vater erreicht haben.
Auch Yassir hatte den Durchgang passiert. Atons Vater hatte seinen Schock mittlerweile zumindest so weit überwunden, dass er sich wohl daran erinnerte, nicht ganz wehrlos zu sein, denn er hatte seine Pistole gezogen und legte auf die Sphinx an. Aton wusste, wie wenig die Waffe gegen diesen Dämon auszurichten imstande war, aber er verschwendete keine Zeit darauf, seinem Vater eine Warnung zuzurufen. Er stand zu weit vom Eingang entfernt, als dass er ihn erreichen konnte, also sprang er mit einem Satz wieder in den Stollen hinaus, ergriff seinen Vater von hinten an den Schultern und zerrte ihn mit sich. Im gleichen Moment drückte dieser ab.
In der Enge des Stollens klang das Geräusch der Pistole wie ein Kanonenschuss. Die Kugel traf das Ungeheuer, aber sie hatte nicht die Kraft, es zu verletzen. Funken sprühend prallte sie von seinem steinernen Leib ab, fuhr gegen die Decke und von dort aus heulend und als gefährlicher Querschläger im Zickzack durch den Gang.
Zu einem zweiten Schuss kam Atons Vater nicht. Rücklings stolperten sie durch die Tür und Aton stürzte gleich wieder durch den Ausgang und griff nach Petach.
Er schaffte es nicht ganz. Seine ausgestreckten Hände berührten den Ägypter, und obwohl sich Petach völlig auf die Sphinx konzentriert hatte, schien er doch mitbekommen zu haben, was hinter ihm vorging, denn er sprang sofort rückwärts, sodass er Aton mehr durch die Tür hindurchstieß, als dieser

ihn zog. Aber so schnell sie auch waren, die Sphinx war eine Winzigkeit schneller. Den Bruchteil einer Sekunde, bevor sie in Sicherheit waren, versetzte sie Petach einen kraftvollen Tatzenhieb. Der Ägypter schrie auf, wurde von den Füßen gerissen und gegen die Wand geschleudert. Stöhnend und blutüberströmt brach er zusammen, Aton ergriff Petach und zerrte ihn mit verzweifelter Kraft in Sicherheit. Die Sphinx raste brüllend an ihnen vorbei, und noch bevor sie kehrtmachen und zu einem zweiten Angriff ansetzen konnte, hatte Aton Petach vollends durch die Tür gezogen und sie waren gerettet. Sein Vater half ihm Petach noch ein Stück weiter in den Raum zu ziehen und auf den Rücken zu drehen. Ein Gefühl eisigen Entsetzens breitete sich in Aton aus, als er sah, wie schwer der Ägypter verletzt war. Der Krallenhieb der Sphinx hatte sein Gesicht und seine rechte Schulter zerschmettert und er verlor unglaublich viel Blut. Dass er überhaupt noch lebte, schien ein wahres Wunder.

»Mein Gott!«, sagte sein Vater. »Das ist ja furchtbar. Wir ... wir müssen ihm irgendwie ... helfen.«

»Lassen Sie ihn«, sagte Yassir. Er war näher gekommen und hatte sich über Atons Schulter gebeugt um auf Petach hinuntersehen zu können, und auf seinem Gesicht zeigte sich weder Schrecken noch Mitgefühl.

Atons Vater fuhr auf. »Was soll das heißen?«, fuhr er Yassir an. »Wir können –«

»– nicht das Geringste für ihn tun«, unterbrach ihn Yassir ruhig. »Und es gibt etwas Wichtigeres.« Er sah Aton an. »Du weißt, was zu tun ist?«

Aton war nicht ganz sicher, ob er Yassir verstand. Im Grunde wusste er überhaupt nichts – nicht einmal, wo sie wirklich waren. Die erwartete Grabkammer jedenfalls erwies sich nur als kurzer, staubiger Gang, der zu einer weiteren Tür führte. Zugleich aber spürte er, dass er es wissen würde, wenn es so weit war. Unter den entsetzten Blicken seines Vaters stand er auf, drehte sich herum und ging auf die Tür zu.

»Aber wir ... wir können ihn doch nicht einfach hier lassen!«,

protestierte sein Vater. Er deutete auf Petach zurück. »Er stirbt!«
»Das macht nichts«, sagte Sascha gelassen. »Darin hat er Übung. Er macht das öfter.«
Aton sah, wie sich ein flüchtiges Lächeln auf Yassirs Gesicht ausbreitete, als er die Fassungslosigkeit seines Vaters bemerkte, aber der Ägypter wurde sofort wieder ernst und trat wortlos neben ihn und wartete, bis Aton die Tür durchschritt und in den dahinter liegenden Raum trat.
Und seinen Irrtum erkannte. Er hatte nicht vergessen, wie dieses Grab aussah. Er war schon einmal hier gewesen und er hatte sich daran erinnert, die ganze Zeit über schon. Er hatte es nur nicht gewusst.
Vor ihm lag die gewaltige, pyramidenförmige Höhle, in deren Mitte sich der künstliche See mit dem Pharaonengrab befand. Die Illusion, die er damals auf dem Flughafen gehabt hatte, war keine gewesen, sondern eine Rückkehr zu jenem schicksalhaften Tag vor zehn Jahren, an dem er Echnatons Grab das erste Mal betreten hatte.
Der Anblick war gigantisch, unfassbar und erschreckend zugleich, denn es war das Grab aus seiner Erinnerung und gleichzeitig auch nicht. Es hatte sich verändert. Die drei Jahrtausende, die seit seiner Erschaffung verstrichen waren, hatten das Bild eingeholt. Statt goldener Pracht sah Aton überall Verfall und Zerstörung, statt schimmerndem Metall und Edelsteinen Staub und Trümmer. Die Statuen, die Alabasterkrüge und die vielen anderen Gegenstände, die längs der einwärts geneigten Wände aufgereiht waren, lagen zerstört da, und aus der Decke waren tonnenschwere Steine gebrochen und niedergestürzt. Der künstliche See war ausgetrocknet. Anstelle der schimmernden Wasserfläche befand sich nun ein tiefes, gemauertes Becken mit schlammigem Grund, von dem ein übler Geruch aufstieg, und selbst über die große Entfernung hinweg konnte Aton sehen, dass auch die künstliche Insel in seiner Mitte nur mehr ein Trümmerfeld war.
Trotzdem schlug ihn der Anblick so sehr in seinen Bann, dass er

einfach dastand und sich umsah. Auch Verfall und Zerstörung konnten etwas Großartiges haben, begriff er plötzlich, denn auch sie gehörte zum natürlichen Verlauf der Dinge. Alles, was entstand, musste irgendwann auch wieder vergehen, dies war vielleicht das unerschütterlichste Gesetz der Natur. Diese Erkenntnis war sehr wichtig. Wichtig für ihn und wichtig für das, weswegen sie gekommen waren, denn vielleicht war dies der eigentliche, wirkliche Grund seines Hierseins. Was Echnaton getan hatte, war mehr als die Rache eines sterbenden Mannes an seinem Mörder gewesen. Er hatte in den natürlichen Verlauf von Werden und Vergehen eingegriffen und damit an Dinge gerührt, die selbst die Götter nicht ändern durften, und sie waren hier, um diesen Frevel wieder gutzumachen. Nicht um es aufzuhalten, wie Petach glaubte. Das konnten sie nicht. Aton erkannte plötzlich mit einer Klarheit, die keinen Zweifel zuließ, dass sie diese Chance niemals gehabt hatten. Keine Macht dieser Welt würde verhindern können, was in dieser Nacht geschah. Echnatons Prophezeiung würde sich erfüllen, ganz gleich, wie sehr sie auch dagegen ankämpften.

Ein Geräusch riss ihn aus seinen Gedanken. Aton sah auf und blickte direkt ins Gesicht seines Vaters, der hinter ihm aus der Tür getreten war und sich mit einem Ausdruck der völligen Fassungslosigkeit umsah.

»Das ist ... unglaublich. Einfach ... einfach unfassbar! Echnatons Grab! Das ... das ist tatsächlich Echnatons Grab! Aber wenn ... wenn es existiert, dann ... dann ist vielleicht alles andere auch ... auch wahr!«

Aton begriff im ersten Moment nicht ganz, aber dann wurde ihm klar, dass die Begeisterung seines Vaters eine verzweifelte war um nicht den Verstand zu verlieren. Sein Vater war kein Narr. Er wusste sehr wohl, dass das Geheimnis um das verschollene Grab des Pharaos vielleicht das kleinste von allen war, auf das sie hier gestoßen waren. Aber es war das einzige, was er noch halbwegs einordnen konnte, die einzige Erkenntnis, die wenigstens noch etwas mit der Welt des Normalen und Erfassbaren gemein hatte, die er kannte. Er hatte Dinge erlebt

und gesehen, die mit den Maßstäben seiner Welt nicht mehr zu erklären waren, und er war niemand, der gewohnt war Wunder zu akzeptieren, sondern der ganz im Gegenteil stets und immer nach einer Erklärung suchte und sie wohl auch meistens fand. Hier, in dieser geheimen Welt unter der Oberfläche der Erde, funktionierte die Frage nach dem Wie nicht mehr und so klammerte er sich mit aller Macht an das Einzige, was er noch halbwegs begriff, und versuchte im Übrigen einfach die Augen vor allem anderen zu verschließen.
Vielleicht hätte der Anblick der Grabkammer seinem Vater noch einige weitere Minuten geholfen all die anderen, viel unheimlicheren Rätsel zu ignorieren, die ihnen bisher begegnet waren, aber schon im nächsten Augenblick erklangen hinter ihm Schritte und Petach betrat als Letzter die Grabkammer. Er war vollkommen unversehrt. Sein Haar und sein Gewand waren voller Blut und er wirkte ein wenig blass, aber er war unverletzt und er lächelte sogar, als er Atons Blick begegnete. Aton war nicht überrascht, denn er hatte damit gerechnet, wenn auch nicht so schnell, und auch Sascha hob nur sacht die linke Augenbraue, um eine leise Verwunderung anzudeuten. Atons Vater jedoch wurde leichenblass. Seine Augen quollen aus den Höhlen und er wankte zurück, als hätte ihn ein Schlag getroffen. »Aber das kann doch nicht sein!«, jammerte er. »Das ist doch –«
Petach brachte ihn mit einer Geste zum Verstummen. Aton tat sein Vater ein bisschen Leid, denn er konnte nur zu gut nachfühlen, was er in diesem Moment empfand, aber was Petach mit seiner Handbewegung andeutete, war nur zu wahr: Sie hatten keine Zeit für Erklärungen.
»Das also ist es«, sagte Petach. Die Worte bewiesen, dass er tatsächlich noch nie hier gewesen war, ja offensichtlich nicht einmal gewusst hatte, wie dieser Raum aussah. Vielleicht war Aton der einzige Mensch überhaupt, der ihn je in seiner ganzen Pracht und unversehrt erblickt hatte. Er fragte sich, was Petach – und vor allem sein Vater! – wohl gesagt hätten, hätten sie diesen Raum so gesehen wie er ihn damals.

»Das Grab liegt auf der Insel«, sagte Aton und wies in diese Richtung. »Jedenfalls ... war es dort.«
Seine Worte – und vor allem wohl das kaum merkliche Stocken darin – veranlassten Petach zu einem verwirrten Stirnrunzeln. Aber er stellte keine entsprechende Frage, sondern machte nur eine auffordernde Geste und sie gingen los. Aton entging nicht, dass sich Petach zwei- oder dreimal rasch und nervös umsah, während sie sich dem Ufer des künstlichen Sees näherten.
Auch Sascha wirkte mit einem Male regelrecht ängstlich. Plötzlich erinnerte sich Aton wieder daran, wie es ihr in der Kammer in der Cheopspyramide ergangen war. Wenn es darin etwas gegeben hatte, was ihr Angst machte, dann musste es auch hier sein und ungleich schlimmer. Er fragte sich wieder, warum sie überhaupt gekommen war.
Als sie das Ufer des gemauerten Bassins erreichten, erklang hinter ihnen ein dumpfer Knall, der unmittelbar darauf in ein ungeheuerliches Brüllen und Fauchen überging. Es hörte sich so nahe an, als wäre es direkt hinter ihnen entstanden, doch als sie erschrocken herumfuhren, waren sie allein. Es war das Brüllen der Sphinx, die draußen vor dem verschlossenen Eingang der Grabkammer ihre Wut hinausschrie.
Seltsamerweise schien der Lärm Petach eher zu beruhigen als zu erschrecken. Er lächelte sogar flüchtig.
»Was ist so komisch?», erkundigte sich Sascha. Sie versuchte vergeblich ihre Stimme so herausfordernd und feindselig klingen zu lassen wie bisher.
»Nichts«, antwortete Petach. »Ich finde nur den Gedanken beruhigend, dass sie ihre Aufgabe weiter erfüllt. Das verschafft uns noch ein wenig zusätzliche Zeit.«
Sascha schien nicht zu begreifen, was er damit meinte, aber Aton sagte: »Sie meinen, es sind ... Horus und Osiris?«
»Und ihre Krieger, ja«, bestätigte Petach ernst. »Sie kann sie nicht besiegen, aber sie werden eine Weile damit beschäftigt sein, sie zu verjagen. Ich habe selbst gespürt, wie stark sie ist.« Er schauderte ein wenig. »Echnaton hat das furchtbarste

Wesen zu seinem Wächter erkoren, das jemals auf dieser Welt gelebt hat. Aber rasch jetzt! Uns bleibt nicht mehr viel Zeit.«
Es kostete Aton etliches an Überwindung, in den gemauerten See hinabzuklettern. Seine Wände waren jetzt brüchig und so porös, dass es nicht sehr schwierig war, die Entfernung bis zu seinem Grund zu überwinden, aber der Boden war von einer knöchelhohen Schicht aus klebrigem, schwarzem Schlamm bedeckt, von der ein schrecklicher Gestank ausging.
Der Weg zu der gemauerten Insel in der Mitte des Wasserbeckens erschien ihm ungleich weiter als damals, als er ihn auf dem Boot zurückgelegt hatte. Jeder Schritt auf dem klebrigen Untergrund kostete große Kraft; der Morast schien sich wie mit tausend winzigen Fingern an ihre Füße zu klammern, sodass ihre Schritte von unheimlichen, saugenden Geräuschen begleitet wurden, die von den Wänden des Wasserbeckens hundertfach gebrochen und verzerrt widerhallten. Manchmal ragten spitze Knochen aus dem Schlamm, hier und da schien sich etwas in der zähen, klebrigen Masse zu bewegen und ungefähr auf halber Strecke kamen sie an etwas vorüber, was das Skelett eines Krokodils hätte sein können, wäre es nicht viel zu groß dafür gewesen.
Trotz Petachs immer deutlicher werdender Ungeduld blieben sie einen Moment stehen um es zu betrachten. Sein Vater maß die verblichenen Knochen mit Blicken, in denen Furcht und Entsetzen längst die Neugier übertrafen, und auch Aton spürte ein eisiges Frösteln. Er hatte dieses Geschöpf gesehen, als es noch lebte, und plötzlich war er sehr froh, es damals nicht wirklich erkannt, sondern nur als Schemen im Wasser wahrgenommen zu haben.
Sie gingen weiter. Wahrscheinlich hatten sie alles in allem kaum mehr als zehn Minuten gebraucht, bis sie die Insel erreichten, aber Aton war es, als wären sie Stunden unterwegs. Die letzten Schritte kosteten ihn fast mehr Kraft, als er aufzubringen imstande war, und auch die anderen – vor allem Sascha, die Mühe zu haben schien, sich überhaupt noch auf den Beinen zu halten – atmeten erleichtert auf, als die ge-

mauerte Treppe vor ihnen lag, die zur Oberfläche der Insel hinaufführte.
Vom Eingang her erscholl wieder jenes fürchterliche Brüllen und Fauchen, diesmal aber begleitet von einem ganzen Chor anderer, schriller Schreie, einem wütenden Kläffen und Geifern und einem Geräusch, als zerbräche Fels.
Aton sah erschrocken zurück. Sie befanden sich noch immer auf dem Grund des Wasserbeckens, sodass er den Eingang von hier aus nicht sehen konnte, aber das Krachen und Bersten wiederholte sich und das Brüllen der Sphinx klang plötzlich gequält. Petach hatte Recht. Sie hatten nicht mehr viel Zeit.
Die Insel bot einen genauso traurigen Anblick wie die ganze Höhle. Die Zeit hatte auch hier ihren Tribut gefordert. Die lebensgroßen Statuen der Krieger und die anderen Figuren waren zum größten Teil umgestürzt und zerbrochen, sodass sich Schutt und Trümmer mit Gold und funkelnden Edelsteinen mischte. Der gewaltige Baldachin, der das zweite, kleinere Wasserbecken in der Mitte der Insel überspannt hatte, war zusammengebrochen. Einer der mannsdicken Pfeiler hatte die Barke getroffen und ihr Heck zerschmettert, die anderen bildeten einen wirren Haufen aus zerbrochenem Holz, über den sie nur mühsam und äußerst vorsichtig hinwegsteigen konnten, denn die Splitter waren spitz und hatten rasiermesserscharfe Kanten.
Auch der kleine See war ausgetrocknet. Die goldenen Fische lagen zerbeult und blind geworden auf dem Boden, die Barke war von ihrem Sockel gerutscht. Die hölzernen Männer, die sie gelenkt hatten, lagen wie erschlagene Wächter ringsum verstreut und auch der kleine Baldachin über der Barke hatte sich zur Seite geneigt, sodass die goldenen Schlangen, die seine Pfeiler bildeten, sich nun mit ihren aufgerissenen Mäulern gegenseitig zu bedrohen schienen.
Aton zögerte noch den letzten Schritt zu tun und in das ausgetrocknete Bassin hinunterzusteigen. Vorhin, als sie die Grabkammer betreten hatten, da hatten der Zerfall und die Zerstörung durchaus etwas Großartiges gehabt, machten sie doch das

unvorstellbare Alter dieses Ortes deutlich. Jetzt erschütterte ihn der Anblick, denn er führte ihm deutlich vor Augen, wie vergänglich alles war, was der Mensch erschuf. Nach dem Glauben der Ägypter war dieser Ort für die Ewigkeit gedacht gewesen. Der Mann, der hier bestattet worden war, war ein König gewesen, mehr noch, ein Mensch, der von seinen Untertanen wie ein Gott verehrt worden war. Und doch hatten gerade drei Jahrtausende – für einen Menschen sicher eine unvorstellbar lange Zeit, in Wahrheit jedoch kaum mehr als ein Lidzucken in der Ewigkeit – ausgereicht, ihn nahezu vollkommen zu zerstören. Bald würde nichts mehr von ihm geblieben sein, nichts mehr daran erinnern, dass es ihn je gegeben hatte. Er begann die Blicke Petachs und der anderen beinahe körperlich zu spüren und es erinnerte ihn daran, dass er nicht hergekommen war, um über die Vergänglichkeit des Menschen zu philosophieren – genau genommen würde sich wohl in den nächsten Augenblicken entscheiden, wie es um ihre eigene Vergänglichkeit bestellt war ... Rasch ging er weiter, trat mit einem entschlossenen Schritt in das leere Bassin hinab und näherte sich der Barke. Er musste in Schlangenlinien gehen, um den übereinander gestürzten Statuen auszuweichen, die zum größten Teil zerbrochen auf dem Beckengrund lagen. Sein Vater, Sascha und die beiden Ägypter folgten ihm, aber sie taten es in gehörigem Abstand, und sie machten jetzt auch keine Versuche mehr, ihn irgendwie anzutreiben.

Atons Herz begann schneller zu schlagen, als er sich den beiden Sarkophagen näherte. Als die Barke von ihrem Sockel gerutscht war, hatten auch sie sich bewegt. Sie waren gegeneinander geprallt und hatten sich ein wenig gedreht, sodass sich die goldenen Gesichter des Mannes und der Frau – Echnaton und Nofretete, denn um keine anderen konnte es sich bei den beiden Toten im Inneren der gewaltigen goldenen Särge handeln – anzublicken schienen, was Aton auf sonderbare Weise berührte, denn es sah ganz so aus, als hätten sich die beiden absichtlich gedreht, um noch im Tode für die Ewigkeit vereint zu sein.

»Nofretete!«, flüsterte sein Vater. Er war neben Aton stehen geblieben und blickte aus ungläubig aufgerissenen Augen auf die beiden Sarkophage hinab. Sein Gesicht war so bleich wie das eines Toten und seine Stimme bebte. »Das ... das ist Nofretete!«

Er deutete auf das Frauengesicht und erst jetzt, als hätte es erst dieser Worte bedurft, erkannte auch Aton die weltberühmten Züge. Es gab keinen Zweifel – das goldene Gesicht glich dem einer Büste, die unzählige Male in Büchern und Zeitschriften abgebildet worden war.

»Dann ... dann muss das da ...« Die Stimme seines Vaters brach. Er begann am ganzen Leib zu zittern, als er sich zu dem zweiten Sarkophag herumdrehte und das Gesicht des toten Pharaos ansah. »Dann muss das hier Echnaton sein«, sagte er schließlich mühsam. »Ich ... ich habe es nicht geglaubt, aber ... aber es ist wahr. Wir ... wir haben Echnatons Grab gefunden. Großer Gott, Aton – weißt du, was das bedeutet?«

»Dass die Welt, wie Sie sie kennen, vielleicht bald nicht mehr existieren wird«, antwortete Petach an Atons Stelle.

Atons Vater blickte ihn verunsichert an. Nach ein paar Sekunden lachte er, aber es klang nicht sehr überzeugend. Aton wollte weitergehen, aber sein Vater streckte rasch die Hand aus und riss ihn fast grob an der Schulter zurück.

»Fass es nicht an!«, sagte er.

»Aber ich –«, begann Aton, doch sein Vater unterbrach ihn in befehlendem Ton:

»Du wirst nichts tun, bevor ich nicht weiß, was hier geschieht. Warum sind wir hier? Was erwartet er von dir?«

»Nichts, was er nicht freiwillig täte«, sagte Petach ruhig. »Bitte lassen Sie ihn los. Aton weiß, was zu tun ist. Und er weiß, wie wichtig es ist.«

»Wollen Sie mir erzählen, dass wir hier sind um den Weltuntergang aufzuhalten?«, fragte Atons Vater.

»Sie wird nicht untergehen«, antwortete Petach. »Aber sie wird sich verändern – und nicht zum Guten.« Er machte eine Geste in die Richtung, aus der sie gekommen waren. »Sie

haben sie gesehen, aber Sie wissen nicht, wer sie wirklich sind. Sie glauben es zu wissen, aber das stimmt nicht. Diese beiden Götter dort draußen sind nicht mehr, was sie waren. Der Osiris und der Horus, die es einst gab, existieren schon lange nicht mehr. Sie sind böse geworden. Sie bestehen nur noch aus Zorn und Hass und sie werden Zorn und Hass in die Herzen der Menschen säen, die an sie glauben. Es gibt schon zu viel Leid und Unrecht auf der Welt und sie werden es hundertfach vermehren, glauben Sie mir.«
»Das ist ... Unsinn«, widersprach Atons Vater nervös. »Gut und Böse haben immer nebeneinander existiert. Das eine bedingt das andere.«
»Das ist richtig«, antwortete Petach. »Es ist ein kompliziertes Gleichgewicht, das die Welt in Gang hält. Aber jedes Mal, wenn sich die Waagschale weiter auf die Seite der Dunkelheit neigt, wird ihr Übergewicht größer und sie senkt sich ein wenig schneller. Osiris wird die Welt nicht vernichten – aber vielleicht wird er sie zu einem Ort machen, an dem Sie nicht mehr würden leben wollen.« Er machte eine Handbewegung, als Atons Vater abermals widersprechen wollte, und fuhr mit erhobener, fast zorniger Stimme fort:
»Ich rede nicht von Ihrer Welt. Ich rede nicht von Ihren Städten und Ihren Menschen oder Ihrem Land. Aber ich rede von den Menschen hier, den einfachen Bauern und Handwerkern, den Menschen, die nicht viel haben und darum nur zu bereit sind, den Versprechungen falscher Götter zu glauben. *Sie* werden sterben. *Sie* werden leiden und *sie* werden die Saat des Bösen an ihre Kinder weitergeben. Osiris wird sicher nie wieder so mächtig werden, wie er einst war, aber es werden Hunderte sein, die seinetwegen sterben müssen, vielleicht Tausende. Wollen Sie das?«
Er trat herausfordernd einen Schritt auf Atons Vater zu und sah ihn kalt an. »Sie haben Recht – es betrifft nicht Sie. Es betrifft nicht Aton oder Ihre Frau oder Ihre Freunde und Verwandten zu Hause. Es geht um *mein* Volk, nicht um das Ihre. Wenn es Ihnen gleich ist, dass es zugrunde geht, dann sagen Sie

es und Aton und Sie können gehen. Ich verspreche Ihnen, dass ich Sie nicht aufhalten werde. Wollen Sie das wirklich?«

»Nein.«

Es war Aton, der antwortete, nicht sein Vater, aber dieser sah ihn nur unsicher und zutiefst erschrocken an, und Aton fügte nach einer Sekunde hinzu: »Nein, das will er ganz bestimmt nicht. Und ich auch nicht.«

Er trat dicht an die beiden nebeneinander liegenden Sarkophage heran und sah auf sie hinab. Sein Blick glitt über Echnatons Hände, die Krummstab und Fliegenwedel des Pharaos hielten, und dann über die seiner Gemahlin Nofretete, die leer waren. Sie waren es nicht immer gewesen. Er erinnerte sich – jetzt endlich erinnerte er sich an alles –, dass bei seinem ersten Besuch in der Grabkammer ein goldenes Amulett in ihnen gelegen hatte.

Suchend sah er sich auf dem Boden um und entdeckte es schon nach Augenblicken. Es war zwischen die beiden Sarkophage gerutscht und halb von Schlamm und eingetrocknetem Staub bedeckt. Aber als er es aufhob und sauber wischte, schimmerte es so unversehrt und kostbar wie am ersten Tag.

»Das ist ... das Udjatauge!«, sagte sein Vater ungläubig.

Aton nickte nur. Mit fast bedächtigen Bewegungen entfernte er den letzten Rest von Schmutz und Unrat von dem Amulett und schließlich sahen sie alle, dass es nicht komplett war. Das Auge, eingefasst in ein feines Filigran aus Gold und blauer Emaille, war so groß wie seine Hand, aber etwas fehlte: Die Pupille war nicht da. An ihrer Stelle gähnte nur ein kreisrundes Loch, so groß wie Atons Daumennagel.

»Du musst es zurücklegen«, sagte Petach. »Nur du bist in der Lage dazu. Weder ich noch einer der anderen Götter können es berühren. Gib es Nofretete zurück und es ist ihrem Zugriff für immer entzogen.«

Atons Hand strich ein letztes Mal über das Amulett und er glaubte die pulsierende magische Kraft zu spüren, die in dem kleinen Schmuckstück aus Gold und Emaille gebannt war. Dann wanderten seine Finger fast ohne sein Zutun zu seiner

Schulter hinauf und glitten über den winzigen, harten Knoten unter seiner Haut und diesmal spürte er ganz deutlich, wie etwas *in ihm* auf den magischen Ruf antwortete. Er fühlte einen leichten Schmerz.

Hinter ihm bückte sich Petach zu einer der Wächterstatuen und zog den Dolch aus dem Gürtel des hölzernen Kriegers. Die Waffe war dreitausend Jahre alt, aber sie schimmerte wie neu und ihre Klinge war scharf wie ein Skalpell.

»Es wird wehtun«, sagte Petach.

»Ich weiß«, antwortete Aton. Er begann zu zittern. Er sollte tapfer sein – der Schmerz würde nicht annähernd so schlimm sein wie das, was ihn erwartete, wenn Petach es nicht tat. Aber dieses Wissen änderte nichts daran, dass er plötzlich schreckliche Angst hatte.

»He!«, protestierte Atons Vater. »Was ... was haben Sie vor?!« Er hob die Arme um Petach zurückzureißen, aber diesmal war es zur allgemeinen Überraschung niemand anderer als Sascha, die ihn zurückhielt, indem sie ihm sanft die Hand auf die Schulter legte.

»Lassen Sie ihn«, sagte sie. »Es muss sein.«

Atons Vater schlug ihre Hand beiseite und funkelte sie kampflustig an. »Was muss sein?«, fragte er scharf. »Was hat er mit dem Messer vor?«

»Das Auge«, sagte Aton. Er wies mit einer Kopfbewegung zuerst auf das Amulett in seinen Händen, dann auf seine eigene Schulter. »Das fehlende Stück. Es ist in mir.«

»In dir? Was soll das heißen? Das ist doch –« Plötzlich stockte sein Vater. Seine Augen weiteten sich abermals und seine Stimme sank zu einem kaum noch hörbaren Flüstern herab. »Der Unfall. Es ... es muss damals passiert sein, als ... als du verschüttet worden bist. Du bist damals schon hier gewesen.« Er atmete hörbar ein. »Großer Gott, jetzt verstehe ich endlich. Deshalb konntest du es überleben.«

Petach blinzelte. »Wie meinen Sie das?«

Atons Vater beachtete ihn gar nicht, sondern blickte unverwandt weiter seinen Sohn an. Aton sah ihm an, wie schwer es

ihm fiel, das auszusprechen, was er nun sagte. »Da ist etwas, was ... was wir dir nie erzählt haben, Aton. Ich ... dachte, es wäre nicht nötig, und deine Mutter und ich, – wir haben es auch nie verstanden. So wenig wie alle anderen.«
»Was?«, fragte Aton beunruhigt.
»Der Unfall, damals«, antwortete sein Vater, während er seinem Blick auswich. »Wir haben dir immer erzählt, dass du schwer verletzt gewesen bist, als wir dich ins Krankenhaus brachten. Aber das ... das stimmt nicht.«
»Was war ich dann?«, fragte Aton. Ein sehr ungutes Gefühl breitete sich in seinem Inneren aus. Er wusste, was sein Vater antworten würde.
»Du warst unter Tonnen von Felsen begraben, Aton«, sagte sein Vater. Er hatte noch immer nicht die Kraft, ihn direkt anzublicken, sondern fixierte einen imaginären Punkt irgendwo hinter ihm. »Dein Rückgrat war gebrochen. Du hattest einen vier- oder fünffachen Schädelbruch und zahlreiche innere Verletzungen. Du warst tot.«
»Was sagen Sie da?«, keuchte Petach, auch Yassir sah erschrocken auf. Nur Sascha reagierte überhaupt nicht, so als wäre das, was sie da hörte, keineswegs neu für sie.
»Er verblutete in meinen Armen«, sagte Atons Vater leise. Er hatte sich zu Petach gewandt, als fiele es ihm leichter, ihm von jenen schrecklichen Ereignissen damals zu berichten als seinem Sohn. »Der Arzt, der kam, konnte nur noch seinen Tod feststellen. Meine Frau und ich waren vollkommen verzweifelt, und da ich schon damals ein Mann von gewissem Einfluss war, rief man einen Helikopter, der Aton ins Krankenhaus nach Kairo brachte. Dort bestätigte man seinen Tod. Meine Frau brach vollkommen zusammen und auch ich ...« Er atmete hörbar ein. Die Erinnerung drohte ihn zu überwältigen und er brauchte eine Weile, bis er genug Kraft geschöpft hatte, um fortzufahren.
»Ich erinnere mich kaum an die darauf folgenden Stunden. Wir verbrachten die Nacht im Krankenhaus. Am nächsten Morgen ließ man uns noch einmal zu ihm um Abschied zu

nehmen. Und als wir das Zimmer betraten – schlug er die Augen auf.«

»Sind Sie ganz sicher, dass die Ärzte keine Fehldiagnose gestellt haben?«, fragte Petach. Das Gehörte schien ihn über die Maßen zu beunruhigen, was Aton sich nicht erklären konnte. Atons Vater lachte bitter. »Sicher? Ich habe die Röntgenaufnahmen gesehen, Petach! Er war nicht scheintot, wenn Sie das meinen. Es war auch nicht jene Art von klinischem Tod, aus dem die Menschen manchmal nach zehn Minuten oder einer Stunde wieder aufwachen und von irgendwelchen Lichtern und Tunnels erzählen. Er war eindeutig *tot*, und zwar für beinahe vierundzwanzig Stunden. Und dann schlug er die Augen auf und war so gut wie unverletzt! Das ganze Krankenhaus hat Kopf gestanden. Ich musste all meinen Einfluss geltend machen, um Aton überhaupt mitnehmen zu können. Am liebsten hätten sie ihn gleich in Stücke geschnitten um nachzusehen, wie er dieses Kunststück fertig gebracht hat. Aber jetzt verstehe ich es endlich.« Er deutete auf das Amulett in Atons Händen.

»Das ist das Udjatauge. Ich meine: das echte Auge des Horus, nicht irgendeine Nachbildung. Das Amulett des ewigen Lebens. Deshalb ist er von den Toten wieder auferstanden.«

»Ja«, sagte Petach düster. »So ist das also.« Er tauschte einen Blick mit Yassir, und Aton sah, dass plötzlich auch auf dem Gesicht des Ägypters derselbe sonderbar erstaunt-betroffene Ausdruck erschienen war wie auf dem Petachs. Etwas an dem, was sein Vater erzählt hatte, schien für die beiden Männer von ungemeiner Wichtigkeit zu sein.

»So ist was?«, fragte er betont.

Petach seufzte tief. »Wir haben uns gefragt, warum Osiris ausgerechnet jetzt solch gewaltige Anstrengungen unternimmt, um deiner habhaft zu werden. Es ist nicht ungefährlich für ihn, sich offen gegen mich zu stellen. Aber nun begreife ich es. Du bist der, auf den er mehr als dreitausend Jahre gewartet hat.« »Ich weiß«, antwortete Aton.

Petach schüttelte mit einem verzeihenden Lächeln den Kopf.

»Du verstehst nicht.« Er deutete auf das Amulett. »Es geht nicht nur darum. Selbst mit dem Udjatauge fiele es ihm schwer, Echnatons Krieger gegen meinen Willen zu erwecken. Er mag der Herr der Toten und der Nacht sein, aber der Tag und die Lebenden gehören mir. In deinen Händen jedoch wird das Auge des Horus zu einem Instrument unüberwindlicher Macht.«
»Aber wieso denn nur?«, fragte Aton.
»Ich habe dir nie den ganzen Wortlaut von Echnatons Fluch erzählt«, antwortete Petach. Er schloss für eine Sekunde die Augen. In seinem Gesicht arbeitete es. »Ich hielt es nicht für nötig – ich Narr! Hätte ich es doch gewusst! Wäre ich doch damals geblieben um nach dir zu sehen!«
»Den ganzen Wortlaut?«, wiederholte Aton. »Was meinen Sie?« Petach seufzte abermals. Dann drehte er sich mit einer langsamen Bewegung zu Yassir herum und sagte:
»Sag es ihm.«
Auch Aton wandte den Kopf –
und unterdrückte nur noch mit Mühe einen Schrei.
Yassir war nicht mehr Yassir. Das hieß – natürlich war er es, aber im Grunde war er es nie gewesen. Er hatte sich nicht etwa verändert. Seine Gestalt, sein Gesicht und die dunklen, wachen Augen, alles war unverändert, aber erst jetzt erkannte Aton ihn wirklich.
Yassir war der Wanderer. Eje. Der Verräter. Der Verfluchte.
»Als der Pharao starb«, sagte Yassir, »da verfluchte er seinen Mörder. Er verdammte ihn dazu, so lange leben zu müssen, bis ein Toter all seine toten Krieger wieder aus ihren Gräbern führt.«
»Du, Aton«, sagte Petach. »Denn du bist der Prophezeite. Du bist im Reich der Toten gewesen/und du bist zurückgekehrt.«
Aton verspürte einen eisigen Schauer. Er versuchte vergeblich, zu glauben, was er hörte. Er wusste, dass es die Wahrheit war, aber der Gedanke war so fantastisch, dass er sich einfach weigerte, ihn zu akzeptieren.
»Dann haben wir keine andere Wahl mehr«, flüsterte Petach.

»Wir müssen es tun. Jetzt, ehe sie hier sind. Gerieten sie auch nur in deine Nähe, so wäre alles verloren.«
Er hob sein Messer und trat auf Aton zu und auf seinem Gesicht machte sich ein ebenso entschlossener wie mitleidsvoller Ausdruck breit.
Aber auch Yassirs Züge waren in Aufruhr. Aton konnte regelrecht sehen, welcher Kampf hinter seiner Stirn tobte. Er glaubte Petach, wenn er sagte, dass Eje sich geändert hatte. Die mehr als hundertdreißig Lebensspannen, die er gelebt hatte, hatten ihn geläutert – er hatte mit dem Mann, der er damals gewesen sein mochte, kaum noch mehr als das Aussehen gemein. Er glaubte Petach auch, wenn er sagte, dass sie gemeinsam hier waren, um Osiris und Horus daran zu hindern, Echnatons Prophezeiung zu erfüllen, selbst wenn dies das weitere Leben für Yassir bedeutete. Und trotzdem wusste er, welche Qual Yassir nun durchlebte, hatte er doch das Ende seines Martyriums greifbar nahe vor Augen, die letzte Ruhe, den Frieden, den er sich so lange und so vergebens gewünscht hatte. Vielleicht war das, was er nun erlebte, Echnatons wahrer Fluch, die schlimmste Strafe, die noch auf den Verräter wartete.
»Bist du bereit?«, fragte Petach.
Aton nickte tapfer, schloss die Augen und biss die Zähne zusammen, um sich gegen den furchtbaren Schmerz zu wappnen, den er erwartete.
Der Schmerz war grauenhaft, aber er währte nur kurz, denn Petachs Messer hatte kaum seine Schulter berührt, da trat Sascha neben ihn und legte ihm sanft die Hand auf den anderen Arm und im selben Moment erlosch die sonnenheiße Qual in seiner Schulter. Er spürte nicht einmal mehr, was Petach tat. Ein Gefühl weißer Wärme hüllte ihn ein und statt höllischer Qual hatte er ein Empfinden von Geborgenheit und Schutz, wie er es nie zuvor im Leben verspürt hatte.
Trotzdem verlor er nach einigen Augenblicken das Bewusstsein.
Er erwachte mit einem tauben Gefühl in der Schulter in Saschas Armen. Es konnte nicht sehr viel Zeit vergangen sein,

denn er spürte, wie sich jemand an seiner Schulter zu schaffen machte, und das Erste, was er sah, als sich die roten Schleier vor seinen Augen lichteten, war sein Vater, der mit nacktem Oberkörper neben ihm kniete. Er hatte sein Hemd ausgezogen und in Streifen gerissen um einen Verband zu improvisieren und in seinen Augen stand eine Verzweiflung geschrieben, die Aton mit einem Gefühl tiefer Dankbarkeit erfüllte.

Es tat gut, einen Menschen bei sich zu wissen, der sich um einen sorgte.

»Beweg dich nicht«, sagte sein Vater rasch, als Aton aufzustehen versuchte. Mit erstaunlicher Geschicklichkeit legte er den Verband fertig an, überprüfte sein Werk mit kritischem Blick und fragte schließlich: »Hast du große Schmerzen?«

Aton lauschte eine Sekunde in sich hinein, aber da war nichts. Seine Schulter war einfach nur taub. Er versuchte den Arm zu bewegen und stellte überrascht fest, dass er es konnte.

»Mir tut überhaupt nichts weh«, sagte er.

»Spiel nicht den Helden«, sagte sein Vater. »Dazu ist jetzt wirklich nicht der richtige Moment.«

»Aber es ist wahr!«, protestierte Aton. Nur zum Beweis seiner Worte setzte er sich auf und hob den Arm. Sein Vater blinzelte überrascht, aber dann machte sich schon wieder Schrecken auf seinem Gesicht breit. Allerdings war sein Blick jetzt nicht mehr auf Aton gerichtet, sondern auf etwas hinter ihm. Beunruhigt drehte Aton den Kopf – und fuhr ebenfalls erschrocken zusammen, als er in Saschas Gesicht blickte.

Sie saß hinter ihm auf den Fersen und bisher hatte er ganz selbstverständlich angenommen, dass sie ihn gestützt hatte, als er erwacht war – aber die Wahrheit war wohl eher, dass sie sich gegenseitig gestützt hatten. Sascha war kraftlos nach vorne gesunken. Ihr Gesicht war schweißüberströmt und bleich und sie zitterte am ganzen Leib. In ihren Augen stand eine Qual geschrieben, deren Anblick Aton einen kalten Schauer über den Rücken jagte.

»Sascha!«, rief er erschrocken. »Was hast du?«

Er bekam keine Antwort, aber die junge Frau sank weiter nach vorne, kippte plötzlich zur Seite und wäre hart auf den steinernen Boden gestürzt, hätten Aton und sein Vater nicht rasch zugegriffen und sie aufgefangen. Gemeinsam ließen sie Sascha zu Boden gleiten und drehten sie vorsichtig herum.

»Was ist los mit ihr?«, fragte sein Vater.

Aton hätte viel darum gegeben, es zu wissen. Vielleicht, dachte er, ist es dasselbe wie in der Kammer unter der Pyramide. Auch dort hatte irgendetwas an Saschas Kräften gezehrt und er hatte ihr angesehen, wie schwer es ihr gefallen war, in jenem Raum auszuharren. Und wie ungleich schwerer musste es dann erst hier für sie sein. »Ich weiß es nicht«, sagte er schließlich. »Sie ... sie scheint Schmerzen zu haben.«

»Deinen Schmerz«, sagte eine Stimme hinter ihm. Aton sah auf und blickte in Petachs Gesicht. »Es ist dein Schmerz, den sie erleidet«, sagte Petach, und als Aton antworten wollte, hob er rasch die Hand und machte eine abwehrende Geste. »Das ist der Grund, aus dem sie hier ist – dir zu helfen. Und nun komm. Unsere Zeit läuft ab und ihr Opfer soll nicht umsonst gewesen sein.«

Aton bemerkte erst jetzt, dass Petach etwas in der anderen Hand hielt; etwas Kleines, Schimmerndes, das zwischen seinen Fingern funkelte und blitzte wie ein Edelstein, aber keiner war. Langsam stand er auf, sah aber noch einmal auf Sascha hinab, ehe er sich vollends zu Petach herumdrehte. Sie lag mit halb geschlossenen Augen da und von Zeit zu Zeit kam ein leises Stöhnen über ihre Lippen. Die linke Hand hatte sie auf die Schulter gepresst, in der der grausame Schmerz tobte, der eigentlich ihm zukam. Aton fühlte sich unendlich schuldig und er hätte alles getan, um mit Sascha tauschen zu können – aber natürlich hatte Petach Recht: Sascha hatte all dies aus keinem anderen Grund auf sich genommen als dem, ihm zu helfen, und er war es ihr einfach schuldig, die Chance zu nutzen, die sie ihm verschaffte.

Petach reichte ihm die Pupille des Udjatauges. Zögernd nahm Aton das Bruchstück entgegen, betrachtete es einen Moment und streckte die Hand dann nach dem Rest des in Gold gefassten Anhängers aus, den Petach ihm hinhielt. Seine Finger bewegten sich fast von selbst. Rasch und mit einer Sicherheit, als hätte er es hundertfach geübt, setzte er das fehlende Stück in das Udjatauge ein und drehte sich dann um, um auf den Sarkophag zuzugehen, Nofretetes goldenes Gesicht schien ihm zuzulächeln um ihm Mut zu machen, als er sich ihrem Sarg näherte – und trotzdem blieb er noch einmal stehen, kurz bevor er ihn erreichte.

»Wird es hier wirklich ... sicher sein?«, fragte er stockend.

»Nur der, der es in ihre Hände gelegt hat, kann es auch wieder daraus nehmen«, antwortete Petach. »Vertrau mir ein letztes Mal, Aton. Es ist so, wie ich sage: Ohne den Stein bist du nicht mehr als ein sterblicher Mensch, der von keinem Nutzen für sie ist. Und ohne dich ist das Udjatauge nicht mehr als ein Schmuckstück. Wenn diese Nacht vorüber ist, wird auch seine magische Macht erloschen sein, für die nächsten fünfhundert Jahre und vielleicht mehr, bis wieder ein sterblicher Mensch den Tod besiegt und hierher kommt.«

Aton zögerte noch eine letzte Sekunde – und dann trat er mit einem entschlossenen Schritt an den Sarkophag heran und streckte die Hände aus.

»Neiiiiin!«

Der gellende Schrei und das Gefühl von Bewegung erreichten Atons Sinne gleichzeitig. Er spürte die Gefahr und versuchte sich nach vorne zu werfen, um das Udjatauge an seinen angestammten Platz in Nofretetes Hände zurückzulegen, aber er war nicht schnell genug. Yassir prallte mit entsetzlicher Wucht gegen ihn und riss ihn von den Beinen. Das Udjatauge flog in hohem Bogen davon und klirrte meterweit entfernt zu Boden, und während Aton stürzte, sah er, wie Yassir mit weit vorgestreckten Armen nach dem Schmuckstück sprang.

Auch Petach schrie auf. Seine Hände sprühten blaues Feuer, aber Yassir entwickelte eine übermenschliche Schnelligkeit. Mit einer einzigen, blitzartigen Bewegung riss er das Udjatauge an sich und warf sich gleichzeitig zur Seite. Petachs magische Blitze verfehlten ihn um Haaresbreite und sengten ein rot glühendes Loch in den Stein, wo er eben noch gelegen hatte, und dann war Yassir auch schon wieder auf den Beinen, wich ein paar Schritte zurück und presste das Schmuckstück an sich. Mühsam rappelte sich Aton wieder hoch, machte einen Schritt in Yassirs Richtung und blieb wieder stehen, als er das warnende Funkeln in dessen Augen registrierte. Aton wich rasch wieder zurück und trat an die Seite seines Vaters.

»Tu das nicht«, sagte Petach. Die Worte galten Yassir und seine Stimme klang drohend. Er hatte die Hände erhoben, bereit, seine magische Macht gegen Yassir einzusetzen, aber aus irgendeinem Grund zögerte er noch,

»Gib es zurück. Du weißt, dass es sein muss.«

»Ich ... ich kann nicht«, stammelte Yassir. Er zitterte am ganzen Leib. Sein Gesicht zuckte unentwegt und seine Augen flackerten. Er sah aus wie ein Mann, der im wahrsten Sinne des Wortes Höllenqualen litt, und das tat er wohl auch in diesem Moment.

»Ich kann dich verstehen«, sagte Petach sanft. »Besser, als du vielleicht glaubst. Aber du weißt, dass ich es nicht zulassen kann.«

»Nein«, beharrte Yassir. »Du ... du begreifst nicht. Er ist der Prophezeite. Er ist der, der ... der Echnatons Fluch brechen kann. Nur er! Er ist der Erste in dreitausend Jahren und vielleicht werden wieder dreitausend Jahre vergehen, bis ein anderer wie er kommt! Ich kann nicht noch einmal so lange warten! Ich ertrage das nicht mehr!«

»Du weißt, was geschehen wird, wenn das Udjatauge und Aton in Osiris' Hände fallen«, sagte Petach. »Ich kann das nicht zulassen.«

»Das ist mir gleich!«, widersprach Yassir heftig. »Ich weiß, was ich dir versprochen habe, aber ich kann mein Wort nicht halten. Nicht jetzt. Nicht, wo ich weiß, dass er wirklich der ist, auf den ich so lange Zeit gewartet habe!« Er wich einen weiteren Schritt zurück, das Udjatauge noch immer wie einen Schatz an sich gepresst.

Petach seufzte tief. Er sah sehr traurig drein. »Also lässt du mir keine andere Wahl«, sagte er. Er streckte die Hände in Yassirs Richtung aus. Seine Finger begannen zu leuchten.

Aber bevor er seine unheimliche Macht erneut einsetzen konnte, geschah etwas, womit keiner von ihnen gerechnet hatte. Ein unheimliches Grollen erklang und plötzlich ballten sich unmittelbar hinter Yassir die Schatten zu einer tieferen, lebendigen Schwärze zusammen. Von einer Sekunde auf die andere wurde es sehr kalt und Aton wusste schon, was geschehen würde, noch bevor Horus und Osiris aus der Dunkelheit hervortraten und Gestalt annahmen.

Petach stieß einen keuchenden Schrei aus. Ein sengender blauer Blitz zuckte aus seinen Fingerspitzen und durchbohrte Yassir, doch im selben Moment riss dieser die Arme in die Höhe und warf das Udjatauge hinter sich – direkt in Horus' ausgestreckte Hände!

Yassir wurde von den Füßen gerissen, prallte torkelnd gegen den Falkengott und stürzte. Brust und Rücken seines Gewandes schwelten, und wäre er ein normaler Mensch gewesen, hätte ihn Petachs Blitz sicher auf der Stelle getötet. Aber Echnatons Fluch, der ihn zu dreitausend Jahren Leben verdammt hatte, schützte ihn auch jetzt. Nach einem Augenblick nur stemmte er sich wieder in die Höhe. Sein Gesicht war verzerrt, denn er war vielleicht unsterblich, aber er empfand Schmerz wie jeder andere auch, doch die Qual auf seinen Zügen entsprang nicht nur der körperlichen Pein.

Sein Blick suchte den Atons. »Bitte verzeih mir«, flüsterte er. »Ich ... ich musste es tun. Ich weiß, was ich dir antue, aber ich ... ich kann nicht noch einmal so lange warten. Dreitausend Jahre sind zu viel. Niemand erträgt eine solche Strafe, auch ich nicht.«

Seltsam – Aton empfand eine grenzenlose Enttäuschung und eine ebenso grenzenlose Furcht vor den beiden Göttergestalten neben Yassir und dem, was sie ihm vielleicht antun würden, aber es gelang ihm nicht, wirklichen Zorn auf Yassir zu verspüren. Er bildete sich nicht ein, wirklich nachempfinden zu können, was es hieß, dreitausend Jahre und mehr leben zu

müssen, aber allein der Gedanke daran erfüllte ihn mit einem Entsetzen, das mit Worten nicht zu beschreiben war.
Nach einer Weile löste sich sein Blick von Yassir und suchte die beiden Götter. Horus betrachtete das Udjatauge, dann reichte er es an die nur aus wogender Schwärze zu bestehen scheinende Gestalt Osiris' neben sich weiter und nun wies sein ausgestreckter Arm auf Aton. Die Bedeutung dieser Geste war klar.
Aton machte einen Schritt in seine Richtung, aber sein Vater riss ihn grob zurück und vertrat ihm den Weg, um sich schützend zwischen ihn und den Falkengott zu stellen.
»Nein«, sagte er entschlossen. »Ihr bekommt ihn nicht.«
Horus starrte ihn nur an. Aton zweifelte keine Sekunde daran, dass er ihn einfach zerschmettern konnte, so mühelos, wie ein Mensch ein lästiges Insekt zerquetschte, aber er tat es nicht, sondern sah ihn nur aus seinen unheimlichen Falkenaugen an und nach einer Sekunde begann Atons Vater am ganzen Leib zu zittern. Nach einer weiteren trat er zur Seite.
»Es ist in Ordnung«, sagte Aton ruhig. »Wir haben verloren. Hab keine Angst. Sie werden mir nichts tun. Es ist nicht mein Tod, den sie wollen.«
Er lächelte seinem Vater beruhigend zu, wandte sich wieder zu Horus und Osiris um und machte einen weiteren Schritt, da war Petach mit einem Sprung hinter ihm und riss ihn zurück. Mit schier übermenschlicher Kraft umklammerte er seine Arme und drückte sie an den Körper und seine andere Hand hob das Messer, mit dem er das Udjatauge aus seiner Schulter entfernt hatte, und presste die Klinge an seinen Hals.
»Nein«, sagte er entschlossen. »Ihr bekommt ihn nicht. Einen Schritt weiter und er stirbt.«
Tatsächlich rührten sich Horus und Osiris nicht – aber Aton konnte fühlen, wie sich ihre unheimlichen Kräfte auf Petach konzentrierten. Der Ägypter begann zu zittern, ganz wie sein Vater zuvor. Aber anders als dieser hielt er dem geistigen Angriff der beiden Götter stand. Zumindest vorläufig.
Aton wagte nicht zu atmen. Alles war so schnell gegangen,

dass er gar nicht richtig begriffen hatte, wie ihm geschah – und vor allem, warum es geschah. Petachs Hände zitterten so stark, dass das Messer Atons Haut ritzte und ein einzelner, warmer Blutstropfen an seinem Hals herabrann.

»Um Gottes willen, Petach!«, keuchte sein Vater. »Was tun Sie?!«

»Ich habe keine Wahl!«, antwortete Petach. Seine Stimme klang verzweifelt. »Verstehen Sie doch! Ohne Aton ist das Auge nichts wert! Aber mit ihm kann keine Macht der Welt sie noch aufhalten. Es werden Tausende sterben, wenn Echnatons Krieger erwachen!«

»Aber das können Sie nicht tun!«, stöhnte Atons Vater. »Bitte, Petach! Aton kann nichts dafür! Er hat mit eurem Kampf nichts zu tun!«

»Ich muss es tun«, antwortete Petach. »Ich … kann sie nicht aufhalten. Sie sind zu stark für mich. Aber ich kann auch nicht zulassen, dass es geschieht!«

»Dann sind Sie nicht besser als sie.«

Es war nicht Atons Vater, der diese Worte gesprochen hatte, sondern Sascha. Sie hatte sich in die Höhe gestemmt und stand zitternd da, schwach und mit einem Gesicht, das von Schmerz und Erschöpfung gezeichnet war. Ihr Blick hielt den Petachs gefangen und die Kraft, die Aton trotz allem dann las, stand der in Horus' oder Petachs Augen nicht nach.

»Er ist nur einer«, antwortete Petach. »Ein Leben gegen Hunderte, vielleicht Tausende. Wenn er sie begleitet, wird unendliches Leid über mein Volk kommen. Und vielleicht auch über Ihres.«

»Vielleicht«, sagte Sascha. »Das wird das Schicksal entscheiden. Aber Sie können das Böse nicht aufhalten, indem Sie Böses tun. Sie wissen, dass ich Recht habe.«

Petach begann immer heftiger zu zittern. »Es … darf … nicht … geschehen«, stöhnte er.

»Und Sie dürfen Aton nicht töten«, sagte Sascha leise. »Jedes Menschenleben ist kostbar.«

Aton war, als wäre die Zeit stehen geblieben. Die Messerklinge an seinem Hals bewegte sich nicht. Petach hatte noch nicht zum tödlichen Stoß ausgeholt, aber er zog die Waffe auch nicht zurück, und Aton wusste, dass die nächste Sekunde über sein Leben oder seinen Tod entscheiden würde. Aber er hatte noch immer keine Angst.

Unendlich langsam senkte Petach das Messer und ließ ihn los. Aton taumelte einen Schritt zur Seite, presste die Hand gegen den schmerzenden Hals und rang keuchend nach Luft. Sein Vater wollte auf ihn zutreten, aber Sascha hielt ihn zurück, denn schon kamen Horus und Osiris auf ihn zu.

Aton wandte sich noch einmal zu Petach um, während sich ihm die beiden Götter näherten. Petachs Gesicht war mit einem Male so ausdruckslos und starr wie die beiden goldenen Gesichter auf den Sarkophagen, aber in seinen Augen stand eine tiefe Enttäuschung und eine Furcht, die Aton schaudern machte. Und trotzdem wusste Aton, dass er richtig gehandelt hatte. Es war so, wie Sascha sagte: Niemand konnte das Böse bekämpfen, indem er Böses tat.

Horus' Hand berührte seine Schulter und im selben Moment begannen die Grabkammer und die Gestalten von Petach, Sascha und seinem Vater vor Atons Augen zu verblassen.

Der gebrochene Fluch

Es war sehr kalt. Obgleich sich ringsherum nichts als Wüste erstreckte und die scheinbare Unendlichkeit aus Steinen und Sand die Vorstellung von Trockenheit und hitzeflimmernder Luft entstehen ließ, war mit der Nacht eine empfindliche Kühle über das Land hereingebrochen, zusammen mit einem sacht, aber beständig wehenden Wind, der einen Hauch von Feuchtigkeit von der anderen Seite des Staudammes herantrug, sodass Aton noch mehr fror, als er es ohnehin getan hätte. Aber er war gar nicht sicher, ob es wirklich die äußere Kälte war, die ihn am ganzen Leib zittern ließ.

Aton saß auf den Fersen im Sand und versuchte sich daran zu erinnern, was in den letzten Stunden geschehen war. Sein Zeitempfinden war genauso durcheinander geraten wie sein Erinnerungsvermögen. Er erinnerte sich an schemenhafte Gestalten, unheimliche Geräusche und ... *Dinge*, die plötzlich aus dem Schatten gekrochen waren. Was hier geschehen war, hatte nichts mit der Welt der Menschen, nichts mit ihrer Art zu denken, und nichts mit ihren Gesetzen und ihrer Logik zu tun und er hatte Dinge gesehen, die nicht für menschliche Augen gedacht waren. Vielleicht wäre er gestorben, hätte er wirklich gesehen, was geschah, und – er war nicht einmal sicher, ob Osiris oder Horus ihn nicht ganz bewusst vor der Wahrheit geschützt hatten um sein Leben zu retten. Denn eines hatte er ganz deutlich gespürt, während er ihnen nahe gewesen war: Petach hatte sich geirrt. Die beiden Götter waren so wenig böse wie er. Sie waren stark, unglaublich stark, und sie waren zornig, unendlich zornig, und nach Jahrtausenden der Gefangenschaft in einer Welt der Schatten und des Beinahevergessenseins zu begierig auf das Leben, um noch irgendwelche Rücksichten zu nehmen, aber der wirkliche Grund für das, was sie taten, war nicht die pure Lust am Zerstören. Sie wollten leben, das war alles.

Aton hob müde den Kopf und sah in den Himmel hinauf. Die Nacht war sehr klar wie die meisten Nächte in der Wüste, aber es war Neumond, sodass er trotzdem nicht sehr viel von seiner Umgebung erkennen konnte.

In drei Richtungen erstreckte sich die Wüste, so weit der Blick reichte, und in der Nacht war sie nicht mehr als eine schwarze Fläche ohne erkennbare Konturen. Nur im Osten erhob sich der gewaltige schwarze Schatten der Staumauer, die die Felsenschlucht, in der Echnaton damals ums Leben gekommen war, längst überragte. Vorhin, während Osiris und Horus taten, wozu sie gekommen waren, war die Nacht voller Geräusche und unheimlicher Bewegung gewesen, aber jetzt war es beinahe gespenstisch still.

Aton vergrub die Hand in dem feinen, fast weißen Sand, in dem er kniete, und als er sie wieder hervorzog, glitzerte das Udjatauge darin. Es war jetzt wirklich nicht mehr als ein Schmuckstück. Seine magische Kraft war aufgebraucht, ein für alle Mal, sodass es keinen Wert mehr für die Götter besaß; so wenig wie für Aton, denn der Anblick des kleinen Kunstwerkes machte ihm auf sonderbare Weise klar, wie wenig weltlicher Besitz und Schätze in Wirklichkeit zählten. Aus einem plötzlichen Impuls heraus wollte er es von sich schleudern, aber dann überlegte er es sich doch anders und steckte es ein. Wieder tastete sein Blick über die Wüste. Der Sand lag noch immer still und so unberührt wie seit dreitausend Jahren da, aber er glaubte zu spüren, wie sich tief unter ihm etwas bewegte. Sie würden kommen, das wusste er. Wenn die Sonne aufging, würde dieses scheinbar leblose Stück Erde etwas hervorbringen, das wie Leben aussah, aber keines war, und das den Tod verbreitete.

Einen Moment lang überlegte er, ob er aufstehen und zum Staudamm hinüberlaufen sollte um die Menschen dort zu warnen – die Arbeiter und Ingenieure und die einheimischen Helfer, die in einem kleinen Hüttendorf am Ufer des Stausees lebten und noch nichts von dem Unglück ahnten, das sich über ihren Köpfen zusammenballte. Aber er verwarf den Gedanken wieder. Der Staudamm schien zum Greifen nahe zu sein, aber dieser Eindruck kam nur von der gewaltigen Größe der Betonmauer. In Wirklichkeit war er Kilometer entfernt und er würde noch dazu einen enormen Umweg machen müssen, um die Mauer und die sie einschließenden Felswände zu umgehen, sodass er keine Chance hatte, vor Sonnenaufgang dort zu sein. Und selbst wenn – wer würde ihm glauben?

Nein, er würde hier sitzen bleiben und warten, bis die Sonne aufging. Vielleicht – wahrscheinlich sogar – würde er so das erste Opfer der Krieger werden, deren Regen er schon jetzt tief unter sich im Sand spürte, aber der Gedanke an den Tod schreckte ihn nicht mehr. Möglicherweise war Aton der einzige Mensch auf dieser ganzen Welt, der nicht nur glaubte, sondern wusste, mit unzweifelhafter, völliger Gewissheit wusste, dass der Tod nicht das Ende aller Dinge war. Er hatte es immer gewusst, nur war ihm dieses Wissen nie so recht klar gewesen. Schließlich hatte er den Schlüssel zum ewigen Leben in sich getragen.

Ein Geräusch drang in seine Gedanken: ein leises, rhythmisches Dröhnen, das ganz allmählich näher kam. Noch bevor er den Schatten am Himmel sah, identifizierte er den Laut als das Rotorengeräusch des Hubschraubers. Sein Vater hatte also den Weg aus dem Grab herausgefunden und kehrte zurück.

Er stand nun doch auf und hob die Arme um zu winken, aber dann wurde ihm klar, wie sinnlos das war – in der Dunkelheit würde sein Vater ihn nicht sehen; nicht einmal, wenn er nach ihm suchte.

»Er wird dich finden, keine Angst.«

Aton drehte sich herum und zog überrascht die Augenbrauen zusammen, als er Sascha erkannte. Sie war vollkommen lautlos hinter ihm aufgetaucht und ihre Worte bewiesen endgültig, dass sie seine Gedanken erriet. Trotzdem antwortete er laut:

»Ich habe keine Angst.«

»Ich weiß.« Sascha lächelte und kam näher, doch als Aton seinerseits auf sie zutreten wollte, machte sie eine abwehrende Geste und er blieb stehen. Irgendetwas an ihr hatte sich verändert, aber er vermochte nicht zu sagen, was es war.

»Ich weiß auch, dass du gar nicht willst, dass er dich findet«, fuhr sie fort. »Aber glaub mir, das wäre ein sinnloses Opfer. Sie würden dich töten, ohne dass es irgendetwas ändern würde.«

»Sie werden viele töten«, antwortete Aton. »Und es ist meine Schuld.«

»Das ist es nicht.«

»Ich habe versagt«, widersprach Aton. Plötzlich klang seine Stimme bitter. Ihr Klang erschreckte ihn fast selbst. »Ich hätte es verhindern können. Ich weiß, dass ich das gekonnt hätte, aber ich habe versagt.«

»So wie ich«, sagte Sascha traurig. »Wir alle haben versagt, denn wir haben versucht uns gegen das Schicksal aufzulehnen und das ist eine Macht, der nicht einmal die Götter gewachsen sind. Aber selbst wenn es so wäre, gibt dir das nicht das Recht, dein Leben wegzuwerfen. Dazu hast du so wenig das Recht, wie Petach es gehabt hätte oder irgendein anderer.«

»Und was soll ich deiner Meinung nach tun?«, fragte Aton bitter. »Weglaufen und mich verkriechen, während all diese Leute dort hinten vielleicht sterben?« Er deutete auf den schwarzen Schatten der Staumauer. »Und das wird passieren, das weißt du! Nichts kann es jetzt noch aufhalten!«

»Nichts ist unvermeidlich, solange es nicht geschehen ist«, erwiderte Sascha.

»Worte!«, antwortete Aton bitter. »Nichts als Worte! Du ... du hast gesagt, du wärst hier um mir zu helfen! Warum tust du es dann nicht?«

»Aber das tue ich doch«, sagte Sascha traurig. Sie ahnte wohl, dass sein scharfer Ton nur Ausdruck seiner Hilflosigkeit war und er ihr in Wahrheit gar nicht wehtun wollte.

»Wer bist du wirklich?«, fragte Aton plötzlich. »Was bist du, Sascha – oder wie immer du heißt?«

»Aber das weißt du doch längst«, sagte Sascha lächelnd.

»Wenn das stimmt, dann hilf mir«, erwiderte Aton. »Und wenn schon nicht mir, dann all diesen anderen Menschen, die nichts mit alledem hier zu tun haben.«

»Das kann ich nicht«, antwortete Sascha. Sie lächelte noch immer, aber nun war es ein sehr trauriges, mitfühlendes Lächeln. »Und ich darf es nicht. Es gibt Dinge, in die einzumischen mir nicht gestattet ist, und es ist auch gut so. Dies ist dein Schicksal, Aton. Was zu tun ist, kannst nur du tun. Du allein und sonst niemand.«

»Tun?«, keuchte Aton. »Aber was kann ich denn noch tun? Osiris und Horus haben die Beschwörung vollzogen. Sobald die Sonne aufgeht –«

»Erinnere dich, was Petach dir erzählt hat!«

Aton blinzelte. »Wie?«

»Echnaton hat nicht gesagt, dass die Götter seine Krieger wieder erwecken werden«, sagte sie.

»Was soll das heißen?«, fragte Aton. »Was ... was meinst du damit?«
»Mehr darf ich dir nicht sagen«, erwiderte Sascha. »Aber du kennst die Antwort. Sie ist schon in dir und ich bin sicher, du wirst sie finden. Noch ist die Sonne nicht aufgegangen.«
Sie trat einen Schritt zurück und fixierte den Schatten am Himmel und plötzlich kippte der Helikopter zur Seite und änderte in einem gewagten Manöver seinen Kurs, sodass er nun direkt auf Aton zuflog.
»Ich muss jetzt gehen«, sagte sie. »Aber denke an das, was ich dir schon einmal gesagt habe. Manchmal muss man verlieren, um am Ende zu siegen.«
Und damit verschwand sie. Von einer Sekunde auf die andere war sie einfach nicht mehr da. Nur ihre Fußabdrücke im weichen Sand bewiesen noch, dass es sie überhaupt jemals gegeben hatte.
Aton blickte die Spuren im Sand so lange an, bis das Rotorengeräusch des Hubschraubers ganz nahe war und der Sturmwind der landenden Maschine die Abdrücke verwischte. Was hatte sie damit gemeint, er sollte sich daran erinnern, was Petach ihm erzählt hatte? Er hatte es doch keine Sekunde vergessen; und letztendlich war alles so gekommen, wie Petach vorausgesagt hatte.
Dann begriff er seinen Irrtum. Etwas in seinem Kopf schien deutlich hörbar klack zu machen und von einer Sekunde auf die andere wusste er nicht nur, wie Saschas geheimnisvolle Worte gemeint gewesen waren, sondern auch, was er zu tun hatte.
Der Hubschrauber landete im Zentrum eines heulenden Tornados, den er selbst entfesselt hatte. Aton duckte sich unter einem plötzlichen Hagel winziger Steine und Sandkörner, drehte das Gesicht aus dem Wind und rannte los, noch bevor die Rotorblätter ganz aufgehört hatten sich zu drehen.
Die Kanzel der kleinen Maschine öffnete sich und Aton blickte direkt in die Gesichter seines Vaters und Petachs. Beide waren bleich vor Schrecken.

»Aton!«, rief sein Vater erleichtert aus. »Du lebst! Gott sei Dank, du bist am Leben! Was ist –«

Aton schnitt ihm mit einer hastigen Bewegung das Wort ab und kletterte unverzüglich in die Kanzel. Er war so fahrig, dass er Petach dabei sehr unsanft auf die Füße trat, aber der Ägypter schien dies nicht zu bemerken. Sein Gesicht war nicht nur schreckensbleich wie das von Atons Vater, sondern hatte einen leichten Stich ins Grüne, und trotz des Ernstes ihrer Situation und allem, was geschehen war, konnte Aton ein schadenfrohes Grinsen nicht vollkommen unterdrücken. Wenn Petach schon bei einer normalen Autofahrt nervös wird, sobald die Tachonadel deutlich mehr als fünf Stundenkilometer anzeigt, dachte er, wie muss er sich dann erst an Bord eines Helikopters fühlen, der mit mehr als dem Fünfzigfachen dieser Geschwindigkeit über das Land fegt und in dem er nicht so geborgen und von allen äußeren Eindrücken abgeschirmt sitzt wie in einer großen Verkehrsmaschine?

»Was ist passiert?«, fragte sein Vater erneut, als Aton sich endlich zwischen ihm und Petach hindurchgezwängt und auf der schmalen hinteren Sitzbank Platz genommen hatte. »Du warst plötzlich verschwunden und ich –«

»Später!«, unterbrach ihn Aton. »Flieg los, schnell! Wir müssen hinauf zum Damm. So schnell wie möglich! Jede Sekunde zählt!«

Sein Vater sah ihn zweifelnd an, aber er schien wohl zu spüren, wie bitterernst Atons Worte gemeint waren, denn er zögerte nur kurz, ehe er wieder den Motor anließ.

»Dich schickt der Himmel«, sagte Aton. »Ich dachte schon, es wäre alles vorbei, aber mit dem Hubschrauber schaffen wir es vielleicht doch noch.«

»Schaffen wir *was?*«, fragte sein Vater erstaunt. Atons ersten Satz überging er – schließlich konnte er nicht ahnen, dass Aton die Worte ganz genau so gemeint hatte, wie sie klangen. Aton zögerte einen Moment die Frage seines Vaters zu beantworten – und ehe er es tat, stellte er seinerseits eine Frage, die an Petach gerichtet und deren Antwort sehr wichtig für ihn war:

»Wo ist Yassir?«
»Verschwunden«, sagte sein Vater an Petachs Stelle und der Ägypter nickte, um die Worte zu bestätigen, und fügte hinzu: »Im selben Augenblick wie du. Wir dachten, er wäre bei euch. War er das denn nicht?«
»Ich ... weiß es nicht«, gestand Aton. »Ich kann mich kaum erinnern, was passiert ist. Ich habe nur Schatten gesehen und ... und unheimliche Geräusche gehört.«
»Vielleicht ... hat es ja nicht richtig funktioniert«, sagte sein Vater. Über ihren Köpfen heulte der Rotorkopf des Helikopters schrill auf und die Rotorblätter wurden zu einem verschwommenen Kreis aus reiner Bewegung über dem durchsichtigen Kanzeldach. »Ich meine ... man müsste doch etwas sehen. Wenn all diese Krieger wirklich von den Toten auferstanden wären, müssten wir doch wenigstens eine Spur von ihnen sehen.«
»Noch ist es nicht so weit«, antwortete Petach ernst. »Die Sterne stehen noch nicht in der richtigen Konstellation. Doch sobald die Sonne aufgeht, werden sie kommen. Niemand kann sie jetzt noch aufhalten.«
»Aber wenn Aton doch nichts gesehen hat –«
»Menschliche Sinne«, unterbrach ihn Petach, »können die Welt der Götter nur unzulänglich wahrnehmen. Seien Sie froh, dass es so ist. Es gibt Dinge, die töten, wenn man sie nur sieht.« Atons Vater warf ihm einen Seitenblick zu, aber er kam nicht zu einer weiteren Frage, denn in diesem Moment hob die Maschine ab und er hatte für die nächsten Sekunden alle Hände voll zu tun, den Helikopter zu stabilisieren und auf Kurs zu bringen. Petach versteifte sich in seinem Sitz. Er gab sich alle Mühe, sich seine Furcht nicht anmerken zu lassen, aber natürlich gelang es ihm nicht.
»Wir müssen die Arbeiter warnen«, sagte sein Vater während sie sich der Staumauer näherten. Aton erkannte, dass die Entfernung noch viel größer war, als er geglaubt hatte. Selbst mit dem Hubschrauber würden sie drei oder vier Minuten brauchen um sie zu erreichen. »Bis Sonnenaufgang ist noch Zeit.

Wenn wir alle Wagen und Kamele nehmen und alles zurücklassen, können wir vielleicht die meisten in Sicherheit bringen.« »Dann würden sie sich neue Opfer suchen«, antwortete Petach düster. »Nichts kann sie aufhalten, wenn sie einmal erwacht sind.«

Atons Vater sah ihn erneut auf jene sonderbare Weise an, aber er protestierte auch jetzt nicht. Noch vor wenigen Stunden hätte er ganz laut am Verstand seines Gesprächspartners gezweifelt, hätte irgendjemand von einem Heer ägyptischer Krieger erzählt, das nach mehr als dreitausend Jahren aus seinem Grab stieg und sich daranmachte, über die Lebenden herzufallen. Aber was er erlebt hatte, hatte sein Weltbild gründlich verändert.

»Vielleicht haben wir doch noch eine Chance«, sagte Aton.

Petach und sein Vater drehten sich gleichzeitig überrascht zu ihm herum und starrten ihn an und der Helikopter begann prompt zu bocken und nach links abzudriften. Hastig griff Atons Vater nach dem Steuer und stabilisierte die Maschine wieder, behielt aber Aton über den Spiegel hinweg scharf im Auge.

»Wie meinst du das?«, fragte Petach.

»Erzählen Sie mir noch einmal, wie Echnatons Fluch lautet«, bat Aton. »Wortwörtlich. Versuchen Sie sich zu erinnern. Jedes Wort ist wichtig!«

Petach sah ihn an, als zweifelte er an Atons klarem Verstand, aber dann wiederholte er die wenigen Sätze – und Aton hatte Mühe, einen triumphierenden Schrei zu unterdrücken. Seine Erinnerung hatte ihn nicht getrogen. Mit ein paar Worten erklärte er Petach und seinem Vater, was er vorhatte.

Sein Vater wurde noch blasser, als er es ohnehin schon war, und auch Petach riss ungläubig die Augen auf – doch Aton sah auch die verzweifelte Hoffnung, die darin aufglomm.

»Vielleicht ... bei Amun, vielleicht hast du sogar Recht!«, flüsterte er. »Es ist die letzte Chance, wir können es versuchen. Ist das möglich?«

Die letzte Frage galt Atons Vater, der mit verbissenem Gesicht

hinter dem Steuer hockte. Er antwortete erst nach Sekunden, aber dann mit einem einfachen, klaren: »Ja.«
Petach drehte sich wieder zu Aton herum. Plötzlich huschte ein Schatten über sein Gesicht. »Selbst wenn du Recht hast und dein Plan gelingt – du weißt, was das für Yassir bedeutet? Er würde niemals mehr Erlösung finden.«
»Nicht wenn ich es selbst tue«, widersprach Aton. »Mein Vater kann mir zeigen, was ich machen muss. Es ist ganz einfach. Wenn ich es eigenhändig tue, dann muss Echnaton ihn gehen lassen.«
»Dann wollen wir hoffen, dass ein vor dreitausend Jahren verstorbener Pharao für deine Spitzfindigkeit empfänglich ist«, sagte sein Vater.
»Selbst die Götter können sich nicht über die Gesetze erheben, die sie selbst erlassen haben«, sagte Aton. Das war ein Satz, der gut klang, von dem er aber keine Ahnung hatte, ob er auch der Wahrheit entsprach. Petach jedenfalls lächelte nur flüchtig, widersprach aber nicht und für den Rest des kurzen Fluges verfielen sie alle in ein nervöses Schweigen.
Der Helikopter näherte sich der Staumauer; genauer gesagt dem würfelförmigen Maschinenhaus, das sich wie der Turm einer mittelalterlichen Burg genau in ihrer Mitte erhob.
»Ich lande direkt oben auf dem Damm«, sagte Atons Vater. »Der Helikopterlandeplatz ist zu weit entfernt. Wir verlieren eine halbe Stunde, wenn wir zu Fuß zum Maschinenhaus zurückgehen.
Aton widersprach nicht, aber Petachs Gesicht färbte sich nun endgültig grün. »Der Damm ist dort oben doch kaum drei Meter breit!«, wandte er ein. »Halten Sie das für eine gute Idee?«
»Nein«, antwortete Atons Vater.
»Aber Sie haben das schon einmal gemacht, oder?«, krächzte Petach, während sich der Helikopter wie ein herabstoßender Eisenvogel der Mauerkrone näherte. »Wie ... wie oft sind Sie schon hier oben gelandet?«
»Einmal«, antwortete Atons Vater. »Dieses Mal mitgerechnet.«
Petach japste nach Luft wie ein Fisch auf dem Trockenen und

beinahe im selben Moment setzte der Helikopter auf. Selbst Aton fuhr erschrocken zusammen, als er sah, wie dicht neben der Kante die Kufen der Maschine den Beton berührten. Sie würden alle auf Petachs Seite aussteigen müssen – auf der anderen gähnte ein fünfzig Meter tiefer Abgrund.

Hintereinander kletterten sie aus der Maschine. Petach, der es sehr eilig hatte, den Hubschrauber zu verlassen, bildete die Spitze und Aton fuhr abermals erschrocken zusammen, als er sah, dass die Rotorblätter die Wand des Maschinenhauses bloß um Zentimeter verfehlt hatten. Sein Vater war nur ein Hobbypilot, aber diese Landung hätte ihm wahrscheinlich nicht einmal ein Luftakrobat so ohne weiteres nachgemacht.

Sein Vater war seinem Blick gefolgt und auch er wurde eine Spur blasser. »Ups«, sagte er mit einem etwas schiefen Lächeln. »Das war knapp. Glück muss man haben.«

Glück?, dachte Aton. Er sprach es nicht laut aus, aber er wusste, dass das nichts mit Glück zu tun hatte. Wahrscheinlicher war wohl eher, dass sich sein Schutzengel entschlossen hatte, auch auf den Rest seiner Familie ein wenig aufzupassen.

Im Maschinenhaus war Licht angegangen. Durch den Lärm des landenden Hubschraubers angelockt, erschienen zwei Techniker in weißen Overalls unter der Tür.

»Was –?«, begann der eine von ihnen, wurde jedoch von Atons Vater sofort mit einer energischen Geste zum Schweigen gebracht.

»Für Erklärungen ist jetzt keine Zeit«, sagte er in befehlendem Ton. »Wecken Sie meine Frau, sofort. Sie soll hierher kommen, so schnell wie möglich. Dann laufen Sie hinunter ins Arbeitslager und wecken dort alle auf. Sie sollen sich für eine Evakuierung bereithalten.«

Der Gesichtsausdruck des Mannes machte klar, wie wenig er von dem verstand, was er hörte. »Aber was ist denn geschehen?«, murmelte er. »Wieso –?«

»Stellen Sie keine Fragen, sondern tun Sie, was ich Ihnen gesagt habe!«, herrschte ihn Atons Vater an. Noch während der Mann verdutzt herumfuhr und davoneilte, wandte er sich an den zweiten Techniker, der ganz offensichtlich keinen Deut mehr verstanden hatte als sein Kamerad.

»Wecken Sie die anderen Techniker! Und dann lassen Sie die Turbinen an. Ich brauche einen Notstart. In einer halben Stunde müssen die Dinger laufen!«

»Eine halbe Stunde?«, fragte Aton, während Petach und er seinem Vater und dem Techniker ins Innere des Gebäudes folgten. In dem schwachen Licht hatten sie Mühe, nicht über die Elektrokabel, Ersatzteile, Kisten und Werkzeuge zu stolpern, die überall herumlagen. »Geht es nicht schneller?«

»Ich bin froh, wenn uns die Dinger nicht um die Ohren fliegen, wenn ich sie so schnell hochfahre«, antwortete sein Vater. »Die ganze Anlage ist noch lange nicht fertig.«

»Warum öffnen Sie nicht die Schleusen?«, fragte Petach.

Atons Vater blieb stehen und sah ihn mit dem typischen Blick eines Mannes an, der soeben die dümmste Frage der Woche gehört hatte. »Wir haben kaum einen Meter Wasser auf der anderen Seite«, sagte er. »Der Druck reicht nicht. Nicht für das, was wir vorhaben. Ich bin nicht einmal sicher, ob er mit den Turbinen reicht.«

Sie gingen weiter. Nach wenigen Sekunden erreichten sie das, was einmal die Schaltzentrale des Staudammes werden würde: einen riesigen, halbrunden Raum, in dem sich irgendwann einmal blitzende Maschinenpulte und summende Computer aneinander reihen würden, der jetzt aber eher aussah wie das Innere eines zu groß geratenen, halb auseinander genommenen Fernsehapparates. Überall an den Wänden standen erst halb fertige Apparaturen, bunte Kabel und Leitungen ringelten sich aus den Wänden und auch hier herrschte ein einziges Durcheinander aus Werkzeugen, Leitungen und herumliegenden Einzelteilen. Nur ein einziges Schaltpult – das aber von beeindruckender Größe – schien zumindest halbwegs fertig gestellt zu sein. Auf seiner Oberfläche blinkten rote und grüne Lichter. Zeiger bewegten sich lautlos über Skalen und auf einem halben Dutzend kleiner Bildschirme liefen blinkende Zahlenkolonnen von unten nach oben.

Petach trat staunend an das Pult heran und betrachtete es kopfschüttelnd. »Beeindruckend«, sagte er, und bevor Aton etwas darauf erwidern konnte, antwortete sein Vater mit hörbarem Stolz:

»Das ist *unsere* Art von Magie. Sie werden sehen – auf ihre Art ist sie so mächtig wie die Ihre.«

»Ich hoffe es«, murmelte Petach. »Denn wenn nicht, wird etwas Furchtbares geschehen.«

»Wie viel Zeit haben wir noch, bis die Sonne aufgeht?«, fragte Aton.

Sein Vater überlegte einen Moment. »Eine Stunde, eher weniger«, sagte er. »Aber das ist egal. Entweder es klappt in dieser Frist oder nicht.« Er sah ungeduldig hoch. »Wo, zum Teufel, bleiben die Techniker?«

Wie auf in Stichwort wurde in diesem Moment die Tür aufgestoßen und eine ganze Anzahl verschlafen aussehender Männer betrat den Raum. Atons Vater ließ ihnen keine Zeit, irgendwelche Fragen zu stellen, sondern begann sofort mit erstaunlicher Ruhe Befehle zu erteilen, denen sie auch gehorchten. Rasch traten sie an die verschiedenen Schaltpulte und Geräte heran, von denen offenbar doch etliche bereits funktionierten.

Der Raum erwachte binnen Minuten zu blinkendem, piepsendem Leben, als das, was Atons Vater seine Art von Magie genannt hatte, aus seinem Dornröschenschlaf erwachte. Aton spürte, wie tief unter ihren Füßen gewaltige Maschinen anliefen. Er konnte sie nicht wirklich hören, aber er fühlte ihr Rumoren mit dem ganzen Körper und plötzlich verstand er seinen Vater ein bisschen besser. Seine Worte waren mehr als bloßer Stolz gewesen. Es war eine Art von Magie, über die er gebot.

Nach einer Weile winkte ihn sein Vater zu sich heran und deutete auf das große Schaltpult. »Siehst du die drei roten Schalter?«, fragte er.

Aton nickte. Die Tasten waren rund, feuerrot und jede so groß wie sein Handteller. Sie waren gar nicht zu übersehen.

»Wenn ich es dir sage, dann drückst du sie«, sagte er.
»Das ist alles?«, wunderte sich Aton.
Vater nickte. »Alles andere erledigen wir. Du musst nur diese Tasten drücken.«
»Moment mal!«, mischte sich einer der Techniker ein. »Das ist die Notentleerung. Was soll das –«
»Ich weiß, was das ist«, unterbrach ihn Atons Vater in schneidendem Ton. »Tun Sie, was ich Ihnen gesagt habe!«
»Ich denke ja nicht daran!«, erwiderte der Mann trotzig. »Das kostet mich meinen Job! Ich will erst wissen, was hier los ist!«
Aus den Reihen der anderen erklang ein zustimmendes Gemurmel und Aton konnte regelrecht spüren, wie die Stimmung umschlug.
Vaters Gesicht verdüsterte sich. Er holte Luft zu einer scharfen Antwort, aber er kam nicht dazu. Petach trat rasch an ihm vorbei, legte dem Mann, der sich geweigert hatte, den Befehl auszuführen, die Hand auf die Schulter und sah ihn durchdringend an. Eine Sekunde lang hielt dieser seinem Blick stand, dann erschien ein verwirrter Ausdruck auf seinen Zügen, fast als fragte er sich, was er hier überhaupt tat. Ohne ein weiteres Wort wandte er sich um und nahm seine Arbeit wieder auf.
»Es ist alles in Ordnung«, sagte Petach. »Tut, was euch befohlen wurde.«
Während sich die Männer einer nach dem anderen wieder ihrer Arbeit zuwandten, erschien ein leichtes Lächeln auf Petachs Zügen. »Sehen Sie?«, fragte er. »Und das ist *meine* Art von Magie.«
Atons Vater ersparte sich eine Antwort. Er trat wieder an das Pult heran und fuhr fort Schalter umzulegen und auf Computertastaturen einzuhämmern. Der Herzschlag der Maschinen tief unter ihnen veränderte sich, ganz allmählich nur, aber doch spürbar, und an den Wänden begannen immer mehr Lämpchen zu blinken und Monitoren aufzuleuchten.
Aton verlor jedes Zeitgefühl. Er wusste, dass sich eine halbe Stunde zu einer wahren Ewigkeit dehnen konnte, wenn man

darauf wartete, dass sie verging, und er durchlebte hundert Ewigkeiten, ehe sein Vater schließlich einen letzten Blick auf seine Instrumente warf und mit einem tiefen Seufzer vom Pult zurücktrat.

»Der Druck ist da«, sagte er. Er machte eine auffordernde Geste. »Alles andere musst du tun.«

Aton streckte die Hände aus, dann erstarrte er mitten in der Bewegung. Plötzlich hatte er Angst davor, es zu tun. Angst wie niemals zuvor im Leben. Was, wenn es nicht funktionierte? Was, wenn er es tat und feststellte, dass er sich geirrt hatte, dass nichts mehr das Wirken der Götter aufhalten konnte? Seine Zweifel waren so stark, dass er um ein Haar vom Pult zurückgewichen wäre, lieber die sichere Katastrophe gegen die Ungewissheit eines vielleicht erneuten Versagens eingetauscht hätte. Aber dann trat er vor und drückte rasch hintereinander auf die drei roten Tasten.

Im allerersten Moment geschah nichts. Dann änderte sich das mechanische Herzklopfen des Staudammes erneut, wurde zu einem Brüllen und Tosen und einen Moment später begann der ganze Staudamm fühlbar unter ihren Füßen zu zittern, als die gewaltigen Turbinen anliefen und sich Millionen und Abermillionen Liter Wasser mit unvorstellbarer Wucht über die Wüste ergossen, unter der Echnatons Krieger auf den Moment ihres Erwachens warteten.

Die Nacht war fast vollständig dem neuen Tag gewichen, als der Helikopter landete; nicht einmal weit von der Stelle entfernt, an der er das erste Mal niedergegangen war um Aton aufzunehmen. In der kleinen Kabine herrschte eine drückende Enge, denn außer Aton und seinem Vater hatten sich Petach und Atons Mutter hineingequetscht – auf Letzterem hatte Vater bestanden, um zumindest sie in Sicherheit bringen zu können, sollte ihr Plan doch fehlgeschlagen sein.

Aton wusste, dass seine Sorge überflüssig war. Alles war so gekommen, wie es hatte kommen müssen. Petach und auch einmal Sascha hatten zu ihm gesagt, dass der Mensch nicht in der Lage sei, dem Schicksal zu trotzen, und vielleicht war das die Wahrheit. Aber es gab eine zweite, viel wichtigere Wahrheit, die sich in dieser verbarg, und die war, dass man vielleicht nichts am Lauf des Schicksals ändern konnte, aber sehr wohl an dem, was er bewirkte. Es lag immer in der Macht der Menschen, das Beste aus dem zu machen, was geschah.

Der Hubschrauber setzte auf und sein Vater schaltete den Motor aus. Diesmal wirbelten die Rotorblätter keinen Staub auf, und obwohl er gewusst hatte, was ihn erwarten würde, konnte Aton ein Frösteln nicht ganz unterdrücken, als er durch die Plexiglaskanzel nach draußen sah.

Was in der Nacht noch ein Meer aus staubfeinem Sand gewesen war, das hatte sich in einen braunen Morast verwandelt, der bis zum Horizont zu reichen schien. Das Wasser, das von der ganzen Kraft der Turbinen angetrieben aus den Schleusen herausgebrochen war, hatte den Wüstenboden meterweit aufgewühlt und in eine Landschaft verwandelt, die aus Kratern, Rinnen und Tälern bestand. Ein feuchter, modriger Hauch lag über der Szene.

Aton stieg langsam aus dem Hubschrauber. Die Maschine war fast bis über die Kufen im Morast versunken und auch Aton sank ein gutes Stück in den Schlamm ein, aber das störte ihn nicht. Aus den Augenwinkeln bemerkte er, dass sein Vater ihm folgen wollte, Petach ihn jedoch mit einer schnellen Bewegung zurückhielt.

Es wurde jetzt rasch hell, und als die Sonne als rot glühender Ball über den Horizont kroch, da erkannte Aton deutlich die dunklen Körper, die das Wasser aus dem Wüstenboden herausgespült hatte.

Obwohl er wusste, was er vor sich hatte, fiel es ihm schwer, sie als das zu identifizieren, was sie waren. Viele waren vom Wasser beschädigt, einige auch ganz in Stücke gebrochen, und kaum einer war noch als Mensch zu erkennen; jedenfalls nicht auf den ersten Blick. Aber das waren sie: Echnatons Krieger, die von der künstlichen Flut, die Aton ausgelöst hatte, aus ihren Gräbern geholt worden waren. Sie waren alle da. Er

musste sie nicht zählen um zu wissen, dass es hundertdreißig waren. Echnatons Leibgarde, die an dieser Stelle vor dreitausenddreihundert Jahren unter den Waffen ihrer Mörder gefallen war und seither auf den Tag ihres Auferstehens wartete.
Er war gekommen. Die Nacht war zu Ende, und obgleich man die Sterne jetzt nicht mehr sah, waren sie doch da und sie standen in der richtigen Position. Die unheilige Macht, die Osiris, Horus und das Udjatauge entfesselt hatten, begann ihre Wirkung zu tun. Es war so, wie Petach gesagt hatte: Nichts konnte sie jetzt noch aufhalten. Sie erwachten. Jetzt.
Zuerst war es fast unmerklich. Nicht einmal Aton war sicher, ob er die Bewegung wirklich bemerkte oder ob er sie nur zu sehen glaubte, weil er darauf wartete: ein kleines Regen hier, das mühsame Heben einer Hand dort, das Drehen eines Kopfes, dessen Gesicht zum ersten Mal nach drei Jahrtausenden wieder dem Sonnenlicht ausgesetzt war. Aton konnte die finsteren Mächte, die das Heer der Toten beseelten, regelrecht spüren; als wäre das eine Art unsichtbarer Dunkelheit, die sich rings um ihn herum zusammenballte und sich wie ein Schatten über die Krieger legte.
Die Flutwelle hatte einige von ihnen zerstört. Manche vermochten sich nicht mehr zu erheben, anderen fehlten Gliedmaßen oder Köpfe, doch das alles änderte nichts daran, dass sich rings um Aton allmählich ein Heer mumifizierter Krieger aus dem Morast erhob, deren Gesichter mit leeren Augenhöhlen nach Osten blickten, in die Richtung, in der sie die Nähe der Menschen spürten, die ihre ersten Opfer werden sollten.
Und dann waren auch die anderen da. Lautlos und von einer Sekunde auf die andere erschienen Osiris, Horus und schließlich sogar Yassir neben Aton und nach einer kurzen Weile traten noch mehr Gestalten aus den Schatten: Anubis, der Gott mit dem Hundekopf, dem Aton schon einmal begegnet war. Isis, Bastet und als Allerletzter Petach, obwohl sich Aton nicht erinnern konnte, dass er aus dem Helikopter gestiegen wäre. Keiner von ihnen sprach ein Wort, doch Aton spürte die

Größe dieses Augenblicks. Etwas geschah. Etwas, was er nicht mit Worten, nicht einmal in Gedanken zu erfassen vermochte, das aber ungeheuer wichtig war und dessen bloßes Ahnen ihn schaudern ließ.

Lange standen die Götter schweigend im Kreis da, dann hob Osiris plötzlich seine Schattenhand und deutete auf einen der Krieger. Dieser bewegte sich träge. Er machte einen Schritt, dann noch einen und die anderen erweckten Toten versuchten die Bewegung nachzumachen. Langsam wandte sich das ganze unheimliche Heer nach Osten. Den Hubschrauber, der nur wenige Schritte entfernt gelandet war, ignorierten sie – vielleicht eine letzte Gnade, die ihm Osiris gewährte, vielleicht auch, dass Petach seine unheimliche Macht ein letztes Mal einsetzte, um ihn und die Seinen zu schützen. Vielleicht war es auch so, wie Petach gesagt hatte: Was hier geschah, ging Aton und die Menschen seines Landes im Grunde nichts an.

Ganz langsam formierten sich die Krieger zu einer doppelten Kette mit müden, ungelenken Bewegungen, als wäre die Zeit in ihren Gräbern zu lange gewesen, als dass sie sofort wieder die Kontrolle über ihre Körper zurückerlangten. Aber obwohl langsam, war ihr Voranschreiten doch zugleich unaufhaltsam. Nur Minuten vergingen und der Erste trat aus dem Schatten der Felswand heraus ins Licht der Morgensonne.

Trotz der Entfernung konnte Aton deutlich sehen, was geschah. Der Krieger war vor mehr als dreitausend Jahren gestorben und sein Körper war von Sand und Hitze ebenso gründlich und zuverlässig mumifiziert worden, wie es die Priester mit den alten Pharaonen getan hatten.

Aber das Wasser hatte alles geändert. Sein Körper, ja selbst die ausgetrockneten Knochen hatten sich vollgesogen wie ein Schwamm, der Jahrtausende in der Wüstensonne gelegen hatte. Und als er ins Sonnenlicht hinaustrat, begann er zu zerfallen.

Die Macht des Gottes Aton trocknete ihn binnen Sekunden aus. Gesicht, Hände und Körper verloren ihre braune Farbe und bleichten aus, die mumifizierte Haut riss an tausend Stellen und plötzlich war er von einer Wolke aus feinem grauem Staub umgeben, in den sich sein Körper zu verwandeln begann. Die Beine hatten nicht mehr die Kraft, ihn zu tragen. Hilflos kippte er nach vorne und zerfiel endgültig zu Staub. Nach einem Augenblick war die Stelle, an der er gestürzt war, nicht mehr vom Wüstenboden zu unterscheiden. Selbst Waffen waren verschwunden.

Dem zweiten Krieger erging es nicht anders und auch nicht dem dritten und vierten und allen, die ihnen folgten. Sobald sie ins Licht des Sonnengottes hinaustraten, begannen ihre Körper zu Staub zu zerfallen, der einen Moment in der Luft schwebte und sich dann wieder mit dem Wüstensand vereinigte, der ihm drei Jahrtausende lang Schutz und Heimat gewesen war.

Aton sah nicht zu, bis alle Krieger verschwunden waren. Er wusste, dass es geschehen würde, und irgendwie, tief in sich drinnen, hatte er es wohl die ganze Zeit über gewusst, denn woher hätte er sonst die Kraft nehmen sollen, trotz allem immer weiterzumachen? Es hatte gar nicht anders kommen können. Osiris mochte Macht über die Toten haben und das Udjatauge verlieh ihm die Kraft, sie wieder zu erwecken. Aber das war es nicht, was Echnaton seinem Mörder prophezeit hatte.

Du sollst leben bis zu dem Tag, an dem ein Toter all diese Krieger wieder aus ihrer Ruhe erweckt! So hatte Echnatons Fluch geheißen, so und nicht anders. Und er, Aton, vielleicht der einzige Mensch, der jemals wirklich von den Toten zurückgekehrt war, hatte mit eigener Hand die Schleusen geöffnet, deren künstliche Sintflut sie aus ihren Gräbern hob.

Sein Blick suchte Yassir. Der Ägypter stand da und blickte ihn an und Aton, der Triumph, zumindest Erleichterung auf seinen Zügen erwartet hatte, sah sich getäuscht: Yassir sah sehr traurig drein. Er sagte nichts, denn die Zeit des Redens war vorbei, aber Aton las das stumme Flehen um Vergebung in seinen Augen, und einen Moment, bevor das Leben darin erlosch, beantwortete er diese Bitte auf die gleiche, wortlose Art. Er verzieh Yassir. Er vergab ihm, weil er ihn verstand.

Vielleicht hätte er an seiner Stelle nicht anders gehandelt. Er konnte ihm nicht böse sein.
»Ich verzeihe dir«, sagte er laut. »Auch du wurdest belogen, Yassir. Du hättest keine Erlösung gefunden. Nur ich allein konnte tun, was Echnaton verlangt hatte. Die Magie des Auges hätte sie erweckt, aber den Fluch nicht gebrochen. Ich war es, der sie am Ende aus ihren Gräbern holen musste, nicht du, nicht Osiris oder das Udjatauge. Nur ich hatte die Macht dazu. Und ich habe es getan. Du bist frei.«
Der Ausdruck von Schmerz auf Yassirs Gesicht wich einem Lächeln und dann starb er. Die Zeit holte ihn ein. Binnen einer Sekunde alterte er um Jahrtausende, zerfiel vor Atons Augen zu einem Greis und schließlich zu Staub, noch bevor sein zusammenbrechender Körper zu Boden sank. Echnatons Fluch hatte sich erfüllt. Yassir – Eje – war endlich frei.
Und die anderen?
Aton sah auf und blickte nacheinander in die Gesichter der alten ägyptischen Götter – in das geheimnisvolle Katzengesicht der Bastet, das er nun viel deutlicher erkannte als in der Dunkelheit des Friedhofes von Bubastis, in die sanften Züge der Isis, die nichts von der mütterlichen Wärme verloren hatten, die sich den Menschen schon vor drei Jahrtausenden zeigte, in die grausamen Vogelaugen des Horus, die ihn so aufmerksam und misstrauisch musterten wie bei jeder Begegnung mit ihm, in das stolze Schakalgesicht des Anubis und schließlich in die wogenden Schatten, die das Antlitz des Osiris verbargen.
Er hatte keine Angst. Er stand leibhaftigen Göttern gegenüber, aber er verspürte nicht die mindeste Furcht. Vielleicht weil diese Wesen trotz allem gar nicht so fremd waren, wie ihr Aussehen glauben machte. Petach hatte sich geirrt, als er von der abgrundtiefen Bosheit und dem Hass sprach, die Osiris und Horus beseelten, vielleicht hatte er auch absichtlich die Unwahrheit gesagt, weil er – damals durchaus zu Recht – annahm, dass Aton nicht begreifen würde, wovon er sprach. Trotz aller Fremdartigkeit, trotz ihrer unvorstellbaren Macht und ihres unvorstellbaren Alters war das, was diese Geschöpfe

antrieb, nichts anderes als das, was jeder sterbliche Mensch an ihrer Stelle auch empfunden hätte: Sie wollten einfach leben. Sie waren Götter, aber sie waren sterbliche Götter, und sie waren nicht unfehlbar. Sollte er sie deshalb hassen?

Und er spürte, dass es ihnen umgekehrt nicht anders erging. Osiris und der falkenköpfige Horus hätten ihn auch jetzt noch zerschmettern können, aber sie verzichteten darauf, ihn für den Verrat, den er begangen hatte, zu bestrafen. Sie standen einfach da und dann, ganz allmählich, begannen sie zu verblassen. Die Kraft, die ihnen Leben eingehaucht hatte, der Glaube eines einzigen Menschen an ihre Existenz, war nicht mehr vorhanden. Ihre Gestalten wurden leicht, transparent und nebelhaft. Es dauerte lange – Minuten, die sich zu Ewigkeiten dehnten –, aber schließlich waren es wirklich nur noch Schatten, die Aton umstanden, bis auch diese verschwunden waren.

Als Allerletzter verging Petach. Aton war nicht sehr überrascht, denn im Grunde hatte er es die ganze Zeit über gewusst, auch wenn Petach dafür gesorgt hatte, dass dieses Wissen nie sein Bewusstsein erreichte. Petach? *Ptah*. Aton lächelte. Er hatte sich nicht einmal sehr viel Mühe gegeben, seinen Namen zu ändern. Er hätte es merken müssen.

Aton drehte sich herum um zum Helikopter zurückzugehen und bemerkte erst jetzt, dass er noch immer nicht allein war. Hinter ihm stand Sascha. Sie war wohl die ganze Zeit da gewesen. In ihren Augen stand ein sonderbares, warmes Lächeln, von dem er erst jetzt wirklich begriff, was es bedeutete.

»Ich wusste, dass du es schaffst«, sagte sie.

»Du hast mir nach Kräften dabei geholfen«, erwiderte Aton. Er sah zum Helikopter hinüber. Die Türen waren aufgegangen und seine Eltern hatten die Maschine verlassen, wagten es aber nicht, näher zu kommen. Sie mussten gesehen haben, was geschah. Er würde ihnen eine Menge zu erklären haben.

»Ich habe es versucht.« Saschas Lächeln wurde ein wenig unsicher. »Ich fürchte, ich habe mich nicht besonders geschickt angestellt. Eure Welt ist viel komplizierter, als ich dachte.«

»Es war in Ordnung«, sagte Aton in einem großmütigen Ton, für den er sich sofort schämte. Wer war er, einem Wesen wie ihr großmütig *vergeben* zu wollen?
Aber Sascha schienen die Worte durchaus zu schmeicheln – und wer weiß? Vielleicht war ja auch sie nicht ganz gegen menschliche Schwächen gefeit. Dann wurde sie wieder ernst.
»Ich muss jetzt gehen«, sagte sie.
Aton hatte das erwartet. Ihre Aufgabe war ebenso erfüllt wie seine. Trotzdem stimmte ihn der Gedanke traurig. »Werden wir uns wieder sehen?«, fragte er.
»Bestimmt«, antwortete Sascha. »Irgendwann. Zu irgendeiner Zeit, in irgendeiner Welt. Leb wohl.«
Und damit verging auch sie. Doch für einen unendlich kurzen Moment, den hundertsten Teil einer Sekunde vielleicht nur und so klar, dass er den Anblick nie mehr im Leben vergessen sollte, sah er sie so, wie sie *wirklich* war:
Groß. Weiß. Unbeschreiblich schön. Und mit einem Paar gewaltigen, schneeweißen Flügeln, die sich hoch über ihren Schultern in die Luft erhoben.
Aton blieb noch einige Sekunden stehen, ehe er langsam den Kopf hob und in den Himmel hinaufsah. Vielleicht war es Magie, vielleicht war auch viel mehr Zeit vergangen, als er gespürt hatte, doch die Sonne stand bereits hoch am Himmel. Er fühlte ihre wärmenden Strahlen auf dem Gesicht und plötzlich begriff er, dass sie unendlich mehr als das, was die meisten Menschen in ihr sahen, so wie vielleicht alles auf dieser Welt eine zweite oder dritte oder möglicherweise auch unendlich viele Bedeutungen hatte. Was hatte Sascha gesagt? *Eure Welt ist viel komplizierter, als ich dachte.*
Ob sie wohl ahnt, wie Recht sie damit hat?, dachte Aton.
Während rings um ihn herum die Kraft des Gottes, dessen Namen er trug, Echnatons Heer endgültig zu Staub zerfallen ließ, ging Aton langsam auf den Hubschrauber und seine Eltern zu. O ja, dachte er noch einmal und fast belustigt. Ich werde eine Menge zu erklären haben. Eine ziemliche Menge sogar.